纳博科夫 在 美国

通往———《洛丽塔》之路

Nabokov in America

On the Road to Lolita

[美]罗伯特·罗珀————著

赵君————译

南方出版传媒

花城出版社

中国·广州

图书在版编目（ＣＩＰ）数据

纳博科夫在美国：通往《洛丽塔》之路 ／（美）罗伯特·罗珀著；赵君译. -- 广州：花城出版社，2018.2

书名原文：NABOKOV IN AMERICA: ON THE ROAD TO LOLITA

ISBN 978-7-5360-8539-8

Ⅰ.①纳… Ⅱ.①罗… ②赵… Ⅲ.①纳博科夫（Nabokov, Vladimir 1899-1977）－文学研究 Ⅳ.①I712.065

中国版本图书馆CIP数据核字(2018)第009973号

NABOKOV IN AMERICA by Robert Roper（c）2015
This edition arranged with InkWell Management，LLC.
through Andrew Nurnberg Associates International Limited
著作权合同登记号：19－2016－008 号

出 版 人：詹秀敏
责任编辑：陈宾杰　王铮锴
技术编辑：薛伟民　凌春梅
封面设计：荆棘设计
封面摄影：Florian van Duyn

书　　名	纳博科夫在美国：通往《洛丽塔》之路 NA BO KE FU ZAI MEI GUO：TONG WANG《LUO LI TA》ZHI LU
出版发行	花城出版社 （广州市环市东路水荫路11号）
经　　销	全国新华书店
印　　刷	佛山市浩文彩色印刷有限公司 （广东省佛山市南海区狮山科技工业园A区）
开　　本	880 毫米×1230 毫米　32 开
印　　张	17.625　2 插页
字　　数	392,000 字
版　　次	2018 年 2 月第 1 版　2018 年 2 月第 1 次印刷
定　　价	68.00 元

如发现印装质量问题，请直接与印刷厂联系调换。
购书热线：020－37604658　37602954
花城出版社网站：http://www.fcph.com.cn

献给：文学在他心中永驻的比尔·皮尔森

"异种蝴蝶"　纳博科夫画像

——代译序

赵君

一

　　1977年7月2日，"像天才那样思考"的流散作家纳博科夫在瑞士洛桑医院停止了呼吸，这位从二十岁开始就流亡欧美、居无定所的文学大师客死异乡，他的儿子这样描述其弥留之际的父亲心中唯一遗憾："他说那只蝴蝶已经展翅飞走了；他的眼睛告诉我他再也没有希望活着去把它捕获。"

　　一生笔耕不辍的纳博科夫为后世留下了一笔丰富的文学遗产，计有十七部长篇小说，其中于1926年至1940年用俄语创作的九部长篇，包括《玛申卡》（*Mashen'ka*，1926年出版，1970年英文版译成《玛丽》再版），《K，Q与J》（1928）（原文*King，Queen，Knave*，潘小松译为《贵族女人》），《防守》（*The Luzhin Defence*，1930），《眼睛》（*Sogliadatay*，1930），《光荣》（*Glory*，1932），《暗箱》［*Camera Obscura*，1932。后经过重新创作和翻译，英文版以《黑暗中的笑声》（*Laughter in the Dark*）之名出版］，《绝望》（*Despair*，1939），《斩首之邀》（*Invitation to a*

Beheading，1938），最后一部俄语小说是《天赋》（*The Gift*）（1939）；1939年起，纳博科夫决定改用英语进行文学创作，先后出版了《塞巴斯蒂安·奈特的真实生活》（*The Real Life Of Sebastian Knight*，1941）、《庶出的标志》（*Bend Sinister*，1947）、《洛丽塔》（*Lolita*，1955）、《普宁》（*Pnin*，1957），《幽冥之火》（*Pale Fire*，1962，国内版本译为《微暗的火》）、《艾达》（*Ada or Ardo：a Family Chronicle*，1969）、《透明的东西》（*Transparent Things*，1972）和《瞧那些小丑!》（*Look at the Harlequins*!，1974）等8部长篇。此外，他已经被确认的短篇小说多达六十五篇，其中不乏艺术珍品。纳博科夫自己最珍爱的文学体裁是诗歌，他是从诗歌创作开始走上文学创作之路的，并于十七岁那年出版自己收有六十七首诗歌的诗集。他还翻译了大量文学作品，力图将"原汁原味"的俄罗斯文学传递给美国读者，六十五岁时出版《普希金诗体小说〈叶甫盖尼·奥涅金〉：翻译与评注》的皇皇巨译。作为一位卓有成就的鳞翅目昆虫学家，纳博科夫写过约二十篇鳞翅目昆虫学学术论文。此外，纳博科夫还出版了与众不同的诗性"自传性作品"《说吧，记忆》（*Speak，Memory*）、《纳博科夫戏剧集》（*The Man from USSR and Other Plays*）、象棋棋局集、两本书信集，写过《尼古拉·果戈理》的评传和大量文学讲稿，出版过《俄罗斯文学讲稿》《文学讲稿》《堂吉诃德》等讲稿，另外还有集中体现纳博科夫文学美学观的访谈录《直言不讳》（*Strong Opinions*，国内版本译为《固执己见》）等等。

　　纳博科夫用生命奏响的人生四个乐章刚好契合于一部完整的按起承转合的韵律发展的命运交响曲：前二十年（1899—1919）在俄罗斯度过的"完美的往昔"（纳博科夫散文体自传《说吧，

记忆》第一章的标题）；第二个二十年（1919—1939）流亡欧洲
度过的穷困交迫的艰难岁月；第三个二十年（1940—1960）第二
次流亡，在美国由俄语转向用英语创作，经历由命运的困顿到戏
剧性人生转变；然后是他人生最后一次迁徙，1961年举家迁往
瑞士，在"蒙特鲁斯王宫宾馆"的套房里度过了他最后十七年。

　　1917年以后，纳博科夫一夜之间从"天堂"轰然掉进了苦
难的深渊，其经历的人生戏剧性跌宕非一般"流亡"作家可以
比拟。面对命运之神的无情捉弄，纳博科夫所表现出来的超脱与
淡定超乎想象。美国著名作家约翰·厄普代克对纳博科夫的超凡
脱俗评价十分准确："没有几个人能像纳博科夫那样失去的那样
多，抱怨却那么的少。"与其他流亡者一样，纳博科夫心中怀着
多年来挥之不去的乡愁，但是这种乡愁只是"那种对失去的童年
日渐增长的愁绪，而非对那些失去的财富的伤悼。"（《说吧，记
忆》）从流亡生涯开始直至在瑞士去世，纳博科夫从没有拥有过
属于自己的住所。在回答记者为何喜欢住在旅馆、出租公寓时，
他这样回答："我想，主要原因，或背景原因是，除非有我童年
时期一模一样的生活环境，否则没有任何东西能令我满意……好
几次我就对自己说：'行了，这里非常不错，可以成为我们永久
家园了'，但刹那间我的脑海里就会听到那隆隆的雪崩之声，我
在地球特定一隅居住下来的行为会卷走其他千千万万遥远之地。
最后，我并不非常在意那些家具，如桌椅台灯地毯之类的东西
——也许因为在我富裕的童年时期，我就被教导要对物资财富的
过分依恋抱齿冷轻蔑之心，那就是为何当'革命'将我的财富
化为乌有的时候我并未有什么懊恼或痛苦的缘故吧。"（《独抒己
见》）。

从七岁到七十八岁去世的七十余年间，蝴蝶研究与文学创作的"双栖活动"成为纳博科夫人生轨迹的双行线，蝴蝶早已成为纳博科夫最具个人特色的标志性符码，其人生和艺术皆与蝴蝶结下不解之缘。他曾多次声言，如果不是命运的捉弄，他会终生从事蝴蝶研究，而根本不会考虑靠写小说来维持生计。他为自己的人生至乐活动这样排序：第一位——鳞翅目昆虫学（蝶类学）研究，第二至四位——国际象棋、网球、足球，第五位——文学创作。

从 1906 年纳博科夫抓到第一只蝴蝶开始，一个渴望和梦想就日夜萦绕在他的脑际：发现和描述从未为人所知的新蝴蝶品种。

在九岁和十二岁时前后两次对自认为是"新发现的蝴蝶品种"的描述被权威蝶学家否定后，纳博科夫并未气馁，而是更加狂热地深入高山沟壑与"无人地带（Terra Incognita）"（他的一篇短篇小说名）搜寻珍稀异种蝶类。经过长达三十年的艰苦努力，1938 年夏日，他终于首次捕获了一只后来以他自己名字命名的新品种蝴蝶。

对普通蝶类的不屑和对珍稀异种蝶类的狂热追求是对纳博科夫"不傍前人、也无可模仿"的艺术追求的绝佳隐喻，珍稀异种蝴蝶同样也是纳博科夫这位文学史上"异类作家"的绝妙化身。

二

说起传记，纳博科夫最为担心的就是别人对于他本人的生活轨迹，尤其是对他文学思想及其作品的歪曲。从他还不到四十岁开始，他干脆开始给自己撰写"回忆录"《说吧，记忆》，记录从他还在娘胎里"目睹"的一切开始到二战时成功逃亡到美国那一刻为止：他的快乐童年、他的求学生涯、他的初恋、他文学生涯的发轫等等，但对于他来说，那些生活中"真实事件"只不过是他文学灵感的"引子"或"引爆线"，是他思考人生、研究时间与空间关系、最终进入"审美狂喜的彼岸世界"的背景材料而已。历时性的生活经历被他巧妙地"共时化"了，过去与现时的叠加"形成一个事件共时化、透明化的有机世界"，最终凝成一首妙不可言的抒情诗。比如说，在他的"自传"中，他为我们展示了在记忆女神眼中从少年到老年的纳博科夫到各地捕蝶的种种形象："还是小男孩时，身着灯笼裤，头戴水手帽；而拖着瘦长羸弱的身躯四海漂泊之时，身裹法兰绒袋，头戴贝雷帽；变成大腹便便的老人之时，身穿短裤，头上光着……"在捕蝶活动中，他经历了各种啼笑皆非的奇遇：1918 年，布尔什维克哨兵企图拘捕他，原因是"我向英国军舰打信号（用我的捕蝶网，他说）"；在滨海的阿尔卑斯山，一个肥胖的乡村警察在他身后匍匐前进，监视他是否想要捕捉鸣禽；到了美国，美国人"对我的网猎活动表现出更为强烈的病态兴趣——也许是因为我到这里定居时已年过四十，而人越老，手里捏着一张捕蝶网就越显得古怪。"凶巴巴的农夫要他注意看不可垂钓的告示；从他身边经过的汽车里发出一阵阵野蛮的怪叫；睡意蒙眬的恶狗，尽管对最坏的流浪汉也毫不在意，却一跃而起，齐齐咆哮着张牙舞爪袭击过来……

这一些小插曲丝毫没有影响到纳博科夫探索大自然的热情，田野、森林、沼泽、山岭、峡谷、雨林，动物、植物、矿物的有情世界让他如痴如醉。进入这个世界，他就仿佛进入了世外桃源，一切都是那么的美，那么的自然：

　　沿着小河走了三四英里路，我发现了一座摇摇晃晃的小桥。走上小桥，我看到了左手边小村落的排排农舍，苹果树，绿色河岸上一片片茶色松木，散布在草皮上那些农家姑娘的衣服闪烁着耀眼的花花绿绿，她们在浅水中浑身赤裸，嬉闹喊叫，对我并不稍加留意，如同我是眼下幽灵般的回忆者。

　　在河那边，一群密密匝匝闪闪发亮的雄性蓝色小蝴蝶在被踩过的肥沃稀泥和牛粪上狂啜，当我一跃而过的时候，它们全都飞起来，在空中闪闪烁烁，待我过去，它们又立刻落回原处。

　　穿过几丛矮松和桤木灌木丛，我来到了沼泽地。我耳朵一捕捉到双翅目昆虫的嗡嗡声、头顶上传来的鹬鸟粗嘎叫声、脚底下沼泽的吞咽声，我就知道我会在此寻觅到十分罕见的极地蝴蝶，它们的图片，或者那更妙的不带插图的描述，早已让我对它们心驰神往了好几个季节。顷刻间我已置身它们中间。在已结出幽淡、梦幻般蓝色浆果的低矮沼泽乌饭灌木丛之上，在死水那褐色的眼睛之上，在苔藓与泥沼之上，在芬芳馥郁的沼地兰花（俄国诗人们称之为 nochnaya fialka）的花蕊之上，一只黝黑的、有"斯堪的纳维亚女神"之名的豹纹蝶低低地、轻盈地掠过。美丽的 Cordigera，一种美玉般的飞蛾，在它食用的泥地植物上嗡嗡飞舞。我追逐着玫瑰色缘边的黄粉蝶、灰色大理石花纹的眼蝶。我对覆盖了我前臂的蚊子毫不理会，却发出一声欢快的咕哝，俯身扼杀在我蝶网里扑腾的那只银色点点的鳞翅目昆虫的生命。透过沼泽的气息，我嗅到了我手指上蝴蝶翅膀微妙的馨香，那种因品种而异的馨香——香草味、柠檬味、麝香味、难以说清的陈腐与香甜混合味。我毫无餍足之感，继续奋力前行，终于走到了沼泽的尽头。在地面隆起的那一边，是一片羽扇豆、楼斗菜与钓钟柳的乐园。丽草在西黄松下竞相怒放。远处，飞逝的云影让林带上暗绿的斜面和灰白相间的朗斯峰斑斑驳驳。（《说吧，记忆》，笔者译）

此时的纳博科夫处于一种妙不可言的迷狂之中，深深地沉醉于人与物浑然而一那无时间性（timeless）的"体尽无穷而游无朕"（庄子语）的境界之中：艺术家禀赋的诗心，映射着天地的诗心，主体的生命情调与客体的自然景象交融互渗，成就一个鸢飞鱼跃、活泼玲珑、渊然而深的灵境。难怪他这章关于鳞翅目昆虫学研究充满诗意的描绘让其他昆虫学家也爱不释手。美国鳞翅目昆虫学家 R. 威尔金森说他"每个春天都要重读一遍，把它当作夏日收集标本前的玩味与享受"。美国另一位昆虫学权威雷明顿（C. Lee Remington）说纳博科夫在《说吧，记忆》中对蝴蝶的描写"让我尤为沉醉。我可以断言，只有极少数专业知识极为丰富的鳞翅目昆虫学家才可能完全欣赏与分享到纳博科夫的个人脾性"。①

三

有了《说吧，记忆》的珠玉在前，要再给纳博科夫写传记，就得考验传记作家的勇气与能力。好在《说吧，记忆》一书重文学审美情趣轻"真实历史事实"，为传记作家留下了无限的操

---

① Brian Boyd & M. Pyle, Ed. & . Annotated. Nabokov's Butterflies, Boston: Beacon Press, 2000. p36.

作空间。

　　就纳博科夫的传记来说，值得一提的当然是新西兰奥克兰大学英文系教授布莱恩·博伊德（Brian Boyd），总共长达 1390 页的《纳博科夫：俄语时期》（*V. Nabokov：the Russian Years*）（1990）和《纳博科夫：美国岁月》（*V. Nabokov：the American Years*）（1991），这部书已然成为纳博科夫权威评传。

　　这两部评传的可圈可点之处首先是其丰富而珍贵的史料价值。博伊德对纳博科夫研究用力颇深，不但遍寻和占有纳博科夫珍贵的第一手资料，还跟踪纳博科夫的生活轨迹，遍访纳博科夫生活过的世界各地与当事人。因此，在这两部评传中，我们不但可以重睹纳博科夫生活细节的"回放"，更能深入了解一代艺术大师思想与艺术形成的语境与心路历程。此外，博伊德的研究方法也值得注意，他突破一般传记批评的窠臼，将着力点放在最为详尽地阐述纳博科夫艺术思想产生的语境，其作品的内在艺术魅力的独特之处。博伊德对纳博科夫几乎每一部重要作品都有阐释，因此，称这两部大书为纳博科夫研究的百科全书，可以说一点也不为过。

　　照此看来，纳博科夫的自传与博伊德的纳博科夫传记如同两座巍峨的高山，这两座大山令其他传记作家不能不顿生难以逾越的敬畏之心而踟蹰不前。然而，就如同纳博科夫所说的那样："拆解谜团是人的思维中最为纯粹最为基本的活动。"纳博科夫违背"常规"美学原则创作出来的"另类"文学作品，试图超越一切"常规"文学观念、跨越科学与艺术的鸿沟、以"艺术"为旨归的小说美学思想，以及身处大动乱、大变革风口浪尖上的他自己跌宕起伏的人生经历，在西方后现代语境中构成相互关

联、三位一体的独特的"纳博科夫现象"，而尝试从不同视角对
这个意蕴异常丰富、闪烁着谜一般诗性光芒的文学现象进行全新
阐释成为传记作家跃跃欲试的内在冲动。

因此就有了我们看到的记录纳博科夫在美国生活的传记作品
——《纳博科夫在美国——通往〈洛丽塔〉之路》。此书作者罗
伯特·罗珀，是美国小说家，传记文学家，其纪实作品与小说都
得奖无数。出版本书之前，他还出版了美国著名诗人惠特曼的传
记作品《战鼓声声：美国内战中的惠特曼及其兄弟们》，以及
《致命的登山者：美国珠峰传奇威利·温索尔德的生与死》等纪
实性文学作品。他深知，试图强行翻越纳博科夫传记的前辈的山
脊、在别人开辟的道路上再走一遍注定会徒劳无功，只有独辟蹊
径方能产生柳暗花明之奇效。作为一个美国本土作家，罗珀有着
与俄罗斯文化熏陶出来的纳博科夫本人与新西兰学者博伊德所不
具备的"先天优势"，他"与生俱来"的"美国本土视角"成为
他将美国时代的纳博科夫进行全新解读与阐释的最佳门径，用他
自己的话说，他意欲"从研究专家那里拉出来，此乃本书之初
衷"。他想要通过自己这部传记作品，将人们对于这位奇特作品
《洛丽塔》的创造者已然形成的刻板与标准化印象中解救出来，
将人们印象中那位拒人于千里之外、孤芳自赏的纳博科夫还原成
真真切切、有血有肉的普通艺术家。他所要做的，就是全程追踪
纳博科夫让人瞠目结舌的美国化蜕变、他流亡到美国后到底是如
何敞开自己接受美国的本土影响、对美国文学传统融会贯通、并
将之与他自己的现代主义文学创作水乳交融。对于前辈传记作家
将纳博科夫的创作认定为"俄罗斯时期"与"美国时期"的标
准划分，他的看法是，事实上，从走上文坛的那天起，艺术创新

就成为贯穿于纳博科夫作品整体的主旋律，但正是美国以及他英语作品中的美国元素才是纳博科夫成功的内在秘诀，由此可见，他对于美国生活的投入与浸润所激发的变化远比他在柏林的生活以及最后十七年在瑞士的生活有意义得多，因而，探究《洛丽塔》（也包括描写流亡美国、可怜可悲的俄罗斯学者《普宁》、充满无数诗性谜题的《微暗的火》以及纳博科夫最后一部杰作《艾达》）成书过程，尤其是对其与美国文化以及美国作家之间的内在关联进行全方位多视角的钩玄索隐，就成为这部纳博科夫传记区别于其他的标志性符码。最后，罗珀要证明的是：纳博科夫热爱美国，他向美国敞开怀抱，正是在美国，他可以以一种美国特有的胆大妄为进行创作，是美国成就了这位堪与普鲁斯特、乔伊斯以及卡夫卡等并驾齐驱、可永垂史册的文学大师，在这里，他创造出了一个只属于他自己的崭新艺术国度：洛丽塔国度。

这部传记作品的史料性、文学性与学术性兼具，其文本的复杂特性可想而知，作品中的各种资料引文，美国文学作品引文，尤其是以"挑战读者为乐"的纳博科夫原著引文，对于翻译者来说充满了挑战的艰辛与无限乐趣。译者研究纳博科夫十数年时间，自认对纳博科夫颇有会心，实乃翻译此书较为合适之人选。译书过程就如同翻越一座座小山，虽然充满艰辛，但能与艺术家们在山顶不期而遇并会心一笑，其内心的愉悦可谓无以言表。然而，对照钱钟书先生所倡导的翻译标准，翻译之最高境界"乃灵魂的投胎转世"，本书译本一定存在诸多不尽如人意之处，唯求读者之宽容与不吝赐教，译者对此感激于心！

2017 年 6 月　于暨南大学苏州苑

目录

引　言

　　身材细长的苏联人正享受他的假期，英俊的脸庞上透出睥睨一切的傲气。此时此刻，在犹他州盐湖城外几英里（1 英里等于1609.344 米）的瓦萨奇岭，他正在鳟鱼游弋的溪流中蹚水前行，陪伴他的是一位身材奇高的小男孩，父子俩在那儿张网捕蝶。他在 1943 年 7 月 13 日寄出的信中做如是描绘："我每天穿着短裤和网球鞋，可以步行十二到十八英里……这奇特的峡谷中冷风劲吹，无休无止。德米特里抓蝴蝶，掘地鼠，筑水坝，忙得不亦乐乎，开心极了。"

　　此时，盟军已成功登陆意大利西西里岛。希姆莱下令彻底清除波兰犹太人社区。与此同时，作家弗拉基米尔·纳博科夫正全神贯注地寻找他的 *Lycaeides melissa annetta*①，一种微微闪亮的美丽小蝴蝶。他在"海拔八千五百至九千英尺（1 英尺等于 0.3048米）之间的小卡顿河②两岸"捕捉蝴蝶做标本，"……蝴蝶栖居地……有茫茫一片的花旗松林，一堆又一堆的蚂蚁丘山……还有密密匝匝葳蕤茂盛的羽扇豆类植物"，这是当地一种淡色鲁冰花。

---

　　①　Lycaeides melissa annetta，珠灰蓝蝴蝶类，分布在美洲大陆。这种珠灰亚种蝶类由作为作家兼蝴蝶分类学家的纳博科夫首次描述，1992 年列入濒临灭绝的珍稀蝶类。（本文的脚注如非标明，均为译注。）

　　②　美国密里苏达河支流，全长一百三十三公里。

在荒野之地追逐蝴蝶的小说家——此乃美国时期的纳博科夫标志性形象——会欺蒙成千上万人的眼睛。"一个短裤衬衫都未穿的男人",那年夏天,当地一位名为约翰·唐尼的少年在卡顿大峡谷与纳博科夫不期而遇,少年看到纳博科夫"近乎全裸",便询问这位陌生人干什么去,纳博科夫一开始根本不理他。

那一年纳博科夫四十四岁。11 月,他拔掉两颗门牙,其他牙齿也在劫难逃。"我舌头的感觉,就恰像一个人回到家里,却发现所有家具被搬得一件不剩。"头发越来越少,胸腔越发地萎缩,烟却越抽越凶。来到美国之前的二十年间,纳博科夫的生活一直都处于颠沛流离的境地——毕竟,作为一位艺术家,穷困潦倒本该与其相伴相生。他的妻子薇拉·艾维希维娜,靠打零工与他共同支撑这个家,两人都对烹饪兴趣索然,他们的体重也都未曾增加过。

纳博科夫一家历经历史性变革的种种劫难,在 20 世纪的大灾难中漂荡浮沉,先是在自己的祖国苏联失去了一切,在最后时刻先后从柏林和巴黎惊险逃过纳粹的魔爪,一直以来都被一干邪恶的妖魔鬼怪监视盯梢。1943 年,假如他们还在苏联,就极有可能会与其他几十万同胞一起,在世界历史上惨绝人寰的列宁格勒围困①中饿死;假如他们没有在最后时刻,侥幸搭上开往纽约的那班轮船,而是滞留法国,那么,身为犹太人的薇拉,极有可

---

① 在第二次世界大战期间,德国法西斯军队将这座城市围困了 872 天(从 1941 年 9 月 8 日到 1944 年 1 月 27 日),苏联人民进行了艰苦卓绝的列宁格勒保卫战。最终,列宁格勒保卫战取得了胜利,但也付出了惨痛的代价:据统计,列宁格勒城内共有六十四万两千人死于饥饿与严寒,两万多人死于德军的空袭与炮击,三千二百幢建筑被摧毁,城市面目全非,街道变成了瓦砾堆。列宁格勒原为圣彼得堡,是纳博科夫的故乡。

能与他们年幼的儿子一起，难逃被羁押德朗西的厄运。德朗西是法国犹太人集中营，专为将他们输送到奥斯维辛集中营而设。

幸好这一幕并未发生在他们身上，此时只有他的 *Melissa annetta*（珠灰蓝蝴蝶）。一连数天，他沐浴在和煦的阳光中，跋山涉水。此时的犹他州，没有霍乱，没有饿殍，虽说美国给他的第一印象是甜蜜而滑稽的——目空一切的纳博科夫置身于土拨鼠与摩门教徒之中——但户外活动一直以来都让他极为兴奋，自始至终，美国也在向他招手致意。兵荒马乱的战争年代，心力交瘁的欧洲移民总喜欢猬集在充满焦虑情绪的纽约飞地（当然，移民当中那些有关系的艺术家们例外，他们会直奔好莱坞发展），唯独纳博科夫与他们大相径庭。索尔·斯坦贝格①绘制的 1976 年美国地图上，将哈得孙河与大西洋之间三千英里的国土显示为岩石遍布的褐色地块，毫无疑问，这正好与许多移民的心理地图不谋而合。广袤的美国西部肯定只是蛮荒之地，排犹、亲纳粹的孤立主义者遍地都是。那些讲述美国人如何的粗俗不堪、自高自大、愚昧无知的故事，在受过良好教育的欧洲人口中代代相传，成为对美国社会持久怀疑的主要理据。纳博科夫深深地了解这一切，他品味到的美式愚昧不输于任何人。他，欧式良好教育的受益者，三种语言自然流畅，达到罕有人敌的超高水平，其宠他爱他、才华横溢的生身父母，无论是对其文化教育还是智力开发，都不惜重金，用最为超卓的思想滋养培育他，而现在，他发现自己居然与一群牛仔和宗教疯子们为伍，命运简直给他开了个天大的玩笑。

---

① 索尔·斯坦贝格（Saul Erik Steinberg, 1914—1999），罗马尼亚与美国漫画家，他给自己定位为"绘画作家"。

斯坦福大学请纳博科夫讲授夏季课程，他并没有乘火车匆匆忙忙赶过去，而是由他的一位美国朋友开着庞蒂克①轿车，一路悠悠然然，足足走了十九天。薇拉在一封信中描绘这次旅途是"奇妙无比"，而纳博科夫给自己另一位美国朋友埃德蒙·威尔逊的描述是："我们的汽车驰骋跨越了好几个州（全都美景如画），我收集了众多蝴蝶标本，如痴如醉。"

3　　年过四旬的纳博科夫，依旧是少年心性，独立而不改。虽然装了假牙，面容有沧桑之色，但他精力充沛，朝气蓬勃，感觉自己还是在教科书上将自己的名字龙飞凤舞地涂写无数次的八岁孩童，无比的自我迷恋。他这种在其他人身上很难找到的自我性极强的勃勃生气，很好地诠释了他的"个人简历"中一项异常奇特的记录。在美国生活的二十年间，每逢假期，他都会围绕捕蝶活动乘车旅行，很多时候要穿越西部的高山峡谷，总里程超过二十万英里。妻子薇拉与儿子德米特里也被他这种户外狂热所裹挟，同样成为运动好手。当然，随着年龄的增长，德米特里越来越小心谨慎，避免让公众看到自己以拿着捕蝶网的形象出现。（他七岁之后还拿着捕蝶网之类的照片根本就无缘得见了）

乘车旅行二十万英里，前前后后持续了十三年，这是他们家到处旅行的数字，全程由妻子薇拉开车（儿子德米特里成年后也偶尔顶替一下），而纳博科夫坐在乘客位置上，要么查看着地图，要么在长宽比例为4:6的卡片上做着一些奇奇怪怪的记录，如果这一切都纳入到你脑海中，一幅达到高指数的家庭深度幸福图景就呈现在你的面前。纳博科夫一家一路前行，每一个日子都被

---

　　① 1893年，爱德华·墨非成立了"庞蒂克汽车公司"，因为当时汽车外形沿用了马车的造型，故此汽车也称"无马的马车"或"轻便马车。"

赋予了一个简单的目的：从一地到另一地，住进一晚需花费一两美元的汽车旅馆，辗转于那些自身一成不变、美国风味浓烈的小镇，初到这些小镇的游客都得与人微笑寒暄。纳博科夫在写给威尔逊及其他人的信函中，兴高采烈又有所保留地描述了他的旅途见闻。他提到被太阳晒黑了，说到那些他新采集到的标本，基本就是这些。自己的深度幸福感受并不见得都要描绘出来。与此同时，他还在忙活其他几件事：完成几本书一些章节的撰写与创作工作，比如传记《尼古拉·果戈理》、回忆录《确证》（后来命名为《说吧，记忆》）的撰写，小说《洛丽塔》《普宁》《微暗的火》的创作，对卷帙浩繁的普希金诗体小说《叶甫盖尼·奥涅金》的注释与翻译。作为专业作家，手头永远都有创作任务，一边旅行一边创作，何乐而不为？创作也是另一种乐趣呀。

二战后的数年间，对西部的狂热迷恋席卷美国大地，牛仔与开拓者的故事成为追寻西部历史印记的最佳材料。西部电影受到追捧由来已久，而此时的狂热程度更是前所未有。其间，自驾旅行度假的人数也达到历史新高，汽车旅馆（The motor court，也可以用一个更为生动的新词 The motel）遍地开花。很多新公路正在修建之中，老公路的路面也经过重新铺设；世界历史上规模最大的公共工程——于1956年开工修建的洲际高速公路系统竣工，乃是美国架桥铺路大干快上现象最为显著的标志。20世纪50年代，汽车技术更为成熟，人们的钱袋子鼓鼓囊囊，美利坚又刚刚打赢了一场大战：不驾车前往黄石公园更待何时？

美国文学——纳博科夫眼中的二流货色，虽不能说他对它毫无兴趣——将美国正在进行的大漂泊反映到文学之中。在我们（指美国）的本土文学中，存在一种逆流现象，也就是与霍桑、豪威尔斯、詹姆斯、卡瑟、德莱塞等反映社会复杂特性的主流文学背道而驰的文学逆流，俟纳博科夫到达美国之时，这股潮流又卷土重来。此文学传统可追溯到沃尔特·惠特曼身上，他是美国诗人的鼻祖，第一个头戴宽边软帽、足蹬坚固长靴、踏上漫漫征程、自觉装扮成漂泊流浪者角色的美国作家。亨利·米勒，这位本质上属于欧洲而非美国本土的吟游者，20世纪30年代踏上了自己的吟游之路。正当"垮掉派"作家们还在到处漂泊、创作正酣之际，纳博科夫恰逢其时漂洋过海来到美国，骄傲地展现他高端现代主义的极度热忱，悄无声息地滑入美国潮流。

　　然而，我们本土文学中的另类传统——滑稽搞笑荒诞不经粗野旷达的文学作品，这些文学渣滓中也有那么几部闪烁出无以言说的才华光芒——在纳博科夫身上也体现得淋漓尽致。这个传统由约翰·史密斯上校①开创，历经巴特拉姆②、海克特·圣约翰·德·克里夫库尔③、奥杜邦④、爱默生、梭罗、约翰·缪尔⑤、约翰·巴勒斯⑥，加上现代许许多多践行者，形成代有人出的半

---

　　①　约翰·史密斯上校（Captain John Smith, 1580—1631），时任新英格兰舰队司令，英国军人，探险家和作家。他因在北美弗吉尼亚州建立了英国第一个永久殖民地詹姆斯敦而著名。

　　②　巴特拉姆，全名威廉·巴特拉姆（William Bartram, 1739—1823）美国博物学家，酷爱旅行与探险 。有《巴特拉姆游记》等著作。

　　③　海克特·圣约翰·德·克里夫库尔（Hector St. John de Crevecoeur , 1735—1813），早期美国作家，著有《美国农人书简》或者《信札》等，第一位探讨美国梦概念的作家。

　　④　奥杜邦（J. Audubon, 1785—1851），美国著名鸟类学家、画家，他创作的鸟类画《美洲鸟类》曾被誉为19世纪最伟大和最具影响力的著作。

　　⑤　约翰·缪尔（John Muir, 1838—1914），美国著名环保主义者，帮助保护了约塞米蒂山谷（the Yosemite Valley）等荒原，创建了美国最重要的环保组织塞拉俱乐部（the Sierra Club）。写下大量有关大自然的随笔。

　　⑥　约翰·巴勒斯（John Burroughs, 1837—1921），美国生态作家，著作二十多部，多以描述自然，尤其是鸟类为主。其中《鸟与诗人》《蝗虫与野蜜》《时间与变化》最为著名。

科学化博物学家写作传统。如果说纳博科夫与以上作家相比较的话（虽然他最反感有人拿自己与别人进行类比），他与约翰·缪尔何其相似。作为美国环保之父，缪尔对冰川形成景观原理的突破性重构，预示着纳博科夫重新对蓝蝴蝶族群精妙绝伦的科学分类。纳博科夫无数次在他自己后来称为"西部故乡"的森林草原中跋涉穿行，活脱脱是缪尔纵横千万里、踏遍山山水水的余响。高山沟壑都是他们的至爱，二人同为达尔文主义者，对正教都嗤之以鼻，时不时如神灵般发表玄虚言论。

缪尔也许是最后一位正统超验主义作家，秉承爱默生的哲学宗旨，相信每一个自然存在实乃精神现象的某一象征之物；纳博科夫同样是心性主义论者，某种程度上相信神秘力量的存在，这种力量在我们这个堕落了的红尘世界无处不在。

还是回到纳博科夫行进在卡顿大峡谷的那个夏日吧，那个打听纳博科夫去向的叫约翰·唐尼的小男孩，已然了解：唐尼自己 5 也是一位捕蝶者，后来成为著名昆虫学家，在其晚年录制的音频中，他说：

> 我继续自己没有回应的交谈。"我也采集蝴蝶！"对方只瞟了我一毫秒，眉头扬了一下……依然一声不吭，脚步也不见放慢一点，向峡谷方向继续前进。终于，我记得，一只峡蝶从路上飞掠而过。"那是什么蝶？"他问道。我将我记得的科学解释和盘托出，从荷兰出版的《蝴蝶手册》现炒现卖，以前在专家面前还从未如这般使用过专业术语。他的脚步依然没有放缓，但眉毛上扬的幅度大些，时间长些。又一只蝴蝶掠过路面。"那是什么蝶？"我说了一种蝶名，这次不大有把握……他只是"嗯"了一声。又一种蝶类在他

面前飞过……我使出浑身解数进行描述，出乎预料，他竟然停下脚步，张开双臂对我说："你好！我叫弗拉基米尔·纳博科夫。"我们就这样认识了。

如此，我们见证了清高、孤傲、居高临下的纳博科夫终于交上一个新朋友，纳博科夫与许多蝴蝶学同道之人交上朋友，唐尼是其中之一。从法国漂洋过海停留的首选地包括曼哈顿七十九大街的中央公园西大街的美国自然历史博物馆，他将自己推荐给馆里的工作人员，并一下子让他们对他刮目相看。来美之前二十余年，纳博科夫缺乏的就是这些捕蝶同道中人；他一直都在为生计劳碌奔波，野外捕蝶活动，乃至去博物馆都是奢望。当然，在那些岁月里，他还是广泛涉猎了科学文献，对美国充满传奇色彩的捕蝶圣地早已心向往之。像博物馆研究助理威廉·P.卡姆斯达克这样一批人所从事的事业，正是纳博科夫所崇敬的。同样重要的是，美国自然历史博物馆的同人们与他志趣相投，都是渴望野外活动的忠实发烧友。他们操着与他相同的母语——并非俄语，而是生物分类学拉丁语——而外出捕蝶，或者在显微镜下研究蝴蝶得到的孩童般的快乐，让纳博科夫对这个群体产生了百分之百的好感。

在这里，我们看到纳博科夫正将他的另一个预言变成现实，此预言依据美国本土的教义，坚信在这个彼岸世界中，人与人之间那种新型关系终会建立，民主开明，畅所欲言，活力无限。虽说他对惠特曼作品并非那么欣赏，却不折不扣地实践着惠特曼的训示：与普通百姓为友，将粗犷的同志放到心间。诚然，这一群做学问的昆虫学家并非1855年间的纽约工人，也并非惠特曼看护过的内战时期的士兵们，但他们的的确确是真正的美国人，浑身上下美国气质充盈灌注的美国人，忙忙碌碌，到处奔波，一身汗一身泥，在纳博科夫眼中，他们已经变成他的至爱亲朋。

远在青春年少之时，我就开始阅读纳博科夫，迄今已达五十年之久。他的小说中精妙绝伦之处深深地触动着我的心——我尤其喜欢他居住在美国期间创作出来的那些作品，也就是传记称之为"美国时期"的二十年间（1940—1960）的创作。记得许多年前，有一次我去查阅历史文献档案资料，我的对面坐着一位比我年长的先生，一边阅读一堆年代久远的信札，一边不停地偷偷笑出声来；趁他起身去吃午餐的当儿，我瞄了一下那些信札，你猜对了，正是纳博科夫亲笔信。天啦，那不正是我求之不得的东西吗？刹那，那些内战手稿对我来说突然兴味索然。纳博科夫书札应该放到我的桌子这边呀。

我行程千里万里，踏遍了美国东西部的山山水水，寻访他留下的印记，他曾住过的地方，他曾经看见的一切，他曾经交往的朋友，他曾经攀登过的山峰，期待锁住他点点滴滴的过往，一丝不漏。在怀俄明的雅富顿，我寻访到了1952年夏天纳博科夫住过的他最喜欢的汽车旅馆，旅馆还是当年的模样，几乎没什么变化。在紧靠科罗拉多州的洛基山国家公园，我找到了当年他们夫妇租住的乡村小屋，小屋的屋架依然如故，只是早被废弃不用。我捂住额头和脸贴住尘土满布的窗户朝里面窥探，虽然不敢妄称我是第一个这么做的纳博科夫粉丝。他就在那里，他的幻影，他的幽灵——依然在这些龟裂的地板上游走，依然在夜间躺在这里早已破败不堪的小床上。

踏访纳博科夫曾经的足迹，重温他当年的所见所闻，最终，这一切对我的研究增益不大。倒不如我老老实实坐在椅子里，花数年时间反复阅读他的著作，与此同时，广泛涉猎围绕纳博科夫这巍峨的双树干俄国白桦林衍生出来的无数评论文献，所获丰饶许多。就那些批评文献而论，有几点不吐不快。第一，按照学术标准撰写的优秀评论，清晰剔透，妙趣横生，闪烁着智慧的真情真性——想想纳博科夫研究形成的第一阶段，正值文艺批评理论在一个又一个大学的英语系横行无忌的时代，这就显得更加的弥足珍贵。选择研究纳博科夫的男男女女们，文笔雅致，对各种理论术语有本能的反感，他们的研究自成风格，没有20世纪70年代（风靡一时的）显著的年代特征，他们的评论至今依然具有很强的可读性。第二，纳博科夫研究专家，正因为是专家，他们最为热衷的是将研究发现推到新的高度，专家们孜孜矻矻，勤耕不辍，钩玄索隐。而适逢其会，纳博科夫恰恰为这一类读者设置了温柔陷阱，纳氏本人对掉书袋也是乐此不疲，他留下的大批作品仿佛就是意在诱人去琢磨解密的。书中影射暗喻无处不在，人人皆可根据自己的视角挖到金矿，有时，研究有愈来愈狭隘之势头，从而达到自己想要的目标，然普通读者如我等却暗自纳闷：如此这般没完没了的挖掘索隐何时是尽头？对于这样一位伟大作家，我们还能回到明白晓畅、更为迫切紧要的研究正轨上吗？

欲尽绵薄之力，暂且将纳博科夫从研究专家那里拉出来，此乃本书之初衷。小说家纳氏本人曾不遗余力，意欲教会美国普通读者感悟他迂回曲折的思想方法①，虽然常常给人留下落落寡合 8

---

① 抵达美国后他撰写的第一本书就是《尼古拉·果戈理》，此文学传记不落窠臼，洞见迭出，索解不易，如众家所说，此书指导解读《死魂灵》与《钦差大臣》作者果戈理这位19世纪乌克兰作家，其实仿佛指导读者怎样解读纳博科夫自己。他炮轰同道作家——比如他说海明威就是一个笑话，说福克纳是一位自大浮夸的骗子——与上述伎俩如出一辙，同样是想要炒作自己并向众人表明：一块蔓草丛生的领地，只有用尽手段拼命打压这些蔓草，乃至于一把火烧它个干干净净，方能杀开一条血路。（原注）

孤芳自赏的印象，其实只要对他的胃口，纳博科夫并非那种总是
拒人于千里之外的艺术家。他渴望在美国找到他庞大的读者群，
与20世纪其他很多创新派作家不同，他愿意面对现实，采取切
实有效的措施得偿所愿。

　　阅读本书，读者就会发现，对撰写纳博科夫一家传记的两位
杰出前辈作家布莱恩·博伊德与斯泰茜·希斯夫，笔者受益匪
浅、感激莫名。博伊德乃《纳博科夫：俄语时期》（1990）与
《纳博科夫：美国岁月》（1991）之作者，希斯夫出版了她充满
无限艺术感染力的《薇拉》（1999）一书。正是由于这些传记作
家们生动再现出纳博科夫一家的日常生活，我不必再在这些方面
大费周章——说得准确一些，我连下笔的胆量都没有。

　　与上述二位传记作家不同，我将在其他方方面面下功夫。
（"打住！就知道你会那么说"，阅读第二代传记的读者会这样冷
冷地来一句）纳博科夫让人瞠目结舌的美国化蜕变，到美国后如
何敞开自己接受美国的本土影响——以及远在来美国之前，逃亡
到美国还仅仅是他遥不可及的梦想——这一切反反复复萦绕心
间，挥之不去。一般标准化的描述是这样的：纳博科夫曾用俄语
创作出版作品达数十年之久，如今，他做出了惊人的改变，改用
英语进行创作，仅此而已——智力上的巨变，深刻的蜕变，此类
的话放在什么人身上都可以。继续看标准化描述：在美国，纳博
科夫，用他那双无比锐利的眼睛，张望周围一切，并将他所见所
闻传达出来，我就是照相机类型。对此，我并不否定，但一切并
非就那么简单。

　　让我印象无比深刻的是他对于美国文化广博而又隐晦半明的
濡染浸淫，融会贯通美国文学传统，并将之与他自己的现代主义

文学创作水乳交融。不要吃惊，想想吧：他就属于那些经典作家类型，与早期作家的心有灵犀一点通，与他们的作品都有着独创性融通，这些便是他们前行的原动力。用俄语创作阶段纳博科夫便是如此，他将自己热爱的（其中有些只是为了调侃的）早期斯拉夫语作家作品烂熟于心，并借此创作自己的小说。改用英语创作后，纳博科夫也是如法炮制。

博伊德及其他传记作家都是众口一词，承认美国代表了一个开端，一个全新的开始，但他们的描述都认定美国只是他接下来成为伟大作家的一个阶段。之前在柏林与法国的二十年间，他用俄语创作出伟大的小说；之后在美国的二十年，他用英文同样创作出伟大的小说；最后是在瑞士度过将近二十年的时光，创作出生涯晚期无与伦比的杰作。对上述说法，我的意见是：未必如此。艺术之美与艺术魔力贯穿于纳博科夫作品的整体，但逐渐伟大之说主要建立在他美国小说基础之上。这不仅仅是他职业生涯中期声名大噪的功能问题，不仅仅是《洛丽塔》让他梦想成真，从此拥有了庞大的读者群。诚然，正是《洛丽塔》让千千万万的读者记住了纳博科夫这个名字（虽然他们老是将名字读错①），然而，他对于美国生活的投入与浸润所激发的变化远比他在柏林的生活以及最后十七年在瑞士的生活有意义得多。

他始终都没爱上德国（俄国人很少有热爱德国的），而瑞士

---

① 将他的姓发成 Na－BO－kuf 才对。绝大多数以英语为母语的居民，尤其是在 20 世纪 80 年代刚好是他们青年时代的人，他们对当时一首警方发布的风靡一时的流行歌曲《不要靠我太近》记忆犹新，（歌词中一句"就像 NAB－a－kof 小说中的那位大叔"尤为突出），他们老是读成 NAB－a－kof，乐此不疲，因为对英语国家的人们，这样读起来上口一些。（原注）

对他来说更像一个有尊严的庇护所，一个工作或得到荣耀之所而已。但他是实实在在热爱美国——那粗狂广袤的美国的一切。他向美国敞开怀抱，而且对在这里被迫做出的改变而感到无比欣慰，是因为这一切与他在美国无数次快乐无比的捕蝶经历，以及在 20 世纪中叶能够将自己健康、前途无量的孩子培养成人息息相关。经历了欧洲时期肃杀的恐怖之夜，经历了苏联与德国极权主义的癫狂肆虐，美国是一个可以自由呼吸的地方，但是——在这里，他同样经历了一点曲折——他并未立刻在艺术上得意。相反，他开始放开手脚以全新姿态进行创作，我的说法是，以一种美国特有的胆大妄为的做派进行创作。

纳博科夫的美国时期，恰好二十年的周期，已经成为神话般的传奇。从一文不名、创作语言悬而未决，一跃蜕变为世界上用英文创作的最著名文学家，创作出那部横扫世界的性感小说以及多部独树一帜的文学杰作。

他早年用俄语创作的小说也重新出版发行，这些作品的翻译他亲自捉刀或把关，没过多久，他被评论界认定为堪与普鲁斯特、乔伊斯以及卡夫卡等并驾齐驱、可永垂史册的文学大师。他被世界上正努力奋斗的作家们所景仰瞩目，乃至于那些并不喜欢他文学风格的作家们也被他坚定的意志力、他的才华横溢与艺术家风范所折服。纳博科夫能这样做，或许自己也可同样为之。

精雕细刻，事无巨细，双关处处，防不胜防的学究式典故，或许，纳博科夫风格与主流文学趣味格格不入。换一种说法吧：或许，并非他的每一部小说都像他在英文译文版前言中自信满满所宣称的那样，都是流传百世的经典之作。或许，只要有诡异、淫荡的爪子伸向孩子、沉迷于似乎只有纳博科夫才注意到的美国式儿童强奸，《洛丽塔》就会继续刮起俄克拉荷马式龙卷风，让人激愤，让人愉悦，让人惊骇。然而，或许我们中的一些人，不用重读《艾达》也能安然度过一生。或许，像《瞧那些小丑！》《透明的东西》《庶出的标志》《斩首之邀》，乃至于他俄语小说中最为珍爱的《天赋》中那些长篇章节等等，都并非那么举世瞩目。他总是不遗余力地推销自己的品牌，或许，从某种意义上说，他把劣质产品也一同打包卖给了我们。

就是那样又如何呢。神话延续下去，他的小说亦然，供人们研究再研究。他在逆境中创造奇迹的故事确确实实无比励志，可成为家长们在壁炉与床头跟孩童们津津乐道的故事，向孩子们强调，坚守高标准不动摇会赢得最后的胜利（而培育政治活动能力、寻找人生导师、改头换面、没脸没皮的借贷以及为自己的利益而不断劝诫自己等等，可以派上用场）。

当战争的噩梦尾随着向他逼近的时刻，逃亡到美国堪称他命运的重大转机——但仅此而已，其余的一切条件却早已具备了。命运的神奇之处在于，他在四岁的时候，还不能阅读俄语书籍，家人就让他学会了阅读英语书籍；他恰好就有一个美国式思想自由的立宪主义者的父亲，不断向他灌输亲英思想，使他从小向往英语世界。他在自己的庄园领地里纵横驰骋，他把自己想象为西部牛仔或印第安故事中的人物，打小就喜欢捕猎（只喜欢捕蝶，虽然偶有其他野生动物），一如海明威喜欢在密歇根捕猎，福克纳喜欢在密西西比中北部捕猎一样。难道说，如果带讽刺意味的话，他只是在回顾往事的时候才完完全全是地道美国人？或者说，他创造出了一个崭新的美国——洛丽塔国度，纳博科夫国度，一个充满无限困惑、荡起不安笑声和层层涟漪的国度——不过是为了去印证很久之前他早已了然于心的未来之途？

第一章

11　　逃往美国的想法在纳博科夫心中酝酿已非一日，但不到万不得已不想走到这一步。

　　作为作家，同时也担当丈夫与父亲的角色，在危险时刻降临之时，他差一点错失机会。1936 年，他们依然生活在柏林，薇拉力主逃离这座城市，摆脱纳粹的纠缠；至少从 1930 年开始，夫妇俩已经开始谋划出逃的目的地，却大多因为经济窘迫而胎死腹中，但如今薇拉要丈夫先行一步到相对安全的法国落脚，她自己带着两岁的儿子留守收拾残局。

　　薇拉虽非这个家庭中最主要的养家糊口之人，但自始至终是这个家生死攸关时刻的顶梁柱，此时，她不能外出工作了。薇拉本来在犹太人经营的一家机械制造公司担任翻译工作，1935 年，德国当局强行没收了公司，并将里面的犹太人全部解雇，她的工作也就这样丢了。此时此刻的纳博科夫正处于创作的丰产期——《光荣》《暗箱》《绝望》《斩首之邀》以及《天赋》的部分章节等，都是他 20 世纪 30 年代完成的杰作——却还要在法国或英国打一份零工，什么工作都无所谓。他给在哈佛做教授的朋友的信中说，他哪怕"住在美国的荒郊野岭也毫无惧色"。他们深知，犹太身份的妻子甚至纳博科夫自己大多时候都危险重重：在纳博科夫心目中坏得无以复加的人，是名叫塔波利斯基的俄罗斯流亡者，这个狂热的俄罗斯罗曼诺夫王朝的狂热党羽，充当纳粹密探，专门被情报局指派去干监视柏林流亡者的勾当。此人与另一人一起，在 1922 年俄罗斯流亡者一聚会上，将纳博科夫的父亲击毙。纳博科夫本人与其父大不相同，对政治一点都不热衷，但他属于这个家族，而且与自由主义思想有千丝万缕的联系，这就足以让他也被列入刺杀黑名单——薇拉对此忧心不已。

与前一年一样，纳博科夫计划在布鲁塞尔和安特卫普举行小说朗诵会。紧接着在 2 月初于巴黎的拉斯卡斯堡也举办一场盛会；盛会空前成功，成为气氛热烈欢乐的庆功会——在巴黎，纳博科夫拥有众多狂热的粉丝，其中女性众多，她们醉心于引用纳博科夫的诗歌与他往来唱和。虽也夹杂着批评质疑之声，西林——他流亡期间的笔名，他的真名也同样为人所知——已是被公认为才华横溢的作家，是最有望继承普希金、莱蒙托夫、托尔斯泰以及契诃夫衣钵的接班人。那些不同意这种说法的人包括他的同胞作家，一些是与他同辈的青年作家，还有就是老一辈作家，比如蒲宁。蒲宁是 1933 年诺贝尔文学奖获得者，他与当时如日中天的青年才俊纳博科夫的关系可谓既具戏剧性又脆弱无比。但不管怎么说，1937 年早期回到巴黎的纳博科夫受到英雄般的欢迎，被奉为未来的新偶像。

纳博科夫于是年 2 月中旬与妻子别离，到 5 月第三个礼拜再与妻子团聚，其间纳博科夫每天给妻子写一封甚至是两封信，一日不落。信函中充满无限的柔情蜜意。"我亲爱的，我的快乐源泉"，2 月巴黎朗诵会结束后，他在给妻子的信中如是称呼，而四月份的信是这样写的：

我的生命，我的挚爱，今天是（我们结婚）十二年纪念日。就在这个日子，《绝望》最终得以出版，我的《天赋》也在《当代纪年》上发表……在亨利丘奇别墅举办的午餐会（……主人是颈子上长了个大大的疖子的美国富翁……他德国出身的妻子是狂热的文学爱好者）气氛好极了……得到盛情款待，亢奋不已……与乔伊斯的出版人西尔维娅·碧琪相谈甚欢，万一我的《绝望》在伽利马和阿尔宾·米歇尔出版社进展不顺的话，她有可能会帮我出版……亲爱的，我爱你。我讲我们家小家伙的故事……他们听得入迷。（经过我们训练，德米特里早已可以背诵普希金的诗句）我的至爱，我的至爱呀！你站在我的面前的时间是多久多久之前了呀……拥抱你，我的快乐之源，让我心力交瘁的小东西。

肉麻话一堆，恶搞描述对象（颈子上的疖子），夸大作品进程，将这些东西搅和在一块乃纳博科夫的典型做派。也许什么都不用讲，薇拉凭直觉就可以感觉到他在外面有艳遇了；还是有好事者给她写信，曝出破坏他们家庭的第三者，她叫伊莲娜·瓜达尼尼，苏联人，离异，宠物美容师。她属于那些可以将西林作品从头到尾一字不漏地背诵下来的女粉丝，纳博科夫打死不承认与她有染——他坚称自己因是文坛新星，不免遭人嫉恨，此类恶意诽谤空穴来风是防不胜防。他写给妻子的信函并未有一日中断，信中的柔情蜜意也丝毫没有消减，当然只是满纸的虚情，连篇的假意。

13

一个犹太女人，带一个才两岁大的孩子，几乎身无分文，生活在希特勒铁蹄下的德国，薇拉的处境可用绝望来形容，那一年正值魏玛旁边的布痕瓦尔德集中营正式启用，也是"堕落艺术"（Entartete Kunst）① 巡回展出之年，"堕落艺术"展刻画了许多犹太人形象。薇拉没有理会丈夫的催促赶去法国南部与他会合，而是有计划地掉头向东，直奔布拉格而去。纳博科夫的母亲当时就住在布拉格，依靠微薄的抚恤金生活，自从孙子出生以来还从未见过面，说不定这一次就是最后的机会。

在了却家婆欲见孙子的急迫心愿的同时，薇拉意欲折磨一下出轨的丈夫，此时的纳博科夫正遭受良心炙烤，接近疯癫状态，但他依然执迷不悟，不愿割舍这段婚外恋情，难以割断与瓜达尼尼的情丝。这个颇有心机的女人，将这一段地下情牢牢掌握在手中，时隔二十五年后，她发表过一篇小说，将此中因缘透露出来。纳博科夫的银屑病又复发了，每当遇上无法忍受的压力，这个病就会冒出来让他寝食难安。最终，他乘坐火车赶往布拉格，这也是他一生中最后一次与母亲相会，母亲第一次见到孙子，却也是她有生之年的最后一次。数月之久，他们的婚姻危机并未有转好的迹象。7月中旬，他们居住在夏纳，暂时远离纳粹的控制地区，此时纳博科夫才将他的不忠向薇拉和盘托出，为此，他们的婚姻危机达到了前所未有的最高峰（纳博科夫继续与瓜达尼尼鸿雁传书。有一天，瓜达尼尼出现在海滩上，恳求纳博科夫带她

---

① 1937 年，时任帝国视觉艺术会主席的阿道夫·齐格勒（Adolf Ziegler）在慕尼黑组织了一个名为"堕落艺术"（Entartete Kunst）的展览，是当时被定为具有厌世主义倾向的艺术的总称。展览在德国十三个城市展出，吸引了超过三百万观众。

双栖双飞；而他却强忍痛楚，弃她而去，虽然心中实在是难以割舍）。

结婚前，丈夫就是一个多情浪子，薇拉对此并非不清楚。他有多达二十八次恋爱的青春诱惑，哪怕新婚宴尔的头几年也未曾停止猎艳寻欢，当然多数情况下是瞒着妻子。"柏林现今可真是风光旖旎无限，"他在1934年致友人的信中如是说，"可能由于是春天的缘故，一切都格外地撩拨性情，我就像一只发情公狗，整天被姹紫嫣红的……醉人花香弄得到处乱窜。"但如今，那种拈花惹草到处留情的毛病该改掉了。与瓜达尼尼的婚外情太虐心太放肆。生性高傲美丽动人的妻子，只是用她自己的方式进行还击，其中展现出她异于常人的聪慧与对丈夫深沉的忠诚，要将那在西欧放荡不羁、身心俱疲、被人当作傻子的丈夫吸引回来，避免他在错误的地方错误的方向上遭受灭顶之灾，抛弃与放弃不是一个妻子该做的事情。虽说十多年来她含辛茹苦，艰辛度日，在这场婚外恋危机发生之前的一年，她刚刚诞下了他们的第二个孩子，而孩子又不幸夭折（或许如此吧），她早已是身心俱疲、憔悴不堪了。虽然薇拉的传记作家希斯夫也说，"他最后一次的偷情并非是1937年与瓜达尼尼的苟且，就跟1945年是他抽的最后一支香烟的说法差不多"，1945年，每天都抽四五包香烟的纳博科夫戒烟了，不过完全可以斩钉截铁地讲，这段婚姻之中，从此再也没有听到过出轨那样的事了。

幸运的是，法兰西不是德国。然而，20世纪30年代末的法兰西对于纳博科夫这样的人也实在不会敞开怀抱。虽然他被奉为文学偶像，在文学界也有人脉，但却没有合法工作的权利，直到1938年8月才拿到法国身份证（*carte d'identite*）。他们选择离开巴黎，因为这里是飞短流长的是非之地，况且瓜达尼尼还住在那里。除了1938年底纳博科夫在巴黎参加了一次朗读会，他们夫妇俩绝大部分时间在蔚蓝海岸处于半隐居状态。在那个年代，蔚蓝海岸是巴黎温暖的替代城市，囊中羞涩的艺术家与作家理想的栖居地。纳博科夫埋头写呀写呀，急于摆脱婚姻危机，他一头扎进工作之中，为让一切恢复正常，他用折磨自己的方式忘掉婚姻危机之前他令人瞠目结舌的生活习惯。而处于人生最低谷的薇拉，也没让自己闲着，她圆满完成纳博科夫描写压迫与囚禁的梦幻之作《斩首之邀》的翻译，并将此展示在纽约的出版商面前。

早在1934年，另一位伦敦的文学书商曾经将另外两本小说《暗箱》和《绝望》①的英国版权售出。《暗箱》的英文译本让纳博科夫震惊万分：这个译本简直就是"马虎草率、不成样子、一塌糊涂"，"无处不在陈腐平庸的表达将那些充满机智与陷阱的原文……降低何止一个层次"，他致函给出版社的哈琴森表示不满，但又急于让自己有一本书在书店出售，他只好听之任之。三年之后，当《暗箱》的美国版权由他的美国代理商阿尔塔格拉西亚·德·简内里售出之后，纳博科夫这次选择了亲力亲为，自己重译这本书，而且在此过程中改写了其中一些片段，重新为它改换书名为《黑暗中的笑声》，他认为这个书名对美国读者更具有吸引力。此时的他对自己的英语还不是完全自信，他安排与哈琴森见面，请他们审阅英文稿，改正可能出现的错误表达。

纳博科夫的著作有法语、瑞典语、捷克语以及德语译本。而 15

---

① 《暗箱》（1933）是戏拟电影桥段的轻松黑色爱情故事，而《绝望》（1934）将电影元素与陀思妥耶夫斯基小说常用的双生子与疯子犯罪桥段巧妙地融合在一起。纳博科夫小说名录，可参阅本书第一章282—283页注释。（原注）

为英语国家所做的译本最为重要，因为这里的市场潜力最大。西林的书不可能在苏联出版；在他本该拥有千万读者群的故乡，本可以用自己耳熟能详的习惯用语创作而不需费那么多脑子去翻译的地方，本该沐浴在对自己来说意味着一切的文学传统宫殿金碧辉煌的荣光之中，那里有普希金开创的诗歌散文的伟大传统——他文心依托的故乡可悲地永远一去不复返了。当然，对任何人来说也同样是一去不复返了。再也没有那个他本可以无忧无虑、幸福快乐地生活的"俄罗斯"，他同时代那些留守祖国的胆大妄为的同胞作家们，此时正赶往通向监狱地下室的路上——比如创作过《骑兵军》的艾萨克·巴别尔，1939 年被逮捕，1940 年被枪决；还有，曼德尔斯塔姆 1938 年被捕，并于当年的 12 月神秘死亡。曼德尔斯塔姆写过一首著名的诗歌《讽斯大林》，将斯大林的手指比作蠕虫，将他的胡须比作蟑螂，其开篇诗句是"我们生活在这里，却丝毫感觉不到脚下的这片国土"，毫无疑问，这句诗行中诗人透露的信息是一代人对俄罗斯的失落感。

在 20 世纪 30 年代，忙于将自己的小说在美国翻译出版以求出售，对于一个俄罗斯作家来说并非最可悲的事情。纳博科夫对于美国文学可谓一无所知，甚至是根本无视美国文学这个概念，他对英国文学与爱尔兰文学却异常熟悉，莎士比亚、史蒂文森以及乔伊斯是他最为青睐的作家。还很小的时候，母亲就朗读英语童话给他听，因而他很早就受到英语的熏陶。

稍大一点的时候，他痴迷于梅恩·里德上尉（1818—1883）的作品，里德是爱尔兰人，曾参加过美墨战争，专门创作美国西部故事，比如《荒野两匹狼》《枪手游侠传》《致命枪击》和《无头骑士：得克萨斯怪异故事》。纳博科夫称，里德多产又粗制滥造的作品，却给他打开了广阔无垠的视野以及穹隆般的西部天宇。摘录一段里德在《无头骑士：得克萨斯怪异故事》（1866）中描绘火烧过的草原的情形：

> 目光所及，一片焦土——全然都是如同混沌之子厄瑞波斯一般的黝黑。没有一丁点的绿色——绿草荡然无存——连芦苇和杂草都没有剩下。
>
> 正值夏至之后，已经长成的禾本植物以及草原花卉茎干，在那场毁灭性大火的舔舐之下，同样化为狼藉一片的灰烬。
>
> 眼前的一切——不分左右——极目眺望之处，景象肃杀，荒凉一片。草原上空本来湛蓝的天空也变成了暗蓝；虽然是万里无云，太阳也没有艳阳高照，而是显得愁眉不展，似乎与一脸愁容的大地遥相呼应。

如果将那古已有之的诗意笔调忽略不计，我们自己也能够看见这一切——喧闹的里德属于那种将他们平时所见的一切都描绘出来的作家，接下来的一页：

> 风景……起了变化，虽然并未变得更佳。还是那样墨黑一片，直达天际，但地面不再只是一马平川：它滚动向前……并非光秃秃一棵树都没有，虽然可称得上是树的东西根本就看不见。遭受大火之前，这里曾经有过很多（树），角豆，豆科灌木，还有其他金合欢属植物——要么孤独而立，要么丛生抱团，在烈焰面前，它们轻飘飘的叶片像亚麻

16

布一样化为乌有。

在其 1966 年版的自传体作品《说吧，记忆》中，纳博科夫曾提及《无头骑士》，"这本书有其优点"。现实主义的明白晓畅与科学化精确描述——如"茎干""羽状"以及"豆科"等术语全都用得准确无误——二者完美的融合对于一个少年读者，或者对任何读者来说可谓是极大的精神满足。在小说的后面几页，在焚烧过的荒原之上，一个小说人物出场了：

> 骏马与骑士呈现的画卷……在山脊的顶峰……翩然矗立……
>
> 一匹阿拉伯酋长才可能乘坐的神骏枣红马……四肢如藤蔓的茎干般（又是茎干）干净，浑圆的臀部，一条粗壮的尾巴在后臀扫来扫去……马背上，坐着一位……身躯伟岸、面庞雍容的骑士，身着墨西哥 ranchero（大牧场主）独特服饰——平绒针织夹克衫——缝合处镶边的 calzones（短裤）——雪白上等细麻布短裤……一条猩红纱巾缠绕腰间，头上顶着镶金黑釉礼帽。

这便是小说中器宇轩昂的主人公莫里斯·杰罗德（"莫里斯·杰罗德爵士"，纳博科夫在他的《说吧，记忆》中加了那么一句，"他激动万分的新娘会在小说末尾发现这一点"）。里德的作品——包括七十五部小说，还有报告文学——无一不对服饰表现出经久不衰的关注。他的主人公都是那么简单粗狂，但行为举止却又那么 comme il faut（大方得体），对女人有着致命的诱惑力：

透过旅行马车的车帘，一双眼睛盯住他看了好多眼，眼神中涌出异常的柔情。露易丝·珀因德克斯特注视着……英雄偶像般的男人目不转睛，这是她生命中第一次有这样的体验。假如他获知他的出现能够在一位年轻克里奥尔女人胸中激荡起如此汹涌的波澜，他该感到怎样的自豪啊！

纳博科夫曾写道，他与叫尤里·劳施·万·特罗本伯格的表兄将里德小说的整个情景都表演出来，连同那些容易被人忽视的手势都完美地呈现。还是小男孩的纳博科夫在他创作自己的历险故事方面已经开始尝试寻找纳博科夫式高雅风格，虽说这种说法有些夸张——当然夸张得有些过分——但他们二者之间的确存在某些共同点。对北美地理的心驰神往，对那广阔无垠旷野的狂热痴迷，抑制不住想要游历冒险一番的冲动；对生物进行科学命名；异国情调的感官享受；出自艺术家手笔的精确描绘，头顶上湛蓝的天空变得稍深色一点，他以作家的眼光都能精确察觉。"我拥有的这部小说的版本，"纳博科夫写道，"那用红布装订的厚厚一本，至今依然清晰地印在我的脑海里。"那是英美出版的小说，重点在于，那是"未经删减的原版书"，而不是"翻译过来而且删减过"的俄语版本，表兄尤里与其他俄罗斯小孩只能阅读删减版本，因为他们的英语水平远远达不到阅读原著的要求。小说卷首的大草原插图"点燃了我想象力的烈焰，时间是如此的久远，乃至这团火焰到现在已然暗淡无光了"，纳博科夫根据自己的观察继续说，"这种想象已经被现实实物神奇地取代……被你（薇拉）和我租用的牧场在（1953 年）取代了……看一眼这

个牧场，不知哪儿冒出来那么多的仙人掌与丝兰，一只鹌鹑哀哀
而鸣，也许是加州黑腹翎鹑吧，我以为。"

纳博科夫的美国代理商不遗余力地为他奔波——其敬业精神
感人肺腑。从阿尔塔格拉西亚·德·简内里的信函可以看出，为
了售出西林那些反传统的早期作品的版权，她几乎将所有出版社
的门都敲了个遍，把这位还在乔伊斯与普鲁斯特影响下的作家放
到铁匠铺般的作坊中锻造成形。1936 年 8 月，简内里写道：

> 请查收涉及你大作的几封信。当然，这些信永远不能说
> 明什么问题，因为总会有恰当的人在恰当的时间与恰当的地
> 方接受它的：
> "霍顿·米夫林出版公司万分遗憾地告知，他们决定不
> 予出版寄来的手稿。"（1936 年 4 月 4 日）
> "非常荣幸惠赐小说稿《防守》，小说很有趣，却与本
> 社意趣不符。请尽早索回稿件，不胜感激之至。"（1936 年 8
> 月 12 日）

是年 12 月，她又转来另一张便条：

> 我们觉得，要想将纳博科夫——西林的名头在美国打响
> 须付出无比巨大之努力，乃至于，这将对他的小说《K，Q，
> J》的出版的商业机会大大不利。鉴于此，对于这样一本具
> 有许多明显特质的书籍不予出版。

这些小说，其中几部还只是俄语版，这让美国出版商对此的

态度复杂化了，他们最不愿意花那个钱只让外语读者阅读，不过，即便是这个原因不存在，西林（V. Sirin）——他觉得这个俄语笔名已经没有存在的必要，现在将衍化为 Nobokoff，最终变为 Nabokov——的书也很难销得出去，因为他创作的初衷就是有意识地反市场潮流，他笔下那些癫狂与易受蒙骗的主人公们根本不会给读者以温暖而欣喜的强烈认同感。与稍早的乔伊斯一样，纳博科夫孜孜追求阳春白雪的现代主义风格，对那些缺乏新意之作，给人温暖期望之作，情节发展四平八稳之作，具有道德寓意之作等通通不屑一顾。他一生中都对那些试图在他小说中寻找到社会问题的表征的读者毫不客气地表达不满，我们可以从他给另一位俄侨诗人霍达谢维奇（1886—1939）的便条中，看出他对此的猛烈抨击：

> （作家们应该）将全部身心投入他们自己的那些没有附加意义的单纯而让人无限迷醉的事情之上，只是顺便证实那些现实无须再去证实的一切：比如存在的奇异感，不爽，孤独感……或内心隐秘的快感。那些所谓的高论——无论智慧与否，在我这里毫无区别——所谓的"现今时代""焦虑""宗教感悟"或者加上一个"战后"名词的任何句子等，我对此都忍无可忍。

简内里对纳博科夫的才华非常认可，对其商业前景也比较看好，只可惜天不假年，她英年早逝，没能等到他由于感受力的变化而写出的小说让她真正可以赚到钱的那一天——她曾经将他的一部小说投向了六十多个出版社与期刊社。从国会图书馆，我们可以查阅到当年她接洽过而且拒绝出版该小说的部分出版社与期刊名录：

Houghton Mifflin, Henry Holt, Liveright, Robert M. McBride, Lippincott, Longmans, Green & Co., Chas. Scribner's Sons, Knopf, Random House, Macmillan, Simon and Schuster, MGM, the New York Times, the John Day Co., Little, Brown, the Phoenix Press, Frederick A. Stokes Co., *Esquire*, *The Saturday Evening Post*, G. P. Putnam's Sons, Reynal and Hitchcock, Dodd, Mead & Co., Harcourt, Brace & Co., H. C. Kinsey & Co., the *Atlantic Monthly*, D. Appleton – Century Co., Blue Ribbon Books, *Liberty* magazine, Doubleday, Doran & Co., and *Life*. (米夫林出版集团，亨利·霍尔特出版社，李佛莱特出版社，罗伯特·M. 迈克布莱德出版社，利平科特出版社，朗曼出版社，格林出版社，斯克里布纳之子出版社，诺普夫出版社，兰登书屋，麦克米兰公司，西蒙与舒斯特公司，美国米高梅电影制片公司，《纽约时报》，约翰德出版社，利特尔出版公司，布朗出版社，凤凰出版社，弗雷德里克·A. 斯托克斯公司，《君子》杂志社，《周六晚邮报》，帕特南之子出版社，雷纳尔与希契科克出版社，达得出版社，米德公司，哈考特布莱斯出版社，H. C. 金赛出版公司，《大西洋》月刊，D. 阿普尔顿–世纪出版公司，蓝带书屋，《自由》杂志社，双日出版社，多兰出版公司，《生活》周刊)

《黑暗中的笑声》（1941）版权卖给了专门出版教科书的鲍勃斯-梅瑞尔公司，也是一件匪夷所思的事情。不过，到那时，《黑暗中的笑声》从两个英语译本中得到好处，而第二个译本是纳博科夫亲自完成，他凭直觉迎合美国读者的口味以将翻译做到最佳，比如，将书中的德国名字改掉（玛格达改为玛格特，安内里耶丝改为伊丽莎白等），将小说中占据人们头脑的那些电影狗血桥段大大强化一番。一个富商在电影院中被女引座员弄得五迷三道；这个女引座员渴望成为电影明星，年轻漂亮而又心如蛇蝎。小说中的电影手法无处不在，富商到头来竹篮打水一场空——比这还要惨——他变成了那位美女的贵宾犬，成为她玩世不恭心狠手辣的男朋友。德国表现主义的灯光效果——黑白前卫（*avant la lettre*）电影——给小说定下黑白基调与氛围，上演一幕幕残忍好戏，每次都让那位可悲可怜的傻瓜富商付出代价，几乎每次都能博得大家的会心一笑。

还是孩童的时候，（这位男朋友）将油泼到活老鼠身上，然后点着火，欣赏这些老鼠像燃烧的流星一样到处乱窜数秒之久。最好不要深究他对猫做了些什么。渐渐长大后……他尝试各种更有技术含量的手段满足自己的好奇心，从医学术语来说，这个词没有任何病态含义——啊，一丁点都没有——只是冷酷的天真烂漫的好奇心，只是他生活艺术提供的旁注而已。看到生活被弄得看起来滑稽可笑，生活无可救药地滑入幽默滑稽的图景，他就开心无限。

《黑暗中的笑声》最终得以出版，但却让人笑不出来。书的销量惨淡至极，鲍勃斯-梅瑞尔公司拒绝考虑出版西林的其他作品。纵然如此，这部小说依然算是个胜利，此小说只是他不那么重要的作品，它悬疑丛生，新鲜奇特，让人心有戚戚焉。其表现出来的那种冷酷无情的幽默风格走在了时代的前头，它与《喧哗与骚动》中的黑色喜剧有异曲同工之妙，黑色喜剧是《喧哗与骚动》第三部首创的，也就是描写杰生的那一部分。几乎可以肯定的是，20 世纪 30 年代之前，纳博科夫没有读过《喧哗》，而福克纳是纳博科夫毫不留情地抨击嘲讽的几个美国作家之一。他本希望有电影制片人会看上《黑暗中的笑声》，虽然 20 世纪 30 年代并未将此拍成电影，但 1969 年，托尼·理查德森①根据此小说改编的电影，由著名演员利科尔·威廉姆森与安娜·卡妮娜主演，获得了一定声誉。

　　纳博科夫传记作家布莱恩·博伊德曾将代理商阿尔塔格拉西亚·德·简内里描绘成一个滑稽可笑的人物，博伊德引用了纳博科夫的一封信，信中这样描述她：他的"文学（或者说反文学）经理人——矮矮小小、畏畏缩缩的罗圈腿女人，头发染成非常难看的红色"。说简内里的这几句表明的是她就是一个世俗之人，不断给这位高雅艺术家提一些荒唐要求，要他拿出可读性强、"有吸引眼球的主人公与场景"的小说来。然而，他们的书信来往涉及纳博科夫真正关心的一些问题，要知道他正处于欧洲时期的困顿之中。怎样在美国打开文学局面？以现实的眼光看，他到底可以做怎样的期待？简内里一直用对她来说意义非凡的方式与

---

　　① 托尼·理查德森（1928—1991），英国舞台剧和电影导演暨制片人。1964年，执导电影《汤姆·琼斯》，以其糅杂默片和舞台剧的幽默表演风格而获得第 36届奥斯卡最佳影片和最佳导演奖。

纳博科夫交流和进行指导。之前纳氏将简内里误称为"先生"很多年，在1938年他们终于要相见的时刻，简内里给他写了一封信：

> 放心吧，你对我"先生"的称呼我根本没往心里去，没见过我的人都这么称呼我，理由够充分吧……欧洲人根本就不了解美国女性的能耐，想当然就认定任何重要工作都是由男人去干的。这个国度的女人也可以干大事……她们相亲相爱，相互平等。她们可以团结一心冲向前线，同她们认定的男性敌人（比如斯特林堡）抗争。

她将美国赞美为可以成就一番事业之宝地，她竭力向纳氏表明她的人脉是如何的广大无边，这颇有些自我维护的意思。纳博科夫的堂弟尼古拉斯·纳博科夫从1933年就一直居住在纽约，当他质疑简内里投稿的方式有些偏差的时候，简内里用嘲讽的口气这样说：

> 为让你高兴，我与维京（Viking）出版社联系过了，结果发现，你的堂弟又把预约的日子搞错了，因为他们告诉我说，哈罗德·金斯堡九月中旬才会返回……我与之接洽的编辑就要去度假，因而我认为没必要给他送一份稿子……一直要等到我与金斯堡本人再联系上才行。与此同时……我会将《绝望》投给负责人都是我非常要好的朋友的那家公司，当然，毫无疑问，他们不会因为我们的私交而买下版权，而是让他们真正感觉到出我们的书是可以盈利的。

在那个时期，在涉及美国文学现状的问题上，纳博科夫没有 21
导师。他是位追求阳春白雪的艺术家，然而，有些可笑的简内里
按照她自己的理解去操办这些事，他就听之任之又何妨呢？高达
六十次的退稿，这个数字肯定已经让他心灰意冷了：退稿是作家
经常遇到的滑铁卢，但纳博科夫根本就不习惯。在柏林那些岁月
里，他的小说和诗歌可以立刻在《舵》上顺利发表。《舵》是一
份俄侨报纸，辟有文学评论栏目，纳博科夫的父亲就是创刊人之
一，纳氏只要创作出任何作品，报纸的编辑与出版人立马就刊登
出来。六十次退稿。哪怕是像纳博科夫那样自信心达到极致的
人，那种作为艺术家最原创的东西在美国也会被踩在脚下的恐惧
感也油然而生：他形式上大胆革新，他给自己划定的心理边界，
他早已下定过的坚强决心，"永永远远、永永远远、永永远远都
不会（去）写解决'现代问题'的小说或者描绘'世界焦虑不
安'之类的小说"等等。

在称呼她"德·简内里女士"之前，纳博科夫给她去了一
封信，这次的信函他采用的方式不同寻常，跟一般纯粹的经纪人
写信他根本就不必如此："您 10 月 12 日充满善意的长函我已收
阅，不胜感激！"他的回信就此开始：

> 您提及的"老式题材"的问题，对此我深深理解……
> 只不过，在欧洲，所谓的"超现代主义"潮流恐怕已成明
> 日黄花！诸如此类的东西早在十月革命之前在俄罗斯都已经
> 热火朝天地争鸣过了……你用令人愉快的方式评论过的所谓
> "非道德"生活，在他们笔下也业已描绘过了。这东西可以

引起人们的好奇心，但是，对我个人来讲，美国文明对我具有无限魅力的恰恰是那种旧式的笔调，那种紧紧依附于美国文明最旧式的东西，虽然她不乏金碧璀璨，不乏纸醉金迷的夜生活，不乏最现代的盥洗室……在我翻阅您撰写的评论中那些"大胆"的文章中，有一篇是上期《水星》杂志中刊登的有关避孕套的专论。我仿佛听见了你们那些绝妙的现代人在欢呼自己是如此无所畏惧的顽皮孩子。

美国不会是先锋派的阵地——无论如何，他希望不会是。他自己并非先锋派作家，他只是创新派作家，区别甚大，他的衣袖中乾坤暗藏，玩的是文体把戏与形式创新，而且，有时，他还需要不动声色地使用些道具幕布之类，好把他的戏法成功地一一展示。我们可以从他的信中看出他把美国想象成带空调的幻境，这幻境勉强镶嵌在某种"旧式"的东西顶端，这就是带有保守乃至于反动倾向的深层次美国（*Amerique profonde*）。门肯（H. L. Mencken）与乔治·让·内森（George Jean Nathan）创办了《美国水星》杂志，该杂志中纯属讽刺性的"美国纪事"栏目，将美国描绘成文化荒芜之地，然而，这绝不是美国的全部真相。"巴斯特·布朗①已经长大成人"，纳博科夫跟简内里说这个话的时候，心中带有些许期待，虽说他"依然那么年少帅气，不谙世事"，但"其智力前景不可限量，最狂野的梦想也不会是其极限，谁知道呢"。

① 巴斯特·布朗（Buster Brown）是由美国漫画家理查德·F. 奥特考特（Richard F. Outcault）于1902年创作的漫画儿童形象，20世纪初期在美国几乎是家喻户晓的卡通人物。1904年被布朗鞋业公司采用为吉祥物。

第二章

23　　有意无意间研究一下美国，翻阅一下美国杂志，与定居美国的朋友写写信，与经纪人交流一下感想，事情是做了这么多，但纳博科夫反而有一半的心思是想在英格兰定居。他是在英格兰上的大学（剑桥），这里有他的朋友人脉。在自己的母校或者一所红砖大学里担任个讲师之类的教职，教教斯拉夫文学或相近专业，是相当不错且十拿九稳的事情：这个想法深深地吸引着他，学术氛围浓厚之地对有些艺术家来说正好气场相配，纳博科夫就是这样的艺术家。但是，人算不如天算，跑英国的次数不少，费尽心力联系了不少人，结果是竹篮打水一场空。1937 年至 1940 年，从心急火燎想要逃离柏林、尽早摆脱与瓜达尼尼婚外情开始的数年间，夫妇俩到处求助借贷，为付房租拼命工作。与此同时，还必须将他们那一面支离破碎的旗帜伸到外面，经受变故突降的风风雨雨的严酷考验，心中却满怀消息不期而至的美好愿望。这一段看不到亮光的日子实在令人不堪回首。

　　他们在法国戛纳以东的芒通居住了差不多一年，后来搬到名为穆利内的小山村，纳博科夫在那里的巉岩石林之下捕捉蝴蝶，终于在海拔四千英尺的高地捕捉到一种他从未见过的蓝蝴蝶，后来在美国发表的论文中，他把这种蝴蝶命名为 *Plebejus*（*Lysandra*）*cormion Nabokov*（纳博科夫豆灰蝶）。他们和以往一样，日子过得困窘无比。1916 年，他曾从他舅舅卢卡那里继承了一座两千英亩之大的庄园，加上六百二十五万美元（如在 2014 年，这笔钱价值一亿四千万）的遗产；一年之间年纪轻轻就成为富豪，但天意弄人，十月革命爆发后，他与其他许许多多他熟知的人一起，命中注定成了生活紧紧巴巴的"侨民"，而直到 20 世纪 30 年代末为止，"紧紧巴巴"这个词也许对他的窘境而言还是溢美之词。

他随同家人从穆利内搬到昂蒂布，1938 年 10 月重新在巴黎 ²⁴ 安顿下来，期待命运出现转机。为了生计，他不得不到处奔波——从朋友那里东挪西凑，给别人补习英语。有一次他从著名作曲家谢尔盖·瓦西里耶维奇·拉赫玛尼诺夫那里拿到两千五百法郎，这让他很开心。因为谢尔盖对这位连鞋都没有的困窘作家动了恻隐之心。纳博科夫还曾给俄罗斯文学基金会写信求助，这个学术基金会成立于 1859 年，现在在美国有派出机构，他们给纳博科夫电汇了二十美元。

拉赫玛尼诺夫是浪迹于世界各地的作曲家、钢琴家与指挥家，是一个值得深刻缅怀的人物。十月革命后，他失去了一切，被迫携妻带女乘坐一架雪橇逃到芬兰，拉赫玛尼诺夫在欧洲辗转流落，后来逃离到有些乏味但胸怀宽广的美国，他估摸着在这里可以大展拳脚。他遇到一个名为查尔斯·埃利斯的优秀经纪人，到 1919 年，他到处巡回演出，成功踏上了成为 20 世纪声誉最隆、演出报酬最高的古典音乐大师之路。纳博科夫对音乐，无论是古典或者其他类型音乐，都不是那么喜爱，但并不妨碍他了解拉赫玛尼诺夫的故事（俄侨界几乎人尽皆知），还有人说纳博科夫曾经追寻过拉赫玛尼诺夫艺术生涯的足迹，虽然拉赫玛尼诺夫也像纳博科夫一样，在选择身居何处的进程中踌躇难决，甚至有过之而无不及，但他始终对自己 1909 年曾经出访过的美国情有独钟。与纳博科夫脾性颇为相似的是，拉赫也是个耽于冥想与具有冒险精神的人，比如，他喜欢开大马力的汽车飙车，极度享受速度带给他的刺激与快乐。

数年之后，薇拉回忆说，搬到美国去是他们在某个时间点做出的不可动摇的决定：这个时间点就是 1939 年 9 月 3 日英法与德国宣战之时。薇拉的传记作家质疑这种说法，认为"此时的纳博科夫一家处于风雨飘摇之中，任何一阵风浪都会把他们身不由己地刮向任何地方"。

法国不大可能留得下来：一是这里的工作许可证很难搞到，二是武装德国的铁蹄将要踩踏这片土地。纳博科夫的法语知识丰厚且运用自如，但他的英语功力更深、更为得心应手，而且，或许他的感觉告诉他，他自己与英语作家有着天然的亲近感，就该列入他们的门墙。然而，他在英国依然未能如愿找到自己的职位——所有大门都对他紧紧关闭。

他的堂弟尼古拉斯前来芒通看望他们。尼古拉斯在纽约的威尔斯学院任音乐教授。他在这个新世界发展得不错：1934 年，蒙特卡罗俄罗斯芭蕾舞团的芭蕾舞剧《太平洋联盟》在费城上演，美国诗人阿齐博尔德·麦克利什①创作了这部剧的剧本，而尼古拉斯则为它谱了曲。这部被誉为"第一部美国芭蕾"的舞剧很快风靡全球，成为 20 世纪 30 年代中期该芭蕾舞团最为成功的作品，在美国开创出了新局面！

尼古拉斯还为其他许多作品作曲——他为巴黎歌剧作品所作乐曲《波里希内儿的生活》1934 年首演——作为一个处于风雨飘摇之中的流亡者，他可谓朋友满天下，不仅与麦克利什、马辛（Leonide Massine，《太平洋联盟》的舞蹈编导）以及索尔·胡洛克（Sol Hurok，剧团制作人）结为好友，与其他风云人物也私交甚好，如美国著名舞蹈家兼编导乔治·巴兰钦（George Balanchine），美籍俄罗斯作曲家伊戈尔·斯特拉文斯基（Igor Stravinsky），美国著名作曲家维吉尔·汤姆森（Virgil Thomson）以及乔治·格什温（George Gershwin），法国著名的摄影家亨利·卡蒂埃 – 布列松（Henri Cartier – Bresson）等，这些人的名字无不如雷贯耳。

身材挺拔、英俊潇洒、玉树临风，传说可以用十二种语言与人聊天，"情感异常丰富，外表极其招风，从来都是姗姗来迟"，这就是埃德蒙·威尔逊眼中的尼古拉斯。尼古拉斯与威尔逊交上了朋友，而威尔逊是美国 20 世纪 30 年代末最负盛名的文学评论

---

① 阿齐博尔德·麦克利什（Archibald Macleish，1892—1982），出生于美国伊利诺伊州的格伦克城，1919 年从哈佛大学毕业，曾从事律师行业，1915 年出版十四行组诗《夏日之歌》，在侨居法国期间创作了《幸福的婚姻》（1924）、《一钵土》（1925）、《月亮上的街道》（1926）、诗剧《努波代地》（1926）和《麦克利什的汉姆雷特》（1928）等作品。在大萧条即将到来的时候回到了美国继续创作，曾三次荣获普利策奖。

家。堂兄弟俩在芒通到底讨论了些什么话题已经无从稽考，但关于尼古拉斯的事业亨通之事不可能不涉及①。

相比而言，弗拉基米尔天生就不是那种喜欢在沙龙里八面玲珑的人。并不是说他没有他堂弟的那种魅力。年轻人从那些有影响的人物身上得到恩惠也没什么问题——比如从自己身为著名出版人的父亲或者其他人身上。只不过，弗拉基米尔是个不折不扣的艺术家，骨子里彻头彻尾的艺术家。他喜欢交往的是那些功成名就之人——比如乔伊斯的资助人、《尤利西斯》的第一版出版人西尔维娅·碧琪——在柏林与巴黎居住的那些年，只要是自己心仪已久的名人，他都不会错失相见之机，这其中就包括乔伊斯本人。1937 年 2 月纳博科夫举办的一次小说朗读会上，乔伊斯曾大驾光临；而 1939 年 2 月，在巴黎，他曾与乔伊斯共同出席了一次晚宴。

平常一贯比较高调，有时甚至谈笑风生气贯全场的纳博科夫，在那个夜晚却表现得极为低调，乃至于宴会女主人在事后都疑惑不已，不知纳博科夫是不是真的敬畏那位伟大作家。纳博科夫读到了她关于自己的记录后，吐露出自己的心声：

---

① 过不久，尼古拉斯就将抛弃俄罗斯原配妻子娜塔莉亚，迎娶他曾经教过的、美国出生的学生。他为艺术性音乐作曲的生涯此时已经停滞不前，并不一定是因为他的创意枯竭或者江郎才尽，而是他的另一项才能已经替代了他的音乐才华，那就是日益彰显的结交社会名流的才华，他会充当战时意识形态领域的先锋角色，受雇当时反苏联的冷战政策的始作俑者，美国外交官及苏联斯问题专家乔治·凯南（George F. Kennan）、查尔斯·伯伦（Charles E. Bohlen）以及以赛亚·柏林。尼古拉斯二战时已经成为穿制服的军人，1951 年时已经成为了不起的大人物，是"文化自由大会"的秘书长，这个机构由美国中情局资助，旨在促进全世界范围内的反苏联的文化事业。（原注）

说我羞怯腼腆，真够新鲜的（以前，报刊上无数次指责我"嚣张傲慢"）；女主人对我的印象正确与否呢？她把我描绘成羞怯的年轻艺术家。其实我都年过四旬了，我为俄罗斯文学做出过什么样的奉献，我心中明镜似的清楚得很，与当今任何作家同席而坐，恕我都不会生出敬畏之感。

一位头脑清醒的作家可以花时间出入文艺沙龙，但却不会在那里流连忘返，回到他那间没有供热的阁楼才是他的归宿，对此他了然于心。最为真实的那个他，他货真价实的文学天赋，只存在于他大脑之中，或者依靠其大脑将之呈现出来，而他只有依靠自己杀开一条血路，除非他的文学才华衰败枯竭或者自己都到了心灰意冷的地步。

哪怕弗拉基米尔对自己的堂弟有那么一点点看不上眼，而堂弟对自己的哥哥永远都心存敬畏——然而，弗拉基米尔不可能一点感觉都没有。毕竟，尼古拉斯一鸣惊人，典型的美国式的一鸣惊人，甫一踏上崎岖不平的大洋彼岸，便可以名声大噪。事实证明，一个侨民，除了身负那么一点点的祖国文化资产，赤条条一无所有，居然也可以在美国风生水起；美国人"无与伦比的开明包容"是尼古拉斯对美国的第一印象之一，他觉得，美国人总是那么乐于"互相帮助，对像侨民这些新来乍到者尤其喜欢伸出援手"——对于那些表现得与他们是同道中人的侨民，更是热情得无以复加。

薇拉说他们决心已定，认定美国了，他们决定选美国，而且，美国也决定了要他们。之前，斯坦福大学本已经向著名的俄罗斯历史小说家马克·阿尔达诺夫（Mark Aldanov）发出邀请函，恭请他讲授 1940 年或 1941 年的夏季课程。那时候阿尔达诺夫没打算前往美国（他觉得自己的英语实在有些拿不上台面），他建议他们跟西林联系，他也许没有问题。

谈判足足进行了一年，焦点还是集中在钱的问题上。最终，斯坦福斯拉夫研究小组的亨利·兰斯教授愿意将他自己的部分工资拿出来，以促成纳博科夫最终来到斯坦福所在地帕洛阿尔托。（他教授两门课程——包括"俄罗斯文学概论"与"戏剧写作"——报酬是七百五十美元，包吃住。）

然而，从阿尔达诺夫的好心提议到承担加利福尼亚 1941 年夏季课程，其间还要经历无数复杂的程序，比如，要顺利签证就不是那么容易的事儿。当然，依旧在法国深陷泥潭的纳博科夫，知道自己手中的王牌：逃离法国的种种理由、芝麻开门的神奇口诀已经了然于心。他的美国经纪人简内里早已在纽约代表他收集证明材料，静静等候邀请函的发出，她还催促《黑暗中的笑声》出版商签署一封纳博科夫自己撰写的信件。同时，他还请求其他名人给他写推荐信，其中包括哈佛历史学家米哈伊尔·卡波维奇，著名画家米斯提斯拉夫·多布津斯基，小说家阿·托尔斯泰的女儿、托尔斯泰基金会（位于纽约的救援组织）主席亚历山德娜·托尔斯泰。诺贝尔文学奖获得者伊凡·浦宁也署名了一封推荐信（也许也是他亲笔写的），信上的日期注明是 1939 年 4 月：

27　　　弗拉基米尔·纳博科夫先生（笔名 V. 西林）是著名的
俄罗斯作家，其小说作品……在俄罗斯海外文学圈享有非常
高的声誉。其父名为 V. D. 纳博科夫，乃俄罗斯第一届议会
自由党著名议员兼刑事学教授……（西林）不仅是天赋异
禀的小说作家，对俄罗斯语言文学也有精深研究……不一而
足，加之其精通英语，又有丰富的教学经验，使之成为教授
俄罗斯文学、传递创新思维的合适人选……在此隆重推荐！

　　证明其艺术家价值的信函送达美国驻巴黎领事馆，但领事馆
还要求其他价值证明文件。在给其绘画导师多布津斯基的信中，
他写道：

　　　　请允许我请求您，将您对我的关怀放在指引我向另一方
向前进。我的困境是，两年了，前往美国的事还是一团乱
麻……由于我没有资产，我被要求出示证明材料，以此可以
证明我买机票的钱没问题。我在美国的那些朋友以悲悯之心
帮我出示价值证明，但他们自己都是侨民身份，他们也没有
所要求的财产，而我又没有认识的富贵人家。我想，您已经
身居美国，或许与一些有资产的人家有些接触……期待您帮
我一个大忙，给我找一个财产担保。

　　虽然多布津斯基自己无力提供资金保证，但或许他将纳博科
夫的需求在纽约向其他人谈起过。托尔斯泰女伯爵也为他积极奔
走，成功说服波士顿交响乐团指挥家塞尔吉·库塞维特斯基答应

写这么一封信，但不承诺支付船票。即便是美国签证搞定了——还得弄法国出关签注，通常还需打点打点——纳博科夫一家人的交通费用就需要六百美元左右，对他们来说，那可是天文数字①。

1939 年秋，法国已处战乱之中，纳博科夫一家的生活极度动荡不安，每个月都主要靠向巴黎一家电影院老板借贷一千法郎艰难度日。纳博科夫找到几个跟他学语言的学生，其中一个名叫罗曼·格林伯格（Roman Grynberg），是个商人，后来跟随纳博科夫去了美国，成为纳氏亲密的文友与借钱告贷的主要来源。1940 年 1 月，俄侨著名女作家妮娜·贝尔别洛娃来看望纳博科夫一家，给他们带来一只鸡，他们马上就一股脑儿吃掉了。1939年，纳博科夫完成了他用英文创作的第一部作品《塞巴斯蒂安·奈特的真实生活》。《黑暗中的笑声》英译版卖得不好，但支付给他的预付款买船票基本够用了，这个让人刻骨铭心的发薪日成为他今后就改用英文创作新小说的强力理据。只不过，《塞巴斯蒂安·奈特的真实生活》一时还找不到出版社出版，英国美国都

---

① 由于存在的官僚体制，要想从欧洲出关非常困难，斯坦利·M. 莱因哈特，霍尔特-莱因哈特-温斯顿出版社创始人之一，对此曾有描述，在德国对伦敦发动闪电战期间，他曾想方设法将他在英国的两个侄儿弄到纽约："英国加上美国设置的种种繁文缛节真是要了命了，（两个孩子）就是从纽约州的辛辛监狱越狱也不会遇到那么多的麻烦。我跟我妻子说……完成了俩侄儿出国的种种手续，我们把自己的两个孩子送出去肯定会容易得多，不至于花费那么多的时间精力了吧……我们请了很多律师跟我们一起弄美国驻伦敦领事馆要求的证明文件，四份过去四年个人所得税申报单的影印件……支付所得税的支票、十二个月银行账目流水、两年的按揭支付明细、股票债券清单等都是一式四份，还需要银行开具的四封证明信以及四名美国杰出公民的推荐信……推荐信终于弄好航空邮寄到了英国。邮资都花了十五美元。"斯坦利·M. 莱因哈特：《难民絮语》，载 1943 年 1 月 28 日《好管家》。（原注）

没有买家。

纳博科夫的父亲已经去世十五年之久了，这时候却在冥冥中帮了他一把。他的父亲是一个富有人格魅力、慈祥善良、镇定自若、无可挑剔的人，早年从事新闻工作，敢作敢为。1903 年，他曾撰写了一篇社论，抗议发生在摩尔多瓦共和国首都基什尼奥夫那一场反犹大屠杀。基什尼奥夫是集贸之城，位于莫斯科西南七百英里之遥。"近五十人罹难，一百五十余人受伤"，在其参与编辑的自由思想报纸《权利报》的头版头条，纳博科夫父亲悲愤写道："简直是惨无人道、兽性大发……僵尸般面容被毁的尸体一具压着一具……一位母亲发现她的三个孩子都横尸街头。非常明显，伴随这场血腥杀戮的，还有抢夺财物的土匪行径……造成的悲剧无可估量，四千个家庭为此家破人亡。"

到 1903 年为止，大屠杀已经不再那么盛行。上两次大屠杀 29 还要追溯到 1881 年以及 1882 年，那是在沙皇二世遭到暗杀之后发生的事儿。接下来的二十年间，俄罗斯采取了高压政策，反闪米特人士似乎也消停了许多，因为犹太人已经失去了购买或者租赁土地的能力，接受高等教育、住在乡村或者从事法律或者医药行业对他们来说可望而不可即。撰写《基什尼奥夫暴行》社论的 V. D. 纳博科夫，时年三十二岁——任帝国法学院讲师，同时兼任"法院初审法官"，沙皇时期法院非常显赫的位置——就因为这个嫉恶如仇的自寻绝路之举，他在法院的头衔被剥夺，学术生涯也因而终结。他憎恶反闪米特主义思想，部分源自他对国家强权的不满。基什尼奥夫官员们成为暴行的始作俑者，这群官员成为维护帝国"赖以生存"的"压迫人民、无法无天的政体"的走卒与工具——将犹太人赶尽杀绝，借此而苟延残喘。

从那天开始，他就成为沙皇专制体制的死对头。他在各种报纸上刊登出售他法庭制服的广告，以此表达一个被打击报复之人的轻蔑。其他社会名流，比如托尔斯泰与高尔基等，也纷纷发声谴责大屠杀，但 V. D. 纳博科夫的文章以其敏锐的预知力与冷峻的愤懑而为世人称道。那些恣意妄为之人，想砸犹太婴儿的头盖骨就砸，想用刀挑开犹太孕妇的肚子就挑开，他们知道自己的暴行"不会受到法庭审判"，因为犹太人不受法律保护，这个国家的制度就是在这基础上建立起来的，犹太人就是流放者的代名词，就该遭受灭族之灾。在他的话语中，我们仿佛听到了这个世纪后面即将发生的那一幕的谶言——对犹太人会遭受灭顶之灾一幕之谶言。

1906 年，V. D. 纳博科夫还曾撰文谴责另一次屠杀，1913年，他写了一篇新闻稿报道门德尔·贝里斯受审事件，贝里斯是犹太人，砖厂工人，被指控的罪名是谋杀。V. D. 纳博科夫有不少犹太朋友，而且他与他们之间的友情没有居高临下的纡尊降贵。就在 V. D. 纳博科夫遭到误杀后——杀手们原定的目标本来是在舞台上的另一位演说者，但他却毫发无伤地侥幸逃脱——他的犹太同事、《权利报》与《舵》期刊的编辑伊欧希夫·海森（Iosif Hessen），扮演了这位不幸丧父的儿子的文学天使，西林的诗歌、小说、象棋棋局以及其他创作，他都尽其所能促成发表，海森自己的规模很小的斯洛沃出版社出版了西林早期作品的第一版。

但并非说他一点霸气与决断成分都没有。多年以后，纳博科夫在写给研究他父亲的学者的信中这样说："我的父亲觉得，须绝对超越任何反闪米特主义的指控……出于对自己的自信以及对那些宣扬古犹太神秘主义哲学的轻蔑，他总会义无反顾地……对犹太人或者非犹太人都是有一说一，绝不闪烁其词，当然也包括自己身边的犹太同事。"比如，那位著名的布尔什维克党人莫索·乌里茨基，纳博科夫的信中提到："他那张厚颜无耻的犹太人嘴脸，令人无比厌恶的形象，至今都活生生地出现在我脑海里……"

1940 年春，出境签证终于到手，已不存在任何法律障碍（只存在手头拮据的问题了）。战争迫在眉睫。3 月 10 日，德国入侵欧洲低地国家和法国；三周以后，就在纳博科夫刚刚逃离法国时，英法联军堪堪逃脱敦刻尔克的灭顶之灾，用英国首相温斯顿·丘吉尔的话说，仅靠大小船只逃命的敦刻尔克大撤退简直就是"奇迹"。纳博科夫一家是如何能挤上"张伯伦号"远洋客轮而成功奔向新世界的，对此的说法颇有争议。一直以来的说法是，是纽约的"希伯来移民互助社"（HIAS）帮了他们；这个互助社的主席、律师雅科夫·弗拉姆金（Yakov Frumkin）与纳博科夫的父亲有私交，正如博伊德所指出的那样，"跟其他很多……俄罗斯犹太人一样"，弗拉姆金自己"也非常乐意报答一下这位逝去的人，因为他曾经挺身而出，勇敢地谴责基什尼奥夫大屠杀与贝里斯刑事审判案"。

薇拉的传记作家希斯夫对此持赞同又不赞同的态度：在其传记中，她忍住不提弗拉姆金或者他那个互助社具体的名字，反而提到"美国基督教难民委员会"——一个"致力于援助那些受纳粹种族政策迫害的非犹太人"机构。该委员会资助给纳博科夫

30

一小笔钱，他不少粉丝和朋友们都东拼西凑为他筹款。与此同时，斯希夫并不质疑给他最大的一笔资助、最起作用的一笔钱是"纳博科夫父亲曾经的助手领头的犹太救援组织"给他的，这笔钱够他们一家人购买开往纽约的船票。"张伯伦号"是装饰豪华设施最新的法国航线邮轮，"希伯米移民互助社"特授权予邮轮将犹太"流亡者"载往新世界。

"希伯来移民互助社"还安排纳博科夫一家只需买半票。在其《说吧，记忆》中，纳博科夫在描述中并未将重点放在船票费用或者这些费用到底是如何筹集之上，而是生动描述这些情形：德米特里如何牵着父母的手走向邮轮，穿过圣纳泽尔港口的小公园时，只见"邮轮雄伟的烟囱在最边上一排房子的屋顶那边高高耸立"。夫妇俩忍住不把这幅美妙图景指点给儿子看——而是让他自己发现，享受自己发现的乐趣。

登上邮轮，纳博科夫一家住进了"舱室级"客舱，即"张伯伦号"上的一等舱。虽然他们只出了三等舱的价钱。斯希夫解释说"是一位好心的法国航线工作人员自己掏钱将他们一家子换到一等舱的"。纳博科夫另一位传记作家安德鲁·菲尔德并不同意这种说法，他指出，可信度更高的是，这次令人备感温馨的升舱还是"希伯来移民互助社"与弗拉姆金帮了他们。菲尔德在传记《VN：弗拉基米尔·纳博科夫的生活与艺术》中说，弗拉姆金"不仅记得 V. D. 纳博科夫为贝里斯所做的激情四射的辩护"，而且"他对俄罗斯反闪米特主义的猛烈抨击……都牢记心间"，也就是说，他一定要 V. D. 纳博科夫的儿子一家人风风光光地漂洋过海。纳博科夫认可了他的说法："我们住进了一等舱，每天早上都可以舒舒服服地洗个澡，那感觉简直太棒了。"菲尔

德的传记中记录下他的话，纳博科夫本人仔细审阅过这本传记，
如果他不同意有关弗拉姆金给他们恩惠的那一段说法的话，他早
就将之删削了。

弗拉姆金在这件事中起了主要作用，至少，我们还可在纳博 31
科夫 1960 年 3 月写给他的短札中找到旁证：

> 您的书信与剪报恰好在我父亲去世三十八周年纪念日之
> 时收到。我兴致勃勃地拜读了您非常精彩的文章（论述沙皇
> 统治下给犹太人设置的种种限制）。在集权统治下的可怕世
> 界，我们似乎在渐渐淡忘早年俄罗斯生活中种种的丑陋与可
> 耻，幸有文章，比如您的大作，可以起到让世人前事不忘的
> 警醒作用，功德无量啊……又及：您的组织，在您的首倡之
> 下帮助我们来到美国，此等恩情，在下没齿不敢相忘！现
> 在，终于轮到我可以偿还恩德的时候了。现附上我的第一笔
> 款项 150 美元，幸勿推辞，并照说明代为转交为盼。

到了 1960 年，纳博科夫已经今非昔比，偿还那笔款子已完 32
全不成问题。《洛丽塔》成为畅销书已达两年之久，出版后短短
前三周内，就狂销十多万本，除了《飘》之外，还没有任何小
说可以如此风光。他还将《洛丽塔》电影改编版权卖给了美国
著名导演斯坦利·库布里克（Stanley Kubrick）与詹姆斯·B. 哈
里斯（James B. Harris），他们聘请纳博科夫给他们撰写该作品的
电影脚本。就在给弗拉姆金寄去一百五十美元的那天，他和薇拉
正住在布伦特伍德镇曼德维尔峡谷山路外边的别墅里——库布里
克与哈里斯安排他们住在这里撰写剧本，他正享受着古典作家才

能享受的田园牧歌般的生活，还可随时同一大帮好莱坞明星大腕（玛丽莲·梦露，约翰·韦恩，约翰·休斯顿，戴维·塞尔兹尼克等等）相谈甚欢，偶尔也会到环球影城去开个会等。以他当时的风光情形而论，那一百五十美元似乎寒酸了一些。就此而言，何至于要等二十年后才开始偿还那笔钱？

或许，在这之前，他早已匿名捐过好几次钱了吧。纳博科夫是个慷慨之人，多年来，只要欧洲那些亲朋好友陷入困境，他都会慷慨解囊伸出援助之手。同时，他又是一个傲气之人，在描述他们在柏林与巴黎那段时光时，他和薇拉特别用心地不将这段日子描绘成"穷困潦倒"，或倒霉透顶，而只是说此乃一段磨炼意志的冒险之旅，随时都要准备挨饿，但真挨饿的时候几乎从未降临。当时他们年轻且无所畏惧，其他流亡者的日子也同样的不好过，有些甚至比他们还要艰难。更何况，他还创作出了那么多足以流传后世的天才之作——他对此信心满满，薇拉对此也深信不疑——他可爱的儿子也降临人世，他们的好事接二连三。

将他们的逃亡看成是对悲情流浪儿的折磨考验，否则就是死路一条，其实是一种误解，而且是大错特错。

相比而言，薇拉的自尊心更强，甚至妮娜·贝尔别洛娃带的那只鸡给他们加餐，她都不想接受。在她那里，不存在无路可走的绝望一说。的确，他们是一直渴望逃离，但要说他们曾经心怀恐惧，或者说弗拉基米尔曾考虑过丢下她和德米特里娘俩，自己一个人跑到美国去——不，薇拉会对这些说法非常反感。后来的数年中，在与她的传记作家以及记者打交道的复杂情况中，薇拉自始至终以较为克制的态度解释这一切。

第三章

在曼哈顿，他们一开始同堂弟尼古拉斯的前妻娜塔莉亚·纳 33
博科夫住在一起，娜塔莉亚带着儿子居住在东六十一大街 32 号。
她签署了给他们提供住所的同意书，对他们的到来"非常高兴，
尽一切所能帮助我们"，薇拉回忆说。她将他们安置在自己寓所
楼台对面的一个公寓里居住。不久以后，初来乍到的这一家子搬
到了靠近九十四大街的麦迪逊旁的一个转租房里。是年秋，又搬
到西八十七大街 35 号的一个小房子里，他们就在此安身，一直
住到次年春天前往斯坦福大学。

1940 年 5 月，纽约。战争，一场避无可避的战争疑云笼罩了
美国，美国国内的孤立主义者与干涉主义者之间的激烈交锋还未
结束，查尔斯·林德伯格（Charles Augustus Lindbergh）[1]还没有
受到彻底的质疑。（林德伯格曾发表了一次电台演讲，罗斯福总
统对此没有发表任何言论，总统夫人对演说回应的是，她个人认
为，"演说的第一部分很精彩……最后三个段落却令人遗

---

[1] 查尔斯·林德伯格（Charles Augustus Lindbergh，1902—1974），又译林白，
美国飞行员与社会活动家，传奇飞行家。二战期间，林德伯格得到美国孤立主义和
亲德国政治派系的支持。1941 年 1 月 23 日，林德伯格在国会提出议案，建议美国
与希特勒建立中立关系。

憾"——这几段暗指，正是犹太人捣鬼试图将这个国家拖入战争泥潭，犹太人一向都这个德行）纳博科夫一家到达美国之日正值比利时向德国投降之时，英法联军也被逼入比、法交界的"佛兰德斯狭小地区"，岌岌可危。丘吉尔连发"严峻危急"警告，前方成千上万的盟军将土阵亡的消息不久后肯定会传到国人耳朵里。

没有人到码头去迎接纳博科夫一家——时局已是一片混乱——他们自己打车赶到了纽约东区。

那个清晨，云彩密布。在十二个月的周期里，大约三万难民将从法国抵达美国——他们绝大部分都是经由纽约港、从自由女神像前驶过而到达美国，映衬在曼哈顿低垂天际线的背景之上，自由女神像越来越清晰可见，最后高高耸立在眼前。列维·斯特劳斯①在纳博科夫一家抵达后几个月也到了美国，他也注意到了曼哈顿那"异常不规则"的天际让人无比震撼。法国画家费尔南·莱热（Joseph Fernand Henri Léger）早来美国好几年，也称这里的天际线"是世界上最为壮观的景色"。对纳博科夫来说，这里的城市风景比他预想的要多姿多彩。清晨有丁香般晕染的颜色。纳博科夫对色彩总是情有独钟：他是典型的心理联觉者，也就是善于将各种感觉转移融通之人，比如说吧，字母表中的那些字母，在他的脑海中永远会与明显不同的色彩紧密相连。（"英文字母 a，……具有……枯木的色彩，而法文字母 a 却令人想起油光闪亮的黑檀木……在蓝色族群中，钢铁般的 x，积雨云的 z，

---

① 列维·斯特劳斯（Claude Lévi-Strauss 1908 年 11 月 28 日—2009 年 11 月 1 日），法国著名社会人类学家、哲学家，法兰西科学院院士，结构主义人类学创始人，法国结构主义人文学术思潮的主要创始人。他所建构的结构主义与神话学对人类学、社会学、哲学、语言学等学科产生了深远影响。

越橘果的 k……皆列其中。绿色族群中，有赤杨叶的 f，未成熟苹果的 p，开心果的 t"）他对曼哈顿的第一反应中提到的如此丰富的色彩释放出快乐的信号。

几乎还没打开行李，纳博科夫就急不可耐地寻找蝴蝶了：当然不是到纽约的中央公园或者郊区绿地，而是到美国自然历史博物馆，那里收藏的蝴蝶标本早已蜚声世界。还在柏林时期，纳博科夫就机缘凑巧与美国博物馆的馆长们有过接触。他曾这样写道：其中一位达勒姆昆虫研究所所长，"我简直太喜欢这个大腹便便、面色红润、老态龙钟的科学家了……用牙齿咬住早已熄灭的雪茄，一边漫不经心又动作敏捷地在……玻璃箱中……挑来拣去。……过几天我就会再去那里，体验更多的狂喜"①。

在美国自然历史博物馆，他认识了副研究员、蓝蝴蝶研究专家威廉·P. 康斯托克，两人大有相见恨晚之感。在康斯托克的关照下，他得以接触到馆中的蝴蝶标本。当时，康斯托克正在撰写一篇有关安地列斯小灰蝶的论文，这种小灰蝶属于蓝蝴蝶种属，他的丰富的专业知识以及研究激情对纳博科夫今后所有的蝴蝶研究有着决定性影响。康斯托克本是建筑工程师，美国大萧条时期找不到活儿干，索性把越来越多的时间投入到自己的业余爱好——鳞翅目昆虫学的

---

① 纳博科夫的父亲本人就是个蛾类与蝴蝶的狂热爱好者。在纳博科夫小说《天赋》中，主人公费奥多尔就打算给自己逝去的父亲——一个常年在野地做考察研究的著名科学家写传记。费奥多尔用如椽之笔情真意切地描述父亲在中国西部冒险的经历——对不知所终的父亲，一位具有大无畏精神的博物学家表达深切怀念，让他从习惯性的讽喻中解脱出来，一扇通向心灵情感深处的大门随之敞开。就在纳博科夫刚到美国之时，美国历史博物馆由罗伊·查普曼·安德鲁（Roy Chapman Andrews）博士任馆长，这位博物学家与探险家恰好跟费奥多尔笔下酷爱冒险的父亲如出一辙。安德鲁年轻时，极度渴望在美国历史博物馆工作，他在被拒绝担任科学研究职位后，自愿到博物馆的动物标本制作部做清洁工。（原注）

35 研究之上。他的岁数跟纳博科夫的父亲一般大，纳博科夫从他那里学会了辨别不同种属的生殖器官的关键——用此科学方法，就可以找到物种何以形成的准确答案，虽说专业科学家都了解这一点，但在研究实践中，他们往往做不到这一点。

抵达美国不久，纳博科夫还给位于匹兹堡的卡耐基自然历史博物馆馆长安德烈·阿维诺夫写过信。阿维诺夫是康斯托克的研究同行，当代最伟大的私人收藏家之一。他是操英语的俄罗斯人，出身于沙皇法院，与上层有着千丝万缕联系的半贵族家庭，跟纳博科夫父亲有些相似。他与拉赫玛尼诺夫一样，十月革命后不久他就来到了美国，1924 年，他参与到卡耐基博物馆的建设中，负责成立昆虫研究部门。他还是才华横溢的油画家与插图画家。从他的职业生涯可以大致预测到纳博科夫到美国后的职业发展走向。他与康斯托克以及纽约其他科学家的交好，在哈佛比较动物学博物馆进行着没什么报酬却其乐无穷的研究，整个 20 世纪 40 年代他都在这里，致力于将哈佛杂乱无章的蝴蝶标本分门别类。阿维诺夫也是一个喜欢在高山地区搜集蝴蝶的狂热者，因为这些地区的蝴蝶种群往往会受到地理环境的分隔，而异域性物种形成——单纯通过基因变异和进化而产生新物种的过程，会产生戏剧性的效果。

这位专业作家极有可能在世界文学中消失得无影无踪——如果我们相信他的说法，他差点就掉进了美国昆虫学研究的兔子洞①，毕竟，在这块新大陆上捕蝶简直是其乐无穷，而且，他想

---

① 典出英国作家刘易斯·卡罗尔的著名童话《爱丽丝漫游仙境》，讲述小姑娘爱丽丝跟随一只穿礼服的红眼兔子漫游仙境的故事，先是从一个兔子洞里掉下去，遇到了许多奇奇怪怪的人和事。现在用兔子洞比喻进入一个奇特世界的入口。

要对进化生物学给出自己的崭新见解的意愿是那么的迫切！

纳博科夫曾毫不掩饰地告诉我们，他一生中最大的乐趣莫过于捕蝶："我的兴趣爱好都属于人类之至乐之列：文学创作、捕获蝴蝶"，他接受采访时如是说，他还直言：

> 我曾换上形形色色的行装，踏遍山山水水追寻蝴蝶：还是小男孩时，身着灯笼裤，头戴水手帽；而拖着瘦长赢弱的身躯四海漂泊之时，身裹法兰绒袋，头戴贝雷帽；变成大腹便便的老人之时，身穿短裤，头上光着……说实话，这些无与伦比的愉悦记忆都与我在哈佛比较动物学博物馆的研究工作紧密相连，这种愉悦也只有我俄罗斯童年时期的快乐可以与之相提并论……当然，二十年间，几乎每个夏天，在我生活的这个国家里来回穿梭，绝大多数州都留下了我捕获蝴蝶的足迹，个中乐趣，也是毫不逊色。

捕蝶与在博物馆的研究工作让他觉得整个 20 世纪 40 年代"乃我成人生活中最为快乐、最为兴奋的（岁月）"。在美国度过的这第一个十年，他的小说创作陷入低谷，几乎可以说是颗粒无收。

"说心里话，我从来都没想过依靠文学创作来谋生，"在一次采访中他说，"对我来说，写作永远都是颓废沮丧与神采飞扬的混合物……另一方面，我常常梦想着，在一个大博物馆里，做一个籍籍无名的鳞翅目昆虫学馆长，一辈子都干这行，想想都激动。" 36

不过，他终究还是回归到小说创作。他这不是言不由衷嘛，我们这样想也没错。但在整个 20 世纪 40 年代，纳博科夫正在将他"天然的熟语"，他"运用自如、丰富多彩、无比驯良的俄语"忍痛割爱，完成用英语创作以及将他 20 世纪 30 年代的俄语作品译成英语的华丽转身。当然，这转身的过程却异常痛苦与煎熬。德·简内里向他发布不可用俄文写任何东西的禁令，因为这些东西根本就卖不出去。有时候他偏不听她的话，但最终却不得不向"个人的悲剧"低头，将他蕴藏心底的、在内心律动的语言强行压制。但是，与俄语一样，鳞翅目昆虫学早已扎根心底，牢不可破——没有人可以将"她"带走，他依然可以研究蝴蝶，为此他备感欣慰。

他酷爱捕蝶，理由很多。第一，蝴蝶自身原因：艳丽炫目，迷幻而柔弱。其次，"捕蝶健身，不可不提……可使人身手敏捷、强健筋骨……满怀热切、艰苦追寻，终于将一只蝴蝶困入握在手心中的三角形丝网之中……"。从小开始，他都沉迷于捕蝶的游戏与冒险之旅，这个爱好与他家的维拉乡村庄园息息相关。每年春暖花开后的几个月，正是捕蝶的大好时光，纳博科夫一家子都回到维拉庄园。"那个'英式'花园将我们的住处与干草地分隔开来"，在他的《说吧，记忆》中，他描绘说：

> 花园规模巨大，设计精巧，迷宫般的交叉小径，屠格涅夫式长凳，进口橡树间杂与本地冷杉和桦树如梅花间竹。从我爷爷时代开始，不让花园恢复到荒野状态的不懈努力就从未停息，可惜效果却并不尽如人意。鼹鼠的粉红爪子会在主路整洁的沙子上堆积起圈状黑土小丘，没有一个园丁对此不是徒呼奈何。在阳光斑驳的小径上，杂草、菌类滋生蔓延，

山脊般的树根纵横交错。从 19 世纪 80 年代起，早已再也看不到熊的任何踪迹，但依然偶尔可见麋鹿出没其间。

的确有真正荒野的悲凉之意——尤其是从一个才七八岁的孩 37
童眼中见到的一切。父母一直引导他去捕捉捕蝶，此事与其他许多事情一样，颇有维多利亚和英式行事风格。他的母亲艾琳娜·伊万诺维娜，结婚之时不但带来丰厚嫁妆，还带来一大摞昆虫学书籍，包括 17 世纪以来的各种版本。从八岁起，纳博科夫就开始阅读这些书籍，尤其喜欢其中新一些的版本，比如英国昆虫学家爱德华·纽曼（Edward Newman）所著《英国蝴蝶与蛾类自然历史插图本》（1871），简明扼要，权威准确；德国昆虫学家厄恩斯特·霍夫曼（Ernst Hofmann）的《欧洲蝴蝶史》（1894），德语本袖珍指南；美国昆虫学家塞缪尔·斯卡德（Samuel Hubbard Scudder）的《美国东部与加拿大的蝴蝶》（1889），知识系统，插图精美。

他有许多消遣爱好，比如，采集植物。消遣之余，他还阅读了大量文学书籍，年轻人能够将他们随心所欲的阅读变成一生爱好。但采集蝴蝶还需身体力行，这一点必须强调。采集蝴蝶将他带到户外，在阳光明媚的天气里活动，如果天气有变，就只在维拉庄园周边。在白天长达十九个小时的紧张而短暂的季节，突然冒出无数新生蝴蝶，经历蜕变，然后一批批死去。维拉庄园靠芬兰边境不到两百英里。挪威小说家克努特·汉姆生①（他与陀思

---

① 克努特·汉姆生（Knut Hamsun，1859—1952），挪威作家，主要作品有《向生命一切的青春举杯》《大地的成长》《神秘的人》《饥饿》《在蔓草丛生中的小径》等。1920 年诺贝尔文学奖获得者。

妥耶夫斯基、屠格涅夫、列斯科夫等许多有实力的作家一道，被纳博科夫列入其认为名不副实的作家名单）在其作品《牧神》（*Pan*，1894）中，对北方之地的夏天有着非常经典的描绘：

> 春天的步子越来越急促，星状花植物与蓍草从田野里冒出，花鸡与燕雀也飞回来了。所有的鸟儿我都熟悉。有时，我会从口袋中掏出两个二毛五硬币，撞击出叮当的声响，借以打发穷极无聊的时光……天气开启了漫长的不夜模式，太阳只是把自己在海水中浸泡一下，然后又升起来，红彤彤的，周而复始，仿佛只是到大海中喝口水……整个森林里都沙沙着响，动物们打着响鼻，鸟儿们呼唱应和，空气中弥漫着鸟儿的啁啾。这一年的金龟子尤其多，它们发出的嗡嗡声与蛾类叫声融合在一起，汇合成整个森林中的浅吟低唱。

汉姆生这部小说的主人公格莱恩中尉是打猎好手，在他有些冲动草率的卢梭式回归自然的过程中，他经历了被北极短暂夏日放大了的狂喜与失落：

> 天蛾……无声无息地飞进我的窗口，是被我炉子的火光与烤鸟的香味吸引进来的吧。它们撞击天花板，发出沉闷的钝响，在我耳边嗡嗡地飞过，让我起一身鸡皮疙瘩……它们又停靠在那里……蚕蛾，木蠹蛾……有些蛾子像飞翔的三色堇向我张望……踱到木屋之外，凝神谛听……无数飞翔的昆虫，翅膀扇动发出的嗡嗡声，星星点点。森林的边缘长满了蕨类植物和附子草，熊果花开得茂盛，我爱煞了它朵朵的小

38

花。衷心感谢您，我的上帝，让我欣赏到那么多的石楠花……硕大的白花……已在森林中开放，它们的花柱也舒展开来，张嘴呼吸。毛茸茸亮闪闪的蝴蝶在它们的花瓣中下落流连，整株植物都因此颤动不已。

童年的纳博科夫日复一日随心所欲地徜徉于森林之中，他这片林地比格莱恩的那片还要往南六百英里，但其中让人惊异的动植物却同样丰富，他渐渐将孤寂珍藏于心，当然也可能会悲叹这种孤寂。（"好多年以后，我才又结识了一个与我一样的难兄难弟"）两个捕猎者都是那么彻底地清醒。充满生机活力的土地在与他们沟通，他们与那片土地太过亲近，差点越过了合乎礼仪的边界——在格莱恩心中，那片森林已经性别化了，里面不乏热情似火的女人，像酒神的女祭司迈那得斯们一样诱惑他，而对于才九、十岁的弗拉基米尔，即便没有性冲动的感觉，至少也能感觉到飘荡着性感十足的袅袅之音。只是说其中包含着性意识觉醒其实远远不够：

在河那边，一群密密匝匝闪闪发亮的雄性蓝色小蝴蝶在被踩过的肥沃稀泥和牛粪上狂吸，当我一跃而过的时候，它们全都飞起来，在空中闪闪烁烁，待我过去，它们又立刻落回原处……我来到了沼泽地。我耳朵一捕捉到双翅目昆虫的嗡嗡声、头顶上传来的鹬鸟粗嘎叫声、脚底下沼泽的吞咽声，我就知道我会在此寻觅到十分罕见的极地蝴蝶……顷刻间我已置身它们中间。在已结出幽淡、梦幻般蓝色浆果的低矮沼泽乌饭灌木丛之上……一只黝黑的，有"斯堪的纳维亚女神"之名的豹纹蝶低低地、轻盈地掠过……我追逐着玫瑰色缘边的黄粉蝶、灰色大理石花纹的眼蝶……透过沼泽的气息，我嗅到了我手指上蝴蝶翅膀微妙的馨香，那种因品种而异的馨香——香草味、柠檬味、麝香味、难以说清的陈腐与香甜混合味。我毫无餍足之感，继续奋力前行……

十一岁大的时候，这位少年已经在体验森林的原始冲动。联想起福克纳，也是纳博科夫不大瞧得上眼的另外一个作家，在其作品《熊》之中，主人公也在十一岁开始就对打猎钻林子情有独钟，这种爱好持续了好些年。这种美国式的捕猎更多地与杀戮相关，与逝去的父亲形象休戚相关，虽说这样的场景不会太多；少年纳博科夫至少会体验到杀死动物那种快感（"浸透药液、冰凉的脱脂药棉按在昆虫那利莫里亚①般的头上；昆虫身体的痉挛挣扎越来越微弱；一条大头针穿透它胸腔硬壳时发出的爆裂声让他感觉无比愉悦"），这一点与《熊》的主人公艾萨克·麦卡斯林颇为相似。博伊德在传记中提到，"失去父亲是纳博科夫心中永远的痛，一个经不起任何人触碰的伤痛"。

在维拉庄园，纳博科夫连"偶尔现身的鼹鼠"都没有捕杀过，但他跟艾萨克一样，对于自己喜欢的捕猎工具，却运用自如、得心应手（张网、铺板、野外作业等），他们徜徉于一块块充满宿命感的荒原——福克纳笔下的密西西比河尽头一望无际的原始森林，维拉庄园那亚北极的沼泽地与北方特有的植物种群，

---

① 利莫里亚（lemuria）：一个类似亚特兰蒂斯的传说中的文明大陆，一些人认为在此大陆上存在着身体与心灵和谐统一、高度发达的文明形态。

堪称令任何男生女生，或者男人女人终生难忘的伊甸园。在
《熊》这部作品中，福克纳深情写道："天气越发地暖和，明天
他们就可以撒欢了。心中那无比熟悉的雀跃之感油然而生……跟
第一次出门的心情没有区别；无论经历多少次捕猎追赶，雀跃之
感会永远伴随：生命之中最美最美的感觉。"

在纳博科夫心中，捕蝶还是高级脑力活动。他的几位传记作
家都回顾了他贯穿整个一生的捕蝶激情，写他是如何读懂晦涩难
懂的德语蝴蝶著作——时年九岁，不懂就查词典，"我已经将霍
夫曼笔下的欧洲蝴蝶完完全全吃透掌握了"，他无比自豪地告诉
我们。接下来当然是更多的探索，更精深的研究。他尤其喜欢学
习英语，借助它，他就可以一步步进入到蝴蝶分类学这个更为复
杂奇妙的世界中去。在读到那些有蝴蝶种属分布的蝴蝶读物时，
他了解到了那些蝴蝶标本（正模标本）到底是在什么地方捕获
的——具体是在什么山脉，海拔高度是多少，有些什么突出的地
理标志，以及是在什么时间捕获的等等准确信息。

这些蝴蝶标本捕获的地点——比如说天山的乱石坡，中国与
吉尔吉斯斯坦山脉的分界线，或者说在海拔一万一千英尺的科罗
拉多潮湿的草地——其实都有些捉摸不定。纳博科夫解释说，有
历史记录的蝴蝶捕获地点，"在一个特定的环境中，有两种蝴蝶
栖居于此，其中一种是本来就生长于斯、在此野生环境快乐生活
的蝴蝶，另一种只是偶尔光顾于此的某种蝴蝶或蛾类。"每当你
亲临这些地方，"你以前只是在书中、在某些记不起名的科学评
论中，或者在某些著作里那些无比精美的图画版面中曾经看到的
这些小生灵……突然之间活生生地在你面前展翅飞翔……它们就
在那些有着魔幻般神秘关联的植物与矿物之间翩然飞舞"。

在他未来的日子里，他还将在另一方面做出智力上的尝试：在他那些充满复杂现代主义手法的文学作品中，将蝴蝶糅进他作品的主题之中。他在这两方面的努力都不可等闲视之，想想他年少之时吧，为了捕捉到心爱之物，不惜踩在牛粪之上，手上留下各种淡淡的味道——满满当当的猎物、无比辉煌的战利品、各种活蹦乱跳的小生灵。

抵达纽约六个星期后，纳博科夫一家动身前往哈佛教授米哈伊尔·卡波维奇的农场。农场位于佛蒙特州南部地区，占地二百五十英亩（1 英亩等于 4046.864 平方米），其中有一栋古老的农舍。屠格涅夫的小说《贵族之家》中的场景在这里俨然再现，卡波维奇的朋友们以及他的妻子塔蒂阿娜在此住了好几个月，充满俄罗斯情调，摘水果，品茶聊天，晒晒日光浴，在冰凉的湖泊中戏水，孩子们欢跳嬉戏，斯拉夫亲朋好友之间的嘘寒问暖，其乐也融融。正是在这里，纳博科夫第一次实现了他的平生之愿：在他的祖国之外的大陆上采集蝴蝶。在匹兹堡博物馆，他曾经向阿维诺夫请教过，或许也阅读过美国昆虫杂志，了解过美国蝴蝶种类以及它们的栖居地。他发现，佛蒙特的臭鼬与豪猪到处都是，他还抓到"好多漂亮的蛾类"，他后来在信中把这些都告诉给了威尔逊①。

---

① 威尔逊不爱运动。小时候，他的母亲给他买了棒球装备，希望以此鼓励他热爱体育运动，但他却弃如敝屣。俟纳博科夫与他相识之时，威尔逊就是个又矮又胖的五短身材，而且还患有痛风之疾。纳博科夫还期待他可以说动他与他一起去捕蝶。"试一下吧，邦尼，"他给威尔逊写信，称呼的是他的小名。抓蝴蝶"简直是世界第一高雅的运动"。（原注）

纳博科夫的堂弟尼古拉斯与他第二任妻子生活在一起，1940
年在马萨诸塞州的科德角住过一段时间。从他的住处走过一段沙
地路就是威尔逊家，他们相互之间聊得很欢——经过长达六年的
艰苦工作，他的《到芬兰车站》一书即将出版。这本书专论革
命性的意识形态，主要论述苏联革命，而俄罗斯发生的一切对他
来说有无比巨大的吸引力。尼古拉斯那种与生俱来的对文化重要
性的完美无瑕的本能与威尔逊颇为相似，区别在于他的天才是在
另一领域展现出来的而已，因而两人大有相见恨晚的感觉。从他
们的通信中可以看出，威尔逊有些想当然地将尼古拉斯误认为是
需要支持的有高尚追求的俄罗斯人。几个月之内，威尔逊为他张 41
罗在杂志上发表文章的事宜——帮他与《大西洋》月刊新任编
辑爱德华·A. 威克斯建立联系（后来他也是这么帮助纳博科夫
的），威克斯对尼古拉斯与弗拉基米尔的文章几乎是来者不拒。
正是尼古拉斯将弗拉基米尔的大量稿子传递给了威尔逊，是他给
正在卡波维奇的农场度假的堂兄纳博科夫写了信，然后，1940
年8月30日，弗拉基米尔给威尔逊写第一封信，从此，堪称美
国历史上最伟大的通信之一正式开启：

> 我的堂弟尼古拉斯提议，让我与您建立通信联系。能认
> 识您让我感到非常高兴。我现正与佛蒙特的朋友在一块（这
> 里到处都是麒麟草，几乎天天刮风），我打算在9月的第二
> 个星期就返回纽约。到时我的通信地址是：麦迪逊大街
> 1362号，电报挂号：97186。

威尔逊广有人脉，与很多作家都有监护关系。他给这些作家

担任事实上的经纪人、责任编辑、就业顾问、终身指导老师，或者说是第一个给他们作品定调的评论家。这些作家的名字可以罗列一大串，比如司各特·菲茨杰拉德（F. Scott Fitzgerald）、纳撒尼尔·韦斯特（Nathanael West）、兰德尔·贾雷尔（Randall Jarrell）、女诗人伊丽莎白·毕晓普（Elizabeth Bishop）、女作家安娜·尼恩（Anaïs Nin）、道恩·鲍威尔（Dawn Powell）、亚瑟·麦兹纳（Arthur Mizener）、麦克斯韦·盖思玛（Maxwell Geismar）、海伦·马奇尼克（Helen Muchnic）、多斯·帕索斯（John Dos Passos）、露易丝·博根（Louise Bogan）、玛丽·麦卡锡（Mary McCarthy）、文森特·米莲（Edna St. Vincent Millay），当然还要加上纳博科夫兄弟。他与俄裔作家相交甚好，他也可以从中受益，将俄罗斯语言与俄罗斯文学现炒现卖，以这些主题撰写文章在杂志上发表，然后写进书中再出版出来。尼古拉斯充分利用与威尔逊的新友情，可他的要求多得难以招架。1943 年，威尔逊成为《纽约客》杂志书评编辑之后，尼古拉斯就给威尔逊写信要求在这本杂志上发表文章。威尔逊对此无能为力，但他为尼古拉斯牵线搭桥，争取能在其他报章杂志推出，尼古拉斯为此专门致谢：

> 你这人好得没得说！在此谨表达我的感激之情。我已经收到（音乐编辑）保罗·罗森菲尔德的用稿通知，他告知我的作品将会在下一期发表……另外还有一个小小的不情之请，看有没有可能将我论述"指挥家生活"的文章在《纽约客》上发表出来（当然，我必须用经过高度掩饰过的假名发表，以免我以后的音乐作品会被给予带有 – itzki's， –

owski's 以及 Co. 之名的斯拉夫专门项目排除在外)。

三年之后,尼古拉斯拒绝了与威尔逊一起出行的邀请,说他要前往加利福尼亚州去,在加州,他与斯特拉文斯基一起待了十天:

> 我突发奇想,想写一写专论斯特拉文斯基的文章,风格 42
> 与尼科洛·图奇专论爱因斯坦类似。如果写得不错,你认为
> 适不适合在《纽约客》的《深度报道》栏目上发表?这是
> 我第一次去加州,会同巴兰钦一起过去。

威尔逊回信说:"我已经在这里跟他们讨论了你的建议,他们也说乐见其成(论述斯特拉文斯基的专文),但不能承诺一定发表……不过,我认为你还是值得一试,先投稿再说。"

两年以后,尼古拉斯的第一本专著问世,他首先想到的是将样书送到威尔逊手里:

> 诚望您能为我的拙作在《纽约客》上撰写书评。……
> 如能照办,我将大喜过望。我心中所想的是,我不但希望您
> 会撰写,而且"必须"撰写这个书评(就像老师"必须"
> 批改学生们的试卷一样),因为您是拙作的教父,不正是您
> 将我引上了"靠写作吃饭这条职业道路"吗?! 求求您了,
> 千万拜托,好不好呀?

他与威尔逊之间的这段交情,无论会不会让威尔逊后来与姓

纳博科夫的其他作家打交道时多长个心眼暂且不说，1940 年 10 月，威尔逊与弗拉基米尔还是实现了历史上的第一次会面，而且两人都各自生出惺惺相惜之感。两人的外形如同漫画人物默特与杰夫（Mutt and Jeff）一样有天壤之别，但在其他方方面面，二人志趣十分相投：文学知识顺手拈来；都是喜欢较劲的万事通；同样出身名门，二者的父亲都是喜欢参与政治的著名法学家；都是普鲁斯特、乔伊斯与普希金的热爱者；两人都是依靠笔杆吃饭，并初心不改，准备为此而艰苦奋斗下去。威尔逊当时还在《新共和》周刊供职，主动给纳博科夫提供书籍，让他撰写书评。两人之间在以后的日子里存在的巨大分歧在此时就摆在他们面前：为一部描写苏联内幕的专著，也就是 G. P. 马克西莫夫的《送上绞刑架》一书撰写书评，纳博科夫为此写道：

> 这本充满悲情色彩的小书之所以受欢迎，是由于试图将列宁比他的继任者好很多的说法展示给大家看。

在《到芬兰车站》一书中，威尔逊的观点是，相对而言，43 列宁的确是要好得多，他是人类历史上不可或缺的人物，可称为历史上被压迫人民的火炬手。在罗曼·格林贝格①举行的家宴上，纳博科夫对列宁的评价并没那么高，促使威尔逊将刚刚出版

---

① 威尔逊认识格林贝格与纳博科夫无关。在法国时，纳博科夫曾经当过格林贝格的英语家教。格林贝格是个商人，但酷爱读书，尤其文学修养极深，移居到美国后，他是集中俄语杂志的出版商。1935 年，威尔逊到莫斯科访问，宣传他的新书《在两种民主之间穿行》，格林贝格的妹妹伊莲娜担任他的向导，两人遂成为好友。（原注）

的这本书送给他，并且"希望你能对列宁的看法有所改观"。两人之间建立真诚的友谊的愿望本来就非常强烈，更不用说纳博科夫不会那么不知进退，开罪这位在美国批评界数一数二的大佬级人物。纳博科夫一反常态，并未像他平时在其他场合那样，与美国人意见不合时当场发飙，也并未显露出轻蔑不屑的不悦之色。在苏联统治者的问题上，他的看法一向没有改变过，他并不认同有些人认为让上千万同胞丧生的革命有魅力或鼓舞人心的说法。他对革命的反感固然有其对于父亲痛苦回忆的原因（其实就是跟美国人那种惯性地反感共产主义一样，如同 20 世纪 50 年代人们对麦卡锡主义的狂热，60 年代反感那些蓄着长发的青年学生抗议对越战争一样）。但他要忠实于自己在美国的愿景也是事实。他已经意识到，俄罗斯侨民——十月革命后遭放逐或逃亡海外的上百万俄罗斯人——在许多西方人的眼中，已经成为一个庞大的非法阶层。如果他们反对苏维埃，他们肯定就是反革命，这种看法很普遍；如果他们谴责革命后发生的事件，那么他们就是在阻挡历史的前进。

威尔逊并非是列宁、斯大林的忠实宣传员。他写完《到芬兰车站》一书之时，他对苏联的肃反运动与政治滥杀也深怀恐惧，在一封信中，他特别声明，就在苏联想要吞并芬兰（苏芬之战）之时，他的《到芬兰车站》一书已经完稿。一直以来，威尔逊的看法早已在他为《新共和》撰稿报道美国大萧条时期就已经成型。在他从事专业写作初期，他的兴趣在于文化方面，但此后，他对社会问题越来越感兴趣，为他陷于四面楚歌的国家产生一种深深的忧思，他要为这个危在旦夕的国家做点什么。

44

> 时至美国的今时今日（1931 年 1 月）……已经大约九百万人没有了工作；各个城镇到处是民生凋敝、哀鸿遍野，其惨状超乎人类想象……农村破产……工业萧条已经蔓延到南方，其程度之严重……已经可以与一百年前的英格兰的状况相提并论了。

威尔逊感觉到，"黑暗时代"已经降临，整个地球都大有正准备接受上帝"最后的审判"之势，他尤其关注到在美国已经蔓延开来的自杀之风。一方面他对于那些自杀者抱有无限同情，但也同时觉得这个现象说明了人们的意志之薄弱。他放下给《新共和》撰写文学评论的工作，到全美各地转了几个月，奋笔疾书，论述工厂政治现状，将福特汽车公司当作资本主义未来不确定性的典型事例；将饿殍遍地的惨状注入笔端；也对田纳西州查特怒加市著名的斯科茨伯勒黑人孩子强奸案①的审判加以报道。1932 年，他将自己撰写的相关文章辑成一本书，书名是《美国式战栗：萎靡一年》，书中充满悲鸣与忧虑，对美国的前景的深度创伤进行了详尽深入的报道。书中有一章题为《作者自画像》，专门对自己进行不留情面的自我剖析：小资情调、抱残守缺、寻欢作乐、自私自利。他将自己在 20 世纪 20 年代所挣的收入公之于众，痛陈自己因为家里有钱而逍遥快活，可以"看书、

---

① 1931 年 3 月 25 日，在从查特怒加市开往孟菲斯的一列货运火车上，几个十几岁的白人孩子试图将一群流浪的黑人孩子驱赶下去，双方发生激烈冲突。后来，这些黑人孩子都被逮捕，并被两个白人妇女控告强奸。虽然证据不足，但除了只有十二岁的赖特之外，其余八个黑人孩子都被判死刑。此案在全美引起轩然大波，成为美国种族歧视与司法不公最为典型的案例。

酗酒，养成没有什么责任感的习惯"。

威尔逊对苏联共产主义心向往之，其中部分原因是认为美国人民根本没有享受到应该得到的公共服务。入主白宫的总统是商人的代言人，对于天降大祸一点感觉都没有，真是令人无比惊悚。威尔逊将愤怒诉诸笔端，指出：就是这位总统先生"反复强调说，我们的社会制度非常健康"，而与此同时，他又派遣麦克阿瑟将军"去把那些前来伸张权利的退伍失业老兵的营地一把火烧掉……这不能不让我们对于美国的共和国制度投上疑惑的眼光"。威尔逊觉得，苏维埃政府对于这些深层次问题绝不会坐视不理，他们会紧紧地扼住问题的喉咙。苏联取得的伟大成就越来越让世人瞩目，他们可以毫无愧色地说，政府将工业问题与金融问题进行了认真研究，对于类似于我们这里出现的种种危机，他们完全可以成功避免。

在与纳博科夫相识之前，威尔逊对于苏联的情况已经了解了不少，而对斯大林，他了解得尤其透彻。1935 年，他得到古根海姆基金资助前往苏联访问。他活力十足，交际能力异常出众，善于从与他交往的人那里套到很多故事，因此，这次苏联之行让他写成了三部书。在苏联，他慢慢意识到，这是一个警察国家，知识分子惶惶不可终日，其中一些就要被枪决；街上的人群"面色沉郁""千篇一律"，社会主义似乎也根治不了普遍存在的俄罗斯忧郁症——他感觉反而还加重了病情。虽然如此，威尔逊并未将这些恐惧在他的书中大肆渲染；他反而极力想从苏联的故事中寻找某些元素，那些可以移植到美国而增强竞争力、更好地把控未来的东西。毕竟，两个大国之间的共同点完全是显而易见的：都拥有广袤的国土，都野性难驯，"一望无际的草原，奔流不息的河流，莽莽苍苍的森林""我们无从知道，我们从这些国家的废墟……中得到了什么，也不知从这些废墟中能生长出什么东西出来"。

第四章

　　纳博科夫到美国后，没有固定工作，多亏了威尔逊给他找了 47
份写书评的工作，帮他四处联络找活，他才勉强可以安然度过在
美国的第一年冬天而不至饿死。斯坦福大学承诺给他的教席应该
不会有变，次年 2 月，堂弟尼古拉斯帮他在北部的威尔斯学院安
排了一次讲座。纳博科夫初到美国时，手上准备了一百篇围绕俄
国文学主题的讲稿，长达两千页左右，一旦机会降临，就可大展
拳脚。他认定，自己一定能成为未来的文学教授，也会是当然的
文学艺术家——他自认为是一位文化使者，将文化产品即异国风
情的文学知识传授给那些意欲填补知识缺陷且情愿付给劳务报酬
的学生们。他的希望没有落空，事实证明，作为流落异国他乡的
移民，他的生存策略无比正确。

　　哈佛大学的卡波维奇建议他采取预约服务的方式。1941 年 3
月，韦尔斯利学院邀请他去做两周的讲座，大抵是因为他 1922
年翻译的俄文版《爱丽丝漫游奇境记》同刘易斯·卡罗尔（原
著作者）的各个版本同时出现在图书馆的架上。纳博科夫的英文
虽带俄国人的口音，但他的讲座却极富魅力，妙趣横生，他将博
学多才的风采展现得淋漓尽致。"我的演讲赢得了满堂彩，大获
成功，"他在给威尔逊的信里这样写道，"我还顺带将高尔基、

海明威以及其他几位作家痛批了一通。"他很喜欢韦尔斯利的女学生们，也喜欢那些富有魅力的女教授。在波士顿期间，纳博科夫和同为剑桥三一学院教员的爱德华·威克斯共进午餐。威克斯"用十足的热情接纳了我和我的短篇小说，我倍加感动"。纳博科夫如是说。对于威尔逊推荐的纳博科大短篇小说《云，城堡，湖》，威克斯大赞其"真是天才之作"，那无异于是向他发出向《大西洋》月刊继续投稿的邀请函（"这正是我们一直以来梦寐以求的事呀"），对于威克斯如此无条件的厚爱，纳博科夫深为震动。

48　　　大半年来，薇拉都是病恹恹的，体重不断下降，饱受"颠沛流离、精神焦虑之苦"，她自己后来做如是描述。她不停地找工作，1941 年 1 月，在一个《自由法国》报社找到了一份做翻译的工作，但终究因为坐骨神经痛卧病在床数周而失业。薇拉的背伤影响了去帕洛阿尔托市的出行计划，她难以承受长途旅行之苦，但是在 5 月 26 日，是个星期一，新月挂在天际之时，由跟纳博科夫学俄语的学生多萝西·勒索尔德驾车，全家人还是动身向西部进发。

　　1941 年，驾车去加利福尼亚等于是一次小规模的冒险之旅。这里的公路编号系统（如：美国 G1，马里兰 97 号公路）只运行了十年，很多的道路，包括一些主干道，路面都是崎岖不平的。与此同时，世界正处于历史上最为动荡不安的岁月。在美国这边，就在他们这辆装着手稿、载着一个七岁的男孩的汽车向目的地进发之前两周，远在法国巴黎，三千六百名犹太人被德国盖世太保关押起来，其中很大一部分是小孩子。

　　德国人已经攻克了希腊的克里特岛，德国军舰在北大西洋渐渐阻断了英国的海上运输线。尽管苏联和德国签署了互不侵犯条约，但德国觊觎苏联的狼子野心日渐露出狰狞面容。纳博科夫和妻子是如何通过报纸和广播关注世界风云变幻的，我们不得而知，但德国的魔爪伸向东方之时，弗拉基米尔在写给威尔逊的信里这样评论：

> 二十五年来，流亡的俄罗斯人都渴望用某种方式——甚至不惜采用极端方式，比如发动一场流血革命——去推翻布尔什维克的统治，如今却等来了这场悲惨的闹剧。我现在衷心希望俄罗斯，不管她现状如何，都可以排除一切艰难险阻，彻底打败德国，乃至将德国从地球版图上抹去——不让一个德国人苟活于世，虽然颇有些将马车置于马匹之前（本末倒置）之嫌，但是那匹马令人厌恶至极，先解决马匹（德国人）的问题乃我所愿也。

庞蒂克可是一种不同的马车。旅行者把它叫作"Pon'ka"，俄语中是小马的意思。他们一家人在当地向导（勒索尔德小姐，她其实是想在路上学学俄语）的带领下开启了他们的路易斯和克拉克远征，也拉开了他们夏季探险的序幕。他们每日都驱车至夜幕降临，或者赶了很远的路程，才会停下来。彼时，一个汽车旅馆或其他旅店映入眼帘，正好挂着空房的牌子。纳博科夫十分钟爱汽车旅馆，这一点从他整理出的住店票据便可看出（李米亚德旅馆、仙境汽车旅馆、厄尔雷旅社），他不愿入住那些标准化酒店，因为20世纪40年代，那些酒店要求住客着装得体，而且还需给服务员付小费。纳博科夫一行人入住在田纳西州布里斯托尔的谢尔比将军旅馆（谢尔比是盟国骑兵英雄），他将之称为汽车旅馆。当然旅行者之家也不在他们选择范围内，因为那大多是些寄宿式旅店，需要共享餐桌及浴室，而纳博科夫希望享受单人浴室。

　　在危急的国际大环境中，数百万人的命运悬而未决，但是那些注重享乐的美国人，仍在按部就班地不断寻求新的消费方式，信心满满地重新让这里的景色焕发出崭新风采。传统旅店业正在走向衰落。随着人们出行方式的改变，越来越多的人不再选择火车，这就使得美国一些小城市的旅馆经营开始走下坡路。过去旅馆都建在火车站附近，凭着来来往往的火车带来大批旅客，生意红火。大概从 1910 年以后，越来越多的美国人选择开车旅行，他们经过一天驾驶后已经筋疲力尽，来到陌生的城市里，实在不想再费心费力地去寻找价格高得离谱的酒店去讨价还价。1941年起，纳博科夫一家也恰好赶上了这一变革潮流。他们确实享受到了三十年来消费方式转型升级带来的好处。最初，美国那些开车旅行的"吉卜赛"一族，带着帐篷，沿着高速公路随便选一处风景优美之地，或在市政府搭建的汽车公共宿营地停下来住宿一晚；后来，他们渐渐青睐那些私人开办的汽车宿营地，那里可以提供淋浴、公共厨房以及遮风挡雨的简易小屋或者帐篷屋；再后来要求越来越高，他们想要搭建好的更为讲究的独立式木屋营地，在此只消花上很少一点钱，便可以租用舒适的床铺和家具；再到最后，便想在农舍营地安营扎寨，就是那种农舍式庭院，这是原先那些小木屋的升级版，农家庭院朝着更为新潮的方向发展，如更为清新的粉刷风格，落地窗帘，更为漂亮的家具，私人淋浴房，配套的停车场。从纳博科夫收集的票据中可以了解到，

20 世纪 40 年代的汽车旅馆与这种农舍式庭院有很大不同，当时的汽车旅馆还是把一大间屋子隔出了几个单独的房间，而且这种旅馆一般建成长方形，中间区域还做了景观美化。从 20 世纪 40 年代开始，伪美学的建筑风格大行其道，原木小屋，奥尔德都铎式旅馆，印第安营帐，花箱装点式殖民风格旅馆，甚至得州阿拉莫式缩微式旅馆在当时都遍地开花。

由正值中年的勒索尔德小姐全程开车，纳博科夫一家花三周时间穿越了整个美国。如果是坐火车的话，只需要四天。一路上纳博科夫疯狂地收集蝴蝶标本；后来他把自己收藏的标本捐给了美国自然历史博物馆，那些标本被放置在大厅尽头一个闷热的储藏室里，与博物馆的一堆杂物一起，被封存了七十年之久。2011 年，戴维·格雷摩迪和苏珊娜·格林两名研究员，在一个标签上发现了纳博科夫的名字。这些标本连别针都没有拔去，仍然封存在玻璃纸封套里，封套上还留着纳博科夫记下的采集时间和地点。一路上，他们行程的每一天，他都至少收获了一类标本。5 月 28 日，是行程的第三天，在相隔十八英里的弗吉尼亚州，纳博科夫在卢雷岩洞和谢南多厄抓到了他认为值得收藏的标本，于是他们在盖茨堡住了一个晚上，次日勒索尔德小姐载着他们一路开到卢雷岩洞，在那里住了第二个晚上。他们还顺便去了一趟大卡凯庞，它位于盖茨堡西部七十五英里的西弗吉尼亚州。纳博科夫在汽车里放了三张捕蝶网，这个暑假就是一个人掌控下的昆虫学研究之旅——就好像一个想法多多的美国式老爸，他对打高尔夫球爱得痴迷，只要路过的每一个球场，他都打算玩个遍。

他在大烟山国家公园收集过标本，那里是田纳西州和北卡罗来纳州的州界线，几个月前罗斯福总统曾经在这里殚精竭虑地工作过。在田纳西州，他也曾在布里斯托尔、克罗斯维尔、纳什维尔和杰克逊捕捉过标本。也许是加油站派发的旅游地图，或者是美国汽车协会这样的俱乐部出版的旅游指南给了他行程安排的灵感，纳博科夫对这些读物研究得极为透彻。他在旅游指南经常光顾之地用铅笔做上标注并点评几句，像商业评级做法一样（"谢尔比旅馆——一般""枫影别墅——差劲""坎伯兰汽车旅馆——棒极"）。这些地名的隐含意义或宏伟气派，或如绿叶般平凡，这一切后来都成为在《洛丽塔》中出现的汽车旅馆描写的雏形。

他们沿着蓝岭一路向西南方向驶去，走的是美国 11 号公路，现在这条路改称 81 号州际公路。大部分路段都是双车道柏油路。在诺克斯维尔，他们在 40 号公路停了下来，这表明纳博科夫找到了标本，也找到了歇脚之处，而且第二天一大早就会带着捕网出门。在小石城，他们驶离 40 号公路，前往西南方的 67 号公路。在小石城外，勒索尔德小姐愿意绕个弯路：也许她跟外国人一样，在这郁郁苍苍的 6 月，想要欣赏更多的美景。他们一路来到温泉国家公园，从 19 世纪早期开始，美国人就已经开始在那里疗养休闲了。从纳博科夫到达帕洛阿尔托市后所写的信中，我们可以大致推测出他对美景的感受："我们的汽车旅行穿越了好几个州（所经之地美景处处），一路上狂热地捕蝶。"十年后，在《洛丽塔》中已经成为著名经典的片段里，纳博科夫用"秀丽无比、令人信服、如梦如幻、一望无际的乡村"来形容亨伯特和洛丽塔透过车窗看到的景色。的的确确，把亨伯特当作纳博科夫本人无疑充满危险，纵然如此，也并不妨碍让亨伯特从纳博科夫本人的视角去描绘看到的一切。"越过新耕的平原……无边无际的可爱景象将会慢慢填满视界，银灰色的薄雾笼罩着低矮的太阳，温暖的桃色弥漫在一片二维的鸽灰色云彩上缘。"纳博科夫告诉我们，亨伯特具有"妙笔生花之风格"，但是在他对风景的描述中，他跟读者的交流却是那么的明白晓畅、娓娓道来、自然贴切。他对"北美低地乡村地区"的描述温柔多情；他始终不遗余力地化腐朽为神奇——努力超越自己的预想与路径，避开熟知的类比——可谓语不惊人死不休。

威廉·雅各布·霍兰所著《蝴蝶之书》，这本插图本入门书籍虽科学性不强，信息量却很大，在美国与加拿大广受欢迎。纳博科夫可能一直是按照这本书的指引确定行车路线。或许，威廉·康斯托克或安德烈·阿维沃夫曾经告知他狩猎的绝佳地点，又或许，因为他经常仔细研读《纽约昆虫学会杂志》中的文章，从中他得到过非常多的启发。当纳博科夫的庞蒂克汽车驶入得克萨斯州时，梅恩·里德曾经描绘过的景色呈现在他们眼前。到 6 月 2 日，他们一行人已经在美国 67 号公路上行驶了三百英里，从温泉城到达拉斯，标志性的西部景观不断改变，一望无垠的大平原映入眼帘，视野豁然开朗，遥远的地平线上，绵延的山脊与高耸的山峰，仿佛将天宇衬托得更为辽阔，反而让人觉得伸手可及；旅者常常会感到这里空旷得太过分了，一眼望去，满眼的蔚蓝太过分了。 52

可能是为了儿子德米特里，一行人开始了寻找牛仔和印第安人之旅。他们返回几个月后，1941 年 10 月 31 日夜晚，来自马萨诸塞州韦尔斯利的保姆给德米特里的脸上涂上油彩，将他们从新墨西哥买的印第安头饰戴在他头上，然后带着他出去到处转悠。那个时候，德米特里早已可以用一口流畅的美国口语与美国人坐在一起，自如地聊天。他的父母还没来得及为他准备好成为美国人而必备的行装，在斯坦福度过的夏日里，他还穿着皮短裤。而就在这次出行之前，他依然身着毛皮外套，那可是寒冷天气里才应有的着装。根据他母亲在书中对他的描述，她清楚地记得，曾经有一些小朋友跑来问他是男孩还是女孩，他总会冷静地回答说："我当然是男孩，我身上穿的这种大衣是我家乡的男孩穿的款式。"他温和，友善，并且十分勇敢。很小的时候开始，他就展现出"隐藏深层情感"的内敛，他遭遇到的打击越狠，损失越大，他越会绝口不提。就在他们自驾环游美国之时，她说："这次汽车之旅中，他在沿途观赏到很多美丽的风景……我们就在汽车旅馆打尖过夜，我还记得，有一次我带他……去理发店理发。理发师问他：'小朋友，你的家在哪里？'……他回答：'我没有家'……'那你们住在哪里？''公路边那些小房子里。'"

　　纳博科夫一家人就准备住在这些小房子里。从德米特里出生的那年开始，他们在三个国家辗转奔波，搬了不下二十五次家。表面上看，德米特里似乎并不怎么怀念他们搬离的旧居，比如出生起到他三岁才离开的那套柏林公寓。但他的母亲对此看得真切一些，其实，德米特里对"每一处住过的地方都表现出奇特的依依不舍"，"他对自己儿时的每一件物品有一种难以割舍的珍爱，养成了积攒商店里用五分或十分钱买来的'一整套一整套'玩具汽车和火车的癖好，究其根源，完全与他一开始就不断失去自己的家、失去自己的玩具息息相关。"它象征着"一个非常渺小而又迷惘之人，孤身一人，可悲又可怜地在茫茫大海中抛出铁锚，渴望找到那份属于自己的安全感"。

　　从国家公园拍摄的一组照片来看，依照美国公共事业振兴署

（WPA）特有的建造风格的石雕来判断，我们完全可以看出，弗拉基米尔对他捕蝶的爱好痴迷到什么程度，仿佛他正受到别人的胁迫而干活似的。他弓腰驼背，哪里有昆虫，他的眼睛就盯在哪里一动不动，有时哪怕已经转过身来了，眼睛还是盯在原处一动不动。他的脖子细长而弯曲，就像一只苍鹭。

他在举家离开纽约之前写了一封信给威尔逊，他向朋友宣告说："我带了蝴蝶网、手稿和一套新的假牙，明天……就要开车离开了。"他大半辈子时间里，牙齿一直都是他挥之不去的痛苦折磨。他十一岁时，就被迫到德国找到"一个著名的美国牙医"给他治疗牙病。当他最终来到美国，他在注定失败的牙齿保卫战中坚持继续战斗，将曾经治疗过的"这些"牙齿拔掉，但留下"那些"牙齿，然后不久，"那些"牙齿也难逃厄运，最终也被拔光。

1941 年是得克萨斯州历史上雨量最多的一年。他们一行人多次遭遇雷暴天气，但绝大部分时间，天气都是晴空万里、炎热难当。在雨后的阳光和热气中，成群的蝴蝶纷纷飞出，纳博科夫在得州矿泉井城（Mineral Wells）、拉伯克以及达拉斯采集蝴蝶标本。在达拉斯以西，他们沿着得克萨斯 108 号公路和美国 84 号公路，进入克洛维斯小镇靠近的新墨西哥州（1929 年，克洛维斯出土了旧石器时代猎人使用过的矛头）。在去圣达菲的途中，纳博科夫在圣路易斯的萨姆纳堡抓到了一种梦寐以求的蝴蝶。萨姆纳堡是"比利小子"① 被击毙的地方，许多旅游指南中都提到

①　又称小魔王比利（1859—1881），真名为威廉·邦尼（William Bonney）。传说他十四岁成为孤儿，十七岁就开始杀人，之后终其一生都是亡命之徒，谋杀了二十一个人，二十二岁时遭警察派特·加勒特（Pat Garrett）击杀。

它的大名。在佩科斯的西部和里奥格兰德东部，他们一行人从美国 84 号公路驶向 66 号公路，这条公路早在 1941 年已经是一条富有传奇色彩的经典路线，是从芝加哥到洛杉矶浪漫之旅的首选。在圣达菲，他们在另一个评级为"棒极了"的汽车旅馆住了两夜，德米特里得到了万圣节头饰的礼物。

　　这趟捕蝶之旅的重中之重是大峡谷地区。在这儿，他们一行人住在大峡谷南缘区（the South Rim）的"光明天使小筑"，那里有一些几乎紧靠悬崖而建的半独立式木屋。他们可能是从美国 66 号公路（如今改为 40 号公路）转向 180 号公路向北而行，一路驶入大峡谷公园的南入口道路。他们在那里住了两天。正赶上雨雪交加的天气，6 月 9 日那天早上，天气寒冷异常，薇拉和德米特里窝在车里不下来，而弗拉基米尔和勒索尔德小姐沿着"光明天使小径"一路走过去，这条路就好像是"泥泞不堪的骡马古道"。在玛丽·E. J. 科尔特的亲临指挥下，这间客栈刚刚进行了翻新，客栈是艾奇逊－托皮卡－圣菲铁路公司的物业，公司拥有大峡谷南缘区域特许经营权，科尔特就是他们派出的建筑师。在科尔特对客栈进行改造时，保留了 1896 年以来的部分原貌。从原先的驿站马车出租，到为乘坐铁路旅游的游客提供帐篷营地，到小木屋营地，再到绿色藤架群连接起来的造型奇特的外置小单元（客栈内的房间也可租用），客栈经历的演变过程与大部分的汽车旅馆的发展历史非常吻合，只不过，科尔特将本地的石头、剥皮的原木和土坯巧妙地融合在一起，而且在所有建筑风格与景点自身浑然一体之上颇费心思，因而，这家客栈建筑艺术水平之高，是纳博科夫当时看到的所有汽车旅馆无法比拟的。

　　如今，"光明天使小筑"已然成为具有历史意义的地标建 54

筑，是国家公园管理局所倡导的乡村风格（有时也被誉为"公园式建筑"）的典型代表。而位于约塞米蒂附近的"阿赫瓦尼酒店"和华盛顿瑞尼尔山附近的"天堂客栈"更是这一建筑风格的豪华版。科尔特乃是这一建筑风格的开创者之一。"霍皮之家"是科尔特于1905年设计的礼品店作坊，表现出活泼多变而又庄重踏实的风格。这是科尔特从亚利桑那州奥赖比的普韦布洛的霍皮印第安人村庄风格中汲取的灵感，对此风格她乐此不疲，甚至到了过分痴迷的程度。而恰逢此时，住在普韦布洛村庄的传统居民正惨遭其他亲白人的部落成员们的驱逐。"霍皮之家"毗邻富丽堂皇的阿尔托瓦尔大酒店，大峡谷南缘的游客在这里不仅能欣赏到当代霍皮和纳瓦霍印第安人的手工艺品，还能亲眼看到真正的印第安人制作工艺品的全过程，然后再买些回去。

纳博科夫踏上到该地首次旅途之前，曾请在美国博物馆工作的朋友帮他开一纸证明书，说明他是美国博物馆认可的研究人员，这样他就可以得到在大峡谷国家公园捕蝴蝶的许可了。他捕捉到许多蝴蝶标本，其中包括好几只让他认为是新品种的雄蝶和雌蝶，为此他简直是欣喜若狂。为了纪念，纳博科夫将其命名为多萝西娅褐蝶（Neonympha dorothea），以此向多萝西娅·勒索尔德小姐致敬，感谢她一路开车将他们安全送到这儿，并一起抓住了这些蝴蝶。那天清晨，天气寒冷，他们走在那骡马古道之上，在勒索尔德小姐脚踢之下，这种蝴蝶纷纷飞出，纳博科夫正好捕捉到手。这真可谓是功德圆满，了却了一直梦寐以求的夙愿。从儿时起，他就一直渴望寻找到新品种蝴蝶，并以自己的名字冠名［也才有了"多萝西娅·纳博科夫褐蝶"（Neonympha dorothea Nabokov）之名］。这趟旅途结束差不多一年之后，纳博科夫创作了一首诗，不过此诗与"多萝西娅褐蝶"无关，而是与另一种他发现的蝴蝶有关，令人扼腕叹息的是，这种蝴蝶后来也被证明并非全新的品种：

> 我发现了它，给它命名，
> 在分类学拉丁语里留下一席之地；
> 于是我成为这小小蝴蝶的教父和第一位描述者，
> 除此之外，虚名于我如浮云。
> 别针固定之下全身摊开（虽然睡得香甜），
>
> 免受任何爬行动物和腐烂之物的干扰，
> 安然待在我们存放各种昆虫之地，与世隔绝，
> 成功超越尘世之喧嚣。

　　这次西部之行妙不可言，收获颇丰。驾着庞蒂克，一行人继续前进，在拉斯维加斯、圣贝纳迪诺、圣莫尼卡、奥哈伊附近，纳博科夫会停留采集蝴蝶，他又抓到了好多有意思的蝴蝶。

第五章

建筑师玛丽·科尔特修建的工艺礼品屋，借用的是有九百年 55
历史的普韦布洛印第安人的建筑设计与建筑材料，从那时起，这
个礼品屋已然成为被人熟知的风尚标志。美国西南地区的铁路和
酒店的勃兴，大大促进了当地旅游业的发展，几十年来，人们对
这一地区的兴趣与日俱增，乃至于世界博览会都在仿造这种普韦
布洛印第安式建筑。科尔特的"霍皮之家"是由真正的霍皮印
第安人建造的：建筑材料是砂岩和杜松，茅草天盖，烟囱由陶器
碎片制成，她这个设计可比大部分类似风格建筑更胜一筹。

很难说纳博科夫从这些混搭建筑物中得到什么样的启迪。纳
博科夫第一次西部之旅中一路上看到的建筑，用詹姆斯·阿吉的
话说，真有些"不伦不类"之感。这是阿吉发表在《财富》杂
志的一篇文章中，对美国 20 世纪 30 年代的路边风景所做的评
述。在阿吉看来，路边那些典型的景观旅游点，比如那些溶洞之
类，其实是专门用来敲诈游客设下的陷阱。（木屋是仅次于那些
洞穴的第二大噱头）"开发这类'旅游景点'还仅仅是攫取金钱
的第一步"，阿吉写道：

　　　好好查看一下就可以发现，要进入洞穴，各种名堂非常之

多（有些必须搭电梯）。您看到建在景点入口处的十万美元的"景点小屋"，里面设有洗手间、餐台，尤其是纪念品摊位。穿制服的服务员带领您走过水泥小道……精致的洞穴用电气照明，灯光忽明忽暗。每个地方……都安个好听的名字，一切以达到出其不意、浪漫迷人的特效为目的。

这些地方将"大自然的鬼斧神工与商业炒作艺术完美结合"，阿吉说："一个不错的溶洞年总收入大约十五万美元……如果洞穴迂回曲折、别有洞天，显得神秘莫测，再有一个波澜不惊的水池（总会冠以'地下湖泊'美名）或是一条流水潺潺的小溪（一律被称为'冥河'之类），那这里的商业价值就会暴涨，财路可就广开了。"

这类溶洞景点广告铺天盖地，纳博科夫沿途看到不少。在弗吉尼亚州的卢瑞，他们经过了一个名声很响的溶洞群，穿越新墨西哥期间，他们来到卡尔斯巴德钟乳洞穴北部，这个洞穴在胡佛总统当政时期已经辟为国家公园。《洛丽塔》中曾经写到过此类溶洞，说亨伯特为了分散他年幼的性奴的注意力，曾经打算找一个"阿肯色州的一个天然洞穴或者路易斯安那州的卢尔德人工洞穴"安顿下来过日子。将这些景观进行重新包装设计，俗气又吸人眼球，目的就一个——吸金：美国不是这类把戏的原创国，但要说搞忽悠搞噱头到厚颜无耻之境地，在美国面前，欧亚非世界各地无不甘拜下风。纳博科夫没有因此被吓得望而却步，在致友人的信函中，他绝口不提这类矫揉造作的人造景观。而远景中那些无关利益、漫山遍野自然展开的美妙景色，还有脚下那些飞舞的蝴蝶，反而是他目光聚焦的重点。从其后来描写路边观感的经典性叙述可以推断，阿吉连篇累牍提到的那些奇景，比如"鹅妈妈故事主题"汽车旅馆，"大茶壶造型的茶室"，用纸胶材质塑造成字母"I"形状特别滑稽可笑的猫头鹰，还有咧嘴大笑、露出一排装上霓虹灯牙齿的猪头，纳博科夫对这一切一定是特别留心与关注。

在美国帕洛阿尔托市，纳博科夫一家住在红杉大道 230 号，与斯坦福大学只隔了一个街区。这栋"漂亮小屋"（纳博科夫的原话）前面长着一棵红杉树（Sequoia sempervirens，即北美红杉），后院摆了一张舒适的折叠躺椅，纳博科夫会穿着泳衣躺在上面晒日光浴。战前的斯坦福大学尚未成为首屈一指的大学，尽管也有一些著名的学者或是科学界的骄子在该校任教，但让众多来访者印象最深刻的，却是斯坦福大学优美的环境和天堂般宜人的气候——尤其是在夏季，清一色的好天气，白日晴朗，夜晚凉爽，矢车菊一般颜色的天空万里无云，远处的海岸山脉没有一丝雾气遮眼，一览无遗。纳博科夫一家搬来之前的那个秋天，约翰·肯尼迪当时刚刚从哈佛大学毕业，他在斯坦福大学旁听了几个月的课程，梅菲尔德大道 624 号后边有一间小屋，一室一厅的格局，那便是他的住所。在房东格特鲁德·加德纳记忆中，肯尼迪鹤立鸡群，比起一般的学生，他的"头和肩膀"可高了不少。肯尼迪主要将斯坦福大学当作一个休养胜地，这里地处溪谷，风景秀美，校园中既有本地特有的槲树，又有从外引进的棕榈树和桉树。他的父亲约瑟夫·P. 肯尼迪时任英国大使，在父亲两个好友的帮助下，肯尼迪新近写了一本名叫《英国为什么沉睡》的书，这本书让他挣了些钱，他用这些钱买了一辆别克敞篷车，仙人掌绿色的车身，再配上红色的座椅。悠闲的几周过去，肯尼迪给预科学校的一位朋友写信说"这边的女生简直魅力十足——
'农场'生活过得那叫一个惬意潇洒"。"农场"正是斯坦福的别
称。

多萝西娅·勒索尔德回东部去了。纳博科夫没有在后院那把
折叠椅上闭目打盹，虚度光阴：那个夏天他教授两门课程，一门
"俄罗斯文学概论"，一门戏剧写作。上课时他孜孜不倦的热情
跟寥寥无几的选课人数形成了强烈反差（"俄罗斯文学概论"选
课人数为两人，戏剧写作为四人）。他的一个学生记得纳博科夫
讲课时十分投入，讲得眉飞色舞，嘴唇上都起了一层沫子，他也
不会停下来去擦掉。

但唾沫横飞只是非典型事例，后来纳博科夫又陆续在韦尔斯
利和康奈尔大学教书，那时的学生就从未见过这种因说话紧张而
产生的沫子——他后来的讲解变得温文尔雅，非一般地冷静自
持。纳博科夫在欧洲背井离乡二十年，创作出了许多特色鲜明、
独创性极强作品，无一例外都被出版，并且大获好评。正是经过
这样一番不辞辛劳的努力，纳博科夫最终走在了 20 世纪文学的
最前列，尽管尚不知生活在英语世界的人们对此到底了解多少。
与此同时，他造就了一大群与他有强烈共鸣感的读者，他们是讲
俄语的人，与他一样的流亡之人。这些读者早已学会了去欣赏他
对自己塑造的小说人物的无情嘲弄，习惯了他对于强烈感情的蹙
眉不满，习惯了他对那些表达平庸内涵的模式化小说的鄙夷。而
来到美国这里，一切还需从头开始，还得费尽心力打造全新的读
者群，一番新的努力在所难免，尽管努力了未必有回报。

斜躺在躺椅上，纳博科夫专注于一件看上去微不足道的工
作：把一些俄文作品的英译版改进一下，这是为了在他的俄国文

学课上给学生当阅读材料用。翻译对于他来说一直是至关重要的事情——其重要性可谓无与伦比。之所以如此重要，是因为：如果他能将读者完全引入普希金《瘟疫流行时的宴会》里的音乐世界，或是向他们敞开果戈理《外套》中的韵律美，那么，这些作品的其他妙处读者们也能慢慢领略。英语读者接触到俄国风格的巨作时，可能倾向于囫囵吞枣地去了解这些作品。纳博科夫写信给他以前的美术老师多布津斯基，说起他没有时间进行自己的创作，因为"我自讨苦吃，给自己增加了很多额外负担……亲力亲为搞俄译英工作，但能怎么办呢，现在出版的那些英译本文学作品，将阳春白雪的豪华马车硬生生弄成下里巴人的野驴车，胡乱翻译，生拉活扯，厚颜无耻到无以复加的地步"。纳博科夫叹惋不已。

若是这些英语读者们能够从整体上了解文学，尤其是那些他认为最具有价值的文学家们的作品——普希金、丘特切夫、果戈理、莱蒙托夫、托尔斯泰等等——那么纳博科夫的作品，这真正的宝藏，也将触手可及。58

7月初，《新方向》（New Directions）的创办人、出版商詹姆斯·劳克林来到了帕洛阿尔托。威尔逊向拉弗林特别引荐了纳博科夫。他向纳博科夫支付了《塞巴斯蒂安·奈特的真实生活》一书的小部分版税预付款，在此之前几乎没有出版社愿意出版这本书。纳博科夫收下了这笔钱，至少这笔预付款对于这本小说来说是出版的保证。

他喜欢去斯坦福南部①的洛斯阿图斯捉蝴蝶。他向多布津斯基赞美这是一座"迷人、橙黄色的王国",它那茶褐色的海岸丘陵连接着一片黑压压的森林。加利福尼亚州的夏天——因为空气湿度很小,所以阳光照耀时天气就炎热,太阳一落就冷起来了——不禁让他想起普希金的充满浪漫色彩的诗文,也是那般的澄明,大有清风拂面之感。威尔逊告诫过他不要太过沉迷于加利福尼亚。"我害怕你被这里诱惑得乐不思归,再也不回来了。这里天气的确不错,相比之下其他地方却被衬托得那么不真实。"

纳博科夫的课在这所大学里渐渐成为精品课程。学院内外很多人对他的课产生了浓厚兴趣,陆陆续续加入进来旁听。他对自己的学生非常宽容,即使他们写出来的作品瑕疵不少,他也欣然接受。但对于那些他认为达不到他的高标准的著名作家们,他却一点情面都不讲。"剧作家应以写出有永恒价值的剧本为己任,而不只是满足于一时的成功之作",他这样说,似乎还沉浸在与阿尔塔格拉西亚·简内里辩论的情绪之中。他牙齿掉得厉害,胸部日渐凹陷,身上穿的是别人赠送的旧衣裳(深蓝色的西装是米哈伊尔·卡波维奇好心提供的,斜条纹的夹克衫则来自另一位哈佛教授哈里·莱文),他穿鞋不穿袜子,总是因为上课太投入嘴边上有唾沫星子,他在审美上总是表现出异乎常人的苛刻——虽然毛病不少,但也许正是因为有这些毛病,他讲起课来才那么神

---

①   纳博科夫去加利福尼亚的时候并非对当地作家及文学作品一无所知。在一封纳博科夫从帕洛阿尔托写给威尔逊的信中,除了告知威尔逊他已收到他那本读起来令人愉悦的书——最近出版的《后房间里的男孩:加利福尼亚小说家笔记》,他还提到他最近阅读了之前刊登在《新共和》周刊上的大部分文章,那些论述约翰·斯坦贝克、纳撒尼尔·韦斯特、占士·肯恩、约翰·奥哈拉和威廉·萨洛扬作品的评论。(原注)

采飞扬、魅力十足，充分体现出那个"至情至性"的纳博科夫。

是亨利·兰斯把他引荐到了斯坦福，他们也因此成为好朋友。斯坦福校报这样描述兰斯，说他"又高、又瘦，他肩膀圆圆，一双深邃的黑眼睛，目光柔和亲切"。他有着芬兰血统，父亲是后来才加入美国籍的。他出生在莫斯科，先在这里后来去德国接受教育。一战期间，兰斯找到了前往伦敦的路子，在那里，三十岁的他娶了一位十四岁的小女孩。在加利福尼亚，他教授具有斯拉夫血统的美国士兵学习英语。一战结束时，他即将在斯坦福一个自己创办的语言系里担任教授。在学校里他是一个神奇的存在：他通晓多国语言、爱好音乐、充满神秘感，他还健忘，因此没少闹笑话。他是旧派人物，却又魅力无穷。他酷爱下国际象棋，那个夏天他与纳博科夫下了好几百盘棋，大部分都是纳博科夫赢。弗拉基米尔在传记作者安德鲁·菲尔德面前将兰斯形容为"阴郁之人"（*un triste individuel*），当时的瑞士报刊经常用这个词来暗指"恋童者"。下棋的时候，两人都会将自己的隐私讲给对方听，兰斯透露自己爱勾引小女孩，是一个"泉水主义者"——也就是通过窥探小女孩撒尿来获得快感的人。

创作《洛丽塔》的诱因与兰斯多多少少有些关联，在费尔德看来，这是毋庸置疑的。当他隐晦地向纳博科夫表达他这种想法时，却遭到纳博科夫的愤然否定。对幼女性侵害的主题其实在纳博科夫更早的作品中已经出现。最早可以追溯到 20 世纪 20 年代末他创作的一首诗，在纳博科夫 1938 年的小说《天赋》中，《洛丽塔》整部小说的内容似乎已呼之欲出。在《天赋》中，小说男主人公对他女朋友"自大又粗野的"继父忍了又忍，有天晚上，他这样袒露了自己的心声：

59

　　哈，但凡我有那么恍惚间灵感的话，我可以把一部小说创作成什么样子呀！……想象这样的场景吧：一个年纪不小的老色鬼——依然精力旺盛，依然疯狂而炽热地渴求着快乐——认识了一个寡妇，她有个女儿，年龄还很小——你懂我的意思——虽然她还没有开始发育，但她走路的姿态就已经把你迷得神魂颠倒——一个瘦瘦的小女孩，那样美丽，那般白皙，眼睛里藏着一抹大海的颜色——不过当然，她肯定不愿意多看这个老男人一眼。那怎么办？不必多想，他追求并且娶了那个寡妇。他们三个人组成了一个新家庭。这样你便可以日复一日、年复一年、没完没了地反复体验着——难耐的诱惑、永恒的折磨、强烈的渴望。

　　为了亲近洛丽塔，亨伯特娶了洛丽塔的寡妇妈妈。而当这位寡妇不幸离世之后，他所有的梦想（包括噩梦）都如愿以偿。一个更加显而易见的原型是纳博科夫于 1939 年秋季写的短篇小说《魔法师》。这篇小说讲述的是一个男子和一位病入膏肓的女子结婚了，不久后该女子便撒手人寰，他也理所当然地掌控了他垂涎已久的孤女。早在纳博科夫来到美国确立《洛丽塔》主题之前，他对《洛》中的艺术细节的酝酿已非一日，这一点是绝对确定无疑的，而且，他也注定会回归到他其他文本早已关注的幼女身体主题上去——当然，他这次可能会将这个主题通通纳入到他自己的艺术想象范畴之中——以便在一整部作品中都集中力量全方位地围绕这个中心主题进行表征①。

至于兰斯为这部作品所做出的贡献——如果这个说法成立的 60
话——大致可以归结到他那种来自老派世界充满魅力的人物形
象，他潇洒自如、文质彬彬的行为方式。他是个和蔼可亲的人，
在猎艳追女人方面他总能屡屡得手。他要求他年轻的妻子在家里
要做小姑娘打扮。而且他还跟纳博科夫透露，在周末的时候，他
可能会开车出城"到乡下"去"放纵淫乐"，对象大概都还只是
些幼女。兰斯和亨伯特最相似的地方就是他那种很轻易就会产生

---

① 英国小说家马丁·艾米斯在 2011 年 12 月的《泰晤士报·文学副刊》评论
上借机表达他对纳博科夫的崇敬。通过讨论布莱恩·博伊德的新论文集，他注意到
该传记作家"尝试做一些很有抱负的事情：他书写的是作为文学巨擘的纳博科夫，
且试图将他的文学地位拔高"。他说，但是博伊德"称得上是纳博科夫所有作品中
出现的唯一的让人尴尬主题的护遣者"。纳博科夫总共十九部长篇小说里，至少有
六部的内容是全部或部分与青春发育期之前幼女性问题相关……他的目的再明确不
过：对于这些性感小尤物的蹂躏这件不容忽视的事情来说……它不是一个道德问
题，而是一个审美问题。只不过，"他作品涉及这样的主题是不是有点太多了"。
恋童癖主题已经不只是审美问题那么简单。这个主题反复出现，表明那是一种怎样
的冲动——那相当于一个恋童癖对文学创作的不可遏止的持续性冲动。纳博科夫，
一个具有自我意识的作家，且这种意识正处于最佳状态，他不太可能没有注意到他
自己作品内容的走向。纳博科夫个人与这些幼女之间到底有何关系？这类证据尚付
阙如，尽管他那些传记作家对他崇拜异常，依然忍不住想努力找到这些证据——他
们不禁心生疑窦，纳博科夫本人一定对于孩子沦为性奴的主题有强烈感受，感觉到
他可以做一些事情，感觉到作为一个作家可能会做的事情。在以往的文学作品中，
这个主题被大大地忽略，或者不敢大张旗鼓地涉及，或许，连纳博科夫自己也不太
清楚，到底为什么这样一个主题让他那么投入与着迷，直到他在《洛丽塔》中将
这一主题明确表达出来。在那里，这个少女饱受折磨，生活暗无天日，洛丽塔被奴
役的生活一方面表现了她的凄凉无助，更表现了整个事件隐含的荒诞。在那时，像
洛丽塔一样的孩子不在少数，他们大多数住在所谓的儿童保护机构里。纳博科夫从
未有通过作品去"改良社会"的意图，但是，他作品所表现的那些囚禁、羞辱与
被强迫的故事，虽只是在跟读者半开玩笑，客观上却将他与他的读者引领到未被开
拓的领域中去。（原注）

的无助感，以及他在自己迷恋的对象面前显得好似非常被动。纳氏传记作家菲尔德曾提到，纳博科夫说："他得上了……恋童癖，病得不轻。"纳博科夫说，他是英国性学专家哈维洛克·艾利斯的研究案例，连这个著名医生对此都是束手无策。兰斯五十九岁突然去世——亨伯特也是年纪轻轻就死了——纳博科夫深信他是自杀身亡，而不是被斯坦福校友杂志上所报道的那样，说他是因为"长期的感染加上腹膜炎"而辞世的。

　　有关纳博科夫的小说人物对应现实生活中的人物原型问题，不久之后就越来越复杂了——比如兰斯是亨伯特的原型，另有一说可能是加斯顿·戈丁，在《洛丽塔》中，戈丁这个人物不但来自国外，而且也是那么放浪形骸。纳博科夫从加州回来三个月之后，便出版了小说《塞巴斯蒂安·奈特的真实生活》。小说描写一位已经离开人世的小说家的同父异母的弟弟，花大力气去追寻哥哥生前的生平事迹。塞巴斯蒂安和这位自称为 V. 的弟弟年龄相差六岁，兄弟俩在圣彼得堡同一个屋檐下长大，但是塞巴斯蒂安跟许多大哥一样，让人有些捉摸不透，而且渐行渐远。一天，V. 看见哥哥正在画水粉画，爬到了哥哥旁边的椅子上，没承想：

　　　　哥哥却耸了耸肩，把我推开，连头也不回，跟平时一样一句话不说，一副拒人于千里之外的模样，他每次都是这样对我爱搭不理。我还记得，每次哥哥放学回家，我都会从楼梯栏杆上偷偷望他，看着他爬楼梯上来的时候……我嘟起嘴，挤出一口白沫，让口水往下落啊落啊……我这样做，并不是想要激怒他，只是心中有一种强烈的渴望，想让他感觉到我的存在，结果一切都只是我的自作多情。

塞巴斯蒂安十九岁便离家前往剑桥三一学院求学。V. 和母亲搬到巴黎居住，这段时间里兄弟俩几乎断了联系。这本小说里带有强烈的自传色彩，只是这些经历都进行了巧妙的改编。读者肯定会说，任何一个聪明的作家都会将自己的亲身经历，用戏仿的方式加一点作料，然后变化一下融入小说故事当中去，小说无非都是这么表征出来的。

纳博科夫有两个弟弟。谢尔盖跟他年龄相仿，曾因"颠覆国家言论"被纳粹关押，1945 年 1 月 10 日死于诺因加默集中营。（在此之前，他也曾因同性恋罪名被监禁，后获得释放）纳博科夫和他的兄弟情谊并不深厚。谢尔盖身上的很多东西都让纳博科夫恼怒不已：比如，庸俗的美学观念，宗教狂热，以及他在巴黎上流社会结交的那些同性恋者，而其中最让他忍无可忍的，就是谢尔盖搞同性恋这件事。

随便怎么猜测都无妨——只不过，《塞巴斯蒂安·奈特的真实生活》就是希望读者去猜测作者的生活方式和艺术表达——虽然弟弟的事情让纳博科夫感到非常难堪且心痛异常，但是他也明白，毕竟他俩是亲兄弟，况且，谢尔盖对生活有自己的理解与视角。（基里尔·纳博科夫，是弗拉基米尔·纳博科夫另一个弟弟，他俩年龄相差十二岁，基里尔跟哥哥也有磕磕绊绊互相看不顺眼的时候，但他俩的关系比起纳博科夫跟谢尔盖来说融洽多了）

在小说《塞巴斯蒂安·奈特的真实生活》中，作者似乎尽力想让兄弟俩的关系和谐融洽一些。这就给人一种感觉，好像弗拉基米尔已经意识到了他不讲兄弟情分，因此就想利用这部作 62

品，化身 V. 这个人物，将书中的兄弟们都描写成跟自己一样那么可敬高尚、重情重义、聪明绝顶之人，自然也应该得到更好的眷顾。（这部小说里的弟弟 V. 具有非常深切的同情心，小说有所暗示，可以推断他自己就是作家塞巴斯蒂安）就谢尔盖的命数而言，我们完全可以认定纳博科夫有未卜先知之能——这样说并非没道理，因为在纳博科夫看来，真正的艺术家具有洞悉一切之能——他早已料到，谢尔盖的最后的葬身之地要么就是诺因加默集中营，要么就是其他灾祸之所，因而，他早早地就开始给谢尔盖唱挽歌了。

《塞巴斯蒂安·奈特的真实生活》一书客观上鼓励了读者去猜测书中人物与作者之间的这种联系，但与此同时，作者也对这样的猜测在极力规范约束。V. 经常引用哥哥生前出版的小说，并在作品中尽力搜寻哥哥的生活历程，任何的蛛丝马迹都不放过，但这种侦探似的找寻之路注定非常漫长而曲折。这样，一位极不地道的传记作家形象横空出世了；他的名字叫作"古道热肠"古德曼，但典型地辱没了这个好名字，他的目的非常明确，就是一门心思地利用塞巴斯蒂安的名望给自己弄点钱。古德曼喜欢黑白颠倒，乱七八糟，在寻求传记的真相方面，他就是个流氓无赖。（更能显示他预言能力的地方在这里：他好像已经在这里批评他的第一个传记作家安德鲁·菲尔德，菲尔德曾被他批得体无完肤，然而神奇的是，这二位第一次见面是三十年以后的事情）相比之下，V. 比古德曼要好若干倍。V. 观察事物敏锐，富有想象力，他可以深入到哥哥的内心世界，又能将分寸拿捏得恰到好处。而纳博科夫第二位传记作家博伊德就非常严谨，苛求细节，他说过，"对他人世界的心灵探寻"是不可能完成的任务，因为人与人之间的鸿沟几乎无法逾越。

这部小说既生动有趣又无聊烦琐。纳博科夫创作这部作品之时，他是当时现代主义创作方法的狂热倡导者，他的现代主义创作方法更倾向于马塞尔·普鲁斯特而非詹姆斯·乔伊斯。纳博科夫是在现代派作家已经形成群星璀璨格局之时而横空出世的，在读到《追忆逝水年华》和《尤利西斯》之类作品之前并非一张白纸：他早已将俄罗斯文学精研吃透，也早已将几个世纪以来的法国文学、英国文学读了个遍。还是在青葱少年时代，他就早熟老成，读到俄罗斯白银时代的诗歌时，他会如痴如醉、亢奋异常，而俄罗斯白银时代文学涵盖了象征主义与阿克梅派等先锋主义文学。所有这些文学作品都浸润滋养着他，伴随着他的茁壮成长。就在他开启自己的文学之路、成为文坛新星之时，现代主义正越来越得到那些引领文学新潮的批评家的青睐，早在《塞巴斯蒂安·奈特的真实生活》出版之前，属于严格意义上现代主义作家阵容的纳博科夫已经卓有成就了。

《塞巴斯蒂安·奈特的真实生活》这本小说刻画的人物是小说家，对于小说创作方法的讨论无处不在。在将创造型人格的内在魅力定为小说主题方面，作者真是有着令人叹为观止的信心。这样的主题应该是文学艺术理论探讨的焦点，这是毋庸置疑的，小说花了众多笔墨与大量篇幅描写与情感无关的其他东西。这样干的标志性作家非普鲁斯特莫属，普鲁斯特小说刻画了好些化身为艺术家—叙事者（即有着艺术家特质的叙事者）这样的小说人物，普鲁斯特不厌其烦、连篇累牍地将这类人物塑造成妙不可言的艺术形象。詹姆斯·乔伊斯也大抵如是。有时候，我们阅读《塞巴斯蒂安·奈特的真实生活》之时，恍然如正在读《一个青年艺术家的画像》一般。那么，问题来了，我们该如何去看待小说中这类有着君临天下权威的艺术家—叙事者呢？哪怕我们倾尽全力，是否就能将这类人物的精妙之处理解得那么深刻透彻呢？

纳博科夫把个人经历融入了整部小说之中。就在他着手创作《塞巴斯蒂安·奈特的真实生活》之前 年，他与瓜达尼尼之间那场婚外恋风波刚刚平息，这次桃花劫给他的一切都赋予了别样色彩。这部小说中，作者描写的情节是，这位小说家不是因为抛弃自己亲爱的妻子而差点毁掉了自己的人生，而是为了一个狐狸精情妇而抛弃了对自己不离不弃的灵魂伴侣，最后落得个悲惨下场。

纳博科夫曾写给瓜达尼尼的书信，在小说中转化成临死之前的塞巴斯蒂安留给同父异母的弟弟的信件，并写上"阅后销毁"字样。而他这位弟弟 V.，跟历史上出现过的任何传记作家做法都大不一样，竟然一封没看就把这些信件全部烧毁，如此一来，有关塞巴斯蒂安·奈特的真相便无迹可寻。从普通读者的角度来看，烧毁书信的举动简直不合常理又让人意兴阑珊，如果我们深究的话，作者似乎在戏弄惩罚我们，让我们饿着肚皮就打发我们回家，还说是为我们好。

在斯坦福的那个夏天就快要过去了，纳博科夫一家和他们在柏林认识的一对夫妇去约塞米蒂峡谷度过了一个标准的加利福尼亚假期。他们上一次与伯特兰·汤普森和莉丝贝特·汤普森的相会要追溯到 1937 年的法国南部，当时纳博科夫夫妇的婚姻正处于分崩离析的最危机阶段。莉丝贝特是薇拉最好的朋友之一，当时她肯定隐隐约约感觉到了有什么不对劲。但是四年后，这个家庭看起来风平浪静。他们的儿子德米特里健康活泼，纳博科夫又捕捉到了许多新的蝴蝶标本，薇拉也十分享受他们穿越美国大陆的长途旅行，这也是薇拉生平第一次欣赏到美国"那么多的名胜美景"。

伯特兰的年纪赶得上纳博科夫的父亲了，对纳博科夫来说他有一种天然的亲近感。伯特兰简直就是美国小说人物活生生的化身——像极了十年之后索尔·贝娄作品中的人物，或许是《奥吉·玛琪历险记》和《雨王汉德森》中两个人物的合体。伯特兰是一位非裔美国人，出生于丹佛，随单亲母亲在洛杉矶长大，他在十八岁就获得了法学学位。出于种族原因他找不到工作，于是他成为一名一神教教派牧师。之后，他去哈佛大学继续求学，在那里，他完成了《教堂与工薪阶层》一书的写作并获得了经济学硕士学位。做牧师的工作让伯特兰有机会外出，他去了霍桑小说中的许多地方，比如塞勒姆和皮博迪。随后，他又多次转型，比如成为波士顿商会秘书。在这里他拜读了弗雷德里克·温斯洛·泰勒的管理学理论著作，迄今为止，泰勒是公认的商业管理科学的创始人。1914 年，伯特兰完成了论述泰勒理论的《科学管理》专著，谨慎地对大师级理论家泰勒的正统观点逐一批驳。64

1917 年，伯特兰·汤普森所著的《科学管理之理论与实践》出版，到现在依然还在出版发行，公共管理科学经典参考书《公共管理：权利与责任之平衡》曾经将此作誉为"在已经出版的论述管理科学的著作中，此著作最具决定性意义"。请注意：伯特兰的转型远未结束，哈佛大学延聘他担任全职教授，但他却不为所动，而是选择了做自由商业顾问，并辗转法、德、意等国传播泰勒主义思想。法国装甲部聘请他制定炮弹装载合理化程序。20 世纪 20 年代，他跻身富人行列。之后他又在菲律宾待了一年，给甘蔗种植园和石化厂做顾问。但到了 1929 年，他的财产65

几乎丧失殆尽。直到1937年，他才慢慢缓过劲来，经济状况有好转迹象，因为他可以开破旧的斯蒂贝克车了。等到他去约塞米蒂山谷旅行之时，已经开上了1941年产的全新款斯蒂贝克车。他的工作又换了，是在伯克利大学研究生物化学。从六十到六十九岁，他一直致力于细胞生物学研究。在八十七岁那年，芝加哥的一家商业集团聘用了他。到九十高龄之时，他到了乌拉圭，成为一名癌症研究员，直到生命走到尽头。

　　约塞米蒂国家公园算不上是美国最古老、规模最大的国家公园。但这个公园却具有标志性意义，是生态保护纳入国家层面的开始。美国原始生态保护之父约翰·缪尔数十年来一直不遗余力地保护这里。在美国内战激战正酣之际，考虑到公众的休闲游玩之需，亚伯拉罕·林肯总统在百忙之中特地签署一项法案，授权加利福尼亚州全权管理约塞米蒂国家公园，此举开创了将保护区纳入政府管理的先例。到如今，这个公园与20世纪40年代相比几乎没有什么变化，国家公园管理局只是在里面建了几座具有乡村风格的房子。赫伯特·迈尔设计了约塞米蒂博物馆，并以美国民间资源保护组织领导人约塞米蒂的名字命名。迈尔的设计风格指南风行全国，成为各个建设项目效仿对象，而他首创的乡村建筑风格也成为各个公园建筑的行业标准。

　　纳博科夫对美国国家公园情有独钟。在他第一次驾车环游美国之时，他的足迹就踏遍了大烟山国家公园、温泉国家公园、科罗拉多大峡谷，以及石化林国家公园（靠近亚利桑那州的霍尔布鲁克，他曾经在此捕获到一个蝴蝶标本）。他还去过一些州立公园——仅在田纳西州，他就去了罗斯福国家森林公园、冻头州立公园和坎伯兰山国家公园。美国自然博物馆给他颁发了"认证会员"证书，他用这一纸证明再一次进入了约塞米蒂公园。有一次，他一心一意只想着抓蝴蝶，却一脚踩到一只酣睡不醒的黑熊身上①。纳博科夫与伯特兰·汤普森一行开车驶入约塞米蒂公园，这是那个时代的典型做法②。他们本来可以住到公园中有家具设施的帐篷里去（三个人的家庭租一个星期要十一块五美元，比亚麻布帐篷稍贵一些）。公园里的免费宿营地也有不少，这些营地跟20世纪20年代那些汽车营地差不多，配备水箱、野餐桌以及公共卫生间。纳博科夫家每一次的西部之旅都带了帐篷，但是每一次他们都没有用上——睡到地上他们可一点都不喜欢。

　　纳博科夫和汤普森一行人从旧金山出发，一路上哨兵岩、教堂岩、酋长岩以及半圆丘迎面而来，美不胜收——让人叹为观止的花岗岩是北美地区最具盛名的旅游景观。像纳博科夫和汤普森一行人这样的自驾游旅行者，经常会在这里待上一个星期，他们去冰川点，去蝴蝶林看红杉，去仙鹤原，在水涨起来之前去赫奇峡谷，以及一些著名的瀑布，都是当天一个来回。

　　拉尔夫·瓦尔多·爱默生曾经到过约塞米蒂山谷。肯尼迪、

───────────

　　① 在20世纪40年代的约塞米蒂山谷里，黑熊随处可见。当时的宣传片就有教游客怎样喂食这些黑熊的环节，一些小熊也很快就学会用后腿站立起来用前爪去接食物。（原注）

　　② 约塞米蒂国家公园是西部旅游业的缩影。从19世纪70年代起，该公园吸引了大量的游客，他们乘坐火车来到西部。有关旅行和旅行者游记的新闻报道，把铁路描述得魅力无穷，令人十分向往，并把约塞米蒂国家公园和所处的峡谷说成与欧洲的城堡以及教堂并驾齐驱的旅游胜地。对很多普通的美国人来说，他们承担不起去欧洲旅游的花费，而且由于一战的爆发，连那些富人也暂时去不了欧洲，所以，西部旅游业的勃兴也就顺理成章。1908年，亨利·福特公司T型发动机汽车问世，而且许多地区的公路也越来越好，虽说其进程有些缓慢。1913年，该峡谷取消了对车辆通行的限制。旧金山和圣地亚哥的世界商品交易会吸引了成千上万的人乘车来到加利福尼亚，约塞米蒂国家公园就成为他们顺便游览的目的地。（原注）

艾森豪威尔、罗斯福、塔夫特、格兰特等美国总统也都亲临过这里，并大赞其壮丽的景色。而纳博科夫来这里的初衷只是一门心思去抓蝴蝶，每一次他到美国西部旅行的主要目的从未变过。虽说他一脚踩上酣睡的黑熊这件事说明他对自己的焦点任务是多么的心无旁骛与专心致志，但除此之外，他们这次出门并非没有其他目的。比如，让儿子在大自然环境中自由自在地游玩算是其中之一，与美国人一起亲近、用美国方式了解美国各地也是令人无比愉悦的事情，虽说在纳博科夫的日程安排上，这件事并不会排在第一。接下来好几年，他们会开展许多美国国家公园之旅。在与自己的经纪人简内里的通信中，纳博科夫提到，那种与美国相生相伴的"美国旧式特色"，虽然其光芒有些太过炫目，但让他感觉到这个国度的无限魅力。就那些国家公园来说，这里处处都充满着民主和谐的良好氛围与趣味，乡村式的建筑风格（体现"旧式"特色），花费不高，对健康有益（前提是你不要掉下山崖），恰恰与那些肆无忌惮、不讲是非观念、极端现代主义的风格保持了恰到好处的距离（纳博科夫曾经说起过，对于这样一些文化倾向，他将口诛笔伐）①。

等到 1941 年 9 月纳博科夫一行人来到这里的时候，约塞米

---

① 那种乡村风格恰恰就与当时那种肆无忌惮、不讲是非观念、极端现代主义风格相映成趣——在淳朴的表象背后，这些隐藏的东西其实是大行其道。比如，《洛丽塔》中受到恋童癖困扰的男主人公亨伯特在他讲述的 1947 年至 1948 年的小说故事中，他挟裹着洛丽塔，开车在全美各地晃荡，他们去过的国家公园和博物馆可不少，足迹路遍了洛基山国家公园，科罗拉多州的梅萨维德国家公园，火山湖国家公园，黄石国家公园，风洞国家公园，黑土地带，希拉悬崖，谢伊峡谷，死亡谷国家纪念碑。他们还游览了怀俄明州的国家麋鹿保护区，在伊利诺伊州的斯普林菲尔德参观了林肯家园国家历史遗址和美国总统山。（原注）

蒂国家公园驾车来的游客已经住得满满当当，连公园各条道路都人满为患。峡谷里，9 月初的天气令人神清气爽，绝少下雨，白天气候温暖，天气晴朗，万里无云。哪怕在四千英尺（1 英尺等于 0.304 米）的高坡，夜间睡觉也感觉舒适。美国参战前这个 9 月前来这里的车辆还是如过江之鲫，纳博科夫着意避开旅游的高峰时期。9 月 9 日或 10 日，汤普森夫妇俩开车把他们送回了旧金山附近的帕洛阿尔托市。

纳博科夫本可以终老于美国西部地区。鳞翅目昆虫对他有致命的诱惑力，而此地迷人的景色与他的爱好相得益彰，令他心醉神迷。在写给画家多布津斯基的信里，他对大峡谷的色调大大品评了一番，只不过他犯了一个错误，将大峡谷说成位于新墨西哥境内：他说，这个橘红色泥土之上那鬼斧神工般的"大裂缝与道道裂口"在蔚蓝色天空的映衬之下，美得令人魂飞魄散。在俄语中，浅蓝色（goluboy）和深蓝色（siniy）是用不同的单词来表达的，母语是俄语的人比说英语的人能更快地分辨出不同的蓝色。纳博科夫高兴地说道："多么妙不可言的旅行啊！捕捉蝴蝶当然是我的主业，但也并不妨碍我们顺道将一个个的美景收入眼底。"

美国人天生就不那么安分。为了寻找乐趣，他们最喜欢做的事情就是奔向远方，这一点是他们与欧洲大陆人最为显著的区别。在美国，西部就是他们的远方，因此，最喜欢旅行的也是西部人。纳博科夫很快就成为其中一员，每天都有行车若干英里、购买若干加仑汽油的记录，看不完的风景和住不完的旅店，汽车旅馆、客栈宾馆（偶尔还有度假牧场）不一而足。当远离度假之地时，他就会大谈特谈他盼望回到魂牵梦萦的西部地区的蓝图

68

规划，他梦寐以求的，是有朝一日，他可以在纽约有一套房子，在西部有一座小木屋，那木屋就坐落在离"我难以忘记的亚利桑那州那一小片荒漠"很近的地方。

第六章

纳博科夫一家冒着严寒乘火车到达纽约，接着又从纽约继续 69
赶往波士顿。前一年3月，弗拉基米尔在韦尔斯利学院只做了短
短两个星期的文学讲座，却大获成功——他的讲座具有无限魅
力，无数人被他深深折服——这样一来，韦尔斯利学院给他驻校
作家的教席，年薪三千美元（相当于副教授的薪资）。9月18
日，他们已经在韦尔斯利一条死胡同里安顿了下来，那里在波士
顿以西二十英里。弗拉基米尔立马给埃德蒙·威尔逊写信说道：
"我们刚刚又回到东部，我会在这里教授一年比较文学课程，与
你相见之念甚为迫切。"

不承想，二十年后，这两个作家之间发生了激烈的争吵，其
程度之惨烈，公开化程度之高，用前无古人、后无来者来形容也
不过分——任何听说过此事的人，肯定会对他们之间的感情冰火
两重天的戏剧性变化感到惊愕不已，为他们之间友谊顷刻间化为
乌有而深为惋惜。纳博科夫曾经在20世纪40年代初给埃德蒙·
威尔逊写信：

> 亲爱的兄弟，我获得了古根海姆学者奖，我要感谢你，
> 亲爱的朋友，"是你给我带来了好运"（此句俄国谚语有很

多深意）。我早已发现，无论何时，只要有你参与，我的事就会无往而不利……我应会在 4 月 14 日和 15 日，即周三和周四经过纽约，如果告诉我你的电话号码，我会给你打电话的。

70　　威尔逊曾一再催促纳博科夫申请古根海姆学者奖。后来威尔逊给纳博科夫写了一封古根海姆学者奖的推荐信，言辞恳切，令人无法拒绝①。很快纳博科夫就无比顺利地拿到了这个学者奖。如果没有威尔逊的帮助，纳博科夫要想在四十三岁时还能成功申请到古根海姆奖可以说是天方夜谭，因为在这之前的获奖人中，还没有超过四十岁之人。1941 年，纳博科夫在给威尔逊的信中说：

> 亲爱的威尔逊，我与《决定》和《新方向》杂志之间"搭上干系"的良机来了，克劳斯·曼和我之间的交流非常愉快，他是托马斯·曼的儿子，也是《决定》杂志社的编辑，他建议我写一篇 2000 字的文章给他们。詹姆斯·劳克林也给我来信了，我现在正打算把自己写的英文小说寄给他。

---

① 1935 年，在威尔逊访问苏联之时，他自己一直以来都是古根海姆学者奖的受益人。1930 年至 1931 年，威尔逊在古根海姆基金文学委员会任职，在这里，他与担任古根海姆基金会主席达四十年之久的亨利·艾伦·莫成为莫逆之交，威尔逊对他评价甚高："在基金会工作的工作人员，亨利·艾伦·莫是我所知道的唯一一个没有发胖，不会在工作中偷懒、打瞌睡的老人。"在任职文学委员会委员之后，威尔逊认为："在文学委员会，要是莫能够有专擅决断之权，基金会所有一切都会效率更高，运作得更加顺畅。"威尔逊和莫之间一直保持着友谊，他时不时还会写推荐信支持同行作家，他的推荐信很有分量。（原注）

纳博科夫说的这部英文小说就是《塞巴斯蒂安·奈特的真实生活》，威尔逊不仅帮助了纳博科夫这部小说的出版，还向他引荐了很多有影响力的人，让他获得了发表与出版作品的许多重要渠道。1940 年 12 月份，威尔逊写道：

> 这周末我就要离开《新共和》周刊，在离开之前，我已经跟杂志编辑委员会主席布鲁斯·布利文讲好了，让你撰写一篇专文……论述介绍俄国当代文学。本来杂志的每篇文章的字数原则上不超过 1500 字，除非选题非常重要，有很多东西要讲。

在这之前，他还曾言辞恳切地忠告他：

> 在以后撰写评论之类文章时，请严格按照《新共和》杂志的规范，在顶端署上文章标题以及作者等信息。此外，还要注明（书的）总页码以及价格等信息。我特为此给你附上规范性样稿。还要注意：千万不要使用双关语，我发现你使用双关语有些上瘾，我们这种严肃的新闻类杂志，双关语是绝对禁用的。

71

帮忙如此上心，可谓有口皆碑——在我们的文学史上，还从未听说过有像威尔逊帮助纳博科夫那样尽心尽力，那样全情投入。无数次帮他联系给稿费多的编辑（"克劳斯·曼肯定会比《党人评论》给你的稿酬要多"）；无数次指导纳博科夫怎样给报刊投整洁规范的稿子；无数次给他的作品提出建议与阅读心得

（纳博科夫将他的短篇小说、诗歌、翻译作品、长篇小说通通寄给威尔逊，威尔逊都无一不用心地阅读一遍）；帮他策划立竿见影的投稿管理方略（"把作品投给奈杰尔·丹尼斯，他目前正在管事儿，提醒他注意我已经与……布利文讲好了的"）。一切就是按照这样的安排有条不紊地进行。一些研究纳博科夫的学者认为，威尔逊之所以这么全心全意地帮他，其实全是为了自己能够捞到好处，还有就是因为他醉心于俄罗斯文化那割舍不了的情结，甚至是想要跟着纳博科夫将俄语练得更好。与像纳博科夫这样一位俄国作家搭上关系，不能说一点好处都没有，但数年以来，威尔逊付出那么多的精力，而且这样的付出又那么的执着与坚定，因而，上述说法在事实面前就显得非常的牵强。1944 年，威尔逊将纳博科夫引荐到《纽约客》，成为该杂志的小说撰稿人，这一次引荐对于纳博科夫以后的文学生涯产生的价值完全可以用不可估量来形容。从此以后，《说吧，记忆》一章一章在上面连载，短篇小说一篇接一篇在上面发表，《纽约客》的小说编辑凯瑟琳·怀特成为纳博科夫另一位贵人。托尔斯泰基金会的亚历山德娜·托尔斯泰曾经这样告诫他："所有美国人都是没有文化、愚昧的傻瓜。"虽然此番说法言犹在耳，但纳博科夫在美国刚刚度过几年就发现，他接触到的美国人都是些文化教养极高、具有神奇力量的人。

要是没了威尔逊的引导，纳博科夫很有可能走上完全不同的道路——甚至可能无路可走。刻意贬低威尔逊的纳氏传记作家博伊德也承认说："纳博科夫从一开始就接触到了美国学人应该拥有的最好的东西。"但毫无疑问，将纳博科夫引向此途的贵人非威尔逊莫属。纳博科夫在美国的两位经纪人不可谓不尽力，但他的小说《塞巴斯蒂安·奈特的真实生活》的出版事宜依然没有什么眉目，直到威尔逊亲自出马跟劳克林协调，事情才得到解决。从那之后，正如纳博科夫信中所言，"新方向出版社接受了我的英语小说，劳克林从洛杉矶赶来看望我……10 月小说就将问世。"

纳博科夫的小说之所以能引起《纽约客》编辑的注意，这得益于威尔逊之前安排将小说的某些章节在《大西洋》月刊发表。威尔逊与《大西洋》月刊的威克斯私交甚好，因此，当纳博科夫写信给他，要他帮忙催一催稿酬的时候，威尔逊写道："这件事我都不好跟威克斯开口，因为是我极力向他推荐说他应该发表什么作品……假如我还跑去提醒他，他应该什么时候给投稿人支付稿酬的话，他很有可能对此感到不舒服。"

纳博科夫将威尔逊称为"魔法师"，意在赞美威尔逊具有的聪明才智，同样，他也经常提到威尔逊给他提供的各种支持。在将普希金一篇戏剧独白诗翻译完成后，他找到威尔逊说："你能做它的教父吗——如果你认可我的翻译？"他这样问，意思是希望威尔逊能找一本杂志来发表这部翻译作品。"如蒙您做出任何斧正，我将感激不尽。"①

尽管他们二人各自都为了自己的利益而产生裂痕，但是如果我们相信威尔逊的这些话，也相信纳博科夫的那些话，那么他们二人这么多年亲密无间合作的基础就非常简单：他们曾经是至爱

72

---

① 我们从这里可以看到，在合作翻译普希金作品之初，两位作家之间的友谊多么单纯。纳博科夫起初非常认可威尔逊的能力，并主动提出让威尔逊参与翻译普希金的宏伟事业。而接下来他们二人之间血雨腥风的针锋相对长达二十五年，是因为后来在纳博科夫看来，威尔逊根本就读不懂也翻译不好普希金的作品。（原注）

亲朋，彼此间惺惺相惜，感情不可谓不深。"亲爱的沃洛佳（纳博科夫的昵称）"，1945 年 3 月，威尔逊在信中这样写道：

> 星期三我乘船出海（去往欧洲）……将会离开四到六个月。顺祝安祺。还想问问，如果你真想要一份教职的话，你可以写信给本宁顿学院院长路易斯·琼斯，向他讲明你是我推荐的人……在过去的几年中，我们之间的交流谈话已经成为我文学生命中仅存的慰藉之一——看看我的那班老朋友，一个个要么撒手人寰，要么消失不见，要么意志日渐消沉，我们整个世界的现状都越来越糟糕之时，你我的交流更显难能可贵。

威尔逊在一年前才痛失自己的亲密朋友、作家约翰·皮尔·毕晓普，不久他另一位好友保罗·罗森菲尔德又离他而去。他与纳博科夫相识的这一年，从大学起就成为好朋友的司各特·菲茨杰拉德也去世了，纳博科夫得到了威尔逊兄长般的关怀，这本来应该是威尔逊倾注到更需要朋友关心的菲茨杰拉德身上的友情。

纳博科夫无时不在表达他的仰慕之情。他亲自给威尔逊写信，而不是由薇拉代笔（他后来甚至与亲朋好友通信时也亲力亲为），他与威尔逊来往信件成为一段佳话，而且数量甚巨，妙语连珠，流畅自然，文采斐然。1943 年 3 月，威尔逊与玛丽·麦卡锡喜结良缘，纳博科夫写道："4 月中旬，我将在纽约待一天……只想见到你们俩，以解我渴慕之思。"在另一封信里，他写道："我在这世界上，没有相见便会深切想念的朋友很少，你当然就属其中之一。"

纳博科夫也有其他男性好友，他也会给他们写信，只不过绝大部分是用俄文写的。信的内容也不乏温情关心，措辞也同样文采斐然，但与他写给威尔逊那些书信相比，那简直就云泥之别了。他给威尔逊写信，就如同给妻子薇拉写情书似的，他的文学话题，他的事业的每一次成功，事无巨细，不厌其烦，娓娓道来：

> 附上我的鳞翅目昆虫研究论文，希望你拨冗一读并喜欢它。文中有很多精彩之处自不必说，但字里行间的言外之意才是重点。为《大西洋》月刊创作的短篇小说也刚刚脱稿。威克斯给我连打四次电话催我继《O小姐》（这篇小说后来收入《说吧，记忆》的第五章）之后再写一篇。另外，有一个叫什么"演讲与口才"的机构想要将《O小姐》中的片段收入他们什么指南当中，想要征得我的同意……

一遍遍地诉说自己的丰功伟绩，看信的人实在有些难以忍受。纳博科夫却将这事怪到威尔逊身上："我忍不住就跟你滔滔不绝没完没了地诉说我的事情，这事怨不得我，我感觉你才是推波助澜的背后推手。"

玛丽·麦卡锡这样诠释他们彼此之间这种难舍难分的情谊："这两人，好得像一个人似的，只要在一块，就会玩得很疯。每次弗拉基米尔一出现，埃德蒙就跟打了鸡血似的。就那么喜欢他。"要么在威尔逊海边的家里，要么在纳博科夫的出租屋里，你到我家，我到你家，畅饮唱和，不亦乐乎。弗拉基米尔曾对自己的传记作家安德鲁·菲尔德说过这样的话：威尔逊"理所当然就是我最亲密的"朋友，他并没有加上"我最好的美国朋友"这样的定语。值得注意的是，即使在苏维埃共和国问题上他们之间的政治立场存在严重分歧，也并不妨碍他们成为最要好的朋友。

他们俩都是极端个人主义者，崇尚言论自由执着得就像原教旨主义者一般；他们俩都是闪米特族不合时宜的同情者，那时候，像艾略特、庞德、海明威、菲茨杰拉德等很多人，在营造出温情脉脉富有教养的假象背后，实则从骨子里鄙视犹太人。纳博科夫给 G. P. 马克西莫夫的作品《送上绞刑架》（1940 年出版）所写的书评，并没有因为威尔逊给他的书评写了引语而在《新共和》周刊上发表——在 1942 年冬那样的关键时期，《新共和》杂志社希望不要采取对斯大林过分敌视的立场——威尔逊也认可，历史需要理想主义者，如果没有梦想的推动，这个世界恐怕很快就会停止转动。总会有那么一批人，"他们一想到人类的苦难就会打心眼里感到忍无可忍，哪怕只有让这个世界变得更加美好的一丝丝机会，他们都会义无反顾地赌上身家性命也在所不惜"。而他们身上"恰恰体现了人类潜意识中的那种乐观主义精神，上天垂怜，这种精神或许永不会泯灭"。

纳博科夫在韦尔斯利学院的工作只是聊胜于无而已：10 月上了三次课，次年 1 月又上了三次课，围绕一年的课程搞了六次公开讲座。"我希望能融入'社交圈子'。"他这样对威尔逊说，但现状就是如此——工作任务清闲，有大把时间埋头写作。他继续把他自己忙些什么项目、又有什么新的斩获报告给威尔逊："威克斯那里又采用了我一部短篇小说，……圣诞专刊上就会登出来，……近来我在昆虫学特殊分类学研究上颇下功夫，有两篇论文都在科学杂志发表了呢。"他还对威尔逊说，他会"拿出一篇专论拟态现象的更加出色的论文"。纳博科夫不厌其烦，就仿佛威尔逊一直都在静静地等着听他说这些似的。

纳博科夫说是在韦尔斯利学院待了七年，但学院给予他的通常只是临时聘用而已，如同二战的进程那样起起伏伏。珍珠港事件不久后，学院的财政预算大大削减，苏联的名声又依然不佳，因而，学院当局对斯拉夫语系的教学研究有些不冷不热，遂采取放任自流的态度，造成韦尔斯利斯拉夫语学者人数日益减少。但随着苏联正遭受苦难的故事流传开来，而且看到新闻，知道了在斯大林格勒保卫战中，苏联军队不可思议地将德国第六军打得落花流水的伟大胜利，从而将希特勒征服世界的美梦击碎，因此，一时之间，只要是与俄罗斯有关的一切，俨然成为最为时髦的东西。1942 年秋季学期，纳博科夫的驻校作家的年份到期，学院不再聘用他，但到了 1943 年春，他依然在韦尔斯利学院讲授非学分课程，而到了 1944—1945 学年，他相当于拥有了教授头衔：成为俄语课外指导老师。

纳博科夫对苏维埃的反感使韦尔斯利学院院长米尔德丽德·海伦·麦卡菲心有不爽。她到华盛顿，担任"志愿紧急服役妇女队"（*Women Accepted for Volunteer Emergency Service*）第一任主任之职，依然对纳博科夫将二者相提并论的立场很不认可。一位女校友要求麦卡菲在 1942 年秋季学期聘用纳博科夫，麦卡菲硬生生地把这事压下来了。一直拖到她去到华盛顿，纳博科夫也赋闲一年之后，事情才有了转圜。

纳博科夫的教学堪称专家级别，却又不循常规。作为外教，用自己的非母语讲课，他并未因此紧张不安、自乱阵脚，而是在填补文化缺失、探索未知领域当中得心应手。他总是精心准备自己要讲给学生的东西，而且具有一种设身处地的天赋——能够预先想象出听众都会对哪些专题感兴趣。作为驻校作家，他本可以在这一年里关注与思考他自己的创作，但他没有这样做，而是针对不同的学生设计准备了不同的课堂讲授内容——对那些上西班牙语课的学生，他会讲《堂吉诃德》对俄罗斯异教徒具有的吸引力；对那些修读意大利语的学生，他会滔滔不绝地给他们聊达·芬奇；而对于学动物学的学生，他则跟他们讨论鳞翅目昆虫的拟态问题——这是他特别感兴趣的研究领域。在做全校性公开讲座时，他会选一些大家都应该熟悉的作家来讲，比如契诃夫、屠格涅夫、丘特切夫（这是个错误选择）和托尔斯泰。

　　他对托尔斯泰推崇备至。他的父亲是社会改革派的一员，一直以来都跟托尔斯泰非常熟。纳博科夫十岁那年，在圣彼得堡的一条街道上，他的父亲正和一个白胡子小个儿老人说话，他在旁边等着，事后他的父亲告诉他：“那个人叫托尔斯泰。”在俄罗斯小说史上，托尔斯泰是当之无愧的一座丰碑，不过，弗拉基米尔与他之间的关系却有些微妙，难以一言以蔽之。一方面，他当然承认托尔斯泰非常伟大，但又感觉到他也有为人诟病的一面。他在写给威尔逊的信中曾提到：“在《战争与和平》这本书里，托尔斯泰硬生生地安排身受重伤奄奄一息的保尔康斯基（Bolkonsky）和娜塔莎（Natasha）跨越地理限制而意外相逢，你有没有注意到作者苦心孤诣的情节安排是多么挣扎，看着这个可怜人被拖着拽着往前走，可真叫人于心不忍哪。”但是，从某种意义上说，托尔斯泰又是无可挑剔的：把小说中的时间流和读者对时间的自然感受完美融合，显示出他超卓的能力，乃至于，读者们跟随着他的叙事，就如同大伏尔加河的水流那么自然，读者总能感觉到，什么事情该发生了，小说情节就真的是这样安排的，故事的推进节奏就好像跟"现实生活"完全同步。纳博科夫本人对时间推进的安排同样异常出色、合情合理，不同之处在于，他采用的现代主义风格的叙事结构使小说的时间流变得更为复杂——最为突出的是，他能够灵活巧妙地将其他小说人物的意识、其他人的小说技能与跟读者的移情互动等进行模拟后熔为一炉。

1942 年 5 月，出版商詹姆斯·劳克林去波士顿与纳博科夫见面。他的第一本书销量惨淡——正值美国参加二战激战正酣之时，而他这个还只是籍籍无名的俄罗斯作家却出版了一本质疑认识论的小说，显然时机不对——但是劳克林没有因此而弃之不管，仍然很愿意跟他合作，帮他出书。抛开《塞巴斯蒂安·奈特的真实生活》多舛的商业命运不管，同时极力排除战争的干扰，他们最终决定再一起出版两本书，一本是对乌克兰作家尼古拉·果戈理的研究，一本是普希金和丘特切夫作品翻译选集。

劳克林年方二十多岁，从哈佛大学毕业也才三年。他的曾祖父是爱尔兰移民，做钢铁生意发了财，因此他从小就家境优渥。他的叔祖父亨利·克莱·弗里克是一个煤炭巨头，卡耐基钢铁公司的董事长。劳克林家族在工业领域的地位举足轻重，影响巨大。可詹姆斯早早就有了决断："我是不会进工厂的。"他只是对家族的企业不感兴趣，并不意味着就与家人决裂了。许多年后，他在某一次获奖的感言中说："如果没有我的祖辈们在工业领域打下的这片江山，我不可能会有如今的成就（他创建了一个出版公司，在文学领域也取得骄人成绩）。1842 年，我的爱尔兰

先祖从邓恩郡移民到此，凭着自己的坚韧精神建起了全美第四大
钢铁公司。我每时每刻都在祝福他们。"

劳克林自己也写诗。但是三十五岁那年他去拜望埃兹拉·庞
德的时候，庞德劝说他改行做出版商，庞德给他推荐了不少需要
出版的才华横溢的作家，劳克林能成为 20 世纪英语语言独树一
帜的出版商，庞德可谓居功至伟。1942 年 5 月，纳博科夫短时间
内也没有什么教学工作要忙，正好集中精力完成自己想写的几部
书。而且，撰写有关果戈理的书对他自己也有好处：写果戈理的
事，其实也是换个方式介绍自己，进一步说，也是在完成有计划
地向美国读者推介俄罗斯文学的目标。

他写得很努力，但还是很快就陷入困境：写作的时候他要引
用一些果戈理的文字，但是果戈理的书都翻译得很差。他曾对劳
克林说：康斯坦茨·加内特翻译果戈理的《钦差大臣》，译文读
起来像"又干又硬的臭狗屎"。为此他不得不花许多时间重译
《钦差大臣》和《死灵魂》中的许多章节①。加内特的译本在
1923 年出版，已经成为标准版的英文译本。但是果戈理是一位
极其重要的作家，纳博科夫不能容忍他的作品被如此糟蹋。果戈
理的思想奇幻诡谲、出人意料，他给俄罗斯文学提供了一个崭新
的视角，纳博科夫要证明这些，他要在自己的书中对此详加论
述："在果戈理和普希金的作品问世之前"，他说：

---

① 在自己的书里，纳博科夫并没有直接嘲弄加内特的翻译，但是他在论述
《死灵魂》的章节里，他开宗明义，直言不讳地提出主张："《死灵魂》这本书之
前的英译本一点价值都没有，不管是公共图书馆还是大学图书馆，这个译本应该被
全部清除出去。"（原注）。

整个俄罗斯文学还处在鸿蒙未开的原始阶段……毫无属于自己的色彩与亮点，只会用欧洲人从祖先那里继承来的陈词滥调，把一些毫无新意的形容词和名词随意地拼凑在一起……诸如：天空是蓝的，晨光是红的，树叶是绿的……是果戈理（以及他后面的莱蒙托夫和托尔斯泰）第一次看到了除了前面提到的那些颜色外，还有黄色和紫色。

下面这一段是《死魂灵》中非常著名的段落——是纳博科夫让其名声大噪，他在自己的两本书中都曾摘录引用，也是他无
数次讲课中使用的材料——先看看加内特的英译译文，译文中规中矩，当然不能说一点文采没有。

The big overgrown and neglected old garden which stretched at the back of the house, and coming out behind the village, disappeared into the open country, seemed the one refreshing feature in the great rambling village, and in its picturesque wildness was the only beautiful thing in the place. The interlacing tops of the unpruned trees lay in clouds of greenery and irregular canopies of trembling foliage against the horizon. The colossal white trunk of a birch – tree, of which the crest had been snapped off by a gale or a tempest, rose out of this green maze and stood up like a round shining marble column; the sharp slanting angle, in which it ended instead of in a capital, looked dark against the snowy whiteness of the trunk, like a cap or a blackbird.

在房子的后面，是一片杂草丛生而又无人问津的破旧花

园，花园一直延伸到村外，最终消失与旷野相连。花园仿佛
是这偌大村庄的唯一生气，生动别致的荒凉就是这里唯一的
美景。枝条蔓生的树冠相互勾连，铺成了一片片绿色的云，
远远望去，宛如一个不规则的绿色天棚。一棵白桦树的树冠
虽被狂风与暴风雨折断了，但树干却高耸于这片绿云之上，
活像一根圆滚滚、光闪闪的大理石石柱；它尖锐地倾斜，早
没了树冠，在其雪白的树干映衬之下，黑乎乎的一片，好像
一顶帽子，又好像一只乌鸦。

而纳博科夫的英文译文是这样的：

An extensive old garden which stretched behind the house
and beyond the estate to lose itself in the fields, alone seemed,
rank and rugged as it was, to lend a certain freshness to these
extensive grounds and alone was completely picturesque in its viv-
id wildness. The united tops of trees that had grown wide in liberty
spread above the skyline in masses of green clouds and irregular
domes of tremulous leafage. The colossal white trunk of a
birchtree deprived of its top, which had been broken off by some
gale or thunderbolt, rose out of these dense green masses and
disclosed its rotund smoothness in midair, like a well propor-
tioned column of sparkling marble; the oblique, sharply pointed
fracture in which, instead of a capital, it terminated above,
showed black against its snowy whiteness like some kind of head-
piece or a dark bird.

一座硕大的破旧花园，在房屋的后面一直延展到村外，与远处的田野融为一体，花园野草丛生、杂乱无章，却是唯一能给这座村庄平添些许生机的景色了，它无比生动的萧条荒凉营造出最别致的美景。树木肆意地舒展着，搭成了一片不规则的绿叶穹顶，好似朵朵绿云飘浮在天际。一棵巨大的白桦树，尽管它的树冠被暴风和雷电折断，它那高大的树干仍旧耸立在这片茂密的绿云之中，露出圆滚的身躯，如同一根身段匀称闪闪发光的大理石圆柱。白桦树树梢已是光秃秃地从上面断开，它倾斜而尖锐的断裂处，在其雪白的树干映衬之下，黑乎乎的一片，好像一块头巾，又好像一只黑色的鸟儿。

70 年之后的今天再来审视，两人的译文都有些辞藻堆砌之感。纳博科夫可一点都不管那些，他的标准并非越简洁越好，而是绝对忠实于果戈理的原意与节奏［比如，将"udar molnii"译成"gale or thunderbolt"（"狂风与雷电"）而不是"a gale or a tempest"（"狂风与暴风雨"），后者除了译文不准确外，还有同义反复之嫌］。他将小说原文中的一气呵成、节奏明快的流畅性成功地表达了出来，而这正是加内特译文的缺陷所在。他的译文开头的焦点集中在"无比生动的萧条荒凉"兴趣点之上；而加内特的译文重点却是"这里唯一的美景"之上。

这一段抒情短章在《死魂灵》中并不多见，之所以能引起 78 纳博科夫的兴趣，其原因大概是抒情短文的完整连贯，它一气呵成，抒情主体鲜活生动，大有让人欲罢不能之效。抒情对象直指那一片绿色，就那么单纯——表现的无非是在俄罗斯某地，大自然与人之寓所、与植物水乳交融，混杂而无序。经过的人通常是熟视无睹，连脚步都不会停下，或者稍等片刻才会多看那么一眼。观察仔细了，然后就将此诉诸文字，在必要的地方加上一些比喻，可勾起奇特、有趣甚至不祥之感："在其雪白的树干映衬之下，黑乎乎的一片，好像一块头巾，又好像一只黑色的鸟儿。"（而加内特却将此翻译成"好像一顶帽子，又好像一只乌鸦"。明显误译，啰唆琐碎，令人忍俊不禁）

我们再看这一段接下来的篇章纳博科夫如何处理：

Strands of hop（a sinuous, twining vine）, after strangling the bushes of elder, mountain ash and hazel below, had meandered all over the ridge of the fence whence they ran up at last to twist around that truncate birchtree halfway up its length. Having reached its middle, they hung down from there and were already beginning to catch at the tops of other trees, or had suspended in the air their intertwined loops and thin clinging hooks which were gently oscillated by the air.

交缠的枝蔓（藤蔓交织、弯弯曲曲的葡萄藤），将底下花楸老树与榛果丛生的灌木丛缠得死死的，之后又沿着篱笆之脊向前恣意延伸，末了，它们又继续前进，一圈圈缠在了皴裂的白桦树上，爬到了树一半那么高，绕到半道上又垂了下来，已经开始缠上其他树木的树梢之上了。有些藤蔓相互交织，蜷曲成圈，留下纤细的卷须，卷须从空中挂下来，在清风吹拂中轻轻摆动。

这便是纳博科夫的翻译风格。加内特并不像其他译者那般删去这段，但加内特却将许多细节漏掉，把葡萄藤卷须延伸的这一句翻译成更为笼统含糊的"tendrils faintly stirring in the breeze."（藤枝的卷须在微风中翕动起来）。没准是加内特开始厌烦起这些词句，找不到什么合适的辞藻了（纳博科夫的词汇库里取之不尽用之不竭）。纳博科夫笔下的"truncate birchtree,""皲裂的白桦树"是枝干皲裂的白桦树，而于加内特则干脆翻译成了"broken birch–tree"（折断了的白桦树）。此外，纳博科夫在前面翻译的"the oblique, sharply pointed fracture"（它倾斜而尖锐的断裂处，早没了树冠），表明树冠所遭受的力量之猛，还有白如白骨一样的桦树遭受到的肆虐——而在加内特的译文中，只剩下"sharp slanting angle"（"它尖锐地倾斜着"）这样的词了。

那只是绿色的背景而已，别无他物。在他的祖国俄罗斯中，这种景色成千上万——不，数以亿计，数不胜数。有创作出自己作品愿望之人可能会从中汲取灵感，哪怕是这样的荒野之地，也可以看看是否能够化腐朽为神奇。在很大程度上，《死魂灵》就是对这样的荒野之地的研究，将读者带到俄罗斯那些死水般波澜不惊的沉寂之地与偏远地区，看看他们过的是一种怎样丑态百出、闹剧不断的生活。纳博科夫首次阅读此书时年纪尚轻，他当时可能已经预感到自己将来还会与此结缘。机缘巧合，1922年，纳博科夫参加剑桥大学的期末考试，其中一道题的焦点就是《死魂灵》中的这座花园，小说中，花园的主人叫泼留希金。这道题正好要求描述一下这座荒芜的花园，纳博科夫兴奋异常，奋笔疾书，花园一个又一个的细节跃然纸上。

1942年夏天，穷得叮当响的纳博科夫来到卡波维奇在佛蒙 79

特州的家，他们一起度过了七、八两个月，日子过得紧紧巴巴，但心情却非常愉快。上年的大半个冬天，八岁的德米特里几乎一直在生病，扁桃体都被摘除了。德米特里长相俊俏，长身玉立，腿长手长，脖颈细长，如白鹳一般的身形，令人过目难忘。十岁时，他的身高都快赶上身材修长的妈妈了。几年后，他会蹿到一米九左右的个头，长成典型的美国小伙子：身材魁梧，自信满满，酷爱运动，疯狂飙车。

接下来的几年，纳博科夫一家人节衣缩食、生活拮据，但在孩子的教育问题上从不吝惜。薇拉不时叹道，因为与那些美国熊孩子的往来，儿子与生俱来的那份贴心与可爱早已丧失殆尽了。父母俩都在为儿子能够受到他们能力范围内最好的教育而操碎了心。尽管薇拉对于儿子会受到美国孩子影响而越来越粗俗心存恐惧，但他们都认识到儿子的文化适应过程是理所应当的。德米特里在 20 世纪 80 年代发表的回忆录是这样回忆自己在韦尔斯利学院度过的那些日子：

> 我自己骑着低压轮胎的自行车……沿着一条树荫掩映的小道驶向就近的学校。我们住在爱普比路（Appleby）一所木瓦盖成的房子里，爱普比路这个名字在我的脑海中与长在道路尽头绿荫深处的青苹果缠绕在一起，那些苹果成为我们精心策划的战斗中使用的飞弹。春天到了，隔壁的那个女孩教会我打弹珠的各种规矩。十二岁的她，身上散发出特有的神秘少女气质……她展现出的成熟魅力对于八岁的我来说可望而不可即，而我对她的那种依恋将永远独存于心。

他常常对父母为他选择的学校感到不满意——从一个学校转到另一个学校，来来回回很多次，间隔很短——而孩子越来越如期望的那样一步步融入美国社会，纳博科夫夫妇对此深感欣慰。

这里（马萨诸塞州的坎布里奇市的一所学校）会发生让我感到无限美妙的事情。我的音乐老师茹迪布什太太，在学校集会期间，发现我这个欧洲孩子对美国传统演唱法没有任何基础，连圣歌的曲调都把握不住。因而，她将我置于她的羽翼之下，悉心培养我，教我视唱练习和钢琴，训练我的高音……我对音乐的热情取代了原先的挫败感。我成功留在了唱诗班，并参与学校的各种表演，最终成为一名专业歌剧男低音歌手，她为我付出的心血终究没有白费。

相对于音乐而言，德米特里真正的蜕变发生在运动场上：

今天是春季运动会颁奖日，我坐在德克斯特校园绿草如茵的运动场上。虽然三年前（1944 年）就进入德克斯特读书，但是我至今仍然对美国的生活有不适之感。学校校长弗朗西斯·卡斯韦尔是我生命中遇到的第二位顶呱呱的老师。他不仅给我讲解西塞罗和恺撒，而且教我如何击球和挡球，告诉我该怎样和对方握手，力度如何，握手的同时还得看着对方的眼睛，以及如何成为一个"真正公民"……虽然我已经竭尽全力，并能够在各项体育赛事中成功达到"D"级及格标准，但是我仍然觉得自己是一个骨瘦如柴、不擅与他人交流的局外人……春季运动会上，除田径项目外，还有棒球投掷之类的项目组成的累积性积分的竞技比赛，当我听到自己的名字被宣布是这场运动会的总冠军时，我觉得自己是不是产生了幻觉，四周环顾一番，我恍惚间觉得是自己听错了。

德米特里和弗拉基米尔还在佛蒙特州之时，薇拉就前往波士顿去给他们寻找住所。他们当年在坎布里奇市名为克雷吉·赛科尔（Craigie Circle）的公寓楼里租了一套公寓，三楼的 35 号公寓，还勉强租得起，他们住在这里的时间比在美国其他任何地方都长，如今，这套公寓已成为纳博科夫粉丝们的朝圣之地。克雷吉·赛科尔公寓楼总共六层，红砖建筑，其中的木板大厅雅致讲究，给人一种安稳的感觉，还有一个小庭院通向橡木前门。纳博科夫住的这间公寓十分狭窄，纳博科夫将它戏称为"阴暗小室"。虽然他必须"在楼上那个老是将脚步震动得像石头一样沉重的老太太与楼下那个听觉高度敏锐的年轻女人之间"进行写作，但是身处战争时期，有这么一个地方，纳博科夫已经非常知足与骄傲了，他画了一幅楼层平面图给他的妹妹埃琳娜看，描绘了从楼上窗户往下看的情形，"看上去衣冠齐整，穿着一件灰色的套装，戴着一顶微红的骑师帽"——这是描绘德米特里早上准备出发去上学时的样子。

（德米特里上学的）一小时后，纳博科夫也会动身出发去哈佛比较动物学博物馆，他早就在这里担任义务研究员，就这样每天都沿着高大的东方阔叶林掩映的平坦街道步行前往——他是这样给妹妹埃琳娜描述的：他非常自豪能够与薇拉"住在哈佛边上……的郊区"。步行十五分钟，中途他会经过战争时期无人打

理而杂草丛生的网球场。连哈佛也经历着战时阵痛——在校大学
生的数量在减少，取而代之的是成千上万的士兵、预备役军官训 81
练队的候补人员和实验室工作者，这儿变成了军事训练场——在
他其他信件或写作内容中，他都不曾提及这些事。我们不能指望
他这个迁入不久的移民，对于这种种变化如当地人那样感同身
受。他没有怎么留意或记录他所看到的东西，这说明他对自己的
事情太过投入而无暇他顾。

他的关注焦点在鳞翅目蝴蝶身上。一天，纳博科夫带着从大 82
峡谷采集的蝴蝶标本，走进了美国比较动物学博物馆，受到哈
佛大学昆虫学研究部主任南希·班克斯的热情接待。恰好，班克
斯与纳博科夫在纽约认识的朋友也非常熟；弗拉基米尔精力充沛
且对蝴蝶很有研究，因此把他留在身边就再好不过了。若是博物
馆工作人员受到国家召唤去当兵参战，也好有人填补博物馆的职
位空缺。虽说班克斯也是个昆虫学家，可对鳞翅目蝴蝶却一窍不
通——他专攻的领域有黄蜂、草蜻蛉、鱼蛉以及螨虫类的研究
（他 1905 出版的《蜱螨目螨虫专论》最为著名）。弗拉基米尔告
诉妹妹埃琳娜，能被这座博物馆接纳，那真是上天的眷顾：

> 我所在的博物馆——在全美赫赫有名（在欧洲也曾名气
> 不小）——归属于哈佛大学……我的实验室占了四楼整个楼
> 层的一大半。实验室里最多的就是一排排橱柜，里面摆放着
> 一个个可滑动打开的玻璃盒，盒里是蝴蝶标本。我负责看管
> 这些精美绝伦的标本。博物馆收藏了来自世界各地的蝴蝶标
> 本，许多都是归类性标本（比如，用于描述从 1840 年至今
> 采集到的同一种属的典型标本）。窗边有好几个工作台，上

面放着几架显微镜，几个试管，一些酸性物质，几份资料，几个别针等。我有一个助理，主要负责给蝴蝶展翅整姿。我的工作令我沉醉不已，当然也弄得我疲惫不堪。

在这么著名的博物馆里，蝴蝶标本居然乱七八糟混在一起，着实令人大感意外。有时，纳博科夫每天在工作台一待就是十四小时，因此薇拉担心他会与文学创作渐行渐远。纳博科夫曾写道："每天，在这一堆蝴蝶标本里，你要第一个发现其他人根本就没有注意的许多奥妙。每日都会沉浸在这显微镜下如水晶般透明的奇妙世界里，那里寂静无声，只有它自己遥远的地平线才会是其极限……所有这一切让我如痴如狂，简直难以名状。"纳博科夫终于结束一整天孜孜矻矻的研究工作，拖着疲惫不堪的身子踉踉跄跄回家，"冬日的苍穹已泛出昏暗的蓝，到了读晚报的时间了……无线电留声机的阵阵歌声，在一间间灯火通明的常春藤色大楼寓所里飘荡"。

鳞翅目昆虫学研究对纳博科夫来说就是精神的寄托，是庄严的神殿：他需要不断前进，迈着美式的明快步伐，走向未来，在创作的道路上走下去，但他也需要汲取，需要调整，需要蜕变。威尔逊的职业生涯给纳博科夫提供了令人敬畏的范本，所以纳博科夫向他倾诉自己的困惑："自己的俄语比任何人都好——至少在美国范围之内——而英语也比在美国的俄国人好得多——但要在大学里觅得立锥之地却难上加难，天下滑稽之事，莫此为甚！"纳博科夫有真才实学，文学底蕴深厚，凭借这两点，他知道终有一天能得偿所愿。造化弄人，老天偏偏安排纳博科夫出生于1899年，恰好与他的偶像普希金的诞生之年相差一百年；命运又偏偏安排他坐在前排，亲眼看到了革命以及纳粹军队的横行无忌，最后，他发现自己来到了这样一个国家，在这里，处于非常时期的美国，俄语基础教育缺失严重，正巴不得有人来补上这一课。俄国作品英译问题让纳博科夫那么的焦心，这从侧面反映出他想要在这一领域占有一席之地，或者更加贪心的渴望。在此领域，纳博科夫比别人有着巨大优势，他知识之丰富、阅读之精深、激情之澎湃，罕有能敌者——纳博科夫应该成为俄国文学珍宝传递的使者，新国度听众的授业者。

与此同时，纳博科夫的生活，一半游出了俄国浪花翻腾的大海，一半融进了无边无际的美国大气。写《尼古拉·果戈理》时，纳博科夫抱怨说，他写起这本书来进展那么缓慢，完全是因为不得不对果戈理的作品进行大量重译的原因。牢骚发完，他老老实实地点出问题真正的症结所在："这本书写得慢，主要在于我对自己的英语越来越不满意。有朝一日把这本书写完，我一定要与脸色红润、体格强健的俄国缪斯一起休假三个月。"可实际上，纳博科夫的俄国缪斯会与他渐行渐远①。纳博科夫写信给威尔逊说："你与英语之间如此的亲密无间，让我嫉妒死了。"不论他嫉妒威尔逊的英文与否，纳博科夫讲英语有些结结巴巴倒是真事："有创作的欲望简直是妙不可言的，但是要我不用俄语去传达出来，我根本就下不去笔。"那时，纳博科夫写过一部短篇小说，在之后成为其反乌托邦小说《庶出的标志》（1947）的一小部分。纳博科夫在创作语言改变时饱受折磨，后来谈及此事，

① 纳博科夫七十余年的创作生涯中，他从来没有停止过用俄语写诗。他的诗歌都收入《诗歌与棋局》之中，其中，《致卡楚琳公主》与《来自灰色的北方》是其代表作。（原注）

他的语气有些厌倦淡然，但这并不意味着他已经完全释然解脱了。同样经历了一段语言转换艰难期的还有以赛亚·柏林①，青年以赛亚迷茫失落，感叹余生，从他与友人的倾诉中便可窥见一斑：

> 俄国语言才是我心之所好，心之所望，心之所想，心之长久铭记的……在英格兰，我哪能这么自如地跟任何人交流……在我心里，俄语蕴涵的想象力、亲和力与无限诗意，其他语言实难企及——我一说俄语，整个人立马就有脱胎换骨的神奇之感——仿佛一切都顺手拈来，世界刹那间更为光明敞亮、更为美丽动人了。

即使精神上怅然若失——感觉英语离自己的心太过遥远，经济上又捉襟见肘，连克雷吉·赛科尔公寓的房租（一个月六十美元）都付不起——他还是完成了自己在美国的第一部佳作。《尼古拉·果戈理》是一部不吐不快的急就之作，妙趣横生，率真直白，以往惜墨如金的语言风格在这里没了踪影。他可以将他的读者——他心目中的对象就是美国读者——瞬间拉进了他设置的无比奇妙的斯拉夫语深邃世界中去：果戈理在罗马已经奄奄一息，年仅四十二岁的他正在接受"精力充沛如恶魔一般的"医生的治疗，医生将一只只水蛭敷到他又长又尖的鼻子上，这只鼻子可以碰到他的下嘴唇，令人过目难忘。为更好地让这些水蛭从柔软

---

① 以赛亚·伯林是英国哲学家、史学家和政治理论家，也是 20 世纪最杰出的自由思想家之一，出生于拉脱维亚的里加（当时属于沙皇俄国）的一个犹太人家庭，1920 年随父母前往英国。

的细胞膜上吸到血，他们将水蛭放进鼻子里面去，一个法国人，他自己就是一只彻头彻尾的吸血水蛭，下令将果戈理的手绑起来，以防他把水蛭扒掉。

这个画面太富有戏剧色彩了，连纳博科夫自己都忍俊不禁，笑得脸部肌肉都抽动起来。"那一幕让人觉得难受，而且包含着某种我向来非常反感的人类诉求的描写"，他说道——以下是"美国专用纳博科夫式美学观"最重要的一点：他认为，那些整天说着感同身受的人是非常不要脸的，长久以来，太多的作家都想要拨动社会同情心的心弦，乐此不疲，真正是厚颜无耻。《天赋》这本书以小见大，以磅礴的气势试图说明，所谓的社会同情的危险毒瘤是如何让俄国文学染上沉疴，使之濒临毁灭的边缘的。俄国知识分子中的改革天使，蜕变为文学趣味的独裁者——如果你的创作不是揭露沙皇残暴统治的作品，那么就会被判定为一文不值——甚至不可避免地摇身一变，变成了亲苏派人物，甚至成为当权者的前身，他们对那些不听话作家的处置十分心狠手辣。鉴于自己在 20 世纪经历的暴风骤雨，纳博科夫对于思想钳制深恶痛绝，但是从他说的那句"对于描写人类诉求，我向来非常反感"这句话，我们仿佛可以看见一个年少轻狂的未来文学天才，一个对俄国未来主义和阿克梅派诗歌狂热追捧，而对于那些旨在打动人心而无病呻吟的老掉牙的诗歌厌恶至极之人。

果戈理是一个"与众不同的天才"，纳博科夫继续写道，他美学原则的第二大要点是：那些伟大而永恒的艺术家无一不是自成一派的。他们似乎都结伴而至，比如普希金和果戈理（二者在 18 世纪 30 年代同享盛名），但要注意的是，我们并不能将他们划归到文化历史长河中某种"文学运动"或"文学发展"的典

85

型代表之列。真正意义上的作家天生就"那么奇特，而那些企图成为读者睿智的朋友，好心好意地去迎合读者的固有观念，从而获得读者感激之情的作家，只不过是一些不入流的平庸之辈"。纳博科夫似乎是在暗示他自己就属于天生奇特的作家之列，他相信，我们一定会觉得他胆大妄为，同时也会感觉到他有些冷酷。他毫无顾忌地将作家划分为"二流作家""天才作家"以及"至今为止最伟大的艺术家们"，这样的直言不讳在1942年显得非常不合时宜，那时候，作家们都被按照某些相似特征而被划分到类同的文学流派中去，批评家根本不把他们当成文学主体，无视他们自己的创作意图。纳博科夫主张回归古老的文学本真范畴，进而通过微妙的推论，指出天才作家之职责所在。说这话的时候我们可以看出，他既是一个现代主义者，更是一个文学传统的坚守者：乔伊斯和艾略特、普鲁斯特、庞德、斯泰因、伍尔夫、福克纳——他们都是守护传统观念的作家，这个观念就是：一定要拿出没有先例、超卓绝伦的文学杰作，即足以震撼整个文明史的文学产品①。每个人都对这种说法持怀疑态度，他们质疑到底有没有这样的作家曾经写出过这样的杰作。从这一立场出发，进而对整个文学观念进行冷嘲热讽，再到认可某些流派的作家和作品应该享有的特权，最后意识到任何文学创作都或多或少厚着脸皮从其他艺术成果中汲取养分：这种立场在未来即便不会无影无踪，也会渐行渐远。纳博科夫可能是最后一个对此深信不疑并从来都不会掩饰这点的坦诚之人。他对天才之说从来都是那么信心满

---

① 上述提到的作家群中，纳博科夫只承认普鲁斯特与乔伊斯才是真正意义上的文学大师。（原注）

满，如果你把自己想象成像他一样的作家，他确信你要被可笑地戏耍欺骗，这让人非常不爽，就仿佛感觉到他脚下的大地在迅疾地一动一般。无论如何，果戈理就是这样的天才。果戈理将他的魔杖只那么挥舞一下——很有可能是他的长鼻子闪动一下——俄国小说一下子就神奇地无中生有了。

在创作语言转换问题上极度挣扎的同时，他用沉迷于科学语言来聊以自慰。在哈佛，没有人像他那样对于蓝蝴蝶的知识掌握得那么丰富、对蝴蝶种群分布了解得那么透彻，他决心以威廉·康斯托克为榜样，确立自己的蝴蝶研究方向。但这里有给他更为慷慨的赠予，有更为丰富的工作等着他去完成，更为辉煌的空白等着他去填补，将会给他在美国与俄罗斯文学的关系打上鲜明的烙印。他给威尔逊的信中写道："我是用蝴蝶作为我唯一的支撑而受到哈佛大学的青睐与接纳，想想都令人觉得有些滑稽好笑。"在他撰写出的第一批科学论文中，他论述的是博物馆中蝴蝶样品的分类问题。他撰写这些论文就是一种自我教育的过程，情形与他从威尔逊那里受到的教育差不多——自己那几个美国朋友能依靠就依靠，比如康斯托克，尤其还有在美国自然历史博物馆（AMNH）的一名叫查理斯·邓肯研究员的帮忙，借此可以叩开大门，摸到门道。"如果你觉得我的论文都还不错，那么能不能请你帮个忙，将它发表出来呢？"他说的是他第一篇论文，反反复复修改多次以后，他已经给弄得疲惫不堪，他给康斯托克的信中说："给任何一个您觉得可能会发表的期刊或收入论文集都可以。"接着他又说，说话的语气跟他同威尔逊说话的亲热口吻差不多："我这是在占你的便宜，但我占你的便宜已经习惯成自然了，这可都是你自己一向惯我惯出的毛病。"

纳博科夫对于自己的科学论文自信满满——自信乃典型的纳博科夫做派。纳博科夫儿时生活在俄国，但他首次给蝴蝶做记录，用的却是英语。他很喜欢翻阅英国出版的《昆虫学家》杂志，并从中学到了很多科学术语，从此以后，英语就成为他在科学研究时采用的语言。纳博科夫为何如此喜爱捕捉和记录昆虫，这是个难解之谜，就如同到底是什么能够给纳博科夫的生活带来快乐这个问题一样令人费解，但我们可以确认的是，他的乐趣的一部分就在于他终于有机会将细节描写运用到极致境界，这种写作风格是一群行家里手熟练掌握的写作风格，他们采用这样一种风格是在向同行发出相互友好的强烈信号。1943 年纳博科夫在哈佛大学期刊《赛西》（*Psyche*）上发表了一篇名为《某种新发现或罕见的新北区眼蝶（鳞翅目：眼蝶科）》的论文，就是一篇代表纳博科夫科学论文写作风格的典型范例：

87

> 蝴蝶翅膀宽大的灰色边缘上点缀着清晰的紫黑色横向条纹，同外缘内侧的灰色区域浑然一体，但是在呈弧状的外中区和亚外缘线外就戛然而止，占据了整个蝴蝶翅膀的三分之一（不过，在外中区和亚缘线之间有一个黄褐色近乎褐色的斑点，从基区看，像葡萄叶），所以，这些条纹完完整整地包围住了眼斑和我马上要提及的一些花纹。

这里，他描写的是一只蝴蝶的后翅。最终，他创立了一种系统方法，用色彩分格法将蝴蝶翅膀上的斑纹分布完完全全地详尽描画出来。他在孩提时期就一直在描写蝴蝶，如今，他更是得心应手，在迈向专家级科学散文家的进程中又跨出一大步。正如他将模仿与戏仿应用到他的文学作品中一样，模仿与戏仿也为他在一些有重要学术意义的课题上的深层次思考提供了研究基础，比如说，鳞翅目昆虫的分类学与进化论之间存在着的种种疑问等等。

第七章

88　　看到弗拉基米尔在哈佛大学比较动物学博物馆做义务研究是那么的勤奋，于是在 1942 年至 1943 年间，南希·班克斯聘用他为该馆的研究员，薪水十分微薄，只有一千美元。薇拉靠教授语言课或断断续续地在哈佛做秘书工作撑起了整个家。薇拉的一个朋友回忆道，薇拉从不感到很苦，恰恰相反，她觉得自己"嫁了一个天才"，自己是他的坚强后盾，千方百计"让他牢牢把握每一个创作机会"。为了缓解家庭的窘迫，薇拉绞尽脑汁，运筹帷幄，果断出手，充满智慧的妙招接二连三。首先，她让纳博科夫给韦尔利学院两个曾对他青眼有加的教授写了信，言辞恳切，表达他重回韦尔斯利的期盼；其次，她将纳博科夫的履历用打字机打好，附上他能够讲授的各种专题，寄给了一家专门组织巡回讲课的机构。这家机构就为纳博科夫成功地联系好了美国南部和中西部好几所大学，1942 年 10 月，纳博科夫乘火车开启了巡回授课之旅，《尼古拉·果戈理》的写作也暂告搁置。

　　《死魂灵》中的乞乞科夫四处游荡的经历在现实生活中有了对应，只不过，纳博科夫的经历没有作品那么令人憎恶的艺术夸张。在伊利诺伊州首府斯普林菲尔德，纳博科夫参观了林肯的家乡，拜谒了他的墓地，他在那儿发现了一个像是从果戈理的小说

《伊万·费多罗维奇·什蓬卡和他的姨妈》中走出来的人物，那个人对旗杆有着狂热迷恋。（果戈理的小说人物什蓬卡也梦到旗杆）弗拉基米尔写信给薇拉，说这名伊利诺伊人"沉默寡言，郁郁寡欢，活脱脱一个牧师样儿，令人有些毛骨悚然。他喃喃自语，自问自答……突然间注意到了林肯陵墓旁的旗杆换了个新的，还长了一些……立马就活力十足同时双眼放出光芒"。这些书信是纳博科夫这第二次游历美国期间写给薇拉的，字里行间情真意切，又不免天马行空，无所不包。美国的一些事让他忍不住想要好好去漂泊、漫游、留意一番，也大有将整个国家的事情都全部囊括在他的书信之中之势：如鸟类学家奥杜邦的信件和日志，惠特曼的乡村报告（绝大部分是纳博科夫虚构出来的），关于刘易斯和克拉克刊登在期刊上的五千页作品，法国历史学家托克维尔（1805—1859）的关于 19 世纪 30 年代的边境定居点的介绍——这些都还只是纳博科夫写给薇拉的一小部分书信，其中的内容絮絮叨叨、天花乱坠，而且只是他通信习惯的前奏曲而已。10 月 14 日，纳博科夫在佐治亚州南部城市瓦尔多斯塔写信给薇拉，信中这样写道：

　　昨天晚上大约 7 点，我到达了佛罗里达州的边境，周一启程去田纳西州……这个学院给我订好了一间漂亮的客房，一日三餐都是学院买单，所以……在我离开之前，我一个子儿都不用自己掏腰包。他们还给了我一辆车开，但我只是瞟了一眼，根本没敢去开一下。学院（佐治亚州女子学院）离市中心一英里，松树棕榈树掩映的校园非常漂亮迷人。这里是佐治亚州的最南边。黄昏时分，天空就像天鹅绒绸缎一样平滑亮丽，霓虹闪烁，一片碧蓝，我沿着这里唯一的大街上漫步，又折回去，南方特有的倦怠让我打了一个大大的哈欠。

无论走到哪儿，只要一有机会，纳博科夫就去捕捉蝴蝶。在南卡罗来纳州的哈茨维尔，纳博科夫写道：

> 吃过午饭，学院那位生物学家开她的车载着我来到……湖边的灌木丛，我在那儿捕捉到了好些有名的弄蝶和好几个品种的粉蝶。在奇特的黛青色草丛中与小花朵朵的灌木丛之间穿梭（有一丛灌木长满了鲜艳的浆果，这些浆果好像被染成了最常用的复活节紫色——就是那种让人看了都印象深刻的化工颜料），难以用语言表达的狂喜感觉填满了内心。在讲完"悲剧中的悲剧美"一课（纳博科夫系列讲座之一）之后，我又跑去收集蝴蝶了……著名昆虫学家斯迈斯之子、长老会牧师斯迈斯突然出现在我眼前，他也是蝴蝶标本的狂热收集者，他的大名对我来说早就如雷贯耳。

哈茨维尔不仅仅是个广袤的乡村，还是到处都有捕蝶者的大乡村。虽然一方面纳博科夫焦虑自己的文学讲座怎么样才会得到认可，也深知自己出来赌运气实在有些徒劳无功——除去自己不得不支付的旅费，得到的报酬也剩不下几个钱了——而且非常想家，他更想待在家里写作或者去比较动物学博物馆（MCZ）做研究。但另一方面，年富力强、领悟力极强的他，写信的时候的语气与风格，令人联想到马克·吐温的《苦行记》或是惠特曼描写曼哈顿百老汇的魅力时的写作风格。早前，纳博科夫告诉我们，"自己压根就没睡过好觉"，他写道：

> 过了一个又一个站点，火车的颠簸震动，火车车厢的连接处发出的地动山摇般的噪声……让人得不到片刻安宁。而白天呢，无数可爱的风景，一棵棵形状各异的参天大树，在眼前一晃掠过——带点油画色彩的树影和流光溢彩的绿荫令我回想起……高加索峡谷……到佛罗伦萨（位于南卡罗来纳州）一下车，那里的高温，那里的骄阳，那里重重的树影，一下子就让我无比震撼——从巴黎一下子到了海滨度假胜地里维埃拉的感受是完全一样的。

他意识到（也许，在他写信之时还并未意识到，但是后来再一次想到了，谁知道呢）他写出另一部书的素材现在有了。在这次巡回讲课的过程之中，他遇到了很多滑稽有趣的小插曲（在等车去学院讲课之时，他无意中听到宾馆大堂有人在那儿嘀咕，怎么那个俄国教授还不露面呢，纳博科夫马上就大呼："我就是你们口中的俄国教授啊！"）；无意中见证了南方的种族歧视（每到晚上，有孩子的家庭里大人很少外出……因为没人帮他们带孩子——黑人仆人不允许在白人主人家里过夜——他们也雇不到白种仆人，因为白人根本就不愿意和黑人仆人共事）让他感慨良多；他在阳光明媚、奇树怪林遍地的南方野地尽情撒野，捕捉蝴蝶。这些经历让他豁然开朗，激发出诸多灵感，引他思考与感悟，他强烈的创作欲望不可遏止。纳博科夫的这种书信风格与他1937年时候的语气何其相似，但不同的是，这一次他并没有风流韵

90

事，当年那个年轻作家在大巴黎受到众星捧月般的追捧时那种意气风发、自鸣得意的语气，在现在的书信中已经悄然远去。他孤芳自赏的态度并未改变，依然毫无顾忌地对别人的优劣直言不讳地进行评点，但与此同时，他又有些漫不经心，意外状况不断，比如他一边跟学院那些教授们谈天说地，一边将手伸进口袋拿讲义，却发现口袋里空空如也。（那不要紧，"我讲起课来照样口若悬河"）他与许多非常具有影响力的非裔美国人相识，其中包括著名作家 W. E. B. 杜波依斯。纳博科夫在斯佩尔曼学院时写道，这所学院素有"黑人韦尔斯利学院"之称，校长是那种一看都觉得难缠的女性，鼻子边上长一颗肉瘤。她要求纳博科夫次日上午和四百名学生一起参加教堂礼拜。之后，有人采访纳博科夫，想搞清楚他到底是保守派、彻底自由派还是保守自由派，纳博科夫告诉他们，他很厌恶种族隔离。在南卡罗来纳州，纳博科夫写道，"来到西部的棉花种植园"：

> 众多考克人（考克大学的建立者）似乎坐拥半个哈茨维尔，正是棉花产业让他们财源滚滚。现在正是棉花的采收期，许多"黑家伙们"（这个称呼令人震惊，让我想起了……俄罗斯西部地主对犹太人的称呼"Zhidok"（"犹太佬"之意）正在地里摘棉花，每摘一百蒲式耳棉花可以得到一美元的酬劳。——我之所以将这些逸闻趣事讲给你听，是因为这些事情老在我的耳边回响，挥之不去。

91

他并非美国北方的自由主义者，看到南卡罗来纳州的情况全然不同时会感到相当震惊，但他沿着对社会邪恶的认识、对社会表现出极大关注的方向走得更远。他告诉薇拉，在斯佩尔曼学院的某次文学讲座中，他跟听众们讲到，其实普希金的祖父是非洲裔，"我的普希金专题讲座……引起听众们的强烈反响，他们的热情高涨得有些夸张"。他承认自己有那么一点哗众取宠，但他所讲的都是彻头彻尾的事实。

他本来打算有朝一日能将他在美国的经历写进自传《说吧，记忆》的续集中去，到时会将这些信件收入这本书中。这部自传的名字都起好了，叫《继续说吧，记忆》（或者叫《岁月见证（续）》，也有可能叫《说吧，美国》）——这本书以他从二战第一年就开始的高校巡回讲座为基础，描写他与邦尼·威尔逊的友谊以及他的美国西部探索之旅的那些岁月。

六十岁时，他定居瑞士，那一捆一捆的信也随他去了瑞士，但是他打算写的书却终未成形。重读那些信件对垂暮之年的纳博科夫来说更会让他感慨万千。1974 年，威尔逊去世两年后，他在给埃德蒙·威尔逊遗孀的信中写道，"再次阅读那些来往信件，想起那些以前属于我们流光溢彩的时代，我想那种痛苦是不言而喻的"。他等待的时间过长，这本书终究流产了，哪怕是对他那样的"天才"作家，这样的事情也都在所难免。

1943 年 5 月，纳博科夫告诉劳克林，他的《尼古拉·果戈理》一书终于脱稿，纳博科夫这样描述个中艰辛："这本书的撰写过程比起其他任何作品都让我备感艰难……我要早知道写这本书要吸掉我那么多加仑的大脑之血，我就悔不该听了你的建议写这本书了。"这本书之所以写起来那么艰难，是因为纳博科夫"不得不第一次创作"一位作家（也可以说，将果戈理从俄文翻译成英文），"然后接下来还得讨论他……从一种工作节奏到另一种节奏之间频繁切换，如此反反复复，没完没了，直弄得我心力交瘁……恰如一位躺在私人产房里的产妇那么虚弱，在等待玫瑰的馈赠时，还要勉强挤出一丝虚弱的微笑"。

　　劳克林读到《果戈理》书稿的时候非常困惑。他本来希望看到的是一种比较全面的作家介绍，以便让那些以前从没听说过果戈理的读者对果戈理感兴趣并加以关注，但是纳博科夫的行文方式却是那么的怪诞不经，跟威廉·卡洛斯·威廉姆斯撰写的《美国性情》和 D. H. 劳伦斯的《经典美国文学研究》的行文方式差不多。这样的作品在 20 世纪是第一次出现。D. H. 劳伦斯也是来自欧洲的流亡者，他在美国奋斗多年以确立自身价值。和纳博科夫一样，他对于作家们的话语品位非常看重。他希望把那些"经典的"美国作家——比如富兰克林、库珀、克雷夫科尔、爱伦·坡、霍桑、梅尔维尔、德纳、惠特曼——从被认为只不过是些"幼稚孩童文学"作家的声誉中解救出来，劳伦斯为他们不可还原的"艺术—话语"申辩。他说，那种"初期的美式艺术—话语蕴含了一种异域风格"：

　　　　唯独属于美洲大陆的东西，世界上其他地方根本就没有……美国的经典文学领域蕴含着一种全新的声音。但这个世界却拒绝聆听，反而整天喋喋不休说那些只不过是些小儿科的幼稚之作……这个世界最害怕的莫过于对于新生事物的体验……世人都是彻头彻尾的逃避者，而美国人在这方面更是无人能及。

　　和纳博科夫一样，劳伦斯的著作也耗费了他大量精力。他们写出这种书籍的初衷也非常相似：希望在美国拥有新的读者群来代替他们曾经的欧洲读者群，劳伦斯愈来愈觉得，他与欧洲读者已经渐行渐远。他对于经典美国文学大刀阔斧般的处理方式跟纳博科夫撰写《果戈理》如出一辙①。然而，纳博科夫不大可能读过劳伦斯这本著作。他属于纳博科夫不提则罢，一提就免不了大肆嘲笑一番的作家之列；他承认读过劳伦斯的一些书（也许只是劳伦斯的长篇小说），劳伦斯冒天下之大不韪的性描写，20 世纪头号禁书《查特莱夫人的情人》的臭名远扬，成为劳伦斯式的事业发展风格，这种风格与纳博科夫的未来职业生涯关联极深，如此看来，当他也照着这种套路发展时，他对劳伦斯的嘲笑也许表现出他背负着一种良心债，且这个债大到令人不安的程度。

在《经典美国文学研究》的第一章中，劳伦斯这样写道：

> 初期的美国文学也能给人带来全新的感受，远比近代美国文学给人启发要多，近代文学空洞无物，情感匮乏……艺术—话语才是文学之真谛。艺术家通常就是一个……骗子，但是他的艺术（如果真的称得上艺术的话）会告诉你他生活的那个年代的现实真相……初期的美国艺术家都称得上是些不可救药的骗子，但是他们却是真正的艺术家。当你在阅读《红字》时，无论你是否接受霍桑对自己塑造的那位甜美、拥有蓝色眼睛的小甜心所做的辩护（尽管所有小甜心都是虚构的），或者你是否读到了他艺术—话语中无可挑剔的

---

① 纳博科夫最终的结论是，果戈理是一个对自己超高天赋挥霍无度之人。（原注）

93　　　艺术真实，你都会获得艺术快感……就像陀思妥耶夫斯基将
　　　　自己装扮成耶稣的模样，但自始至终，他都在真真切切地展
　　　　现出他令人恐惧的一面。

　　在这里，劳伦斯似乎在给未来的纳博科夫使眼色，陀思妥耶夫斯基是纳博科夫最瞧不上眼的俄罗斯作家。对劳伦斯来说，风格才是最有意义的。只有通过自己土生土长的艺术家的声音，初期的美国才能让人明白这个道理并将其变为现实，然而劳伦斯并不将这些艺术家拔高到天才作家之列，他只是带着一种既钦佩又有些居高临下的复杂情绪来评价他们。

　　1943 年 3 月，纳博科夫获悉他拿到了古根海姆奖金：有两千五百美元之多。韦尔斯利学院邀请他再回去执教，而且哈佛大学比较动物学博物馆还会续聘他担任研究员，薪资是 1200 美元一年。他很快又开始计划再来一次西部之旅了。上次前往加利福尼亚的路途中，他在新墨西哥州的那段时间尤其开心，因为是在"与劳伦斯有千丝万缕的地方"捕捉蝴蝶，他对威尔逊是这么说的（也许在新墨西哥的陶斯县）。"以前一有什么事情打断了我们，你就会告诉我一个你知道的地方……我们现在需要找价格适中、条件也不错的寄宿式旅社，周围要有小山环绕。"

　　最重要的就是要有山地，因为山地地形有利于新物种的进化。迄今还未阅读纳博科夫的《果戈理》一书的劳克林邀请纳博科夫一家人住进他与别人共有的滑雪度假小屋，小屋就在犹他州盐湖城东南部一个叫桑迪的村子里，那里的海拔高达八千六百英尺，村子位于一个长长而陡峭的峡谷之中，谷里花岗岩遍地，白杨树也随处可见，山峰耸立，最高峰达一万一千英尺。以前，

鳞翅目昆虫学家在犹他州没有多大的收获。于是，纳博科夫一家人乘火车向西部进发。

这个夏天，德米特里帮着他的父亲将收集的珠灰蝶（Lycaeides melissa annetta）标本放进袋子。二战结束时，纳博科夫给在布拉格在战争中安然无恙的妹妹埃琳娜写了信，在信里，他将德米特里的性格做了简要刻画，说他注意到他"有那么一点沉郁而散漫的倾向。他在学校成绩不错，不过这得多亏了薇拉每次都陪他一点一点地复习功课"。德米特里天赋异禀，但得再说一遍的是，"他总是懒散惯了，甚至可以忘记世界上的所有事情，一个人一头扎进航空杂志中——他对飞机着迷程度与我对于蝴蝶的着迷程度简直是一模一样。"① 在他眼中，儿子"相当自负，脾气急躁，争强好胜，美国俗语俚词张口就来"，简直就是"粗俗不堪"，但如果按照美国男学生的标准来看，德米特里已经算得上 94 是"极其温文尔雅、相当乖巧可爱了"。

德米特里十一岁时，依然还需要送他去上学，他"身穿灰色西装，头戴红色骑师帽"。多年之后，德米特里成为哈佛大学的学生，随后又到了意大利开始了他的歌剧生涯，纳博科夫反复提到的儿子任性问题一直成为薇拉写给德米特里书信的主题，薇拉在那段时间给儿子的无数封信中，字里行间满是爱之深、责之切的忧虑之情。只要给予德米特里一定自由，他就会千方百计地放任性子，做自己觉得非常刺激的事情，所以，纳博科夫夫妇在放任他的同时，也会着眼于他的长远发展，以便能够让他获得某些

---

① 在二战时期影响下长大的美国小孩德米特里，能够准确无误地依靠远距离的侧影……或是通过飞机的嗡嗡声，辨别出飞机的类型。各种飞机模型，他都能拆卸组装黏合在一起。（原注）

荣耀与成就感，既有尊严又能有收入，他们俩总是想让他脚踏实地专心致志地干一行。因此，他们让他在家族作坊工作，那里的产品都是标有"纳博科夫"的书。俄语是他的母语，一直以来他的父母都在与他用俄语交流，因而他的口语表达没什么问题，但俄语书写就"糟糕极了"。大一时，弗拉基米尔就给哈佛著名的结构语言学家雅各布森写信，说他的孩子"非常渴望上你的课"，俄语语法上也需要恶补一下。从此，他开始扬帆启航，虽说这并非是他学习俄语的道路上迈出的第一步，但毫无疑问，这一定是将他"打造成翻译自己父亲作品的合格人才"的漫漫长路上非常重要的一步。

95　　劳克林那幢被称为"阿尔塔"的滑雪度假小屋，如今成为美国粉状雪滑雪的标志性胜地，颇有一种山中要塞的感觉。纳博科夫一家人坐火车到达盐湖城，然后搭车来到山上。到山里之后，他们中无一人开车，也没有车可开，在这山地上可就有些举步维艰了。薇拉对这里的天气感到有些不适，若是山上有雷雨与冰雹，她会前去观赏一番，但那个夏天，阿尔塔的夏季偏偏气温很低、狂风不断，而劳克林和他妻子的关系也恰如这里的天气一般，差不多到了寒冷的边缘。劳克林曾允诺订房间要满足"价格适中"的条件，但纳博科夫在给威尔逊的信中说，劳克林身上充分体现出"房主和诗人之间相当激烈的争斗"，"第一个回合下来，他略占上风"。像其他出身豪门家的孩子一样，自己出来当出版商的劳克林不愿被世人贴上标签，所以他依然同作家们锱铢必较，讨价还价。针对《果戈理》这本书，他与纳博科夫两人没少面红耳赤地争执，弄得整个夏天都不是那么风平浪静。劳克林一心想要纳博科夫把果戈理作品的情节摘要加进《果戈理》，而在弗拉基米尔看来，诸如此类画蛇添足硬塞进去的东西显得非常荒唐。弗拉基米尔老大不情愿地加上了一个果戈理创作年表，又另加了"评注"作为全书最后一章，这样做更像是对劳克林这位出版商的嘲弄，但纳博科夫动笔撰写这一章时，劳克林对出版此书的情绪却好了很多。

这一章的语气——令人回想起海明威著名速写《一位读者的来信》——这一章谈到劳克林曾说过这样的话："不错……我是喜欢它——但是书中应该让学生多多了解果戈理的作品……这一点我坚定不移……学生嘛，就应该清清楚楚地知道这本书到底想要讲什么。"弗拉基米尔回信说，他以前已经说过本书到底讲什么。劳克林又回应道："根本没有……我，还有我的妻子，都把你的书从头到尾仔仔细细读了一遍，就是没有我们要的小说故事情节介绍……学生应当找得到适合他们的阅读内容，不然准会被绕晕，肯定不愿意再读下去。"

海明威那篇速写收入《胜者一无所获》（1933），说的是一位女人写信给问答专栏作家寻求帮助，其丈夫染上梅毒，她想对这种病情的基本情况做个了解。她这种装模作样的行为引来一片嘲笑之声，这种有意为之其实就是美国妇女们的控诉，或者说其实就是美国妻子们的控诉。而纳博科夫的短章通常以对话为主：其实他一直都不看好那些对话连篇的作品，海明威却在作品中把这种形式运用到极致。但在这里，他用的是自然而然的语言，却达到了令人称绝的效果，从他嘴里说出的每一句话都将所谓的"出版商"那个人物的厚度表现得淋漓尽致。相比之下，这对话里面的"我"充满耐心，神智健全，发起火来也合情合理。然而，"我"却成为另一人的牺牲品，那人非常的自以为是，对自己满脑子的想法自我迷恋，天下的事情就是那么荒诞，恰好就是那个人有权给支票签字。人们都说，将大段大段的章节省略，留待读者自己去推测，这是海明威首创的写作技巧，这个技巧在第十六段里得到充分展示，达到了类似于戏仿的效果。这一段讲到那位"耐心的"作家被要求背诵《钦差大臣》的情节，又被荒唐地要求给出文字上的概要，在回应可否将这个概要收入手稿的修订版的无声请求时，出版商说道，"是的，你当然可以收进去"。

96

纳博科夫一向对海明威的作品并不特别看得上眼。对于福克纳，他也有类似的惊世骇俗的评说。纳博科夫来到美国之时，正好与海明威成为文坛巨星的时间重合，那时的海明威在美国声名鹊起，作品十分畅销，这让许多作家心中委实不安。1940 年，纳博科夫抵达美国，恰巧那时，海明威的小说《丧钟为谁而鸣》于 10 月出版，他的名气在美国如日中天，小说以西班牙内战为背景，篇幅很长，不乏亮点，深受读者喜爱。纳博科夫承认自己读过海明威的作品，在他六十多岁时所做的一次访谈中，他说，"我四十几岁的时候，第一次读到海明威的作品，全是些什么丧钟啦、卵蛋啦、斗牛啦之类的东西，我很不喜欢。后来，我读了他很不错的作品《杀人者》，还有那一部描写神奇大鱼的小说，觉得这作品也还非常了不起。""丧钟、卵蛋和斗牛"把海明威的《丧钟为谁而鸣》和《太阳照常升起》合起来一块儿说了，而"那一部描写神奇大鱼的小说"很有可能是指海明威的作品《老人与海》，这部小说深得读者喜爱，但却是海明威小说中篇幅较小的小说。《杀人者》这部早期小说以对话为主，实际上就是个电影剧本。当时这本小说对美国电影影响至深，这部作品让海明威的作家身份更加稳固。

　　纳博科夫对于这段时期文学发展动态的关注，尤其是对他同门作家的关注，是任何一位雄心勃勃、想在文学界大展拳脚的新来者都会做的事情。在犹他州的这个夏天写的一封信中，他表示要将具有美国气质的作家们的作品进行广泛而持续的阅读。7 月 15 日，那是他们在阿尔塔待了一个月之后，纳博科夫写信给威尔逊，他说自己曾"非常赞赏玛丽·麦卡锡对桑顿·怀尔德①剧本的批评"（这部剧本名为《九死一生》，麦卡锡辛辣地将这个剧本斥为"一个时代错误的玩笑，粗鲁野蛮、孤行专断的笑话"）。纳博科夫也读过伊士曼·马克斯刚出版的作品，是一首冗长的叙事诗《罗德之妻》，却打心眼里感到恶心。威尔逊曾跟他提过 V. S. 杨诺夫斯基，他也是个流亡作家，纳博科夫对这位同属斯拉夫语的同胞作家却并未表达出任何善意，纳博科夫自己也刚开始向美国图书市场进军，却暗讽杨诺夫斯基，说他"颇有男子汉勇气……如果你懂我的意思"。还不忘补充一句，"他对写作压根摸不到门道"。

　　还是回到西部之行的话题吧，他说道：

　　　　二十年前，这个地方曾是一个充满喧嚣的大峡谷，众多淘金者摩肩接踵，云集在各个酒吧沙龙里，而如今，这个滑

---

　　① 桑顿·怀尔德（Thornton Wilder, 1897—1975），美国小说家、剧作家。出生在威斯康星州的一个知识分子家庭，父亲曾任驻香港和上海领事。1920 年毕业于耶鲁大学。1926 年获普林斯顿大学法国文学硕士学位，1930—1936 年、1950—1951 年他分别在芝加哥大学和哈佛大学任教。他终身独居，在小说、戏剧和学术研究三个领域内均取得一定成就。

97 　　雪度假屋已经在这里孤零零地顾影自怜了。前几天，我碰巧
读了一本极度幼稚却非常吸引人的书，讲一位牙医谋杀了他
妻子的故事——本书创作于 19 世纪 90 年代，其写作风格就
像是从莫泊桑作品那儿翻译过来的东西。故事在莫哈维沙漠
终结。

　　那本书可能是弗兰克·诺里斯写的《麦克梯格》。

　　他们在阿尔塔滑雪度假屋生活的一些场景，可以从纳博科夫
信件的描绘想象出来，也可以从《果戈理》一书中的部分章节，
以及劳克林对纳博科夫那种难缠的宾客的描述中窥知一二。峡谷
中满目荒凉，肃杀凄冷，当地的银矿早已关闭，透过平板玻璃窗
户，纳博科夫看到那一堆堆"古老的废矿垃圾"与随意丢弃的
设备。这幢度假小木屋，是一家铁路公司四年前建造的，后来劳
克林成为屋子的投资人。该小屋坐落在峡谷的陡坡上，屋顶是防
雪崩的，有一个木头平台搭在斜坡的支柱上面。屋子里面，石头
壁炉和客房是为冬季滑雪者量身打造的。纳博科夫喜欢这里开阔
的视野。他在《尼古拉·果戈理》中写道："柔美的日落清晰地
显露在巍峨的山脉之间的金色缝隙中，遥远的缝隙边缘在冷杉之
间眨着带睫毛的眼睛……山峰间的缝隙深深凹陷，山峰间的剪影
依稀可见，轻盈又缥缈。"

　　夜晚时分，他就会来到木头平台上。据劳克林说，他会"把
大灯固定在（里面的）平板玻璃窗上……并收集飞蛾"。他把其
中一些被称为帕格的飞蛾品种送给了美国自然历史博物馆的麦克
唐纳夫（J. H. McDunnough），麦克唐纳夫把纳博科夫捕获的一种
蛾子命名为"纳氏球果尺蛾"（Eupithecia nabokovi）。劳克林被

他充沛的精力深深震撼。"他每天都在创作，天气好的时候还出去抓蝴蝶，"劳克林在 20 世纪 60 年代接受采访时告诉《时代》杂志，"我从来都搞不清楚他到底在写些什么，他神神秘秘的不让人看，我只能听见打字机不停地啪啪响……"（打字机一向都是由薇拉操作的，弗拉基米尔几乎都用钢笔写，但这里的高海拔妨碍了钢笔的正常运作）。

当坏天气把他们困在室内时，这几个俄罗斯人就玩起了中国跳棋。劳克林和他的年轻妻子养了一对可卡犬，它们老在脚下钻来钻去——"一只是耷拉着长耳朵的黑犬，黛青白的双眼可爱地乜斜着；另一只是白色的小母狗，脸上和肚子上尽是些粉红色花斑"。纳博科夫写道。本指望这两个家伙留在平台上，但它们却悄悄溜进门去了。

偶尔也会遇到暴风雨，然而，"我在这里收获到的蝴蝶标本，我一辈子从来都没这么丰富过，"纳博科夫给威尔逊的信中说。"一万两千英尺的高地我不费吹灰之力就爬上去了……我每天穿着短裤和网球鞋，可以步行十二到十八英里。"峡谷是一个野花的天堂。纳博科夫觉得自己身体倍棒，活力无限，一时心血来潮，竟然向劳克林发起挑战，而劳克林可是个运动好手，不知疲倦的徒步旅行者，他们看谁能先攀登到孤峰峰顶，从山脚到山顶，落差达六千英尺，距离长达六英里。现在的荒野徒步爱好者都认为孤峰是落基山脉瓦萨奇山脉（Wasatch）最陡峭的山峰。20 世纪 40 年代已知的能到达山顶的有两条路线，但过了登山口后，两条线路上连水都没有，全副武装的登山者需要携带充足的饮用水。我们有足够的理由相信，这两个人什么都没准备好，纳博科夫只是穿着"白色短裤和运动鞋"，劳克林告诉《时代》记者："登山过程异常艰难，上山下山总共耗时达……九个小时，那叫一个精疲力竭。"登山的时候，还需要一路查找到正确的前进路线，需要在陡峭的花岗岩上攀爬移动。在一份研究详尽的现代网络指南中，用这样的话来形容攀登孤峰的艰辛："令人难以置信的陡峭""重度侵蚀"和"非常暴露"的路段，接近峰顶之下，那就"纯粹是一堵墙"，"必须得手脚并用"才能上到峰顶。

那一年正好遇上强降水，山顶上白雪皑皑。劳克林告诉《时代》杂志，他清楚地记得，在下山途中，纳博科夫"突然一个滑倒，向下滚落了五百到六百英尺之远"，他的臀部严重擦伤，苦不堪言。在山顶雪地上滑落那么长的距离，通常有一命归西之虞。二十多年以后，对着不同的采访者，劳克林对这些事件的说法有些出入，他强调说，这次登山是为了科学研究需要——纳博科夫带着他的蝴蝶网，在雪山顶附近收集蝴蝶，然后就在下山途中：

> 我们俩都失足滑倒，向下滚落而去，然后越来越快，越来越快……直直地向一堆可怕的岩石上撞去，千钧一发时刻，纳博科夫堪堪用他的蝴蝶网钩住了……从雪堆中露出来的一块岩石。我拽住了他的脚，紧紧抓住他……要不是那只蝴蝶网，后果简直……

两位冒失的登山者迟迟不归，薇拉给县里的警长打电话求助，警长派出了一辆警车，警官们发现他们俩的时候，两人正在从林子里走出来，他们早已精疲力竭，所幸人没有什么大碍①。

　　尽管犹他之行也有一些烦心事，但带给纳博科夫更多的还是快乐。他告诉威尔逊，他的蝴蝶标本捕获颇丰，而且自己"在瓦萨奇山脉（Wasatch）攀登跋涉了大约六百英里"。他还写信给自己在纽约的俄裔小说家朋友马克·阿尔达诺夫（Mark Aldanov），信中充满无限的喜悦，俨然一个自然神秘主义者：

　　　　我们住在原生态的荒野，有老鹰飞翔，没有人烟，海拔 100
　　奇高……黑杉木当中夹杂着泛着灰色涟漪的白杨树林，野
　　熊大摇大摆地在道路间穿梭，薄荷花、藏红花、羽扇豆花次
　　第开放，洛基山黄鼠（地鼠的一种）在它们的洞穴旁直直
　　地挺立……我知道，你并非大自然的爱好者，尽管如此，我
　　还是想告诉你，真正登上了一万两千英尺高的悬崖所带来的
　　那种快感简直无与伦比。在这里，放眼望去，普希金笔下的

----

　　①　在后来多年与劳克林的交流中，纳博科夫讲话的语气常常显得颐指气使，似乎是没把人放在眼里的那种语气。在离开阿尔塔度假屋后的一年，纳博科夫给劳克林的信里这样写的："你帮我做点事……不知怎么搞的，我从犹他州带回来的几个植物样本种错地方了……样本里有好几种羽扇豆属植物，我需要将其中一种种在珠灰蝶常常出没的地方……我还想要几种（蚂蚁）标本……你帮我用酒精或四氯甲烷把蚂蚁杀死……然后装进铺有棉绒的小盒子里。那几株植物你用纸箱装好给我寄过来……记得千万要平着放好。"过了四年，纳博科夫在和另外一位出版商协商作品再版事宜之时，他这样写道："这次再版千万别考虑是不是有钱可赚……将我的记录一直保持下去才是关键所在。我必须确切知道你和新美国图书馆的合同内容，否则我不会同意再版……请你务必重视这件事……我实在没弄懂你早先怎么就没弄妥。"早前，劳克林曾经给了纳博科夫一份保罗·鲍尔斯（Paul Bowles）《遮天蔽日》（Sheltering Sky）的手稿让他看看，纳博科夫称："这本书就是个彻头彻尾的笑话，简直乏善可陈。你应该让有文化的阿拉伯人先审阅一下这本书。不过，还是谢谢你寄给我的这些书。我这人讲话不留情面，从不拐弯抹角，你不会介意吧。"（原注）

"上帝"就"近在咫尺",冰河世纪以来就存在的昆虫生物就滞留在这悬崖顶上。

这里的"上帝"之所以放入引号里,是要提请我们倍加留意其真正含义。纳博科夫在犹他州加入了一个登山队,这群人有一个信念,那就是,只有登上了高山之巅,才会觉得自己达到了"神灵"附体的境界。并非只有美国人才这样认为——《圣经》里的摩西(Moses)早已带领人民到达西奈山(Mount Sinai)——但美国人却在现实中去亲身体验,比如约翰·缪尔与内华达山脉(Sierra Nevada)、亨利·梭罗与蒙纳德诺克山脉(Mount Monadnock),这些都是美国山川朝圣者的活生生的例子。

几年后,纳博科夫的儿子德米特里疯狂地迷上了登山攀岩,纳博科夫便让他去参加一个攀登提顿山脉的项目。登山者都是那个年代美国最优秀的登山家,其中不乏具有超凡魅力的神秘主义登山者,德米特里加入他们的行列体验冒险之旅。纳博科夫给威尔逊是这么解释的:

> 此时(弗拉基米尔和薇拉此时就住在一百英里以外的小出租屋里),德米特里住在珍妮湖露营地……德米特里开始登山,他们挑的是最陡最险的路线。这次登山让他的内心充盈着前所未有的澎湃激情。与他们一起攀登的职业登山运动员都是些真正非常了不起的人物,高山峻岭给他们提供的向体力极限挑战的体验,正以某种方式升华为精神上的体验。

德米特里似乎并没有被同化为神秘主义者。不过,他的指导老师应该就是威利·安索德（Willi Unsoeld），安索德是第一个登上珠穆朗玛峰西部山脊的人，这次登山是 20 世纪由美国人完成的最有影响力的世纪壮举①。就在安索德受雇于一所攀登培训学校的那年夏天，德米特里刚好入校接受培训。安索德是个有宗教信仰的知识分子，他撰写的博士论文专论亨利·柏格森，论文获得了交口称赞。安索德是世界级的登山运动员，常常濒临绝境之时也照样处变不惊、镇定自若，他积极倡导人们通过这些体能冒险获得感悟。安索德后来在华盛顿州的瑞尼尔山遭遇雪崩而不幸遇难。

101

那年夏天，德米特里的另外一位老师是具有传奇色彩的登山家阿特·吉尔奇（Art Gilkey）。吉尔奇是位地质学家，1954 年，他在美国探险队攀登乔戈里峰的时候遇难。德米特里加入登山运动的启蒙教育就是由这些具有高度精神追求的野外活动家完成的，他们的教育要达到双重目的，即在提高自身运动水平的同时，也要追求精神上的升华。他们的教育理念是，登山是一种不断探索、不断征服巅峰的特殊运动，登山让他们的灵魂得到洗礼，也能让他们沉迷其中。

---

① 那是在 1963 年。安索德的登山搭档是汤姆·霍恩贝（Tom Hornbein）。在那之前，安索德也曾加入了一支登山队，在那次登山活动中，吉姆·惠特克（Jim Whittaker）选择南面的路线成功地登上了珠穆朗玛峰，这条登山路线在 1963 年之前就早已经为高海拔登山运动员所熟知，因为早在十年前，英国登山运动员就曾从这条路登上了珠穆朗玛峰。安索德和霍恩贝则选择了一条新的攀登路线，比起之前那条，这条路线极具挑战性，谁也不知道他们二人最后的结局到底会如何。最终，他们以完善的风貌取得圆满成功，而登山运动也因此被发扬光大。（原注）

第八章

102   回到坎布里奇后，纳博科夫经受了强烈的心理落差，他强迫
自己从那些让他兴奋不已的西部美丽风景中静下心来，退而求其
次地看看那些经过精心修剪过的草坪啦，下落的树叶啦，看厌了
的蝴蝶啦，平淡无奇的小山啦之类。他再次一头扎进了哈佛比较
动物学博物馆的工作中去。自己的工作简直可以用"超巨量"
来形容。他对威尔逊说，

> 我的蓝蝴蝶研究成果……也就是将新北区（新世界）
> 的代表性蝴蝶种属与古北区的（旧世界）的代表性种属联
> 系到一起，这一两周之内有望公开发表出来……我的索引卡
> 片的数量超过了一千条……我将三百六十只蝴蝶标本的生殖
> 器进行了解剖、作图，将分类学研究的冒险之旅娓娓道来，
> 读起来如同小说一般。这对于我们使用（如果可以这么说的
> 话）睿智灵活、具有创意、可塑性强、优美漂亮的英语是大
> 有裨益的。

在比较动物学博物馆，其他同行对纳博科夫最喜欢的蝴蝶种群研究毫无兴趣，他显得有些孤立，但同时也非常乐于独占研究所里那么多的研究资源。十年之前，他的堂弟尼古拉斯·纳博科夫也曾经像他那样专心致志沉浸在他的"新世界"中。那时，作曲家尼古拉斯同意为俄罗斯著名舞蹈家马西辛创作"美国主题"的芭蕾舞剧。尼古拉斯四处寻找创作素材完成作曲任务，他为创作具有美国特色的芭蕾舞而兴奋不已。在他的回忆录中，他承认，在来美国之前，他主要通过书籍和电影来了解美国；对尼古拉斯来说，美国就是一个"奶昔和香蕉船冰淇淋的国度"，一辆辆汽车看起来像"送葬的怪物"，还有就是"嘈杂吵闹、邋里邋遢、破破烂烂的轨道列车"。总的来说就是未经开化的恐怖之地。美国诗人阿奇博尔德·麦克利什带尼古拉斯去见尼古拉·杰拉尔德·墨菲，杰拉尔德是爵士乐时代的大佬级人物，与海明威、菲茨杰拉德、毕加索、考克多还有迷惘一代的其他代表人物都是好友，是音乐文物收藏家。尼古拉斯发现，墨菲收藏的都是 103 些音乐稀世之宝，包括世纪之交以来"托马斯·爱迪生制作的录音筒"，还有些蕴含着美国音乐"活生生的真实写照"的东西，比如"'熊步舞''狼步舞''狐步舞'……甚至还有内战之前的'步态舞'"等等乐曲。"这些乐曲的曲调、和声、节奏等是那么的鲜活与真实，它们的演奏方式、演唱方式以及乐器的选择等都是那么令人耳目一新、身临其境的感觉"①。

　　而整天埋头昆虫研究工作的弗拉基米尔，突然间想起还有小说创作的事情。多亏还有薇拉，她将丈夫从悬崖边硬生生拉了回来，让他不受鳞翅目昆虫的迷惑而将他所有的时间都耗费在蝴蝶研究上：

> 　　薇拉非常严肃地跟我进行了一次长谈……我闷闷不乐地（把小说《庶出的标志》开头几页）从我蝴蝶研究手稿下面抽出来，蓦然发现……小说写得还非常不错……前面写好的二十页至少可以打出来拿去投稿……我与我的俄罗斯缪斯进行了长时间的交合之后，已经在她的身边和她躺在一起，她将一部伟大的诗篇诞生出来，现在我就寄给你……而且我现

---

　　①　尼古拉斯·纳博科夫对于美国现实音乐作品的追求可谓是热情似火，这一点与他的堂弟弗拉基米尔·纳博科夫对于蝴蝶栖息地以及蝴蝶种属研究的着魔程度何其相似！但要说到对美国材料中蕴含意义挖掘的系统性与深刻程度，还非纳博科夫家族中另外一个人莫属，他叫皮特·纳博科夫，是尼古拉斯的二儿子，加州大学洛杉矶分校的人类学退休教授。皮特是《美国本土建筑》一书的合著者之一，书中的描述详尽准确，点评专业而透辟。他的独立著作不少，其中有《时间森林：美国印第安人的历史道路》《闪电照亮之地：美国印第安人圣地实录》等等不一而足。皮特是一个不知疲倦的实地考察者，几十年如一日奔赴美洲大陆各地，其风格与纳博科夫非常相似——两人都是对某种科学研究终生着迷而不能自拔，这份痴迷使他们都喜欢投入大自然的怀抱，而且在各自的专业领域成为佼佼者，不断做出对人类具有重要意义的科学发现。皮特撰写的我们最容易见到的一部著作，大概就是《还原真实：美国印第安人和黄石国家公园之渊源》（2004）一书，此书与劳伦斯·李奥伦多合著，著作推翻了以前的一种说法：黄石国家公园原先是一个水牛、熊和其他标志性动物群遍布的地方，但就是没有人类活动的痕迹，本地居民一听到这个地区的名字就会感到恐惧，根本不敢涉足此地；但经过考察发现，其实至少八千年以来，在如今这个公园之地，曾有不少部落迁移、途经甚至定居于此，他们在这个地区的活动从来都没有中断过。（原注）

在创作的一篇英文短篇也即将脱稿。

如今，《尼古拉·果戈理》已完成，而纳博科夫则开始盘算着如何摆脱与劳克林达成的协议，协议接下来的部分要求，纳博科夫写出的书都由他来出版，但报酬压得很低。威尔逊提议将纳博科夫一直以来所翻译过来的东西利用起来，他可以同纳博科夫一起合作"弄一本俄罗斯文学为主题的书出来——我负责撰写相关文章……而你则负责作品的翻译"。一直以来，威尔逊都在《大西洋》月刊上撰文介绍俄罗斯作家，他对心目中的这本书的前景充满憧憬："一定能将人们对俄罗斯文学的兴趣推向高峰，这本书一定会卖得好，用英语介绍俄罗斯文学的类似读本市面上还没有。"

他们这段时间的通信往来充分地说明他们俩交往之密切、关系之亲密，可谓心灵相通、意气相投。威尔逊把自己在《大西洋》月刊上撰写的文章寄给纳博科夫并让他点评。威尔逊还在随函中写道："你可能会觉得这些文章很无聊，但要知道，写这些文章是给那些从未接触过俄罗斯文学的异域读者看的。"纳博科夫则这么回复他："校对稿随即寄回，我和薇拉都非常喜欢你这篇还有另外一篇文章。"虽然威尔逊已经踩过界，侵入了纳博科夫的领地——俄罗斯文学的主矿脉，不过，弗拉基米尔却非常欢迎他这么做。哪怕是威尔逊着手研究纳博科夫心目中敬若神明的先辈普希金，也得到了纳博科夫的认同。威尔逊不应该被低估，他写的那篇论述普希金的文章起到了非常了不起的传播宣传作用，文章的权威性和深刻见解也许就有纳博科夫的一份功劳，是纳博科夫发现了文章的价值，对此他深感荣幸①。然而，纳博科夫深知威尔逊的特别之处。同时代作家之中，除了威尔逊，纳博科夫只对俄罗斯流亡诗人霍达谢维奇（1886—1939）表达出这种级别的尊重。他希望自己最看重的俄语小说杰作《天赋》能够摆在美国读者面前，他请求威尔逊将其翻译成英文：

> 我依然在苦苦寻觅一个能够将我这部长达五百页的小说翻成英文之人……我心目中已经有一个最佳人选，我只需要在俄语方面帮帮忙就行了。翻译之事道阻且遥，我担心你诸事缠绕分身乏术，而我呢，在劳克林那里能够得到多少报酬，我已经不抱任何幻想。

纳博科夫猜得没错，威尔逊手头上的确还有很多事情在忙。他回信说："一旦空闲下来，我肯定十分乐意翻译你的小说。将你的作品翻译过来我也无限期待……只可惜啊，我非常繁忙，难以抽身……翻译之事实难从命。"

纳博科夫不管什么样的东西都往威尔逊那里送。鳞翅目昆虫研究论文，诗歌旧作，小说片段，戏剧作品等等都让他看。他将《尼古拉·果戈理》以及后来命名为《俄罗斯三诗人》的全本手稿也寄给他审阅（此书后由劳克林出版，他原计划是与威尔逊合

---

① 认识纳博科夫前，威尔逊早已写过论述普希金的文章。出生于澳大利亚的评论家克莱夫·詹姆斯称，威尔逊1937年完成的《纪念普希金》一文，是简介诗人普希金最好的文章，此文是针对约翰·贝利评断的回应，后者发表了颇具权威性的《普希金：比较性评说》一文。詹姆斯对威尔逊的赞扬还没完，他说："贝利自己的论述文章不但篇幅很长，而且内容详尽，是同类文章的佼佼者。"但贝利依然对威尔逊的短文赞赏有加，这种欣赏"实属难能可贵"。（原注）

著，最终不了了之）。纳博科夫表现得如同一个过于黏人的小弟弟一般，自信满满地以为自己说的每一句话都会讨到大哥的欢心。他也察觉到自己有时有些过火。1944 年 1 月，他写道："一本籍籍无名的科学杂志上将刊登一篇籍籍无名的论文，论文论述的也是目前籍籍无名的蝴蝶，这便是纳博科夫式典型事例，杂志很快就会放在你手上了。"到了 3 月，他说："我要是不知道你整天阅读书籍忙得不可开交，我早将《果戈理》的校样寄过去让您斧正了。"

他们之间的情谊可谓红红火火、令人欢欣鼓舞。在纳博科夫的作品中，他仅有一次承认从别人身上得到了直接灵感，得到了另一人的引导：

你最近还在忙于写作吗？你的校园回忆录我喜欢极了①。我想我很快就会写一写我的捷尼谢夫学校（他在圣彼得堡的母校）——你已经开启了我特定的时间序列（将储存的记忆闸门打开），比如：我的俄语老师……有一次我曾提起凳子狠狠地扔向他；还有那次参与打架斗殴，尽管我比那两三个霸凌恶少身体要弱小，但我上过拳击和踢腿术的私人培训学校，所以整个打架过程我都觉得酣畅淋漓，非常过瘾……院子里踢过的足球，噩梦般的各种考试，还有那个炫耀他的第一只捕获物的波兰男孩。

---

① 威尔逊曾给纳博科夫寄去他的新书《深夜纪事》（1942），书中收入了《劳勒尔伍德记》，讲的是他在新泽西的童年往事。出自《纳博科夫－威尔逊通信录》237 页注释 5。（原注）

纳博科夫到底该给威尔逊寄出多少作品、推断如何更加有效地吸引威尔逊的注意力，这非常关键。纳博科夫尚未完成的小说《庶出的标志》于1944年1月寄给了威尔逊，继而寄给了双日出版社的一位编辑。此时，威尔逊是《纽约客》杂志特约评论家，在读完纳博科夫这部作品的开头部分章节，就马上给纳博科夫回信说他"非常非常"喜欢，"我渴望读到完整的作品"。威尔逊几乎每周都要给《纽约客》写一篇长篇书评，所以忙得不可开交。虽然有时他在阅读纳博科夫的作品时过于匆忙，但他仍用铅笔做一些点评，比如指出纳博科夫一些英语动词的使用问题等，最后用鼓励的语气肯定作品"非常优秀"。

不好的消息是，这部作品并未征服双日出版社的编辑。不过纳博科夫并未过多地放在心上，他自己对小说创作的理念坚如磐石，他信心百倍地告诉威尔逊："全书篇幅达三百一十五页，书的结尾处……一个从未被人写过的思想将隐隐约约地出现并逐渐清晰起来。"这本书的大部分内容在两年之后，即1945年到1946年间的冬春之交才告完成。这是一部反乌托邦式政治小说，尽管纳博科夫一向对政治小说或思想性突出的小说创作嗤之以鼻。这部小说与他在20世纪30年代创作的卡夫卡式小说《斩首之邀》如出一辙，唯一的不同在于，这本小说不像《斩首之邀》那样遵循现代主义的创作原则，并不那么晦涩难懂，阅读的挑战性也没那么大。假如阿尔塔格拉西亚·简内里依然是纳博科夫的职业经理人的话，她肯定会指责纳博科夫的写作方向是错误的。布莱恩·博伊德在他撰写的纳博科夫传记中提到，他将纳博科夫所有小说都读遍了，他做出的判断是，纳氏绝大部分作品都具有至高的艺术性，说他写出《庶出的标志》"一如既往地拒绝迎合普通读者的阅读趣味"。在博伊德看来，这部作品其实"自我意识太强"，而且并不像纳博科夫的其他作品那般具有"显而易见的魅力"。

这小说读起来让人有些意兴阑珊，因为里面充斥着现代主义风格的大杂烩：直叙夹杂着仿叙；整整一章都在不厌其烦地戏仿《哈姆雷特》的解读以及莎士比亚其他作品的评注，不乏机智巧妙，但也有些让人昏昏欲睡；小说直接与读者进行对话交流，让读者知道，作者自己清楚地意识到他是在创作一个文本；絮絮叨叨、小题大做的行文，华丽辞藻的冗长堆砌，让故事情节断断续续，缺乏连贯统一性。小说主人公克鲁格，是举世闻名的哲学家和天才。在书的前面部分就很容易被误认为是那个自私自利的作者形象的化身了。他的不幸在于他是一个极权国家的杰出公民，被这个国家的独裁者、也是他之前的校友要求发表声明支持他的政权。纳博科夫对纳粹主义及极权主义一向厌恶，或许正因为如此，在小说中他才对小说虚构的政权表现出那么鄙夷的态度：把谋杀者和施虐者描绘成白痴和跳梁小丑。字里行间时不时有引人发笑的滑稽之处，连珠的妙语经常带有兽性的黑暗。

一开始，写到克鲁格的妻子去世了，他将这不幸隐瞒下来不让孩子知晓：

> 他在托儿所的门前停了下来，他的心怦怦直跳，小儿子从房间传来的异样声音却蓦然间令他的心跳停顿。这声音是儿子大卫发出的，彬彬有礼，格外生疏格外遥远，（当父母刚吃完晚餐从镇里回来时）用优雅而精确的语言向父母通报说他还未睡着，时刻准备着任何人来向他再道一声晚安。

小说中，大卫不久就会被当局绑架成为人质，继而被杀害。
这部小说采用传统叙事方式，所有的情节推动都围绕对家庭的忠
诚而展开，其中隐含着对一些美国畅销小说的嘲弄戏仿。二十年
后，纳博科夫在这本小说再版之际，专门写了一篇明显带有忧伤
情绪的前言："《庶出的标志》的主题，是克鲁格那颗充满爱意
之心受到的重重打击，他满腔的柔情遭遇到的却只是无尽的折
磨——大卫和他父亲之间发生的故事才是这本书创作出来的真正
目的，也是最值得一读的精华部分。"如果此言不虚，那么小说
主题的处理就显得不那么自然。书中只要涉及大卫的内容，处处
都充满柔情蜜意，而克鲁格对其亡妻的忠诚与付出也有描写，只
可惜太过笼统与抽象——读者只是听见作者这样说了，只可惜无
法从心灵深处感觉得到。

　　小说中有一个次要人物叫恩贝尔，这人与埃德蒙·威尔逊有
很多相似之处，他和克鲁格亲密无间，相处融洽，因为他们俩都
喜欢文学，意气相投。一些纳博科夫的研究学者认为，作者是在
小说中煞费苦心地向威尔逊表达自己对他的尊崇与喜爱，只可惜
威尔逊并未解得其中深意，纳博科夫因此深受打击，失落之情可
想而知。他们俩都喜欢莎士比亚，喜欢对莎翁作品进行揣摩解
读，因而，这部小说就有点特地迎合威尔逊口味之嫌，不仅如
此，小说还就威尔逊妻子玛丽·麦卡锡的一部小说的标题进行不
厌其烦的解读与戏仿。而威尔逊呢，这本书问世之时，他却对小
说人物恩贝尔绝口不谈，哪怕私下里一两句玩笑话都没有。他不
喜欢这部小说，在1947年1月30日的一封信中，他毫不客气地
劈头盖脸就来这么一句："对于《庶出的标志》，我只能用'失

望'一词来评价"：

> 当我读到你给我的那部分内容时，我心中的疑惑越来越
> 多……其他人的评价或许与我大不相同：比如，我知道艾伦
> ·泰特（霍尔特出版社的那位向你要书的编辑）读完你的
> 书稿后，兴奋之情溢于言表——他告诉我他认为这本书"非
> 常伟大"。但我个人的真实感受是，这本书当然优点不少，
> 不乏亮点……但也挤不进你最成功的创作之列……我个人的
> 看法是，首先，它似乎与你的剧本《华尔兹的发明》（同样
> 是有关独裁者的主题）存在的缺点有些相似。你对处理这类
> 涉及政治和社会变化问题的题材并不在行，因为你对这些完
> 全不感兴趣，也从不愿费神去做深入了解。

这是威尔逊对于纳博科夫小说最坦率、最详尽的有文字记录
的批评。我们有充分理由相信，纳博科夫是认真地读过这封信
的，看信时既生气又难过的情绪可想而知：

> 在你的眼中……独裁者无非只是个庸俗不堪、令人憎恶
> 之人，喜欢欺凌像克鲁格那样温文尔雅、出类拔萃之人。你
> 根本不知道他（你书中的独裁者）为什么能，又如何能让
> 自己为国人所接受；你也不知道他所谓的革命意味着什么。
> 当一些事情与你的想象有些出入时你就表现出相当的不满
> 意。请不要告诉我，真正的艺术家不能与政治问题有任何瓜
> 葛。一个艺术家可能对待政治并不特别认真，但是，如果他
> 真要处理这类题材，他应该清楚政治对他到底意味着什么。

108

没人能比沃尔特·特……更专注于纯艺术，我正在阅读他的
《加斯东·德·拉图尔》；不过，我敢肯定，你对20世纪政
治冲突的见解比起他对16世纪盛行的（宗教政治）深刻洞
察来，根本不在一个层面之上。

这本书得到的好评寥寥无几，正如纳博科夫二十年后所说的
那样，《庶出的标志》的出版只听到一声"闷响"而已。威尔逊
依然言犹未尽：

我也觉得，你虚构的国家并未起到你预想的作用。你在
精细观察之上着力太过，你只是将德国纳粹与极权的某些要
素捆绑在一起成为书中背景，导致你创作出来的东西看起来
没有真实之感……而在现实中活生生的纳粹德国旁边，你塑
造的那位倒霉的教授冒险经历给人一种很不舒服的滑稽感
觉。从一开始我就不信赖这么个人物……整部小说，给人留
下的印象只有一点……那就是一部讽刺作品，而且是偏偏在
根本不适宜讽刺的事件上极尽讽刺之能事的一部作品。

威尔逊讨厌这部作品，他觉得小说内容"冗长乏味"，根本
无法与他读过的纳博科夫其他作品相提并论。他也理解，知道他
这位朋友想要写一部"有着更深厚的肌质"作品，书中充斥的
旁征博引可以更充分地展现他深厚的学养。但事无巨细的过度书
写让他想起了托马斯·曼的叙事风格——而恰好，曼正好属于纳
博科夫讨厌的"二流"的小说家之列。
威尔逊的批评深深刺痛了纳博科夫，他好久都没缓过劲来。

在前面提到的他为此书做的再版前言中，纳博科夫发泄的不满并不针对威尔逊，也并未对他的批评进行反驳（还特地提到"感谢我的好朋友埃德蒙·威尔逊通读了清样"），而是针对那些他认为反应迟钝的读者，这些人要求作者解释他书中那些暗引的东西以及意象到底有什么含义。1963 年的纳博科夫已经是世界上最成功的作家之一，人们不能怀疑他是天才作家了，不是吗？但他仍然骑在去政治化的旋转木马上，仍然大声疾呼反对"充满社会批评的文学"，就像一个严厉的校长猛烈晃动着逃学学生的肩膀。人们总认为政治很重要，这一理念与他根本不合——这个世界总是那么愚蠢。

这部小说也并非完全失败。在后面的一些章节中，纳博科夫不再执着于超越什么，而是兴之所至即兴发挥。他充满黑色幽默语气的叙事风格，让人想起他那最犀利、最具可读性的早期小说《黑暗中的笑声》，而且还可以从中预想到他下一部小说《洛丽塔》——这本文字上互文遍布、道德上复杂难决，读起来叫人无限愉悦的小说。或多或少，在表现情节的忧伤方面，《洛丽塔》的大致影像可以在《庶出的标志》这部小说中隐隐约约地显现出来：

> 她站在浴缸里，用香皂来来回回地搓洗她的背部，搓洗手绕过肩膀能够着的那些凹凸有致、闪闪发亮的背部。她用毛巾之类的东西把头发缠绕着盘了起来。从镜子里可以看到她那棕色的腋窝，轻轻晃动着的淡色乳头。"我马上准备好了。"她欢快地大声喊出来。

　　这就是玛丽特。她身材娇小，冷漠无情，是一名卧底，伪装成克鲁格的家庭教师。克鲁格"砰的一声重重地关上（浴室）门，脸上厌恶的表情一览无遗"，但刚过了不一会儿，他就开始想象玛丽特那"充满青春活力的臀部"。几天后，他"甚至梦见他们正排练一部剧，玛丽特扮演的是他的女儿。玛丽特坐在他的两腿中间，面部微微抽搐，而自己正偷偷享受着这样的欢愉"。

　　像亨伯特一样，克鲁格用一个淫邪性极强的术语来表达对玛丽特的依恋：她不是个 *nymphet*（性感少女），而是 *puella*①。虽然还只是个孩子，但在性这方面，她有很强的需求和丰富的经验：

　　　　"晚安，"他说，"不要熬太晚了。"

　　　　"你写作的时候我可以坐在你房间吗？"

　　　　"当然不行。"他转身离开，但她把他叫回来……

　　　　"一个人的时候，"她说，"我就这么坐着，这么做，像蟋蟀一样。你听。"

　　　　"听什么？"

　　　　"你听不见吗？"

　　　　她坐在那里，双唇张开，微微挪动她紧紧交叉着的双腿，发出微小轻柔的声音，嘴唇里啪啪交替作响，仿佛在摩挲两只手掌。

---

　　① 拉丁语 puellus 的变体，是 puerulus（小男孩，奴隶）缩略形式，意为"小姑娘"。（原注）

克鲁格早前早已原谅了自己。"他的妻子11月就离他而去了"，男人嘛，像今早从这种"紧张和不舒服的感觉"中解脱出来，这是"再自然不过的事情"。（臭名昭著的亨伯特就经常千方百计地原谅自己对还只是孩子的洛丽塔所做的事）在最后时刻，克鲁格终究没有堕落，也没有占她便宜。但紧跟着传来一阵敲门声：

110

> 他打开门……只见她站在那里，穿着睡衣。缓缓地，她眨了一下眼睛，她那蒙蒙眬眬难以捉摸的双眼透露出的奇怪眼神被遮掩住，随即又张开。她的胳膊下夹着一个枕头，手里拿着闹钟。她长长地叹了一口气。"让我进来吧。"她哀求道，带着雷姆利亚人特征的白嫩小脸有些抽搐。"我吓坏了，压根没办法一个人待着，总觉得有什么可怕的事情要发生。我可以睡在这里吗？求了你！"她踮着脚尖进了房间，小心翼翼地把圆形时钟放在床头柜上。台灯的光线穿透她单薄的衣服，映照出她桃红色的身体轮廓。

克鲁格说话的语气，乍一听跟《洛丽塔》中非常著名的一段中洛丽塔的母亲夏洛特·黑兹的语气非常相似。克鲁格是这么说的：

> "我不知道你对我了解多少……如果你对我了解不多，那么请你离开，把自己的门锁起来，不要靠近我，不然我的兽性爆炸，会把你伤得体无完肤。我警告你。我的年龄比你的大了将近三倍，忧伤的猪一般的大块头男人。更何况，我

不爱你。"

她低头瞄着他痛苦万分的情感挣扎。心中窃笑。

"哦，你不爱我？"我的女神，我的女神（Mea puella, puella mea）。

我火辣、淫荡、天赐的绝妙小妖精。

我们还可以发现与后来的《洛丽塔》一书相似的其他场景，比如，玛丽特和其他人，其中包括克鲁格八岁的儿子大卫，张口闭口都是美国俚语："哼哼""哎呀呀"。克鲁格在幻想移民到一个可以"让他孩子安全长大的国家……一条长长的沙滩上人体晃动，还有一个阳光而柔美的甜妞以及她那光洁细滑的拉丁人特有的肤色——那是为一种似曾相识、让人过目难忘的东西做的广告"。突然之间，一队警察冲了进来，将克鲁格打个半死，从克鲁格手中抢走了大卫，然后将大卫弄死。这些暴徒口中喊打喊杀，就像他们电影看多了，就在这里来重新演绎一遍电影《杀人者》的部分情节：

111
　　　　"当然。"麦克说道。

"而且因为在车上有一件貂皮大衣，你不会着凉。"

幼儿园大门突然开了……大卫的声音在空中萦绕，不过奇怪的是，大卫并不是在呜咽或者呼救，他似乎在和那些不可能只是拜访者的警察们理论……

克鲁格活动了一下他的手指——手指的麻木逐渐退去。尽量用平和的声音，再次向玛丽特求助。

"谁知道他想干什么？"玛丽特问道。

"瞧，"麦克（对克鲁格）说道，"要么服从命令，要么不服从。如果不服从，那可能会像在地狱中走一遭。明白了吗？起来吧！"

马克长着一个大下巴，手"有五个人份的牛排那么大"。他就像滑稽戏和电影里走出来的人物；当玛丽特把玩他的手电筒时，他说出的话跟《大力水手》里的笨驴布鲁托通常会说的话差不多，"哦，看在上帝的分上""拿稳了，老姐"。这些段落中的行文给我们演奏了一曲以美国粗俗文化为主题的幻想曲。流氓恶棍文化在美国得其所哉，但对于克鲁格来说，美国还是另外一个不同的国度，假如他逃往美国的计划如愿以偿，那么对于他的孩子而言，或许所有的一切早已朝着截然不同的方向发展：

他仿佛看到，码头的海关大楼旁，大了一两岁的大卫正坐在一棵贴着标签的大树干上。

他仿佛看到，大卫骑着自行车在标示着"非自行车道"的小道上飞驰而行，小道两旁长着连翘丛和掉了皮光秃秃矮小的白桦树。他看到，大卫穿着一件湿答答的黑色短裤，俯卧在泳池边上，一只肩膀的肩胛骨高高凸起……他看到，大卫就在一家整洁的街头商店里，商店里一边摆着雪花膏，另一面摆着冰淇淋……大卫将身子倚在……一条横杆上，伸长脖子对着糖汁抽运泵。他看到，大卫手腕翻转扔出一个精彩的球，这样的扔法在祖国是见不到的。他看到，他已经长成英俊少年，在花花绿绿的校园中彳亍穿行。

只要等上一两年就轮到洛丽塔了。就在亨伯特载着洛丽塔在全美各地来回折腾之时，洛丽塔也会在美国各个杂货铺里品尝汽水饮料。不同的是，洛丽塔等不到可以自由奔向更广阔的天地那一天——活不到可以在风景如画的大学校园里自由自在地穿行的那一天，她无法逃脱日益逼近的宿命，这是纳博科夫发现的、在战争时期或者战后时期发生在无辜而脆弱的孩童身上必然的宿命。

112 　小说《洛丽塔》（1955）中很多情节的背景都是设定在虚构的 1947—1948 年。让成千上万的读者，尤其是美国读者为这本小说倾倒的最重要的因素之一，其实就在于小说的美国背景设置。小说似乎以现实主义的手法，将美国真实的一面进行戏剧化处理，取得了喜剧性效果。评论家伊丽莎白·哈德威克敏锐地注意到，这本小说"似乎与马可·波罗去中国后会有什么样的心情差不多，纳博科夫看到的恰恰是（我们）美国场景中五花八门的东西，而这些东西在我们眼中早已视而不见，然而，对于初来乍到的纳博科夫来说，汽车旅馆，广告，口香糖……这些东西让他有蓦然间眼前一亮与无与伦比的新鲜感"。对于 19 世纪 80 年代的美国读者来说，马克·吐温的小说《哈克贝利·费恩历险记》的乡村背景设置具有同样巨大的冲击力：之前那模式化的背景——南部滨河城镇，非常有名，却让人恹恹欲睡——早已成为许多故事发生的焦点性背景，例如格兰杰福特与谢泼德森之间的世仇啦，或公爵与法国皇太子之间老一套的谋反啦等等。美国还有像《洛丽塔》这种描写漫无目的旅行的小说，这类小说带有美国独特的语言风格及地方特色。

到了 1946 年，纳博科夫才对英语运用自如。1947 年初，他写信给威尔逊：

> 我好久没听到你的消息了。你还好吗？我写的俄语新诗
> 你看了吗？……（《庶出的标志》）应该在6月初问世……
> 他们给我寄来了本书的宣传广告，夸张得有些荒唐了……我
> 不指望它能为我赚大钱。我现在忙于创作两篇小说，第一部
> 算是个中篇吧，写一个男人只喜欢小姑娘——暂且命名为
> 《滨海王国纪事》吧。第二是一部全新模式的自传——尝试
> 用科学的方式去揭示与追踪一个人错综复杂、千头万绪的性
> 格特征——暂且命名为《真相探究：人》

后来，这两部书都成为绝妙无比的旷世之作，在许多读者眼中，它们是纳博科夫的最佳作品。就这个真实世界的社会现实的忠实记录这个意义上讲，说这两部作品属于现实主义范畴也无可厚非，虽说作者对现实细节的处理方式与常规叙事大相径庭。威尔逊读完《洛丽塔》手稿后表示，他并不喜欢这部小说。但他跟很多人一样，对纳博科夫陆续在《纽约客》发表的一些随笔却大加赞赏，这些随笔后来成为他的自传作品《说吧，记忆》。这两部作品，无论是《洛丽塔》还是《说吧，记忆》都跟《庶出的标志》大不一样，都没有用这种或那种方式去虚构一个不存在的国度。

纳博科夫在这两部作品中都没有采用晦涩、隐喻的写作方式，然而，他的博学在《洛丽塔》中虽然半遮半掩，却尽显无遗。在《庶出的标志》里，莎士比亚的话语占了差不多一个章节，尽管这也是小说的有机组成部分，但终究打断了阅读的连贯

性。想要一下子就了解故事原意的读者不得不耐心等候。比较而
言，《洛丽塔》读起来很顺畅，没有任何突兀的地方；男主人公
113 亨伯特·亨伯特以第一人称讲述故事，情节发展一气呵成，无丝
毫阻滞：

> "听着，撺掇我老妈明天把你和我带去咱们的镜湖。"
> 我那十二岁的欲念之火对我悄悄耳语，用一种撩人心魄的语
> 气。我们正好在前廊上撞了个满怀，我出门，她进门。火热
> 的太阳像一块耀眼的白色钻石，反射在一辆停着的汽车尾
> 部，颤抖着放射五颜六色的光。
> 　我躺在床上，努力地想睡着，脑海中又开始做着春梦，
> 我在谋划最佳方案，怎样才能从这次野餐中获取最大的利
> 益。我意识到，她母亲黑兹见不得我的甜心对我亲昵。于
> 是，我盘算着去湖边的那天，怎样先把她母亲伺候得舒舒服
> 服。我只会跟她一个人讲话；但瞅准合适的时机，我会找个
> 借口，说我把我的手表或者太阳镜落在了那边的沼泽地里
> 了——然后与我心爱的小仙女一起钻进树林子中去。

故事情节再简单不过：一位博学的恋童癖带一位小女孩淫
奔。《庶出的标志》长达三分之二篇幅的情节都是扑朔迷离的迷
宫叙事，而《洛丽塔》是煞有介事的故事小说，大部分是像电
影一般按照时间顺序发展，当然，《洛丽塔》的故事发展具有的
那种神秘感，在《庶出》中却尚未表达过。《洛》阅读起来的流
畅性对读者来说也是一大诱惑。亨伯特·亨伯特使用巧妙的艺术

性语言忽悠我们，居然让我们对他丑恶的行为不那么反感，甚至征服了我们（"啊，我的洛丽塔，我只剩下了文字可以把玩一番！"）我们最后竟然入他彀中，渐渐与他的视线协调一致了。我们本应该对将孩子性奴役这样的事十分愤慨，把小说当作精神升华的东西来读，结果我们没有。

《说吧，记忆》语言风格更为繁复华美，却并未受那么多的读者欢迎：

> 学校的教学时间是从 9 月 15 号到 5 月 25 号，中途还会放几次假。其中一次是学期中段圣诞节时的时候——圣诞树的枝丫会缀满小星星，伸展到我们悉心画的淡绿色墙上，如往常一样，我们会为庞大的圣诞树腾一片地方。另一次是为期一周的复活节假期，在那期间，复活节彩蛋让早餐餐桌变得活泼热闹。因为雪和霜会从 10 月持续到来年 4 月，也难怪我仅剩的学校记忆都与寒冷的冬季相关。

> 我看得真真切切，科尔夫家族的女人们，漂亮美丽，如花似玉的少女们，颧骨高高，脸色红润，淡蓝色的眼睛，脸颊上还点缀着可爱的美人痣……我的祖母，父亲，他的三四个兄弟姐妹，还有我的二十四个表兄弟姐妹们，我的小妹妹，还有儿子德米特里都不同程度地遗传了某些这些特性。

114

该书是典型的普鲁斯特式叙事模式——从头至尾都是对个人记忆的深度挖掘。然而，其风格并不十分现代主义，它的句子精雕细刻、发人深省，阅读需要十足的专注度，但并不会让人有晦涩难解之惑。其中出现诸如 *hiemal*、*pommette* 这样的术语可能也会让《纽约客》的部分读者去翻阅词典才能弄懂，但总体上说，《说吧，记忆》这本书是作者思路清晰合理与思想光芒四射之间恰到好处的写照。

纳博科大最需要的就是钱了。得知自己的古根海姆奖学金第二年将不会再续的时候，他写信给自己的挚友威尔逊诉苦："经济上我相当困窘。"再一次去西部旅行的计划不得不搁置一年、两年，甚至三年。住处之外"根本没地方让德米特里可以玩耍，而所住的社区又都是些让人难以忍受的街头混混"。纳博科夫一家在夏季短途旅行了几次，一次是去新罕布什尔州的纽芬湖畔，据说这是如今该州水最清澈的湖泊，而那时候纳博科夫一家去的时候，水却相当浑浊。纳博科夫一家后来在新罕布什尔的时候，发生了一件事，这件事跟反犹太主义有关。那时，二战刚结束，到处都充斥着对死亡集中营的报道。在一家菜单上写着"犹太人止步"的餐厅，纳博科夫问服务员，是否会拒绝接待骑着驴子来的夫妇和他们尚在襁褓中的儿子，服务员一声不吭，他们便拂袖而去。

这个故事还有其他好几个版本——这故事直接引发了小说和电影《君子协定》的出炉（都在 1947 年面世）——"新约"中的三个人是乘着"一辆旧式福特车"来的。其中一个版本是：薇拉当时不在家，德米特里带了个朋友过来，于是两个孩子都被纳博科夫的直言不讳深深折服。那时的纳博科夫心理十分脆弱。遵照医生的嘱咐，他去了新罕布什尔。《庶出的标志》和鳞翅目的研究论文让纳博科夫身心俱疲，他跑到医院向医生诉苦，说自己有心脏病、溃疡病、肾结石、癌症。医生向他保证他身体是健康的，但收效甚微。在 1946 年早期的信件中，纳博科夫称自己患上"阳痿"，这种自嘲在纳博科夫论述威尔逊所著的小说《赫卡特县回忆录》的便条中非常搞笑。（该书恰在此时出版，十分畅销，部分原因是由于小说中大胆的性爱描写）

> 小说中有许多妙不可言的东西……你让你的（书中角色的）性伴侣筑起了如此强大的防御工事……以致读者（或者说至少有那么一个读者，因为在你那奇异的闺房里，我可能完全阳痿了）一丁点都感受不到书中主角做爱时的刺激。 115
> 我倒还不如试着用自己的阴茎打开沙丁鱼罐头。

纳博科夫十分想念西部，他感觉自己身体不佳可能也与他戒烟后胖了六十磅有关。从 1947 年开始，之后的十五年里他的确年年都会去一趟西部，几乎从不间断，多半是去登山，而登山让他的身体越来越健康。在他看来，纽芬湖就如一潭被污染了的死水。纳博科夫一家当时住在一个乡间小屋中，在这里，从一家霍华德·约翰逊酒店飘来的炒蛤蜊的味道常常让纳博科夫感到恶心。

20 世纪 40 年代晚期，不可思议的事情发生了。在最终灵活、准确、自如地掌握了英语之后，流亡作家纳博科夫又向前迈了一大步。他要按照自己的方式处理与美国相关的主题。正如他后来向《花花公子》杂志解释的那样："我必须得开掘美国主题……发掘俄国和西欧主题花了我近四十年的时间，如今我又面临同样的任务，而给我的时间却没有那么充裕。"他笔下的美国被他赋予更多想象色彩——比如，《洛丽塔》中那些奇奇怪怪、音韵谐和的地名，如"拉姆斯戴尔""埃尔芬斯通""比尔兹利"
（*Ramsdale*，*Elphinstone*，*Beardsley*）等——但从元小说意义（作
者有意突出其文本的虚构性）上来说，这并非臆想。（亨伯特只
是小说的叙述者而非作者，叙述者虽然有意暴露小说的虚构性，
但反而更加突出了令人绝望的现实）对那些喜欢钩玄索隐的学者
来说，《洛丽塔》以及纳博科夫接下来出版的两本美国时期的小
说《普宁》和《微暗的火》，提供了大量可以深入挖掘的富矿，
他的文本之中将无数的文学资源捏合到一块。而对于那些想要走
进纳博科夫的故事，并随着故事情节翱翔的读者，纳博科夫小心
翼翼地为他们保留了"这个充满幻象的神奇世界"。

　　早在纳博科夫来美国之前，他就在不经意之间研究过美
国①。如今在威尔逊的敦促下，纳博科夫又读了一些自己之前忽
视的作家的作品，如亨利·詹姆斯（他发现詹姆斯是只"白海
豚"，需要他人解开他的真面目）。他同霍桑、梅尔维尔、弗罗
斯特、艾略特、庞德、菲茨杰拉德、福克纳、海明威等许多其他
作家相谈甚欢，相处融洽，尽管他只是一个主教俄语和俄语文学
的教授。而他的非文学经历也开始积累起来。在威尔逊家待了一
夜后，纳博科夫写了一首诗，在这首诗里，纳博科夫对美国超现
实的那一面有着异乎寻常的感知：

　　　　克尔德，东西是你的，

----

　　① 纳博科夫首次提议搬到美国去时（在 1923 年 12 月 3 日的信中），他同薇
拉·斯洛尼姆还没有结婚。纳博科夫年近七旬时，一位采访者问他为什么开始用英
语写作，他早年并不可能想到自己有朝一日会获准移民到美国，纳博科夫回答说：
"噢！我知道自己终有一天会在美国落脚。"（原注）

一个邮差经过时说道。

看看吧！

装得满满的

鲜亮的水果，一根火腿，一些巧克力奶油，三瓶牛奶

都裹在身着一袭白装的上帝的熠熠光芒里。

梦幻的小厨房里充盈着，

一对天真夫妻的

骄傲与愉悦。

他的文学之路，哪怕是不十分美国化，也看似一片大好——这种情形延续到《洛丽塔》的出版。威尔逊帮他在《纽约客》杂志做了一番安排，《纽约客》保证每年提前预付他的稿费，作为交换，《纽约客》有权第一时间看到他的手稿，而且他写的东西主要偏向俄罗斯方向。他本可以只是凭借对祖国"旧体制"的思乡缅怀，他的文学生涯就可以有一个不错的前景，就如他已经做过的那样，只要他对普希金、果戈理以及其他俄国文学前辈进行追忆，对其作品的传承及深意解读一番，他的职业生涯就可以达到一定高度。

不过，纳博科夫对社会观察的敏锐程度不亚于一个四方游走的流浪汉。托马斯·曼是另一个逃离欧洲来到美国的作家，他在美国期间写了大量的作品，但却很少提及他之前居住在加利福尼亚州的太平洋海崖市，或是之前在新泽西州的普林斯顿时候的往事。曼在美国期间，他创作的作品主要集中在德国的法西斯主义、基督教十诫和公元6世纪的格里高利教皇，但他的作品中没有一丁点的美国特色，在这方面他并未找到门道，或者说也没想

过要这样。或许，移民来到美国的作家中在写作风格美国化的道路上与纳博科夫最接近的是安·兰德，她几乎是纳博科夫的同代人（1905—1982）。兰德与薇拉·斯洛尼姆一样来自一个犹太家庭。虽然她在文学事业上的成就稍逊于纳博科夫，但和纳博科夫一样，她决定从事电影剧本创作。她的畅销书杰作《阿特拉斯耸耸肩》（*Atlas Shrugged*）于 20 世纪 50 年代出版并成为畅销书。兰德和纳博科夫一样来自圣彼得堡，也一样因为布尔什维克革命而逃离俄罗斯。自从踏上美国的国土后，她就开始加倍努力适应美国文化，融入她眼中的"美国式生活。"

117　　纳博科夫第一部以美国为故事背景的短篇小说是《时间与退潮》，小说主要描写八十年之后来回顾 19 世纪 40 年代发生的事情。一位老人回忆起 1944 年一些设计精巧的文明产物——摩天大楼、冷饮售货机、飞机等等——用僵硬含糊的语句向读者诉说往事：

　　　　我这把年纪的人，当然清楚地记得那些客运列车：幼儿时代的我曾经用崇拜的眼光看那些飞驰的列车；但少年的我却对更新换代后速度更快的列车有些反感……火车的颜色，假如不是因为它原有的梅花色让位于煤灰的污色，以致与经过的工厂和贫民窟颜色相匹配，或许会被误认为是远行千里的成熟标志，是连续赶路后留下的混合之物。火车经过的每个城市一定先经过这些工厂与贫民窟，这个规律与学习传统知识必须先学语法、必定留下墨水渍一样不可避免。在车厢一端尽头，放着些小矮人傻瓜帽，只要人们用手去触碰龙头，一股山泉般的小水流就会顺从地流进杯状的软趴趴的傻瓜帽（一股隐隐的清凉马上传导到手指之上）。

思乡之症既可以让人心力交瘁，又可以让人获得精神满足。或许纳博科夫的榜样是 H. G. 威尔斯（H. G. Wells），这是他儿时最喜欢的一位作家。或者是弗雷德里克·刘易斯·艾伦（Frederick Lewis Allen），畅销书《浮华时代》（*Only Yesterday*，1931）的作者，这本书讲述了一段 19 世纪 20 年代美国的生动历史。上面那一段的最后一句，成功解读这个跳跃性极大的句子的读者会这样想："哦——原来那些所谓的傻瓜帽指的是火车上那些小小的圆锥形纸杯"，而像"一股隐隐的清凉马上传导到手指之上"和"流进杯状的软塌塌的……"这样生动的细节极易让人迷失方向，显得着力过猛。

这个故事传达出纳博科夫对带有美国特色事物的喜爱。在美国，"我最神圣的梦想已经实现了"，在 1945 年给妹妹的信中，纳博科夫这样写道。"我有着完美幸福的家庭生活，我爱这个国家并且一心想着把你也弄过来。美国有粗犷野性的一面，但也有高山峡谷，可以与'懂你'的三五好友一起在此享受美妙的野餐。"美国带给他的转变是他内心由衷的改变。即使美国显得粗犷世俗，他也希望他的妹妹带着儿子来到这里。就像曼在圣塔莫尼卡市的帕利萨德公园里遛着狮子狗，沉醉在加利福尼亚州美妙的夜色中一样，纳博科夫在美国感受到了安宁祥和以及对未来的无限憧憬，就在这心情无比愉悦的时刻，他开始了《洛丽塔》的构思。

第九章

118 　　就在纳博科夫开始创作《洛丽塔》之际，威尔逊给他寄来了哈维洛克·艾利斯的法语版《性心理研究》第六卷，本书的附录引起他浓厚的兴趣。附录是一个出生在 1870 年前后的乌克兰男人对自己性经历的忏悔录。此人家境富裕，有国外留学经历，十二岁的时候开始了性启蒙，此后他就沉迷其中而不能自拔，甚至荒废了学业。后来他洗心革面决心禁欲，最终成为一位合格的工程师。在他就要与一位意大利女人结为夫妇的前夕，他邂逅了一位雏妓，于是他旧病复发，再一次深陷于性痴迷之中。此后，他所有钱财被挥霍一空，婚姻也因此破灭，对小女孩儿的着迷与依恋与日俱增，大庭广众之下丑态百出，居然在小女孩面前露体。最后，这篇忏悔录以写下满是人生被难耐性饥渴毁灭的绝望感受而结束。

　　纳博科夫在回信中写道："万分感谢您寄来的这本书。我喜欢这个俄罗斯人充满爱欲的一生，感觉十分滑稽有趣。作为一个男孩来说，他遇见了（或者说渴望遇见）那么多小女孩，生活似乎待他不薄……只可惜故事结局太老套了。"

　　他或许处于那样的状态，任何东西都可以成为他磨坊中可以加工的谷物，世界上时时处处都有他头脑中酝酿着的小说的对应物。他曾经说过要写一篇包含性内容的小说——程度可以激烈到会因为其淫秽内容而被控告起诉的地步，就像威尔逊写了《赫卡特县的回忆》之后一样——这种创作冲动如今越发强烈。他在给威尔逊的回信中的语气同样值得我们注意：他那一副玩世不恭的腔调已经初现端倪，他的小说即将成为大众批评的焦点话题——比如说他的同情心非常淡薄甚至错了位，堕落无耻的亨伯特居然与被毁灭的小女孩洛丽塔得到的同情不相上下——在此时也初步显现了。

纳博科夫在坎布里奇的社交生活十分丰富。他有来自哈佛和韦尔斯利学院的文学朋友，也有一些同样喜欢抓捕昆虫研究昆虫而不惜"遭罪"的同道中人。其中一个就是哈佛大学博物馆软体动物馆馆长的儿子，他从 1943 年开始和这个对蓝蝴蝶感兴趣的年轻人书信往来。还有一个年轻的科学家叫查尔斯·L. 雷明顿，他一退伍就开始在哈佛比较动物学博物馆流连忘返，不久后还联合其他人创立了"鳞翅目昆虫学家协会"，纳博科夫也是协会的成员。1946 年仲夏，雷明顿写信给纳博科夫提议一起去科罗拉多州旅行，而且他还给哈扎尔·斯克莫写了信向她咨询一些住宿的问题，因为她是前科罗拉多州的植物学家，常在《基督教科学箴言报》中向客人宣传她的牧场。但是纳博科夫知道这个女植物学家对喜欢饮酒的客人不那么待见之后，就不想去她那里住了。

第二年夏天纳博科夫终于可以进行科罗拉多之行了。因为他收到了出版《庶出的标志》的两千美元预付版税，总的来说那段时间他的收入向好：他在韦尔斯利学院教书的工资现在已经涨到了三千二百五十美元，他在哈佛比较动物学博物馆的津贴涨了一点，加上《纽约客》杂志的年度稿费，加上偶尔举办读书讲座的补贴等等，总收入还是可观的。他们一家人坐火车去的西部。此时的德米特里已经十三岁了，身高猛蹿到了一米八左右，对他来说去西部就意味着他可以再次去远足和爬山。整个行程是由纳博科夫的捕蝶计划为指针来安排决定的。美国自然历史博物馆的康斯托克、查尔斯·雷明顿还有其他一些研究昆虫学的朋友给他的一些提示还是有用的，但现在纳博科夫已经研究了数千种蝶类，开始重新给它们归类，因而对去什么地方搞研究他更加心中有数。北美地区有许许多多可以采集蝴蝶标本的好地方，其中有些有名，有些又不太出名，一切尽在他的脑海之中，比如，奇温顿、独立山口、科罗拉多州的拉普拉塔峰，还有亚利桑那州的拉姆齐峡谷、红宝石海滩、西黄石镇、托兰县、蒙大拿州的波拉瑞斯和萨斯喀彻温的哈兰等等。

他读了四十年有关鳞翅目昆虫学的研究文献。从他留在哈佛的比较动物学博物馆里的便签上我们可以知道他对许多细节极其关注，而对于昆虫形态学方面细节的关注尤甚——比如昆虫翅膀的数量，性器官的描述，多形体昆虫的描写——其次是有关捕获蝴蝶那瞬间的细节描绘。比如，谈到七十五年前一种蝴蝶是怎样被采集到的情形时，纳博科夫这样写道："它是在波斯地区阿斯特巴附近被哈伯豪尔收集到的，可能是在林达卡山脉附近……在1869 年的夏天，从 6 月 24 号开始，在一个海拔达八千英尺、'当地的牧羊人只在夏天才住的那个村庄'里，哈伯豪尔在那里足足待了两个半月。"

还有一条随记保留了一些具有提示性的措辞："那些在水里（就是爱达荷州的教士湖）浸泡太久的木头搁浅在了沙滩上，河岸很高，从天际掠过的云彩就倒映在深邃的河水里。"他喜欢这种诗意的表达——这是他非常推崇的细节生动具体的一种体现。灰蝶科铜色蝶的记录中，他这样写道："1834 年夏天，这种蝴蝶曾和卡伯尼尔岛的珍眼蝶一样数不胜数……走在草丛里的每一步都能惊起这种拥有亮丽色彩的小动物。"

　　纳博科夫的下一条随记更为典型，更有实质性的内容，我们可以从中窥见他对于大自然美丽图景的敏感度以及他传达出来的文字精确度：[①]

　　　　在科罗拉多州柯林斯堡的海拔五千二百至五千五百英尺的大峡谷、长草却依旧干旱的山麓地区、索诺兰沙漠过渡上部区域、距福克斯区（海拔五千六百英尺）二十三米的波德河、有着峡谷特点的植被过渡区、贝尔维尤、海拔五千二百英尺的拉里默县、干旱的草地和平原、三大生物带……此为记录于水平距离六英里之内。

　　纳博科夫的科学论文极具纳博科夫式特色：艺术性极强，富有表现力，无比犀利而独具魅力。他这么写道：

　　　　8 月的一天，天气炎热。我和妻子在科罗拉多州埃斯特斯公园的桥上，发现了一只有条纹的天蛾（Celerio，白眉天蛾属），我们足足观察了它近一分钟，它在水面上迎着湍急

---

　　① "生态"这个词在他的记录中只出现了几次。八年前德国科学家欧内斯特·海克尔发明了这个词，此外他还生造出 phylum（生物分类学的门类）、phylog-eny（系统发育学）和 stem cell（干细胞）这些术语。（原注）

水流稳稳地平衡着身子，做饮水状，它将尖喙浸入水中，泛起点点微波，它的表演真叫人拍案叫绝。

纳博科夫在一篇发表在《普赛克》（*Psyche*）期刊的论文中写道：

> 当整个（蓝色小翼蝴蝶的雄性器官）像牡蛎一样打开的时候，瓣膜呈对称性展开，向下越来越尖……最显而易见的是……一对雄赳赳的、呈半透明状的钩子……像两个举起双拳的拳击手在冷峻地对峙着……还有那（极似头巾的）造型俨然就有三 K 党成员之神韵。

纳博科夫为人和善儒雅，但也非常喜欢与人争辩。他说，一群蠢蛋将灰蝶科蝴蝶（*Lycaenid*）种属分类完全搞错，把灰蝶科蝴蝶种属的命名弄得乱七八糟。于是他要向这群有社会影响力之人发起挑战，正如他向那些所谓的"社会问题"小说，以及为了获取"意义"而读书的观念发起猛烈进攻的做法一模一样：

> 应该特别注意，雷顿在他那篇幼稚得让人难以置信的论文中，竟然将近似于 *ssp. scudderi* 的华盛顿蝶种与 *Plebeius Melissa var lotis* 混为一谈……论文混淆是非是由于参考的文献出了问题……文献来源于荷兰出版的毫无科学性、简直是无可救药的书……说到这本书，我觉得非常有必要再啰唆几句，……书中的插图明显将 *Lycaena scudderi Edwards*（灰蝶种属）画成了雄性 *melissa samuelis Nabokov*（卡纳蓝蝴

蝶)……彻诺克（指雷顿）的论述含糊其辞，这就是我不 122
认同他的一个重要原因……通篇文献他都把这两种雄性蝴蝶
混为一谈。

纳博科夫早年所写那些论文充满热情，极富吸引力与感染
力，俨然就是欧洲 19 世纪温文尔雅的博物学家的口吻，注重更
多的是叙述的文体风格，少了那种科学论文常有的拘谨：

　　十余年间我没有采集一点蝴蝶标本。没想到机缘凑巧，
无意之中我去……东比利牛斯山脉和阿里埃日省。那晚，从
巴黎到佩皮尼昂，整段旅程我都在做梦，梦里非常愉悦却有
些好笑。梦中，别人给了一个奇奇怪怪形如沙丁鱼一样的东
西，定睛一看，原来却是一只热带飞蛾。

美国让他越来越像一个科学家而不是一个世外之人。美国给
他提供了科学研究需要的工具——性器官解剖刀和显微镜。在哈
佛大学比较动物学博物馆度过的那一段奇妙的时光里，他专注于
蓝灰蝶的研究。从他做的"沙丁鱼"那个奇异的梦到他 20 世纪
40 年代在实验室里给蝴蝶做标记，其间的积累进步非常明显：

　　蓝灰蛱蝶（Icaricia icarioides，Boisduval's Blue）因为其 123
器官具有灰蝶性状，因此可以划为眼灰蝶属。它与沙斯塔灰
蝶一样，最具美国蝴蝶特征的一点就是它薄如蝉翼，镰部
（雄性器官的一部分）颇为宽阔……但当它开始长大，镰部
却逐渐变细，给人一种已经萎缩了的印象……让人想起一块

被渐渐吸吮得干干净净的尖糖。

　　到四十七岁时，纳博科夫已经写了许多观察敏锐、颇有见地的论文了。他的论文在同行好友之间传阅，他逐渐成为他们那个圈子的中心人物。因为黑泽儿·斯莫尔的农场禁止饮用烈酒，纳博科夫选择了科隆比纳度假酒店，这座旅馆已经有五十年的历史，很多客房都是独立的小单元。1947 年美国汽车协会出版的《西部旅游指南》中曾经提到过这个旅馆。纳博科夫在此居住期间，圈子里的许多昆虫学家都来拜访他。查尔斯·雷明顿开车带纳博科夫南下托兰沼泽，这片沼泽在南波尔德溪旁，长满了小灌木，地势低洼，海拔九千英尺。"我只模模糊糊记得他好像是个写小说的，"四十五年后，雷明顿如此回忆道，"我们从没谈到过他的作品。"他们只谈"各自在最近收集到的蝴蝶标本"，二人沉醉于共同痴迷之事，颇为投缘。纳博科夫"和他一样对采集蝴蝶有异乎寻常的激情"——蝴蝶采集过程的体能锻炼，在洛基山脉似沼泽地般的山路里跋涉，通过耗费体力来消遣夏日，这也是他一天中真正的快乐所在。

　　朗斯峰海拔一万四千二百五十九英尺，科隆比纳度假酒店就坐落这座山峰四英里开外的地方。旅馆有带浴室的房间，也有不带浴室的房间。美国汽车协会将这个度假酒店定级为"充满魅力"的旅馆。纳博科夫在给威尔森的信里写道："对我们来说，没有什么地方比这里更舒适了。"科隆比纳度假酒店离著名的朗斯峰度假酒店不到半英里，距人气很旺的修斯伍德度假酒店不到一英里——久负盛名的修斯伍德度假酒店是《洛基之歌》的作者查尔斯·艾德温·修斯创办的，他还有一些其他的诗歌作品①。当地另一作家詹姆斯·皮克林如此描述当时当地的情况：

> 1946 年，我还是个小男孩，那时我第一次跟着父亲去了塔霍飒谷……我们把那个地方称作"小木屋"……对于一个纽约城郊来的男孩来说，小木屋真是一个奇妙之地。起居室里有个两层的苔藓石大壁炉，壁炉前的地板上摆着两张大熊毯（熊的头爪、牙齿指甲都还在）。从这里可以看到朗斯峰东面蔚为雄伟的景观。角落里有一台维克多牌发条留声机，旁边堆着舞曲唱片，放出来的时候混着吱吱呀呀的声音。这里没有通电，没有室内水管，食物就贮存在后廊的"洞穴"里。"弗雷德叔叔和杰西阿姨"告诉我们，从前有熊过来"洞穴"找食物，被他们捉住，送到山的另一边去了。屋子里还有煤油灯和赞·格雷、卢克·夏特的一摞平装书。

在皮克林眼中，"这里绝对称得上真真正正的西部地区"！从科隆比纳度假酒店往东眺望，能见到双子姐妹山，山峰呈金字塔形、海拔一万一千英尺的科罗拉多前山山脉，往西能看到朗斯峰以及北美洲大陆分水岭上的莽莽群山。两个山系中间夹着个山谷，山谷是高地草甸，山上流水泉瀑与融化的雪水汇聚，形成了纵横交错的溪流，河狸筑成的小坝子到处可见。纳博科夫写信告

---

① 他的作品集还包括一首长达六百九十页名为《美国人》（1941）的无韵史诗。（原注）

知威尔逊："这里的植物群可真是美不胜收。"从 6 月末到 9 月初，漫长的时光里，他的家人一直待在这儿，看到这里的野花开了一茬又一茬。那高耸隆起的坡地上，熊果让位于一片美国黑松林，松林与北美黑松、杜松以及大片山杨夹杂在一起。

尽管在附近较大的埃斯蒂斯帕克市，薇拉都没有找到她和她丈夫都爱读的杂志《周六文学评论》，但这个夏天，薇拉还是过得很愉快。德米特里也去攀登了朗斯峰。7 月末，有个来自堪萨斯州考德威尔市的收藏家——斯托林斯，专程拜访了纳博科夫。1943 年，斯托林斯的一位在比较动物学博物馆工作的朋友给他看了纳博科夫写的论文（可能就是《某种新物种或鲜为人知的新北区眼蝶》，主要描绘他在科罗多拉大峡谷捕捉到的蝴蝶标本），自那时起，斯托林斯和纳博科夫就有了通信往来，并一直保持联系。斯托林斯是一位律师。他想请纳博科夫帮他有偿鉴别一些蝴蝶品种。纳博科夫回信道："我很高兴能帮你鉴别这些品种，但我不需要报酬。"

斯托林斯在一封感谢信里写道："我很高兴地告诉你，我和我妻子基本上可以识别这些标本而没有任何问题了……如果将来你的研究需要借用我们的蝴蝶标本，请千万不要客气。"他继续说道："当然，我明白我们的收藏量不及一些人，但也约有上万只蝴蝶，覆盖一千多不同的北美品种，另外还有一些没有命名的蝴蝶品种……目前我们没有掌握足够的资料（来辨识它们）。"

斯托林斯的私人藏品数量大得惊人。过了几年，在纳博科夫的指导下，斯托林斯做起了生意，招牌是"鳞翅目昆虫学家——斯托林斯 & 特纳"，为一些收藏家和博物馆提供材料。从一开始，两人通信显示出同志般的友谊，说一些半开玩笑的话。斯托林斯的家在俄克拉荷马州的州界线上，他从家里出发，一路向西南方向驰骋就可以进入墨西哥。而且纳博科夫都依靠他提供地理地点信息。1943 年他能想到去阿尔塔，最初还是斯托林斯的主意。

弗拉基米尔充分利用显微镜，这个工具让他无往而不利。纳博科夫和斯托林斯合写了一篇论文投给《加拿大昆虫学家》杂志。斯托林斯对论文的创新与纠偏信心十足，他说：

> 图恩蝶，这类巨型蛱蝶，是在加拿大不列颠哥伦比亚省的阿拉斯加军事公路旁捕到的。从体型和翅形上判断，其实它可以看作一种弗嘉丽蜘蛛蝶，而非图恩蛱蝶。我们对自己的判断非常自信，当然极有可能，那些只是根据外部特征判定蝴蝶品种的人会认为我们的结论错了，但经过我们对它们的深入仔细的研究发现，这种蝶类和蛱蝶有真真切切的联系，确定无疑！

斯托林斯准备奔赴阿拉斯加，研究纳博科夫从比较动物学博物馆给他借来的一些标本。1945 年 5 月，纳博科夫在信里说道："是的，我们很愿意把从阿拉斯加公路沿线收集到的标本借给你。"而且他在前面首先说的是：

> 你会发现……我这个人有些方面非常懒惰——如果我的其他同事做过了一些研究，那在我自己深入研究之前，我通常会先找他要研究结果——因为我想看看你画的蛱蝶的生殖器草图，而生殖器正是蛱蝶与粉蝶的不同之处。然而你并没

126

有把灰蝶科蝴蝶族群的内部结构草图给我。

他承认："我的思路跟你的差不多是一个方向——但我总是发现你遥遥领先。"然后，1946 年，斯托林斯写道："我已收到你最新发表的论文，那厚度都快赶上一本书了，谢谢。我喜欢你书里描写生殖器的部分，真希望……我自己也能写类似的作品出来。"

斯托林斯向纳博科夫请教生殖器各部位的名字。要不了多久，他就可以做纳博科夫在哈佛比较动物学博物馆位子上所做的研究工作了：

> 不久前的某个晚上，做了一些蝴蝶解剖。几只蓝蝴蝶，还有一只品种不明（我猜应该是只虎斑蝶），虽说我并未画出其瓣膜、镰部、裂片等草图，但是我并没有觉得它们之间有任何的……区别。我没有好显微镜可用——所以我只好从别人那里借了个九十倍率的显微镜……因而，但如果需要放大三百倍去研究，我就无能为力了。

与斯托林斯在一起，纳博科夫与他之间的交流都是高级专业用语。纳博科夫从他那里听到的，大多都是当时美国男人所关心的事情，斯托林斯写道："如果山姆大叔（美国）不能让我如愿以偿完成出行的愿望"，那么，他就梦想着下一年的夏日，他能够外出采集蝴蝶标本。他还写道："我刚收到我姐夫特纳博士的来信，信上写了他在盟军诺曼底登陆的那天，紧急跳伞进入法国，身体依然完好无损。一旦战争结束……我们迫切希望到阿拉斯加南部采集蝴蝶。"

此时，纳博科夫的《洛丽塔》创作也接近尾声。在这一时期，洛丽塔正好成功挣脱亨伯特·亨伯特控制，三年之后，在她十七岁结婚那天，又重新联系上了亨伯特。亨伯特立马驱车前往她信上所提到的城市，一个叫科尔蒙特的小镇，离纽约市大约八百英里〔"不是弗吉尼亚，不是宾夕法尼亚，不是田纳西——反正也不是科尔蒙特——一切都经过了我巧妙伪装"，他（纳博科夫）这样说〕。洛丽塔怀孕了。她找我要几百块钱，这样她和她丈夫（是个退伍军人）就可以搬到阿拉斯加去开始新生活了。亨伯特原本打算杀了她的丈夫，但看到他年纪轻轻的，就迟疑了。他请求洛丽塔回到他身边，她没有接受。所以，毫无疑问，对每个人来说，这个本应以喜剧结尾的小说——《洛丽塔》，却实则是一个灾难的审判：女主人公洛丽塔，在经历了不堪回首的青春往事之后，竟然奇迹般的完整无缺地幸存了下来，令人惊叹地成为真正意义上的女人，这实在是让人为之动容。只是天意弄人，她又很快死于分娩，于是这故事里原本荫翳天空中飘浮着那若有若无、虚无缥缈的希望，竟那么快地就化为乌有，只留下满眼的寂寥和荒凉。

斯托林斯也常常与纳博科夫讨论问题，他可能是第一个将纳博科夫带到去科罗拉多的特柳赖德之人。20世纪40年代，特柳赖德是一个矿业小镇，因为其位置偏远，所以是抓蝴蝶的绝妙之地。四年之后，纳博科夫称那次捕蝶之旅收获颇丰，这么令人兴奋不已的蝴蝶标本收集活动一生中也难得有那么几次。在《洛丽塔》的后记部分，他写道，在特柳赖德，离采矿小镇很远的一个山坡上，在那里他发现了雌性珠灰蝶。从下面的小镇传来的喧器、嘈杂的生活之声，写进小说的时候却发生了根本的改变，视角转到了亨伯特，嘈杂声传入了亨伯特的耳中，他只听到了正在玩耍的孩子们的欢闹声：

> 人们只能时不时听见……一两声喷薄而出的清脆的大笑声，球棒敲击的啪啪声，又或是一辆四轮马车开过的哐当哐当声，但他们都太远了，根本无法分辨他们在那模模糊糊的街道上到底在干些什么。我站在那里，高高的斜坡上，倾听着那音乐声在空气中的微微震颤……然后我明白了，那刺痛心扉，令人绝望的并不是洛丽塔不在我身边，而是她的声音早不在那回荡的和声里了。

斯托林斯邀请纳博科夫去堪萨斯旅行。7月下旬，弗拉基米尔提议他们干脆去科罗拉多的埃斯蒂斯帕克，然后两人带着自己的夫人，终于在那儿碰了面。"我的家里人与我向你以及你的太太致以我们最诚挚的问候，"纳博科夫事后写道，"我们一起度过的……那两天的时光非常愉快。"第一天对于斯托林斯来说，有点难以忍受，他刚从堪萨斯低地出来，而纳博科夫却领他直上高原，向他炫耀自己能在高原地区蹦蹦跳跳的本领。到了次日，斯托林斯宣布："今天我们要按我的方式行事"，觉得他们最好去碰碰运气，抓抓黑翅红眼蝶——眼蝶的一种，这种蝶喜在低海拔树林带靠近岩石多的斜坡上出没。

纳博科夫和斯托林斯之间的友情一直延续到了下一个十年。"当我提出可以抄近路去马格达莱纳山地时，你那时脸上的表情让我永远铭刻在心。"纳博科夫在给斯托林斯的信中写道——那条近路有些陡峭——斯托林斯通过写信的方式交换蝴蝶样本或回应纳博科夫感兴趣的珠灰蝶话题并写道："我会送给你一些我采集到的珠灰蝶，这些都是我在科罗拉多独立山口，再一直往南接近湖城和斯拉姆古里昂山口辛苦所得。我觉得我采到的应该不是你想要的那种珠灰蝶，而是另一'嗡嗡响'的品种——毕竟这两种蝴蝶种属实在太相像了。"

纳博科夫多年来对于鳞翅目昆虫学的研究工作马上就要告一段落。这么些年的辛苦流汗，他得以将哈佛比较动物学博物馆的蝴蝶标本整理得井然有序，同时将他想在昆虫学方面取得伟大成就的梦想推向了一个新高度。他在给他妹妹的书信中写道："我的骨子里还是小时候那个小男孩，那个怀揣着梦想的小男孩。"他的《说吧，记忆》，于20世纪30年代的法国开始动笔，到现在一章一章地在美国的杂志上连载出来，他生活世界的统一性，以及对于自己个人意向的坚持，本身就是这本自传想要传达出的深刻话题。他在给威尔逊的信中写道："我的部分自我一定诞生在科罗拉多，因为我不断用我自己甜蜜的痛苦经历深化对事物的认知。"正是科罗拉多让他回想起他在奥列杰日河①边曾经拥有的庄园，想起在他在克里米亚山坡上他曾经抓捕蝴蝶的情形——科罗拉多的天空让他仿佛回到了他的维拉庄园，看见了在他外出捕猎的那些日子里，俄罗斯夏日天空的蔚蓝。

有两个特别著名的片段出自《说话，记忆》这本书中的蝴蝶篇（第六章）：那个七岁的小男孩，在一次和昆虫逗乐的时

---

① 奥列杰日河，俄罗斯河流，位于彼得格勒州西南部，属于卢加河的右支流，河道全长一百九十二公里，流域面积三千二百二十平方公里。

候，他丢掉了他仆人给他的一只华美的凤尾蝶，"经过长达四十年的赛跑，在犹他州的博尔德一片山杨林下的一株蒲公英旁，我才又找回了那只蝴蝶"。十一岁那年，在他跨过奥列杰日河去做一次探险时：

> 最后我发现我来到了一片沼泽地的尽头。在这片土地的另一端是羽扇豆、斗菜、钓钟柳的天堂。美丽的大百合在杰克松树下灿然绽放，天边的流云在朗斯峰郁郁葱葱的山坡上投下或白或黑斑驳的影子。

但是重点在于："我不相信时间，"作者在传记中写道，"我喜欢将我的魔毯折叠起来……将一种花色与另一种花色相互叠加覆盖。"尽管处于一个大动乱时代而命运多舛——苏联革命，丧父之痛，世界大战，种族大屠杀——但由于对蝴蝶的热爱始终如一，而且最重要的是，他以一种艺术的方式将自然与他的世界黏合得天衣无缝，从而成功超脱于那个动荡混乱的时代。

然而另一方面，纳博科夫又的的确确信奉时间。他塑造的主人公与时间做着艰苦的斗争，试图寻求逃避时间或者战胜时间，与此同时，他们无一例外还必须与某些事物做斗争。他还信奉那种独一无二的具体性与特殊性——喜欢玩味和记录这种特异性，他所描写的魔力能将笃斯越橘等湿地植物转变为在高耸的洛基山脉上盛放的鲜花，非常迷人却又朦胧。他说"让旅行者们自己走一遭"。的确，我们观赏到的是蝴蝶百合花式的非典型性模糊特征，这种花喜日照充足和多岩石土地，生长在茂盛的松树枝叶形成的阴凉下。

《庶出的标志》一书中，作者将数个国家糅合成一体。其后，他不再使用同样的方法，所以他在美国的创作黄金时期完成的众多优秀作品中，不再凸显地理模糊性，直到他在欧洲创作的《微暗的火》。他在地理方面表现出的那种破除陈规旧习的做法非常具有鳞翅目昆虫的特点。不仅仅是因为蝴蝶这种昆虫，比如凤尾蝶，根本就无视国界的存在，还是因为他最喜欢捕捉的蝴蝶是蓝灰蝶，是蓝翼蝴蝶的一种，它们喜欢栖息于"今天北极圈（上方与下方）内一个已经消失的丰饶之地。它们繁育的温床包括中亚的群山、阿尔卑斯山脉以及洛基山脉。已知这个属类蝴蝶出现在某一既定的地理区域内很少有超过两种，从来没有超过三种。据目前的记载来看，从来没有超过两个种类的蝴蝶时常出现在同一个泥潭边或在同一个鲜花盛开的河岸边翩翩起舞"。

按照他的想法，地球上曾经存在的一个蝴蝶超级大陆——被称为盘古大陆的北半边，即三亿年前那块超级大陆。这种个头小小、根本不起眼的蓝蝴蝶，也曾飞舞在这片大地上，其中就有俄罗斯、美国以及其他国家。

他在美国的黄金创作时期的作品对于这种幻想颇为克制。并不是说他对地理上的幻想不感兴趣了，但是在很长的一段时间内，他作品中的世界几乎一成不变，与现实世界并未拉开距离。二十世纪四五十年代的普通读者，阅读纳博科夫的新书之时，对他书中展现出来的无处不在的歧义性必须处处留意，但却不必担心他将全球版图大规模地重新划界的问题。

他表现出来的对美国潮水般一波接一波的印象给他带来这种（暂时的）稳定。为了维持生计，他在美国给本科生上课长达二十年，同时敏锐地发现了学生们的迷茫。与学生逐渐熟识给予了他这个契机，从只教三四个学生的语言课到给三四百学生办讲座，从身份低微到成为校园知名人士，这些都预示了他的写作发展走向。教书生涯让他获得了对美国无数这样的印象：

> 给我留下的最生动的记忆是在考试的时候。（康奈尔大学的）阶梯教室。考试从上午 8：00 至 10：30。到场的大约有一百五十名学生——男同学们脸都没洗，胡子未刮，女生们倒还精心梳洗打扮了一番。空气中弥漫着浓重的厌烦情绪与大祸临头的感觉。8：30 的时候，阵阵压低的咳嗽声和紧张的清嗓子的声音此起彼伏……一些学生殉道者般地陷入苦思，双臂死死地抱紧脑袋。我恰好与一个学生的目光对视，他的眼神中透出空洞与呆滞……一个戴眼镜的女孩走过来问我："卡夫卡教授，您想让我们回答……还是想让我们只回答这个问题的第一部分？"……有的学生痉挛的手腕晃动着，有的没有墨水了，有的喷洒的体香剂不管用了。当我看到有学生看我时，他们会立刻以虔诚的沉思状望向天花板。窗户玻璃起雾了。男生脱掉了毛衫。女生以非常快速的节奏嚼着口香糖。离考试结束剩下十分钟，五分钟，三分钟，考试时间到。

斯坦福大学和韦尔斯利学院的学生激发了他灵活运用俚语和对美国人整个民族的好奇心。假如他也像其他移民作家那样——例如和他在同一时间抵达美国的德裔戏剧学家贝尔托·布莱希特，长期以来只是按照自己的臆想，认为美国除了摩天大楼之外别无他物，美国就是个野蛮无礼、毫无人情味的国家——那么，他就不可能与那么多美国人结下如此深厚的友谊。纳博科夫与美国民众打成一片。同样作为移民艺术家，他与曼、布莱希特或其他住在飞地的头顶光辉的人物并无多少共同之处，倒是与那些曾经名噪一时却重新艰苦打拼的电影工作者更为相似：那些适应能力特强之人，比如比利·怀尔德，他来到美国打拼之前，曾在德国和法国出品了很多电影佳作，这样的人还有德国导演亨利·科斯特（他的部分电影：《丑女孩》《丹凤还阳》《主教之妻》《哈维》《圣袍》《歌唱的修女》等）。

在哈佛比较动物学陈列馆实验室，有个志愿者叫菲利丝·史密斯，负责为他准备样本，他对这个女孩很是喜欢。最初他们一起工作时，史密斯十七岁。她五十多岁时，忆起"他对我是多么了解"。纳博科夫喜欢在工作台旁聊天，在史密斯的记忆中，他"时而安静，时而大声说话"，总是"无拘无束，从不装腔作势"。20世纪40年代某个时刻，他读了梅尔维尔的《白鲸》后与她讨论这部作品。他向她提了"一个又一个的问题，没完没了。要她解释怎么理解的？为什么呀？等等等等"，仔细欣赏与体会美国本土居民的怪诞之处。史密斯的父母离了婚，纳博科夫马上极力安慰她，关心地询问相关情况，叫她不必太过烦恼。

1944年6月，"在哈佛广场附近一个香肠小屋，他吃了一些弗吉尼亚火腿，然后正当他开心地……呃，对了，在研究所仔细观察（加利福尼亚）的生殖器标本时，我突然之间感到很不舒服，胃里一阵阵奇怪的恶心翻涌。"他得了急性出血性结肠炎，引起喷射性呕吐与直肠出血，这件事反而勾起他对事情的好奇心，他居然写了两千字左右将此事通报给威尔逊和麦卡锡，文字的画面感极强，颇具喜剧色彩：

那时候，我正处于一种完全虚脱的状态，当医生……终于出现时，他摸不到我脉搏的跳动，也测不到血压了。他开始打电话，我听到他说"情况危急""一秒都不能耽搁"之类的话。五分钟后……他将一切安排妥当……我住在奥布里山医院的半私人病房——之所以说这个"半"字，乃是因为里面还有一位患有急性心脏病的老人，老人已经到了弥留之际（他在那里不停地呻吟、喘气，整夜我都没法入睡——黎明时分，他去了，去世之前还喋喋不休地给我提起一个叫"亨利"的人，絮絮叨叨地说个不停："我的小家伙，你不能那么做。你要好好对待我"等等——真是好玩极了。）

输液输了一天一夜后，纳博科夫被转移到了普通病房。

病房里的收音机里反复播放着热门音乐、香烟广告（从内心发出的甜腻腻的声音）之类，无休无止吵死个人，到了晚上10点，我实在忍无可忍地对护士怒吼，把这该死的东西给我关掉（全部医护人员和病人又惊又怒）。这就是美国人生活中古怪的一面——实际上他们并不真正去听广播里到底放些什么，因为每个人都在那里讲话、干呕、哄笑、逗乐，与（魅力十足的）护士们调情……但是，很明显，收音机发出的令人难以忍受的声音……已经成为他们在病房里生活的背景音乐，因为收音机一停，病房里立马就完全安静下来，我也很快睡着了。

　　他注意到了将死之人的喘息，同样注意到了"发自内心那甜腻腻的声音"。他做了一个作家该做的事情，尽可能处处留心，这样，似乎就能帮他克服内心的恐惧，减轻遭受的折磨。不管什么样的状况之下，他都在睁大这双眼仔细观察。

第十章

132　　　纳博科夫从科罗拉多州回来后不久就收到康奈尔大学的莫里斯·毕晓普教授的信，信中告诉他，康奈尔大学为他留有教授俄罗斯文学的一个教席。毕晓普是读了纳博科夫发表在杂志上的一些作品而知道了他这个人，而纳博科夫的堂弟尼古拉斯又曾经是伊萨卡北部的威尔斯学院一位"响当当的音乐教授"。毕晓普偶尔在《纽约客》上发表诗歌，《纽约客》的编辑——凯瑟琳·怀特，曾在康奈尔大学的开学典礼上谈起过纳博科夫。

　　纳博科夫曾经参观过康奈尔大学。而现在，在毕晓普的保荐之下，他再次来到这里，领略这所学府的魅力。由于纳博科夫学历不高，康奈尔大学的遴选委员会并不太想雇用他。可机缘凑巧，康奈尔大学新成立了独立于其他院系部门的文学分部，况且，纳博科夫的工资将由洛克菲勒基金会支付（5000美元）。

　　从此，伊萨卡成了纳博科夫在美国的大本营。那些离职的教授们空出了许多房子，从1948年夏天开始，十一年的时光里，纳博科夫同妻儿薇拉和德米特里就租住在那些房子里（德米特里只有学校放假后才回来住）。毕晓普和他妻子艾莉森，都成为纳博科夫的挚友。毕晓普的学术气质的养成深受《纽约客》"瑟伯

–佩雷尔曼"时代①的智者精神影响，他还是保证纳博科夫在大学能有一席之地的忠实监护人，这使得他与威尔逊及康斯托克一样，与纳博科夫成为莫逆之交。除了发表诗作和学术论文，毕肖普也写过畅销书，他曾以 W. 柏林布鲁克·乔纳森为笔名出版过一部悬疑小说。但是他否认自己是那本书的作者，然而，在康奈尔图书馆里面，他亲自刻下的一首小诗让他不打自招：

> 威斯康星北部的小屋
> 我暂居避世
> 只为超脱那
> 《污点之殇》
> 和 W. 柏林布鲁克·乔纳森
> 带来之痛

133

最开始，纳博科夫就明确表示过，作为一个教授他能承担怎样的职责。虽然，他曾致信艺术科学院院长客套一番，说"恐怕要让您失望了，我没有半点管理才能。说到组织教学，我实在是差劲极了。无论哪个学术委员会雇用我，我恐怕都难堪大用"。然后话锋一转，他又写道：

---

① 指的是对《纽约客》杂志非常有影响力的两位作家，一是詹姆斯·瑟伯（James Thurber，1894—1961）美国作家，漫画家。1927 年进入《纽约客》编辑部，成为其中最年轻有为的编辑之一，1933 年离开《纽约客》编辑部，但仍是该刊的主要撰稿人。另一位是西德尼·约瑟·佩雷尔曼（S. J. Perelman，1904—1979），美国幽默作家，其作品以精巧的俏皮话和古怪的情节而著称。他出生于纽约的布鲁克林，1925 年毕业于布朗大学。1930—1940 期间为《纽约客》杂志撰稿。

　　我完全同意您的看法，俄国文学课程不应只局限于用俄语授课……以往的经验告诉我，倘若这些课用英文讲授，那便会吸引大批对文学感兴趣的学生选课——譬如现在，我在韦尔斯利学院所讲授的这门课，就是选修人数最多的课程之一。

　　哈佛大学没有聘用他时，他为此郁闷了好久。现在好了，康奈尔大学决定聘用他，这好消息来得及时——他长舒了一口气。在他作为移民的故事之上添上了崭新一页，故事不再那么凄凉，一缕灿烂的阳光照了进来。战后，美国掀起了高等教育大规模扩张的浪潮，他那艘小船也借机漂浮在这浪潮之上。且不说他是一位才华横溢的老师和艺术家，单是在比较动物学博物馆他就做出过不可磨灭的贡献，然造化弄人，长久的郁郁不得志加上战争的阴霾笼罩，让他为了求得一家温饱而四处奔波，如今曙光初现，痛苦挣扎该是结束的时候了。

　　在康奈尔大学任教期间，他硕果累累。《洛丽塔》《普宁》《说吧，记忆》这些书籍的部分或是整本书的创作，都是在这个时期完成的，他还写了一些短篇小说和诗歌。此外，他也翻译了一些自己和其他作家的作品，包括长达一千八百九十五页的《奥涅金》（柴可夫斯基歌剧名作）以及古斯拉夫民族史诗《伊戈尔远征记》的注释性翻译。不仅如此，在 20 世纪 60 年代，他劲头十足，开始构思创作《微暗的火》和《艾达》。其中，《微暗的火》奇特地再现了他在伊萨卡的生活。不客气地说，他对这个居所的感情远比先前那些记录者浓厚得多，他的描写生动极了。小说中的大学校园——新怀依，像伊萨卡一样地形颠簸起伏，位于阔叶森林里，湖畔矗立着几幢漏风的老式建筑。冬天，这里白雪皑皑，寒风刺骨。在那个头脑愚钝，精神濒临崩溃，却并非完全不可靠的叙事者查尔斯·金波特眼中，情形是这样的：

> 如我所言，我永远不会忘记当我得知城郊的那处房子 134
> （就是贾琦·戈兹沃西去英格兰休假时租给我的那座）毗邻
> 那位著名美国诗人的宅邸时，是多么的欢欣雀跃，因为二十
> 年前我就试图将他的诗作放入"赞巴拉"中！这些读者在
> 我的笔记里都能找到。之后我很快发现，除了能让我拥有一
> 位极具魅力的邻居之外，这房间简直一无是处。房间的供暖
> 系统其实就是个摆设，它就是依靠着地板上的节气门来供
> 暖。通过这些节气门，地下室锅炉里不温不热的蒸汽传入房
> 间，锅炉运作起来，老旧的活塞发出沉重的声音……事实
> 上，就像每个新入住者都会经历的一样，他们也告诉我我选
> 择了有史以来最糟糕的冬天搬来了这……在第一天的早上，
> 当我准备开着我刚拿到手的、威风十足的红色轿车前往学校
> 时，我注意到谢德夫妇遇上了点麻烦，虽然我还未正式拜访
> 过他们。他们那辆老帕卡德歇在了私人车道上，道路结冰，
> 地面滑滑的，车的后轮卡在了冰面的凹槽处，车子出不来，
> 只能在原地"哼哧哼哧"，活像个被气得七窍生烟的老头。

金波特随时都在窥探谢德这位"罗伯特·弗罗斯特"式诗人的一举一动，房屋的伊萨卡岛/新怀依的朝向也在助他一臂之力：

众所周知，窗户从古至今都是第一人称文学的慰藉。但是一位观察者永远不能单凭窃听《当代英雄》或者是无所不在的《逝水年华》就能照猫画虎写出杰作，但是，我偶尔也能得到一星半点的收获，不亦快哉！当榆木疯长，以至于我的竖铰链窗再也关不上的时候，我发现了走廊尽头的一个长满常青藤的角落，从那我能清楚地看到诗人宅邸的正面。如果想看他房子的南面，可以下至车库后方，目光透过鹅掌楸、穿过蜿蜒的下坡小路就能看见许多珍贵的、透亮的窗户……倘若想见见房子的另一面，我只需稍挪几步、登至花园最高处。花园中，我的那些保镖似的黑杜松望着星空，仿佛在研究星相命理，底下小路旁的街灯形单影只，投下苍白的灯光，点点斑驳。初始季节勾起了我的回忆，我曾克服了……许多源于自身的恐惧……反而开始享受寻觅的乐趣：在黑暗中，追寻着我庭院中草木岩石向东投射出的影子，直至它消失在一片洋槐树林。那地方刚好在诗人住处的北面，地势稍稍高出些许。

135　　莫里斯·毕晓普后来写了一本专门致敬纳博科夫之书，书中回忆起了早年在教师休假之屋他们一起度过的时光：

大多数教职员工来自中产阶级家庭，甚至来自富裕家庭的也有。我们大家养成了自己动手丰衣足食的习惯，一般都是自己亲自动手，割草，更换清洗装置，粉刷地板。纳博科夫一家从前经历过大起大落，开始过的是富家优越生活，后又陷入赤贫状态，在柏林住的是那些破败不堪的出租屋。他们对中产阶层的自给自足的生活几乎没有什么体验。

那些带有家具又不需要维修的出租屋很适合他们。这些房子有的枯燥沉闷，有的熠熠生辉，例如卡尤加高地上的汉普顿街住着一位教授，他的房子就收拾得干干净净、整整齐齐。房子坐落于山丘之上，透过硕大的单片落地窗，就可以欣赏到卡尤加湖的美丽风景。薇拉"在一个褊狭的小镇上，依靠着微薄的收入扛下了打理日常生活的重担"，毕晓普回忆道，斯泰西·希夫详尽记录下了薇拉为她丈夫做的一切：他的专职司机，教室里的助手，所有家务，寻找出租屋，他的专职打字抄写文员。她是颇具皇家风范的贵族女人，其风采为众多人所默默叹服与倾倒，同时又默默地为她感到惋惜与担忧：

> 最引人注目的就是他们家中劳动分配问题。在超市停车场，薇拉将买好的大包小包的家用物品放在雪地上，一边手忙脚乱地找钥匙，然后将货品一样一样装进后备厢，引得好多人都回过头好奇地看着她。而她的丈夫，此时却坐在车里一动不动，视若无睹，似乎一切都不关他什么事。有一次搬家，情况也大致差不多，纳博科夫搬了一副棋子、提了盏小灯，就这样大摇大摆进了新家，他的身后跟着的是提着体积庞大、笨重无比的两只箱子的薇拉。

在德米特里脑海中有关康奈尔的记忆鲜明生动，呼之欲出。那时他常在那儿进进出出，伊萨卡成了他适应美国新生活的地点，一个会让他想起"父母将疼爱、幸福还有鼓励紧紧地包裹在蚕茧里"的关键接合点，他之后写道。回忆起伊萨卡，他历历在目：

> 在我们过寒假的家那边，我会划着滑雪板，穿过伊萨卡的小路，去买日常用品，那些路会因一场突降的暴风雪而不能通行。又或许，我会在春天开着我们亲爱的奥尔兹或者后来的一辆车——一辆青蛙绿的别克……去喀斯卡迪拉的网球场，和父亲来上一场比赛。

136　　他们住过的每一所房子"各有各的魅力，马蹄铁状的房子，地下的工房，在汉斯廷家（Hansteen）花园里，我还挖到了一颗来历不明的炮弹，不知道怎么的就让我将之与那句俗话'像颗铅球一样无法升空'联系到一块了"。晚上，"电视上会播《蜜月伴侣》或希区柯克（Hitchcock）的电影，通常一看，一晚上就过去了，现在想来，那时看希区柯克的电影仿佛暗示着几年之后，（我父亲）差点有机会与他合作"。

　　德米特里和小说中的洛丽塔年纪相仿，而美国人对安逸享乐的追求，也深深烙印在洛丽塔的性格里，但在洛丽塔的身上却显得荒谬和悲哀。洛丽塔的父亲去世后，她和母亲住在那间摆着墨西哥小玩意的房子里，也就是在这里，洛丽塔失去了她的母亲，之后，她人生真正的噩梦从此开始了。而纳博科夫现实中自己的孩子——从某种意义上说，是他和妻子薇拉倾注一生心血的得意之作——他总喜欢在朋友面前吹嘘自己的儿子，当然也同时带有深深的歉疚。他们带儿子成功逃离法西斯德国的铁蹄，历经千辛万苦，将一开始不会说英语、穿着寒酸、营养不良一脸菜色的儿子带到一个充满希望的国度。纳博科夫搬到伊萨卡后的几天，他写信给《纽约客》的编辑怀特，他写道："我们非常喜欢康奈尔，感谢仁慈的命运之神将我们指引到这里来。"

德米特里总是令人伤透脑筋，他固执任性（他自己也说过"我并非总是一个让我父母省心的乖儿子"）。他在三所私立学校上过学，德克斯特学校（the Dexter School 早年的约翰·肯尼迪也曾在这里上过学）、圣马可中学（薇拉觉得那里的校长是个"无耻的家伙"），还有放得很开的霍德尼斯中学，德米特里就是在那里学会滑雪和远足的。这三所学校的学费花了纳博科夫在康奈尔大学几乎三分之一的收入。"在寄宿学校生活求学期间，我差点就误入歧途。"德米特里坦言。

> 那时候，我……总在危险的边缘玩着心跳，学习成绩还不错，但行为不检，总干坏事，躲在树林里喝酒，大半夜到处游荡，一年级的时候还搞过小偷小摸。有一个棒极了的老师，名字叫查尔斯·艾比（Charles Abbey）……他教我莎士比亚文学基础课，在他指导下，我进入了州以及新英格兰地区的辩论锦标赛；我被大学录取了之后，村里一群愤愤不平的母亲提出强烈抗议……我也曾自愿开车送一个患有麻痹症的同学去做常规的骨科复查，发现了（那骨科医生）有个娇媚的女儿，我和她偷偷幽会了几次。多亏了校长的宽容，我才得以体面地离开学校，还能在家参加能挣学分的期末考。

德米特里能以积极的方式快速成为真正的美国人，实在是天意使然。纳博科夫夫妇能够放弃圣马可中学这样的学校——即便它是实行精英教育的名校，但纳博科夫隐隐感觉到学校有厚此薄彼之倾向——所以纳博科夫后来找了一所更合心意的学校，那就是霍德尼斯中学，而事实也证明了他们在美国的运气还算不赖。

洛丽塔上的也是私立学校。洛丽塔的继父对她垂涎三尺，他们开车跑遍全美，亨伯特占有洛丽塔达一年之久，终于将洛丽塔送到了新英格兰的比尔兹利学校。亨伯特说，这是一所"表面上符合英国人办学理念"的学校，但学校自认为非常先进并以此为傲，用学校女校长的话来说，他们关注的是"怎样让孩子适应集体生活"。尽管洛丽塔经历过心灵创伤，她的青春也被深深地玷污了，但她在学校的表现依然有学生应有的模样，只不过，校长普拉特小姐还是察觉到她的异常："她总是沉溺于性幻想之中而无法自拔，且无排解渠道"，但奇怪的是，她又"刻意表现出一副对性方面的事情毫不关心的样子，极力压抑她的好奇，想要保持她的纯真和自尊心"。她"曾在健康宣传册上，用唇膏写下一句淫秽的粗话，我们的卡特勒博士告诉我，那是墨西哥语中的一句市井话，意思是男人小便的地方"。但同时，她却对鸟类和蜜蜂之事（性教育入门知识）一无所知。

德米特里在他的回忆录里提到，他年轻时到处恣意寻欢，他的这些风流韵事或许给父亲纳博科夫对血气方刚的美国少年的描写增加了别样的色彩。嫉妒成性的亨伯特想把继女完全据为己有，所以非常警惕她与那些坏少年有什么接触，并暗下决心，"只要我占有她一天，就决不让她和荷尔蒙躁动的年轻男孩出去看电影或者在车里亲热"，汽车迷德米特里似乎就是亨伯特所形容的"那些不知天高地厚，满脸脓包，开着改装车的强奸犯"，前来勾引洛丽塔的那些蠢蠢欲动的少年之一。不管德米特里的品性如何，他都有去探索、去体验的自由。他睿智聪慧的、对他关心备至的双亲，为引导他重回正轨而操碎了心，他们殷切期望，如果可能的话，儿子能在他这一代就完全融入美国社会，最终能获得快乐和稳定的收入，这两样东西才能真正给德米特里提供保障并让他享受自由的生活。而作为父亲的亨伯特对洛丽塔的教育，恰恰是纳博科夫夫妇教育理念的反面教材。

由于缺乏尽职尽责的父母的管教，德米特里的"苦命妹妹"整天东游西荡。她浑身上下无处不透露出青春少女的致命诱惑，魅力四射，光彩照人。

> 洛洛，柔弱的小洛洛！尽管她外表仍充满着孩子般的稚气，但或许由于与异性时常进行亲密接触，她浑身洋溢着一种奇异而慵懒的韵味。这样一来，无论是加油站的小伙、旅馆侍从、度假旅客、坐在豪车里的呆瓜，还是站在蓝色泳池边的黑皮肤蠢蛋，无一不被她撩起阵阵性冲动……小洛对于自己的魅力了如指掌，我经常注意到她朝着某个方向眉目传情（coulant un regard），向一个油猢狲（机械修理工）抛媚眼，那小子强壮的褐色手臂上，戴着手镯环带的腕表。我就转个身给我的洛洛买一根棒棒糖的工夫，就会听到她和一个技工帅哥对唱起了情哥哥情妹妹之类充满挑逗性的情歌。

洛丽塔异乎寻常的性早熟让她以后的人生道路十分危险。如果是个男性，那将会安全得多。纳博科夫曾仔细研究过恋童癖，但他对此的解释与陈述却存在误区，且看小说《洛丽塔》中他对此的描述：

> 陪审团诸位女士们、先生们！大部分性犯罪者只是寻求一点刺激的悸动、甜美的呢喃，他们渴求和小女孩在身体上、而非一定是性爱上的接触。他们实际上是一群无伤大雅、受过创伤、消极怯懦的边缘人，只是祈求社会能够容许他们进行这种事实上不造成任何伤害的、人们口中所谓的畸形行为，这种卑微、热切、愁绪满怀的性偏离纯属个人隐性行为异常，警方和社会没必要予以无情的打击。我们不是性魔鬼！我们不像威猛的士兵那样去强奸他人。我们只是一群郁郁寡欢、性情温良、满眼哀怨的绅士……诗人从来不杀戮。

错！他们还真的会杀人。亨伯特杀了人：克莱尔·奎尔蒂，他的头号情敌，就是死于他手。夏洛特·黑兹，他的妻子，同样在由于他的所作所为而引发的车祸中丧生。洛丽塔也死了。由于多年来他"监护"的失职，她放纵自己，居然心甘情愿任由奎尔蒂摆布，接受奎尔蒂对她另一种更为奇特的性奴役。但是这一切在她身上打下了深深的烙印，那可是致使她毁灭的性烙印。她是美国人，因此这样的事情对美国人来说决不可等闲视之。当海丝特·白兰熄灯睡觉，霍桑似乎尽量地呵护她。按照哈克贝利风格的思路，在阿拉斯加的疆域上，不该孕育的孩子将永不降生：尽管她想要挣脱噩运，结果招致更加清晰的诅咒，致使她迅速地走向覆灭。

第十一章

可笑的是，比尔兹利学校那个好管闲事的普拉特小姐误解了 139
洛丽塔的症候，然而她的大方向却没有问题：性是其中最根本的
关键。普拉特小姐的逻辑是，关心"孩子对集体生活的适应程
度"，就是要关心他们在性这一方面的发展，这比孩子的德育或
智育教育还重要。为了显得自己是 20 世纪中叶非常前卫的美国
教育工作者，她将性教育摆在突出位置——"这就是为什么我们
强调四个 D，"她告诉亨伯特："戏剧、舞蹈、辩论和约会（Dra-
matics，Dance，Debating and Dating）。"弗洛伊德学说正刮起
这个世纪最为强劲的风暴。弗洛伊德主义在很多问题上有独到见
解，只可惜，它在大众脑海中最后简化为一个字：性。亨伯特算
是恰好交到了好运——是耶非耶？天晓得——他刚好生活在
"性"世纪中叶的美国。

"性"并非弗洛伊德所独创，文学作品中"性"描写早已有
之。众人皆知，纳博科夫对弗洛伊德反感至极：他有精神洁癖，
他说，通过"回忆我梦境中的点点滴滴，没有一处与性象征或神
话情结能扯上关系，以此批驳那个维也纳的江湖医生，此乃我每
天早上的一大乐事"。然而弗洛伊德学说中人们津津乐道的堕
落——"一切都和性有关"——恰好与他最出色的小说不谋而

合。毋庸置疑，他的主人公一生沉湎女色，究其缘由，是他童年经历的那一段恋爱插曲给他留下了终生创伤。这个童年梦魇一直折磨着他，适逢其会，洛丽塔方才一圆他的梦想，让他重新振作起来。除非有案例能更清楚地表明童年时的性创伤的影响，否则对此很难解释清楚。在纳博科夫笔下，亨伯特也是一个反弗洛伊德的人，一个"无政府主义者"，他深深陷入精神分析鼻祖弗洛伊德编好的剧本中不能自拔。

140　　　纳博科夫早期的小说包含了一些性刺激片段，但性欲的满足常常伴随着灾难，比如《眼睛》（1930）、《黑暗中的笑声》、《塞巴斯蒂安·奈特的真实生活》还有其他一些作品。他最为情色的段落并不是对性行为本身的描写，而是对激发欲望的对象的详尽描述。他的主人公都成为肉欲感知的渠道引入口，鉴赏女性诱惑力的行家里手：

> 两个姐妹很像。姐姐面容上那毫不掩饰的斗牛犬般的呆滞在尼凡娜脸上也几无二致，只不过，妹妹姣好的面容更体现出与姐姐迥异的味道与独特魅力。此外，两姐妹的眼睛也很像——棕黑色，有点不对称，有点斜，深色眼睑上有可爱的小褶皱。凡尼雅的虹膜不够明亮……有点近视，她们的眼睛太美了，就好像它们长出来，并不是要用来天天看东西使的。
>
> ——《眼睛》

> 阿比诺斯教导她每天都得洗澡，不要像从前那样只洗手和脖子。现在，她的指甲总是那么干净，看起来粉粉亮亮

的……他天天都能发现她不一样的迷人之处。一些拨动他心弦的小动作，换了是别的女孩，这些小动作在他眼中会显得又粗鲁又庸俗。她女童般的曲线、她双眸中透出的大胆无耻与迷迷离离（仿佛那剧院中慢慢地黯淡下去的灯光）弄得他神魂颠倒、不辨东西。

——《黑暗中的笑声》

"她到底有什么吸引人的地方？"这个问题他都想了千百回了。好吧，她的酒窝，白皙的皮肤——肯定不止这些。她的眼睛还凑合吧，眼神游离，她的牙齿不整齐。她的嘴唇很厚，平滑光亮——让人不禁想亲一下，好让它们闭起来。她觉得自己穿蓝色套装很有英格兰风情……一旦马丁对索尼娅本已不那么上心了，他马上就会蓦然发现，她的背影是那么的优雅，她那歪着脑袋的样子——她斜着眼，带着一丝冷艳之光瞟他一眼。

——《光荣》

对性行为的描写在一些书中比比皆是，然而，纳博科夫避开低俗的语言——那种绝对的淫秽语言——他对女子香闺的描写是好莱坞式的：装得高深莫测，镜头聚焦在人物行动之前和之后，而行动本身不做描写。性行为发生得很快，频率高得让人觉得不真实。在《黑暗中的笑声》中，玛戈特这个无情又毒舌的情妇和她那反社会的情人雷克斯多次在阿比诺斯的眼皮底下苟合，她享受着背叛阿比诺斯的快感。她也多次和阿比诺斯发生关系。在三十年过后创作的《艾达》中，那种如兔子般的机械性描写削

141

弱了可信度。纳博科夫对性的描写大多数是无色无味、不着痕迹的，读者只能间接感知。在他的那个时代，有些作家急不可耐，不怕冒天下之大不韪——不惜笔墨尽情想象和渲染性场面，丝毫不留余地——纳博科夫觉得这并非其任务，也不屑如此。

他只围绕情色本身做文章：对情人着迷的缘由，对情人如痴如醉的过程细细解剖。在他《洛丽塔》的前身《魔法师》中，他用自己独特的眼睛发现并描绘这一切：

> 一个身着紫罗兰色衣裳年方十二岁的女孩……飞快而用力地踏着不滚动的滑板，在砾石上发出嘎扎嘎扎的声音，她在滑板上一上一下，像日本人迈着小碎步一般模样……接着……他猛地发现，就在电光石火之间，他被她彻底迷住，从头到脚：她那黄褐色卷发翩飞晃动（最近剪的头发）；一双大大的、深湛的眼睛神采飞扬，不由得让人想起透明晶亮的醋栗；她那欢乐而温暖的神情；她那粉嘟嘟的嘴巴，微微张开，两颗大门牙差点就碰到了微微凸出的下唇……双臂裸露，如小狐狸般的光滑毛发已经冒出。

纳博科夫回忆说，《魔法师》就是"毫无生命力的垃圾"："我很不满意这部小说，在1940年移居美国后，就把它销毁了。"二十年后，为了减税而收集手稿捐献给国会图书馆时，他找到了这部作品的手稿，带着"更快乐的心情"重读这部小说，却认定它是"一部美丽的俄罗斯散文作品，精确而明晰"。然而，他依然觉得作为一部小说来说，这不算一部成功的作品。

对他来说，描写对女童的迷恋具有很大的挑战性，这几乎让他行文的条理出现紊乱。故事的开头令人有些倒胃口，而且艰涩难懂。无名无姓的主人公在一座不知名的欧洲城市里，喋喋不休地剖析他对小女童的迷恋，弯来绕去的委婉语俯拾皆是。长达五十五页的叙述（用俄语写成的手稿）和主题有种若即若离的关系，就像主人公在抑制自己的冲动，满怀恐惧但又不能不说。他是一个"瘦弱的、嘴唇干燥"的男人，"已经开始谢顶"，与长着一双狗眼、猥琐好色而无能的亨伯特人物形象颇有些相似（这并非真正的亨伯特，并非洛丽塔眼中那位"英俊潇洒、阳刚之气逼人的"亨伯特）。

142

在苍白无力的开头之后，《魔法师》其实读起来非常流畅。与《洛丽塔》不同的是，它不那么单刀直入（用的是第三人称，而不是第一人称，说明多过描写），太过简单，像《洛丽塔》那样的引经据典只是偶尔为之。但是，单从人物形象塑造上说，《魔法师》和《洛丽塔》之间相似之处数不胜数，描写洛丽塔也用了"醋栗"一词；两部小说中的小女孩都散发出"饼干一样"的气息——这对情节转折至关重要。十年后，作者重新审视这份手稿时，他发现，毫无疑问，自己在这部作品的想象力与创造力方面还是下了不少功夫的。他为什么回过头再写这个题材是一个谜。一个有恋童癖的绅士承担抚养继女之责，用这样的桥段创作一个故事已经证明不成功，只会显得无聊乏味，并不会有轰动效应，再写这样的故事也许没有什么前景可言。

或许是因为纳博科夫个人对这种蕴含着情色之类的题材太感兴趣，以至于让他又将那个故事重写一次。作为一个专业作家，他对于机会有着灵敏的嗅觉。威尔逊重写赫卡特县的经历——当然不是决定性因素，但与纳博科夫重新处理写过的题材之举不谋而合——引起极大关注。威尔逊在他胆大包天的小说中表现出的那种直白，成就了他的第一本畅销书，在这之前，他已写过大约二十本有关美国的书：

> 她那完美而圆润的大腿，还有双腿之间不可方物的美艳，那是艳丽，我以前从未发现它具有极端的美学价值，我不禁欲心大动、目瞪口呆。隆起之处呈现出经典的女性特征：圆润，光滑，丰腴。金色或者也可以说是金黄色的毛发，卷卷软软的；门户娇艳粉红，仿佛鲜花之花蕊。它们尽着自己女性的本分，分泌出甜蜜、光滑而丰沛的爱液，以使进入更为顺畅，之前，我对她的判断出了问题，竟然怀疑……她对爱抚没有反应。

在另一个臭名昭著的片段中，威尔逊写道：

> 我记得，那是一个寒冬的周日，下午的时候，安娜来了，那一天，我从一个荒废的博物馆查完资料回来，一路上是一排排没有装饰的住宅外墙与装饰典雅的住宅远景。回来的当儿，眼前一幕让人有些尴尬，她褪下她那粉色衬裙，只穿着胸罩。冰冷的下午，光线微弱的周日房间，两条被单之间……是她那温暖而曼妙的身躯，和那毛茸茸的、湿润的下体……还有一天晚上，我参加了一个聚会，在聚会中，我那温柔而迷人的殷勤让伊莫金很愉快……回到家里的时候，安娜正穿上衣服准备要走，看到黑色连衣裙和灰色长筒袜之间露出来的白皙的大腿和臀部，我又突然间来了兴致，跟安娜

又弄了一次。

威尔逊阅读过亨利·米勒的作品，米勒写的《北回归线》（1934）、《南回归线》（1939）都用了过分露骨的表达。利昂·埃德尔，威尔逊的选集《二十年代》（1975）的编者，认为《查泰莱夫人的情人》为美国模仿劳伦斯关于等级和性的创作风格提供了借鉴。尽管现在威尔逊的描写看起来平和了许多，当然也不淫秽，但"我们应该记住的，"埃德尔写道，"是……其忠实于生活和自己（他的率真），比起那些后来那些铺天盖地的、为美国创造性想象力增色的色情作品，威尔逊是开了先河的。"

《魔法师》中没有大胆露骨的文字，却给人无比形象的画面感。最后，不知姓名的主人公必须痛苦地面对自己的恋童癖，用了一连串有些不知所云的奇喻（"他那可怕生活的从句……从来没有被主句补充完整过"，等等），我们发现：

> 他的目光早已经……不知不觉地慢慢滑向（一个睡着的，半裸着的孩子的身体）……他终于鼓起勇气，用手轻抚她微微张开的、有点黏黏的大腿，一路摸下去，只感觉到她的腿越来越凉、越来越有粗糙之感……油然而生强烈的成功快感，他想起了溜冰鞋、太阳、栗子树，一切的一切……他不停地用指尖抚摸下去，浑身战栗，斜着眼睛看着她那丰腴、带有新长出来的绒毛的微隆之处，那相互独立而又有天然联系的完美对称，集中呈现出与她的嘴唇和脸颊相互呼应的浑然一体。

　　到此时为止，这部小说还是相当克制——这个猥亵者还没有真正得手过。虽然在最后他确实抚摸了她，但他更多的是用目光赤裸裸地意淫她。当纳博科夫笔下这个倒霉的主人公，在几分钟后死于一场车祸，终于瞥见了真正的天堂之时，不由得让人想起纳博科夫自己总喜欢将目光锁定到蝴蝶标本身上，聚精会神地研究"显微镜下那水晶般奇妙的世界"。

　　他将这个题材回炉重写，究其原因，或许是由于这类题材本身就充满危险气息，处理起来具有很强的挑战性，因而他希望借此可以开创一个全新局面。不仅仅是商业上的突破，尽管他对之梦寐以求（"我之前所有的书都遭遇商业上的滑铁卢，以惨淡收场"，在1950年写给凯瑟琳·怀特信中，他如此哀鸣道），更重要的是文体上的突破。《魔法师》不尽如人意之处恰恰是它的布局行文的缺陷。在《洛丽塔》中，纳博科夫将对话进行了一番彻底的革命，怎么生动和邪性怎么来，而在原来的《魔法师》中，人物对话显得冷漠钝化，一大段一大段冗长而智性十足的对白，女人说的话像男人，男人说的话像女人，说起话来都那么令人无比气闷，简直透不过气来：

　　　　"现在，让我们坐下来，理性地讨论一下，"过了一会儿，她疲倦而温顺地缩在刚送来的沙发上，说，"首先，我的朋友，你也知道，我是一个病的、病得很严重的女人。好几年了，我的生活就是一直都要接受没完没了的医疗护理。我在4月25日动的手术十有八九是倒数第二次，下次他们就会把我从医院抬到墓地了。不，不，不要嘲笑我说的话，让我们想一下，或许我还可以多活几年。"

"请，试着去理解"，他接着说……"就算我们给他们
钱，甚至多给他们钱，你认为这能让她在那儿感觉像在家一
样吗？我对此表示怀疑。那里有一个很好的学校，你会这么
告诉我……但是我们会在这儿找到一个更好的学校，尽管我
一直以来都倾向于找私立学校。"

尽管纳博科夫嘲笑他笔下人物的那种木讷，但他的小说本身
也并未摆脱这种木讷基调。《洛丽塔》中，作者并未将以欺骗为
目的的那段婚姻的邪恶之处大书特书——只把此事当作一个黑色
幽默的玩笑。恋童癖一路上马不停蹄，不断重复自己魔鬼般的恶
行，以典型的亨伯特式的放荡不羁，迅速走上了不归路。

假如我们检视一下涉及性描写的小说家名单——我们暂时认
定纳博科夫也曾经有此想法——纳博科夫肯定会把自己的名字从
名单中划掉。《洛丽塔》的确大踏步地向前迈进，步子之大令人
瞠目。比如，涉及性描写的偷窥狂倾向，在《魔法师》中还只
是隐晦地表现那种邻家花园中常见的偷窥狂，在《洛丽塔》中
却更为深入细腻。《魔法师》中那位不具名的女孩只是类型化描
写，但是，洛丽塔却是在一个天赋异禀的天才的关注下向我们款
款走来，她生活的美国背景也同样经过作者生动的艺术处理。

对滑旱冰的女孩的牙齿、卷发和美丽的脸颊的描写还有些模
模糊糊，但是洛丽塔施了一个不可思议的魔法，时光慢了下来，
而引诱她的那个男人，虽然一开始内心就充满欲望，居然也学会
了慢下来。与洛丽塔相处的早些日子里，他只是满脑子的"一动
不动地与她摩挲，如同电影中的定格镜头"，还有"她坐下来绑

鞋带的时候，她一个膝盖在格子呢裙下抬了起来"。接下来，将无数次澎湃的内心感受，汇集不同词汇加以记录——痴痴呆呆、莫名肿胀、科学策划、讽刺挖苦、顶礼膜拜。如同奥杜邦的《美国鸟类》一样，纳博科夫将一个女孩当作自己的标本，对这位性感少女进行细致的分析解剖：

> 浓黑的睫毛，浅灰色眼睛，眼神迷离……五颗不对称的雀斑……她的头发是红褐色的，我觉得是。嘴唇像被舔过的糖果一样红润……噢，要是我是个女性作家就好了，那样的话，我就可以正大光明地让她赤裸裸地暴露在我面前，可惜，我只是亨伯特·亨伯特，身材瘦长，骨架奇大，长满胸毛，眉毛又浓又黑，口音可笑，傻傻的、孩子气笑容背后，实乃藏垢纳秽、道德败坏的恶魔而已。

这位臆想的"女性作家"想要直接地对小女孩进行临床检查，以对她的每一个部位都透彻了解，但实际上，正是他那充满淫邪而饥渴的目光让洛丽塔活生生地来到我们面前：

> 她穿着格子衬衫，蓝色牛仔裤和运动鞋……过了一会儿，她过来靠我身边坐下，我们俩并排坐在后门廊低级台阶上，她开始捡起脚下的鹅卵石……把它们扔进垃圾桶。"砰！"你再扔肯定扔不进去——你要再扔试试——（我简直痛苦得要死）——扔不进去。"砰！"多么美妙的皮肤啊……光滑柔腻、晒成棕褐色，不带一丝斑点。吃圣代冰淇淋会长痤疮。被称为皮脂的油性物质滋养皮肤毛囊，皮脂过

度分泌的时候，就会刺激皮肤，痤疮就长出来了。但奇怪的
是，进入青春期的性感少女，狼吞虎咽地吃了那么多油腻食
物，就是不会长痤疮。

突然，我知道我可以肆无忌惮地吻她的喉咙或者小舌。
我知道她会心甘情愿让我吻她，她甚至会闭上双眼，像好莱
坞电影镜头示范的那样……她那样时髦的孩子，一天看那么
多的电影杂志，那样了解梦幻般的特写慢镜头专家，对这种
事早应该见怪不怪了吧。

在小说后面的情节中——亨伯特以每天三次的频率来蹂躏洛
丽塔——他持续不断地发现她身上美妙之处。他邪恶本性中隐藏
着的无数恶魔并没有蒙蔽住他的双眼；实际上，他的感受力变得
更为复杂，更充满柔情蜜意：

她第一次穿着有毛领的布衣，戴着一顶棕色小帽，留着
我最喜欢的发型……前面一绺刘海，两侧涡旋起来，脑后是
自然卷……从来没见过她脚上那双深色的鹿皮软鞋和白色袜
子那么随意邋遢。跟平时一样，她说话或者听别人说话的时
候，总喜欢把书按在胸前，双脚不停地做出各种动作：用右
脚尖踮在左脚背上，右脚再往后画一圈，交叉双脚，轻轻地
抖着脚，随随便便走出几步……更要命的是，既然我们说到
运动和青春……我喜欢看她骑着漂亮的崭新的自行车在塞耶
街上飞来跑去，一会儿直起身来使出全身力气踩着踏板，一
会儿又坐回去，等到自行车动不了，才懒洋洋地蹬两下踏

板。接着，她会停在我们的邮筒那儿，双脚还跨在车上，快速翻阅在邮筒里找到的杂志，又放回去，伸出舌头抵住上嘴唇的一侧。

对这样一个禁忌题材做出如此细致入微的观察，小说不免读来让人耳热心跳、又充满惊惧的震撼力。对他而言，被困住的性感少女是他可以取之不尽用之不竭的题材。对了，这个女孩，冥冥中自有天意，非洛丽塔莫属。

《洛丽塔》这部小说很快就会宣称，本小说属性爱小说之列。小说以"前言"开头，前言的作者为小约翰·雷博士，其身份是"变态"研究权威，他向读者保证，"故意遮遮掩掩的老套做派"并不会让这部小说想要展示给我们的东西模糊不清。小说里会有很多如"催情药"性质一样的场景出现，大家千万要有心理准备。在多数评论家看来，雷的前言通篇都是典型的纳博科夫式讽刺，自以为是的编辑竟敢认为他读懂了他介绍的这部小说。纳博科夫的这种做法与让人引以为傲的美国传统不谋而合，一些著名的美国作家，比如惠特曼和坡，都化名给自己的作品写评论。正如雷所写的，纳博科夫声称这部小说的最高价值在于：这是"一个悲剧性故事，其坚定不移的倾向不是别的，就是维护道德规范"，他很肯定地说，尽管是言不由衷，未来的五十年间，他的同盟（显然是指他的妻子和儿子），也会提出同样的论点：

理所当然，伟大的艺术作品总是具有独创性的……应该或多或少都会出人意料、给人震撼。我无意美化"亨伯特·亨伯特"，毫无疑问，他令人恐惧，他卑鄙无耻，实乃道德沦丧之典型代表，既凶残又可笑的怪胎……尽管他的忏悔录中，满篇都闪现着至诚与真性，但这并不能免除他那道德败坏的狡诈罪行。他就是个变态狂。不是什么谦谦君子。然而，神奇的是，他用小提琴为洛丽塔奏唱出的柔情，让我们对小说的作者感到深恶痛绝的同时，也沦为这部小说的俘虏！

另一个恬不知耻的善于自我推销的美国人——美国归化作家——弗兰克·哈里，也加入了早期的性作品行列，与纳博科夫同时期，他出版了最臭名昭著的性回忆录。亨伯特，就像《我的生活和爱》（1922）中的哈里斯，三岁就失去了母亲，没过多久，就产生了性欲。哈里斯五岁就产生了性欲，亨伯特稍晚，他发现"欣赏某些照片，比如皮雄那本装帧精美的《人体之美》（La Beauté Humaine），看着那些珠圆玉润、若隐若现、柔软无比的分界线的照片，我身体的某个部位产生了有趣的生理反应"。

纳博科夫对哈里斯和其他作家写的性回忆录进行戏仿，但与此同时，他推陈出新，匠心独运。性爱并非贯穿这个作品始终的主题，而只能说故事里的性爱从头至尾都有，但被其他成分严严实实地包裹起来了。哈里斯将自己想象成开掘英语文学写作中隐晦传统的十字军，获取"写作中的绝对自由，像乔叟和莎士比亚一样前无古人，直言不讳，挥洒自如……随心所欲地表现淫秽细节、精巧的情色以及男人的挑逗语言"，在这一点上，纳博科夫与哈里斯迥然而异，他对那些污言秽语，过去、现在和将来都打心眼里厌恶至极。跟小说《魔法师》一样，纳博科夫只用委婉语雕琢着《洛丽塔》，只是这次，这些委婉语未达到遮遮掩掩的效果——反而处处增强了鲜明的画面感—— 一种肉体描写的全新模式，另类的直白，看得人心惊肉跳：

> 接着，她整个身体越过我，假装要全力抢回（我们俩共同阅读的杂志）。我抓住她那关节突出的手腕，杂志就如同惊弓之鸟一般落到了地上。她扭动着挣脱我的手，身子退了回去，躺到长沙发的右角。然后，这个放肆无礼的孩子，不由分说地就把伸展开来的双腿搁在了我的膝盖上。

洛丽塔的妈妈做礼拜去了，家里就只剩下他们俩。穿着丝绸睡衣的亨伯特"这个时候……处于一种近乎癫狂的兴奋状态"，接下来，他"通过一系列让人不易觉察的小动作，成功地将他掩饰得很好的色欲与她那无遮无掩的双腿协调得完全同步"。

对《魔法师》中的那反英雄人物来说，这些字里行间流露出的内心活动就足以使他变得病态，并最终被致命的罪恶感紧紧缠绕。而亨伯特竟然将这些内心活动贯穿到底。他不会去强奸这个孩子，但他仍然有自己的方式得到满足：

148

> 我语速很快，与呼吸不能协调一致，只好假装忽然牙疼来掩盖我的上气不接下气——而自始至终，我变态狂的那双眼睛始终锁定在我面前金色的目标上，我小心翼翼地一点点增加……她那两条晒成褐色的双腿（此时就横跨在我腿上）与我不可言说的激情勃发之间那妙不可言的相互摩挲。

洛丽塔似乎对此懵懂无知。她嘴里嚼的正是"伊甸园的红苹果"。在接下来的身体摩擦片段里，那缓缓的、在时间上延伸开来的摩擦正好与亨伯特对于性感少女的冥想紧密相连，让他内心无限激荡，成为性魔力的绝佳范例："我已置身于一切皆空的境界，身体中只剩下飞速发酵的至乐充盈灌注。"

他彻底迷失了：

> 笼罩在小黑兹（Little Haze）身上夏雾（summer haze）般浓烈而健康的身体热气中。她别走啊，她别走啊……我内心最隐秘深处一开始的那种妙不可言的膨胀此刻却变成了一阵灼热的刺痛，这种刺痛已经进入了绝对安全、无比自信与信赖的境界，这种境界在清醒状态时绝不可能达到。激情四射的深度甜蜜感一路狂奔，最终到达晕厥抽搐的至乐状态。我觉得，为了让这种享受延续一段时间，我可以把节奏放慢一些。

然后他开始想起伊斯兰宫廷和伊斯兰一夫多妻制下的女人们。他顺便描述一种被称为 Kavla 的状态，这个词是希腊词汇，曾经在黎凡特地区颇为流行，意思是表达性高潮临界点那不可遏制的忘我一瞬：

> 此时此刻，我是一个容光焕发、狂野恣肆的土耳其人，深深知道自己完全可以随心所欲，不妨把享受我最娇嫩、最娇弱的奴隶那美妙时刻往后拖拖。我流连在那淫乐深渊的悬崖边上……我把那些不知所云的话说了又说，如同睡梦中又说又笑的人。与此同时，我快乐的手顺着她棕色的大腿向上

爬行，一直摸到道德允许范围的阴影之处。

洛丽塔似乎也同样有些急不可耐。亨伯特摸到她大腿上一块瘀青，这时：

> "哦，这不要紧。"她叫了出来，带着一声突然的尖利，然后，她的身体扭过去，又扭过来，头向后仰，牙齿咬着那娇艳的下唇，身体又转动半侧，我呻吟的嘴唇，各位陪审团的先生，差点就触到她赤裸的脖颈，我靠着她的左臀，把我只有那些处于至乐境界的人或魔鬼才有的最后悸动也碾压得粉碎。

虽然他采用"妙笔生花的行文风格"去遮遮掩掩，但其实，这就是对性爱过程从头至尾的完整描述。这在纳博科夫作品中还无先例。过程显示，这女孩在玷污者的大腿上享受着，她摆出的各种姿势，令人联想一个享受性高潮的成年女人（尖叫，扭动，头向后仰，咬唇）。纳博科夫将从前不去写或不能写的内容活生生地展示给我们。《魔法师》中的那个欧洲绅士，此时在美国一个普通家庭里，摇身一变，蜕变成恣意妄为的新型恶魔，"浸淫在放浪形骸的欢愉之中"，精神餍足，汗流浃背，没有一丁点儿愧疚得想自杀的倾向。

《洛丽塔》的创作历时五年。纳博科夫在康奈尔大学时的负担比在韦尔斯利大学时要轻一些，至少刚开始是这样。他的薪水涨了一点，《说吧，记忆》也开始在《纽约客》上连载，吸引了大批读者，德米特里在他父母都满意的寄宿学校里表现良好。为此，纳博科夫准备踏上新小说创作的漫漫征程。

创作过程无比艰辛。他在后记里写道："有一两次，我都差点把未完成的手稿付之一炬。"他的传记作家们认为，他好几次都想毁掉这部小说：一次是在1948年的秋天，那时他刚到康奈尔大学，另一次是在两年之后。薇拉当时也在焚毁现场。在一个镀锌桶里，纳博科夫刚点着火，薇拉立刻用脚将火踩灭，从桶里抢出了四六见方的卡片和稿纸，并对他说："我们还是留着吧。"纳博科夫对此表示认可。

需要用火将之烧掉，而不是一扔了之，乃是因为小说的材料具有危险性与爆炸性。纳博科夫毁掉了他的一些研究笔记，并且因为当时他完成创作后，工工整整抄写了一遍，将创作原件卡片尽皆烧掉，因而《洛丽塔》的亲笔手稿未能存世。毁掉作品似乎是一种有意的戏剧性的行为。纳博科夫没有在薇拉不在家的时候点火，所以她才可以挽救手稿。

虽然他担心美国的出版社没有一家敢触碰他这部新作品——威尔逊《赫卡特县的回忆》被诉案就是前车之鉴——但他依然心有不甘。对其小说，他既忧心忡忡，同时又满怀热望。要弄清他的困境到底何在殊为困难，他自己将之归咎为写书过程中"太多的干扰与心有旁骛"。诚哉此言，这么些年来，他的工作时间被占用太多。但是，创作过程中遇到的诸多问题需要的是灵活的时间安排和耐心，一把火烧掉并非良策。纳博科夫还拿自己的年纪说事： 150

我已经用了大概四十年的时间来写俄罗斯和西欧，但如

今，美国的重任又摆在我面前。我已年届五十，却还要努力
就地取材，以便让我可以将有那么一点点的普遍性"现实"
意味注入我个人幻想的佳酿之中，这个过程，比起我在欧洲
时期，不知艰难多少倍，那会儿的我风华正茂、挥洒自如，
感受力与记忆力都处于最佳状态。

但事实证明，他的精力不但没有被耗尽，反而喷薄而出。这
些年里，他神奇无比。到康奈尔后，他个人创作的全盛时代自此
开启，无论是作品数量还是作品的独创性，同时期的任何一位英
语作家都难以望其项背。他口口声声需要"就地取材"的问题，
以及缺乏年轻时的"感受力与记忆力"的问题，乍看之下根本
就不存在——有趣的是，但又确乎如此，并非纳博科夫又在意味
深长地戏耍我们。他的感知力依然如故，他也全身心地浸淫于美
国素材之中。

创作《洛丽塔》的那几年也正是他踏遍西部的山山水水、
最为逍遥快活的那几年。他踏足过的很多地方——怀俄明州阿夫
顿的克洛洛格汽车旅馆；杰克逊霍尔镇的特顿帕斯牧场；科罗拉
多州特莱瑞德镇（Telluride）上 1951 年时唯一的汽车旅馆"乐天
卓越的谷景庭院"；亚利桑那州珀特尔附近的奇里卡瓦群山，被
称为沙漠中绝世独立的"天岛"——通通都变成了小说中的配
料，为小说平添一份本土化色彩。他新作品中的图景与"个人幻
想的佳酿"只等待具有本土色彩的细节的注入融合——具有加拿
大与墨西哥地方色彩的细节亦为他所用。这一说明，纳博科夫喜
欢繁衍蔓生，他具有莫扎特般的艺术创造力，无比高超的想象
力，独立而自足。实际说来，书中的美国语境具有决定性意义，

正是美国元素将意义与振幅注入他"幻想的佳酿"之中。他从欧洲带来的那本"僵死的垃圾"——《魔法师》终于在美国浴火重生,且生龙活虎。作者对作品复活后的惊人活力极度不安,意欲将手稿付之一炬的举动或许只是对此的自然反应。

美国给这部作品贡献了细节性元素,当读到其中在美国世纪中叶的旅行见闻,刚兴起的彩色影片或者黑白片也拍摄过的,读者的反应是无比欣喜又惊讶万分。美国给作品的另一大贡献是让其具备普罗米修斯般一往无前的大无畏精神。美国风格是"一不做,二不休"。坦率大胆并非美国的原创,但作家们却热衷于勇闯禁区,涉足禁忌题材而引发争鸣讨论。在小说中对性进行赤裸裸地描写,威尔逊还只算是个刚出道之人,他的前辈与后辈可谓众多,亨利·米勒,《圣殿》作者威廉·福克纳,《裸者与死者》作者诺曼·梅勒,《镇与城》和《在路上》作者杰克·凯鲁亚克,《瘾君子》和《裸露午餐》的作者威廉·巴勒斯。纳博科夫也可算是其中一员。他在后记中说道:"我努力地想成为一个美国作家,并且仅要求享有与其他美国作家同等的权利。"这个权利是,他的作品必要时可以表现美国的粗俗那一面,也可以用美国表征方式去讲述与呈现故事。

纳博科夫并非一味逢迎他人的唯唯诺诺之辈。只有感觉到有强烈的创作冲动之时,他才动笔写作。在他创作《洛丽塔》之时,他记录俄罗斯时期的经历的传记《说吧,记忆》出版了。虽说传记在《纽约客》和其他一些杂志上连载过,但书的市场表现只能再次用"惨淡凄凉"来形容,"声誉鹊起却没有什么收益"。他对他姐姐感叹道。要想受到美国读者追捧,突然之间读者就趋之若鹜,开始变得如同天方夜谭。

美国对他的另一大贡献是他可以全身心投入。1939 年秋天，在法国创作《魔法师》时，一天晚上，他把它读给他的四个朋友听。这是一个关于恋童癖者的故事，全篇充斥着带着女孩满世界乱跑的描述，故事并非那么鲜活生动，跃然纸上。而在美国，读者的反应就大不一样。如同写公牛与海角的那位作家把背景换成了西班牙一样，纳博科夫也将故事场景搬到了美国，《魔法师》中悲哀而短暂的逃亡故事在新作品中被他能拉多长就拉多长了。虽然是美国文坛公认的文学大师，马克·吐温却在纳博科夫心中属于不屑留意的作家之列〔当时他在给威尔逊的信中提到，"说到美国文坛……我根本一无所知，…… 最初时候，我把对与我齐名的马克·吐温的厌恶与（美国文坛）混为一谈"〕。马克·吐温的写作范围限于黑奴或印第安人诱拐等传统叙事文学范畴，写的都是那些边疆移居之人被掳被卖之类的故事。而白人之中被掳的大多是女性。此类故事中，第一部受欢迎的是美早期作家玛丽·罗兰森（Mary Rowlandson）写的《上帝之威权与仁慈》，写的是在菲利普王战争期间（1675—1678），纳拉甘西特印第安人掳走马萨诸塞州的一位已婚女人的故事。这本书成为美国第一本畅销书，并且在之后的一百五十年中陆陆续续出了三十版之多。到 1800 年为止，已经有七百本描写掳人故事的作品出版，美国早期小说家，如苏珊娜·罗森、查尔斯·布罗克顿·布朗等对此主题的处理已然是得心应手。此类作品中的性侵犯总是若隐若现。纳博科夫对性描写的兴趣——至少可以说他对此种文类并不陌生——源于普希金 1836 年撰写的一篇热情洋溢的长篇书评，普希金评论的这本书是法文译本，名为《约翰·坦纳的叙述》（也被称作《猎鹰：三十年来约翰·坦纳在印第安人居住的北美内陆遭受囚禁与冒险的故事》）。普希金在一本他参与编辑的俄罗斯杂志中讲述了这个故事：美国肖尼族印第安人拐走了一个九岁的美国小孩并把他卖给了一个丧子的渥太华女人。"绝对的拙劣与毫无章法的质朴叙事保证了故事的真实性"，普希金评论说。他尤其喜欢故事中对一种名为"驼鹿"的动物的描写，认为这种驼鹿就是"美国驯鹿"。

纳博科夫一辈子都浸润于普希金的作品之中，而在他创作 153 《洛丽塔》和翻译《叶甫盖尼·奥涅金》作品的那些年，他对普希金的研究达到一生中最高峰。或许，他像普希金一样，阅读过《最后的莫西干人》，这是费尼莫尔·库珀的《皮袜子故事集》系列里的代表作。跟《白衣女人》的作者梅恩·里德一样，库珀在女性被诱拐的主题上进行了精雕细琢。或许，纳博科夫通向此种文学表征方式的路径可以得到最合理的解释，当然并非说这些作品对他产生了多少文学影响，而是说诱发出了他多少说不清 154 道不明的创作灵感。在快速学会了美国俚语，或者说对美国语言环境迅速熟知以后，他就凭着直觉与感知力知道他要讲怎样的故事了——同以前一样，老套的故事，刺激性强，情节简单，在外边跑，背景是美国的广袤之地。

1949 年的夏天，他去盐湖城参加一个作家研讨会。参会的作家还包括：因《巨石糖果山》（1943）而闻名的小说家华莱士·斯特格纳；前政治漫画家，《想起我在桑树街见过它》（1937）和《巴索罗缪·欧布勒克》（1949）的作者苏斯博士（泰德·吉赛尔）；《肯尼恩评论》杂志主编约翰·克罗·兰色姆也在其中，纳博科夫发现他机敏过人、讨人喜欢，他也为苏斯博士所折服。纳博科夫一家就住在犹他大学校园的女子联谊会所里。早先，他们是开着那辆 1946 年款奥尔兹莫比尔轿车来到西部的，这是他们来到斯坦福以来第一次驾车跨州旅行。薇拉虽然在伊萨卡岛学过驾车，但要亲自驾车跨越几个州，她还是非常忐忑，所以他们雇用了纳博科夫在康奈尔的一个学生，一个名叫理查德·巴克斯鲍姆的十九岁男孩，来与她轮流驾驶。

巴克斯鲍姆恰好可以与德米特里结伴而行，他们俩三句话不离女孩子。研讨会期间，两人提议各自挑一个女孩来"打发他们在盐湖城逗留的时光"。巴克斯鲍姆开车的时间比薇拉长得多，德米特里或薇拉坐在副驾驶座，而纳博科夫总是坐在后座，手里拿个笔记本写东西。他们选的是最便捷的行驶路线，与亨伯特·亨伯特第二次带着洛丽塔旅行的路线相似，从东北地区出发，穿过俄亥俄州，接着是"以字母'I'开头的三个州"，然后是内布拉斯加州——"啊，那从西部吹来的第一缕馨香！"亨伯特在那里抒发情感，他最终目的地是加利福尼亚州，他想从那儿跨越边境，把洛丽塔诱拐到墨西哥。在旅途中，与小说中的人物一样，纳博科夫一家住的都是汽车旅馆，俩男孩同住一个房间，大人们同住一个房间——据巴克斯鲍姆说，俩大人更喜欢住有两张床的房间。

小说里说："我们的旅行十分悠闲"，而纳博科夫一家花了十一天才到盐湖城，也是不紧不慢的节奏。洛丽塔"心心念念就想去看祭祀舞蹈"，这是在美国大陆洛基山脉分水岭地区美国土著人跳的土风舞。其实，洛丽塔是打算从那里逃走，投入到另一个追求她的恋童癖者奎尔蒂的怀抱，对于这一切，亨伯特还蒙在鼓里。沿途，他们见到的汽车旅馆各种警示语简直是五花八门：

155

我们希望您把这儿当成自己家一样。您需要的一切在您来之前都经过了精心检查。您的车牌号码已记录在案。请节约使用热水。我们保留不告知理由驱赶不受欢迎的客人的权利。请不要朝马桶里丢弃任何垃圾。谢谢……我们视每位客人为"世界上行为最为端庄的旅客"。

亨伯特回想起住过的"十次双床房间",里面"没安装隔离纱的房间门外,苍蝇争先恐后地……飞入房间","烟灰缸里还留有之前客人留下的烟灰","枕头上还有女人的头发"。小说里的1949年的情况与现实相差无几。亨伯特在公路旁临时改装的房子登记入住,这个"商业风格的建筑做成一间一间的小屋,规模越来越大,逐渐形成一个大旅社,……后来又加建了第二层楼,又增加了一个大堂,旅客的汽车也可以停到公共停车区"。

巴克斯鲍姆发现薇拉魅力十足。她是一个优雅的女人,"身材优美——非常迷人,非常非常。"纳博科夫则是机敏过人,精通几门外语,令他想起同样来自东欧的其他几位绅士。(巴克斯鲍姆家人是说德语的犹太人,他们1939年来到美国。他的父亲在纽约州卡南代瓜市行医,他自己则在魁北克边界的莫霍克族保护区做事)

会议结束后,他们就向提顿出发了,纳博科夫想去那儿收集蝴蝶。他提前与美国自然历史博物馆的鳞翅目昆虫学家亚历山大·科罗茨取得了联系;科罗茨极力安慰薇拉,消除她可能遭遇灰熊的内心恐惧,但同时也警告说,驼鹿攻击性非常强,"比较而言,我宁可遇到十只带着熊仔的熊"。霍贝克河在提顿南部与斯内克河交汇。他们一路向东，在内华达州巴特尔芒廷牧场住下，在这里，纳博科夫采集蝴蝶，忙得不亦乐乎。他们在提顿杰克逊小镇的帕斯牧场住的时间更长，足有一个多月，这里离怀俄明州杰克逊镇以西、群山以南七英里。巴克斯鲍姆在这里与他们告别，他要搭乘便车回东部去，但在此之前，他和德米特里相约攀登大提顿山第二高峰失望峰（Disappointment Peak）。他们没能登上峰顶，但却是人生难得的历险体验。他们穿着网球鞋，没有任何登山设备就顺着易碎的岩石往上攀登。在离峰顶不到一万两千英尺的地方，他们再不敢再往上爬了，但这时要下去的话，他们就要从一块峭壁跳到另一块低点的峭壁，万一失足，就会命丧黄泉。足足磨蹭了两个小时，其中一位才鼓足勇气跳了过去，另一位也随之纵身一跃。

156　　　好几个钟头过去了，他们俩终于从树林子里钻出来，巴克斯鲍姆明显感觉到纳博科夫气鼓鼓的。他怒火满腔但强忍住不说出口。两个孩子外出攀岩期间，大人如同热锅上的蚂蚁，都快急疯了。

　　纳博科夫在 8 月 18 日给威尔逊的信上写道："我们经历了好些妙不可言的冒险之旅……下个星期开始驾车返回。我瘦了一圈，采集到很多蝴蝶标本。"回来的路上他们跨越了加拿大边境，在五大湖区以北地区尽情游玩。上一年春天，他与薇拉曾驾车游玩，纳博科夫给威尔逊的信中，绘声绘色地将伊萨卡与曼哈顿之间"那沁人心脾、令人心旷神怡的美景"描述了一番，他说，妻子开车带他旅行，那种感觉可谓"美妙无比"。他们现在是真正的美国人了，可以随时开着自己的车想去哪儿就去哪儿。他们换了好几辆车——1940 款老是抛锚的普利茅斯，然后是那辆奥尔兹莫比尔牌轿车，再后来是一辆1954款绿色别克，在洛杉矶暂住期间他们租了一辆"令人惊叹不已的白色（雪佛兰）黑斑羚（Impala）"——换车反映了他们各个阶段不同的生活状况，成为他们经济收入逐步上升的历史见证。小说《洛丽塔》中那辆熟悉的奥尔兹莫比尔轿车，其实就是薇拉停靠在路边树荫底下的那辆车，那里安宁柔软，是纳博科夫进行创作的理想之地。表现他在车里写作的那张著名照片1958年发表，由《生活》杂志的卡尔·麦丹思拍摄，实际上，这张照片是为作秀而拍的。照片里的车是一辆双门别克，并非那辆富有传奇色彩的奥尔兹莫比尔，照片的摄制地点则是靠近伊萨卡的一个路边。

第十二章

157   1951 年，他们再一次进行西部之旅，期间，纳博科夫自始
至终做了大量笔记。他对美国进行广泛研究，这些研究本身就说
明，他想要求证一切以及透彻掌握自己的写作题材的愿望是多么
的迫切。美国的青春期少女的身体状况和生活习惯，月经初潮的
平均年龄，叛逆期的转化时段，乃至于将灌肠器塞入直肠的正确
操作方法等等，五花八门的各种信息，他都一一记录在案。他从
青少年杂志上搜集少女们常用的俚词熟语，因为，尽管英语正式
用语早已烂熟于心，但他毕竟是俄罗斯人，这些杂志可以助他一
臂之力，了解诸如 "It's a sketch"（太奇怪了）"She was loads of
fun"（她二得出奇）等等平时根本就不可能接触到的口语表达。

作为一个作家，只有在将事实细节准确无误地了解清楚后，
方能起锚远航，在创作之路上大展拳脚。他经常提醒说，所谓的
现实，只不过是过眼云烟。如果我们姑且认定此话当真，那么，
他那个世纪的任何其他作家，无一能做到像他那样，一方面，对
于任何可以证实、可以检测的事实细节，他是那么的苛求自己，
精细刻画，令人咋舌，但另一方面，他对于所谓的现实真实持绝
对怀疑态度。他会搭公交去听小孩子们闲聊，为了写好《洛丽
塔》中比尔兹利学校校长普拉特小姐的相关场景，他假装有一个

女儿想要入学，真的去找了一位校长攀谈一番。

1950 年 3 月末，他通过报纸了解到一桩骇人听闻的案件。一个被解雇的汽车修理工弗兰克·拉萨尔，诱拐了一名叫萨利·霍纳的十一岁女孩，女孩沦为他的性奴长达两年，他们一路奔波，从新泽西，途经得克萨斯，再到达加利福尼亚，最终，拉萨尔在圣何塞汽车旅馆被警方抓获。报纸形容拉萨尔是一个"长着一张鹰脸的……性罪犯"，"有多次道德败坏的不良案底记录"，而萨利是一个"丰满的小女孩""浅棕色头发，蓝绿色眼睛，面容姣好的少女"。《洛丽塔》第二部分大概的故事框架由此而来。萨利被玩弄的时间达二十一个月之久，其间还去上学，当她把她的秘密透露给一个同学时，同学告诉她，整件事是违法的，到此时，事情才最终败露。与此相同，洛丽塔到比尔兹利上学之前，也在路上旅行了二十一个月，在那里，亨伯特心怀鬼胎，害怕她向同学透露丑事，怀疑她的同学给她出了主意，教她如何摆脱他的魔爪。拉萨尔控制萨利的方法是，他声称自己是联邦调查局特工，如果萨利不乖乖地听她的话，他将会把她送到一个"专门关押像她这样的女孩子的地方"。而亨伯特也是如法炮制，吓唬洛丽塔说，她是失去双亲的孤儿，如果连她的继父也被弄进监狱，那么，她的下场就是，"要么被青少年罪犯拘留所关押，要么就会被那种令人肃然起敬的……儿童教养院收留，强迫你整天编织衣物"。

拉萨尔将正在违法（商店偷窃）的萨利逮个正着，威胁她要将她扭送到"专门关押女孩子的拘留所"去，以此为要挟将她诱拐。纳博科夫作品中的关键情节或许由此而来。亨伯特也对洛丽塔连哄带吓，说她犯法了，原因就是，他们俩在"着魔的猎人"旅馆过夜，她"迷人的肉体"诱惑了他"去探寻她的身体"，从而"在一家口碑极好的旅馆里败坏了一位成年人的道德"。尽管洛丽塔很早熟，在很多方面都聪明过人，可她到底只是个孩子，受骗上当在所难免。纳博科夫从霍纳案中汲取的东西，一是两个女孩的长相相同（"面容姣好……浅棕色的头发，蓝绿色的眼睛"），二是两人的命运类似，萨利好不容易摆脱噩梦被解救出来，两年之后却死于高速路上的一场意外，萨利的早夭是洛丽塔命运的预演，最终，洛丽塔因难产而死。对于她们两个来说，被毁灭的童年和过早的性接触注定了她们的悲剧人生。不管她们再怎么心存希望，哪怕有了重获新生的机会，但她们早已被打上了深深的印记。

纳博科夫旅行时边走边记，1951 年的日志就体现出他头脑敏锐、对一切都好奇的特性。"6 月 24 日，周日，……晚上七点三十分出发。五十点六七五英里处的三叶草花开得热闹，低垂的太阳穿过银灰色的薄雾，暖暖地照在身上，上层被桃红光晕镶边的那片浅灰色云朵，与远处的清雾水乳交融。"北部纽约的风景勾起了他在俄罗斯的儿时记忆，"在盥洗盆上方的墙上挂着……画满图画的油布，同样弯弯曲曲的树木，同样的苍翠，同样的农场和奶牛"。他欣喜地猛然惊觉，他童年时期看到的一系列美国图景竟然"在这里找到了出处"……这个出处恰恰就是纽约北部乡村地区和某个似曾相识的熟悉之地。

这种"似曾相识"的发现进入到了作品《洛丽塔》之中。在他们长达一年的第一次全国周游时，亨伯特写道："洛不仅对风景一点感觉都没有，更有甚者，每当我提醒她注意欣赏这里那里那些梦幻般的迷人风景的时候，她还会大光其火。"他继续写道：

　　通过一些带有画面的似是而非的记忆，我惊喜万分地发
现，美国北部这些低地乡村竟然让我有他乡遇故知的亲切之
感，小时候我看到的那些从美国进口过来画满图画的油布，
就挂在中欧式托儿所那些盥洗盆上方……画的是弯曲晦暗的
树木、粮仓、牛群、小溪……或许还有石头围栏或者绿色水
粉画里的小山丘。

　　"浅灰色的云朵"经他的生花妙笔，转化为一段流传于世的
著名描写："鸽子灰般二维度云朵"，被落日的余晖染成了桃红
色。回到现实生活中，在密苏里州的一家餐馆，这里的"服务员
都非常得体地将账单压在钞票的最底下"，走出餐馆，纳博科夫
发现了另一片天空，宛如"洛兰①风景画中的云彩……渐渐与那
朦朦胧胧的天蓝色浑然一体……几片云彩……从中间探出头来"。
在《洛丽塔》中，这一段描写变成了这样：

　　一排间隔开来的树木，映衬着遥远的地平线，显现出美
丽的剪影，茫茫一大片的三叶草，正处于花开时节的全盛时
期，它们争奇斗艳、静静伫立。克洛德·洛兰式的云彩中，
只有那些在柔和淡然的背景中醒目耀眼的积雨云，才在遥远
的天际与梦幻般的天蓝色浑然一体。或者说，这可能是埃

————————

　　① 洛兰（1604—1682），法国17世纪风景画家，对光影高度敏感，画风澄
净、和谐。

尔·格列柯①画中冷峻的地平线，那里正在酝酿一场黑色风暴。

他随手记下的日志一次又一次在他的小说创作中派上了用场。很有可能，与其说他是因为被他的所见所闻激发出了创作灵感，从而促使他写下现在我们所读到的《洛丽塔》，倒不如说他是因为创作需要，主动去寻找一些细节来解决他写作中的问题。创作不顺畅的时候，他会在当天或者接下来几天里一直凝望着天空，以期可以灵光乍现，发现能用得到的东西。说是风景激发了他的创作灵感把这个艰苦过程浪漫化了。

他自己缺什么就能自己找到什么，找到什么就能塑造什么，他将此称为"塑造美国"，方法如下：创造性地观察美国，然后诉诸许多招之即来的话语——真真切切地，这些话语与观察到的一切又血肉相连。某一个特定日子的天空，倏忽之间，就出现在眼前，仿佛哲学家之树，在森林里倒下或者根本就没有倒下。用传记体术语来说，他也许在将他读懂美国的过程一一记录下来。他把这个过程或者说这个近似过程转嫁到亨伯特身上。起初是倾向于将看到的情景意象化（比如前面提到的油布意象），伴随着一种超然物外或者傲慢的态度，但是这种"不带功用色彩的魅力"开始在亨伯特身上奏效，即使洛丽塔一直抗拒欣赏风景。"我自己会辨别（风景的）好坏……毕竟一路上看了那么长时间"，饱览了"那些出现在本没多大意义的旅途上的那些美景"。

160

---

① 埃尔·格列柯（El Greco, 1541–1614）出生于希腊的克里特岛，原名多米尼克斯·希奥托科普罗斯。他学习时代的大部分时间是在意大利度过的，但他在三十六岁的时候移居到西班牙。作为肖像画家，他特别擅长宗教画。

纳博科夫观察到的一切，除了以上特别生动的画面，并非都会立刻写进他的小说中去。但小说的男主人公还是记录下了他的心路历程以及心得判断。在汽车旅馆过夜的疯狂一年里（1947年8月到1948年8月），日记是这样开始的：

> 在新英格兰州一路颠簸、弯弯拐拐，随后蜿蜒向南，忽上忽下，忽东忽西；又往下深入到被称为迪克西兰的地方，绕开了佛罗里达州……转而向西，在玉米产区和棉花产区迂回前进……两次横越洛基山，在南方沙漠区漫无目标地乱走，度过冬天；来到太平洋沿岸，掉头向北，在森林中的道路上穿行，路旁长满了一蓬一蓬的鲜花盛开的浅灰莲灌木，几乎就开到了加拿大边境；随后开始东行旅程，穿过了一个又一个富庶之地，一个又一个贫瘠之地。

他们几乎走遍了"天涯海角"。然而，亨伯特觉得"实际上却什么也没有看到"。他的意思是，他对那小女孩所做的那些欲壑难填、伤天害理的事情足以将其他的价值一笔抹杀。他们的"长途旅行只是用一路留下的弯弯曲曲的黏液污泥"玷污了美国"这片梦幻般迷人的广袤大地"；除了"那些已经卷角的地图、破破烂烂的旅行指南"，还有就是那女孩"夜夜的抽泣——每天晚上，每天晚上——而我在一旁装睡"，其他什么都没有。

在他们的旅途中，亨伯特和洛丽塔都丧失了本真。哪怕是在"我们最好的时刻"。他写道：

> 下雨天，我们坐在那儿看书……要么在一个拥挤的餐厅

静静地吃一顿大餐，要么一起玩幼稚的纸牌游戏，要么一起逛商场。或者是和其他一些司机和他们的孩子一起，静静地盯着撞得稀烂、鲜血糊糊的汽车，一只女人的鞋子还落在了水沟里……我自己看起来似模似样地恰像一个父亲，她也似模似样恰像一个女儿。

他们根本就不是父亲和女儿——他们是恋童癖和性奴。他们假装是父女俩，这样做双方都有自己的道理，可以使他们俩敏锐地意识到对于正在发生的那一幕的相同感受，那种谜一般的潜在含义。"有时候火车会在难耐的酷热和潮湿的夜晚中呜咽"，亨伯特写道，仿佛听到艾伦·金斯伯格①似的嚎叫。火车的汽笛声发出"撕心裂肺、大祸临头般的哀鸣，将力量和歇斯底里汇合成一声绝望的尖叫"。亨伯特将她带到一个"沐浴在黄昏柔光中玄妙神秘的路边"尽情玩弄。一小会儿之后：

161

几辆装着彩色大灯的大卡车，就像高高耸立的庞大圣诞树，在黑暗中越来越近，然后从（我们的）小车旁呼啸而过。第二天，在一个人烟稀少之地，湛蓝的天空在热浪之下也失去了它的本色，头顶上的天仿佛就要晒化了。这时洛就会吵着要喝杯饮料……当我们再次进入汽车的时候，里面就像是个火炉子，前方的路上白晃晃的光一闪一闪，远处的一辆汽车，在路面刺眼炫目的强光里，像海市蜃楼般忽大忽小。

---

①　艾伦·金斯伯格（Allen Ginsberg, 1926—1997），美国诗人，他在《嚎叫及其他诗》（1956）中的标题诗确立了其在垮掉的一代中的领袖诗人地位。

亨伯特过后才会明白，那辆海市蜃楼般的汽车就是不久之后会尾随着他们的那辆车。驾车的那人叫克莱尔·奎尔蒂，其实是恋童癖亨伯特的另一个自我。海市蜃楼般的幻境从此便一发不可收。在他们继续向西行驶时，亨伯特注意到了"那充满神秘意味的桌子状的小山丘"，还有"墨水点染的红色悬崖上有松柏点缀，然后是一座山脉，颜色由褐转蓝，蓝色淡化为梦幻之色"。

他，一个情场骗子，在充满暧昧景色的国度里游历浪荡。他随心所欲，想走就走，一天开个几百英里，用假名字（奎尔蒂也这样）在沿途的汽车旅馆开房：这本就是一个捏造出来的无名世界，被神秘施了魔法的所在。亨伯特越是窥探美国，这个国度就越显奇异。这里就如同那些探询风景的人和骗人的艺术家一样，可以孵化出无数的虚幻。在美国公路上驾车旅行的经历渐多，亨伯特的妄想狂的毛病不但没有治愈，反而越发严重。起初，这些公路让他觉得新奇有趣："我之前从来没有见过这么平坦爱煞人的公路，我们面前这种油光闪亮的公路。"他写道："在如同碎布缝成的被子般的四十八个州纵横穿越，我们玩命地在那些漫长的高速路上奔波，在公路上如同在闪亮的黑色舞池上静静地滑行。"一天的旅途往往在迷失方向后结束：

> 我们在沙漠里行驶，经常遭遇无休无止的狂风和漫天风沙，穿越暗灰色的带刺灌木丛，一路上，丑陋不堪的团团绵纸，乍看之下像苍白的花朵挂在……被风摧残得早已佝偻的枯茎之上。有时候，没人看管的奶牛站在公路中间，纹丝不动地坚守阵地……人类所有的交通规则都不放在眼里。

　　奎尔蒂一路尾随他们。他有着恶魔般的奸猾狡诈，如同枯萎的茎秆和上面挂住的厕纸令亨伯特寝食难安。他跟亨伯特一样堕落无耻，擅长玩机智的文字游戏，但两人的道德感却相差很大。亨伯特在自己的玩物身上淫乐的同时，还会感觉到痛心疾首，他经常会受到灵魂的拷问而极度自责。奎尔蒂是个更为无德的好色之徒，无聊透顶，一肚子坏水却又无处不在的奸诈虚伪之人，他与梅尔维尔的《自信的人》中的主人公毫无二致：耍心机玩手段，坏透了的魔鬼骗子。奎尔蒂也让人联想到果戈理《死魂灵》中的乞乞科夫，但是乞乞科夫的奸恶程度要低得多，这个人物有时并非有意作恶，而更多表现出的是他滑稽可笑的一面。奎尔蒂是一个应该受到谴责的反面艺术家和新潮魔术师。

　　纳博科夫喜欢嘲讽那些在《洛丽塔》中发现深度意义的文学评论。到目前为止，"即使每个人都深知我讨厌象征和寓言"，"某个聪明的读者只是匆匆翻阅过《洛丽塔》的第一部分之后，就会将它定性为'古老的欧洲对新生的美国的强暴'；而另一个只是草草地看了几页的读者，会做出'新生的美国强暴了古老的欧洲'的结论"。读者可以从一个文本当中提取自己希望表征的意义，因为不同的读者有自己不同的解读，所有小说蕴含着神奇的多个维度。《洛丽塔》会让读者觉得是在卖弄风情。它描述了在像"碎布缝成的被子"的美国，惠特曼风格般地将美国的全部揽入怀中，与此同时，又将焦点集中在工业发展的边缘地带：郊区，跟那时候在杂志和电视上经常呈现的一样。纳博科夫喜欢在作品中用嘲弄的方式，巧妙地对这些美国现象装模作样地分析一番，把看到的一切都重新洗牌，再分门别类：

162

我们逐渐知道了——Nous connûmes[①]，借用福楼拜的语调来说——坐落在夏多布里昂笔下那些参天大树之下的石头房子、青砖房子、土砖房子、灰泥院子……还有用节疤装饰松木修成的木头房子。我们用轻蔑的眼光，扫过那种用石灰粉刷过的、非常寒碜的船舱式护墙板屋，它们总隐隐飘来下水道才有的臭味……Nous connûmes（这真是太好玩了）那些自以为颇有吸引力的千篇一律的旅店字号——什么"夕阳汽车旅馆""铀光别墅""山顶别院""松涛别院""山景豪庭"……那种旅店的浴室大多是平铺的淋浴设备，喷头装置五花八门。

他也会把各种人进行分类：

那些开汽车旅馆的老板形形色色。男性老板：有改过自新的犯人、退休教师以及做生意失败的人；女性老板：有慈母型，装得贤良淑德型，老鸨型，不一而足……我们还了解了路边那些想搭便车的人，他们千奇百怪，什么人都有……亚种与另类之人比比皆是：神态谦恭的军人，军服笔挺，淡定自若地等在那里，静静地感受到身上的卡其军服在旅途中的无限魅力；想要搭车过两个街区的学童；想搭车行走两千英里的杀人犯；年纪不小的绅士，提着簇新的手提箱，蓄着

———————————

① Nous connûmes，法语，意为"我们知道"，这是福楼拜在《包法利夫人》中的常用句式，纳博科夫用戏仿手段借用于此。纳博科夫在《洛丽塔》中采用戏仿手法，将从古希腊著名诗人开始的西方著名作家诗人的作品巧妙地镶嵌于自己的作品之中。下文"这真是太好玩了"是纳博科夫插入的"心声"。

163

修剪整齐的胡子，神情紧张，神秘兮兮；三个结伴而行的墨西哥人，乐乐呵呵；刚在户外干完活儿留下一身尘土的大学生……棱角分明、头发溜光、眼珠子乱转的……浪荡古惑仔，穿着花里胡哨的奇装异服，充满无限诱惑地直直竖起要求搭车的拇指，引诱那些孤身上路的女子或那些稀里糊涂的推销员。

如果他不是在写一部关于 20 世纪中期的美国的小说的话，那他在写什么呢？一大批学术批评文献，从佩吉·斯特格纳（Page Stegner）的《逃入美学：纳博科夫的艺术》（1966）开始，到如今已经不下几百本著作、几千篇学术文章，大都在试图回答这个问题。即便如此，读者们依然只是看到他的表面价值。他们偶然看到了他作品中出现的各种各样的美国元素，就以为从中辨认出了他们熟悉的人或事。他对当时的流行俚语用得的确准确无误，比如上面提到的那些词儿："business flop"（生意失败）、"spic and span"（笔挺整洁）、"brandnew"（簇新）、"sadsack"（稀里糊涂），还有他突出表征的一些细节，勾起美国人的时代记忆，不论他们什么时候出生，似乎全都经历过的那个时代：

那些广告都是专门给洛丽塔做的：她是最理想的消费者，是每一个烂透了的广告描述的主角，也是它的目标客户。只有那些可爱的餐巾纸上或白干酪浇顶的沙拉上出现过亨肯·戴恩斯（Huncan Dines）①圣洁的形象的餐馆，……
她才肯光顾。

对于她毫无规律可循的厌烦情绪，狂风骤雨般的乱发脾
气，手脚长摊、没精打采、眼神散乱的样子，还有吊儿郎
当——那种任性的胡搅蛮缠，她认为像男孩子气般淘气无赖
的行为，对于这些状况，我通通都没有心理准备。

这部小说中出现无数的引用或戏仿：爱伦·坡、但丁、陀思
妥耶夫斯基、刘易斯·卡罗尔、弗洛伊德、波特莱尔、福楼拜、
T. S. 艾略特、切斯特·古尔德的著名漫画《迪克·特雷西》《项
狄传》《化身博士》《堂吉诃德》、约翰·济慈、安徒生、普鲁斯
特、格林兄弟、莎士比亚、梅里美、麦尔维尔、培根、彼埃尔·
德·龙沙、鳞翅目分类学、描写外表类似的双人作品、英国插图
画家奥伯利·比亚兹莱、夏洛克·福尔摩斯、卡图卢斯、拜伦爵
士、歌德、兰波、布朗宁等等，纳博科夫并不受这些东西的约
束，而是独立自主地将一个拐骗和逃逸、对孩童的性侵故事，放
置于美国背景之中，并按照故事的逻辑发展推进情节。这本书本
身就是一个戏仿。这是亨伯特对 19 世纪浪漫主义的忏悔小说的
戏仿之作，这种小说专门描述绝望迷狂之爱情。根据纳博科夫曾
经的学生，为《洛丽塔》作注的学者阿尔弗雷德·阿佩尔（Al-
fred Appel Jr.）的说法，纳博科夫千方百计地采用戏仿来达到既

164

————————

①　纳博科夫玩的首音错置的文字游戏，实际是指邓肯·海恩斯（Duncan
Hines，1880—1959），美食家，《美食探源》等美食指南著作的作者。

让人捧腹又令人心痛的效果。他说，《洛丽塔》是"一个戏仿，……里面包含着真实的苦难"。小说"二者兼具"：

> 让读者参与到……这个极度感人又十分残忍的喜剧故事里，让读者备感逼真，同时又被带进游戏之中：通过一系列令人眼花缭乱的辞藻交错手法，将小说的真实性基础釜底抽薪，让读者远离小说花里胡哨的表面。

许多读者并没觉得有隔膜之感。不管是不是美国人，他们都在这部小说里找到了他们所了解的美国或者是他们认为了解的美国。读者隐隐约约感觉到了小说中的暗示无处不在，他们跳过了许多不熟悉的法语词组如 frétillement（跳动）、grues（战栗）、poser un lapin（放鸽子）、arrière-pensée（隐藏于心）等，感觉到作者有一点唯我主义倾向。从某种意义上讲，通过这样一个自我迷恋和令人同情的堕落的故事，作者其实是在对涉及个人困扰的种种问题进行系统布局，读者被吊足胃口而欲罢不能了。亨伯特只是十分滑稽可笑，还不至于让人忍无可忍。他对那个女孩所做的一切固然十分可恶，但是——如果我们足够坦诚——至少是在前几章，情色情节就非常引人入胜。小说悬念丛生。只要一开始阅读《洛丽塔》，就会爱不释手，非从头到尾一口气看完不可，就跟喜欢悬疑小说的读者和喜欢恐怖电影的影迷没什么两样，跟他们在观看同时期的著名导演阿尔弗雷德·希区柯克执导的《蝴蝶梦》（1940）、《深闺疑云》（1941）、《美人计》（1946）一样津津有味。或许对那些迷恋本体论的学者来说，他们对"将小说的真实性基础进行釜底抽薪"的说法的理解是一个意思，而普通读者的理解又是另一个意思：读者随同亨伯特慢慢意识到，总觉得有什么东西不对劲，是有个人在跟一个可怜的外国恋童癖者开玩笑。

这本书毫无疑问是关于欧洲的，一个精于世故的性变态，诱奸了一个小女孩，而这个孩子毫无疑问象征着美国。纳博科夫讲了一个早已司空见惯的现实故事，以自己独特的构思而使其引人入胜：这个现实故事牵涉到社会秩序、社会传统规范与表面上的一本正经，以至于如果有人通过走后门、偏离悬挂"强奸幼童"可怕的警示牌那黑乎乎的通道而进入禁区，那肯定就会一石激起千层浪。这本书在巴黎首次出版足足三年后，在美国仍一再遭到顽固的抵制。在二十世纪八九十年代的美国，诱奸的现象引发社会骚乱，这种类似于塞勒姆女巫案[①]的歇斯底里清楚地表明，揭示诱奸孩童这个历史久远并依然存在的社会问题，具有多么丰富的意义。纳博科夫感觉到了其中的深远意义，或者说行了大运，就那么机缘凑巧碰了这个题材。人们有可能不得不相信，但实际上没有人会真的相信，一部小说足以影响社会的整体文化——能够聚焦于它最黑暗的梦、最邪恶的幻境——比如《洛丽塔》会直接导致对于性侵犯这种伤天害理、无比邪恶的犯罪进行当代的

165

---

① 塞勒姆女巫案（Salem‐witch‐trials）：1692 年，美国马萨诸塞州塞勒姆镇一个牧师的女儿突然得了一种怪病，与她平素形影不离的七个女孩相继出现了同样的症状。从现代医学角度讲，这类症状的病因是一种寄生于黑麦的真菌"麦角菌"。当时人们认定，是村里的黑人女奴蒂图巴、另一个女乞丐、还有一个孤僻的从不做礼拜的老妇人让孩子们得了这种怪病。人们对这三名女人严刑逼供，"女巫"和"巫师"的数量也随之扩大，先后有二十多人死于这起冤案中，另有两百多人被逮捕或监禁。1992 年，马萨诸塞州议会通过决议，宣布为所有受害者恢复名誉。

重新定义。毫无疑问，在美国，对孩子的性侵问题往往会被忽略，但是《洛丽塔》却将此展现在我们面前：就是这个小女孩，一个生下来叫多莉·黑兹的女孩，被一个长相英俊、智力超群的外国人夺去了青春，每天都被糟蹋蹂躏——每天每天！

第十三章

　　就在洛丽塔和奎尔蒂（亨伯特称他为"野兽"）合谋，设巧 166
计帮助洛丽塔逃脱魔爪之前的那段时间，亨伯特的妄想症或如他
所说的"迫害狂"已经严重到无以复加。在他最坏的想象变成
现实之前，他的病症有些缓解：

　　　　说到头，先生们，一切变得异常清楚，所有那些不停换
　　汽车，被我认作同一个人的侦探，都是我这个有迫害妄想症
　　的人所臆造的人物……纯属机缘巧合和偶然相似造成的意
　　象。Soyons logiques①，我头脑中自以为是的法国气质让我打
　　消了这样一个臆想：有一个被洛丽塔弄得神魂颠倒的推销员
　　或喜剧中的恶棍人物，带了一帮演员……合起伙来欺骗我，
　　再不然就是要恶意利用我和法律之间那些奇奇怪怪的联系来
　　整我。

　　他们来到西部一个名叫埃尔芬斯通州的山间小镇。来之前的
那几天，简直就是一场噩梦，亨伯特心脏病发作一次（只是遭受

---

　　① soyons logiques：法语，意为"合乎逻辑地"。

种种痛苦的一个例子），在他们的旅途中，各种迹象透露的诸多蛛丝马迹表明，一项违背他意愿的惊天大阴谋正在酝酿，而真相大白几乎就在眼前。直觉告诉他，他对洛丽塔的继续占有、继续实施性侵犯的计划即将土崩瓦解。亨伯特曾有一段应该是最令人恶心的臆想，他很早之前就想到了：

> 大约到 1950 年，无论如何，我可能就要断绝和一个这么难缠的少女之间的关系，她那神奇无限的宁芙美少女气质已经荡然无存了，但如果我耐心一点，加上老天眷顾，我就很有可能大功告成，让她给我生出一个宁芙小妖精，成为洛丽塔二世，让我的血在她玲珑精致的血管里奔涌。到大约 1960 年之时，她就八九岁了，那时我依旧是 dans la force de l'age①，确实，我头脑中的望远镜……强大到可以清清楚楚地望见……垂涎的亨伯特博士在异常可爱的洛丽塔三世身上实施做爷爷的艺术。

他其实是在插科打诨——不是吗？但有些时候，亨伯特也的的确确在心里胡乱想象一些令人发指的龌龊事儿。他的"厌倦"，加上美国辽阔的面积，使他幻想可以有天神般的掌控力，幻想着这种掌控力可以经久不衰，甚至还可以养育一批未来的性奴。他的谋划总是与这片土地相关。美国这片国土的历史却是糟糕至极，我们可以在小说中寻找到其最强有力的艺术再现，比如在《押沙龙，押沙龙!》（1936）中，小说对种族主义和偏执症

---

① dans la force de l'age：法语词汇，表示"壮年"。

进行了猛烈抨击。此书为福克纳的第九部小说，有人认为是他最后一本伟大的小说。纳博科夫从来没有在任何场合提到这部小说，但是，这部小说中的癫狂家长把后代养育成乱伦对象的故事情节，正好与亨伯特的幻想不谋而合。（这本小说浓重的南方哥特色彩，毫无疑问会遭到纳博科夫的嘲讽，他对福克纳的嘲讽从来都是那么泰然自若）

1951 年的旅行把纳博科夫带到了特柳赖德，这离虚构的埃尔芬斯通有几英里远，在洛丽塔逃离后，亨伯特在此痛定思痛：

> 一阵难以名状的恶心迫使我靠着一条山间公路停下车来，这条路与那条崭新的公路一会儿平行，一会儿交叉……我猛烈地咳了一阵，好像要把五脏六腑都咳出来似的，随后坐在一块大石头上歇一会儿，寻思清新的空气可能对我会有好处，就朝着公路陡峭坡面上那道孤寂的石头护坡栏杆走了一小段。

在给威尔逊的一封信件中，纳博科夫描绘了当时真实的情景：

> 我去了特柳赖德（路况糟糕透顶，但是无穷无尽的魅力随后而至，这是一个老式的工矿小镇，根本没有游客，而乐于助人、很有意思的人却到处都是——从小镇走出去，走大约九千到一万米，整个小镇、马口铁屋顶、自然生长的白桦树像玩具一般排列在溪谷平坦的底部，溪谷与巨大的花岗岩

山脉紧密相连，听到的都是孩子们玩耍的欢声笑语……）。

168　　　他的标本采集同道唐·斯托林斯在特柳赖德曾交过好运，纳博科夫的运气也不错：

> 我英勇无畏的妻子……冒着堪萨斯州的凶猛洪水和暴风雨，开车送我，为了采集更多的蝴蝶标本。这种蝴蝶我曾经以八只雄蝶为样本而加以描述过，这次的另一目的是要寻找到此类的雌蝴蝶。这次采集大获全胜，我在特柳赖德的一陡峭斜坡处找到了所有我想要的——的确，非常迷人的陡坡，大簇大簇的蓝色毛羽扇豆中（Lupinus parviflorus）长出许多高高的绿色龙胆草，引来无数的蜂鸟和蝴蝶。

亨伯特，靠着公路的护坡石栏，对着那一道陡坡陷入沉思：

> 小蚱蜢从路旁干枯的野草中跳出来。一片轻飘飘的白云，张开胳膊，向另一片更为厚实但行动迟缓的云彩飘荡过去，而这一片云又属于天际中另一片有明显标志的云彩系统……我愈来愈强烈地感觉到，由各种声音汇聚而成的旋律优美的组曲，从我脚下坐落在山谷中的那个小矿镇上升腾而
169　起。由红色和灰色屋顶隔离成几何图形的一条条街道，一排排苍翠扶疏的树木，一条蜿蜒曲折的小溪……都清晰可辨……再往远处，是密林覆盖的群山。

在这里，这个恋童癖顿悟了。那是孩子们的声音，孩子们创

造了这片和谐之声。此刻，他痛心疾首、心脏病复发，但一点也不顾影自怜——比起失去他的奴隶洛丽塔，更让他后悔的是他曾对她所做的事情。孩子们的声音中有种"神性般的神秘莫测"，那个准备借偷来一个孩童身体养育更多性奴的男人渐行渐远了——如果他的话可信的话。

天堂般和谐的音符在纳博科夫的作品中并不常见，却使我们接近了美国另一文学传统。纳博科夫可能不会同意，反而会戏谑地模仿爱默生所称的"每一自然现象都是某种精神现象的象征"。但是，当亨伯特置身于人间天堂、沐浴在孩童稚嫩的音乐中，带着一颗充满失败感之心哀痛悲伤、呆呆出神，显现出他人性完全恢复的珍稀时刻。这些时刻是超验时刻，其超验性体现在时间有限、变化无常且非常世俗的那些事情，完全可以产生出不会改变、达到完美境界的充满价值的思想。亨伯特在那短暂瞬间进入到了那个境界——然而，当他离开那片着了魔的山边，《洛丽塔》便进入到了悲剧的大结局。

纳博科夫在 1951 年和 1952 年的旅行（1953 年少一些）的主旋律是愉悦、消遣和珍贵的蝴蝶，他可以花好几周的时间来做自己真正想做的事情，这是一种完美的生活方式。他娶了他爱的女人，而女人也非常爱他，他们的孩子发展势头不错，显现出不同寻常的天赋（可以做歌手或是辩论家），他们的奥尔兹莫比尔车随时准备将他们载到美国迷人的远方。这段愉快的时光，是对他能否在各种环境中都感到舒适的一次测试，这也是《洛丽塔》想要传达出的部分精髓。他不是一个枯坐阁楼苦心孤诣地创作杰作的受难艺术家，根本不是，他是一个爱家庭的男人，一个在普通午餐桌前吃饭的人，一个跟你我一样的普通人。

　　先把那个未必确定的结论暂放一边，在小说中，通过描写很多地点来将美国显著特征——曝光——通常来说，这个特征就是一种低俗的男性粗鄙品质，一种整体的具有乡野气息的舒适安逸品质（以神秘的草地和群山作为背景）——他这些描写让那些地方面目全非。这种转换再一次转向美国文学传统。因为要回归到读者的角度来反映现实，他就将这个现实进行深度挖掘，并用充满无限神秘的方式传达出来。霍桑的《好青年古德曼·布朗》也描绘了这样的地方，妖魔横行，波谲云诡，真乃阴谋和偏执的阴森渊薮，当然也可能只是幻觉而已。在美国文学中，反映邪恶或是易受侵害的纯真的小说并不少见，可以扭曲现实的故事也不少见。纳博科夫无意中发现的那些意蕴丰富、神秘莫测的东西，其他人也听说过。

　　在给朋友的信件中，他将自己在夏日里收获的喜悦、连同心存的忧虑都和盘托出。德米特里就要上大学了。"我想问问您的意见"，他给哈佛大学的哈里·莱文信中写道：

> 　　德米特里已下决心要考取贵校。他现在正在预科学校三年级学习，1951 年的春季……就准备入学。我认为我在他三年级末就该着手处理相关事宜，若您能给我一些有关入学程序方面的建议，我将不胜感激。

　　莱文并未觉得他采用这种方式有任何不妥——这本身就是一种微妙的申请手续。他回复说：

每年收到您的来信总是很开心。想到德米特里——哦，对了，去年秋天，我们在他的准成年礼上曾见过他，我们很欣赏他，他极有可能很快就要来哈佛上学了，我也感到非常开心。他的堂兄伊凡刚好就是我大一的学生，他也是个聪明伶俐的小伙子……负责处理米迪亚（德米特里的昵称）申请的人是招生部主任理查德·伽马博士……若您需要咨询或推荐信之类，或许需我担当教父角色，在下定将随时效劳，并备感荣幸。

这就是美国的行事方式。德米特里顺利被哈佛大学录取，只是没有获得奖学金。纳博科夫曾写信给经常提供他大额贷款的罗曼·格林伯格，谈到他的忧虑：

我绝对坦诚地跟您说，无法负担德米特里哈佛学费这件事情让我寝食难安。我刚给《纽约客》寄去一个短篇，如果我的稿子被录用……那么，12 月时我就可以有大约五百元，刚够给他交学费，我们夫妻也可以摆脱生活困窘的泥潭。但是如果这篇小说到那时候一点稿费都赚不到，我就只好向您开口了。

《纽约客》接受了这个故事——《长矛》，这是纳博科夫最后一篇短篇小说。此故事与作者其他短篇主题不同，讲的是一个酷爱冒险的年轻人，去攀登各大山脉甚至跑到其他星球去，从而引发父母深切的担忧。《纽约客》的总编辑哈罗德·罗斯直言他对这篇小说看不大明白，但凯瑟琳·怀特为其辩护，一来二去，

171

这篇小说是在罗斯突然辞世后才在《纽约客》上发表出来。

度假给了纳博科夫喘息的机会，但同时也让他心力交瘁。他的西部之旅标志着他又可以全身心投入到自己的业余爱好之中，但这个爱好并不能给他带来什么收入，并且他发现，这么多年以来，夏季总是一个让他感到囊中羞涩的季节。尽管他非常喜欢康奈尔大学，但没过多久就开始抱怨自己的薪资太低了。他要求加薪并开始另谋出路——看看能否在哈佛大学、约翰·霍普金斯大学或者斯坦福大学找到一席之地。《说吧，记忆》销量不佳，而在杂志上的连载已经"让我赚了一万四千美元"，他如是告诉格林伯格。只是他的新小说不能以这种形式发表——太没有面子了。更重要的是，杂志付的稿酬"早被花得一个子儿都不剩"。

到了 20 世纪中叶，纳博科夫也已年过半百，口中上下都已装满假牙。1950 年 5 月他写道："我必须去波士顿把下面的六颗牙齿拔掉。我的计划是去那里……周日，也就是 28 号，在牙医那儿痛得哼哼叫……周一周二或是周四……步履蹒跚地回到伊萨卡，满嘴一颗牙都没剩。"当夏季过去，他已是红光满面，身体完全复原，但时不时也会病倒。"我生病了。"他在 1951 年 9 月回归之时给威尔逊的回信中写道：

> 医生说这是中暑。真是可笑之极：光着膀子、穿着短裤在洛基山脉登山足足两个月都没事，不承想在整整齐齐的草坪上被纽约没什么热度的阳光给击垮了。发高烧、头疼、失眠，没完没了地胡思乱想，忽而文思泉涌，忽而文思枯竭，脑子里一团乱麻。

他总是抱怨睡眠不好，和妻子分房而睡，也是为了至少半夜睡不着时可以起来走一走、写写作。他承受着巨大的压力。这些压力大部分是他自找的：创作出伟大的作品，而且非立马写出来不可。他有了一批忠实的读者，大部分是通过《纽约客》而熟知其名；正如他对威尔逊所说："我收到的读者来信总是热情奔放，与出版商对我的态度完全不同。"他在出版商处遭到冷遇，他们对于他的作品的市场运作非常失败。伟大的作品，巨大的成功似乎就在眼前。1951 年，他见证了《纽约客》另一位作家的极速蹿红，这位作者便是杰罗姆·大卫·赛林格①，他在 1946 年发表了《冲出麦迪逊的轻度反叛》，讲述一位名叫霍尔登·考菲尔德的人的故事。塞林格是为数不多的没有遭到纳博科夫冷嘲热讽的同时代作家之一。塞林格的小说在各式各样的杂志上发表，其作品都带有个人的标志性特征，即他对青少年的关注，对被女孩子迷得找不着北的那些男孩子的关注。如果说他的作品对纳博科夫有些吸引力的话，或许就在于其创作风格中那些东拉西扯不着边际的情节，以及对于人物内心活动中离奇古怪而富有想象力的生动描述。与纳博科夫一样，他对俚词俗语的使用也非常讲究。这两位作家都敢冒天下之大不韪而涉足"性"的主题，且二人在二战后青少年的成长问题上都各自找到了可以挖掘的富矿。

纳博科夫进入公众视野，以及创作的关键阶段，恰好与塞林格极其同步。《说吧，记忆》其中的十一个章节于 1948—1950 年

172

----

① 杰罗姆·大卫·赛林格（J. D. Salinger, 1919—2010），美国作家，1919 年 1 月 1 日生于纽约，他于 1951 年发表的著名小说《麦田里的守望者》被认为是 20 世纪美国文学的伟大作品之一，轰动一时，尤其受到美国学生的疯狂追捧。

间在《纽约客》发表，恰在同时期，塞林格发表《逮香蕉鱼的
好日子》《康涅狄格州的威格利大叔》《就在跟爱斯基摩人开战
以前》以及《为埃斯米而作——爱与肮脏》等等，这一系列短
篇小说的发表使他成为冉冉升起的文坛新星。1948 年，杂志社
与塞林格签订优先购买权协议，纳博科夫 1944 年就签过类似合
约。塞林格《麦田里的守望者》（1951）的创作写写停停、持续
多年，一如纳博科夫的《洛丽塔》。两部小说相互之间似乎都微
微地感觉到了对方的存在。两位作家都让人觉得描写迷人小女孩
是非写不可的主题——此为作品之关键要素。

霍尔登的妹妹菲比是哥哥尽心尽力、丝毫不敢懈怠的呵护对
象：

> 她有着漂亮的小耳朵。冬天的时候，她的红头发相当
> 长……有时我母亲把她的头发编成辫子，有时就让它披着。
> 然而，真的很美。她只有十岁。她跟我一样很瘦，但是那种
> 很漂亮的苗条。像旱冰运动员的那种瘦模样。我曾透过窗户
> 看着她穿过第五大道走去公园，她就是那样，像旱冰运动员
> 一样的瘦。你会喜欢她的。我的意思是无论你跟老菲比说什
> 么，她立刻就能知道你到底想说什么。

霍尔登的叙事声音是小说的精髓，就像亨伯特的声音是纳博
科夫小说的精髓一样。亨伯特对人的描述往往不拘常理、不受约
束的随心所欲，便是他众多吸引人的地方之一。同样，霍尔登也
是在对成年人进行声色俱厉、不拘常规的描述时候最为有趣。目
前，学者们没有发觉《洛丽塔》对《麦田里的守望者》的戏仿。

但是，霍尔登从容不迫、自我反省、充满道德困惑的声音其实是企图摆脱性恐惧的一种方法，比起其他，这一点最能与亨伯特肮脏的头脑中开启的愉悦性贪婪相吻合：

唯一的问题是，她有时候情感过于丰富。作为一个小孩子，太多愁善感……她干的另一件事是一天到晚都在写作。只不过，这些书没有一本是写完了的。她的书都是关于一个叫海泽尔·威塞菲尔（Hazel Weatherfield）的孩子。只有老菲比把他的名字拼写成"海士尔"（"Hazle"）。老海士尔·威塞菲尔是个女侦探。她本来应该是个孤儿，可她的老子却经常出现。那个人"身材高大，魅力十足，年纪永远都是二十岁上下"，这可真要我的亲命。老菲比，我对天发誓，你会喜欢她的。

后面有一个故事情节：霍尔登从寄宿学校回来然后溜进她妹妹的房间。小说提到菲比曾在校园话剧里扮演角色，而洛丽塔·黑兹（Haze）也同样如此——不但她的名字与菲比写到的"海士尔"（Hazle）差不多，而且，她也是一个"父亲经常出现"的"孤儿"的情节也雷同——《洛丽塔》中描写卧室场景的篇幅，在"着魔的猎人"旅馆中发生的那一幕令人震惊的乱伦场景，这一切都说明纳博科夫读过塞林格的作品，或者说在某种程度上汲取了塞林格作品朦朦胧胧的雾气。

霍尔登看着睡着的妹妹：

她躺在床上……脸侧向枕头的一边。嘴还张得挺大。太好笑了。成年人要是睡着了把嘴张得那么大，那简直就难看极了，可孩子就不一样。孩子张大了嘴睡，看上去却很可爱。他们甚至可以把口水流一枕头，可他们的样儿看上去依然那么乖萌可爱。

我们来做个对比，亨伯特是这样凝视他的小女孩的：

> 我的洛丽塔，穿着她的旧睡衣，侧躺在床中间，背对着我。她微微蜷缩的身体和裸露的四肢形成了一个 Z 字形。之前她把两只枕头都拉过去，深色而蓬乱的头发散在枕头之上，一道昏暗的光照射在她隆起的脊背上。

他给她服用了一片安眠药，但药效并不强：

> 假如把全部都服下去，那服用者早就睡得死死的，一个军团的人都弄不醒。此时，她的眼睛正盯着我，含糊不清地叫我"芭芭拉"。而我，她口中的"芭芭拉"，正穿着对"她"来说太紧的睡衣，在这个不断梦呓的小女孩边上，神情自若地一动不动。多莉绝望地叹了口气，轻轻地翻个身，恢复到原来的睡姿。

174　　亨伯特接下来就对多莉动手动脚，这对情感脆弱的霍尔登而言，简直完全听不下去，甚至想都不敢想。对他们俩来说，童年的某段时光——对亨伯特来说就是宁芙诱惑之年，而对于霍尔登来说，则是一段女孩子的种种风情足以"要人亲命"的童年岁月——就像一扇晨曦初现的窗子。如果用美国时代精神去理解，这两个人似乎都在这个时代精神的框架内体现出同样的东西——当然，只是他们各自都是采用自己独特的方式罢了。

塞林格对霍尔登的寄宿学校潘西中学进行了尖酸辛辣的描绘。纳博科夫在写《洛丽塔》时，萌生出再创作一本书的想法，于是他在构思自传的第二卷时，曾打下了描写德米特里最不喜欢的学校圣马可中学的腹稿。在创作《洛丽塔》的同时，他也申请了古根海姆基金，来负担《叶甫盖尼·奥涅金》的翻译。他信心满满地告诉基金委员会的亨利·莫，翻译这部名著，加上研究性的注释，只需一年多一点儿的时间便可大功告成。

他的朋友米哈伊尔·卡波维奇在佛蒙特州有一个农场，那里的臭鼬和蛾子十分猖獗，一次，米哈伊尔要外出度假，就让纳博科夫去哈佛大学帮他代 1952 年春季一学期的课。在剑桥时他们从传记作者梅·萨顿那里租了一所房子，梅之后还记得他们，一是因为他们对她家那只羸弱多病的老猫非常好，二是因为他们俩经常将她的碗碟打碎。薇拉旁听了德米特里选修的一门课程，但德米特里要不就是迟到要不根本不来上课，薇拉为此郁闷不已。

纳博科夫第一次读《叶甫盖尼·奥涅金》这本书是在他九至十岁的时候。现代俄罗斯文学来自"果戈理的《外套》"，这应该是陀思妥耶夫斯基说过的话，但是其他人认为俄罗斯文学来源于普希金的决斗手枪。纳博科夫深信，将普希金这部引人入胜的诗体小说翻译成可读性极强的英文读本的同时，他也在将一本超凡卓绝的艺术作品献给英语读者，更有甚者，也可将他的英语本土读者俄罗斯化工程进一步推向前进。在哈佛任教期间，他被告知他的古根海姆基金已顺利获批。因此，他可以在第二个学期

（1953 年春季）放下康奈尔大学的任教工作，同时，他深入研究普希金作品中涉及的社会和文学背景，他的研究工作开展得风生水起。

他曾形容自己"是个彻头彻尾的书呆子"，此言不虚，他刻苦钻研，埋头苦干，深入研究。他在给威尔逊的信中说："在麻省坎布里奇的两个月里，（从上午九点到下午两点）我心无旁骛专心致志撰写《叶甫盖尼·奥涅金》的评论，哈佛的图书馆简直太棒了。"《叶甫盖尼·奥涅金》的故事讲的是 19 世纪 20 年代一个俄国贵族产生了厌倦与颓废情绪，于是回到了乡村，在这里，他和一位平庸的年轻诗人连斯基成为朋友，但是后来，在与他的决斗中杀死了他。在纳博科夫以及很多俄国人眼中，《奥涅金》是一部艺术上趋于成熟、允满智慧和自我觉醒的艺术杰作，是俄罗斯文学史上的巨大飞跃。虽说奥涅金并非持"无聊引发过失"的人生态度的第一人——这类多余人的人生态度其实最先是莎士比亚在《李尔王》中提出来的或者说是人们首先在此作品中发现，但是，更为巧妙更为系统地将这种颓废表现出来的还是奥涅金。对纳博科夫来说，呈现这种态度的艺术手法、奥涅金总体的人物塑造都是他自己所读过的杰作——比如拜伦的许多作品——中的构建方式，从中他可以找到无限丰富的文学观念和灵感。

这部小说中的女主人公塔吉雅娜爱上了奥涅金，她给他写了一封情书，激情澎湃，直白大胆，甚至自我贬损：

现在我知道，您可以随心所欲①

用轻蔑来对我施以惩罚。

但您，对我这不幸的命运

如果还保有点滴的爱怜，

我求您别将我弃如敝屣。

最初我并不想剖明心迹；

请相信：那样您就不可能

知道我是多么情难自已，

如果说我可能有个希望

在村里见您，哪怕很少见，

哪怕一个礼拜只见您一面，

只要让我听听您的声音，

哪怕只说一个字，然后，

就会长萦心头，挥之不去。

痴痴等待下一个见您的时刻！

　　奥涅金，这个颓唐的浪子，拒绝了她——态度和缓，但实实在在拒绝了她。他"思维敏捷，又冷静淡然"。普希金曾在诗中将自己描绘成奥涅金最亲密的朋友，他将其中缘由解读为，对奥涅金来说，早年激情燃烧的岁月已经烧尽，一切都"早已失去了吸引力"：

------

　　① 以下诗行为译者根据纳博科夫英文译文，适当参阅花城出版社 2012 年版《叶普盖尼·奥涅金》（智量译）翻译而成。

回忆的蛇蝎让他心绪难宁，
悔恨内疚噬咬着他的心。
但回忆往往是很好的谈资，
让交谈变得美妙动人。
最初奥涅金的那根舌头
使我惶惑不已；但天长日久，
对他冷嘲热讽的高谈阔论，
嬉笑怒骂、口无遮拦，
恶毒的出口成章，我也听之任之。

176

奥涅金感到一切都是浮云，以至于年纪轻轻就放弃了阅读。
以前，他也曾像这首诗的翻译者纳博科夫一样，是个书呆子，伏
案探讨尤维纳利斯、维吉尔、《恰尔德·哈罗尔德游记》和卢
梭。现在，在他乡间的隐居处买了很多书，但是：

读不出什么味儿：
只有枯燥沉闷；
只有胡诌骗人；
只有乏善可陈，或诛心之论；
每本书都枷锁重重。
旧书早已衰朽过时，
新书也只是哼着旧书腔调。
他早已弃女人们而去，
他也要远离书籍而去。

普希金同样喜欢掉书袋、玩辞藻。纳博科夫开启了自己的学术机器——用上千页印制精良的打印纸对《奥涅金》的一切都做出自己的注解，从法语题词的第一个单词（Pétri，意思是"沉浸于""包括"）就开始解释，到用几页纸精确描述女人用的时尚软帽的红色暗影——这些都充分体现出他对词语的沉醉，对研究的入迷，对普希金的每个构思或措辞的前世今生、来龙去脉的钩玄探微简直达到了甘之如饴、废寝忘食的忘我境界。纳博科夫告诉我们，普希金时代，俄罗斯的诗歌发展不到一百年，新文学的产生得益于不顾面子的文学借鉴——借鉴对象主要是法国文学，同时也有英国文学、德国文学、意大利文学和古拉丁文学等。

"Pétri"其实是普希金自己在小说开头的题词中，戏仿其他虚构的题词者的做法而生造的一个词。纳博科夫告诉我们：

> 用哲理性隽语给一个略显轻佻的故事增光添彩，这种想法明显是从拜伦那儿学来的。在拜伦寄给出版社的《恰尔德·哈罗尔德游记》的前两章，就是以著名格言开头："L'univers est une espèce de livre, dont on n'a lu que la première page"，① 这句话选自路易斯·查尔斯·富热雷·蒙布郎的《世界公民》②（伦敦，1750，第一页）。

---

① 法语，意思是"宇宙是一本书，我们仅仅只读到了第一页"。

② 路易斯·查尔斯·富热雷·蒙布朗（Louis Charles Fougeret de Monbron）（1706.12.19—1760.9.16），法国人，出生于巴黎，在欧洲旅游时写下了《世界公民》（*Le Cosmopolite*）一书。

这种引用的题词在英国作家中大行其道。其用意无非是想让读者产生内心的共鸣与联想。当然，沃尔特·司各特被评为最具天赋的格言警句的创造者。普希金的俄语带有浓重的法语元素，纳博科夫非常敬重、经常戏仿而且引用的其他俄罗斯诗人们的俄语都是这个样子。俄国人的大脑已经被法国人殖民化，以至于塔吉雅娜，这个受过一点教育、只在外省打转的地主女儿，她书写的情诗用的就是法语。她吐露心声的那些质朴语言并非源于生活，而是从书本中学到的。塔吉雅娜如是写道：

> 为什么您要来拜访我们？
> 在这个被遗忘的偏远荒村，
> 如果我不认识您这个人，
> 就不会品尝到千般的折磨苦痛。
> 我幼稚心灵的那一刻悸动，
> 时间已将慢慢平复（天晓得？），
> 说不定我会找到个称心的伴侣，
> 会成为忠贞不贰的贤妻，
> 会成为贤良温柔的母亲。

　　她在不经意间体现出当时的文学风尚，像"稚嫩的心灵"之类的词早已风靡一时。她可以嫁给另外一个人，但问题是她再也不可能爱上其他人了。"另外一个人！"她感叹道：

> 另外一个！不可能，我的心扉
> 再也不可能向世界上任何人敞开！

我的一生已经成为只与你幽会的抵押品；

我心里明白，你是我上帝的赐予。

塔吉雅娜，或者说是普希金自己，其实是在借用那个时代的浪漫故事中普遍适用的公式而鹦鹉学舌，比如法国诗人安德烈·舍尼埃的诗《爱情》（"Un autre! Ah! je ne puis"）或者拜伦的诗《阿比多斯的新娘》（"请你想着另一个：另一个!"）中也用过类似的句式。

在收到塔吉雅娜的信一年之后——也就是奥涅金在决斗中杀死了连斯基之后——一天，塔吉雅娜去到他已经人去楼空的宅邸，在他空荡荡的房间，她发现了一些他留下来的书，上面留着他的读书笔记（"他匆匆留下的笔迹"）：

于是渐渐地，我的塔吉雅娜，

开始对那人了解得更深更透，

——谢天谢地——

她看清了他的面目，

那个她为之长吁短叹的人。

残酷的命运将她囚禁：

他是个天使，还是魔鬼，

他到底是什么？依样仿造？

一篇异邦奇谈的说明文？

还是个不值一顾的虚无幻影？

是一个身穿哈罗德外套的俄国人？

是堆满时髦语句的词典？

178

抑或根本就是一个,
查无此人的戏仿而已?

在其魅力无穷又喋喋不休的注释中,纳博科夫解释道:

> 此时此刻,读者应该联想起拜伦在 19 世纪 20 年代影响
> 欧洲人的迷人魅力。他的形象就是浪漫化了的"宿命之父"
> 拿破仑的翻版,一股神秘的力量驱使他前行,不断回退到他
> 想要统治世界的视域之中。拜伦的形象被看成是一个受尽煎
> 熬、孜孜追寻迷雾中的安息之所的孤魂而已。

这个让塔吉雅娜魂牵梦萦之人居然只是个复制品而已,问题
是,这并未让她对他的爱有一丝一毫的减少。接下来,普希金这
样描述塔吉雅娜的心情:

> 塔吉雅娜用柔情似水的眼神,
> 凝视她周围的一切,
> 这一切对她而言似乎都极为珍贵,
> 这一切让她悲痛的心重新跳动起来,
> 一半是忧伤,一半是甜蜜。

房间里有拜伦的一幅画像,还有一个小"木偶"——这个
小雕像刻着"一个戴帽子的男人,他眉头紧锁,双臂交叉"(很
可能是 1813 年的油画,灵感来源于身穿阿尔巴尼亚民族服装的
拜伦,由托马斯·菲利普斯所画)。

纳博科夫耗费了并非一年而是七年的时间翻译研究《奥涅金》。纳博科夫对于这部小说投入的热情不亚于他研究昆虫的热情，他把自己的文献学的技能全部调动出来，同研究普希金的数代学者交锋争辩，就如同他在博物馆做蝴蝶研究时与众多蝴蝶学家们展开对话，与他们交友，批驳和赞同他们的观点一样。他的点评本身就是对其他学者的戏仿。这些评论听起来像是他自己的风格，又好像是利奥·斯皮策（Leo Spitzer）[1] 和埃里希·奥尔巴赫（Erich Auerbach）[2] 这些流散文论家的论述方式，他不遗余力寻找文中存在的影响。他的研究方法就是阅读普希金和他小说中人物读过的所有作品，或者是他们有可能读过的原著或译文。

他对《奥涅金》的评注，连同作品本身，在很多方面与《洛丽塔》遥相呼应。奥涅金讲述的是一个命运交错中痴迷的爱情故事。塔吉雅娜的情书，尽管借用了很多耳熟能详的陈词滥调，但也的确是发自内心的真情告白，奥涅金对待这封情书的态度明显要比《洛丽塔》中寄居在美国拉姆斯戴尔的亨伯特对待夏洛特·黑兹那封情书厚道得多。但是黑兹的情书同样也满含着卑下的无奈之感：

　　　　这是一封表白信。我爱你……上星期天在教堂，当我问主我应该怎么办时，他告诉我就要像现在这样采取行动。你

───────────

①　利奥·斯皮策（1887—1960），奥地利著名文学批评家，尤以强调文体重要性著称。

②　埃里希·奥尔巴赫（1892—1957），出生于德国，1947 年到了美国，先在宾夕法尼亚州立大学任教，著有《模仿论：西方文学中现实的再现》，是 20 世纪最有影响力的文论著作之一。

瞧瞧，我是走投无路了。第一眼见到你的那一刻，我就爱上了你。我是一个热情似火却又孤独寂寞的女人，而你就是我生命中的挚爱。

我最亲爱的，最亲爱的！*mon cher, cher monsieur*，这时候你看了这封信了吧，你什么都知道了。求求你，拿起行李，马上离开这里，好吗……走吧！赶紧！*Departez !*① 晚饭前我会返回，前提是，我来回的路上都开到一百三十公里的时速而又不出车祸的话（话说回来，就是出了车祸又打什么紧呢？）

《洛丽塔》的情节由这封情书发展开来，而《奥涅金》的故事情节也源自塔吉雅娜的情书。亨伯特与奥涅金疑似有几分相像，当然也有很多显著的差异——比如恋童癖——但基因本质上属于同种类型。学者身份的纳博科夫追溯涵盖《恰尔德·哈罗尔德游记》之前和之后的拜伦式风格的嬗变路径，敏锐地辨别出《恰尔德》从其他浪漫主义小说中吸收的故事框架，比如，他认为是"天才之作"的夏多布里昂的《勒内》（1802），还有本杰明·康斯坦特的《阿道夫》，纳博科夫认为该作品"矫揉造作，枯燥干瘪，总体阴郁，但却不乏吸引力"。贡斯当的男主人公，跟亨伯特一样，都是自我主义与敏感多疑的集合体：

他这人性情古怪，一会儿是优雅骑士，一会儿是下流胚

---

① mon cher, cher monsieur，法语，意思是"我亲爱的，我亲爱的先生"；Departez，法语，意思是"赶紧走吧"。

子。刚才还在哭天抹泪，转瞬就小孩子一般凶相毕露，过一会儿又在那儿独自地默默流泪。他经常性地突发奇想、心血来潮，或者……乱发脾气又不加节制的冲动，所以，无论他本来拥有多少天赋，这些天赋都因此适得其反或丧失殆尽。

在通往《洛丽塔》黑暗阴森的密林途中，纳博科夫从那些有异国情调的作品清泉中尽情啜饮。他念念不忘的除了自己的偶像普希金，还有夏多布里昂，"那个时代最伟大的法国作家"，第一个来到美国大陆记录下其无边的旷野景色的外国小说家。纳博科夫要迎合市场需要去创作，一直以来都是如此，因为他需要出版，需要开辟出自己的道路，但是他对于普希金的深深的沉醉与研究是一条必不可少的弯路，是可以让其小说中的某种东西日趋成熟的必要条件。1951 年到 1953 这两年，他经常泡在一家非常好的图书馆里，为自己写学术文章做准备，有时也会写一写与《奥涅金》或《洛丽塔》都无关的作品作为消遣调剂。有几个月他甚至什么都不写。他以十分专业的精神管控自己的精力和希望，千方百计持续发力以圆满完成这本他时不时都想付之一炬的小说。

"少年时期的我就是一个嗜书如命的孩子。"在 20 世纪 60 年代的一次采访中，纳博科夫这样告诉记者：

> 在我十四五岁的时候，我就已经读完或者重读了俄语版的托尔斯泰全集，英文版的莎士比亚全集，和法语版的福楼拜全集——以及其他上百部书。现在我可以说，每当我写出一句话，不经意之间，其中的风格和语调与我半个世纪前喜

欢或讨厌过的作者写过的句子都会有相似处。

他与我们——我们这些美国人——真不一样。不是因为他读了很多书，也不是因为他可以用三种语言读书，而是因为他在写作的过程中，其实是同时在聆听他文学源泉里的叮当响声①。他尝试将那些似曾相识的响声融入自己的作品之中。这种与前人有意为之的相似相仿要么是对古典作家们的致敬——要么是一种戏仿。他也许说过："在写作过程中，我借用别人的东西，我假装另外一个人写出很多内容——我当场把自己抓了个现行，发现自己戴上了别人的面具。"

181　　在美国，以这样的方式创作小说实属罕见。这类小说通常来说都很难吸引到读者。艾略特和庞德，二者都不是纳博科夫最喜欢的作家，也不是小说家，但他们的现代主义风格就是建立在同样的写作方式上。梅尔维尔可能才是纳博科夫更有认同感的美国作家，因为梅尔维尔文学创作的来源与纳博科夫有相似之处——

---

　　① 从一开始，美国人无论是说话、思考问题还是写作，无一不引经据典地大量引用其他人的文本，尤以引用宗教文本为甚，而其中对《圣经》的引用又是重中之重。像马丁·路德·金的《我有一个梦想》这样的美国式经典成熟的抒情文本，旁征博引又毫无书生的酸腐之气。他的演讲依然在美国耳畔萦绕回响经久不息，其磅礴的气势源于讲演稿蕴藏的深厚的文化内涵，其文化来源包括美国黑人灵歌（"Free at last" "终告解放"），林肯的《葛底斯堡演讲》和《独立宣言》，歌曲"My country，'tis of Thee"，兰斯顿·休斯（Langston Hughes）的《让美国再次成为美国》《出埃及记》（《新约圣经》中的）《迦拉太书》《以赛亚书》《阿摩司》《理查三世》（"This Land Is Your Land"），W. E. B. 杜波依斯的自传（"This is a wonderful America，which the founding fathers dreamed"）等等，都是美国人耳熟能详的著名文本，虽然半遮半掩，但一眼便知是这些文本的融合与巧妙应用。（原注）

这些文学源泉不仅让他的小说增添了新意并确立了高贵血统，而且还让小说具备了遣词造句的自身造血功能。

《白鲸》（1851），纳博科夫也许从来没读完过的这本书，作品涵盖了广阔的文学文化背景——"莎士比亚所有英文作品"、钦定圣经、古希腊罗马神话、塞内加和其他斯多葛学派、拜伦、伯克、斯宾诺莎、柏拉图、康德、但丁、帕斯卡、卢梭、柯勒律治和其他许多作家。梅尔维尔积累的这些文学底蕴后来都运用在他以自己在海上漂泊的亲身经历为基础的探险小说当中，它让读者意识到小说中蕴涵的哲学意义，拨动出极富深度的音乐旋律。《玛迪》（1849）这部作品就像是为《白鲸》进行预热，梅尔维尔的挚友霍桑曾这样写道，《玛迪》非常有深度，"时时处处……都在逼迫人在水里努力挣扎以谋取生存"，而正是这部小说中所存在的混杂的文体风格，让《白鲸》这部几乎被美国完全淡忘的小说被现代主义批评家重新发现，成为他们大书特书的新宠。

纳博科夫以机智的方式表达了对梅尔维尔的敬意。1971年，纳博科夫给编辑的一封信里，他把自己在《洛丽塔》里对于情色的细节关注比作是"《白鲸》里对于海洋动物的那些暗示"。在一次采访中，纳博科夫开玩笑说："梅尔维尔早餐时给自己的猫喂沙丁鱼。"在《洛丽塔》故事之初，亨伯特参加的加拿大北极圈的探险中所建立的天气预报站，选址就在"梅尔维尔音域的皮埃尔站点"，其实，《皮埃尔》正是梅尔维尔出版的最后一部小说。

在哈佛时，纳博科夫本来可以讲授《白鲸》，不过由于该小说一般都在卡波维奇为俄罗斯文学概论课程制定的教学大纲之列，纳博科夫就不打算给学生们讲了。他更想要跟学生讲解的是他在康奈尔大学教书时教过的那些作品。《白鲸》，跟美国文艺复兴时期的其他作品一样——比如霍桑的《红字》，爱伦·坡的最后一首诗《安娜贝尔·李》，和他的《楠塔基特的阿瑟·戈登·皮姆的故事》，楠塔基特是北极之旅之后正酝酿着要去的地方（尽管皮姆去的是南极，而不是北极）——这些都是《洛丽塔》潜在的文学源泉，距离遥远的参照物。我们寻找《洛丽塔》所受到的文学影响，只不过是要印证博尔赫斯一句名言的正确性："伟大的作家都是在创造他们的文学先辈。"博尔赫斯的意思是，一部具有伟大力量的作品既照亮过去也照亮未来，因而，以是观之，这部描写 1947 年的小姑娘沿着美国公路被性侵害的小说，其实在清教主义盛行的 17 世纪的小说中就早有预示，小说中的中心人物就是一个充满诱惑、任性无礼的女孩子。无论纳博科夫是不是把《白鲸》的每一页都仔细读过（如果他没有，他就是仅仅在遵循着梅尔维尔的读书方法，那就是，读一本书，撮其"大要"而心领神会足矣），这部小说与《洛丽塔》一样，表达出对世界深深的忧虑。亚哈试图用一只鱼叉拯救世界，裴阔德号船上的二副斯图布也一样，在一个雨夜之时陷入沉思："我想知道，弗拉斯科，这个世界是否也会在某个地方抛锚停留，如果是的话，她使用的缆绳该有多长呀。"

梅尔维尔运用了多种修辞手段描述这个世界。清教徒的布道、科学论文、诉讼概要，和弥尔顿式雷霆万钧的语言风格，都出现在他的小说中，更不要说还融入了戏剧、悲剧与古典辩论等文体。他使用仿莎士比亚戏剧化语言的措辞方式，达到了一种超越戏仿的真挚效果。

老马恩岛人：

先生，我很怀疑，绳子看上去太朽旧不堪了，

长期的酷热和湿气已经让它磨损得差不多了。

亚哈：

它还可以经得住。

老头儿，酷热与湿气是不是也把你磨损得差不多了？您 183
好像还挺得住嘛。或许，更准确来说，生活让你挺下去，并
非你让生活挺下去。

老马恩人：

先生，我握着缆轴。但就像我的船长说的，我这么一个
白发苍苍的老家伙已经不值得与人争辩了，"特别是和一个
从不自我告解的上司"。

亚哈：

什么玩意儿？哪儿钻出来这么一位像皇后区那座花岗岩
建起的大学里的迂腐教授，不过我认为他太卑躬屈膝了。你
在哪里出生的？

老马恩人：

先生，我在岩石丛生的英属曼岛出生。

亚哈：

太棒了！你会借此影响世界！

纳博科夫的戏仿更富有讽刺意味，不过这两本小说都记录下
了用语言征服世界的失败。语言和世界的力量是不对称的：可以
类比成《圣经》中的约伯对着旋风的呼啸或者飓风自身做出的

虔诚祈祷，那声音是如此的虚弱。

纳博科夫并没有尝试使用莎士比亚式的戏剧化语言，可《洛丽塔》中却点缀着莎士比亚的用典，小说从《哈姆雷特》和《仲夏夜之梦》之中借鉴来一种主要手法：剧中剧。博伊德表示，小说当中由亨伯特的另一个自己——克莱尔·奎尔蒂写出戏剧作品，而洛丽塔在其中扮演一个角色，这个情节说不通。奎尔蒂不可能描述自己不知道的事件，也不可能知道亨伯特会带着自己软禁的女孩来到新英格兰小城比尔兹利，让她入学，又那么巧，还扮演那幕可疑的戏剧中的一个角色。不过我们可以抛开这些不管，洛丽塔故事本身就是一个自私的偏执狂将自己的谋划强加在别人身上，从而导致本质上与亚哈船长相同的悲惨下场。福克纳《押沙龙，押沙龙！》中塞德潘的传奇故事也是来源于相似的基础，他对《白鲸》做出这样的评说：

184

> 《白鲸》有希腊神话般的简单质朴：阴郁的天性、冷漠的禀性，造就了一个强悍的男人性格，执着于自我毁灭，用一种暴虐的、完全不顾别人独立性的方式，将世人同自己一起拖下深渊……伴随着向毁灭的深渊迅猛滑落的响亮呼啸，他那一颗骷髅地（耶稣被钉上十字架的地方）一般的心却似青铜器一样坚硬持久；这一切都是在大地的永恒形态——大海那庄严、悲怆的音律的背景映衬中进行的。

《白鲸》中唯一缺少的就是一个迷人的女孩。但是故事中还是有个小男孩，也非常的迷人。亚哈的冷酷无情因为他对船上这个叫皮普的小男孩的喜爱而大大缓和，早前，皮普被遗弃在浩瀚

无垠的大海上独自漂浮而恐惧得精神失常。就像李尔王的那个滑
稽伶人，皮普的胡言乱语之中透露出过人的智慧，亚哈收留了
他，他解释说："你触动了我内心最柔软的部分，孩子，你和我
已经被我用心线编织出来的心弦紧紧连在了一起。"

　　作为船上的三个黑人之一（一个非洲人，两个非裔美国
人），皮普好奇地抚摸着船长的手，陷入了沉思：

　　　　这是什么手啊？如天鹅绒般的鲨鱼皮……啊，如果可怜
　　的皮普能够充分感受到还有这么善良的东西，也许他根本就
　　不会发疯！这手对于我来说，先生，就像是扶手索，胆小脆
　　弱之人可以扶住的东西呀。啊，先生，让珀斯（船上的铁
　　匠）来把这两只手锻打在一起吧，黑人的手与白人的手，我
　　永远不会让他们分离。

　　亚哈，与其他人（除了以实玛利之外）一样都逃不脱展示
自己父亲般慈爱的命运，但小说也因而抵消了其中表现出来的冷
酷无情。亚哈的本性早已注定，他一条道走到黑，但他恶魔般的
自负得到了部分平衡。《洛丽塔》中要表现对一个小女孩进行惨
无人道的一日三次例行式强奸，是纳博科夫面临最大的挑战，他
将此事严严实实地包裹在他精彩的文字游戏和其他委婉的表达方
式之中，但最终，事实就摆在那儿，清清楚楚地、令人难以忍受
地发生了。就像梅尔维尔希腊式悲剧那样的简单明了、阴森恐
怖。纳博科夫，不管他是否是在故意开玩笑，将表现强奸犯心路
历程的种种色彩加入到故事之中，小说的结尾部分，这种色彩尤

其浓厚。当亨伯特去科尔蒙特看望洛丽塔时，我们看见这个恶魔用自己"成熟男人那绳索般青筋密布的狭长双手"抚摸着这个十七岁但早已憔悴不堪的少女，一股柔情涌上了他的心头，而他那些云山雾罩的花言巧语好似又是可信的，其结果就是，他的话激起了读者内心深处最为深切的怜悯：

185　　　　　除非能向我证明……在无限遥远的未来，记录下一个生在北美叫作多洛蕾丝·黑兹的小女孩被一个疯子将她的童年生生剥夺，这么做都被认为无伤大雅，除非这点能被证明（如果真的可以，那么生活就是一个笑话），否则，我明白，除了忧伤感怀与……修辞华丽的艺术缓解剂，我无限的痛苦简直是无药可救。

第十四章

怀俄明州的阿夫顿小镇房租不贵，那是纳博科夫最喜欢暂住 186
的几个地方之一。这个信仰摩门教的小镇坐落在蜿蜒曲折的索尔
特河沿岸。1952 年及 1956 年，弗拉基米尔和妻子薇拉在位于小
镇边上的克洛洛格汽车旅馆住过几周。小镇的东边矗立着索尔特
河山脉，属于国家森林公园的一部分。在一篇名为《1952 年怀
俄明州蝴蝶采集录》的漫谈式昆虫学论文中，纳博科夫回忆，自
己"在八月的大部分时间里都在令人心醉的阿夫顿小镇上采集蝴
蝶"，从爱达荷州州界线旁一条铺好的公路可以到达阿夫顿。

纳博科夫住的房间带有浴室。一间间小屋就像宽轮大篷马车
绕成一圈一样，圈子中间是一大块空地。小屋以大斧劈成的原木
搭建，拐角连接处还使用了燕尾榫式的搭法（每根木头的末端都
会在墙面连接之处突出出去）。原木全都剥了皮，涂了漆，而木
头间的小细缝则用砂浆填上，再钉上板条。从阿夫顿附近山上发
源的多条小溪，向西蜿蜒流淌。纳博科夫会选择沿着这些小溪逆
行而上，在溪边的灌木丛里采集标本。"八月初的时候，"他在
文章中写道，"在布里杰国家森林公园的小道上，每一处潮湿的
地方都会有上百万只花菱草蝴蝶覆盖在上面，一群群地待着，每
一群有四百多只。每个峡谷中，数不清的蝴蝶随着缓缓流淌的水

流漂移而下。"

那时，他创作《洛丽塔》已有三年时间。他做了大量笔记，小说的大部分内容都已经准备得差不多了，用他的话来说就是"已经是成竹在胸"。1952 年春天，他在哈佛教书的时候本可以开始起草初稿，但实际上，整个夏天都过去了，他极少动笔，可以说什么东西都没写出来。

187　　他很享受定期休假，他的健康状况会在假期里大有起色。总的来说，经年累月创作《洛丽塔》让他的身体亮起了红灯：比如说牙齿的一系列问题，1950 年肋间神经痛又复发了，这种肋骨病症发作起来疼痛异常，呼吸之时都十分痛苦。他告诉威尔逊说：

> 在三月底的时候，在去参加《纽约客》举办的一次非常糟糕的聚会上，我染上了流行性感冒，感冒引发了肋间神经痛。从那开始，我就进了医院，待了几乎两周的时间，而且一直在病床上疼得呻吟不止、辗转反侧。肋间神经痛的典型症状就是一刻也不停歇的疼痛感和恐惧感，大有不将人撕裂不罢休之势，其病症与心脏病和肾病颇为相似，所以连续几天医生都在我的身上搞实验……我的身体恢复得还不是很好，今天，我的旧病又有复发迹象，现在还卧床在家呢。

纳博科夫在家的时候可以不受干扰地安心写作。由薇拉代他去给学生上课，其他一些烦人的事情也暂时搁置不理。

纳博科夫告诉威尔逊说，德米特里在哈佛一度迷失自我——大学一年级"开始就弄得惊天动地"。不过没过多久他就自己调整了过来。他很容易分心，但"短时间内看一页书还是能做到精力集中，而且可以将其中的内容原原本本地记下来"，他在后来的自述中是这么说的。最终，他以优异成绩顺利毕业，这让他的父母十分欣慰。纳博科夫告诉自己的妹妹，德米特里的"兴趣按顺序排列下来依次是登山、姑娘、音乐、田径、网球和学业"。弗拉基米尔在哈佛教书是为了近距离地监控儿子，当然还有做研究。他和薇拉定了个规矩：德米特里必须自己挣零花钱。所以德米特里会去给别人遛狗，在哈佛园里面当邮差，还会给一个"古怪的红脸波士顿单身汉当网球陪练和法语对话搭档"，那个单身汉会开着辆捷豹车来接他。

　　德米特里参加了哈佛登山俱乐部。这个组织从 1942 年成立以来就一直在崇山峻岭间进行攀登活动，而德米特里加入这个俱乐部的时候正值战后的黄金时代。哈佛登山队去过阿拉斯加、秘鲁、南极洲、喜马拉雅山、加拿大的洛矶山脉还有中国的西部山脉（传说那里的阿尼玛卿山脉中有一座山峰比珠峰还要高）。在 20 世纪 50 年代，美国最有影响力的登山者就要数哈佛的登山队员了。这些人包括查尔斯·休斯顿——1953 年 K2（乔戈里峰）探险队的领队；在这次登山活动中遇难的阿特·吉尔基；世界一流登山杂志《美国高山之旅》的编辑艾德·卡特；以及布莱德·沃什伯恩，他从飞机上对美国阿拉斯加的麦金利山拍摄的照片让地图的绘制更为精确。德米特里还达不到他们的水平，但他和这些同人朝夕相处，如饥似渴地汲取俱乐部的精神气质，自己也从一个初学者变成了首次登山系列活动的领队。1954 年，德米特里在《美国高山之旅》杂志上发表了一篇名为《从东面登上罗布森山》的文章，讲述自己在加拿大落基山脉最高峰——罗

188

布森山东面登山的详细经历。登山行动持续了两天，晚上就在山峰的大裂缝里露宿。就在这次登山中，他第一次带队登上了位于加拿大塞尔克寇山脉中的直布罗陀山。他们一行人是开着"一辆老式帕卡德灵车进入加拿大的，我们自己动手改装了发动机……还在车中装配上床位"，还给车换上战争遗留下来的 B－25 轰炸机的轮胎。

纳博科夫在给妹妹埃琳娜信中提到德米特里喜欢冒险的事说道："到底该不该对这事习以为常？我真的不知如何是好。"哈佛登山队员之中已经有好几个不幸遇难。而德米特里则对飙车、对登山都近乎疯狂地热爱。到 1953 年的 9 月，他已经"折腾坏第三辆车了"，纳博科夫说道，"而且他已经打算要买一架旧飞机"。德米特里"同年夏天在俄勒冈州干起了修建高速公路的活儿，在那儿驾驶一辆巨型卡车"，他的父母常常为他忧心不已，他们为了见儿子一面常常要东奔西走。

有一阵子，他们在俄勒冈州的阿什兰市安顿了下来。跟阿夫顿镇、埃斯特斯公园和特柳赖德镇一样，阿什兰市坐落在山的背风面，因而形成了希斯基尤和它那旁边的小溪、湖泊和沼泽草甸。（"生活中没有什么比探索山地的沼泽湿地更让人开心的事了"，弗拉基米尔告诉威尔逊）镇上有一个商业区和一些可以租用的简易木屋。夏天，阿什兰到处都是盛开的玫瑰花。纳博科夫就在这里用口述的方式完成了《洛丽塔》终稿中很多内容的创作。那年 9 月，纳博科夫一回到伊萨卡就告诉凯瑟琳·怀特说他已经"差不多快完成"他的那部"篇幅巨大、神秘莫测、悲恸欲绝的小说"了。那可是一部经过"五年的寝食难安和呕心沥血"才最终完成的小说。这部小说让他度过了一段"很难熬的创作时光"，"这是一部文坛上没有先例，伟大而让人纠结不已的小说。小说里没有哪个部分适合"在她的杂志上发表。

他没有将《洛丽塔》给怀特寄去，而是将一个讲述俄国籍教授——普宁的故事寄给了怀特，这个故事适合在杂志上发表。创作这部小说以及撰写《说吧，记忆》中的一些篇章，其实是他写作《洛丽塔》的痛苦过程中的"短暂而快乐的逃离"。《洛丽塔》到底要不要给怀特看，纳博科夫很是纠结。由于他们签有合同，所以他有义务把文稿交给她。而且尽管作品中有令人不齿的内容，他还是希望怀特能将其称为天才之作，其无与伦比的艺术手法，可以让人把作品是否会引来公众反感甚至是可能遭到起诉的担忧都抛在脑后。然而，几个月之后，也就是 1953 年底，当薇拉亲手将稿件带到纽约时，怀特并没有被这份未签名的手稿所吸引。这份手稿无论如何都不会被呈现在《纽约客》杂志的总编辑威廉·肖恩的面前，薇拉向怀特一再坚持——结果是作品给肖恩造成的惊骇比怀特更甚。

一部经典小说的创作经历了这些过程，到真正完成之时，纳博科夫向一位编辑描述作品特性时用的几个词，（"悲恸万分"和"篇幅巨大"）以及他向朋友威尔逊给出的一两个暗示（"也许不久我就能向你展现，一头怪兽将横空出世"），都给小说打上了烙印。怀特之前肯定听说过这样的话：作家通常都认为，新鲜出炉的作品才是自己最伟大的作品。纳博科夫在 1953 年秋天继续以口述的形式进行创作，直到 12 月 6 日才算真正大功告成。他对威尔逊说："小说的主题和内容的的确确很感性"，但"其艺术性非常纯粹，妙趣横生"。这是他"用英文写出的最佳作品"。然而，一位拿到手稿先睹为快的编辑却警告他说："要是

190

这部作品出版了，那你我都得遭受牢狱之灾。对于这部失败之作我只有沮丧之感。"

《洛丽塔》的出版就像它的创作历程一样漫长而煎熬，有时候显得遥遥无期。纳博科夫听从了威尔逊的建议，自己做起了自己的经纪人。维京出版公司首先拒绝了出版这本书，有个编辑提醒纳博科夫，要是按照他最初计划的那样用笔名来出版小说的话，肯定会吃官司，连真名都不愿意署上，意味着书里面绝对存在不堪入目的色情内容。接下来是西蒙与舒斯特出版公司，他们也将稿子退回，编辑华莱士·布罗克韦将这个决定的责任推到他那些假正经的同事身上。1954 年 10 月，连胆大妄为、勇于挑战淫秽法令的先锋派作家詹姆斯·劳克林都代表新方向出版公司将《洛丽塔》拒之门外。法勒斯特劳斯和扬格出版社（*Farrar, Straus & Young*）婉言谢绝出版，理由是害怕小说的出版会招来一场打不赢的官司。威尔逊曾给双日出版社的杰森·爱泼斯坦推荐过这本小说，1954 年底，小说的手稿也交到了他手上。像维京出版社的帕斯卡尔·科维奇、西蒙与舒斯特出版公司的布罗克韦和法勒斯特劳斯和扬格出版社的罗杰·斯特劳斯一样，爱泼斯坦尊重纳博科夫的作品但却无法说服他的同事们去出版这样一本新书。他在一篇随笔里表达了一些非常保守的文学观点，但同时也认为《洛丽塔》从某些细节方面来看，有它的绝妙之处。

劳克林和科维奇认为《洛丽塔》在海外也许机会大一些。于是，纳博科夫把小说寄给了他在巴黎的经理人道西亚·厄盖茨，并开始四处寻找美国经理人来完成自己之前没能做成的事——他对布罗克韦说，他甘愿将百分之二十五的收入分给经理人。

历经千辛万苦，最终有了第一家国外出版社（奥林匹亚出版社）愿意出版小说，而且一家美国出版社（普特南出版公司）也有此意向，现在回过头来看，这段艰难的时光似乎是注定要有所回报的。小说虽涉及情欲但却属于严肃文学：没有出现任何忌讳用语，书的可读性非常之强，而出版的时机也恰到好处，那时维护公共道德的卫道士已渐渐显得荒诞可笑。乔伊斯那部被公认为其标志性著作的《尤利西斯》，也许算是 20 世纪最伟大的作品了，但在小说公开出版发行之前就已经遭到了卫道士们的激烈抨击。（《尤利西斯》的第一篇选段于 1918 年发表，被《小评论》杂志的两位编辑指控为非常淫秽）其他许多类似作品，包括劳伦斯的《恋爱中的女人》，瑞克里芙·霍尔的《孤独之井》，亨利·米勒的《北回归线》和《南回归线》，威廉·巴勒斯的《裸体午餐》，金斯伯格的《嚎叫》，德莱塞的《美国悲剧》，欧斯金·考德威尔的《上帝的小块土地》，莉莲·史密斯的《奇怪的果实》和《海克提郡回忆录》，无一例外要么受到抨击，要么被禁售，要么被焚毁，它们都为纳博科夫的玫瑰园提前开垦了土地。从纳博科夫的小说第一次被拒绝（1954 年）到第一次被美国出版社接纳（1958 年）的几年间，美国出版审查制度的执行力度从微弱走向了衰亡。到 1959 年时，《查泰莱夫人的情人》这本 20 世纪的头号禁书已经由格罗夫出版社出版发行了平装本，而 1961 年，格罗夫出版社又将《北回归线》推向市场。

纳博科夫的小说能够出版发行还有其他一些原因。尽管他告诉凯瑟琳·怀特说《洛丽塔》是"一部史上绝无先例的伟大而纠结的作品"，但单从艺术形式上来说，这部小说比起《尤利西斯》《声音与愤怒》或《我弥留之际》（又或是《白鲸》，诸如此类）这些名著并未有很大突破。它并未像狄朱纳·巴恩斯的《夜林》、安德烈·别雷的《彼得堡》，或是一些与《洛丽塔》同时期的作品，如贝克特的《莫洛伊》，罗伯－格里耶的《偷窥》，威廉·加迪斯的《承认》以及米歇尔·布托尔的《变》等作品那样，给读者设置阅读障碍。在纳博科夫自己的作品中，《洛丽塔》比《天赋》和《庶出的标志》更容易阅读，更引人入胜。如果他所谓的"史无前例"是指书中公开描写了与孩童的性爱场面，那就这一点而言，本可以说他是无视了像萨德侯爵的《索多玛 120 天》《乱伦》以及其他前人之作里面令人不安的场面描写，以此而夸大了本作品这方面的独创性。其实，"没有先例"的说法另有他意，也许他指的是小说文本中那些半遮半掩、盘根错节、错综复杂的前后照应的缠绕难解的乱麻，那些使亨伯特意识到奎尔蒂存在的种种线索，亨伯特在奎尔蒂身上看到了自己无比邪恶影子，在住满嘲弄之神的无边天际之中，有个专门设法让人受骗上当的魔法大师就隐藏于某处，把所有人都诱入了一个巨大的玩笑陷阱之中。

不管纳博科夫意欲何为，他创作的这部小说都特别适合读者阅读：当然是大众读者。小说的表面被一层俗艳的诱惑所粉饰，显得滑稽可笑、居心叵测，必定会有冒天下之大不韪之嫌，但小说的大门却是大大敞开着的。阿尔塔格拉西亚·简内里本来会认同这本小说。她之前就想让他写些在美国本土发生的故事。在他采撷有时代气息的物事与态度看法之类的吉光片羽之时，他都尽量做到将美国人偏爱的那种激情都表征出来。小说在奥林匹亚出版公司出版后销量很好，虽然英国和法国都有人控告。之后在普特南出版公司和其他的美国出版公司出版发行后也非常畅销——

简直是火暴异常。小说在出版的第一年就卖出了几十万本，在之 192
后的几十年里也相继卖出了好几百万本，几千万本。

纳博科夫在创作这部小说时内心非常挣扎，他时时刻刻都在
担心自己的小说会胎死腹中——会被官方归入禁书之列而最终不
能与读者见面。作家这个群体中的人是多种多样的，有些人很在
意读者，有些人根本就无所谓，但即使是那些不把读者装在心里
的作家在创作的时候自己脑子里也会浮现出至少一个读者，他们
会努力去吸引、诱惑他们自己，使作品给自己留下难忘的印象。
要是就这样放弃自己在作家生涯全盛期中的五年时光，放弃自己
认为是用英文创作出的最佳作品《洛丽塔》——就等于自己本
来已怀胎十个月之久，却被告知胎儿可能已经死了，那感觉着实
令人痛苦万分。

纳博科夫对所有广为流行、市场主导的事物所抱有的傲慢与
蔑视的态度，这些都是他真情真性的流露，但与此同时也具有某
种欺骗性质。他的小说《普宁》具有很高的文学价值，是一部
艺术杰作，正如他向一位对《普宁》感兴趣的出版商说的："我
塑造的人物是文学界里一个全新的角色……在文学作品中，全新
的人物形象的诞生可不是天天都有的事。"他觉得，全新的创意
也同样体现在《洛丽塔》身上——也就是他之前所说的"在文
学界没有先例"。庆幸的是，他创作中所需的独创性并不要求像
《我弥留之际》那样的文本、那样新奇的艺术结构、那样拒大众
读者于千里之外。之前他创作的小说中也不乏晦涩难懂之作——
比如他在美国创作的《庶出的标志》堪称现代主义绝唱，它们
与许多读者的阅读期待相去甚远。还有他写的一些俄文小说也是
如此，《斩首之邀》就是最好的例子，作者在这些作品中沉迷于

叙事上的支离破碎、对现实的交错叠加的艺术手法而不能自拔。

在纳博科夫那里，所谓的"现实"，如果不带上引号，那就是"毫无内涵的几个术语之一"，现实其实代表着"全新艺术世界"之中的某些新事物。在这里，"现实"既重要又俗气，它为纳博科夫表现滑稽可笑与拓展天马行空的戏仿提供了"使人感到无比愉悦"的无限机会，而他在美国创作的全盛时期的作品，哪怕深陷黑暗之中，也表现出无比饱满的情绪。《洛丽塔》被纳博科夫认定为一部悲剧，但其中表现出来的高昂激情让读者感到要么无比困惑，要么恶心至极，读者并不会误读这部小说。发现新领域的无限活力——那种在不断开拓自己写作疆域之中宣示主权所获得的快感——让作品的表达过程不断偏离现实。然而，真正的"现实"并非无迹可寻。在《普宁》当中，现实所打上的引号几乎都被擦去了，而《洛丽塔》的读者，尤其是读了汽车旅行那一段的读者，很可能会把那当作一份真正的"旅游指南"。在《艾达》这部纳博科夫定居于瑞士之后完成的小说之中，对各国与欧洲大陆的描写是否与现实相符合又要打上一个问号了。要是把《艾达》当作"旅游指南"的话，那就好自为之吧。

1954 年的夏天，纳博科夫一家经历了之前很少遇到的非常糟糕的西部之旅：他们租的小木屋位于新墨西哥州陶斯镇以北十英里，简直可以用乱七八糟来形容。纳博科夫写给怀特的信中说道："陶斯镇丑陋不堪，沉闷乏味，印第安贫民都被商会安置在关键景点，作为招徕俄克拉荷马和得克萨斯游客的噱头。"到那儿之后，薇拉发现乳房有一个肿块，当地医生诊断后说是恶性肿瘤，她就心急火燎地赶上东行的列车，跑到纽约找医生，医生为她清除了肿块，却发现只是良性肿瘤。为了这件事，这次新墨西哥之旅也就画上了句号。早先，纳博科夫本来与一位当地人约好，为他引见劳伦斯声名狼藉的遗孀——弗里达·劳伦斯，她就住在附近的一个牧场里。薇拉完全没兴趣去结识这个女人，所以拒绝与丈夫一同前往，还极力劝说纳博科夫也打消去见她的念头。劳伦斯在法国南部去世后，他的骨灰就被运到新墨西哥，埋葬在这个劳伦斯牧场里。这个牧场是由艺术赞助人玛拜·道杰·鲁汉赠送给弗里达的，早已成为劳伦斯忠实读者的朝圣之地，他们不辞辛苦地来到这里表达自己的崇敬之情。纳博科夫对作家的墓地与遗孀的关注很少为人所知——而在美国，这次的劳伦斯牧场之行似乎是他唯一一次以这种方式向前辈致敬。

《洛丽塔》被拒绝出版的那一年，纳博科夫工作异常努力。他对怀特说，在他要完成的诸多项目中，"最艰巨的任务"就是将《说吧，记忆》翻译为俄文。

"我好像已经跟你说过好几次……将俄语翻译成英语是何等的痛苦与煎熬……我曾发誓我永远不会再碰俄语，但是十五年后我还是与之打交道……沉迷在那对我来说痛苦不堪又魅力无穷的俄语之中。"他一直坚持以另类的方式翻译《叶甫盖尼·奥涅金》。他写完《普宁》中的第二章，却被《纽约客》编辑认为读起来非常"不舒服"而拒绝发表。维京出版社得到了该书的版权，但是他的责任编辑在看完前几章后却又心生疑虑，他对于纳博科夫对于该书的总体布局并不认可，尤其是小说以死亡作为大结局，"可怜的普宁……一直漂泊，居无定所，一事无成，连普宁穷其一生写的一本书都无疾而终"。简内里的市场智囊，能说会道的编辑帕斯卡尔·科维奇要求纳博科夫把故事结局稍作改动，让故事显得不那么悲观。纳博科夫同意了，对原书做了一些改动。

　　《普宁》这部作品充分体现了纳博科夫是一个天性敏感的专业作家，他写的是一个苏联人在斯大林去世后在美国的生活。当时，正值约瑟夫·麦卡锡大肆搜捕苏联间谍而搞得人心惶惶——那段时间，有俄罗斯标签的一切都受到严密监控。《普宁》完成于 20 世纪 50 年代早期，比 40 年代晚期完成的《洛丽塔》的创作时间要晚一些。德国学者迈克尔·马尔注意到了"广岛上空的蘑菇云"都被写入了作品之中。普宁教授在漫画书中看到一幅图就自然联想到了这次历史大事件，"《普宁》将这么多的现代史实融入其中，这在纳博科夫的作品中是绝无仅有的现象"。这本书写的是关于一个颇有声望人士的社会喜剧。稍早之前的 1952 年，玛丽·麦卡锡出版了《校园林荫路》，纳博科夫读了这本小说后评论说："这本小说有些地方妙趣横生、非常精彩。"如同《校园林荫路》，《普宁》也算是校园小说，尽管纳博科夫将他描写的人物推到了滑稽可笑的境地，尽管他的目标指向的是与主流社会格格不入的社会圈子，但是他有意偏离了对社会进行讽刺的那个方向，也不牵涉到所谓的彻底社会批判。普宁是个值得尊敬的好人。"纯粹出于对失败者的同情"，他经常光顾一个叫"鸡蛋与我们"的饭店，他将善良当作自己做人的准则。这个世纪的种种磨难他都无一幸免。如今，他突然发现自己身处遍地都有高级洗衣机的国度里：

　　　　尽管明令禁止他靠近洗衣机，但他还是忍不住偷偷摸摸去用一下，好多次都被抓现行。他将平时那些优雅风度与谨小慎微通通抛诸脑后，只要手边有的东西，他都会一股脑儿塞进洗衣机里：手帕，洗碗布，偷偷从他的房间拿来的一堆短裤和衬衫。他的目的无非是想要透过洗衣机那个小窗，看到那些东西像自由摇摆的海豚一样翻来翻去，他享受这种快乐。

跟作者纳博科夫一样，普宁也出生于圣彼得堡，但与纳博科夫不同的是，他长相古怪而且英语水平也令人不敢恭维：

> 他1925年在布拉格大学获得的……社会学和政治经济学博士学位，如今已经变成……一张废纸，他现在做个俄语老师也并非完全不合适。他招人喜欢的地方并非是他才华出众，而是他那些令人难忘的题外话，只要说起过去他就眉飞色舞，摘下眼镜，一边说一边仔细摩挲着他眼下的眼镜镜片。

纳博科夫跟其他专业作家一样讲述故事，总会在每个片段的结尾之处掀起一个高潮（比如：第二章的第四部分；第六章的第四部分）。普宁说的那些话总会产生诙谐滑稽的喜剧效果。写对话不是纳博科夫的长项，要将普宁说的那些话的喜剧性效果准确地呈现出来，他的确花了不少心力。有一次普宁去查看一个准备租住的房屋时，那个房间和那个冬天下午的一点一滴都值得纪念。

> 行，那就长话短说：自1925年住在巴黎以来，从希特勒发动战争时起，就逃离了法国。现在在这里，成了一美国

195

公民，一个在汪达尔［Vandal，本应为温德尔（Waindell）］学院教俄语之类教程的人。德语系主任哈根开出推荐信。……

　　普宁仔细打量着伊莎贝尔家粉色白边墙壁的房间。起先，外边突然就下起雪来了，整个天空是一片纯白世界，悠然飘落的雪花反射到静穆的镜子上，一闪一闪地晃着白光……他从离窗户很近的地方伸出手去。

普宁这个角色以康奈尔教授、移民历史学家马克·谢夫特尔为部分原型，然后揉进纳博科夫自己的生平元素，这些部分如果写进他在美国创作的其他小说中就不合时宜。比如说牙齿问题。在看房之前，普宁就告诉他未来的房东太太："我必须告知您：我所有的牙齿都要拔掉。一想起做这个手术我就毛骨悚然。"虽然普宁和纳博科夫一样经历了自由和无与伦比的快乐，但是等待着他的还有牙科手术：

　　接连好几天，他都在痛惜丧失了与自己身体密不可分的一部分——牙齿……当假牙硬塞入嘴里，就像将一个化石头盖骨塞入一个的陌生人那咧开的大嘴里面……十天过去了——他突然开始喜欢上嘴里那副新玩意儿了……夜间，他把那珍奇玩意儿放在一个盛装特殊溶液的专用玻璃杯里，它在里面对着它自己微笑，粉粉红红，似珍珠一般……一部论及古俄罗斯的伟大巨作……十多年来他一直都在心心念念地策划着，如今似乎唾手可得了。

纳博科夫本打算写第二本自传取名为《继续说吧，记忆》，现在变得更遥不可及了。在《普宁》中，有一段描写了像圣马可一样的寄宿学校，普宁前妻那十几岁的儿子——维克多·温德就在那里上学。同样的，弗拉基米尔本来准备在回忆录中描写他在南方各大学巡回教书的经历，现在却将这段经历用喜剧手法赋予普宁这个人物身上。小说的开头是这样的：普宁准备前往一个遥远的小镇去给一个女子俱乐部上课。但是"现在有一个秘密不得不透露给大家"——纳博科夫告诉我们说："普宁教授坐错了火车。"跟他的其他小说一样，这部小说将戏剧性讽刺手法推向了极致，那些对读者产生震撼效果的场景，小说的主人公自己却没有丝毫感觉，可谓滑稽至极。纳博科夫以冷酷书写手法著称于世——他常常创设出这样的场景：他的小说人物对现实认识的糊涂程度无以复加，照此来看，说他冷酷似乎有理有据，然而这只是假象，他对小说主人公是满怀深情的，在描写这些人物的时候，纳博科夫就如同一个朋友一样，能够深切体会到小说中主人公的善良与神秘莫测的气质，毫不夸张地说，他对于自己的主人公其实是爱在心底的。

196

《普宁》中的叙述者，纳博科夫将其称为"VN"，但却并不能与纳博科夫本人画等号。"VN"在圣彼得堡就认识了普宁，并讲述他们孩童时代的往事。纳博科夫承认，在学生时代，他是一个特爱欺负别人的人，他希望在任何场合都占据上风，而且鄙视欺凌弱小。他将这样的性格特点赋予小说人物 VN 身上，VN 经常与各种女人搭讪，有一次无意之中勾搭上了普宁的未婚妻，她就像《奥涅金》中的塔吉雅娜一样拜倒在 VN 的脚下。带着爱情的伤痕，她嫁给了普宁，并将这场外遇一五一十地告诉了他。

体现小说风格的一个片段——即描写乔迁之喜的那一段——发表在 1955 年 11 月 12 日《纽约客》上。到那时，纳博科夫已经是与《纽约客》编辑部打了十年交道的老熟人了。他一直努力想要改掉自己的坏脾气，就在一年前，凯瑟琳·怀特拒绝发表《普宁》第二章，在写回信之前，他迫使自己数到十再下笔。（"我打算回应——逐条逐条地——反驳您的批评；但是……五个月的拖延已经将那种冲动慢慢消磨殆尽了。"）

怀特修改了《普宁举办一个派对》这一章节，将《纽约客》杂志独有的风格硬塞进去，如同老师总爱矫正那些坐得歪歪扭扭、喜欢动来动去的不守规矩的学生一样，她总爱给小说加一些她以为正确的逗号之类的东西。

比如怀特将 "All of a sudden he experienced an odd feeling of dissatisfaction as he checked the little list of his guests"（"核对嘉宾名单之时，一种奇奇怪怪的感受倏忽间涌上心头"）加入几个逗号后改为 "All of a sudden, he experienced an odd feeling of dissatisfaction as he checked, mentally, the little list of his guests"。（"突然之间，他的脑海中，想着出席宾客的名单，一种奇特的感受涌上心头。"）

下面一句 "The good doctor had perceptibly aged since last year but was as sturdy and square – shaped as ever"（"那个好医生跟去年相比看起来好像老了不少，但是依然是那么的结实精壮"）被她改成了 "The good Doctor, a square – shouldered, aging man…"（"那个好医生，有着方方正正的体格，成了一个老人……"）

纳博科夫早已学会了适度妥协，不事事都寸土必争。作品发表在杂志上很有意义，他因此得到了丰厚的报酬。但是《普宁举办一个派对》与其说是一个短篇小说，不如说是书中的一个章节。书中说到的那个医生——就是那位很喜欢普宁的德国教授，当别人想要炒普宁鱿鱼时，这个医生就会挺身而出去保护他，然而普宁自己却想离开温德尔学院去找一份更好的工作——小说中这样继续描写这位医生："他厚实健硕的肩膀，宽阔的下巴，方形的鼻孔，英气的眉宇，一头如同修剪过的灌木那样齐刷刷的长方形灰白头发。"怀特将这一章做了必要的删减，使其符合短篇小说的篇幅。然而文中那种让人心碎的奇特性丧失殆尽，只剩下掺杂各种情绪的调侃，在删减之前，小说不仅仅是调侃，也是一个凡人的感怀与哀号。

普宁希望买下租的那套房子，然而他并没意识到，他马上就要被校方解聘了。"VN"告诉我们说：

> 对于普宁来讲，"静静地独自生活在这样一栋与世隔绝 197
> 的房子之中"是多么令人开心快乐的事情，天下再没有比这
> 更令人心满意足的事了……这是他内心深处最想要的东
> 西……这个地方最大的优点就是安静——如天堂一般，富有
> 田园气氛，而且绝对安全，想想自己从前住过的那些出租
> 房，时时刻刻都被四面八方传来的喧闹声所笼罩，相比之
> 下，他在这里享受到的所有愉悦，那简直就有云泥之别呀！

这栋房子有"樱桃红的砖墙，白色的百叶门窗，木板铺就的房顶"，这种建筑物具有强烈的时代特征。旁边有一块玉米田，托德公路穿行其间，房子掩映在一片云杉树和老榆树之中，最近的邻居都在半英里之外，因而这里格外宁静。普宁认为这房子跟

坐落在"郊区"一样，可能是因为在美国，在郊区形成之前，已经有很多房子早已侵入了农场之中。屋后，还有那硕果仅存的原生态景观：灌木丛生的一段峭壁。聚会接近尾声之时，普宁邀请他的两个朋友上楼到他的卧室去欣赏窗外离他住处只有五十英尺的"那道高耸的黑色的石壁"。其中一位朋友不禁感慨地对他说道："你终于过上了舒适的生活。"那说话的语气就好像十分了解作者纳博科夫对于悬崖峭壁的钟爱而发出的由衷感叹。

我们知道，他注定与这栋房子无缘。我们也知道，在温德尔学院这几年所交的朋友——点头之交也好，与他相交甚厚的朋友也好——通通都会是匆匆的过客。此时，搭错车那样的喜剧消失得无影无踪——纳博科夫式主人公又在荒唐的错觉之中拼命挣扎，然而却没有一点点的幽默效果。不过，这场聚会还是皆大欢喜、大获成功。那些专家学者和他们的夫人们，都表现得那么的宽厚温良德高望重，他们的言谈举止都让读者情不自禁地想说，啊，对的，他们的谈吐就是那个样子的，或者说，哎呀！慢着！我认识那个男人（或女人）。那些人物都是某一类人的影子，他们栩栩如生，具有变幻无常之本能。比如，聚会上有一个客人，一个英国文学教授，就体现出此种特征。这个人"平淡无奇"，纳博科夫这样描述：

> 如果先画一双棕色的拖鞋，两个米黄色的肘部补丁，一个黑色的烟斗，浓黑的眉毛下眼袋很大的双眼，那么剩下的就非常容易补全了。似患肝病之人悬于正中某处，背景是一首 18 世纪的诗歌，罗伊之地，一个过度放牧的牧场景象，旁有小溪潺潺，林木森森。

此教授有个不为人所知的怪癖。他是一个有着佩皮斯①风格
的记录者，他"用密码电文形式的诗歌把每件事详尽记录下来，
等到未来某一天自己的子孙后代可以解码自己的日记，在静静地
解读出其中的全部密码之后，就可以向全世界宣告，当今时代最
为伟大的文学成就非此莫属"。当他妻子让他去取她的手提包的
时候：

198

> 他跟跟跄跄地从一个椅子找到另一个椅子，最后发现自
> 己手上拿了个白色包包，稀里糊涂地也不知从哪儿捡到的，
> 因为盘旋在他脑海中的一直都是那些若隐若现的诗行，他一
> 门心思想着晚上回去后把它们都记下来：

> 我们坐着一起饮酒，而每个人的过去都门扉紧闭，命运
> 的闹钟为彼此毫无相干的未来早已设定。

而在这之前的第三章是这样开始的。

> 普宁在温德尔学院任教那八个年头里，住所搬来搬
> 去……几乎每个学期都搬一次。无数的房间累积在他脑中的
> 记忆，如今就像柔和的灯光下一个杂乱无章家具店里，那些

---

① 佩皮斯（Samuel Pepys，1633—1703），17 世纪英国作家和政治家，海军
大臣。佩皮斯于 1659 年至 1669 年近十年间，以日记的形式完整记录了自己生活和
工作中的见闻琐事，大到 1665 年的大瘟疫和 1666 年伦敦大火灾，小至家里的浴室
与制作小蛋糕的精确配方等。

> 展出的层层叠叠堆在一起的无数扶手椅、床、灯、壁炉旁边
> 的摆设等等，时空交错，花样繁多，店子外边，大雪纷飞，
> 暮色苍茫，这世界上，没有人真正爱过任何人。

《普宁》的写法很平实，并不像纳博科夫写《洛丽塔》那样
苦心孤诣地寻求暗指与引用。从某种程度上来说，这部作品完全
是非《洛丽塔》的，其写作目的是为了吸引出版商而不是吓跑
他们。普宁也不像亨伯特，他有一颗光芒四射的灵魂，而不是一
个辣手摧花的毁灭者。

如同亨伯特，普宁也大抵算是一个继父。他对他前妻的孩子
维克多非常关怀，维克多还曾到温德尔去看望他。这个孩子跟纳
博科夫的儿子德米特里颇为相似，非常出色，身材高挑，富有魅
力，遇事冷静，他能察觉到普宁的人性光辉。然而小说中有一个
令人失望的地方，纳博科夫没有安排他们俩一起出场，而是将维
克多送去了加利福尼亚，普宁则跟一群俄国人去像卡尔波维奇之
类的地方参加夏令营。亨伯特不断给他继女赠送礼物，其目的无
非要从她身上获取性愉悦。普宁也送给维克多一些礼物，但是他
送的礼物却完全是无的放矢：他曾经送给维克多一个足球，然而
维克多对于体育运动并不感兴趣；后来又送给维克多一本杰克·
伦敦短篇小说集，但维克多当时的阅读水平尚未达到。恰恰形成
强烈反差的是维克多送给普宁那惊艳无比的礼物——一个"闪耀
着海蓝宝石般色彩的玻璃大碗，镶嵌着旋涡般的螺纹和睡莲叶子
的精美图案"。大碗送到的那一天，普宁正筹办晚会。客人看到
碗后一定会惊呼："天啦！太精美了！你从哪儿弄来这么一只完
美无瑕的神碗！"他用这碗盛满了潘趣酒。

这只碗令人不禁联想到其象征意义：它象征着被时间困住的友情与欢愉的脆弱世界；象征着维克多对普宁的感情，还有许许多多也许难以言说的东西——虽然这些东西也可能无与伦比、夺人眼球或者奇异无比。这只蓝色大碗，简直就是小说家亨利·詹姆斯描写的鸡尾酒舞会上那只沉重而意味深长的金碗的翻版，碗的四周聚着一群世故圆滑的友人，他们有着各自的过往，都被一只看不见摸不着的分秒不差的闹钟控制着生活的节奏，每个人都想超越此时此地的自己，以达到人生的新境界——这部小说的这一两页内容可以加上引号，这里的引用并非含有讽刺意味，而是真正意义上的引用，就是那种将真正的原文引用出来、用鲜活的文字将事实表达出来的标点符号。

只过了那么一会儿，这只碗看起来就要破裂了，这与詹姆斯笔下那只本身就有裂纹的水晶碗何其相似。普宁的学院监护人给他传来坏消息，说他在学院的避风港已经轰然倒塌，他正黯然神伤，一不留神，这个碗从他滑不溜秋的掌心滑落。不，还好，故事不会这样发展。纳博科夫似乎心中有数：可能是想到编辑对其作品中的悲惨结局一向诟病甚多，他在这里只是描写打破了一只寻常酒杯。（"那个漂亮的碗完好无损。普宁拾起一条洗碗布继续干他的家务活。"）

其后，普宁的故事寥寥数笔之后就戛然而止。他即将被解雇不说，更往他伤口撒盐的是，英语系"正聘请你的一位异常出色的同胞"到温德尔学院顶替他的位置，这个所谓的同胞不是别人，正是小说的叙事者 VN，那个多年前曾勾引过普宁爱人的男人。普宁本可以留下，但前提是须征得 VN——他曾经的情敌的同意。普宁不愿留下。

1955 年 7 月 29 日，当纳博科夫将他的完整手稿寄给维京出版社时，出版社在是否出版此小说的问题上却迟疑不决。他们认为这部小说的篇幅太短，并且其他的问题也不少，其中最大的毛病是整个故事显得有些散乱，只是一些短章的集合体。纳博科夫已经下了不少功夫将这些故事片段串联起来，因而感觉他们在吹毛求疵。故事始于一次妇女俱乐部之行，以一个能言善辩的教员就要将故事重讲一遍结束。迈克尔·马尔力陈自己的看法，认为这部书有着完美的镜子艺术结构，全书共七章，全部围绕第四章这条"中心对称轴"布局，第四章主要讲述维克多和普宁之间的故事，而他小说的每一章中都出现了一种常见的啮齿类动物——美国树松鼠。在美国，松鼠已经与周边环境融为一体，外来人会注意到这种动物。这些松鼠总会勾起普宁的回忆，回想起他在圣彼得堡时爱过的那位光彩照人的犹太女孩子，她逃离了俄罗斯，却不幸在德国的布痕瓦尔德天亡。女孩名叫米拉·贝洛金（Mira Belochkin）——Belochkin 听起来恍若 belochka 的爱称 belka，而 belka 在俄语中就是"松鼠"之意。

200 　　维京出版社拒绝出版《普宁》，这是 20 世纪出版社编辑非常令人扼腕叹息的一次误判。且不说其文学价值，他们更是因此而错过了与这位即将闻名全球的大文豪锁定关系的良机。虽说让纳博科夫功成名就的不是《普宁》，但任何出版社都会因获得纳博科夫作品的出版权而喜不自胜好长一段时间。《普宁》于 1957 年 3 月在双日出版社首次推出，销量惊人，此前他的任何一部书都无法与之相提并论。当时，由法国声名狼藉的奥林匹亚出版社独家出版的《洛丽塔》已是闹得满城风雨，而在市场上，《洛》一书难求。

《普宁》的笔法精彩纷呈。当普宁第一次往桌子安置了一把铅笔刀，这个东西"简直是一件令人无比愉悦、充满无限哲学智慧的工具，宛若通过提康德罗加要塞一般，喂进一段段黄色漆面、充满馨香的木头，终止在美妙优雅的空洞中无声无息的旋转中"。围绕学院自鸣得意的无名之地，VN 说：

> 普宁走下阴暗的楼梯，穿过雕像博物馆。人文学科大楼，……鸟类学和人类学也隐藏其中，一条走廊与另一栋叫弗瑞兹大厅的红砖楼连着，红砖楼有食堂和教工俱乐部。那镂空的连接走廊具有洛可可式建筑风格：它陡然上升，接着来个急转弯，而后又向着总是飘着薯条香味以及平衡膳食的忧伤味道的路线蜿蜒而下。

这个学院的院长——

> 几年前视力就开始下降，如今几乎完全失明。他的生活过得千篇一律……每天都由他侄子和秘书领着去弗瑞兹大楼。他不失那种古雅高贵的派头，在自己完全黑暗的世界里慢慢挪动，去吃根本无法看见的午餐。奇怪的是，在他的正后方（的大型壁画），有一幅他的个人画像，画中的他身穿淡紫色双排扣西服，足蹬一双深褐色的鞋子，一双炯炯有神的洋红色眼睛凝视着手上的理查德·瓦格纳、陀思妥耶夫斯基和孔子的作品卷轴。

这种语气充满戏谑与高调的自负。纳博科夫与人闲谈的典型话题就是对精神分析师的嘲讽，对那些才气不足作家的讥笑，对那些热衷于时局发展的学者的不屑，当然也有对于像自己这种天赋异禀的才子的赞美，还有对苏联当局的轻蔑——这构成了全书的基调。书中有大量篇幅都在提及布尔什维克，这正迎合了当时美国社会的反共产主义的情绪。书中还提到了参议员麦卡锡，但是纳博科夫对其既无肯定也无谴责，他只是在为那些受到沙皇压迫而今又被苏联毁掉的知识分子们痛惜。《普宁》的主要缺陷在于其情节设置。当维克多在小说中开始出场的时候，他对其父亲这种出于本能的爱以及对父爱的渴求已经开始打动读者，然而，就像科维奇感到非常可惜的那样，纳博科夫没能将那种感情一直写下去。他似乎想写下去，但却显得心有余而力不足。一位编辑给他来信，一方面是对小说的赞美，但同时也提出自己的许多疑问。纳博科夫这样为他释疑："关于维克多，我们只能知道这么多了。这么多年来，我都埋头于创作这本书。我舍弃了很多出现在我眼前的情景，也抛弃了很多有诱惑力但却可有可无的次要情节……一切没有真正艺术光芒的东西我都会割舍。"总体来说，他对小说情节并不那么看重——认为靠情节取胜是低层次小说的做派。他并不擅长情节描写，尽管他的情节框架安排匠心独运，也善于创造出一整套非常鬼马的伏笔使得情节的发展如水到渠成般自然。科维奇要的情节似乎是那种让故事脱离俗套又不显得夸张，同时又能表达出游离于小说之外的生活情感里的弦外之音。很多读者，不是指那些纳博科夫心目中最为理想的读者，在阅读他的作品过程中往往有"内心的冰海在碎裂爆开"的强烈感觉，卡夫卡在那封写给他学友的信中曾经提到过这种感觉。对此，纳博科夫心里非常清楚，或许，他甚至也考虑过为了取悦这部分读者——他或许可以让他们读到他那些"忍痛割爱的隐含情节"——但是，他不能这样干。

埃德蒙·威尔逊就挺喜欢《普宁》这部作品。在第一部分选段发表之际，他给纳博科夫的信中说道："艾琳娜（他的新任妻子，第四任，也是最后一任）喜欢你的……这篇短篇小说……我也非常喜欢，我期待以更多的惊喜而收尾。"全书出版的时候他更是做出更高评价，说："我认为这部小说非常精彩，我想，你终于走进了伟大的美国公众的视野……到目前为止，我读到的所有评论都是交口称赞：这表明没有人存在疑惑，他们都非常清楚自己阅读这部作品时产生的自然反应。"针对书中一些微不足道的地方，威尔逊提出了一些修正建议。对纳博科夫而言，《普宁》得到肯定意义重大，毕竟《洛丽塔》使他受尽冷眼和排挤。三年前，埃德蒙在看了《洛丽塔》的小说手稿后给他写信，说：

> 关于你的小说《洛丽塔》，这是我读到过的你所有作品中，我最不欣赏的一部。从短短的故事中演绎敷衍着实有趣，但我认为这个主题经你如此的拉长处理显得太过勉强。情色类主题或可让小说显得引人入胜，但我觉得你有些力不从心，不仅仅是角色和小说场景会让人反感……并且……它们看起来人工痕迹太重了。故事的发展以及高潮……太过荒谬而无法给人以震撼和悲伤，又会令人心生不悦坏了兴致……我同意玛丽的说法，有时候，小说里面的卖弄反而有弄巧成拙之嫌。

神奇的是，这样的直言不讳竟然并未让他们之间的友谊破

202

裂。毫无疑问，纳博科夫被伤得不轻，然而过了没几个月，他在回复埃德蒙的信中，对埃德蒙发表在《纽约客》那篇文章不吝溢美之词。他说："邦尼，你那篇论述巴勒斯坦的文章我非常欣赏。这是你最好的作品之一。"纳博科夫很珍视威尔逊这个朋友——两人亲密无间、和谐融洽——纳博科夫不愿因为这个而失去这份友谊。当他产生威尔逊没有从头到尾读完整本手稿错觉的时候（威尔逊一心想着尽快把手稿转交给出版社，而且他还要跟艾琳娜和玛丽轮流阅读这份手稿，他读得非常仓促在所难免），纳博科夫感觉又被伤了一次，他写信给威尔逊："我已经将《洛丽塔》（在法国）的版权售出……我希望有早一日你能读到这部小说。"而美国的出版社仍然拒绝出版这本书。

一想到这部本来非常纯洁严肃的作品，或许被一些武断的评论家们认定为是在卖弄色情噱头，实在令我无比的沮丧难过。在意识到连你都不理解、也不愿去理解我这部错综复杂、非同寻常的作品中的诗性肌质之时，我感觉这种危险处境向我更加逼近。

威尔逊想要努力澄清让他不看好这部作品的原委。1952 年，他给薇拉的信中说："我认为，我要将他的全部作品都通读一遍，然后就这些作品撰写一篇评论文章，此其时也。"两年之后，他还在信誓旦旦，说一定要将纳博科夫已经出版的全部作品都精读深研（étude approfondie），可惜他的承诺最终付之东流。或许碍于他们之间的友情，他根本就不可能做到有话直说。1952 年，甚至到了 1957 年，纳博科夫还只是一个鲜为人知的移民作者，只能靠担任教授职位的薪水过活，因而威尔逊或许有所顾忌，担心自己会伤害他。当他最终言辞激烈地说出他对纳博科夫《叶甫盖尼·奥涅金》英译评注本的看法时，那已是十年之后的事了。他非常不喜欢纳博科夫的这部翻译作品，无论是其翻译的文体还是学究式的注解都很反感。时值 1965 年，那时候的纳博科夫正如日中天，已经是可以载入文学青史的泰斗级人物了。威尔逊挑战纳博科夫之举实在是以卵击石，名誉受损更严重的恰恰是他自己。

等到他生命的最后阶段——饱受中风和其他病痛折磨——他才撰写了一些对纳博科夫类似总体评估的东西。威尔逊去世那年（1972），在《俄罗斯之窗》其中一卷之中，他撰写了只有七页的总结性文章。他说，他回过头去将纳博科夫的早期小说读了一遍，总的来说他并未发现有多少惊艳之处："这些小说的主人公们，几乎总是……被一群荒谬的底层人士所包围；然而他们却拥有不可剥夺的鲜明特性，并时不时能和上流社会产生交集。"

纳博科夫也曾公开讲过……说他把小说当作是他和读者之间玩的一场游戏。若小说出乎读者的意料，那就是小说家赢得了这场游戏。但他在小说中运用的手法却非常平淡无奇，小说的情节发展更是虎头蛇尾……比如在他的小说《K，Q 与 J》中，那对奸夫淫妇最终没能下手谋杀那女人的丈夫。在《斩首之邀》之中，主人公最终没有被处决，而是摆脱了控告他的人，站起身来扬长而去。（索尔仁尼琴笔下的某处战俘集中营的情形却是，犯人一旦身陷囹圄便插翅难逃，将两种不同结局相比较，不能不让人产生无限的困惑）

　　或许是忘记了他早先对作品的细细品味，他对遗世独立艺术的欣赏，威尔逊对尚未展开的情节失去了耐心，对那些显得冗余的行动描写失去了耐心。他发现"施虐—受虐狂"上场了，他将纳博科夫与"整天以恶意整蛊别人为乐、老爱开一些无伤大雅的玩笑"之人联系在一起，而若是被别人反击，他又会觉得"委屈伤心甚至恼羞成怒"。

　　威尔逊在他综述性文章中指出，在《普宁》中纳博科夫显然将自己悄然导入到故事之中，其原因主要与上述的"施虐—受虐狂"倾向相关。纳博科夫可以更畅通无阻地"羞辱……那位卑微可怜的小个子俄语教授，在纳博科夫的傲慢无礼和才华横溢的光芒照射之下战战兢兢"。因为作品中那傲慢无礼的 VN 其实就是纳博科夫本人。威尔逊还觉意犹未尽，说普宁"在某种程度上，是一个多愁善感的人物"，"这个虐待狂经常都表现出了自己内心深处忧伤的一面"。在 VN 进入小说这个问题上，威尔逊错得有些离谱。作为叙事者的 VN 闯进文本之中，并非是为了更加过分地去羞辱普宁，而只是为了展示普宁灵魂中那细腻优雅的一面——也就是将普宁和 VN 区分开来，读者经常会将两人混为一谈，但叙事者 VN 却基本不会。

　　说到多愁善感这个问题，威尔逊起的作用更大一些。书中牵涉的伦理中心人物并未得到充分的展示。这个人物就是米拉，那个死在布痕瓦尔德的年轻女子，那个多年前普宁深爱的女孩。他在一次心脏不舒服的时候（有可能是心脏病），恍恍惚惚之中想起了她，这种方式是典型的纳博科夫式对迷人女子的追忆（"缠在她卡拉库尔羊绒手套上温暖的玫瑰红丝绸""纤细的手腕和脚踝"）。在这里，几乎是他写作生涯唯一一次明确提到犹太大屠杀和一个广为人知的灭绝营。他通常的做法是将一切都虚拟化，好像提及那个时代的恐惧就等于默然地认可它们。还是将它们含糊其辞、置于连续不断的非真实语境之中描写出来比较好，这样才可以和卑鄙与龌龊保持距离。

这种手法可以理解。但其危险在于，一些角色，如《庶出的标志》中的克罗格，《微暗的火》中的金波特，甚至是《洛丽塔》中的亨伯特都有可能用难以言说的苦痛外衣将自己的本来面目包裹起来，由于他们身处时代的黑暗，而为自己找到逃避的托辞与借口。甚至高尚如普宁者都难以免俗，因为纳博科夫并未生动展现他和米拉之间的交集。她是个纤弱垂死的天使，仅此而已。普宁只是凭借记忆说她有一颗"柔软之心"，记得她年轻女孩独有的"优雅曼妙、脆弱纤细、温柔可人"之特征，但是，如同他描写普宁继子维克多一样，作者并没有打算用具体的情节对米拉做更为深入具体的展示。普宁在对米拉相思追忆的愁绪与米拉"无数次在地狱边缘徘徊"的濒死景象中来回切换，"注射污物，破伤风杆菌，破碎的杯子，被如同淋浴般的氢氰酸气体毒杀，深坑中活活烧死"等等……纳博科夫自己似乎着急着想要把她推下舞台。她只是被塑造成一位典范，一个安妮·弗兰克式形象。她被神圣化了，直接被送到了更高的境界中生活，而丰富多彩、纷繁复杂的生活场景，变幻莫测的生活气息与烟火味等都一概没有。

第十五章

205　　在许多纳博科夫学者看来，威尔逊那些对《普宁》及其他纳氏作品的评论其实是说明他打心眼里嫉妒纳博科夫的铁证。一个连英语都说不利索的人，像一只自命不凡的乌鸦从天而降，却将所有的战利品都卷得干干净净；一个急于占据上风之人——当然不是纳博科夫，而是威尔逊——掉转枪口指向自己曾经呵护之人，已经是怒不可遏、方寸大乱。或许吧，嫉妒之心也不是没有，但威尔逊的言辞表达的是一种批判性保留态度，这是他一向具有的批评风格，而且平常都分外谨慎。也许在最后时刻，他的认知进入了盲区，观念有些抱残守缺，以至于对作品的判断出了问题。但也许我们不能简单地说就是嫉妒让他的评判受到了干扰，而是纳博科夫作品中的某些东西并没有使他信服。多年以来，他对纳氏作品都在不断地提出自己的异议。甚至是那些他最喜爱的纳氏作品，比如《尼古拉·果戈理》，他依然有很多不满。还有那部他曾以极大热忱夸赞过的《塞巴斯蒂安·奈特的真实生活》，在他看来，其中的瑕疵也是不少的。

　　威尔逊对自己具有的独立高标、出淤泥而不染的品质自视甚高，这一点反而可能蒙蔽了他的眼睛——比如，他根本就看不出向他们二人之间的友谊致敬的文字被写入了《庶出的标志》之中。虽然威尔逊对纳博科夫送过去的任何作品都仔细阅读，但从专业角度上说他依然没能读懂纳博科夫。他根本没有就作品方方面面的重点要素做任何读书笔记——或许根本就不记得要这样做。1953 年，他给纳博科夫写信说："明年秋天之前你有没有可能出版一本书呢？但愿可以，因为这样就可以给我一个很好的由头，去给《纽约客》写一篇介绍你的专文，并将其收录在即将面世的一本书中。"由此看来，威尔逊想要去读他的作品，仅仅是为了寻找到能撰写专业评价文章的资料而已。他还加了一句，"我已经将你定为我继屠格涅夫之后下一个俄罗斯作家的研究对象"。

对于政治问题的不同态度一直都是横亘在他们中间的分歧所在。亲纳派学者认为这个俄国人的历史知识渊博得难有出其右者，因为没有一个人像他一般既亲身经历过那么多历史大事件，又对此做出了那么深沉的思考。借用小说《天赋》人物西蒙·卡林斯基的话更能说明问题。卡林斯基是一个纳博科夫式缜密严谨、说理能力特强的学者，也是跟纳博科夫一样的俄侨，他说，这位作家"表面上以自由主义学派自居挖掘极权主义的根源，但骨子里却是"布尔什维克革命之前俄罗斯"狂热而又教条的意识形态"的改革派。不幸的是，威尔逊却未曾拜读过《天赋》，因其俄语程度远达不到阅读此书的水平，而且英文版在 1963 年才问世。因此当《庶出的标志》出版时，威尔逊给纳博科夫的信就显得有些牛头不对马嘴，甚至可以说是有些出言不逊，他建议纳博科夫"尽量避开所有涉及政治与社会变革的话题"，因为"碰政治题材的东西非你所长"。

假如威尔逊读过《天赋》，他也许就会认同，正是那些所谓的改革派们造就了布尔什维克，那些为推动社会进程而创作的文学作品，即使是表面上还有些文学价值的作品，都是十分危险的。然而，威尔逊也可能会同样感受到，纳博科夫对有些东西的理解依然有失偏颇。《天赋》中专门描绘尼古拉·车尔尼雪夫斯基带有戏谑成分的传记中，车氏被认定为只是一个蹩脚的小说家，一心只想着将他那一套唯物主义功利主义思想强行注入文学作品之中。车氏还对普希金做出评判，说普希金是个只在琐碎事物的美学效果上下功夫的作家而已。但实际情况却是，经历了二十年囹圄和放逐生活的车尔尼雪夫斯基，与《天赋》中纳博科夫本人的缩影——男主人公兼诗人费奥多尔极其相似，因为他们都毅然决然地关注事物的精神层面与思想范畴的东西，实际上与车氏自己倡导的唯物论背道而驰。（物质是第一性的，物质才是真实的存在，但是这个观念的本身是未来的杠杆：只有拥有这个观念的人才可以驱动整个世界）威尔逊没有那么理想主义，他只是循着社会冲突的思路，按照以下的顺序提出几个问题：什么人在受苦受难？又是什么人拥有真正的权力？哪些人的生活正遭受灭顶之灾？如果他阅读过《天赋》这本书，就可能会认同纳博科夫的说法，认为这部小说是纳博科夫俄语作品中的最佳。当然威尔逊也有可能会非常反感这部作品。年轻的主人公费奥多尔被他自己的创作过程迷住了——沉湎在自己脑海中的美不能自拔。他迸发出来的灵感火花让他震颤不已，在他那个世纪30年代，满目疮痍的柏林，这些灵感火花创作出他生活的全部剧本。

　　清晨，我步入这片松林世界，在我的脑海中，我早已通过自己的努力将松林的形象拔高了许多，柏林人对于

"Grunewald"（"林子"）的概念大抵停留在对其毫无艺术性可言的周日印象水平之上（纸屑遍地，游人如织）。炎炎夏日，我在工作日走向林子的南边，一直走到它的深处，到达人迹罕至、最隐秘的深处，这里简直就如远古的伊甸园一般，我的内心充满无限的欢欣。

207

费奥多尔登上一辆公共汽车，坐在宽敞上层的售票员，用手掌拍打着汽车金属板面，告知司机可以继续开车了。车的这一边，上面的牙膏广告牌，一路上让柔软的枫树枝条刷得沙沙响——一路上随着滑动的汽车，从这个角度俯瞰与平时大不一样的街道，那该是多么惬意的事呀，但此时的脑海里老是被令人心寒的心思所占据：那就是他呀，一个多么特别、世间罕有之人，一个还未曾有合适词语描述过的，世间还未曾有合适的名字给他命名的那种特异之人，老天爷才晓得他整天疲于奔命忙些什么呀，一趟接着下一趟去给别人上课（上那些报酬低得可怜的外语课），就这样将青春浪费在一些枯燥而毫无意义的事情上面。

在这些令人无比激动的章节中——由一个漂泊者用高端语言报道出来——费奥多尔创造了自己的那座柏林城，尽管正处于山雨欲来风满楼的黑暗时代，整个世界都被不祥阴云所笼罩，然而作品中正面描写德国法西斯主义的笔墨几乎难觅踪迹。只有快读到书的结尾时，我们终于看到以下描述："一辆满载着年轻人的卡车，刚刚参加完市民狂热聚会，手里挥舞着这样那样的东西，嘴里狂呼着这样那样的口号。"威尔逊作为纳博科夫的代言人，本应该注意到比这些细节还要多的东西。作者纳博科夫与其他艺术家一样，在想象力领域呈现给这位艺术家的那些似曾相识的要点，毕竟他也同样身处特定的历史时期，同样感受着时代带给他的苦痛折磨，但有时候，他也成功地超越了历史。但是我们想想，为何纳博科夫小说作品中的柏林形象，在几乎不动声色的描绘中却能达到如此的令人心满意足、如此的妙趣横生的美学效果呢？难道19世纪60年代的俄国社会变革的思潮真的催生了布尔什维克？根除得并不彻底的农奴制延续了农民的贫困化？打击地主的暴力革命让俄国倒退了几百年？最初的俄国工业化道路产生了错位？婴儿出生死亡率是多少？纳博科夫这部自传体小说没有这个义务去给这些大事件做出说明与解释，他也不会认可其他人普遍认同的所谓历史洪流。但小说的确也说到与布尔什维克有些关联的事情，篇幅不少，但并非含有多少劝导之意。

在回应《庶出的标志》一书的信中，威尔逊写道："你根本就不会去了解这个可恶之人（独裁者）为什么成功上位或是怎样成功上位的。"这就是他们的分歧的关键所在。对于纳博科夫来说，哪怕是独裁者向你举起屠刀，他们也根本不值一提。对威尔逊来说，各个阶层的人民正在受苦受难是铁一般的事实，而他们为摆脱受奴役受压迫的命运而采取的过激行为应该得到谅解。小说不是寻求理解这些的最佳地方，但对于威尔逊来说，纳博科夫作品中却将这个话题一笔勾销实在太过明显。更过分的是，威尔逊在好友纳博科夫的作品中经常能读到拿这些人的痛苦开涮取乐的地方。也许更加重要的是，纳博科夫的小说，为照应巧妙的布局与构思，固执地坚守着让人印象深刻的精准和严苛，根本就不会给他放松一下、透一口气的任何机会，也不会给他敞开深邃的生活哲理与醍醐灌顶的人生感悟，而这些感受他可以从纳博科夫看不上眼的小说家——比如马尔罗、福克纳、帕斯捷尔纳克——那里得到，也可以从他崇敬的小说家——果戈理、托尔斯泰那里得到。自我迷恋的艺术，那种将自我推向眉飞色舞、无以复加地步的自我艺术，可以说是对纳博科夫艺术的高度概括，而对于威尔逊来说，这恰恰就是令他最为失望的地方。

1955 年 12 月，转机突现：小说家格林厄姆·格林，将只有奥林匹亚出版社版本的《洛丽塔》列入年度三部最佳小说之一。格林在伦敦《周日时报》上的这一评论，立刻遭到伦敦《周日快报》的专栏作家约翰·戈登的炮轰。他宣称这部小说"是我所读过的所有小说中最为下流的作品。赤裸裸放纵的情欲……充斥全书……几欲作呕。此书是在法国出版的"。《纽约时报》的哈维·布雷特主持的《读书漫谈》专栏注意到了在伦敦上演的那一幕唇枪舌剑的大争鸣，直到那时，美国新闻出版界才首次提到《洛丽塔》。

《普宁》刚刚被出版商拒绝出版。纳博科夫的好运降临还得等上一小段时间。"我的小仙女的命运掌握在别人手里，我感到非常愤怒。"他在给威尔逊的信里写道，"尽管对出现这种情形我早有心理准备，但我实在不知该如何应对"发生在英国的那场大争论。其实，他根本用不着自己去出手应对。无意当中，一场闹得沸沸扬扬的炒作促销正在完美上演，格林讽刺性地建立了一个"约翰·戈登协会"，其目的就在于专门甄别"所有具有争议性的书籍、剧本、画作、雕塑和陶艺作品"，这个所谓的"协会"真的一起碰了头，媒体连篇累牍地报道了此事，令人真是啼笑皆非。纳博科夫以魔幻般的英语散文风格闻名于世，这是他长达十五年之久的艰辛努力方才取得的荣誉，这样的荣耀使他为《洛丽塔》产生的种种忧虑不大可能成为现实。他有一群非常专业的美国支持者——出版社编辑、杂志编辑、评论家、文学学者，还有那些阅读他的作品之时产生出无限喜悦与惊讶的作家们——由于他们的存在，要想将纳博科夫列入色情小说家之列而驱赶出去甚为困难。布雷特主持的《读书漫谈》的第二个专栏专门引用了支持者对此书的反应：

> （《洛丽塔》）展示出非常伟大的艺术性，她用那种前无古人的独创方式诠释了一个毛骨悚然的故事，此乃让世人无比震惊的原因所在。……此小说的真正主题——长久以来，这个主题对我们那些最重要的作家来说，都有着致命的吸引力：纯真无邪的堕落，一如本小说，一个欧洲知识分子在寻求他自己眼中的美国过程中，加上自己的想象力，将这个主题展示出来。……读者们可能会发现这部作品与作家纳撒尼尔·韦斯特的作品有些神似，与之最接近的是《地下室手记》与《群魔》……《洛》中的眼花缭乱颇有些《黛西·米勒》（亨利·詹姆斯作品）与《群魔》混合而成的味道。——或许，还有《人质》和《夜色温柔》混合而成的味道。

在伦敦围绕《洛丽塔》发生的那场纳博科夫称之为"纠缠不清的小风波"，却使《洛丽塔》的前景一片光明。法国口碑极佳的伽利玛出版社获得了《洛丽塔》的法语版版权，而《法国新评论》也安排版面刊登节选。美国几家出版商也与纳博科夫本

人取得联系——虽然最终没有一家能将这本书出版，但是美国版
《洛丽塔》的最终出版发行也只是时间问题。

1956 年夏，纳博科夫离开了康奈尔，在哈佛待了三个月，
进一步深入研究《叶甫盖尼·奥涅金》。那时德米特里也在坎布
里奇，在与哈佛有些关联的朗伊音乐学院学习音乐。德米特里在
他的回忆录里说道：

> 我的第一辆通用汽车已经坏了，现在开着我的第二辆通
> 用。这是辆二手车，已经被改装过了，速度更快，是辆敞篷
> 车，没有雨刮器。我一般都把它停在哈佛广场边上，车里面
> 经常放着运动与滑雪装备，还有一本翻开的书，这正是我要
> 翻译的第一本书：莱蒙托夫的《当代英雄》。我的父亲……
> 来到车前（并且）仔细地记录下页码，看看我的翻译进度，
> 当天晚上，他跟我说起这件事的时候满含批评的口吻。

对于他投身歌剧演艺事业这件事，他的父母是支持他的，但
始终为他捏着一把汗，为此他们早已为他谋划好了退路。弗拉基
米尔曾经给维京出版社建议重译莱蒙托夫小说，并推荐"一个十
分优秀的青年翻译家"来完成这项工作。这位"优秀的翻译家"
的父亲将会亲自坐镇指导。薇拉的笔记里大概提到，德米特里隐
隐约约提前知道了这件事：

> 我有个好消息告诉你：好像已经确定由你来翻译《当代
> 英雄》一书……双日出版社的一个编辑上周一飞过来和我们
> 一起共进午餐，之后和你父亲开了一个长会，他对此提议表

210

示十分感兴趣。今天他就已经拟好合同并主动提出双方把这个敲定。

那个时候，德米特里已从哈佛毕业，且已被哈佛法学院接纳（但他对此毫无兴趣），薇拉信里的字里行间显示出，这孩子依然没有做好心理准备，情形堪忧：

> 这个合同（一旦确定），甲乙双方将是双日出版社与你。这本书长达两百页左右……这就意味着这项翻译工作需要专心致志、持之以恒、尽职尽责，翻完一页起码要花一个半小时，每天至少翻译三至四页……（在朗伊学院开学之前）你可能需要完成书的一半，在那之后你的进度可能会放慢，但你仍然必须每天尽可能地挤出几个小时干活（没有什么假期可言了）……这个翻译工作会让你很享受，但要求你非常细致严谨，而且更重要的是，从头至尾你都必须时时抓紧，还得咬紧牙关，百折而不挠。

在美国期间，她儿子身上发生的一件事——也许是好几件事——把她吓得不轻。"你父亲，永远不会对你说不的那个人"，薇拉如是描述弗拉基米尔，"殷切期望你"找到一个好工作。这一次的翻译工作机会他如果再要推辞似乎怎么都说不过去了。当德米特里总是拖拖沓沓根本没能按期完成任务，他的父母只好无可奈何地帮他完成了大部分翻译。一年之后，也就是1956年夏天，薇拉曾警告他说："把你脑子里那些乱七八糟的东西放一边吧，比如说赛车。"

还有，请好好回顾一下过去的一年中你的财政状况吧：双日出版社预付给你一大笔钱（一千美元）（早就被你挥霍一空），这笔钱算你挣的那部分满打满算也就三分之一；你还从你父亲那里"借走"一大笔钱，到现在也没见还上；你还从银行借了些钱；你把到手的每一分钱都花个精光，你从来就没有不缺钱花的时候……看看我和你父亲，（整个夏天）没有一天悠闲日子，没日没夜地翻译《当代英雄》这本书，我们疲于奔命，等到暑假结束我们这个翻译工作才可能收尾。你觉得这样公平吗？自己好好想想吧，儿子，好好想想，你也该长大成熟了！

德米特里与那个蟾蜍先生越来越像——不是指《庶出的标志》里那位独裁者，而是指《柳林风声》①中那个莽撞的蟾蜍。薇拉曾提到，从小到大，德米特里对那些"可以动来动去的东西有种狂热的激情"，比起其他孩子，他那种热爱程度"更加的疯狂强烈"。他这些爱好越来越让人觉得他就是在有意找死。纳博科夫在美国写的那些小说中，孩子的夭亡是这些作品一个永恒主题——不只是《洛丽塔》和《庶出的标志》中有，短篇小说《征兆与象征》和《长矛》《微暗的火》以及其中那首长诗，文本的中心都是围绕着一个女孩之死来展开的。

211

西尔维亚·伯克曼，是纳博科夫在韦尔斯利学院教书时认识

---

① 《柳林风声》（*Wind in the Willows*）是英国作家肯尼思·格拉姆（Kenneth Grahame）（1859—1932）最著名的儿童小说（1908）。

的一个朋友，那年春天在哈佛见到过他们①。20世纪她是薇拉诸多经常通信联系的亲密好友之一，也是做凯瑟琳·曼斯菲尔德批评研究的学者。在威尔斯利，伯克曼有时发现弗拉基米尔让人有些忍无可忍，他游戏般的文体风格让人看得眼花缭乱，但时过境迁，等到20世纪50年代中期，她的态度突然转变，对纳博科夫佩服得五体投地，俨然一位铁杆粉丝。伯克曼申请参加1955年作家讲习班时，弗拉基米尔（也许是薇拉）写给爱荷华大学的信中是这样描述她的："她属于那种非常细腻而又敏感的女作家，她的前景不可限量……她创作时非常讲究措辞和生动的细节描写，这种艺术创作方式需要有足够的闲心才能做到。"他的意思是让她可以从韦尔斯利学院得到带薪休假的机会。

纳博科夫为她提名申请古根海姆奖金。当伯克曼的小说集出版之时，他敦促这家出版社（也是出版他的书的出版社之一），一定要全力支持她这本书的发行工作。伯克曼拜读了纳博科夫已经出版发行的所有作品，尽管她是站在自己的立场说话，她崇拜的口气应该说多多少少与她自己的利益有些关联，但她对他非常崇拜，的确是打心眼里佩服他。

给《普宁》写评论时，她写道："我个人认为……小说的谋篇布局不同凡响——深入到文本每一个细胞的是巧妙芳醇的幽默，收放自如的巧智，精确呈现的敏锐，弥漫全篇的那种对……事事……的忧郁哀愁之感……简直达到了后人再难企及的高度。"《普宁》作为一部校园小说特别吸引伯克曼。"我认为，这确实

---

① 他们也见到了哈里·莱文及其俄国妻子依莲娜。莱文夫妇介绍了一大批人与他们认识：包括帕索斯、米哈伊尔·卡尔波维奇夫妇、亚瑟与玛丽安·施莱辛格夫妇、画家比利·詹姆斯、哲学家威廉斯之子，也是小说家亨利的侄子。

是发生在校园的故事（两相对比，玛丽·麦卡锡的那部小说《学术界》顿时就黯然失色了），因其不遗余力地追求语言的精确而又不失亲切感，并且成功做到……哪怕是让人觉得讨厌的那些事也有可能出于善意。"

伯克曼尽可能追随着导师的步伐，在斯坦福待了一夏天，与纳博科夫夫妇一些共同朋友交往，他们是 20 世纪 40 年代纳博科夫在斯坦福时期结交的。旅行也是纳博科夫式的，但不是开车，而是乘坐大灰狗巴士。开启充满冒险色彩的探索之旅，目标是美国西部。"我一路南行，到达西南部，然后北上到达太平洋西北地区，接着又穿过几个州到达科罗拉多"，一路上住的是廉价旅馆。那时，《洛丽塔》的美国版终于出版。20 世纪 40 年代末到 50 年代，作家们描写长路漫漫的探险之旅蔚然成风，俨然一种异常抢眼的文体风格。无论伯克曼是不是把这些作品都看了个遍，她自己在全国各地游玩旅行，就是在按照这些作品中提及的方式去亲身体验，这些作品包括亨利·米勒的《空调噩梦》（1947），西蒙·波伏娃的《美国日记》（1948）以及杰克·凯鲁亚克的《在路上》（1957）和《达摩流浪者》（1958），当然还有我们这位亨伯特·亨伯特的冒险生涯。然而，她从导师纳博科夫那里学到的能力毕竟有限，"我从他身上学到最多的"，她这样写给薇拉，"是鲜明而高度浓缩的个性特征，他总能够句斟字酌精选出一些出人预料的精准词语，对那些无关痛痒的陈词滥调不屑一顾"。她自己也具备将文字弄得精确无比的功力，能够将那种微妙复杂的心理感受准确无误地传达出来。但是和其他有天赋的心理现实主义者一样，她发现作为标杆的纳博科夫也让人困惑不已。他是一个不把人逼向绝望境地而不罢手的典型例证。

212

　　我很高兴地看到所有英语报纸和评论对《普宁》的正面评价……我认为《洛丽塔》是这个世纪最精彩最杰出的小说，据我所知，很多评论报刊与季刊上对此小说的评论铺天盖地，他们的评论已经够多了，但我还不得不加上我对此作品那五体投地般的迷恋以及获得的巨大艺术享受。面对如此的杰作，为何还有人居然敢于去尝试写作？我以为，这部作品完全达到了足以让人一遍又一遍欲罢不能地去阅读的基本检测标准。

　　纳博科夫出类拔萃、卓尔不群，他非凡的创作勇气是他强大的自我意识的最佳体现。对于苏联当局，对于德国纳粹以及形形色色的只是企图利用艺术而实现自己的各种目的之人，纳博科夫一律嗤之以鼻而不逢迎，他的特立独行让世人无比震撼。值得注意的是，他鲜明的创作个性与字斟句酌的文字风格对他来说还仅仅是向前迈进的第一步。在给威尔逊的一封著名的书信中，他在其中提到：“没有具体的细节描写……没有与众不同的艺术意象……小说的艺术根本就无从谈起。”他并未阐述自己的美学观，而只是列举出伟大的艺术杰作所必须具备的基本要素。与语言精准如影随形的是自由奔放——无限的自由奔放。在他那些具有典型的纳氏叙事风格的散文文本之中，现实就像用一根手杖轻轻敲打着冰柱而产生的震颤。欣赏一下《黑暗中的笑声》片段：

　　主色调的确是蓝色的：远远望去，呈现的是幽深的蓝紫色，靠近观之，又呈现出优雅的孔雀蓝，而恰好捕捉到阳光的浪花又焕耀出迷人的宝石蓝。浪花陷落下去，急速后退，又慢慢悠悠，到最后消弭于无形，只在温润的沙滩上留下一面光滑的镜子，等待着涌起的另一波浪花再将它淹没。一个浑身毛茸茸的男人，身着橘红色短裤，站在水边擦拭着眼镜。

一个硕大明亮的球不知从何处飞了过来，落在沙子上，砰的一声弹了起来。"这海水湿乎乎的！"她大声叫喊着跑进浪里，在水中奋力前行，她的臀部扬风摆柳，在齐膝深的水中摇晃着张开的双臂向前推进。 213

以下是《洛丽塔》片段：

> 编造了一些再拙劣不过的借口后……我们从咖啡店溜出来跑到海滩上，找到一片人迹罕至的沙滩，一些红色大石头洒下紫罗兰色的影子，形成洞穴般的模样，就在那里，我们狂热地爱抚了一阵子，只有落在一旁的一副太阳眼镜作为见证。我双膝跪地，就在马上要占有我心爱的人儿的节骨眼上，两个游泳的大胡子——海的老人和他的兄弟，从海里走上岸来，口里大呼小叫，用污言秽语鼓励我们继续。四个月后，她在科孚岛染上斑疹伤寒而夭亡。

读者读到诸如此类的事情时，似乎都在他们自己的心中撞击出强烈的震颤。书的作者亲密地靠近我们，用大家都能心领神会的话语娓娓道来。其用语令人心旷神怡，或许同时语含讽喻滑稽，却并不一定全都是"美的"——往往说得明白晓畅。这些词语都能引发特别的感受，他描绘的这些令人有身临其境之感——我非常清楚这样的事，我自己就亲身经历过，就是无法像他那样诉诸文字。

像伯克曼这样的作家——或约翰·厄普代克（德米特里在哈佛最要好的同学与新一代作家中纳博科夫的坚定捍卫者）——讲究精确的表达、精雕细琢甚至走得更远，但却并不一定走到超现实主义笔下恨不得消解一切的那一步。另一位现实主义作家玛丽·麦卡锡对消解现实的那一步极不认同。当时他们都在读《洛丽塔》的手稿，在写给威尔逊的信中，她对小说中"所有对汽车旅馆以及其他与美国相关现象的描述"赞赏有加，但她认为小说"陷入某种精心设计的寓言以及一系列象征意义之中……你会觉得所有的人物都是带有寓意的风筝，而他们都被头顶上的风筝线拉拽着"。这种手法给人"非常随意草率"之感，"通篇都是学校老师称之为朦胧晦涩的东西以及弗拉基米尔式空洞的玩笑和双关。我几乎怀疑这是否是……作者创作的部分初衷"。

这的确是作者创作的部分初衷。现实的边界展现出模糊、自我的特征。在纳博科夫的眼中，现实是打着双引号的，只有这样的现实才是妙趣横生的。它打开了一个神奇的世界，是与 *primam causam*（第一动力因）、与作者本人的一场美丽邂逅。在《微暗的火》（1962）中，读者读到了"在某种程度上，思想是创造宇宙的一个主要动因"这样的警句，这个大写的"思想"，可能与上帝的思想异曲同工，在《微暗的火》中可以找到佐证，文本中的双关、替身、错觉、文字文本交叉互用的，不一而足，玩着魔术师的把戏，让人云里雾里。《微暗的火》跟《普宁》相似，奥妙无穷、玄湛深邃，却与《洛丽塔》的风格大相径庭。

《微暗的火》涉及很多层面，但最显而易见的是意欲创造更高境界的情景。这一维度的存在由我们世界里的许多与之类似的异常现象隐约地透露出来；非常巧合而神秘的是，可以判定真假替身、解开迷之巧合以及对应物的奥秘世界的伟大思想，就是那些对这些能够大彻大悟的思想类型。

这些对精神层面的研究在美国文学中并不鲜见。爱默生、霍桑、惠特曼和狄金森，还有很多不那么著名的作家们，构成致力于精神追求的作家族群；这个群体前有古人后有来者。直到19世纪末，形而上之类的臆测在某种程度上已经失宠，马克·吐温、詹姆斯和豪厄尔斯这一批作家不带任何神性色彩来给这个世界定位。纳博科夫对詹姆斯的厌恶与不屑或许就因为这位前辈的认识论太过平庸吧。对于詹姆斯来说，我们周围的世界，特别是社会层面，是复杂的和扭曲的，但并非不可知，知识就存在于自己与他人感知的相互印证之中。

然而，虽然纳博科夫也刻画过那些将一切都完全颠倒的滑稽喜剧——比如，在异国他乡把自己当成了国王，而实际上就是一个逃难的无名学者，又如《微暗的火》中的那位叙事者——但是，他自认为自己拥有一双慧眼，无需与他人交流便能洞悉一切。他这些形而上的洞察力与揭开谜底的超能力最终可以证实：只有那些能创造出各种新世界的思想才是艺术的终极魔力所在。

与纳博科夫其他优秀的作品一样，《微暗的火》是一种新的尝试，是又一次升华。一些重要章节已经在《普宁》中展示过了（普宁这个人物在《微暗的火》中再次出现：他事业的那一段让读者为之揪心，但在故事的续集中，他的职位却安然无恙）。1939年到1940年的那个冬天，完成《魔法师》（《洛丽塔》的前身）的创作之后，纳博科夫完成了另一部小说的两个章节，这部小说最终胎死腹中，但却预示着《微暗的火》的诞生。这里有以消失的王国为主题的幻想曲，有艺术家对逝去朋友的哀悼，祈祷能超越坟墓阻隔与逝者来一场亲密接触。慢慢地，他越来越强烈地感觉到一部新作品在头脑中潜滋暗长，说是新作品，但感觉与前几年那些同样神鬼莫测的岁月何其相似！那些年，他完成了《洛丽塔》的创作，但天不遂人愿，作品难以与读者见面。那些年，他完成了《普宁》的创作，还倾其心力对《叶甫盖尼·奥涅金》进行精深研究，其翻译版本几易其稿，经过自我否定的痛苦过程，直到拿出自己觉得真正可以不辱没普希金伟大名声的最好译本。如今，还有一事困扰：1956 年 10 月，薇拉写信告诉西尔维亚·柏克曼说，弗拉基米尔觉得，他的教学工作已经严重"干扰了他的文学创作，因为除了需要继续完成普希金作品的翻译，他还在酝酿一部新的小说"。

《微暗的火》在他心中构思酝酿已非一日。从作品萌芽到真正动笔创作之时（年届六十，当时他又回到欧洲居住），正值纳博科夫自己描绘的"洛丽塔飓风"以翻江倒海之势席卷世界文坛之时。1957 年 3 月，弗拉基米尔给双日出版社的编辑杰森·爱泼斯坦寄去一份继《洛丽塔》之后的新小说大纲：新小说"会涉及某种纷繁复杂的性灵之说"，信中还说，"我的新小说将围绕今生与来世的主题展开，我敢说，这个问题已经得到完美的解决"。

《微暗的火》具有形而上学意味，尽管它"与那些所谓的信仰和宗教根本就没有一丁点干系"。小说中将会描述"一个与世隔绝的独立王国"，"一场阴暗且残酷的革命"将国王驱逐，国王流落到了美国。在这里，纳博科夫意在玩弄地理名词概念，这种做法在他的早期作品中屡见不鲜。哈得孙河将会流向"科罗拉多"，纽约北部与"蒙大略湖"（Montario）① 的边界将变得"有点模糊和不稳定"，但总的来说，"那种真实的地名与生活色彩被那些头脑中只认所谓真实之人称之为'现实主义'"。

小说围绕一个奇思妙想展开——一个叫查尔斯·金波特的人给约翰·谢德创作的一首诗做注解——纳博科夫写给爱泼斯坦的创作计划中，这一点并未提及。在纳博科夫的传记作家布莱恩·博伊德眼中，《微暗的火》也许是"前所未有的完美小说"，他绘声绘色地描绘了作为读者第一次尝试阅读这本书的心理：

> 读到前言的第二页，金波特告诉我们，他可怜的朋友谢德在他生命的最后一天向他宣告，他简直到了心力交瘁的地步了（为完成那首长诗）。金波特加上"参见我对诗歌第九百九十一行的注释"这句话。此时，我们可以继续阅读序言，直到后面找到这个注释，或是信赖作者，猜想他这样安排一定有他的道理……马上翻到注释那一页。如果我们选择第二种阅读方式，就可以立刻见证金波特对谢德那种莫名的依恋。当他回到家，金波特……发现谢德正在"我对诗歌四十七至四十八行的注释中提到过的藤架门廊或走廊旁边"。216 读到这里的时候，我们是继续阅读诗歌第九百九十一行的注释呢……还是转向他提到的前一个注释呢？如果选择后者，

----

① 蒙大略湖，纳博科夫玩的文字游戏，原文 Montario，是蒙大拿（Montana）与安大略湖（Ontario）的合体。

> 我们又会被告知要马上阅读对诗歌第九百九十一行的注释，
> 尽管十根手指都不够用来做书签，我们还是想做最后的尝
> 试。

纳博科夫竭尽全力想让他的读者得到阅读的乐趣，他也稍微
放下一点身段。从他 1956 年这本书第一次在他心中萌芽到六十
岁以后的几年间，纳博科夫注意到了一些新作——例如，阿兰·
罗伯－格里耶和雷蒙·格诺的作品，他们分别是法国新小说派和
法国文学运动乌力波①的忠实拥护者——这些作品出版发行，被
读者接受认可，纳博科夫对其中几部作品也赞赏有加，这些作品
艺术形式上的创新比起纳博科夫那些创新作品有过之而无不及，
这一切也许让他更有紧迫感，激励他在实验文学的道路上越走越
远。只是为普通读者写作实在有些屈辱之感。继那部大卖特卖的
畅销作品之后，纳博科夫意欲拿出一部不能按照常规阅读模式去
读的作品。金博特用他的方式提出阅读建议，显然是非常有用
的：

> 尽管将这些注释放在诗的后面看似符合常理，但是我还
> 是建议读者先去查阅注解，然后在注释的帮助下再去研究诗
> 歌，当然，在通读诗歌文本时，可再次同时参阅诗歌注解，

---

① 乌力波（Oulipo, Ouvroir de littérature potentielle，潜在文学工场）是一个
由作家和数学家组成的松散的国际团体，由法国诗人、作家雷蒙·格诺（Ray-
mond Queneau）和数学家弗朗索瓦·勒利奥内（François Le Lionnais）创立于 1960
年，至今仍活跃于法国乃至世界文坛。乌力波的成员中不乏名作家，包括伊塔洛·
卡尔维诺（Italo Calvino）和乔治·佩雷克（George Perec）等。

或许这还不够，在读完整部诗歌后，可将注释再阅读一遍，唯有如此，小说的整体图景方可完全把握。

毫无疑问，这位作注之人希望你看的那部分是绝对不可错过的！或许，这完全是为了让图书销量翻倍——与那些第一次在洗发水瓶子上写上"漂洗后再重复使用一次"的狡猾广告人做法何其相似——他不打自招，承认说：

> 在这种情况下，要省去来回翻页的麻烦，这样做是明智的：要么，将与诗歌文本相关的注释页裁剪下来再与诗歌文本夹在一起；要么，干脆再买一本书，舒舒服服地把它们挨着摆在桌子上对照着读。

这部小说的焦点文本是谢德的长诗《微暗的火》，这首诗属于传统诗歌，其韵律与音步都十分讲究。博伊德评价道："说这首诗非凡大气可谓恰如其分。"他意犹未尽地还加上一句："英文诗歌中有比《微暗的火》更出色的寥若晨星。"该诗借用亚历山大·蒲柏诗体诗韵，当然其他作家作品的韵味也萦绕其间，弥尔顿、歌德、华兹华斯、豪斯曼和叶芝等不一而足。约翰·谢德，一个足不出户的校园作家，在美国东北部区域还算有些名气的诗人，他在《微暗的火》中这样描述自己："我的名字被提到过两次，跟平常一样放在（踩着泥巴脚印的）弗罗斯特的名字之后。"他的诗有九百九十九行那么长，不是那种直白的打油诗，但节奏单一，吟诵太久就不免让人有昏昏欲睡之感，通篇都采用自我感觉良好、得心应手的英雄偶韵体——每两行押韵的五步抑 217

扬格——营造出一种令人愉悦的整洁之诗性效果：

> 莫德·谢德年满八十，蓦然间的生活寂寥
> 降临其身。我们看到愤怒的红晕，
> 还有麻痹的扭曲，
> 袭击她高贵的面颊。我们送她至疗养院闻名的松林谷。
> 她会坐在玻璃窗前，
> 阳光照射在身上，呆视着苍蝇飞落
> 在她的衣服上，飞落在她的手腕上。
> 在越来越浓的迷雾中，她的思绪茫然若失。（33. 195—
> 202）

在翻译《叶甫盖尼·奥涅金》时，纳博科夫放弃了这种韵律—音步格律严格的整齐划———以忠实再现原文意蕴为准绳，其他一切皆可牺牲——但在这里，音律感却占了上风。早前，谢德曾描述了他一段奇特的童年岁月插曲：

> 我刚满十一，匍匐在地，
> 观察一个上弦玩具——
> 一个锡制男孩推动一辆锡制的独轮小车——
> 绕过椅子腿儿，迷失在床底之下，
> 刹那之间我的头脑豁然开朗。

> 接下来黑夜降临。那片黑暗肃穆而崇高。
> 我觉得全身穿越时空散落向四面八方：

> 一只脚踏在高山之巅，一只手
> 伸向水流湍急的滩涂之下，
> 一只耳朵在意大利，一只眼睛在西班牙，
> 我的鲜血，在洞穴流淌；我的大脑，散布于繁星之间。

　　这段插曲令人联想到《普宁》的主人公，每当普宁脑海中展现出他的米拉·贝洛金种种情景时就会引发阵阵的心痛。这首诗与华兹华斯的《序曲》有些相似，都是吟诵"我心灵的成长"的主题，是一个描写精神危机的故事，我们在其他许多作品中也可以见到类似的表征方式（奥古斯汀的《忏悔》，但丁的《神曲》，惠特曼的《离开海的词》和《自我之歌》等）。在《微暗的火》之内，纳博科夫自己的许多独有的思想蕴含其中。他在花甲之年接受采访时说："我将我自己的思想，注入一些责任感更强的小说人物之中，这一点……的确不假。比如约翰·谢德……他从我这里借用了不少我特有的见解。"其中就包括一些不讨喜的奇谈怪论："我对有些东西非常反感，比如说爵士乐"，还有斗牛，一个"穿着白色长筒袜的白痴在那里虐待牲口"。与其创造者纳博科夫一样，小说人物谢德也对下列东西恶心不已：

> 抽象派小玩意；
> 原始人面具；激进学校；
> 超级市场音乐；游泳池；
> 人面兽心之人，面目可憎之人，
> 有强烈阶级意识的庸俗之人，弗洛伊德，
> 冒牌思想家，靠吹捧起家的诗人，巧言令色之人，居心

218

不良的骗子。

谢德创建了非宗教性质的形上之学，在其他作品里，纳博科夫明里暗里也将这种玄学渗透其中。《普宁》主人公在冥想中说他"不信独裁专制的上帝，却隐隐约约地，在心中确信幽灵的民主。死者的灵魂们……组成了形形色色的团体，这些团体，连续不断地一轮又一轮，参与到活人们命运的最终归宿"——比如米拉，那个被谋杀的女孩，把古灵精怪的松鼠送到人间，好让普宁开心。

《说吧，记忆》在一定程度上描写了与死者进行交流的故事，纳博科夫在描述自己的生活，解释他的艺术意识如何发展时，也透露出这些对于他的意义所在。"摇篮在一道深渊之上摇晃起来，常识告诉我们，我们的存在只是夹在两层永恒黑暗之间一道转瞬即逝的亮光。"他在那黑暗中做出了"巨大的努力，力争辨别出哪怕是最为微弱的个人之光"，虽然他对降神会之类的东西根本就不感冒，他也不会"从自己最为遥远的梦中去寻觅答案与线索"，但他还是将"常识"中关于存在的观点弃如敝屣——单单就"常识"本身的"常规"认识就已经让他厌恶。他信心满满地认定，冥冥中一定有那种"永恒"的境界存在那里。他可以通过想象接近那个永恒，那是一种艺术的想象，一种可以感受到"所有的事情都集中在某一时间点上"的超然能力。这位诗人正陶醉于那创造性的思绪之中：

　　他用小棍般的铅笔轻轻敲打着膝盖，与此同步，一辆轿车（纽约牌照）驶过街道，一个小孩重重敲打着邻居门廊

上的纱门，一位老人坐在迷迷茫茫的土耳其斯坦果园中打着
哈欠，金星上的灰煤渣色的沙子被风卷起……万亿类似的小
事件都在发生——一切的一切形成了同一时间、澄明通透的
事件的有机体，而诗人本人（正坐在纽约的伊萨卡草坪躺椅
上）正是那有机体的细胞核。 219

　　约翰·谢德在创作《微暗的火》时，将伊萨卡小说化（小
说中命名为"纽怀依"），这首诗有一种真实的力量。诗中一些
句子证明了这一点，尽管纳博科夫似乎把自己的快乐建立在谢德
的痛苦之上（谢德的影响力在罗伯特·弗罗斯特之后，而弗罗斯
特又不比普希金和莎士比亚）。《微暗的火》总体上就是一个证
明，以 pexed artisty① 为例，代表他自己，也代表纳博科夫，由于
谢德具有的艺术家能力，可以掌握时间，整合与一位土耳其斯坦
老人的童年回忆，还有发生在这一特别瞬间的其他事件，甚至还
有可能发生的未来（其中一个在一本书中提到，在下面诗文中会
出现），他在这个过程中找到了一定的意义。这远比那道从黑暗
中破出的短暂的光要更富有意义。谢德觉得他可以理解：

　　　　我觉得唯有
　　　　通过我的艺术，结合欢悦心情，
　　　　我才能理解生存，至少能理解
　　　　我的生存微小的一部分；
　　　　倘若我个人对宇宙扫描准确，

---

① 指众多艺术手段和意象的集合。

> 神圣光彩的诗句势必也不差，
> 我猜想那是一行抑扬律诗。
> 我确信无疑我们会继续存在，
> 我的宝贝儿也会生活在某处，
> 正像我确信无疑我会在
> 清晨六点，一觉醒过来
> 一九五九年七月廿二日
> 那一日或许是个艳阳天。①

那一天真的来了，他却醒不过来了。那天，夜幕降临之前，他惨遭枪杀。

谢德的宝贝是他已故的女儿黑兹尔。诗人谢德的一生被死亡缠上，怎么都挣脱不掉：

> 在我那狂热的青春时代，有一阵
> 不知怎的我竟怀疑那尽人皆知的
> 死后复生的真理：
> 唯独我一无所知，
> 这是一项大阴谋，
> 人们和书本向我隐瞒了这一真理。

---

① 《微暗的火》诗歌由译者重译，部分参阅梅绍武译《微暗的火》（上海：上海译文出版社，2013）。

随后有一天我开始怀疑人的神智　　　　　　　　　　220
是否清醒：他怎能活着而不确知
等待他觉察的是什么样的开端，
什么样的劫数，什么样的死亡？

最后是那不眠之夜，
我决定探测那邪恶，
那不可接受的深渊，与它相抗争，
把我曲折坎坷的一生全部致力于
这唯一的任务。

　　黑兹尔，可怜的孩子，早早地就夭折了。谢德展示给我们的，大部分都是她缺乏魅力的一面：僵硬的四肢，滑稽的双眼等等。"也许她不漂亮，但她很可爱。"父母这样安慰对方，其实心里却并不以为然。

　　"没用，真没用。"诗人无比痛惜。"我像傻瓜一样在男厕所里哭泣。"看到女儿在圣诞游行的队伍中，他心碎一地，眼泪狂飙。只要能参加集会就不错，如果说并无决定性意义。这首诗意在探讨终极问题，对长相平平导致悲剧命运的产生似乎并未多加考量。"唉，忧郁的小天鹅永远不会变成林鸳鸯。"谢德写道，女儿郁郁寡欢，伤口无法愈合：

我们心头那些怜悯的精灵也依然会议论：
没有谁的嘴唇会沾享她那香烟上的口红；
每逢舞会前，索柔萨女生宿舍楼，

电话铃声每隔两分钟就会响一次，
可是没人会给她打来邀请的电话；
轮胎在砾石路上嘶的一声刹住车，
在那优美的夜晚，一个围白围巾的男伴，
走到门前，却从来也不会是来找她的。

　　黑兹尔有一段相亲的故事。那个年轻的男子，在第一次与她见面之前，临时想起他还有其他事情要做。这无异于给她致命的一击。她径直走向那半解冻的湖，纵身一跳。当时她的父母毫不知情，还在家里翻看着电视频道，没找到心仪的节目。命运的艺术已经抛出一些未被察觉的信号，讽刺道：

　　　　"我们敢担保她表现得得体吗？"你问道。
　　　　"严格说这当然只是男女双方的初次会面。
　　　　"好了，我们要不要看一看《悔恨》的预演？"

221　　　　于是我们平心静气地让那部名片
　　　　展开它那似有魔法呵护的大帐篷；
　　　　著名的脸庞涌现，美丽而愚蠢……

　　　　你那枚红宝石戒指制造生活，也执法森严。
　　　　噢，关上吧！啪的一声响，生活遂给掐断，
　　　　只见亮光渐渐缩小成针头，消逝到漆黑的无限境界。

在父母看电影的同时，女儿溺水身亡。这种犹如音乐中对位法①式的写作推进在小说多个部分不断重复出现。毫不相干的故事之间相互反应。书中最为风马牛不相及、绝大部分疯狂幽默的源头来自于金波特对诗的评注以及这些评注的呈现方式：金波特的评注皆以疯癫的方式展开，其中说读者因自身原因而窃取文本就是一个经典案例。我们就像面对着另一个纳博科夫式的唯我论者，他荒谬又可笑。像其早期小说《绝望》中的赫尔曼。赫尔曼谋杀了一个与之长得一点都不像的人，而他自己却完全相信此人就是他的完美复制品。他与《洛丽塔》中的亨伯特、《K，Q与J》中那对狡猾的狗男女、《黑暗中的笑声》中的欧比纳斯是一个德行，一个个自欺欺人，对一切都视而不见。最终，像欧比纳斯一样真的双目失明了。

金波特认为自己并非是——或者说根本不可能是——康奈尔大学中忧伤孤独的语言教师，而是查尔斯·泽维·瓦茨拉夫——即赞巴拉王国"受人爱戴"的最后一位国王，这个国家位于遥远的北方地区，靠近俄国。他之所以来到美国是为躲避意欲废黜他、杀害他的起义者。金波特是谢德的诗歌爱好者，还曾尝试着将谢德的诗歌翻译过去。在谢德生命的最后几个月，金波特与其形影不离。夜晚他们两人一起在新怀区漫步，这个社区类似于卡尤加高地上伊萨卡的教授居住区。金波特将诗歌中的故事线索纳入理查二世的生活轨迹。他希望，谢德在写诗的过程中可以将这些生活片段突出地表现出来。

---

① 对位法：指在音乐创作中使两条或者更多条相互独立的旋律同时发声并且彼此融洽的艺术。

　　《微暗的火》这首诗可能会将"各种各样的美国杂货搅和在一起"而结束，金波特对此心知肚明。但是赞巴拉王国的事迹一定会更加突出：

> 　　哦！我没有奢望他会完全沉浸在（我的）主题当中，但可以确信诗中会包含我曾描述过的一些美好经历。（然而他一旦读完诗后）发现里面什么都没有……除了那种狂野不羁、璀璨夺目的浪漫——我还有什么呢？有的只是一种相当老套的叙事，带有自传性质和明显的阿巴拉契亚山民色彩，充满了新波皮昂的韵律风格。我的魔力、我那些自信能够贯穿全书的那些与众不同、丰富多彩的魔幻式疯狂都丧失殆尽了。

222　　像这首诗一样，《微暗的火》这部小说绝对是美国式的，富有《洛丽塔》式以及《普宁》式风格的意象，反映了当代学术生活的场景，又把自然景物融入其中，细致入微，感情充沛。诗的全部内容，小说的全部内容都是从一只平凡普通的鸟儿衍生出来，因为作者整年都在伊萨卡的庭院中看到它：

> 　　我是那只太平鸟的幽灵，
> 　　被窗玻璃中虚假的蓝天杀死；
> 　　我是污斑点点的苍白绒毛——
> 　　我在反射中的天空中存活、飞翔。

　　鸟儿一头撞在想象中的窗户上：令人扼腕叹息却又真实无

比。谢德的父母都是鸟类学家，他也因此继承了一种半科学的方式来观察世界，这一点与纳博科夫自己很相似，又与《天赋》中的主人公费奥多尔很相似。

> 所有的颜色都让我感到开心：甚至灰色，
> 我的眼睛亦如照相般地精细，
> 不管何时，只要我愿意，
> 或者带着无声的战栗就能命令它，
> 不管什么东西进到我的视线——
> 室内场景、山核桃叶子、
> 水滴形成的细尖冰柱——
> 刹那之间都会深深地刻印在
> 我眼睑下方……
> 强烈感觉到自然万物与我紧紧熨帖，
> 我孩童时的味蕾依旧惦记着那种味道，
> 那黄金酱半腥、半甜的味道。

美洲的雪松太平鸟娓娓道来，向我们诉说世上存在着双重世界，它们之间相互渗透，相互映射。

> 而且从自我的内部，我想复制
> 另一个自我，
> 我的台灯，
> 或者盘子上的苹果：
> 拉开夜幕下的窗帘，让黑色的玻璃，

在草丛上挂起所有的家具，

当雪花飘飘，

一片银装素裹的水晶世界，

一瞥之间白雪将草坪覆盖，

而我的椅子和床都可立在积雪上，

我多么的开心啊！

223   金波特宣称他"从不奢望将那些 *apparatus criticus*① 扭曲或打碎后弄成一部小说模样的东西，这样做太可怕了"——没有，绝对没有。但是他确实有一股难以遏制的评论欲望。金波特模拟诗人的声音并杜撰出那些研究性评注来讲述他的故事。到最后，他到底是查理二世还是一个妄想的偏执狂，这一问题仍然不确定。除了叙述的文本引人入胜、富有逻辑、内容翔实之外，还有威风酣畅的君王之威，纡尊降贵的君王之道以及他确定无疑、主动出击的同性恋倾向，这些特点都让人信服：

> 我转身离去……我解释说不能待太长时间，因为家里还有一个小型讨论会，紧接着还要打几场乒乓球比赛，对手是一对优雅迷人的同卵双胞胎，还有一个男孩，以及另一个男孩。

现在我们要从 1958 年 8 月中旬追溯到三十年前 5 月的

---

① 拉丁语，指供评论研究所用的资料，学术著作所附评注、附注、附录、索引、词汇等。

某一下午……金波特有几个亲密的小伙伴，但是他们与拉尔公爵奥列格比起来简直有云泥之别。那些日子里，贵族家里的小男孩都身着节日盛装……无袖运动衫、白色袜子配着带有扣形装饰的鞋子，还有又紧又短的短裤……自从奥列格上次去了官殿以后便剪掉了那柔软的金色长发。小王子觉得：是的，我就知道他与众不同。

一个遭废黜，有同性恋倾向的国王，被迫逃离至此，独自躲在遥远的大陆上，他该如何自处呢？在他身上，恐惧感和优越感已得到精准的协调融合，并且，受人爱戴的国王查理也经常与汗流浃背的沉着镇定的击剑者对峙，以此来反击那些恐同者的嘲弄讽刺：

　　我确实知道，在之前曾向我大献殷勤而我置之不理的那些年轻教师之中，至少有一个讨厌的爱恶作剧的坏家伙。那次与学生和老师们进行了一场愉悦又成功的聚会（聚会上，我兴高采烈地扔掉外套，并向几个感兴趣的学生展示了赞巴拉摔跤选手几种惯用的擒拿术），回到家之后，我发现了我口袋里有一张匿名纸条，上面的内容写得毫不客气。"你的hal……s 无以复加，伙计。"本来这个单词是"hallucina-tions"（"心理幻觉"之意）。

　　一天我正好进入英语文学办公室……无意间听到一位年轻教师说道："我猜谢德先生和那个大个子海狸已经离开了吧。"他穿着绿色天鹅绒夹克衫，好像在漫不经心地回答秘 224

书的问题，我暂且先仁慈地称他为杰拉尔德·绿宝石先生吧。是的，我确实个子不低，棕色的胡须厚厚的，颜色还深，这个傻乎乎的外号明显是在说我嘛，但我也没有必要放在心上……在出去的时候我把那个绿宝石的蝶形领结解开，自己还高兴了一路。

金波特的评论，内容丰富又迂回婉转，使读者可以从中感受到里面的意象跃然纸上。他的写作风格是意趣的来源之一：总让人回想起亨伯特·亨伯特那聪敏、华丽又庸俗的言语，但比他又多了一些没头没脑的话语。仅在几天之后，金波特便在城里的教员俱乐部第一次与谢德相识：

> "我得尝一下猪肉。"这句建议简洁明了，让我觉得有趣好笑。我是一个素食主义者，对自己的要求也很严格……谢德说和他刚好相反：他要吃完一盘蔬菜可得费好大一番功夫……我仍然不习惯这种老套的俏皮话和调侃，尽管这些话现在还盛行于那些学术近亲繁殖的美国知识分子间，在那些龇牙咧嘴的老学究面前，我强忍着没有告诉约翰·谢德我有多么喜爱他的作品，唯恐一场严肃的讨论将文学将降格为一场纯粹的滑稽剧。

金波特虽然表面镇定，其实承受着巨大压力。那些绝望的话从他口中蹦出："圣主耶稣啊，求求您显显灵吧！"在描写学院庭院的抒情诗的结尾处，他不由自主地大声呐喊。他最为重要的事情是做内心的忏悔：渴望能够有听众或者与读者做出心灵相通的交流。"就在我住处的边上，有一个喧嚣闹腾的游乐场，"过一会儿他又扯着头发说道，"那该死的音乐。"尽管曾经贵为国王，他也只好经常忍辱负重。尽管他的叙述不那么可靠，但他具有原先那个世界的礼节传统，对于新世界的茫然与恐惧，他的漂浮无定，他的悲悲切切，这些东西糅合到一块，使这个人物更具吸引力。如果金波特的描述是真的话，那谢德对他还是单纯热心的。两个人经常一起散步。谢德是一位大学诗人，但并不热衷于搞学术研究。谢德最后的杰作，他最后几个星期是在用生命创作，努力突破，纵情高歌，臻达完美之境界。遗憾的是，他选择了英国诗人蒲伯的韵律风格，这是一种理性化、学究气浓厚的诗节模式，后来华兹华斯式的感情自然流露风格取代了这种韵律风格。毕竟，只用他科学研究般的精确，他根本无法征服上天。诗歌在其自身的无能为力中寻求到了智慧，不可能有来自上天的神启，不可能与彼在世界相互沟通，有的只是诗人的创造物，通过自己难以捉摸的复杂感应，将洪荒天宇的构造隐隐约约地表征出来。

金波特毕竟是蒲伯。"我注意到在我的一些注解中流露出一丝斯威夫特式的风格。"他坦言。但是总的来说，他的性格要比古罗马奥古斯都时期的作家更有浪漫情怀一些。虽然"天性自卑"，意志消沉，心中总有"挥之不去如冻土一般板结的恐惧"，但他依然还是有"活泼放松、疯癫傻笑的一面"。早前，在与谢德相识之后，他抑制不住内心的澎湃，说：

> 对我来说，我对谢德的仰慕之情就像在高山疗养一般醍醐灌顶。不管什么时候看着他，都会有一种无比巨大的奇妙

感觉……而我所注意到的事物也使这种感觉不断加深，我注意到（别人）感受不到我所感，看不到我所看，他们把谢德的出现看作是理所当然，而不是那种每根神经都浸透在浪漫气氛中的感觉。

谢德是一位艺术家：他站在那儿，嘴里嚼着一片芹菜，与此同时他也将吉光片羽的印象吸入脑海并加以重组，片刻之后就可以创造出"有机统一的奇妙作品，将意象与音乐完美融合，一行韵律诗歌"。甚至在谢德死后，金波特仍然对他敬畏不已：

> （附近的游戏）传来叮叮当当的马蹄音乐声。我带着一个大信封，可以感受到里面装着（谢德最后手稿）的索引卡片，卡片的边角硬硬的，并且还用橡皮筋捆绑起来。我们总是荒谬地习惯于文字中出现奇迹一般的妙笔之处，相信它们可以包含着流芳百世的不朽意象……从某种意义上说，正是我们这种平时的鲁莽行为，才破坏了时代的佳作，破坏了诗歌描述与解释逐渐精细化的历史进程，这一进程从树人到勃朗宁，从史前石器时代的穴居人到济慈。

他对这一进程充满了深深的敬意，继续写道：

> 我庄重地掂量了一下左腋下所夹带的信封重量，有那么一瞬间我心中充满了不可名状的惊异之情，就像读懂了孤魂野鬼用萤火虫编出的密码一样惊喜，或者像看懂了蝙蝠在带有瘀青和烙印的天空上留下的清晰而痛苦的故事一样惊喜。

金波特与创造他的作者本人有很多共同之处，纳博科夫也非常相信世界上有奇迹存在。金波特第一次来到美国——他的降落伞降落到靠近巴尔的摩的一片田野上——环顾四周，"全身沉浸在沉醉与幸福之感之中"。评注中处处可以体现纳博科夫对大山的执着爱意。赞巴拉地处高地，同时也是由山脉组成脊柱的半岛区域，国王只有翻越这个高山才可以逃跑。他到达的海拔高度，惊悚又令人眩晕，他进入了一个精神领域，在这里"这位登山之人逐渐意识到有一个幽灵伙伴"——是一位朋友，是一个想象出来的同道中人，一个可以带他通向安全地带之人①。

谢德对金波特来说就是这样一个朋友。谢德的诗糅进了赞巴拉王国的素材，在不经意间流露出对大山的兴趣，其中涉及一些著名的山峰（如布朗峰、马特洪峰），也常常将大山（mountain）与清泉（fountain）弄混。"大山是多么宁静，在西方天空的苍穹之下宛如一幅柔和的油画。"金波特激情满怀。当他评注国王的出逃过程，他就以高山生活的方式来勾勒刻画一番，从"黎明时分第一声完整的牛颈铃"到脚下"花边欧洲蕨的弹性复原"，到危险重重的巨石地（"坎贝尔先生曾在此扭伤脚踝，不得不由两个身强体壮的随从人员将他背下去，他嘴里还叼着烟斗"），到一家山间小屋，在这里友好的乡人救治了筋疲力尽的登山者，还给他们提供了营养品，一碗蜂蜜酒，没有洗澡的女儿们把他们引上最难行走的路线，然后脱个精光，主动投怀送抱。

①　在登山者中普遍有这种幻觉，这与他们陷入极度疲惫有关。德米特里应该跟他父亲提起此事。德米特里在回忆录中提到，他曾经听说过，喜马拉雅山的早期攀登，在高海拔处常常感觉到有鬼魅般的"第三人"来陪伴他们。

226

诗中的很多主题意象经过转化后，常常会成为大山世界中的一部分，而且令人信服。电视的"微弱灯光"成为从遥远小屋里散发出来的"微弱灯光"。金波特在山边黎明的阳光中，恰好看到了谢德描写的贯穿全诗中的那只行色匆匆的蝴蝶，谢德将它称作"深色红蛱蝶"，而且将之与妻子西比尔联系起来。金波特的追寻自由之旅让人们想起华兹华斯的《听潭寺旁》，诗中这样描绘他对自然的狂喜之感（"我来自山中；当如鱼子一般/我又越过这些大山"）。《微暗的火》中有一段美文，从歌德的《魔王》①那里借用过来，主要表达着谢德对已故女儿的悲痛。当查尔斯逃亡时，反复吟诵着相似的段落。

毕竟，谢德可能是在写赞巴拉。也可能金波特作为谢德去世后（他被暗杀者误杀，与纳博科夫父亲的情形一致）手稿的唯一持有人，产生了想去写一篇精彩注解的灵感，这些注解源自谢德诗歌，却以另一种有效的虚构开始创作，他的灵感可以与谢德反其道而行之，形成批评家对诗人的关系。他对自己做出这样的评说：

> 经过长时间浸淫于蓝色魔法，模仿世界上的各种散文对我来说可谓得心应手（但唯有韵文不那么在行——我的韵律感实在很差）……我并不觉得自己是个真正的艺术家，但有一件事除外：只要真正艺术家可以做的事情，我也可以完成

---

① 《魔王》，也译作《精灵王》，是歌德根据德国传说黑山林的精灵创作的一首诗歌。主要情节是父亲怀抱发高烧的孩子在黑夜的森林里骑着马飞驰，森林中的魔王不断引诱孩子，孩子发出阵阵惊呼，最后终于在父亲怀抱中死去。诗歌中叙述者、父亲、孩子及魔王四个不同角色由不同的音调体现出来。

——突然扑向被遗忘的带有启迪性质的那只蝴蝶，可以瞬时戒掉自己的某些习惯，看清楚世界之间的网络，以及这个网络上纵横交错的经线与纬线。

纳博科夫可能也曾对自己做出过同样的评说。尝试用全新的眼光去观察事物，然后再自由地将它们重新排列组合：这就是他的艺术方式。那么结果就是，他的作品主体充满了隐喻与对比。《微暗的火》中，把赞巴拉从古板的超验主义诗歌中派生出来，其本身就是一个隐喻，用一事物来隐喻另一事物，这种结合形式表面上看起来荒诞，但读起来却引人入胜。金波特清楚地解释道：

> （将这些手稿浏览完第一遍之后）我逐渐重拾往日的镇定。我又仔仔细细地将《微暗的火》重读了一遍。期望越小，我越喜欢它。那空气中暗淡的音乐，颜色的遗迹……到底为何物？我不断在这里又在那里有新的发现……脑海中回声不断，闪光不停，自豪感油然而生，散遍全身。现在我对诗倒有一种全新又充满同情的柔和之感。

书中也展示了纳博科夫的其他方面，即与亲密之人之间的关系。不管他穿上的是谢德的服装还是金波特的外衣，作者迫于情势，不将自己的事情写出来都不可能了：

> 此人身材高大，行动迟缓，除了诗歌，一切对他来说都那么兴味索然，他也很少离开自己的温暖小窝以及五万本带

有饰章的书本，花了整整两年时间在床上读书写作，此后精神重新振作起来，生平第一次、也是最后一次去了伦敦，只是天公不作美，天气雾蒙蒙的……回来之后又在床上躺了一年。

评注的确超越了诗歌——评注七万五千字，诗歌仅仅七千五百字——浪漫主义的冲动战胜了超验主义。谢德提出来的形而上观，他以一个艺术家的身份发展出来的宇宙论——他可以独自感受到像上帝创造万物一样的作品创作方式——其观点的基础慢慢失去了价值。许多凡夫俗子以一种不恰当的方式、不带丝毫喜悦的超越感进行创作。由于常常怀有深深的恐惧感，就轻易灰心丧气，他们只好寻求怜悯，而非认可。与其说他们是被自己的天赋所打动，还不如说是被哀怜所打动，被殉道者的痛苦事迹所感动。金波特看起来也是属于这种谦卑的大多数人。他并不赞同谢德对于原罪和上帝的怀疑。他经常去做礼拜，而且还十分虔诚。一个礼拜天，经过两个祷告会的祈祷之后，他漫步回家，仿佛觉得自己"灵魂得到了升华"（"从我的骨子里，感觉到极有可能，我不会被上帝从天堂驱逐出来。"）在夏天的空气中，金波特听到了一个空灵的非肉体发出的声音，仿佛是谢德的声音，对他说话，让他感动许久："查理，今天晚上来吧。"意思是说，来一起散步，我们聊聊天。后来金波特在电话中对谢德说："没有任何理由，马上就失声痛哭。"——金波特是性情中人，他需要这个朋友，也需要他简简单单的善意。毕竟，他们的心灵是相通的。

第十六章

在美国的最后几年里，纳博科夫和他的家人一路往西，仿佛 229
要走遍这个国家的所有角落，探寻每处迷人的风景（而这一切都
为了尽可能收集到更多蝴蝶标本）。弗拉基米尔收集了成堆的地
图和旅游手册，将笔记随手记录下来。他知道自己一定会在某些
时候想要重新翻阅一下，回忆一下当时的情景。

20 世纪 60 年代后期，他们搬去了瑞士。德米特里后来回忆
道："我们有个装饰着蝴蝶图样的废纸篓，有个好心好意的女佣
把里面的东西全清光了。"那个废纸篓里珍藏着"厚厚一沓美国
线路图，我父亲不仅在上面细细标注了他和母亲去过的街道和城
镇，还有父亲随手记下的评论、蝴蝶的名称及栖息地"。

由于写作素材不幸丢失，《说吧，记忆》的续集《继续说
吧，记忆》也就无缘面世。然而，纳博科夫未能完成这部续集的
原因却不仅如此。纳博科夫曾告诉自己的第一个传记作家安德
鲁·菲尔德，整整二十年来，他的脑海中都在酝酿着这个写作计
划，但每当他坐下来提起笔杆，能想到的却只有一些奇闻逸事，
"听上去犹如长号一般刺耳乏味，而非小提琴那般悦耳动听"。
唯有他在哈佛比较动物学研究所时期和他在落基山脉的蝴蝶之旅

仍旧能带给他一丝灵感。

1956 年的春末至盛夏，纳博科夫一家度过了一个悠长、愉快的假期。薇拉在犹他州租了一间小别墅。这间由原木和石头砌成的避暑别墅是西部艺术家梅纳·狄克森的作品，位于卡梅尔山的村庄外，靠着维吉尔河支流。往西二十公里是锡安国家公园，往东北三十公里是布莱斯国家公园；相同的距离朝西北方向则能看到被称为"雪松断崖"的高山针叶林与峡谷。地形的多样性与参差不齐的地形意味着那里有各种各样的蝴蝶。其实，纳博科夫似乎也并不了解梅纳·狄克森是谁。他曾是旧金山波西米亚俱乐部的成员，为克拉伦斯·E. 穆尔福特的系列小说《何帕龙·卡赛迪》画过插画，后来成为一名正式的画家和壁画家。这位经常戴着一顶牛仔帽的大师不仅是自学成才，他的作品也广受欢迎。他善于描绘沙漠、辽阔之地与干霾，不仅以弗雷德里克·雷明顿的方式创造了怀旧的牛仔艺术，而且他笔下抽象的景色更是如塞尚和布拉克的作品一般。而正是狄克森的遗孀伊迪丝·哈姆林·戴尔把那间小别墅租给了纳博科夫一家，她本人也是一名公共事业振兴署的壁画家。他们所有的房子都建在离城镇不近不远的地方，这间小别墅也不例外。维吉尔河的冲积平原是一片长达数公里的大草原，挨着附近的村落，那儿满是灰扑扑的山艾树。他们也会沿着东南方向开两小时的车去到大峡谷的北缘收集标本。

随着盛夏的到来，他们沿着犹他州北上，最终抵达阿夫顿镇，及时赶到了他们四年前找到的储物室。那时他们已在西部旅行了十五年时光，期间并没有停下脚步去拜访朋友。如果说他们会再次光临克洛洛格汽车旅馆，那也和之前入住的原因相同：入

230 –231

住方便，收费便宜。那一年接下来的日子里，他们接触了大量他们并不想结交却必须与之打交道的人，让寂寥的西部之行平添些许生气。1950 年，纳博科夫在美国的二十年里已过了十个年头，此时科罗拉多是唯一一个地处洛基山脉，人口超过一百万的州；而怀俄明，他们最喜欢的一个州，仍是那么空旷，人口密度之低仅次于内华达①。

晚年时期，他们住在日内瓦湖边上一间高级酒店的套房里，过着半隐居的生活，简直是美国行的静态版。纳博科夫需要独处的时间来写作、看书、思考和静养。虽然说薇拉跟他一样不爱交际，但他俩并不是真的隐居于世。对于好友的拜访他也心存感动，只要能够把握好拜访的时间和长度。在这方面，他们十分有默契。与此形成对比的是，沙皇尼古拉斯一世时期，一位风流倜傥的骑士护卫向普希金发起决斗挑衅，他和他无比迷人的妻子欣然应战，最终，诗人不幸在决斗中丧命。纳博科夫与薇拉不仅门当户对，而且情投意合。正如他从果戈理的作品中懂得，即便他的小说获得巨大成功也不能得意忘形，普希金的结局也许恰恰说明了与一个忠诚、有助于自身事业的人结婚的好处②。能找到一个像薇拉这样拥有善良的心地与高雅的文学修养的妻子，对于纳博科夫来说是他命中最为幸运之事。

232

---

① 不久以后，随着拉斯维加斯人口猛增，怀俄明的人口落在了内华达之后。怀俄明地处美国山区腹地，这也是令纳博科夫一家无比兴奋的原因：提顿山脉是美国境内的落基山脉中最具象征意义、对登山者来说最具挑战性的山峰。

② 《钦差大臣》与《死魂灵》的成功让果戈理饱受争议——一些对他作品不能理解的批评家的批评让他困扰不已——因而，从果戈理身上，纳博科夫学会了宠辱不惊，对于那些对他过于爱戴，或是出于错误原因而爱戴他的读者也不惜开罪——永远向前走，永远不辩解。（原注）

美国西部入眼尽是不毛之地，对于很多人来说如同浩瀚宇宙般空旷，然而这种孤寂荒芜却并未体现在纳博科夫的作品中。虽然亨伯特和普宁同样感到孤单、迷惘，但并不是因为新世界遥不可及。在《普宁》的结尾，普宁带着行李和一条小白狗，驶向未知的远方。尽管他在美国的生活支离破碎，但他依然毫无畏惧，满怀希望：

> 天清气朗……小轿车大胆地穿梭迂回，把挡在前面的大卡车甩在身后，终于，自由了。踩下油门，车子在阳光照射的路面上呼啸远去，轿车在薄雾中聚成一缕金色，依稀可辨，雾色中的一山又一山，若隐若现，宛若美女，一切都那么神秘莫测，奇迹仿佛随时会不期而至。

尽管同样是在西部的环境中饱受煎熬，亨伯特依然可以克服险阻，迂回前行。社会的牢笼让他更为惶恐——邻居的窥探，倡导先进教育的学校里多管闲事的校长、警察。

1957 年，纳博科夫一家没有外出旅行，但 1958 年，他们仅在七周之内就开了八千英里。第二年，也就是在美国的最后一年，他们可能去了更远的地方，横跨了整个美国，最后选了一条迂回的路线返回。为了记录下最后这几年的旅程。从 1951 年起，薇拉坚持每天写一页日记（那时纳博科夫也会在上面简单记一些东西），并在空白处添加了 1958 年到 1959 年这两年间的目录。这本日记开头便简要概括到达美国后，发生在他们身上的每件事情——"我们到达了……尚普兰湖畔"，德米特里的学校，纳博科夫的第一批约稿，夏令营，韦尔利斯学院，斯坦福大学，薇拉在派对上感到"难以理解的各种英语对话",与劳克林在阿尔塔度过的夏天,纳博科夫结交的昆虫学家朋友,租住房子的地址(仅在伊萨卡岛就住过十一个地方),科罗拉多州之旅"往返都是乘坐火车,中途被洪水拦截,改变路线",纳博科夫住在坎布里奇的克瑞格环路时写的书,德米特里当时作为哈佛新生也住在那儿——薇拉将所有事情都一一记录了下来。

他们跟地地道道的美国人一样,用年份给车辆取名:第一台是奥尔兹莫比尔,然后是 1954 年款的别克。德米特里也经历了自己的换车历史,第一次开的是一辆薇拉称为"福特-恺撒"的车(实际上是一辆 1931 年款的深蓝色 A 系福特),后来换了一台 1938 年款的别克,去提顿山脉时就是开的这辆车。在薇拉的日记中,1958 年 8 月 21 日这天发生了许多事情。志向远大而又狂傲的德米特里从哈佛毕业,立志献身演艺事业,找到"一份带劲的工作,那就是,做一位出色的歌唱老师";他还自己拥有"一套漂亮的公寓,他将里面收拾得一尘不染"。1957 年,他应征入伍。经过六个月的训练,他加入了预备役部队,每周在曼哈顿集合一次,每年夏天外出训练两周。"德米特里今天去了德拉姆营地,"薇拉在 1958 年 8 月 7 日写道,说在电话里他听上去"很高兴,很冷静,对所有事情都充满新奇"。

此时他们生活中发生了一件事情——就像一颗巨大的彗星冲向地面,地球发生大爆炸,偏离运行轨道——它将改变原有的一切。为迎接这预想中翻天覆地的变化,纳博科夫夫妇已经做好了充分准备;感情上,他们深爱着对方,事业上,他们互相扶持——丈夫在写作上取得的成就似乎从未引起妻子的嫉妒,妻子也从未因此酗酒解闷,心生隔阂。而丈夫对自身才华信心满满

234

（尽管才华这件事本身就带有不确定性），他越来越坚信，一部好的作品通常需要自身不懈的努力，最好能远离外界的打扰，就像他当初那样。

尽管他的小说《洛丽塔》在美国出版后，取得了巨大成功，风靡市场，但他从未停止过创作的脚步。他下一部杰作《微暗的火》此时已在构思酝酿之中，《叶甫盖尼·奥涅金》的注释工作接近完成，而且，作为防止翘曲效应最后的预防措施，他正准备将俄国 12 世纪诗歌《伊戈尔远征记》翻译成英文。就在他一夜之间成名，得到了梦寐以求的追捧时，他们从前年复一年的旅行、低廉的房租、无拘无束的西部度假生活，这些根深蒂固的习惯与万众瞩目的境况之间反而形成了一种障碍。

尽管如此，《洛丽塔》仍然对他们产生了深刻的影响，而这种改变正是薇拉想要记录下来的。1958 年 5 月 20 日，"我们在主教家吃晚饭"，她写道，纳博科夫的视线似乎越过她的肩膀，平静地用铅笔写下"成群的展翅的蝴蝶，1952 年捕捉于怀俄明州西部"。然后他们看了一会儿对方的笔记目录，他们预感到《洛丽塔》的普特南美国版本将会在八月面世。"德米特里打来电话，异常兴奋……他去了歌剧院试唱，得到了热情的反馈。他还说很喜欢自己的公寓。"也许德米特里让他俩最为牵挂和担忧。不管未来他们的生活会如何变化，都会对这个莽撞善变的小艺术家产生一定的影响，一点小事就能让他无比欣喜。德米特里和同营房的一个来自纽约的战友成为朋友，他跟对方说"今年他会名声大噪"，就是指 1958 年他父亲的事业将会如日中天。对于孩子来说，有一位出名的父亲或母亲也许并不是什么好事，但这一次，薇拉努力将其视为转机，随着儿子登山与赛车活动的减少，一切都显得异常如意，天遂人愿。

　　5 月 22 日，星期四，"宁静的一天"，弗拉米基尔如此写道。一整天他都在整理珍藏的蝴蝶标本，这些珍贵的标本在他脑海中定了格：捕捉到的时间、地点和天气。在薇拉成为这些日记唯一保管人之前，在《洛丽塔》飓风刮起之前，有一个美丽的插曲：他记下了许多动人的事情，不是野外的简要记录，也不是小说的素材收集，而是将 1951 年 6 月 24 日到 7 月 1 日这一周里他紧锣密鼓地创作《洛丽塔》之时发生的往事记录在案。日记的内容很有趣，记录了那个特别时期的一些事情：汽车油耗量、俄文单词、铅笔素描、英语短语，我们现在可以发现，他记录的这些东西几乎都原封不动地搬进了他的《洛丽塔》中。笔记的口吻讽刺又不失亲切，描述了汽车旅馆背后那条"臭气熏天的河流"，老农民"骨肉嶙峋的脖子"，和"坐在单车上捉青蛙"的小男孩。原本一天一页的日记应该没多少东西可说，事实上，他早年写的那些随笔将每页纸都塞得满满当当；这些日记也许本来是要撕毁的，但他们并没这么做，因此还可以回味那些日子，回味当初那些已经具有传奇色彩的日子。随着日记翻到另一页，你感觉自己如同跟随他们一起在前往特莱瑞德的路上，薇拉开着那辆奥尔兹莫比尔，弗拉米基尔在副驾驶上记下了让你此刻身临其境的情景。堪萨斯州的洪水和暴风雨已经远远甩在脑后，他们现在到达了真正的西部，四周一望无际，雨后的太阳伴着彩虹慢慢浮现。

　　大约是 1958 年 7 月 15 日，《洛丽塔》新书样本见面会在加拿大亚伯达的瓦特顿湖国家公园举行。人们已经在《新共和》周刊中读到一篇介绍纳博科夫的文章，文中明确地称他们要欢迎

235

的是"真正伟大之作家"。离《洛丽塔》的正式发行日只有几个星期了。他们开始东行,一路上并不急着赶路,但内心激荡万分。他们在怀俄明东北部的魔鬼塔国家纪念碑停留下来,纪念碑的路对面就是他们的下榻之地,对薇拉来说,这座塔看上去就像"一个带点紫色巧克力的……巨大的甜筒冰激凌(法语叫作plombières),好像从底部开始融化了"。当天气变暖,弗拉基米尔就开始收集蝴蝶标本。

"牛仔竞技表演在谢尔丹市(怀俄明州)大行其道。"薇拉写道。她讨厌看到"那些可怜的牛被虐待"。但这场当地的活动也引起了一些骚乱:"我们不断地被挤到路边,不得不停止前进,因为我们要让那些车全部过去,才能回到自己的车道上——他们的拖车里全是马。"他们看到"两辆车相撞,没人受伤但车有损坏,并且,在路边,一个盛装打扮的牛仔……正闷闷不乐地……换着轮胎"。

8月初,他们到了纽约。《洛丽塔》的出版商,普特南公司董事长沃尔特·明顿,在哈佛俱乐部举行一个记者招待会,书的作者产生了强大的名人效应。薇拉认为,明顿是个"最棒的出版商",他不仅在"漂亮的广告"上不惜血本,而且把书籍本身制作得十分精美,纳博科夫非常满意,尤其是封面设计非常有品位(没有将小女孩的形象作为噱头)。8月18日,明顿给他们发来一封电报:

> 发行日那天每个人都在谈论《洛丽塔》昨天的评论反响极好《纽约时报》连篇累牍今天早上再有三百订单更如

烈火烹油书店报告供不应求热烈祝贺！①

　　书的销售额直线上升。在最初的四天里，零售商的书全部卖光，并要求再订购六千七百七十七本。到9月底，《洛丽塔》在《纽约时报》最佳畅销书排行榜上名列第一，并且保持了七个星期的销量冠军。

　　根据薇拉的记录，在明顿举行的庆功宴会上，弗拉基米尔"获得空前成功……令人惊喜，太精彩了——感谢上帝——完全想不到还有什么现代作品能与之匹敌"。这个宴会还只是个序幕，第二年，在巴黎、伦敦、罗马一系列盛大庆祝活动轮番举行，每到一处，作者和他端庄迷人、脖颈修长、满头银发的妻子，穿着得体大方（在巴黎穿着波纹绸裙配貂皮披肩），优雅地在众人面前展现风采。《洛丽塔》的畅销与好评如潮让纳博科夫风靡世界。他打破常规，写出极具诱惑力的性爱小说，向禁区发起挑战。这部小说在美国出版之时，在英国和法国都被排在禁书之列。哥伦比亚大学的一位教授，自由评论家F. W. 杜伯，把《洛丽塔》称为一部"非常令人不可思议的小说"，也就"算一部短小精悍的杰作"，是"对现代大众神话可怕的补充"。他所说的神话是指和这本书有关系的其他故事。最主要的就是这本书的出版之路：正派的纽约出版社是如何拒绝出版，逼迫才华横溢的作

---

　　① 原文为："EVERYBODY TALKING OF LOLITA ON PUBLICATION DAY YESTERDAYS REVIEWS MAGNIFICENT AND NEW YORK TIMES BLAST THIS MORNING PROVIDED NECESSARY FUEL TO FLAME 300 REORDERS THIS MORNING AND BOOK STORES REPORT EXCELLENT DEMAND CONGRATULATIONS. " 原文无标点。

者不得不把手稿送去巴黎，那里的一个半色情文学出版社接受了它，而现在，之前众出版社唯恐避之不及的作品转眼之间华丽变身，成为"出版业的……一道奇特风景"。"这不仅仅是一部小说的故事，而是一种现象。"

杜伯说，那些接受《洛丽塔》的读者包括"眉毛高高扬起者——平视者——还有仰视者"等不同范畴的读者，他们还不习惯于对同一部作品这样来"进行普天同庆"。这本书幸运至极，"碰巧在正确的时间在美国问世。在过去的这一年里，这里的人们对文学的品位……悄然之间已经在慢慢改变"，《洛丽塔》也"从这种改变中受益，反过来又促使这种文学趣味的固定化"。

比起其他任何早期评论家来说，杜伯算是其中最为成功的——他挖掘出这部篇幅不长的名著中小中见大的地方。他认为，作者不太可能去改变自身固有的民族情感：首先，他是一个外国人。二战后，美国出现一种"本土化"运动转向，也就是信仰本地化传统，并希望将道德观念置于美国文学话语的中心位置，但令杜伯哀叹的是，纳博科夫显然与这种转向并不同步，"纳博科夫根本就没有将自己融入这种大气候之中"。他在出版《洛丽塔》之前的名声也是如此——他"出色但相当散乱的"作品，"看上去属于……过时的先锋派文学范畴"。

杜伯，这个有些尖酸刻薄的人知道如何自娱自乐，他在这本书中发现了完全不同的新趣味。他写道："艾森豪威尔时代的褪色笑容已经能够成为可怕的咧嘴大笑。"并且他发现，这种死亡的意象最能表现这本书中痛彻心扉和绝望的心情。这种"恶心而又恐怖的"情感，又带点不安的喜悦，模糊的意识，既尖锐又老于世故（他们倾向于说这本书不是色情文学，其中并没有任何的猥亵语言。读者又一次听到亨伯特在嘲笑他们）。杜伯花了很长时间去捕捉这种新的言论。《洛丽塔》是"如此让人震惊，以致任何伟大的文学传统都不想将其纳入其中"，而他却做到了，因为它恰好与他的内心需求相吻合。

9月13日，一位朋友打电话给纳博科夫祝贺他，因为他刚读了《时代周刊》上的报道：《洛丽塔》的电影拍摄版权以十五万美元的价格卖给了著名电影导演斯坦利·库布里克。在1958年，这笔钱可是个相当惊人的数目。这本书还给他带来源源不断的版税收入，这些收入比起纳博科夫之前作为专业作家的作品总收入都要多得多。薇拉在日记中写着："弗拉基米尔对这些淡然处之——他专心致志于新作品的创作，整天忙于对那两千种蝴蝶标本进行整理研究。"也许他并非那么淡定漠然，一天一篇的日记将他那几个星期的喜怒哀乐保留了下来。弗拉基米尔认为薇拉的账户"很重要"，堪称科学研究的野外笔记，但这是他（也是她）充满艰辛后的成功，是经过长期奋斗而来之不易的胜利，对他们来说可谓意义非凡。这段时间，"电影公司与各种经理人"邀约不断，"文学爱好者的来信等等"如雪片飞来，要求采访者络绎不绝。纳博科夫写给妹妹的信中说："所有这一切三十年前就该发生了，我认为我再无须靠教书谋生了。"

由特约撰稿人保罗·奥尼尔和摄影师卡尔·麦丹斯带队，来自《生活》杂志的编辑团队来到伊萨卡。从薇拉的记述看，他们不仅是愉快的，暗地里还有些受宠若惊——因为她和纳博科夫都知道，能登上《生活》杂志意味着什么。"想想三年前，"她写道，"科维奇·劳克林和毕肖普等人都强烈建议过不要出版《洛丽塔》，因为'所有的教堂、妇女联合会都会炮轰你'。"而

238　现在，来自当地长老会教堂的哈根太太打来电话，询问弗拉基米尔是否能去她们的妇女团体中做演讲。多么好的讽刺！然而他们之前并没有错。假如《洛丽塔》早四年出版，那世上就多三个牺牲品，也许，《洛丽塔》这本书连同其作者，就会遭受与威尔逊的《赫卡特县的回忆》同样的厄运。这本书先被送去法国，在那里，声名狼藉的出版商开始了与审查机构的早期斗争。后来F. W. 杜伯对这本书的赞扬促进了舆论的转向，这样《洛丽塔》才得以死而复生。

他们"不相信我们能听到"。薇拉记载，当时是一个星期天，12 月 7 日，他们看到《史蒂夫·艾伦秀》正上演介绍"新'科学'玩具的滑稽剧。演到最后一个项目是：洋娃娃可以做'任何事，哦，是任何事'……'我们应该把它送给纳博科夫先生。'这句话异常清晰地传入我们的耳朵。"

还有，在著名歌手迪恩·马丁表演秀节目中，歌手说他去过拉斯维加斯，但在那儿无事可做，因为"他不赌博，所以坐在大堂里阅读……一些儿童读物——《波丽安娜》《伯比双胞胎》和《洛丽塔》。"

更有甚者："米尔顿·伯利①在新年的第一次演出中……这样开场：'首先让我们祝贺洛丽塔：她现在十三岁了。'"格劳乔·马科斯也说过："等六年后我才读《洛丽塔》，那时她就年满十八岁了。"

————————

　　① 米尔顿·伯利（Milton Berle, 1908—2002）美国喜剧演员，1908 年 7 月 12 日生于纽约市。五岁时在一次模仿卓别林的竞赛中获胜，然后便为比沃格拉夫影片公司和其他制片厂扮演儿童角色。1948 年至 1956 年间，博得"电视先生"的昵称，也有人戏称其为"米尔顿大叔"。

纳博科夫第一次在电视上亮相，是在曼哈顿的一个加拿大节目中。由名人皮埃尔·伯顿和著名学者、评论家莱昂内尔·特里林（也是《洛丽塔》的粉丝）主持。薇拉和德米特里在演播室里，德米特里为父亲感到骄傲，薇拉认为自己的丈夫"言辞优美"。"接着倒数开始：预备！最后三分钟……两分钟……一分钟……"舞台布景使人想到作家的书房，或是文森特·布莱斯电影中的一个场景，桌上放着一个大枝形烛台，旁边一张沙发，书架上放着一些书和雕像。这个著名小说家看上去稍显凌乱，已经五十九岁的他脖子粗壮，几乎完全秃顶，但没什么皱纹。特里林身材瘦小，年纪也小，但看上去更为苍老，一副忧心忡忡若有所思的样子，从头到尾嘴上的烟都没停过。

薇拉记载着，"在节目中"，她的男主角是个"理想的客人"（制片人说的），他宽容地对待愿意读他作品的人，即使这些人"态度轻蔑，抱有偏见"。他转述纳博科夫的想法，他既对煽动读者的情感不感兴趣，也不会试图用伟大思想去填满他们的脑袋。他说："我把思想领域的事留给施韦策博士和《日瓦戈医生》。"《日瓦戈医生》是新近出版的一本小说。纳博科夫对此作品非常反感，认为它就是一部垃圾小说，能在西方出版，无非就是一种反苏策略的需要而已。（纳博科夫认为应和反苏策略的作品没有什么生命力）除了情感，弗拉基米尔说，他希望读者在阅读时能感受到"身体深处的啜泣"，这种动人心弦的瞬间，脱口秀主持人是不会就这么略过的。他问特里林读书时是否不动感情，特里林回答说："纳博科夫先生也许并无此种创作意图，但他确实做到了。这是一本动人心弦的书。"

纳博科夫否认书中有任何嘲讽的意图。他并非在用作品去嘲

239

弄美国人。特里林回答说："这些公众的辱骂我们只当是荒谬之言。但的的确确，在这本书的字里行间暗含着嘲讽的口吻。"而且"我们不能相信一个作家说的话，不论他说过什么或打算做什么，我们都不必完全相信"。

两个人都爱咬文嚼字。这是唯一一次电视访问，也是最后一次。因为纳博科夫坚持不提前提交所有的提问，因此无法提前预备讲稿，这一切使得这位作家给人留下鲜活真实的印象。即便如此，纳博科夫在腿上摆了一大沓卡片，上面写着些提示语，如有需要，他会引用自己的一些东西。

当特里林说不能相信作家按照他们自己的话去做事之时，纳博科夫在这个批评家背后莞尔一笑。他之所以笑，还有一种可能，是他知道小说的成功大部分要归功于社会评论。一篇深刻而措辞严厉的评论就引发了现在出现在美国人脸上的"可怕笑容"。比如，一种暗地里唱反调的文化怀疑论者矛头直指《洛丽塔》。在未来的十五年里，这个界限会逐渐清晰，并且相似的论调会大行其道——比如在电影中，像希区柯克的《惊魂记》(1960) 和库布里克的《奇爱博士》(1964)，还有在文学和其他文化领域，这种强烈的冲击总是和"60 年代的风起云涌"联系起来。

敏感的读者可以从中有所领悟。洛丽塔就读的拉姆斯戴尔与比尔兹利学校周边的乡村世界，黑兹夫人家毫无品位的房子，四十多个路边真实可见的汽车旅馆，不可思议的旅行里程，这一切都在作品中叠加起来：可以看出，纳博科夫已经做足了功课，对他来说，他坚持将美国虚拟化与艺术化，在他自己的工作间用魔法创造出"与每一位创造者一样充满神奇色彩的"美国，而不是那个大家都能观察到的实实在在的美国（"能在我自己的实验室把她孵化出来，真是其乐无穷啊！"），但他笔下的美国让人觉得根本就不是那么回事，也不免让人说三道四了。

他转过头去，环顾了一下四周，认出一个好挑事、半睡半醒的家伙——一些神情怪异之人，似心怀鬼胎，坐在华丽的布景前，随时准备用陈腐戏剧中描绘的让人窒息的社会规范准则搅乱场面。和很多美国故事一样，枪战总是在大结局时候出现。书中涉及的性问题——当然这里是指书中不合道德规范，甚至是变态性爱成为压倒一切的引爆点，因为这个年轻的国家朝气蓬勃、充满性感，但也有不少不可以随便踏入的禁区。纳博科夫声明，自己绝没有任何社会改良的创作意图，并不指望作品能有"点醒众人"的社会功能，但有一点人们完全可以相信他：对于像他这样的作家来说，美国是他迄今发现的最为完美的国家。

特里林保持着一种非常矜持的沉静，而纳博科夫不断扭动脖子，或是倾身向前，或是半倚靠在沙发上。他那椭圆形的脑袋不断调整角度，转来转去。当特里林试图解释这本书"令人震惊的"的原因何在之时，（"一个小女孩，……本来是需要受到保护的，避免受到男人的性侵扰；还只是这么小的女孩呀，只有区区十二岁，如果我没记错的话"）听到这里，纳博科夫又咧嘴笑了，而特里林自己却拼命忍住没笑出来。纳博科夫向节目主持人投去一个眼神，像是在说："他对作品不那么认可，先生？恐怕你这位杰出的评论家对我作品的理解有些偏差，有那么一点吧！"

彼得·塞勒斯在准备出演库布里克导演的这部电影（《洛丽塔》）中的角色克莱尔·奎尔蒂时，将这个纪录片的每个镜头都非常认真地看了一遍，——还有之后在电影《奇爱博士》中扮演三个角色时，他都从这个纪录片中获得灵感——这一点毋庸置疑。他在演学校的心理医生赞普夫（是奎尔蒂假扮的）这个角色时，就借用了特里林说外来语时的咬字吐词的方式（"性"，"性的"），还有特里林拿着香烟的范儿，与他扮演的爱德华·莫罗拿着香烟的方式何其相似，有时会像大多数人一样用食指和中指夹住，又或者会非常特别，（像美国人那样）用大拇指和食指捏住，烟头朝上。塞勒斯在后来出演的电影《奇爱博士》中，奇爱博士解释末日机器时，他就将这两种方式演绎得淋漓尽致。特里林与纳博科夫的这场奇遇场面似乎刺激了塞勒斯和他的导演的灵感：这两个都非常友善的文人高谈阔论，讨论那个小女孩的性事，还不由自主地咯咯笑出声来。纳博科夫谦虚地表示，是的，除了是一位伟大作家，他还是对临床恋童癖与蝴蝶颇有研究的专家；特里林眼窝深陷，看上去一副刚从肠胃医生那里得知了坏消息的病人的模样。

这两个人还都是风采斐然。特里林谈起这本小说之时，身上的猥琐与可怜便一扫而光，这本书的确让他兴奋异常：他被这个小女孩的遭遇、悲剧的发展轨迹、字里行间显露出来的淡淡哀伤与柔情深深打动。我们甚至怀疑他连书中最为邪恶的部分也同样欣赏。纳博科夫虽然有各种不舒服，他依然还是顺畅地进行现场沟通。甚至在这个充满喜剧色彩的舞台背景之中，虽然他被模式化地认定为唯美主义者，但他还是尽力从自己的面具背后露出脸来，与现场任何人都可以互动。他扮演着一个伟人的角色，毫无愧色。然而，他那张大脸上时不时露出美丽的、孩童般的微笑——那转瞬即逝却发自内心的微笑，是一种不由自主地笑出声来之人的由衷的微笑。

第十七章

一件令人震惊的意外事件发生了（薇拉似乎受到了惊吓，可
能是因为她的儿子牵涉其中）。

11 月 25 日，这天是星期二，正好是电视采访录制的前一天，纳博科夫夫妇和《洛丽塔》出版商沃尔特·明顿在纽约第三大道一家名为尚博尔德的餐厅用餐，这家餐厅是一个知名戏剧人的聚集地。明顿的妻子波莉也同他们一起用餐。明顿夫妇这时正在闹别扭。究其原因，是因为一个"轻浮浪荡的过气的拉丁区歌舞女郎"成为这位出版商的"密友"，而直到上个星期，明顿夫人才从《时代周刊》的一篇文章上了解到这桩风流韵事。波莉此时心烦意乱，痛苦不堪。薇拉在她每日记事的日记中写道："她很漂亮"，是三个孩子的母亲，原本充满活力的她却"显得惊恐不安，神情恍惚"。在《洛丽塔》问世之前，这对夫妻的关系都非常和谐，波莉说："《洛丽塔》问世后，沃尔特开始与形形色色的人打交道，在这本小说掀起的旋风当中忙乱浮沉。"而更不可思议的是，明顿的情人竟是第一个使他注意到《洛丽塔》的人（直到 1957 年 6 月他才知道有这本书，尽管当时还是巴黎版的），因此按照帕特南之子出版社提出的收购政策，他须付给她一笔中间人佣金。

波莉竟会在一个"完全陌生的人"面前表现她内心深处的痛楚，这让更为矜持内敛的薇拉颇感不安。随后，德米特里来了，他刚参加完他所在的陆军分队的每周例行训练。他们几个一起去欣赏他的新车，那是一辆1957年版名爵车，甚至连他的母亲都承认这辆车"比较高端大气"。波莉·明顿说她想搭车，于是，德米特里就载着她疾驰而去了。明顿和纳博科夫夫妇叫了辆出租车回到宾馆。薇拉随后在她画上重点符号的日记中写道："我们三个就坐在宾馆里，一直等，等着他们回来。"明顿算是个需要忏悔的美国人，在出租车上他向纳博科夫夫妇坦白，除了这个舞娘，他还一直与在《时代周刊》上写那篇文章的作者维持着不正当的关系，而这个女的正好趁机在这篇文章中羞辱她的情敌，把她称为"一个过气的放荡女子，笑容都是那么轻浮"。薇拉严肃地写道："明顿与这两个小淫女之间纠缠不清，亲手毁掉了他的家庭生活。"他"无所顾忌"地讲述他的情史，连出租车司机都不避讳。她的日记以"真是让人目瞪口呆的美国人！"结束。

他们还在等。或许，这两个驾车兜风的人在途中出了事故。"最后，他们终于回来了。"明顿夫妇离开宾馆后，"德米特里带着狡黠的微笑告诉我们说，他们从餐厅直接开车到了他家，把车停在了车库，然后他要去他的公寓里拿一点东西，波莉就想看看他的公寓（在看过他的车以后）诸如此类的"……

"第二天，"薇拉写道，"明顿告诉薇拉：'我听说，昨晚德米特里让波莉很愉快。'"薇拉稍稍有些震惊，她在末尾写道："我在想，这种事情是否是如今美国的常态，或者说这才是现如今典型的美国生活？这完全是郝思嘉或柯申思演过的角色之类的低俗小说情节惟妙惟肖的再现。"

显然，宣传的龙卷风可以使人迷失其中。当你著的书跻身最畅销榜单之首时，当你书中自造的词——例如，nymphet（性感少女）——被列入语言词汇之中时，你的高兴劲儿还未过去，奇奇怪怪的后果就接踵而至。埃德蒙·威尔逊就《洛丽塔》奇怪的"席卷"之势做了评价，认为该书"在博大胸怀的美国人之中激发起深深的共鸣"。《洛丽塔》惊世骇俗的故事情节吸引了读者，使许多读者认为该书有深刻的启示意义。美国曾经就充斥着许多暴力和色情事件。美国文学长期以来一直都在描写轰动性新闻，尤其是引起轰动的色情事件。美国 20 世纪 50 年代最畅销的小说——格雷斯·梅塔理奥斯的《冷暖人间》（纳博科夫曾风趣地称从没有听过这本书）与《洛丽塔》一起可称为情色并蒂莲。两本小说都在种种平淡无奇的常态表面背后展现隐秘的色情故事；它们都以继父强奸女儿的情节为主线；其背景也都设在新罕布什尔。此外，两本书中都有谋杀情节，也描绘了强烈难遏的性欲。《洛丽塔》的喜剧成分在于，优雅的欧洲人亨伯特发现他自己处在这样一个文本里，并深陷于蹩脚的情节之中。但并不是每个人都关心这本书只是一部隐喻之作。

源源不断的采访，三天两头就要奔赴纽约，还得关注《洛丽塔》外国版的发行，再加上纳博科夫还不知道如何处置这么多突如其来的收入，因此放下教书这一重担对他来说既明智又具有吸引力。纳博科夫向康奈尔大学请假一年，大学答应只要他能找到人代课，就批准他的请求。11 月 16 日，《日瓦戈医生》登上了《泰晤士报》最畅销书榜的榜首。其作者帕斯捷尔纳克早在 10 月就获得了诺贝尔文学奖，这提升了该书的销售量，《洛丽塔》的销售量在随后的几个月里仅次于《日瓦戈医生》，位居第二。11月中旬，平装本版权出让金（十万美元）引发了另一笔巨额的支出。薇拉在审查复杂的电影改编版权合同时，凭常识察觉到了一些非同小可的税收问题，因此她将此情况告知了康奈尔大学的法学教授，也向帕特南之子出版社的合同专家说明了此情况，并且在1959年初，她前往曼哈顿的一家法律公司进行咨询。纳博科夫夫妇被搞得心烦意乱，不仅因为个人纳税等级产生变化，还因为他们之前经历了两次毁灭性的通货膨胀，一次是在俄国革命之后，还有一次发生在魏玛时期的柏林。《洛丽塔》电影版权出售之后的几天，弗拉基米尔要求他的出版商用"政府债券或者其他安全证券"给他支付一半的销售收入，以对冲通胀。

在这场飓风的旋涡之中，他们想到了德米特里。尽管《当代英雄》的翻译工作没能如期完成，但在《洛丽塔》风靡的征兆已经显现的前夕，纳博科夫已经赢得出版商的认同与重视，他提出要将《斩首之邀》译成英文，并规定"译者必须是：1. 男性；2. 美国出生的人或者英国人。他还必须精通俄语，对俄语有精深研究。除了我儿子，我不知道还有谁符合这些要求，但遗憾的是，他太忙了"。

直到1959年1月德米特里才腾出手来做此项翻译。他的父亲签订了一份协议，德米特里借此立即收了一笔预付款。"这件事给我带来的快乐我无法形容，"薇拉给她在剑桥的朋友依琳娜·莱文写信时说道。德米特里身体不好，"小病小灾没完没了"，薇拉在她的日记中写道，"他高大健硕，入伍之前身体一直都很好。之后，他得了那场感冒，或者说流感，抑或病毒感染什么的，这个病就一直缠着他"。实际上，他身体不适已达一年之久。1962 年，他诊断出患有莱特尔综合征，一种反复发作的多发性关节炎，多见于性病感染后的青年男性。薇拉认为他是劳累过度，因此当他提出要辞掉他的办公室工作时，薇拉欣然同意了——那是他唯一做过的办公室工作。

1959 年 1 月 19 日，纳博科夫在康奈尔大学教授他的最后一堂课。他告诉明顿说："一名记者摄影师给这堂课增添了些吸引力。"整节课上，他从头到尾都在拍照。来自世界各地新闻界的关注接踵而至。2 月下旬，纳博科夫夫妇在曼哈顿接到了来自《时代周刊》《生活》《纽约时报》，伦敦报刊《每日邮报》和《每日快报》以及一些其他杂志的邀请，纳博科夫推掉了三次电视访谈。薇拉每天要写多达十五封商业信函。各种迎来送往，加上各种病痛的缠绕，迫使他们在纽约待到了 4 月 18 日，期间他们走到哪儿都是众星捧月。薇拉在回忆时说道，这段时间简直"美妙无比"，成千上万的人冒出来一睹他们的真容，表达敬意，薇拉将此记录在案①。

他们再次前往美国西部之前，纳博科夫解决了一件对他来说意义非凡的大事：同普林斯顿大学波林根出版社合作出版他的译作《叶甫盖尼·奥涅金》，这可是他一生中最重要的学术结晶。此外，超出作家期待的那些罕见的把一个作家奉为神明的其他表现也降临到纳博科夫身上，别的作家做梦也很难梦到这样的好

---

① 1959 年 2 月初，薇拉写给西尔维亚·伯克曼的一封信中，她说道："我本打算更早些时候给你写信的，但是由于巨大难忍的工作压力，我就忘记了这件事情。弗拉基米尔对他自己商业方面的事情丝毫不感兴趣，而我又觉得我还不能够妥善处理这些事情。此外，我又不是塞维涅夫人（法国书信作家），一天写十到十五封信真的会使我精疲力竭。（原注）

事。《洛丽塔》英国版即将发行，其出版商乔治·威登菲尔德趁着纳博科夫夫妇还在纽约期间约见了他们，并向他们做出承诺，会出版以下书籍的全新英文版或英文初版：《庶出的标志》《斩首之邀》《尼古拉·果戈理》《说吧，记忆》《黑暗中的笑声》《塞巴斯蒂安·奈特的真实生活》以及《天赋》或者《防守》中的任一本。最终他也信守承诺，这些书几乎都留给他们出版。威登菲尔德知道英国的审查环境尚不明朗，出版一部纳博科夫非变童题材的优秀作品有助于淡化《洛丽塔》的负面影响。不过也正是因为他敏锐地觉察到纳博科夫终将大获成功。纳博科夫现在凭借自己的开山之作，可以和那些畅销书作家一样影响读者们很多年——让他有了出版下去的勇气。

由伽利玛出版社负责的《洛丽塔》的法国优秀译本已经完成，纳博科夫在纽约的时候校对了校样。德米特里对《斩首之邀》的翻译也进展顺利。他们再也不会为分担儿子的翻译工作而烦扰，至少不会像翻译《当代英雄》那样操那么多心。将儿子带上家人的方舟，认真参与到纳博科夫从《玛丽》（1926）开始的每一部作品的翻译工作之中，这幅令人愉悦的图景极有可能梦想成真。不仅如此，他们还有一次悠长的西行假期。他们离开纽约，踏上了去往南方的旅途，想尽可能直接地感受温暖的天气。他们最初来到了田纳西州的加特林堡，从这里可以通往大烟山国家公园。1941 年，他们的首次西行之旅时就来过这个公园。"我们驾车徐徐前行"，薇拉记录了他们这段旅程。田纳西的山地"到处都是盛开的山茱萸，密密麻麻的灌木丛和树林染绿了整个山坡"。

纳博科夫夫妇长久地告别了美国。他们不知道这是离别，或者说他们不想承认这就是离别。他们知道他们大获成功，但总觉得有些不太光彩的地方，结果却背弃了那个曾经收留他们的国家。有人或许会说，正是这个国家让纳博科夫一举成名，成为世界家喻户晓的作家①。他敏感的感受力外加这些不同寻常又多彩多姿的美国素材造就了他那一部部伟大的著作。《微暗的火》是最后一部和美国有关的著作，可以说是半部美国作品（在美国构思，但是大部分在国外撰写。前往金波特的梦幻乐园之前的背景都设在美国）。继《微暗的火》后，纳博科夫又撰写了《艾达》。这是他的代表作，把人们的聪明、无情、霸道展现得淋漓尽致，小说中充满了《花花公子》式的梦境中的机械性交的情节，也充满了滑稽的文字游戏，使人联想到《芬尼根守灵夜》，纳博科夫曾经将乔伊斯的这部小说称为"一本充满冷布丁的书，就仿佛听到隔壁传来的连续不断的鼾声"。

薇拉所说的"令人吃惊的美国人"表达了她对美国的喜爱，而她对美国的感情大多也以喜爱为主，纳博科夫也是如此，但同时他们也感到非常震惊。德米特里那些计划丝毫没有停下来的意思，对于纳博科夫夫妇来说他一点都不让人省心。在美国，他们希望儿子能够安家立业，能够充分发挥他的才智和优势，然而，德米特里却热衷于冒险，这与他父母对他的期望背道而驰。后来，纳博科夫取得了巨大的成功，他们也不再那么反对儿子买车，也不再那么反对他挥霍不是他自己的钱——为什么不过一种

---

① 1959 年秋季，纳博科夫一家前去欧洲参加《洛丽塔》的庆祝活动（这是二十年来他们首次回到欧洲）。那个时候，德米特里就正计划着搬去意大利，以便接受更多的歌剧训练。他确实搬了，而且最后他的父母也在附近安顿下来——他们一直都希望能够不离他太远。（原注）

奢华、快活的生活呢?

　　对于美国社会陷入的混乱,薇拉也很早就有预感。1958 年 5 月,她在日记中写道:"昨晚,康奈尔大学一群学生聚集在校长马洛特的家门前,在外面大吵大闹。当他走出来对他们说话时,他们用鸡蛋和石子朝他砸去。"这场抗议的原因是"计划禁止所谓的'公寓聚会',这项禁令或许是有些不公平,但是也不能诉诸暴力行为解决问题呀。"薇拉义正词严地警告道。"塞尔教授的小儿子,柯克"——柯克帕特里克·塞尔是康奈尔大学学生报的编辑,是一位有左倾倾向的作家——"本来将于今年 6 月毕业,但是他被指认是煽动这群学生闹事的'始作俑者',因此他的毕业之事被搁置下来"。

　　到了 20 世纪 60 年代后期,纳博科夫夫妇住在蒙特勒,对于那些哗众取宠的学生,薇拉产生了更加强烈的厌恶之情,她认为他们是极端的狂热分子。到了 1972 年,她自豪地说:"我们全都支持尼克松,坚决反对麦戈文,因为他是一个不负责任的煽动者,蓄意误导他的追随者,并做一些有损美国的事情……我们极其反感《纽约时报书评》('时髦左派'媒体)。"因为该杂志的立场是反对越南战争的,而纳博科夫夫妇却支持越南战争。

　　离开美国,他们发现美国令人非常恐惧。他们从表象上就可以判断,激进青年分子对于他们自身实力的估计可以到达什么程度——例如,他们认为他们可以发动一场革命。在 20 世纪 70 年代,纳博科夫夫妇和威廉·巴克利成为朋友。他给了他们一张他所创办的美国保守刊物《国民评论》的订阅单,他们看了这本杂志。通过其他的一些渠道,薇拉了解到:美国的种族大战一触即发,你冒险到纽约的大街上行走,就是拿生命做赌注,整个社会已经脱离了正轨。但与此同时，纳博科夫夫妇对反美主义深恶痛绝，并拥护美国的外交政策。1966 年，戴高乐领导下的法国脱离北大西洋公约组织，公然违抗美国，这年他们便取消了去法国勃朗峰附近度假的行程。此外，焚烧美国国旗或者错误引用国旗形象来侮辱国旗的行为都会让他们愤慨不已。

纳博科夫答应过很多朋友要回美国看望他们，但反而是那些朋友来到蒙特勒朝圣，并恪守拜访的礼仪，以不给主人造成不便为原则。直到 1962 年，纳博科夫夫妇为参加斯坦利·库布里克的电影首映才回到美国。1964 年，为在波林根出版社出版《叶甫盖尼·奥涅金》的英译本，他们又重返美国。虽说途中乐趣无穷，但也免不了舟车劳顿。4 月 5 日，在纽约 92 街，纳博科夫当众吟诵了一首诗歌和一篇散文，声音铿锵有力，声调俏皮而暗含责备意味，还时不时地发出英国王室英语腔——把 "again" 读成 "a‑gane"， "reward" 读成 "re‑wawd" ——仿佛是罗马尼亚裔美籍演员兼制片人约翰·豪斯曼的演绎，与其在美邦银行广告中的表演简直如出一辙。纳博科夫的英语微妙机智——语含讥讽又不失优越之感——自始至终平易晓畅。口音中残留的俄罗斯味，或许也因为嘴里的假牙，让他的话语略显口钝，但他成功将其转化成他的优势，反而具有掷地有声、激励他人的巨大感染力，倘若站在同样的舞台上，换成一个本土演说者以同样的风格演讲，只会让人啼笑皆非。

八年后，纳博科夫打算再回美国。此时，麦格劳‑希尔出版公司打算出版他非常权威的访谈录《独抒己见》（1973），纳博科夫也打算续签一系列新的出书合同，他又一次将《继续说吧，记忆》的写作计划放到一边。他告诉麦格劳‑希尔公司："我已经收集了大量的笔记、日记和书信，但是为了更详尽地描述在美国的日子，我需要一笔钱故地重游。"这其中就包括科罗拉多大峡谷和他曾去过的"其他西部地区"。这是最后一次由出版商出钱供他再去领略那山山水水的奇异风光。在笔记的一个序言中，他表达了一开始被误认为是美国讽刺作家的不满。虽然他也承认美国人行为方式有些独特，但是他说，他的作品根本不是什么讽刺文学。"俄罗斯流亡者……一般都不会去借别人的梳子，不会光着脚在宾馆的地毯上行走，也不会在使用公共浴盆之前把浴盆塞紧，而美国同行却认为做这些事简直太平常不过了。"美国人不断曲解纳博科夫对美国的看法，这让他备感焦虑，最后他因太过焦虑而不得不中断写作。

　　纳博科夫坚持认为，自己身上不应该被贴上"讽刺作家"的个性化标签。只有他，才明白他的小说有一些嘲讽的表征方式，但这并非真正意义上的讽刺文体，因为讽刺还暗含了道德判断，与此同时还会提出改良意愿。19 世纪俄罗斯以改良为主旨的文学家们满脑子都是想要改变现状的想法，但结果却是事与愿违，不但改良目的并未达成，反而使文学作品的艺术价值丧失殆尽。而纳博科夫和欧洲现代主义作家，甚至那些美国人都向埃德加·爱伦·坡看齐，不愿拘泥于循规蹈矩的文本，果断将写作与社会现实隔离开来。埃德蒙·威尔逊曾到蒙特勒看望过他，赞同他的立场，肯定了他的想法。威尔逊一度肯定纳博科夫的作品内容充实，是现实世界无法相提并论的，可能这就是纳博科夫想要的效果。但是，文学中究竟什么最重要，两人一直争论不休。威尔逊为《日瓦戈医生》的宣传不断奔波，但纳博科夫却将其视为垃圾，认为不过是迎合政治需要而已。威尔逊在《纽约客》

和《文汇》杂志上各发表了一篇长论文，认为《日瓦戈医生》
是"人类文学史上一部伟大的作品"，没有违反任何道德，作者
帕斯捷尔纳克具有"天才般的勇气"。在《日瓦戈医生》问世之
前，他的诗才甚至得到纳博科夫的赞赏。

《日瓦戈医生》是一部现代小说。威尔逊认为"一些批评家
完全没有领略到小说的精髓，甚至连形式也没有捕捉到"。他们
被严重误导，究其原因是：

> 受英国与美国版英译本的影响，文中很多诗歌被排除出
> 去，许多精彩的重要之处也惨遭阉割。《日瓦戈医生》完全
> 符合时代特征，除一些军事场景的描写还有上世纪托尔斯泰
> 的口吻，拿它与《战争与和平》相比颇没道理，它就是一
> 部现代诗性小说，作者帕斯捷尔纳克读过普鲁斯特、乔伊
> 斯、福克纳，像弗吉尼亚·伍尔夫一样……他站在这些前辈
> 的肩膀上，创造了属于自己富有变化的文学体裁。

威尔逊认为，《日瓦戈医生》将象征与平行结构交织在一
起，其文体复杂而又深邃。威尔逊还发现，"小说暗含极为巧妙
的隐喻，有些地方与乔伊斯的表征方式颇为相似……帕斯捷尔纳
克深受乔伊斯《芬尼根守灵夜》的影响"。

威尔逊知道他这样做为何会让纳博科夫非常不爽。就在他即
将完成给《纽约客》准备的那篇文章时，他告诉一位记者，他
和纳博科夫已经通了电话，但是"纳博科夫对帕斯捷尔纳克的评
价极为恶劣。最近，我又跟他谈了三次……是关于其他事情的，
但他毫无反应，一直慷慨激昂地陈述《日瓦戈医生》是多么的

糟糕，看来他想成为活在这个世界上的唯一一个俄罗斯小说家"。这时，威尔逊真有股冲动，想把纳博科夫的鼻子都拧下来，他总是喜欢诋毁其他作家，对于他这一点，威尔逊一直非常反感。威尔逊给另外一位朋友写信时告知对方，纳博科夫说他刚刚发现，"司汤达就是个彻头彻尾的骗子"，还说他"打算在课堂上将这个坏消息告诉他的学生。他第一次读完《堂吉诃德》后，对此书嗤之以鼻，认为它一文不值"。

纳博科夫经常曲解其他文学作品。他认为托尔斯泰的《伊凡·伊里奇之死》充满了"残酷的反讽"——也许与纳博科夫自己的作品风格类似吧。他和威尔逊在情感表现和未来小说走向上出现了分歧。威尔逊主张应该采用"这种体裁"，也就是他认为的现代主义糅进传统的写作风格中，也就是那种不时产生极强伦理观念的天才之作，既展现探寻真理的场景又不失美感的写作传统。纳博科夫却反其道而行之，他甚至赌上他整个的写作生涯来验证不这样做到底会如何。纳博科夫在写作中绝口不提苏联大清洗运动，他嘴里一遍又一遍地念着"我拒绝"（non serviam），将表现他个人的受苦受难之路堵死，也不会将他亲眼见证的那些禽兽般的行为表现出来。他注定不可能成为帕斯捷尔纳克，也不可能成为奥西普·曼德尔施塔姆①，抑或是20世纪的亚历山大·索尔仁尼琴。虽然纳博科夫对俄罗斯文学传统满怀敬意且愿意为之增光添彩，但他不会写出帕斯捷尔纳克那样的小说，那种用自己的笔写出具有宗教历史传奇色彩的故事，那种企图找出俄罗斯问

---

①　曼德尔施塔姆（1891—1983），俄罗斯白银时代最卓越的天才诗人。著有诗集《石头》《悲伤》和散文集《时代的喧嚣》《亚美尼亚旅行记》《第四散文》等。另有大量写于流放地沃罗涅什的诗歌在他死后多年出版。

题解决之道的作品——充满人道主义、普世的，而又"鼓舞人心"的作品。

他对威尔逊关于《日瓦戈医生》的评论无比愤怒地加以抨击："埃德蒙的评论就是象征性社会批评，通篇看似异常博学却虚假至极。"他再也不需要找威尔逊为他的新书宣传促销：他让出版社的沃尔特·明顿好好检查《斩首之邀》的译文，接着又让薇拉给威尔逊写了封信：

> 现在，您也知道，新方向出版公司打算再版《塞巴斯蒂安·奈特的真实生活》。1941 年，它初次出版时，您颇有好评，正因为如此，新方向出版公司希望让您为书作序……纳博科夫对此甚是讨厌，但这些出版商还是会对您这样的名人穷追不舍……他请求您能拒绝他们的要求，他也写信给出版社表明了态度。

250

唯恐埃德蒙不能体验到其中的寒意，薇拉还来了这么一句："之所以是我，而不是弗拉基米尔给您写信，是因为他急于告知您不要答应出版社的请求，但他由于这四天连续写作，已搞得筋疲力尽，没办法再给您写信。"

根据信上地址得知，威尔逊此时在纽约北部的家中。那年正是 1959 年，也是威尔逊极负盛名的时期。1955 年他的《死海古卷》取得了巨大的成功，连续三十三周成为《纽约时报》最畅销书。《死海古卷》是威尔逊努力的见证，他先学习了希伯来语，后成为《纽约客》的资深评论家，又写了两篇引起广泛轰动的文章，最后才写出了这本书，言辞委婉，却针砭时弊，旁征博引，意味深远。威尔逊总能把故事讲得精彩纷呈，就连《纽约客》的总主编威廉·肖恩也夸赞威尔逊的评论风格是英语史上难得一见的。1960 年，在那个纷繁复杂的时代，他在报告文学《美国恐慌》的基础上写出反映纷繁复杂历史事件的《致歉易洛魁人》。两年后，他又出版了描述美国内战文学史的专著《爱国热血》，这部经典著作是他对美国的回忆。用纳博科夫的话说，威尔逊也在创造他自己的世界，但他终究不是以著名作家身份著称于世，不免心怀妒忌。他的密友兼出版商罗杰·斯特劳斯说威尔逊"不仅是我最敬重的人，而且和他在一起，能够感到无限欢愉"。这种欢愉的本质源于"他对其他作家，无论是过去的还是现在的作家那份真挚的热情"。如果说威尔逊对《洛丽塔》的蔑视源于他对纳博科夫的嫉妒，那真是大错特错，他永远不会这样做。

威尔逊和纳博科夫在之前二十年里，书信频繁，见证了他们坚不可摧的友谊，但现在，书信渐少，这份情感也在日渐疏远。之后，他们的书信往来完全停止，当然，他们也会在各自的笔记中偶尔用一些充满感情的词语表达一下，但威尔逊对《日瓦戈医生》极度欣赏让他们之间的友情画上了句号。1965 年夏天，威尔逊看了纳博科夫的《叶甫盖尼·奥涅金》译本后，草就一篇措辞严厉、充满讽刺挖苦的批评文章，发表在《纽约书评》上，他们的反目成仇就此开启，其实《日瓦戈医生》事件早已为此埋下伏笔。纳博科夫经常对其他作家痛加嘲骂，似乎威尔逊也被他传染了，《叶甫盖尼·奥涅金》译注出版后，威尔逊对纳博科夫毫不留情地大加挞伐：

这个译本虽然就某些方面来说有些价值，总体上却令人 251
失望。作为本评论作者的我，是纳博科夫先生的朋友——对
纳博科夫先生满腔热忱却有时被对方莫名的恼怒弄得心灰意
冷——他的大部分著作笔者还是欣赏的，但这并不意味着本
人要遮掩自己对这部译著的失望之情。纳博科夫先生总喜欢
干这样的事……他总觉得他是独一无二，无人能及的，并且
当其他人都是傻子，不学无术……他经常含蓄地表达……他
生来就是嘲讽别人的。如果笔者……毫不犹豫地将他的弱点
指出来，纳博科夫先生也不应心有所怨。

就在一年前，纳博科夫还对之前北卡罗来纳大学译者的《奥
涅金》译文极尽讽喻之能事，为他自己的译文扫清道路。而现
在，威尔逊咬住此事对他毫不留情地猛烈开火：

纳博科夫先生……在本刊占了不少篇幅，谴责沃尔特·
阿伦特教授早前的译本。他认为阿伦特教授的译本没有任何
价值，纯粹就是对那些随意写下经济学理论与马克思持有不
同观点的人的琐碎批评。纳博科夫先生认为阿伦特教授的译
文充斥着德意志精神和其他不得当的思想……但阿伦特教授
做了一项壮举，他尝试译出《奥涅金》原文的抑扬格四音
步……纳博科夫先生认为这样做不可能真正地忠实于原
作……而他的译文却造成了比阿伦特英雄式努力更具灾难性
的后果。它的语言乏味、生硬，与普希金的写作手法毫无共
同之处。

　　纳博科夫对威尔逊更过分。接下来的三年里，纳博科夫和威尔逊直接交锋，也通过第三方不断回击对方的评论。纳博科夫讽刺他说"只有一群彻头彻尾的傻子才会认为威尔逊先生是我这领域的学术权威……我不确定有没有必要多费口舌去捍卫我的作品……恐怕我根本没有足够的动力去理睬他那篇文章"，而威尔逊先生犯了如此低级的错误，以至于"让我不得不变成一个辩论家，就像一个不在乎奖品的可怜的运动员"。

　　纳博科夫一针见血地指出了威尔逊的错误，他这样评价威尔逊："这个人骄傲自大，脾气急躁，幼稚无知，装作对什么事都满不在乎的样子。"他的英语"错误百出，词不达意"，对于他的俄语，纳博科夫这样说道：

> 长期以来他狂热地浸润于俄语和俄语文学却又无可救药，作为他的密友，我一直都无比耐心地竭力纠正他在发音、语法和理解等方面的荒谬错误。近至 1957 年……有一次我们彼此都带着几分惊讶和沮丧，我们都明白尽管我一再向他解释俄语诗的格律，可他依然不得要领。在大声朗读《奥涅金》时，他以极大的兴致应战，每念到第二个字就口齿不清……夹杂着众多扭曲上下巴的支支吾吾声和挺逗的嗷嗷犬吠声……弄得我们俩都忍不住哈哈大笑起来。

　　对那些采用"非道德"与"庸俗"方法批评纳博科夫的译作《奥涅金》的批评家，纳博科夫用"恶心到极致"等字眼发泄不满。威尔逊就是他标志性的死敌。威尔逊每次与纳博科夫过招都会输，或许，他太过沉湎于"人道主义批评方法，这种批评太肤浅，陈词滥调，思想陈腐，毫无创意……总是试图把人物从原作者虚构的设定中剥离出来"，同时硬生生地想要"把这些错位的人物形象当成现实中的真人"，一一对号入座。

在这个过程中，免不了闹出一些笑话，出现充满喜剧性的场面。纳博科夫在那里说"又短又粗的铅笔"的时候，完全是非常勉强又带有侮辱人的语气，个子矮小身患痛风的威尔逊不免躺着挨枪。纳博科夫在杂文方面的功夫并不见长，主要目标也完成得差强人意——甚至连对自己的作品的辩护也显得力不从心——文章旨在激发与保持阅读兴趣，但全文精挑细选的八千多字显得咄咄逼人、冗长乏味，只让人们感觉到普希金的诗应该只是那些书呆子的精神养料。他的译文虽然文从字顺、生动活泼，但不那么讲究韵律，也没有保留原诗的音步，未顾及对原诗的尽可能的忠实，也忽视了对原诗美感最高程度的保留。一些评论家说他的译本"枯燥乏味，沉闷异常"，纳博科夫似乎被他们吓破了胆，宣称译本"还不够丑陋，在以后的版本中，我会更为大胆地彻底放开……用更为磕磕绊绊的英文，把这首诗完完全全译成符合功利主义者们口味的散文形式……从而将具有小资情调的韵律彻彻底底地清除出去"。在这里，他明显地是在假装谦卑，但是将矛头指向自己的作品，这绝对不是纳博科夫的风格。文章的全篇表面上看起来情绪激昂，实则充满忧郁哀伤。这个举动无异于毁灭之举，将他们之间仅存的最后一点友情杀死——也许，这一切避无可避，他只不过是对威尔逊攻击的反击，但结果却是两败俱伤，整件事显得那么怪异，令人无限唏嘘。

居住在欧洲的日子里，纳博科夫一家经常在温暖的季节到野外捕捉高山蝴蝶。正如纳博科夫在一封信中提及，即使有时他们 253

会思念"西方的故乡",但他们在瑞士过得很舒适,那里群山环绕又很干净。德米特里就住在附近,因为他常去意大利进行歌剧训练,他因此熟练掌握了意大利语并将其父的几部作品翻译成意大利语。他喜欢赛车,他的跑车价值不菲,珍贵罕见。与其成就非凡的父亲不同,他并非与其父一样集诗人、小说家、鳞翅目昆虫学家、学者、翻译家于一身,但他的领域涉猎之广、成就之大同样不可小觑,他擅长的领域与其父异曲同工,集翻译家、音乐家、登山家、赛车手、水手、浪荡公子、散文家于一身,他爱好广泛,尤其是滑雪与乒乓球玩得得心应手、驾轻就熟。

　　1980 年,在他父亲过世三年之后,德米特里在蒙特勒的洛桑公路上驾驶着他的法拉利 308 GTB 时遭遇严重车祸,造成他的第二颈椎骨骨折和全身三度烧伤。他深信他的汽车被人动过手脚。时隔二十年后,在接受采访时他曝出惊人秘密,承认自己之前一直都在为美国中央情报局做事。"我有两个军衔……我被要求成为特工,从意识形态角度看,这是合情合理的。一切都是在高级别外交层面进行。"在 20 世纪 60 年代,意大利正处于"向左翼转向的危险时期,我必须要从右翼政党那里寻求支持并了解他们的目标,而这项任务的难度不亚于下一盘国际象棋"。一位相交四十多年的美国朋友,对其生活状况以及所作所为了如指掌,认同德米特里是在"为中央情报局或某安全部门做事。他是接收东欧逃亡者和移民的专门组织成员",负责把这些人到达意大利后的情况上报。在 20 世纪 80 年代,她认识德米特里的情报长官,也同样认识管理逃亡者安全藏身处的意大利人,而这个藏身处正是德米特里接待流亡者的地方。

　　德米特里从来都不把他干的这些事告诉他的父亲。出了车祸以后，他在烧伤中心的治疗与后续康复超过一年之久，他这才找到了"优先该干的事情"，定下心来"专心致志地写作，包括我自己的写作还有处理父亲的作品"。不过，他也并没有将赛车完全抛诸脑后，他又弄了一辆速度更快、颜色更深的蓝色法拉利赛车。他还喜欢玩快艇，参加了地中海和加勒比海举行的多日竞速赛。他是穿着考究的亚文化狂热发烧友中的一员，在跨文化的环境中，由于他超凡的自信、多国语言的杰出才华，也因为他姓纳博科夫，加上他自身的魅力，他的人气指数居高不下也就不足为奇了。

纳博科夫在他这个年轻儿子的帮助下能够快速学会很多事，比如了解美国的准则和法典。亨伯特同样也通过面向儿童的大众媒介来了解美国。两位父亲都如痴如醉，对他们喜爱的事物没有限制。在纳博科夫 1964 年最后一次访问美国时，他在哈佛大学和第九十二街区发表演讲，纳博科夫写道，介绍他去剑桥大学的教授曾经提到"纳博科夫的儿子曾经攀爬过他父亲正在里面讲课的那些高墙"——他提到的是一个哈佛登山俱乐部的成员所持有的攀爬特技。"你的父亲拥抱你，我最亲爱的！"纳博科夫在给儿子的便条的结尾处写道。"我是站着写的，那就是为什么我的字是纳博科夫式的（向一边歪斜下去）……我爱你。我最亲爱的！保重！"

随着纳博科夫的离去，他在美国文坛留下的某些东西也显现出来。其他小说家登上了文坛，仔细辨别，其中一些其实就是纳博科夫创作风格的追随者，现代主义作家、后现代主义作家和黑色幽默作家争相借用与模仿他的写作风格。但阅读纳博科夫风格小说的读者数量，并没有跟打游戏者的数量那样与日俱增，反而还有每况愈下的趋势。与此同时，计算机工具的使用可以轻而易举地搜寻到文学文本中对他人文本的借用。而像纳博科夫那种传统方法，只有依赖自己的学识、直觉以及图书馆中的苦熬苦读。他创作作品的方法在很大程度上，是在阐述或模仿早期的作品，可能在新工具或即将成为新工具的帮助下获得重生，其他人无疑也会跟风。

纳博科夫是一个极其私密的作家——他的沉默寡言，他在形式上的疏离感，他对于超越文本之外的任何现实东西的否决——这一切都需要在这个特征上面对照考量，"最大限度的接近"：不是那种把同情泛滥到无度程度，而是把一个人细腻入微的思想用最精妙的语言传递到另一个人的心灵之中。他的话能够穿透他人的耳朵，偶尔还滴入几滴毒药。他努力以一种读者的身份，尽可能地接近主角或叙述者，但这样是不够的，读者依然能够从叙述者背后感受到作者和自己的交流。《微暗的火》中的金波特就是此种感觉的高水位展现。诗人谢德的自白诗被金波特用他疯癫而又膨胀无度的注解演绎成另一种无边无际的面目全非的真情告白，与此同时，纳博科夫和读者可以越过金波特的肩膀进行眼神交流：这个人如此可悲，但又如此滑稽，他是一个多么无耻的骗子！

255　　金波特的口吻淡定自若，傲慢无礼，又有赤裸裸的孤芳自赏的感觉。纳博科夫在他的作品中亦是用"自己的"口吻说话，例如他对《叶甫盖尼·奥涅金》的注解：

　　普希金的批评智慧在对文人的溢美之词中消失得无影无

踪。对于圣伯夫①毫无独创性的平庸之作《约瑟夫·德洛姆的生活、诗歌和思想》(*Vie, poésies et pensées de Joseph Delorme*, 1829),普希金却推崇备至。他发现其中不同寻常的才华,认为"在任何语言中,都不可能再如此直率、精确地表达自己的肺腑之言"——这样的溢美之词与圣伯夫华而不实陈腐无味的作品实在名不副实。

在一篇更为典型的札记中,他将焦点集中到一个词上面,他写道:

怠惰"languish"……这是普希金与他的流派最喜欢的典型术语,本质上与典型的英法感伤主义作家笔下形形色色的"憔悴"(languish)如出一辙,但俄语中这个术语近似于 tyomniy(意为"黑暗"),而且具有意大利歌剧般的丰满音调,因而,这个俄国别称的声音响亮度就超过其英语同义词,而且也没有英语同义词所蕴含的轻微嘲讽之意。

似乎金波特也和纳博科夫一样,一直在阅读波林根出版社出版的英译本《叶甫盖尼·奥涅金》,金波特写道:

西尔维娅好大姐!她与弗勒(派去色诱国王的娇弱美人儿)都那么朦朦胧胧,慵懒无力,一半出于天性率真,一半

---

① 圣伯夫(Sainte Beuve, 1804—1869),法国文学评论家,他是将传记方式引入文学批评的第一人。著有《文学肖像》(1844)、《当代肖像》(1846)、《周一的讨论》等著作。

出于醉酒之时绝佳的离席托辞。她成功地将此种慵懒和滔滔
不绝合二为一，让人想起一个被他饶舌的玩偶不断打岔、说
话慢悠悠的口技艺人。

金波特终究与纳博科夫本人相似，都在追求内在精细度上着
力过猛，乃至于真理（真相）的性质都被改变了。科学性真
理——本应该像你实验台上钉得严严实实的昆虫标本一样，真真
切切、一目了然——却在一位豪情万丈的高音歌者的真理面前节
节败退，这位拖着长辫的细致入微的歌者，将其自己的真理挥洒
自如，宛若惊鸿地席卷一切。他也的确存在，因为他的语言足以
让其疯狂栩栩如生。

纳博科夫对现实的抵触并非一贯的，他根本就不在意所谓的
"现实"，而你（他的读者）也不应该在意。他在美国时期写下
的小说，现实明显占据了上风。他用细腻无比、自然奔放的笔
触，将一个比现实更为真实的美国大胆地表现出来，尺度之大有
些惊世骇俗。读过《洛丽塔》的人都能感受到"那份火热可以
将自己全部的感觉，甚至包括幽默感都成功点燃"，从而引发出
"令人毛骨悚然的笑声"。这本书之所以达到这样的效果，是因
为它给我们展示出来的美国令人心服口服。书刚出版之时，人们
被吓了一跳，对它不大喜欢；然而，"最好笑的是这部作品的表
象背后隐含着多少每个人眼中的现实"。《洛丽塔》这本小说在
美国刚出版就引起轰动的第一时间，杜比回忆说，这本小说就有
"生活本身存在的诡异滑稽"之感。亨伯特的形象"恐怖鬼魅但
现实中似曾相识"，亨伯特"可怕的创伤也成为我们的创伤"。
不可否认的是，黑兹-亨伯特组建的家庭虽属异常，但它反映了

"一般家庭关系中的可悲之处"。如果没有这种令人信服的因素，或许《洛丽塔》就少了许多感染力，或许现在它早已被人忘到九霄云外。

20 世纪 60 年代中期，在他的瑞士居所，纳博科夫进行了一个和时间赛跑的实验，这个实验中，他借用了一个作家邓恩①在 1927 年发表的一篇关于梦境的论文。邓恩的基本想法是，人类的思维使时间向着一个方向推进：那就是，一直向前。事实上，时间并不是一条河流不停奔向远方，而是苍茫大海——如果我们学会如何区分，过去、现在、未来全部都可以融合在一起，全部都是触手可及的。邓恩说他曾在错误的夜晚做过噩梦，而这些噩梦是在报上刊登那些耸人听闻的新闻事件发生之前做的。最令人不安的实例是他梦见在一个岛上发生的大爆炸事件，四千人遇难；几天后，即 1902 年 5 月 8 日，又出现了马提尼克岛的培雷火山喷发的新闻报道，初步估计有四万人遇难。

1964 年 10 月开始，纳博科夫强迫薇拉也参与到他的项目之中，也就是一连三个月把他们的梦境记录下来。关于他的梦境报告，我们首先要注意的是他们宣称的失眠问题有些言过其实。他每晚都睡得很好，或许他的睡眠时间比身体真正需求的时间要少，或者缺乏深度睡眠，但至少他能入睡。他也会做梦，因此梦境报告不断累积。他做了很多梦，并可以观察总结到一些规律性东西，比如"我梦境的共同特征"是：

1）精确的时间意识但朦朦胧胧的时间飞逝的感觉

---

① 邓恩（Dunne，1875—1949），爱尔兰航空工程师，作家。他不但是 20 世纪初期航空领域的开拓者，而且对研究梦境与时间性质颇有兴趣，著有《时间实验》（*An Experiment with Time*，1927）等书。

2）许多完美的陌生人——有一些甚至存在于每一个梦境中

3）语言细节

257

4）（在有或没有特别的边际中的）相当持久、相当清晰、相当有逻辑性的深思

5）即使是将一个完整梦境的大致轮廓回想出来也是十分困难的

6）重复性出现的主题

纳博科夫写《艾达》这部小说的同时，这部小说的部分内容也延展至他的这些关于梦境的观察。（比如说小说人物万·韦恩就是个对梦境十分感兴趣的精神病学家）另一部分则是万·韦恩正在撰写题为《时间肌质》的论文。纳博科夫记录了一个关于埃德蒙·威尔逊的奇怪的梦，关于这个人，纳博科夫上次见到他本人已是 1964 年 1 月了，当时埃德蒙还在蒙特勒做了短暂停留。

> 当我走下洛桑火车站模样的楼梯去见埃德蒙时……他将要乘火车离去。我告诉他我要上楼去为他送行。他正打算搭火车。他说，只有俄国人才会用"上楼"这个词。他轻快地走上站台，我注意到他穿着深灰色的西服，十分合身。我们在人群中走散了，火车慢慢启动。

在一个梦中，纳博科夫失声痛哭，哭的样子与他五岁时候一模一样。是什么伤心事让他崩溃，他一句解释都没有。

他所叙述的梦都是友善的。像大多数成年人一样，纳博科夫总是梦见在压力和被催促的状态下完成一个紧急任务。不过和大

多数梦到这种梦的人不同，他通常在现实生活中能够完成任务。他会编辑他的梦境，不想用梦魇的细节加重读者的负担。（他只详细叙述过一个梦境：他身处于一个满是美丽蝴蝶却没捕蝶网的田野中）那么，谁又是他认为的会读到他那些梦境的"读者"呢？那么多梦，他该如何取舍呢？他把这些写下来，首先是为了他自己，或者也是为某一天在档案馆中看到他的梦境笔记的学者们。为他们好，他承认他总会重复做一些不好的梦，一些预感到大灾难就会降临的"预知性"噩梦，但总的来说，他会将那些噩梦做淡化处理。他是一个高度清醒、充满理性的人，从他的叙述中，我们可以了解到，即使在充满奇幻的梦境之地，他也能凭借意志保持头脑的冷静。

这些梦的叙述是十分有趣的，充满了神秘感和动感，并伴有一丝不协调的韵味。有时纳博科夫在熟睡之中做梦，隐隐约约之中觉得应该把他们记录下来，于是真的会马上醒来赶紧将梦境记录下来。对于那些一直怀念他的读者来说，纳博科夫在 20 世纪的文学经历是那么的丰富多彩且难以忘怀，因为失去了他，他们会发现文学景观为此黯然失色，文学的声音会因此变得异常微弱，这些读者感觉到，他又死而复生，他的声音依然萦绕在他们耳边，他带来的幽默与欢笑依旧还在：

258

1964 年 10 月 16 日，星期五，早上 8 点

我与 Ve（薇拉）一块跳舞。她的裙子飘了起来，上面点缀着造型奇特的夏日的符号。一个男人在经过时亲吻了她。我抓住他的头发把他按在墙上，往他脸上狠揍一顿，他就像砧板上的肉，任人宰割。最后他终于挣脱开来，脸上血

肉模糊，一瘸一拐地逃走了。

1964 年 10 月 17 日，早上 8 点 30 分

在偏远地区一个小小博物馆，我坐在馆长办公室的圆桌边。馆长（面无表情，大众脸，小平头）正在讲解博物馆藏品。他在讲解的时候我心不在焉，下意识地拿起桌上的展品送到嘴里嚼着——突然间我一激灵，才发现我恍惚之间将那些摇摇欲坠肮脏的东西当作了可以吃的糕点，实际上这些东西是珍贵的土壤样品……我现在不是特别想知道这些土壤样品对我身体是否有影响……而是想知道如何复原这些土壤样品，它们原来到底是什么模样——或许它们十分珍贵。馆长被叫去接电话，而我正同他的助理交谈。

一个梦，如果是在一个创造力全盛时期的清醒状态的作家那里，完全可以如邓恩所说的那样，达到将过去、现在、将来融合在一个事物之中的最高境界：

很早就醒了，非常困倦，但依然决定把它写下来。……我躺在沙发上，对着 Ve 口述作品。显然，我一直是按照放在手里的写好的小卡片进行口述，然后变成直接口述。正在创作的是一部全新的扩展版《天赋》。年轻的主人公费奥多尔诉说着他的命运，他已经经历的命运，还有他隐隐约约感觉到的命数，明显感觉到未来的命运一定会有重大转机。我用俄语娓娓道来……字斟句酌，细细考量到底要用哪一个词最为确切，用的这个俄语词会不会将它内在的影子拉得过长

或者太大。与此同时，我自认为没有人能够比我更加懂得桑梓之情的内涵，我曾从心底里暗暗努力来传递这种思乡之情：从前并没有人会永远地离开这些熟悉的街道和田野，一种永不能再归来故土的感情……深深地嵌入到这些曾经熟悉 259 的场景之中。

纳博科夫还有更多关于梦境的报告，那些都属于他最后才为人发现的收藏物，他将它们写出并不是为了发表——而是出于他无法抵抗的天性——想让那些偶尔看到它们，并为之着迷之人能够细细品味，并从中得到无限的愉悦。

致　谢

261　　　像许多从事著书重任的人一样，当我就要开始攀登这座高山之时，心中着实充满忐忑。伟大的作家总是让人神往，但同时也叫人望而生畏，更何况如纳博科夫那样浩瀚无边的大家：整个西方文学尽在他股掌之间，他俨然一条通道，通向全部的西方文学。纳博科夫犹如一条艺术巨蟒，将俄罗斯文学、法国文学，以及莎士比亚以降的英国文学通通吞噬进去，它的肚皮都肿胀得鼓鼓囊囊。他也浸淫于 20 世纪文学之中，从他年轻时代兴起的白银时代诗人，到他本人成为贡献巨大的先驱的后现代主义浪潮，他堪称文学史上最长的文学巨蟒。很小时候起，我就开始阅读他的书籍，可谓甘之如饴。阅读中最为赏心悦目之事与时间息息相关：并非因为他将时间作为主题的处理方式，而在于我阅读他的作品时对时间的那种真真切切的感受。他作品的句式正好与我头脑中无比愉悦的节奏合拍，我陶然其中，如痴如醉。我发现，我完全"有足够的时间"，可以怡然自得地同时在这个段落与那个段落间穿梭来往，完全不必焦虑到底还剩多少页，直到我读完，又开始读另一本。对我来说，纳博科夫身上有一种独特的魅力，一种他时时要求他的读者用心去感受的那种"被魅惑的魔法"。

　　无数的学者与业余爱好者对他的研究可谓汗牛充栋。无数次的学术研讨会，专门的网站，电子论坛，通讯报道，专业协会组织，数不胜数的论文与专著，种种形式不一而足，表达出对纳博科夫的无限青睐之情。我也忝列纳博科夫研究者行列，颇有幸莫大焉之慨，同时心下又委实不安，意识到这个阵营大有被玷污之虞。然而，站在纳博科夫研究者这个立场，我对那些赞美与钦羡的口气感到有小小的不舒服。比如说，"天才"这个词的滥用就让我有些不安。把他说成是长篇小说、短篇小说创作天才，诗歌天才，鳞翅目昆虫研究天才，还是教授三四百学生课程的天才，"孤王"类型的象棋棋局天才，戏剧天才，杂文天才，不一而足。行了吧，我情愿认可他是一个颇有才气之人——一个天赋异禀、才华横溢之人①。

　　然而，一个观念在我的脑子里盘旋，这是我首次从历史学家 262 朱迪斯·沃尔克维奇（Judith Walkowitz）那里听来的，那是关于犹太男孩成人礼的观念。到了参加成人礼仪式年龄的男孩对一切都已经得到启蒙了，他坚持要你钦佩他，如果你不相信他非常棒，或者不信他能做到最好，你就需要问问他的母亲了。因而，问题不在于纳博科夫是否在那几个领域都堪称顶尖高手，而在于这样一个事实，就在他诞生 115 年之后，还有那么多的著名学者络绎不绝地为他说好话，为确立他通才型天才的历史地位鼓与

----

　　① 当然也存在一批对纳博科夫吹毛求疵之人，还有虽然承认他是伟大作家，却总不忘踩他两脚的批评家。或许安德鲁·菲尔德最好地诠释了这一点。他在二十世纪七八十年代所做的纳博科夫研究试图证明，他这位批评家与他的研究对象一样充满智慧。本书作者希望不要成为另一个菲尔德，也不希望我的研究被看作是对纳博科夫——一个绝对的跨民族主义者——进行的本土性的民族主义攻击，为排外的美国主张权利，强行将他塞入美国文学档案目录之中，给他来个盖棺论定。对他而言根本就没有什么盖棺论定。（原注）

呼，这是为什么呢？为什么纳博科夫自己为了获得这样的美名玩了那么多策略？或许你会认为，他已经参加了成年礼仪式真正长大成人了。

崇拜往往会导致占有欲的产生，我注意到，我即将开始撰写这本书之时，心中最为害怕的一件事情是，已经有那么多相互之间知根知底的学者，其中许多学者熟读纳博科夫的作品（尤其是他的俄语原著），相比之下我相形见绌，他们会不会对于我这个侵入他们领地的不速之客心生怨怼。让我大喜过望的是，无论我联系哪一个纳博科夫研究权威，他们都无一例外对我和善有加。我感觉到，我必须把有关纳博科夫的研究资料都通读一遍。我在一张安乐椅上枯坐苦读，一坐就是两年，如饥似渴地将传记文学与文艺批评著作兼收并蓄，我发现，其中绝大部分都是那么的睿智，内容那么充实、那么富有启迪，真让我有醍醐灌顶之感。我乐在其中，享受文学评论本该具有的愉悦之感。读到精华部分，岁月仿佛又把我拉回到了沉静如水的大学时光，我将诸如兰色姆、瑞恰兹、李维斯、特里林、艾伦·泰特、沃伦、威尔逊等批评大家们的著作一网打尽的日子，读到他们字斟句酌的冥思穷鞠，令我想象着他们这些儒雅学者，在排放着满满当当书籍的房间中叼着烟斗，竖窗之外雪花飘飞，室内炉火暖意融融。曾经，我到过一个很小的学院，哲学家门罗·比尔兹利——此君乃著名的新批评宣言《意图谬误》的作者之一——正在那里开课，虽然我之前从未有幸进入过比尔兹利的课堂，但他的治学方法在整个校园的年轻教授们身上留下了不可磨灭的印记。他们教导我，一定要避免陷入传记研究方法，要在文本本身当中寻求"结构"与"意象范式"，至于作者们的创作意图就不必过于操心，他们给我指定要阅读的批评文论也是那些他们认为适合的读物。

　　我不时地向之请教并做出积极回应的学者们有：新西兰奥克兰大学的布莱恩·博伊德教授，加州大学伯克利分校的艾瑞克·奈曼教授，堪萨斯大学的荣休教授斯蒂芬·J. 帕克教授。我还希望向乔治梅森大学的约翰·伯特·福斯特教授表达谢意，他的那本《纳博科夫的记忆艺术与欧洲现代主义》专著是我迄今发现论述纳博科夫文化传承方面唯一一部充满启发性的专论。我曾与他愉快地共进午餐，其间我向他讨教了许多困扰我许久的问题，虽然对于他来说，这些问题属于老生常谈。福斯特教授阅读过拙著的原稿，给我指出了不少让我脸红的错误。华盛顿大学的格里亚·戴门特教授（Galya Diment），其有关纳博科夫的论述充满冷峻的幽默与强烈的感情色彩，她仔细通读了本书原稿，让我获益匪浅，并给了我诸多鼓励。圣弗朗西斯科的作家兼流行病学家安德鲁·莫斯，纽约州立大学的罗伯·库托也为我提供了不少阅读资料。

　　赫布·戈尔德曾经与德米特里一起打过乒乓球，后来还接替了纳博科夫在康奈尔大学所任课程，他向我讲述了不少有关他们父子俩的趣闻逸事——非常可乐的故事，让我开心不已。理查德·巴克斯鲍姆，曾经在某个夏天被雇去为纳博科夫一家开车到犹他州，好几个星期，他们一家子都在路上飞奔的车里促狭空间坐着，其情形仿佛如在目前，给我的感觉可用一个词来形容：令人神往。

　　纽约公共图书馆的伯格收藏室收藏有世界上最为丰富的有关纳博科夫的档案资料，那里的工作人员对我从来都是欢迎之至，他们耐心细致的专业精神让每一个访客都觉得是那么的温馨愉

263

悦，纵然有时候主阅览室稍嫌冷了一点。馆长艾萨克·葛维兹，馆员贝基·芬纳、安妮·加纳、林德赛·巴恩斯有求必应，让我漫无边际的找寻总能找到焦点。在美国自然历史博物馆，无脊椎动物部馆长戴维·格雷摩迪帮助我读懂鳞翅目文献，20世纪40年代，纳博科夫可能曾经阅读过这些文献（主要是蝴蝶分类学而非理论：纳博科夫对于20世纪占统治地位的进化论当中那些群体遗传学突破性概念根本不感兴趣，也可以说他对此不甚了解）。依然是来自美国自然历史博物馆的工作人员苏珊娜·拉布·格林，跟我眉飞色舞地讲述她如何与格雷摩迪博士一起发现纳博科夫1941年收集并捐赠给博物馆的蝴蝶标本的过程，那些蝴蝶标本静静地躺在一个小房间之中长达七十年之久了。鳞翅目昆虫研究助理安德鲁·约翰斯顿帮助我将纳博科夫捐给博物馆的其他礼物也找了出来。

在哈佛比较动物学博物馆，罗德·伊斯特伍德已经接待了大量像我这样充满好奇的纳博科夫粉丝，可他不惜花大量时间，带我这个来得最晚的访客去看纳博科夫曾经工作的地方，他那些昆虫长什么样，他坐过的板凳是放在哪个窗台下、在什么位置等等。还是在哈佛，哈佛大学生登山协会主席皮特·麦卡锡回答了我提出的许多有关登山协会传统的问题，并带我来到克雷威利大厅的会议室，那里摆满了老旧的登山设备以及泛黄破旧的登山书籍，还有一个充满登山兄弟情谊气氛的地下室。

在我将纳博科夫于1940年5月从法国逃离的故事串联起来期间，我在纽约的专门进行犹太人研究的意第绪科学研究所（YIVO Institute）待了一些日子。研究所首席档案员伏鲁玛·莫雷尔，档案员冈纳尔·伯格、莱奥·戈林鲍姆、罗伯特·艾利亚特等都给了我诸多指导。希伯来移民互助社家族历史与定位服务中心主任瓦雷里·巴扎洛夫给我讲述了二战初期移民援助协会的一些行动以及他们为纳博科夫一家出逃所起的作用。哥伦比亚大学巴克梅特夫档案馆的坦妮娅·切波塔列芙帮我找出纳博科夫的俄文书信。西蒙·贝洛考斯基非常出色地将俄文所有文件翻译过来，我只负责确定英文中的一些措辞。奥尔加·安德烈耶夫·卡莱尔曾经亲自参与了一些20世纪具有里程碑意义的政治性戏剧工作，我们一起讨论了纳博科夫对于苏联的恩恩怨怨问题，他回忆往事之时，头脑异常清晰。纽约格伦·霍洛维茨书屋的萨拉·方科·巴特勒协助我寻找到了纳博科夫亲自收藏的威尔逊《管窥俄罗斯》一书，针对威尔逊有关纳氏写作生涯的评论，纳博科夫在书中页边空白处写下了对威尔逊质疑的困惑。艾维瑞·罗马是我见过的言辞最为犀利的编辑，耐心地听我讲述，对我的作品与研究提出了许多深思熟虑的意见。法国卢昂的文学研究者迈克尔·多易斯帮我查找到纳博科夫一家登上法国的"张伯伦号"轮船的票价。书中有关德米特里的故事，我非常幸运地找到了他成年时期在美国最为亲密的朋友，来自纽约的芭芭拉·维克多、珊迪·莱文、布莱特·施莱辛格，对他们一一进行了访谈。德米特里的堂兄弟伊万与皮特·纳博科夫是尼古拉斯·纳博科夫的大儿子与二儿子，为我提供了纳博科夫一家来到美国后遭遇到的生活中的各种曲折。他们对于纳博科夫一家生活与文学生涯的描述非常生动地诠释了什么是"说吧，记忆"。

哈佛的霍顿图书馆，耶鲁的贝内克图书馆，还有国会图书馆，在这些地方还有许许多多类似的学术机构，图书馆的工作人员都是那么的和善体贴，工作效率奇高，我来去自由，这是一个

开放的社会，为我们将各种各样笔头文化资料都妥善保存，作为
其中的一员，我深深感觉到这真是天大的福分！

265

　　我机敏的妻子，历史学家玛丽·莱恩，总是紧握我手，听我
抱怨，与我争辩，相信我最终能够找到写出《纳博科夫在美国》
一书的方法，我纳闷，她对我的信心不知从何而来，我从心底感
激她，我要拥她入怀。我令人敬畏、永远是那么阳光的经理人迈
克尔·卡莱尔，永远是我身边与我同呼吸共命运的可靠之人。我
的责任编辑布卢姆斯伯里出版公司的安东·穆勒以及他的同事雷
切尔·曼海默尔总是冷静地为我提出许多颇具真知灼见的意见与
建议。我还要感谢我的一干密友们，能够在百忙之中抽空与我讨
论策划这类艰巨的工程，方方面面，事无巨细，让我感觉到有信
心可以做出来。罗伯特·斯贝图斯以及保罗·格鲁伯，手不释
卷、博学多才、举重若轻，二位仁兄加上对现代德国研究颇深的
皮特·耶拉维奇，对我的帮助之大不言而喻。对笔者而言，那些
在我面前不遮不掩、畅所欲言、心直口快之人，才是天地之间笔
者至真至爱的朋友！

参考文献

Abrams, M. H. , ed. *The Norton Anthology of English Literature*, vol. 2, 4th ed. New York: W. W. Norton and Co. , 1979.

Adkins, Lynn. "Jesse L. Nusbaum and the Painted Desert in San Diego." *Journal of SanDiego History* 29, no. 2 (Spring 1983).

Agee, James. "The Great American Roadside." *Fortune* 10 (September 1934): 53—63, 172, 174, 177.

Ahuja, Nitin. "Nabokov´s Case Against Natural Selection." *Tract*, 2012. http://www. hcs. harvard. edu/tract/nabokov. html.

Alden, Peter D. "H. M. C. Climbing Camp, 1953." *Harvard Mountaineering*, no. 12 (May 1955).

Alexander, Victoria N. "Nabokov, Teleology, and Insect Mimicry." *Nabokov Studies* 7 (2002 –2003): 177 –213.

Alexandrov, Vladimir E. "Nabokov and Bely." In Alexandrov, *Garland Companion*. ——. *Nabokov's Otherworld*. Princeton, N. J. : Princeton University Press, 1991.

Alexandrov, Vladimir E. , ed. *The Garland Companion to Vladimir Nabokov*. New York: Garland, 1995.

Altschuler, Glenn, and Isaac Kramnick. " 'Red Cornell': Cornell in the Cold War," part1. *Cornell Alumni Magazine*, July 2010.

Amis, Martin. "Divine Levity: The Reputation of Vladimir Nabokov Is High and Growing Higher and There Is Much More Work Still to Come." *Times Literary Supplement*, December 23 and 30, 2011, 3 –5.

——. "*The Sublime and the Ridiculous: Nabokov´s Black Farces*," in Quennell, *Vladimir Nabokov, His Life*.

——. *Visiting Mrs. Nabokov and Other Excursions*. New York: Vintage International, 1995.

Appel, Alfred, Jr. "The Road to Lolita, or the Americanization of an émigré."

Journal of Modern Literature 4 (1974): 3 –31.

——. *Nabokov's Dark Cinema*. New York: Oxford University Press, 1974.

Appel, Alfred, Jr. , ed. *The Annotated Lolita*. New York: McGraw – Hill, 1970.

Appel, Alfred, Jr. , and Charles Newman, eds. *Nabokov: Criticism, Reminiscences, Translations, and Tributes*. London: Weidenfeld and Nicolson, 1971.

Bahr, Ehrhard. *Weimar on the Pacific: German Exile Culture in Los Angeles and the Crisis of Modernism*. Berkeley: University of California Press, 2007.

Baker, Nicholson. *U and I: A True Story*. New York: Vintage, 1992.

Banta, Martha. "Benjamin, Edgar, Humbert, and Jay." *Yale Review* 60 (Summer 1971): 532 –49.

Barabtarlo, Gennady. "Nabokov in the Wilson Archive." *Cycnos* 10, no. 1(1993): 27 –32.

Barth, Werner, M. D. , and Kinim Segal, M. D. "Reactive Arthritis (Reiter's Syndrome)." *American Family Physician* 60, no. 2 (August 1, 1999): 499 –503.

Belasco, Warren James. *Americans on the Road: From Autocamp to Motel*, 1910 – 1945. Cambridge, Mass. : MIT Press, 1979.

Benfey, Christopher. "Malcolm Cowley Was One of the Best Literary Tastemakers of the Twentieth Century. Why Were His Politics So Awful?" *The New Republic*, March 3, 2014.

Bentley, Eric. *The Brecht Memoir*. New York: PAJ Publications, 1985.

Berger, John. *The Success and Failure of Picasso*. New York: Pantheon, 1989.

Berkman, Sylvia. "Smothered Voices." *New York Times*, September 21, 1958.

Bishop, Morris. "Nabokov at Cornell." In Appel and Newman, *Nabokov: Criticism*.

Bloom, Harold, ed. *Herman Melville's "Moby – Dick."* New York: Chelsea House, 1986.

——. *Vladimir Nabokov*. New York: Chelsea House, 1987.

Booth, Wayne C. *The Rhetoric of Fiction*. Chicago: University of Chicago Press, 1983.

Borges, Jorge Luis. *Labyrinths*. New York: New Directions, 1964.

Boyd, Brian. "MSS." In Alexandrov, *Garland Companion*.

——. "Nabokov Lives On." *The American Scholar*, Spring 2010.

——. "The Psychologist." *The American Scholar*, Autumn 2011.

——. *Stalking Nabokov: Selected Essays*. New York: Columbia University Press, 2011.

——. *Vladimir Nabokov: The American Years*. Princeton, N. J. : Princeton University Press, 1991.

——. *Vladimir Nabokov: The Russian Years*. Princeton, N. J. : Princeton University Press, 1990.

Boyd, Brian, and Robert Michael Pyle, eds. *Nabokov's Butterflies: Unpublished andUncollected Writings*. Boston: Beacon Press, 2000.

Boyd, Brian, Jeff Edmunds, Maria Malikova, and Leona Toker. "Nabokov Studies: Strategic Development of the Field and Scholarly Cooperation. " In Leving, *Goalkeeper*.

Brodhead, Richard. "Trying All Things: An Introduction to *Moby – Dick*. " In *New Essays on Moby – Dick*, edited by Richard Brodhead. New York: Cambridge University Press, 1986.

Bruss, Elizabeth. "Illusions of Reality and the Reality of Illusions. " In Peterson, *Vladimir Nabokov*.

Buehrens, John. "Famous Consultant and Forgotten Minister. " UUWorld. http:// www. uuworld. org/2004/01/lookingback. html.

Carlisle, Olga Andreyev. *Under a New Sky: A Reunion with Russia*. New York: Ticknor & Fields, 1993.

Castiglia, Christopher. *Bound and Determined: Captivity, Culture – Crossing, and White Womanhood from Mary Rowlandson to Patty Hearst*. Chicago: University of Chicago Press, 1996.

Chiasson, Dan. "Go Poets. " *New York Review of Books*, April 3, 2014.

Clinger, Mic, James H. Pickering, and Carey Stevanus. *Estes Park and Rocky Mountain National Park Then and Now*. Englewood, Colo. : Westcliffe, 2006.

Clippinger, David. "*Lolita* and 1950s American Culture. " In Kuzmanovich and Diment, *Approaches to Teaching*.

Cohen, Michael P. *The Pathless Way: John Muir and American Wilderness*. Madison: University of Wisconsin Press, 1984.

Connolly, Julian W. *A Reader's Guide to Nabokov's "Lolita."* Boston: Academic Studies Press, 2009.

Connolly, Julian W. , ed. *Nabokov and His Fiction: New Perspectives*. Cambridge, UK: University of Cambridge Press, 1999.

——. *The Cambridge Companion to Vladimir Nabokov*. New York: Cambridge University Press, 2005.

Corliss, Richard. *Lolita*. London: British Film Institute, 1994.

Corrsin, Stephen D. "Nabokov in America. " *Columbia Literary Columns* 33, no. 2, (February 1984): 22—31.

Couteau, Rob. "Abandoning Hope to Discover Life: Commemorating the 51st Anniversary of the Grove Press Edition of Henry Miller's *Tropic of Cancer*, with a Special Tribute to Barney Rosset. " *Rain Taxi Review*, August 2012. http://www. raintaxi. com/

abandoning – hope – to – discover – life.

———. Review of *Kerouac Ascending: Memorabilia of the Decade of "On the Road,"* by Elbert Lenrow. Evergreen Review, Summer 2013.

Dabney, Lewis M. *Edmund Wilson: A Life in Literature.* Baltimore: Johns Hopkins University Press, 2007.

Davidson, James A. "Hitchcock/Nabokov: Some Thoughts on Alfred Hitchcock andVladimir Nabokov." Images Journal. http://www. imagesjournal. com/issueоз/ features/hitchnab1. htm and http://www. imagesjournal. com/issue03/features/hitchnab4. htm.

Davie, Donald. *The Poems of Dr. Zhivago.* New York: Barnes & Noble, 1965.

De Grazia, Edward. *Girls Lean Back Everywhere: The Law of Obscenity and the Assault on Genius.* New York: Random House, 1992.

Delbanco, Andrew. "American Literature: A Vanishing Subject?" *Daedalus* 135, no. 2 (Spring 2006): 22—37.

Davis, Dick. "Obituary: Janet Lewis." *The Independent*, December 15, 1998.

Diment, Galya. *"A Tale of Two Lolitas: Mrs. Parker and the Butterfly Effect."* New York, December 2, 2013.

———. "Two 1955 Lolitas: Vladimir Nabokov's and Dorothy Parker's." *Modernism/ Modernity* 21, no. 2 (April 2014): 487 – 505.

———. *A Russian Jew of Bloomsbury:* The Life and Times of Samuel Koteliansky. Montreal: McGill – Queen's University Press, 2011.

———. *Pniniad: Vladimir Nabokov and Marc Szeftel.* Seattle: University of Washington Press, 1997.

Dirig, Robert. "Karner Blue, Sing Your Purple Song." *American Butterflies*, Spring 1997.

———. "Theme in Blue: Vladimir Nabokov's Endangered Butterfly." In Shapiro, *Nabokov at Cornell.*

Dolinin, Alexander. "What Happened to Sally Horner? A Real – Life Source of Nabokov's *Lolita.*" *Times Literary Supplement*, September 9, 2005, 11 – 12.

Douglas, Ann. "Day into Noir." *Vanity Fair*, March 2007.

———. Introduction to *The Dharma Bums.* New York: Viking, 2008.

Dragunoiu, Dana. *Vladimir Nabokov and the Poetics of Liberalism.* Evanston, Ill. : Northwestern University Press, 2011.

Dunn, Susan. *1940: FDR, Wilkie, Lindbergh, Hitler – the Election amid the Storm.* New Haven, Conn. : Yale University Press, 2013.

Dupee, F. W. " 'Lolita' in America." *Encounter* XII, no. 2 (February 1959).

———. "Introduction to Selections from *Lolita.*" *Anchor Review* 2 (1957): 1—3, 5—

13.

Emerson, Ralph Waldo. *The Spiritual Emerson*. Edited by David M. Robinson. Boston: Beacon Press, 2003.

Epstein, Joseph, "Never Wise - But Oh, How Smart," *New York Times*, August 31, 1986, section 7, p. 3.

Espey, John. "Classics on Cassette: " Speak, Memory. *Los Angeles Times Book Review*, October 20, 1991, 8.

Faulkner, William. *Big Woods: The Hunting Stories*. New York: Vintage International, 1994.

Federal Writers´ Project. *The WPA Guide to New York City: The Federal Writers´ Project Guide to 1930s New York*. Introduction by William H. Whyte. New York: The New Press, 1992. First published 1939 by Random House.

Fermi, Laura. *Illustrious Immigrants: The Intellectual Migration from Europe*, 1930— 41.

Chicago: University of Chicago Press, 1968.

Field, Andrew. *Nabokov: His Life in Part*. New York: Viking Press, 1977.

———. *VN: The Life and Art of Vladimir Nabokov*. New York: Crown, 1986.

Flanner, Janet. "Goethe in Hollywood, Parts I and II." *New Yorker*, December 13 and 20, 1941.

Fleming, Donald, and Bernard Bailyn, eds. *The Intellectual Migration: Europe and America*, 1930 – 1960. Cambridge, Mass. : Belknap Press, 1969.

Fluck, Winfried. "Power Relations in the Novels of James: The ' Liberal' and the ' Radical' Version." In *Enacting History in Henry James: Narrative, Power, and Ethics*, edited by Gert Buelens. New York: Cambridge University Press, 1997.

Foster, John Burt, Jr. "*Bend Sinister.*" In Alexandrov, Garland Companion.

———. "Nabokov and Modernism." In Connolly, *Cambridge Companion*.

———. *Nabokov's Art of Memory and European Modernism*. Princeton, N. J. : Princeton University Press, 1993.

Freeman, Elizabeth. "Honeymoon with a Stranger: Pedophiliac Picaresques from Poeto Nabokov." *American Literature* 70, no. 4 (December 1998).

Frosch, Thomas R. "Parody and Authenticity in Lolita." In Peterson, *Vladimir Nabokov*.

Gerke, Sarah Bohl. "Bright Angel Cabins." Arizona State University/Grand Canyon Association. http://grandcanyonhistory. clas. asu. edu/sites_southrim_brightangelcabins. html.

Gerschenkron, Alex. "A Manufactured Monument?" *Modern Philology* 63, no. 4 (May 1966): 336 – 347.

Gezari, Janet. "Chess and Chess Problems." In Alexandrov, *Garland Companion*.

Gibian, George, and Stephen Jan Parker, eds. *The Achievements of Vladimir Nabokov*. Ithaca, N. Y.: Cornell Center for International Studies, 1984.

Gilmore, Michael T. *Twentieth Century Interpretations of "Moby - Dick."* Englewood Cliffs, N. J.: Prentice - Hall, 1977.

Gogol, Nikolai. *Dead Souls*. New York: Modern Library, 1926.

Goldberg, J. J. "Kishinev 1903: The Birth of a Century." *The Jewish Daily Forward*, April 4, 2003.

Goldman, Shalom. "Nabokov´s Minyan: A Study in Philo - Semitism." *Modern Judaism* 25, no. 1 (2005): 1—22.

Goldstein, Richard. *Helluva Town: The Story of New York City During World War II*. New York: Free Press, 2010.

Green, Hannah. "Mister Nabokov." *The New Yorker*, February 4, 1977.

Grimaldi, David, and Michael S. Engel. *Evolution of the Insects*. New York: Cambridge University Press, 2005.

Grossman, Lev. "The Gay Nabokov." *Salon*, May 17, 2000.

Guerney, Bernard Guilbert. "Great Grotesque." *New Republic*, September 25, 1944.

Haegert, John. "Artist in Exile: The Americanization of Humbert Humbert." ELH 52, no. 3 (Fall 1985): 777 - 94.

Hagerty, Donald J. *The Life of Maynard Dixon*. Layton, Utah: Gibbs Smith, 2010.

Hall, Donald. "Ezra Pound Said Be a Publisher." *New York Times Book Review*, August 1981, 13, 22 - 23.

Hamsun, Knut. *Pan*. New York: Penguin, 1998.

Hardwick, Elizabeth. "Master Class." *New York Times Book Review*, October 19, 1980, 1, 28.

Harris, Frank. *My Life*. New York: Frank Harris, 1925.

Haven, Cynthia. "The Lolita Question." *Stanford Magazine*, May/June 2006.

Heaney, Thomas M. "The Call of the Open Road: Automobile Travel and Vacations in American Popular Culture, 1935—1960." Doctoral dissertation, University of California, Irvine, 2000.

Heilbut, Anthony. *Exiled in Paradise: German Refugee Artists and Intellectuals in America, from the 1930s to the Present*. New York: Viking Press, 1983.

Hellman, Geoffrey T. "Black Tie and Cyanide Jar." *New Yorker*, August 21, 1948, 32—47.

Ireland, Corydon. "Harvard Goes to War." *Harvard Gazette*, November 10, 2011.

Isaac, Joel, and Duncan Bell, eds. *Uncertain Empire: American History and the Idea of the Cold War*. New York: Oxford University Press, 2012.

Jahoda, Marie. "The Migration of Psychoanalysis." In Fleming and Bailyn, *Intellectual Migration*.

Jakle, John A., Keith A. Sculle, and Jefferson S. Rogers. *The Motel in America*. Baltimore: Johns Hopkins University Press, 1996.

James, Clive. "The Poetry of Edmund Wilson." *The New Review* 4, no. 44 (November 1977), 37 –44.

Johnson, D. Barton. "Nabokov's Golliwoggs: Lodi Reads English, 1899 – 1909." *Zembla*. www. libraries. psu. edu/nabokov/dbjgo1. htm.

——. "Nabokov's House in Ashland." To Vladimir Nabokov Forum, Listserv. UCSB. edu, n. d. https://listserv. ucsb. edu/lsv – cgi – bin/wa? A2 = ind9910&L – ABOKV – L&P = R348&1.

——. "Strange Bedfellows: Ayn Rand and Vladimir Nabokov." *Journal of Ayn Rand Studies* 2, no. 1 (Fall 2000): 47—67.

——. "Vladimir Nabokov and Captain Mayne Reid." *Cycnos* 10, no. 1 (1992).

Johnson, D. Barton, and Sheila Golburgh Johnson. "Nabokov in Ashland, Oregon." Penn State University Libraries, n. d. http://www. libraries. psu. edu/nabokov/dbjas1. htm.

Johnson, Kurt, and Steve Coates. *Nabokov's Blues: The Scientific Odyssey of a Literary Genius*. Cambridge, Mass. : Zoland Books, 1999.

Jordy, William H. "The Aftermath of the Bauhaus in America: Gropius, Mies, and Breuer. " In Fleming and Bailyn, *Intellectual Migration*.

Judge, Edward H. *Easter in Kishinev: Anatomy of a Pogrom*. New York: New York University Press, 1992.

Kakutani, Michiko. "The Lasting Power of Dr. King's Speech." *New York Times*, August 28, 2013, A1, A18.

Karl, Frederick R. *Franz Kafka, Representative Man*. New York: Ticknor & Fields, 1991.

Karlinsky, Simon. "Nabokov's Russian Games. " In Roth, *Critical Essays*.

Karlinsky, Simon, ed. *Dear Bunny, Dear Volodya: The Nabokov – Wilson Letters*, 1940—1971, *annotated and with introductory essay by Karlinsky*. Berkeley: University of California Press, 2001.

Kelly, Aileen. "Getting Isaiah Berlin Wrong. " *New York Review of Books*, June 20, 2013.

Kernan, Alvin. "Reading Zemblan: The Audience Disappears in Pale Fire. " In Peterson, *Vladimir Nabokov*.

Kerouac, Jack. *On the Road*. New York: Penguin, 1976. First published 1957 by Viking Press.

——. *The Dharma Bums*. New York: Viking, 2008. First published 1958 by Viking Press.

Khrushcheva, Nina L. *Imagining Nabokov: Russia Between Art and Politics*. New Haven, Conn.: Yale Universisty Press, 2007.

Kopper, John M. "Correspondence." In Alexandrov, *Garland Companion*.

Kuzmanovich, Zoran. "Strong Points and Nerve Points: Nabokov's Life and Art." In Connolly, *Cambridge Companion*.

Kuzmanovich, Zoran, and Galya Diment, eds. *Approaches to Teaching Nabokov's "Lolita."* New York: Modern Language Association of America, 2008.

Larmour, David H. J., ed. *Discourse and Ideology in Nabokov's Prose*. New York: Routledge, 2002.

Laskin, David. "When Weimar Luminaries Went West Coast." *New York Times*, October 3, 2008.

Lawrence, D. H. *À Propos of "Lady Chatterley's Lover" and Other Essays*. London: Penguin, 1961.

——. *Studies in Classic American Literature*. Edited by Ezra Greenspan, Lindeth Vasey, and John Worthen. New York: Cambridge University Press, 2003. First published 1923 by Thomas Seltzer.

Leamer, Laurence. *Ascent: The Spiritual and Physical Quest of Willi Unsoeld*. New York: Simon & Schuster, 1982.

Levin, Harry. "Two Romanisten in America: Spitzer and Auerbach." In Fleming and Bailyn, *Intellectual Migration*.

Leving, Yuri. " 'The Book Is Dazzlingly Brilliant . . . But' – Two Early Internal Reviews of Nabokov's *The Gift*." In Leving, *Goalkeeper*.

——. "Selling Nabokov: An Interview with Nikki Smith." *Nabokov Online Journal* 7 (2013). http://www.nabokovonline.com.

Leving, Yuri, ed. *The Goalkeeper: The Nabokov Almanac*. Boston: Academic Studies Press, 2010.

Lilly, Mark. "Nabokov: *Homo Ludens*." In Quennell, *Vladimir Nabokov, His Life*.

Lock, Charles. "Transparent Things and Opaque Words." In *Nabokov's World*, Vol. 1: *The Shape of Nabokov's World*, edited by Jane Grayson, Arnold McMillin, and Priscilla Meyer. London: Palgrave, 2002.

Lodge, David. "Exiles in a Small World." *The Guardian*, May 7, 2004.

Maar, Michael. *Speak, Nabokov*. Translated by Ross Benjamin. New York: Verso, 2009.

Mahaffey, Vicki, and Cassandra Laity. "Modernist Theory and Criticism." *The Johns Hopkins Guide to Literary Theory & Criticism*, 2nd ed., edited by Michael Groden and

Martin Kreiswirth. Baltimore: Johns Hopkins University Press, 2005.

Manolescu – Oancea, Monica. "Inventing and Naming America: Place and Place Names in Vladimir Nabokov's *Lolita.*" *European Journal of American Studies* I (2009).

McCarthy, Mary. "F. W. Dupee, 1904—1979." *New York Review of Books*, March 8, 1979.

———. "On F. W. Dupee (1904—1979)." *New York Review of Books*, October 27, 1983.

McCrum, Robert. "The Final Twist in Nabokov´s Untold Story." *The Observer*, October 24, 2009.

McGill, Meredith L. *American Literature and the Culture of Reprinting*, 1834—1853. Philadelphia: University of Pennsylvania Press, 2003.

McKinney, Jerome B., and Lawrence Cabot Howard. *Public Administration: Balancing Power and Accountability*. Westport, Conn. ; Praeger, 1998.

Melville, Herman. *Moby – Dick, or The Whale*. Evanston, Ill. ; Northwestern University Press, 2001. First published 1851 by Harper & Brothers.

Meyer, Priscilla. "Nabokov's Critics: A Review Article." *Modern Philology* 91, no. 3 (1994): 326 – 38.

Meyers, Jeffrey. *Edmund Wilson: A Biography*. Boston: Houghton Mifflin, 1995.

Milosz, Czeslaw. *Emperor of the Earth: Modes of Eccentric Vision*. Berkeley: University of California Press, 1977.

Minchenok, Dmitry. "Dmitry Nabokov. Life Like Fiction," interview.

Voice of Russia, February 28, 2012. Recorded in 2005. http://sputniknews. com/voiceofrussia/2012_02_28/67099376.

Mizruchi, Susan. "Lolita in History." *American Literature* 75, no. 3 (September 2003).

Moynahan, Julian. "Lolita and Related Memories." In Appel and Newman, *Nabokov: Criticism.*

———. *Vladimir Nabokov*. Minneapolis: University of Minnesota Press, 1971.

Myers, Steven Lee. "Time to Come Home, Zhivago," *New York Times*, February 12, 2006.

Nabokov, Dmitri. "A Few Things That Must Be Said on Behalf of Vladimir Nabokov."

In Rivers and Nicol, *Nabokov's Fifth Arc.*

———. "Close Calls and Fulfilled Dreams: Selected Entries from a Private Journal." In *Our Private Lives*, edited by Daniel Halpern. Hopewell, N. J. ; Ecco Press, 1998.

———. "On a Book Entitled The Enchanter." In V. Nabokov, *The Enchanter*, 97—127.

——. "On Returning to Ithaca." In Shapiro, *Nabokov at Cornell*, 277—284.

——. "On Revisiting Father's Room," *Encounter*, October 1979, 77—82.

——. *Russische Lieder*. Program notes and English verse translationsby Vladimir Nabokov. MPS Records, Stereo 20 21988—7, 1974, 331/3 rpm.

Nabokov, Dmitri, and Matthew J. Bruccoli, eds. *Vladimir Nabokov: Selected Letters*, 1940—1977. New York: Harcourt Brace Jovanovich, 1989.

Nabokov, Nicolas. *Bagazh: Memoirs of a Russian Cosmopolitan*. New York: Atheneum, 1975.

Nabokov, Peter. *A Forest of Time: American Indian Ways of History*. New York: Cambridge University Press, 2002.

Nabokov, Peter, and Lawrence L. Loendorf. *Restoring a Presence: American Indians and Yellowstone National Park*. Norman: University of Oklahoma Press, 2004.

Nabokov, V. D. V. D. *Nabokov and the Russian Provisional Government*, 1917. Edited by Virgil D. Medlin and Steven L. Parsons. Introduction by Robert P. Browder. New Haven, Conn.: Yale University Press, 1976.

Nabokov, Vladimir. "Inspiration." *The Saturday Review*, January 6, 1973, 30—32.

——. Introduction to *Bend Sinister*. New York: Time – Life Books, 1964.

——. "On a Book Entitled 'Lolita.'" In *Lolita*, 329—335.

——. "The Russian Professor." *The New Yorker*, June 13 and 20, 2011, 100—4.

——. *A Russian Beauty and Other Stories*. New York: McGraw – Hill, 1973.

——. *Ada or Ardor*. New York: Vintage International, 1990.

——. *Bend Sinister. Time Reading Program Special Edition*. New York: Time Inc., 1964.

——. *Conclusive Evidence*. New York: Harper & Brothers, 1951.

——. *Glory*. New York: Penguin, 1974.

——. *King, Queen, Knave*. New York: Vintage International, 1989.

——. *Laughter in the Dark*. New York: New Directions, 2006.

——. *Lectures on Russian Literature*. New York: Harcourt Brace Jovanovich, 1981.

——. *Letters to Véra*. Translated and edited by Olga Voronina and Brian Boyd. London: Penguin Classics, 2014.

——. *Lolita*. London: Everyman's Library, 1992.

——. *Nabokov's Dozen: Thirteen Stories*. New York: Penguin, 1971.

——. *Nikolai Gogol*. Corrected edition. New York: New Directions Paperbook, 1961.

——. *Pale Fire*. New York: Vintage International, 1989.

——. *Pnin*. New York: Vintage International, 1985.

——. *Poems and Problems*. New York: McGraw – Hill, 1970.

——. *Speak, Memory: An Autobiography Revisited.* New York: G. P. Putnam's Sons, 1966.

——. *Strong Opinions.* New York: McGraw – Hill, 1973.

——. *The Enchanter.* Translated by Dmitri Nabokov. New York: G. P. Putnam's Sons, 1986.

——. *The Eye.* New York: Phaedra, 1965.

——. *The Gift.* New York: Vintage International, 1991.

——. *The Original of Laura* (*Dying Is Fun*). Edited by Dmitri Nabokov. New York: Alfred A. Knopf, 2008.

——. *The Real Life of Sebastian Knight.* New York: Penguin, 1964.

——. *The Stories of Vladimir Nabokov.* New York: Vintage International, 1997.

Nabokov, Vladimir, selector and translator. *Verses and Versions: Three Centuries of Russian Poetry.* Edited by Brian Boyd and Stanislav Shvabrin. New York: Harcourt, 2008.

Nachbar, Jack, ed. *Focus on the Western.* Englewood Cliffs, N. J. : Prentice – Hall, 1974.

Naiman, Eric. "Vladimir to Véra," *Times Literary Supplement*, October 29, 2014.

Nicol, Charles. "Politics." In Alexandrov, *Garland Companion.*

Norman, Will, and Duncan White, eds. *Transitional Nabokov.* New York: Peter Lang, 2009.

"Obituary: C. Bertrand Thompson (1882—1969)." *Academy of Management Journal* 12, no. 1 (March 1969): 66.

O'Brien, Michael. *John F. Kennedy: A Biography.* New York: Thomas Dunne Books/St. Martin's Press, 2005.

O'Connor, Brian. *Adorno.* New York: Routledge, 2013.

Oates, Joyce Carol. "A Personal View of Nabokov." *The Saturday Review*, January 6, 1973, 36—37.

Packer, George. "Don't Look Down: The New Depression Literature." *New Yorker*, April 29, 2013, 70—75.

Parker, Hershel. *Herman Melville: A Biography*, vol. 1. Baltimore: Johns Hopkins University Press, 1996.

Parker, Stephen Jan. "Library." In Alexandrov, *Garland Companion.*

——. "Nabokov Studies." In Shapiro, *Nabokov at Cornell.*

Parker, Stephen Jan, ed. *The Nabokovian.* Lawrence: University of Kansas Press, 1984 – 2013.

Pasternak, Boris. *Doctor Zhivago.* New York: Pantheon, 1958.

Pavlik, Robert. "In Harmony with the Landscape: Yosemite's Built Environment."

California History 69, no. 2 (Summer 1990): 182 – 195.

Pellerdi, Marta. "Aesthetics and Sin: The Nymph and the Faun in Hawthorne's The *Marble Faun* and Nabokov's Lolita." In Leving, *Goalkeeper*.

Perret, Geoffrey. *Jack: A Life Like No Other*. New York: Random House, 2002.

Peterson, Dale E. "Nabokov's Invitation: Literature as Execution." In Peterson, *Vladimir Nabokov*.

Pickering, James H. *In the Vale of Elkanah: The Tahosa Valley World of Charles Edwin Hewes*. Estes Park, Colo. : Friends Press of the Estes Park Museum, 2007.

Pifer, Ellen. "Consciousness, Real Life, and Fairy – Tale Freedom: *King*, *Queen*, *Knave*."

In Peterson, *Vladimir Nabokov*.

——. *Nabokov and the Novel*. Cambridge, Mass. : Harvard University Press, 1980.

——. "Reinventing Nabokov: Lyne and Kubrick Parse *Lolita*." In Shapiro, *Nabokov at Cornell*.

——. "The *Lolita* Phenomenon from Paris to Tehran." In Connolly, *Cambridge Companion*.

Pitzer, Andrea. *The Secret History of Vladimir Nabokov*. New York: Pegasus, 2013.

Pomeroy, Earl. *In Search of the Golden West: The Tourist in Western America*. Lincoln: University of Nebraska Press, 1990.

Prieto, Jose Manuel. "Reading Mandelstam on Stalin." *New York Review of Books*, June 10, 2010.

Proffer, Carl R. *The Widows of Russia and Other Writings*. Ann Arbor, Mich. : Ardis, 1987.

Proffer, Ellendea. "Nabokov's Russian Readers." In Appel and Newman, *Nabokov: Criticism*.

Proffer, Ellendea, ed. *Vladimir Nabokov: A Pictorial Biography*. Ann Arbor, Mich. : Ardis, 1991.

Pushkin, Aleksandr. *Eugene Onegin: A Novel in Verse*. Translated with commentary by Vladimir Nabokov. 4 vols. Princeton, N. J. : Princeton University Press, 1975. First published in English 1964 by Bollingen Foundation.

——. *Eugene Onegin: A Novel in Verse*. New translationin the *Onegin* stanza with an introduction and notes by Walter Arndt. New York: E. P. Dutton & Co. , 1963.

——. *Eugene Onegin: A Novel in Verse*. Translated with an introduction and notes by Stanley Mitchell. New York: Penguin, 2008.

Pushkin, Alexander. *The Queen of Spades and Other Stories*. Translated with an introduction by Rosemary Edmonds. New York: Penguin, 2004.

Pyle, Robert Michael. "Between Climb and Cloud: Nabokov among the

Lepidopterists. "

In Boyd and Pyle, *Nabokov's Butterflies*, 32—76.

Quennell, Peter. *The Pursuit of Happiness*. New York: Little, Brown, 1988.

Quennell, Peter, ed. *Vladimir Nabokov, His Life, His Work, His World: A Tribute.* London: Weidenfeld and Nicolson, 1979.

Remington, Charles. "Lepidoptera Studies. " In Alexandrov, *Garland Companion.*

Remnick, David, ed. , with Susan Choi. *Wonderful Town: New York Stories from "The New Yorker. "* New York: Random House, 2000.

Rivers, J. E. , and Charles Nicol, eds. *Nabokov's Fifth Arc: Nabokov and Others on His Life's Work.* Austin: University of Texas Press, 1982.

Robbins, Chandler S. , Bertel Bruun, and Herbert S. Zim. *Birds of North America.* New York: Golden Press, 1966.

Roberts, David. "Pioneers of Mountain Exploration: The Harvard Five. " In *Cloud Dancers: Portraits of North American Mountaineers*, edited by Jonathan Waterman. Golden, Colo. : AAC Press, 1993.

———. "The Hearse Traverse. " In *Escape Routes: Further Adventure Writings of David Roberts*, 166—174. Seattle: The Mountaineers, 1997.

Roberts, Neil. " Greenspan, Vasey and Worthen: D. H. *Lawrence: Studies in Classic American Literature. "* E – rea, February 2, 2004. http://erea. revues. org/461.

Ronen, Omry. " The Triple Anniversary of World Literature: Goethe, Pushkin, Nabokov. " In Shapiro, *Nabokov at Cornell.*

Roper, Robert. " At Home in the High Country. " Introduction to Galen Rowell´s *Sierra Nevada*, by Galen Rowell. San Francisco: Sierra Club Books, 2010.

———. *Fatal Mountaineer: The High – Altitude Life and Death of Willi Unsoeld, American Himalayan Legend.* New York: St. Martin´s Press, 2002.

———. *Now the Drum of War: Walt Whitman and His Brothers in the Civil War.* New York: Walker & Co. , 2008.

Rorty, Richard. "The Barber of Kasbeam: Nabokov on Cruelty. " In *Contingency, Irony, and Solidarity.* New York: Cambridge University Press, 1989.

Roth, Phyllis A. " The Psychology of the Double in *Pale Fire. "* In Roth, *Critical Essays.*

Roth, Phyllis A. , ed. *Critical Essays on Vladimir Nabokov.* Boston: G. K. Hall & Co. , 1984.

Rumens, Carol. " ' Mont Blanc' by Percy Bysshe Shelley. " *The Guardian*, March 11, 2013.

Salinger, J. D. *The Catcher in the Rye.* Boston: Little, Brown, 1951.

Salzberg, Joel, ed. *Critical Essays on Salinger's " The Catcher in the Rye. "* Boston:

G. K. Hall & Co. , 1990.

Sanders, Ronald. *Shores of Refuge: A Hundred Years of Jewish Emigration*. New York: Holt, 1988.

Saunders, Frances Stonor. *The Cultural Cold War: The CIA and the World of Arts and Letters*. New York: New Press, 2013.

Sayre, Gordon M. "Abridging between Two Worlds: John Tanner as American Indian Autobiographer." *American Literary History* 11, no. 3 (Autumn 1999): 480—499.

Scammell, Michael. "The Servile Path: Translating Nabokov by Epistle." *Harper's Magazine*, May 2001, 52—60.

Schiff, Stacy. "The Genius and Mrs. Genius." *The New Yorker*, February 10, 1997.

——. *Véra (Mrs. Vladimir Nabokov)*. London: Picador, 1999.

Schlesinger, Brett. "A Journey Down the Tyrrhenian Sea: My Great Italian Sea Voyage of 1975." Privately printed, 2012.

Schulz, Kathryn. "Kathryn Schulz on Amity Gaige's Novel Schroder." *New York*, February 18, 2013.

Schwartz, Delmore. "The Writing of Edmund Wilson." *Accent*, Spring 1942, 177—186.

Shapiro, Gavriel, ed. *Nabokov at Cornell*. Ithaca, N. Y.: Cornell University Press, 2003.

Shklovsky, Victor. "Art as Technique." In *Russian Formalist Criticism: Four Essays*, translated with an introduction by Lee T. Lemon and Marion J. Reis. Lincoln: University of Nebraska Press, 2012.

Shloss, Carol. "*Speak, Memory*: The Aristocracy of Art." In Rivers and Nicol, *Nabokov's Fifth Arc*.

Shrayer, Maxim D. "Jewish Questions in Nabokov's Art and Life." In Connolly, *Nabokov and His Fiction*, 73—91.

——. "Saving Jewish – Russian émigrés." *Revising Nabokov Revising: The Proceedings of the International Nabokov Conference*. Kyoto: Nabokov Society of Japan, 2010, 123—130.

Skidmore, Max J. "Restless Americans: The Significance of Movement in American History (With a Nod to F. J. Turner)." *Journal of American Culture* 34, no. 2 (June 2011): 161–74.

Slawenski, Kenneth. *J. D. Salinger: A Life*. New York: Random House, 2010.

Sniderman, Alisa. "Vladimir Nabokov, 'Houdini of History'?" *Los Angeles Review of Books*, March 17, 2013.

Socher, Abraham P. "Shades of Frost: A Hidden Source for Nabokov's Pale Fire." *Times Literary Supplement*, July 1, 2005.

Stallings, Don B. , and J. R. Turner. "Four New Species of Megathymus." *Entomological News* LXVIII (1957) : 4.

——. "New American Butterflies." *Canadian Entomologist* 7, no. 7—8 (August 1946) : 134—137.

Steed, J. P. , ed. "*The Catcher in the Rye*;" : *New Essays*. New York : Peter Lang, 2002.

Stegner, Page, ed. *Nabokov's Congeries*. New York : Viking, 1968.

Stegner, Wallace. *The American West as Living Space*. Ann Arbor, Mich. : University of Michigan Press, 1987.

Steinle, Pamela Hunt. *In Cold Fear*: "*The Catcher in the Rye*," *Censorship Controversies and Postwar American Character*. Columbus : Ohio State University Press, 2000.

Sternlieb, Lisa. "Vivian Darkbloom : Floral Border or Moral Order?" In Kuzmanovich and Diment, *Approaches to Teaching*.

Stone, Bruce. "Nabokov's Exoneration : The Genesis and Genius of Lolita." *Numero Cinq* IV, no. 5 (May 2013).

Stringer – Hye, Suellen. "An Interview with Dmitri Nabokov." In Leving, *Goalkeeper*.

Sturma, Michael. "Aliens and Indians : A Comparison of Abduction and Captivity Narratives." *Journal of Popular Culture* 36, no. 2 (Fall 2002) : 318—334.

Sweeney, Susan Elizabeth. " 'By Some Sleight of Land' : How Nabokov Rewrote America." In Connolly, *Cambridge Companion*.

——. "Sinistral Details : Nabokov, Wilson, and *Hamlet in Bend Sinister*." *Nabokov Studies* 1 (1994) : 179—194.

"The Lolita Case." *Time*, November 17, 1958.

Theroux, Paul. "Damned Old Graham Greene." *New York Times*, October 17, 2004.

Toibin, Colm. " 'Edmund Wilson' : American Critic." *New York Times*, September 4, 2005.

Toker, Leona. " 'The Dead Are Good Mixers' " : Nabokov's Version of Individualism. In Quennell, *Vladimir Nabokov, His Life*.

——. "Nabokov and the Hawthorne Tradition." *Scripta Hierosolymitana* 32 (1987) : 323—349.

——. "Nabokov's Worldview." In Connolly, *Cambridge Companion*.

Updike, John. "Grandmaster Nabokov." In *Assorted Prose*. New York : Knopf, 1965.

——. *Hugging the Shore*: *Essays and Criticism*. New York : Alfred A. Knopf, 1983.

——. *More Matter*: *Essays and Criticism*. New York : Alfred A. Knopf, 1999.

——. *Picked – up Pieces*. New York: Knopf, 1975.

Vaingurt, Julia. "Unfair Use: Parody, Plagiarism, and Other Suspicious Practices in and Around *Lolita*." *Nabokov Online Journal* 5 (2001). http://www. nabokovonline. com.

Vickers, Graham. *Chasing Lolita: How Popular Culture Corrupted Nabokov's Little Girl All Over Again*. Chicago: Chicago Review Press, 2008.

Watts, Richard, Jr. "Comic – Strip Dictator." *New Republic*, July 7, 1947, 26—27.

Weil, Irwin. "Odyssey of a Translator." In Appel and Newman, *Nabokov: Criticism*.

Weiner, Charles. "A New Site for the Seminar: The Refugees and American Physics in the 1930s." In Fleming and Bailyn, *Intellectual Migration*.

White, Edmund. "Nabokov's Passion." In Peterson, *Vladimir Nabokov*.

——. *City Boy: My Life in New York During the 1960s and '70s*. New York: Bloomsbury, 2009.

Wilford, Hugh. *The Mighty Wurlitzer: How the CIA Played America*. Cambridge, Mass.: Harvard University Press, 2008.

Wilson, Edmund. "Doctor Life and His Guardian Angel." *The New Yorker*, November 15, 1958.

——. "Legend and Symbol in 'Doctor Zhivago.'" *Encounter*, June 9, 1959, 5 – 16.

——. "T. S. Eliot and the Church of England." *New Republic*, April 24, 1929, 283 – 84.

——. *A Window on Russia*. New York: Farrar, Straus & Giroux, 1972.

——. *Axel's Castle: A Study in the Imaginative Literature of 1870—1930*. London: Flamingo, 1979.

——. *Letters on Literature and Politics*, 1912—1972. New York: Farrar, Straus & Giroux, 1977.

——. *Memoirs of Hecate County*. New York: David R. Godine, 1980. First published in 1946 by Doubleday.

——. *Red, Black, Blond, and Olive: Studies in Four Civilizations*. New York: Oxford University Press, 1956.

——. *The American Jitters: A Year of the Slump*. New York: Charles Scribner's Sons, 1932.

——. *The Shores of Light*. New York: Vintage Books, 1961.

Wilson, Rosalind Baker. *Near the Magician: A Memoir of My Father, Edmund Wilson*. New York: Grove Weidenfeld, 1989.

Winawer, Jonathan, et. al. "Russian Blues Reveal Effects of Language on Color

Discriminations." *Proceedings of the National Academy of Sciences* 104, no. 19 (May 2007): 7780—7785.

Wolff, Tatiana, ed. and trans. *Pushkin on Literature*. Introductory essay by John Bayley. London: Athlone Press, 1986.

Wood, Michael. "Lolita in an American Fiction Class." In Kuzmanovich and Diment, *Approaches to Teaching*.

——. *The Magician's Doubts: Nabokov and the Risks of Fiction*. London: Chatto & Windus, 1994.

Wyllie, Barbara. "Nabokov and Cinema." In Connolly, *Cambridge Companion*.

Yochelson, Bonnie. *Berenice Abbott: Changing New York*. New York: The New Press and the Museum of the City of New York, 1997.

Zimmer, Dieter. The website of Dieter E. Zimmer. http://dezimmer. net/index. htm.

Zimmer, Dieter, and Sabine Hartmann. " 'The Amazing Music of Truth': Nabokov's Sources for Godunov's Central Asian Travels in *The Gift*." *Nabokov Studies* 7 (2002/2003): 33—74.

Zverev, Alexei. "Nabokov, Updike, and American Literature." In Alexandrov, *Garland Companion*.

Zweig, Paul. *Walt Whitman: The Making of the Poet*. New York: Basic Books, 1984.

尾　注

　　以下是纳博科夫著作以及引用率较高的其他资料与专有名词的缩略形式。所列著作在前面的参考书目里均可查阅，可供纳博科夫研究者们参考使用。注释序号为原书页码，即正文边码。

Bagazh：*Bagazh Memoirs of a Russian Cosmopolitan*，Nicolas Nabokov

（Bagazh：《一个俄裔世界主义者的回忆录》，尼古拉斯·纳博科夫著）

Bakh：Bakhmeteff Archive, Columbia University

（Bakh：哥伦比亚大学巴克梅特夫档案馆）

Beinecke：Beinecke Rare Book and Manuscript Library, Yale University

（Beinecke：耶鲁大学贝内克善本与手稿图书馆）

Berg：Berg Collection of English and American Literature，New York Public Library

（Berg：纽约公共图书馆英美文学伯格收藏室）

Boyd 1：*Vladimir Nabokov：The Russian Years*，Brian Boyd

（Boyd 1：《纳博科夫：俄罗斯岁月》，布莱恩·博伊德著）

Boyd 2：*Vladimir Nabokov：The American Years*，Brian Boyd

（Boyd 2：《纳博科夫：美国岁月》，布莱恩·博伊德著）

BS：*Bend Sinister*，Nabokov

（BS：《庶出的标志》，纳博科夫著）

CE：*Conclusive Evidence*，Nabokov

（CE：《确证》，纳博科夫著）

"Close Calls": *Close Calls and Fulfilled Dreams: Selected Entries from a Private Journal*, Dmitri Nabokov

("Close Calls":《死里逃生与美梦成真：私人日记摘录》，德米特里·纳博科夫著)

DBDV: *Dear Bunny Dear Volodya: The Nabokov – Wilson Letters*

(DBDV:《纳博科夫与威尔逊通信集》)

D. N.: Dmitri Nabokov

(D. N.: 德米特里·纳博科夫)

DS: *Dead Souls*, Garnett translation

(DS:《死魂灵》，加内特英译本)

EO: *Eugene Onegin*, Nabokov translation

(EO:《叶甫盖尼·奥涅金》，纳博科夫英译本)

GIFT: *The Gift*, Nabokov

(GIFT:《天赋》，纳博科夫著)

Houghton: Houghton Library, Harvard University

(Houghton: 哈佛大学霍顿图书馆)

Letters: *Letters on Literature and Politics*, Edmund Wilson

(Letters:《文学与政治书信集》，埃德蒙·威尔逊著)

LITD: *Laughter in the Dark*, Nabokov

(LITD:《黑暗中的笑声》，纳博科夫著)

LOC: Library of Congress

(LOC: 美国国会图书馆)

NB: *Nabokov's Butterflies*

(NB:《纳博科夫的蝴蝶》)

NG: *Nikolai Gogol*, Nabokov

(NG:《尼古拉·果戈理》，纳博科夫著)

PF: *Pale Fire*, Nabokov

（PF：《微暗的火》，纳博科夫著）

Schiff：*Véra*, Stacy Schiff

（Schiff：薇拉，斯泰西·希斯夫）

SL：*Vladimir Nabokov：Selected Letters*，Nabokov

（SL：《纳博科夫书信集》，纳博科夫著）

SM：*Speak, Memory*，Nabokov

（SM：《说吧，记忆》，纳博科夫著）

SO：*Strong Opinions*，Nabokov

（SO：《固执己见》，纳博科夫著）

TRLSK：*The Real Life of Sebastian Knight*

（TRLSK：《塞巴斯蒂安·奈特的真实生活》，纳博科夫著）

第一章

11　至少从 1930 年开始，夫妇俩已经开始谋划出逃的目的地：Schiff, 73—78。

11　他哪怕"住在美国的荒郊野岭也毫无惧色"：Bakh, 1936 年 5 月 24 日。本书中提及的纳博科夫主要小说作品有：俄文作品：《玛申卡》（Машенька, 1926），英译本《玛丽》（*Mary*, 1970）；《王，皇后，杰克》（Король, дама, валет, 1928），英译本《王，后，杰克》（*King, Queen, Knave*, 1968）；《防守》（Защита Лужина, 1930），英译本《防守》（*The Luzhin Defense or The Defense*, 1964），后改编为电影《防守》（*The Luzhin Defence*, 2000）；《眼睛》（Соглядатай, 1930 年作为中篇小说发表，1938 年首次出版），英译本《眼睛》（*The Eye*, 1965）；《光荣》（Подвиг, 1932），英译本《光荣》（*Glory*, 1971）；《暗箱》（Камера обскура, 1933），英译本《暗箱》（*Camera Obscura*, 1936）、《黑暗中的笑声》（*Laughter in the Dark*, 1938）；《绝望》（Отчаяние, 1934），英译本《绝望》（*Despair*, 1937, 1965）；《斩首之邀》（Приглашение на Казнь, 1936），英译本《斩首之邀》（*Invitation to a Beheading*, 1959）；《天赋》（Дар, 1938），英译本《天赋》（*The Gift*, 1963）；《魔法师》（Волшебник, 1939 发表，未出版），英译本《魔法师》（*The Enchanter*, 1986）。英文作品：《塞巴斯蒂安·奈特的真实生活》（*The Real*

Life of Sebastian Knight, 1941）;《庶出的标志》（Bend Sinister, 1947）;《洛丽塔》（Lolita, 1955）。纳博科夫本人自译作品:《普宁》（Pnin, 1965, 1957）;《微暗的火》（Pale Fire, 1962）;《艾达》（Ada or Ardor: A Family Chronicle, 1969）;《透明的东西》（Transparent Things, 1972）;《固执己见》（Strong Opinions, 1973）;《瞧那些小丑!》（Look at the Harlequins!, 1974）;《劳拉》（The Original of Laura, 20 世纪 70 年代中期）;《碎片集》（Fragmentary, 纳氏去世后的 2009 年出版）。

12　每天给她写一封信: Schiff, 78。

12　"我的生命，我的挚爱，今天是（我们结婚）十二年纪念日。": SL, 22—24。

13　当然只是满纸的虚情，连篇的假意: 传记作家博伊德与希斯夫都认定纳博科夫的这场婚外恋开始于 1937 年，但迈克尔·马尔在其《说吧，纳博科夫》（Speak, Nabokov, 2009）一书中，说是始于 1936 年，他的证据是，纳博科夫在其 1936 年 4 月完成的短篇小说《菲雅塔的春天》中塑造了一个"美艳性感得让男人无可抵御"的女人，这种"致命天使"的人物形象在纳博科夫后来的作品中频频出现。其实，这种女人形象在他的小说《黑暗中的笑声》（1932 年开始连载）就有，而《眼睛》（1930）中男主人公就与这样一位性感无敌、没有什么良心的女人有染，为这事这女人的丈夫把男主人公胖揍了一顿。

13　这个颇有心机的女人，对这一段地下情尽在她的掌控之中，时隔二十五年后，她发表过一篇小说: Boyd 1, 577n48。

13　他们的婚姻危机并未有转好的迹象: 根据一些资料的描述，纳博科夫夫妇的婚姻算得上俄罗斯旧式婚配的绝唱，也就是老婆要尽心尽力侍候好流芳百世的天才丈夫。索菲亚·托尔斯泰、安娜·陀思妥耶夫斯基、娜德芝妲·曼德尔斯塔姆、娜塔莉亚·索尔仁尼琴等就是薇拉的样板，薇拉已经可以与她们并驾齐驱了。而希斯夫笔下的薇拉却有些不一样，她具有一定的现代女性主义的意识，意欲与这种婚姻传统为自己抗争，与一生对丈夫忠贞不贰的说法抗争。

13　"柏林现今可真是风光旖旎无限": Schiff, 92n。

13　她刚刚诞下了他们的第二个孩子，而孩子又不幸夭折: Ibid., 76。

14　这段婚姻之中，从此再也没有听到过出轨那样的事了: Ibid., 139—141。

14　另外两本小说《暗箱》和《绝望》：Boyd 1，407。

14　这个译本简直就是"马虎草率、不成样子、一塌糊涂"：SL，13，15。

14　此时的他对自己的英语还不是完全自信：Boyd 1，420. 阿贝塔格拉西亚·德·简内里自 1934 年担任纳氏的代理商。

15　曼德尔斯塔姆写过一首著名的诗歌：Prieto，"Reading"。

15　却给他打开了广阔无垠的视野以及穹隆般的西部天宇：Espey，"Speak"。

15　"目光所及，一片焦土——全然都是如同混沌之子厄瑞波斯一般的黝黑"：《无头骑士》（*Headless Horseman*），25。

16　"风景……起了变化，虽然并未变得更佳。还是那样墨黑一片，直达天际"：Ibid.，26。

17　"透过旅行马车的车帘，一双眼睛盯住他看了好多眼"：Ibid。

17　"我拥有的这部小说的版本"：SM，195—196。在《艾达》《洛丽塔》《光荣》与《天赋》中皆可发现梅恩·里德的作品痕迹。切斯瓦夫·米沃什认为，"探讨里德对于俄罗斯以及波兰的影响力，是一个值得做专门研究的课题"，他注意到，"在契诃夫以及其他作家作品中，这些作家都想当然地认定读者们对里德小说中场景非常熟悉"（《地球之王》，154—155）。在一篇散文翻译的评注中，纳博科夫这样评说威尔逊诗歌 *To Prince S. M. Kachurin*（1947）："我想问，回到（印第安）弓弦主题、回到丛林中的魔法主题（百鸟之地，我们《无头骑士》中读到过的），难道不是适逢其时耶？回归马塔哥达峡谷（位于得克萨斯山脉），在滚烫的石头上酣睡，脸上的油彩由于皲裂而刺痛（扮演印第安人之时，我们经常给脸上画上油彩），在头发上插上乌鸦的羽毛，难道不是适逢其时耶？（换言之，让我从童年开始直接按照我从前喜爱的小说路上美国之路）"见巴拉巴塔罗《威尔逊档案中的纳博科夫》（*Nabokov in the Wilson Archive*）。

17　"请查收涉及你大作的几封信"：LOC。

18　"我们觉得，要想将纳博科夫——西林的名头在美国打响需付出无比巨大之努力"：Ibid。

18　"（作家们应该）将全部身心投入他们自己的那些没有附加意义的单纯而让人无限迷醉的事情之上"：Boyd 1，409。与纳博科夫同年出生的海明威与此精神非常契合，在《永别了，武器》中，他写道："有些词你听起来就难以忍受，到最后，只有部分地名才有尊严……像'光荣''荣耀''勇气''圣地'等抽象名词，比起那些具体的村庄之名、道路编号、河流之名、兵团编号以及日期来说，显得是那么的苍白无力。"

19　简内里对纳博科夫的才华非常认可，对其商业前景也比较看好：Schiff，94。简内里的电话号码是华盛顿广场1—3131。版权登记目录，LOC。根据《纽约时报》上刊登的讣告，她于1945年6月11日17时去世《作为一个孩子》：LITD，142—143。

20　而福克纳是纳博科夫毫不留情地抨击嘲讽的几个美国作家之一：在威尔逊力荐之下，纳博科夫的确读过福克纳的《八月之光》。DBDV，239—240。"我对那种酸腐不堪的浪漫主义的矫揉造作非常讨厌"——他在给威尔逊的信中说，他认为福克纳的风格与雨果如出一辙，"喜欢将一些严酷与夸张可怕地凑到一起……你推荐给我的这本书是老套与令人厌恶的作品中最为老套、最令人生厌的例子之一。小说中的情节与那些长篇大论的'深度'对话让我与观看那些蹩脚电影的感受一样……这些东西（穷苦白人、心地柔软的黑人、猎犬之类，皆是在炒《汤姆叔叔的小屋》的冷饭而已）从社会意义上说还是很有必要的，但却称不上是文学作品……我尤其忍不了这本书中弥漫的伪宗教气息……福克纳的身上还有优雅女神附体？将这样的作家，还有阳痿无力的亨利·詹姆斯，或者艾略特之类推荐给我，你确信不是在戏耍于我"？

20　要他拿出可读性强、"有吸引眼球的主人公与场景"的小说来：Boyd 2，14。

20　"放心吧，你对我'先生'的称呼我根本没往心里去"：LOC。

20　"为让你高兴，我与维京出版社联系过了"：Ibid。

21　他早已下定过的坚强决心，"永永远远、永永远远、永永远远都不会（去）写解决'现代问题'的小说"：Schiff，96—97。简内里将《天赋》送给曾经在出版社干过的两个俄罗斯人，写个报告，评估一下这本书对美国市场的适应度。两个俄罗斯人盛赞这部小说，但还是建议打消在美国出版的念头：LOC。曾经给西林撰写过书评的批评家纳扎洛夫（Alexander I. Nazaroff）说这本书"绚丽夺目、光芒四射"，但必须要指出的是，"《天赋》这本书与纳博科夫其他小说的做法迥然相异。没错，纳博科夫一直以来的艺术风格都喜欢玩一些花招与艺术手段，但他（早前一些作品）依然还是些'正常'作品，结构布局完整，戏剧性情节发展自然……'自传性'元素集中体现在一个主人公身上，这可以有效抓住读者们的阅读兴趣。可眼下这部《天赋》，与以往小说完全背道而驰，与现实主义一点都搭不上边，这是一部超级复杂的'无主题性'内省式现代主义作品，与乔伊斯的《尤利西斯》异曲同工"。报告本来对纳博科夫的作品加以了肯定，但纳博科夫对此却极为光火，他坚持认为，"无论是对于内行们还是能读经文的一般读者来说，我的小说的内涵比起纳扎洛夫看到的都要丰富得多"：SL, 27。纳扎洛夫对小说的盛赞与市场前景的冰冷估计成为纳博科夫痛苦的难题：Leving, 257。他面临着异常痛苦的艰难抉择，要么如乔伊斯一样，写出让老道的批评家惊呼的轰动之作，要么另辟蹊径，寻求商业化前景更好的路径，写出与"美国化"风格更相适应的作品。要等到十二年之后，他才开始去尝试比起他的早年作品在结构安排上更为简单一些的写作方法。他用《天赋》一书开垦艺术新领域，但有不得不抽身回来，回到最为简单、能让人读懂的小说故事上来，对旅途进行描述——成为美国土地上的奥德赛。

21　"您提及的'老式题材'的问题，对此我深深理解……"：SL, 28—29。

22　《美国水星》杂志：1937—1938 年，二人均离开了杂志社，只是偶尔给杂志投投稿件。

第二章

23　在自己的母校或者一所红砖大学里担任个讲师之类的教职：纳博科夫告诉采访者，"一流的大学图书馆加上舒适的校园环境乃作家之福地"：SO, 99。

23　捕捉到一种他从未见过的蓝蝴蝶：Boyd 1, 488；NB, 637—638。他发现的蝴蝶并非新品种，而只是已知蝴蝶品种的杂交蝶类：NB, 74。

23　他们和以往一样，日子过得困窘无比：Schiff, 94。

23　他曾从他舅舅卢卡那里继承了一座两千英亩之大的庄园：Boyd 1, 121。Conversion from Dollar Times, http://www.dollartimes.com/inflation/inflation.php。

24　给俄罗斯文学基金会写信求助：Boyd 1, 489。

24　他喜欢开大马力的汽车飙车："Sergei Rachmaninoff"（拉赫曼尼诺夫），IMDb. com，http://www. imdb. com/name/nm0006245/bio；"Sergei Rachmaninoff"，Wikipedia，http://en. wikipedia. org/wiki/Sergei_Rachmaninoff。

24　搬到美国去是他们在某个时间点做出的不可动摇的决定：Schiff, 96, 394n。

24　"此时的纳博科夫一家处于风雨飘摇之中"：Ibid. , 96。

24　他在这个新世界发展得不错：Bagazh, 195。

25　传说可以用十二种语言与人聊天：FBI file。

25　"情感异常丰富，外表极其招风，从来都是姗姗来迟"：Saunders, 12。他在 FBI 的档案长达一百二十页，一位被请过去评论一下尼古拉斯政治色彩的公民，将尼古拉斯描绘成一个"反社会主义者，……1917 年俄国革命之前，其父在俄罗斯圈子中是位高官，后惨遭布尔什维克杀害"。他犯了一个完全可以理解的错误，其实被杀害的并非尼古拉斯的父亲，而是纳博科夫的父亲（当然，他也不是被布尔什维克谋杀，而是遭了右翼极端分子的毒手）；1948 年 FBI 调查尼古拉斯之时，其父依然健在，受调查之人是康奈尔大学历史系教授，将两人混为一谈。

"周日上午，我总是会乘坐柏林的地铁，去参加柏林爱乐乐团交响乐队的总排练。"尼古拉斯的回忆录充满感情色彩，但可靠性并不完全保险。刚刚从俄罗斯逃离不久的 V. D. 纳博科夫（纳博科夫之父），之前经历了"革命带来的恐怖与种种令人发指的事情"，他的政治前途被毁，财富丧失殆尽。叔侄俩都"是纳博科夫家族中少数几个钟爱音乐之人"。1922 年 3 月 28 日晚，叔侄俩到达交响乐队排练场，隔壁就是作为舞台的小音乐厅，正在开政治会议的 V. D. 纳博科夫就会在那里被杀害——当时他们就恰好一起站在后面的一盏灯下面；V. D. 纳博科夫总是随身带着袖珍乐谱，他们一起跟上音乐的节拍。

"纳博科夫在柏林居住的公寓是侨民活动中心"，尼古拉斯回忆说，老纳博科夫夫妇"头脑睿智，思维敏捷"，"他们家中那刺激无比的家庭氛围对我来说无异于俄罗斯人的避风港，其碰撞出来的智慧火花于我受益匪浅"。在叔叔家中，他有幸遇到了莫斯科艺术剧院创始人之一、戏剧理论家康斯坦丁·斯坦尼斯拉夫斯基，还有契诃夫的遗孀（Olga Leonardovna Knipper Chekhova），她试图在苏联找寻到曾经在旧体制下有过的成功之道。

25 比如从自己身为著名出版人的父亲或者其他人身上：Bagazh, 107。

25 "说我羞怯腼腆, 真够新鲜的"：SO, 292。

26 美国人"无与伦比的开明包容"：Bagazh, 188。

26 斯坦福大学本已经向著名的俄罗斯历史小说家马克·阿尔达诺夫发出邀请函：Boyd 1, 511；Boyd 2, 22。

26 （他觉得自己的英语实在有些拿不上台面）：Field, Life in Part, 195。

26 他教授两门课程：Boyd 2, 22。

27 "弗拉基米尔·纳博科夫先生（笔名：V. 西林）是著名的俄罗斯作家"：LOC。

27 "请允许我请求您, 将您对我的关怀放在指引我另一方向前进"：Bakh (translation：Belokowsky and author)。

28 每个月都主要靠向巴黎一家电影院的老板借贷一千法郎艰难度日：Schiff, 103。

28 罗曼·格林贝格, 是个商人, 后来跟随纳博科夫去了美国：Ibid., 157。

28 "近五十人罹难, 一百五十余人受伤"：V. D. Nabokov, "The Kishinev Bloodbath", Hoover Institution。

29 接下来的二十年间, 俄罗斯采取了高压政策：Judge, 13。

29 "压迫人民、无法无天的政体"：V. D. Nabokov, "Bloodbath"。

29 以此表达一个被打击报复之人的轻蔑：V. D. Nabokov and the Russian Provisional, 3。

29 知道自己的暴行"不会受到法庭审判"：V. D., Nabokov, "Bloodbath"。

29 在他的话语中, 我们仿佛听到了这个世纪后面即将发生的那一幕的谶言："历史学家鲁弗斯·里尔斯曾经写道, 1903 年的基什尼奥夫大屠杀可看作是两年之后发生的更加血腥的反闪米特暴行的'带妆彩排', 大约三千名犹太人在这场 1905 革命中惨遭杀害。但要比起 1918 年俄罗斯内战时, 西蒙·佩特鲁拉（Simon Petlura）领导下的乌克兰民兵对犹太人的种族灭绝式的谋杀又是小巫见大巫了, 犹太人被杀人数达 20 万。当然, 比起二战时期对犹太人的大屠杀, 这也只能算是一次'带妆彩排'而已"：Goldberg, "Kishinev 1903."

29　门德尔·贝里斯受审事件：老纳博科夫也为被告担任非官方法律顾问。Boyd 1，104。

29　伊欧希夫·海森（Iosif Hessen）：Boyd 1，206。

30　"跟其他很多……俄罗斯犹太人一样"：Ibid. ，521；Boyd 2，11。

30　"致力于援助那些受纳粹种族政策迫害的非犹太人"机构：Schiff，105。

30　"纳博科夫父亲曾经的助手领头的犹太救援组织"：Ibid。

30　"希伯来移民互助社"还安排纳博科夫一家只需买半票："希伯来移民互助社"一般都不为移民的迁移出钱资助：R. Sanders，*Shores of Refuge*，275。

30　只见"邮轮雄伟的烟囱在最边上一排房子的屋顶那边高高耸立"：SM，309—310。

31　"是一位好心的法国航线工作人员自己掏钱……：Field，Life and Art，226。就这次升舱之事而言并无争议。到底是那个工作人员还是犹太朋友恰到好处的资助其实并不重要，但是，希斯夫在其传记中，援引了薇拉1958年的一封信，信中对这件事这样说："我们住进了一等舱，出的只是三等舱的钱，这都多亏了羡煞旁人的舱位分配。"她的话为这次的升舱留下无法查证的悬疑：Bakh，Véra to A. Goldenweiser。按照惯例，在登船的那一天，"希伯来移民互助社"会派代表前去，应付最后时刻可能产生的种种问题。或许，弗拉姆金瞅准机会表现一下，好让纳博科夫一家的美国之行更加难忘；又或许，事情本来就是这样安排的，好给他们一个意外惊喜。在出发的前一天，弗拉姆金带着纳博科夫在巴黎转了一圈，去拜访当地富裕的犹太家庭，求得一些赞助，马克·阿尔达诺夫全程陪同；就这样，纳博科夫终于凑齐了他必须支付的那一半船票费用：Boyd 1，522。或许是薇拉将弗拉姆金委派的人误认为是船上工作人员了。但这样的可能性也不是很大。是不是犹太人身份，又是生死关头的逃亡，她不大可能出现这样的错觉。作为犹太人，对此她感到无比自豪，深入骨髓，无怨无悔；她曾经跟她的姐姐闹翻，因为姐姐改信了天主教，而无论是在柏林希特勒掌权之时，还是来到美国，她都遭遇到反犹势力的滋扰，她都毫不掩饰自己的犹太身份，甚至欲向全世界宣布自己就是犹太人：Boyd 1，403；Boyd 2，363。

31　"您的书信与剪报恰好在我父亲去世三十八周年纪念日之时收到。"：

Berg。

32 《洛丽塔》成为畅销书已达两年之久：Boyd 2，365。

32 他正享受着古典作家才能享受的田园牧歌般的生活：Ibid.，407—408。虽然库布里克授权纳博科夫改编《洛丽塔》剧本，库布里克自己也撰写了另一个版本，而且成为电影拍摄的主要版本。纳博科夫很喜欢这部电影，称赞其是"绝对一流"电影，他尤其赞赏演员们的演技，称他们理应得到"最高评价"，而杀死奎尔蒂的那场戏堪称"经典杰作"。他虽说直言自己"对电影的制作并未有任何实质性参与"，但还是坚持认为自己依然起到了自己的作用，并非只是名义上的："我要做的就是将小说改编成剧本，剧本的绝大部分都被库布里克用上了。"：SO，21。其他场合，到底自己对电影做出多少贡献，他自己都不敢这么肯定。参见"Vladimir Nabokov's Script for Stanley Kubrick's Lolita，"Open Culture，http://www.openculture. com/2014/06/vladimir – nabokovs – script forstanley kubrickslolita. html。

32 "穷困潦倒"：Boyd 1，486。

32 甚至妮娜·贝尔别洛娃带的那只鸡给他们加餐，她都不想接受：Schiff，104。

32 在她那里，不存在无路可走的绝望一说：纳博科夫向一家资助流亡者的机构哀求帮助他们一家子前往纽约；接待他的那位女士还记得纳博科夫一脸暴露无遗的"惶恐"，他那"担忧战争即将打响的深深恐惧"，对此她留下了非常反感的印象：Field，Life and Art，197，393。

第三章

33 娜塔莉亚带着儿子居住在东六十一大街32号。她签署了给他们提供住所的同意书：伊万·纳博科夫访谈录，2013年4月25日。根据伊万说法，库塞维特斯基的名字也在移民文件上。卡波维奇也"为纳博科夫做了担保人"：Boyd 2，14。

33 初来乍到的这一家子搬到了靠近九十四大街的麦迪逊旁的一个转租房里：Véra's notes，Berg。娜塔莉亚为德米特里去附近的惠特曼学校上学弄到一笔奖学金，因而，1940年秋季，德米特里顺利上了一年级，虽说一开始并没有英文课，他不久就跳到二年级。

33 "演说的第一部分很精彩……"：《纽约时报》，5 月 1 日，1940，1。

33 英法联军也被逼入比、法交界的"佛兰德斯狭小地区"：《纽约时报》，5 月 28 日，1940，1。

33 丘吉尔连发"严峻危急"警告：《纽约时报》，5 月 29 日，1940，1。

33 那个清晨，云彩密布：《纽约时报》，5 月 28 日，1940，1。头版天气须知是这样说的："今天到明天，大部分时间多云，有分散阵雨，气温变化不大。"《纽约世界市场》上一篇论述 1940 年这个季节的文章这样说，在过去的两周时间，纽约"一直都被雨水与糟糕天气所袭扰"：Ibid, 25. thirty thousand：Goldstein, Helluva Town, 92. 从法国过来美国的人数达三万余人，时间跨度是 1940 年夏天到 1941 年春天。

34 列维·斯特劳斯：Ibid, 97。

34 法国画家费尔南·莱热（Joseph Fernand Henri Léger）：Ibid, 100。

34 清晨有丁香般晕染的颜色：Boyd 2, 11。

34 他是典型的心理联觉者：SM, 34—35。

34 "我简直太喜欢这个大腹便便、面色红润、老态龙钟的科学家了"：NB, 120；Boyd 1, 259。

34 对纳博科夫今后所有的蝴蝶研究方向有着决定性影响：Boyd, "Nabokov, Literature, Lepidoptera", in NB, 24—25。

34 康斯托克本是建筑工程师：Zimmer, http://www.dezimmer.de/eGuide/Biographies.htm。

35 纳博科夫从他那里学会了辨别不同种属的生殖解剖之关键点——用此科学方法：NB, 41。

35 自然历史博物馆馆长安德烈·阿维诺夫：Hellman，《纽约客》，8 月 21 日，1948，32—47；Boyd 2, 16.《纽约客》上对阿维诺夫的人物简介是这样的："他（1917 年）来到这里定居之后几年间就成为美国公民；他很快就在这个国家找到了归属感，部分原因是这里有无数蝶种，比如红纹丽蛱蝶、黄缘蛱蝶、小苎麻赤蛱蝶，甘蓝蝶属、弄蝶、黄燕尾蝶以及豹纹蝶等等，这些蝶类在俄罗斯都有同类。"

35 阿维诺夫也是一个喜欢在高山地区搜集蝴蝶的狂热爱好者：Hellman, 36；

"Andrey Avinoff", Wikipedia, http://en.wikipedia.org/wiki/Andrey_Avinoff.

35　"我曾换上形形色色的行装，踏遍山山水水追寻蝴蝶"：SM, 125—126。

36　"说心里话，我从来都没想过依靠文学创作来谋生"：SO, 46—47。

36　他"运用自如、丰富多彩、无比驯良的俄语"：Lolita, 335。

36　"捕蝶健身，不可不提……"：SO, 40。

36　"花园规模巨大，设计精巧，迷宫般的交叉小径…… 但依然偶尔可见麋鹿出没其间"：SM, 135。

37　尤其喜欢其中新一些的版本：SM, 122。

37　"春天的步子越来越急促，星状花植物与菁草从田野里冒出"：Hamsun, Pan, 19—20。

37　"天蛾……无声无息地飞进我的窗口，是被我炉子的火光与烤鸟的香味吸引进来的吧"：Ibid., 32—33。

38　（"好多年以后，我才又结识了一个与我一样的难兄难弟。"）：SM, 127。

38　"在河那边，一群密密匝匝闪闪发亮的雄性蓝色小蝴蝶在被踩过的肥沃稀泥和牛粪上狂啜"：Ibid., 138。

39　"浸透药液、冰凉的脱脂药棉按在昆虫那利莫里亚般的头上""soaking, ice cold"：Ibid., 121。

39　"失去父亲是纳博科夫心中永远的痛，一个经不起任何人触碰的伤痛"：Boyd 1, 8。

39　"天气越发地暖和；明天他们就可以撒欢了……"：Faulkner, "The Bear", 57。

39　"我已经将霍夫曼笔下的欧洲蝴蝶完完全全吃透掌握了"：SM, 123。

39　"在一个特定的环境中，有两种蝴蝶栖居于此"：SO, 40。

40　屠格涅夫小说《贵族之家》中的场景在这里俨然再现：Schiff, 109. N. said of Turgenev that he wrote a "weak blond prose". DBDV, 59。

40　帮他与《大西洋月刊》新任编辑爱德华·A. 威克斯建立联系：Nicolas Nabokov to Edmund Wilson, August 1941, Beinecke。

41　"我的堂弟尼古拉斯提议，让我与您建立通信联系"：DBDV, 33。

41　他给这些作家担任事实上的经纪人……：Meyers, 248—250。

41　他与俄裔作家相交甚好：Ibid, 166。

41　"你这人好得没得说！在此谨表达我的感激之情"：Nicolas Nabokov to Edmund Wilson, February 8, 1944, Beinecke。

42　"我突发奇想，想写一写专论斯特拉文斯基的文章"：Nicolas Nabokov to Edmund Wilson, December 7, 1947。

42　"诚望您能为我的拙作在《纽约客》上撰写书评"：Nicolas Nabokov to Edmund Wilson, December 1950。

42　"苏联建立的前七年时间，俄罗斯人……"：LOC. The review never appeared in the New Republic. DBDV, 46。

43　"希望你能对列宁的看法有所改观"：Pitzer, 169。

43　在一封信中，他特别声明：Meyers, 223。

44　"时至美国的今时今日（1931年1月）……已经大约九百万人没有了工作"：Wilson, "An Appeal to Progressives", New Republic, January 14, 1931。

44　整个地球都大有正准备接受上帝"最后的审判"之势：Wilson, Shores of Light, 496, 498。

44　1932年，他将自己撰写的相关文章辑成一本书：Packer, New Yorker, April 29, 1913, 70。

44　他将自己在20世纪20年代所挣的收入公之于众：Dabney, 173—174。

44　就是这位总统先生"反复强调说，我们的社会制度非常健康"：Wilson, Shores, 499。

44　"苏联取得的伟大成就越来越让世人瞩目"：Ibid。

46　街上的人群"面色沉郁"：Wilson, Red, Black, Blond, and Olive, 167。

46　"一望无际的草原，奔流不息的河流，莽莽苍苍的森林"：Dabney, 206。

第四章

47　"手上准备了围绕俄国文学主题讲稿一百篇"：SO, 5。

47　大抵是因为他1922年翻译的俄文版《爱丽丝漫游奇境记》：Boyd 2, 25;

SO, 286—287。

47　"我的讲座赢得了满堂彩，大获成功"：DBDV, 47；Boyd 2, 26。

48　饱受"颠沛流离、精神焦虑之苦"：Véra, 115。

48　但终究因为坐骨神经痛卧病在床数周而失业：Ibid., 113。

48　这里的公路编号系统：Skidmore, Restless Americans, 9. 483, 600 Jews：http：//www. holocaustresearchproject. org/nazioccupation/frenchjews. html。

48　"二十五年来，流亡的俄罗斯人们都渴望用某种方式——"：DBDV, 53。

48　旅行者把它叫作"Pon´ka"：Zimmer, http://www. dezimmer. de/HTML/whereabouts. htm。The Nabokovs called Dorothy "Dasha." Véra's Diary 1958—1959, Berg。

48　这一点从他整理出的住店票据便可看出：LOC。

49　纳博科夫一行人入住在：Boyd 2, 140；interview with Richard Buxbaum, August 14, 2013。

49　过去旅馆都建在火车站附近：Belasco, 46。

49　从纳博科夫收集的票据中可以了解到，20 世纪 40 年代常见的汽车旅馆：Jakle, 45；Belasco, 138。

49　2011 年，戴维·格雷摩迪和苏珊娜·格林两名研究员：Interview with David Grimaldi, January 5, 2013；Suzanne Rab Green, e-mail to author, May 22, 2013。

50　纳博科夫对这些读物研究得极为透彻：《洛丽塔》中以供记叙了两次长时间长途驾车旅行，小说中在 1947—1948 年间的那次自驾行，亨伯特那三大卷《AAA 旅行指南》起到了关键作用，其中的"西部卷"更是让亨伯特非常依赖。亨伯特将此书称为《汽车协会旅行指南》，一路上的吃住安排都有赖此书，而且还成为一路上讨好洛丽塔的活动安排指南。Lolita, 153, 162, 163, 164, 166. 这部旅行指南书使用过多，已经"破损得不成样子"，连封面都没了，"如同我支离破碎的过去的一种象征"，亨伯特发出这样的慨叹。也可参见 Zimmer, http://www. dezimmer. de/LolitaUSA/Trip1. htm。

51　"我们的汽车旅行穿越了好几个州（所经之地美景处处），一路上狂热地捕蝶"：DBDV, 52。

51 "越过新耕的平原……无边无际的可爱景象将会慢慢填满视界": Lolita, 161。

52 一眼望去，满眼的蔚蓝太过分了: Dirig, p. 6 of 7。

52 保姆给德米特里的脸上涂上油彩: Schiff, 120。

52 "我当然是男孩……'公路边那些小房子里'。": Berg。

52 其实，德米特里对"每一处住过的地方都表现出奇特的依依不舍": Ibid。

53 他向朋友宣告说:"我……明天……就要开车离开了。": DBDV, 51。

53 被迫到德国找到"一个著名的美国牙医"给他治疗牙病: Boyd 1, 84。

53 1941 年是得克萨斯州历史上雨量最多的一年:"Texas Annual Rainfall," Texas Weather, http://web2. airmail. net/danb1/annualrain fall. htm.

53 纳博科夫在得州矿泉井城（Mineral Wells）、拉伯克以及达拉斯采取蝴蝶标本: Green, e-mail to author。

53 他们在另一个评级为"棒极了"的汽车旅馆: Berg。

53 薇拉和德米特里窝在车里不下来: Boyd 1, 29。

53 "泥泞不堪的骡马古道": N. to Comstock, February 20, 1942, Berg。

53 客栈属于艾奇逊－托皮卡－圣菲铁路公司的物业:科尔特的雇主是弗雷德哈维公司。

53 对所有建筑风格与景点自身浑然一体之上颇费心思: Gerke, "Bright Angel Cabins"; "Bright Angel Lodge," Wikipedia, http://en. wikipe dia. org/wiki/Bright_Angel_Lodge.

54 国家公园管理局所倡导的乡村风格（有时也被誉为"公园式建筑"）的典型代表:"National Park Service Rustic", Wikipedia, http://en. wikipe dia. org/ wiki/ National_Park_Service_rustic.

54 "霍皮之家":"Hopi House", Wikipedia, http://en. wikipe dia. org/wiki/ Hopi_House. 纳博科夫到美国西部与西南部的数次旅行并未激发他研究美国土著的特别兴趣，这一点上纳博科夫与 D. H. 劳伦斯很不一样，同样来自他国的劳伦斯也曾经在美国西部旅行，但纳博科夫就没有劳伦斯那种现代文明人的"意识危机"，那种与原始"血腥知识"之间的割裂感。对纳博科夫来说，总体上看，现代人并没有什么错，况且，作为历史长河的人类全体来讲也用处不大。不否认有些特定的个体是残酷的、邪恶的、反社会的——从古至今历来如此。纳博科夫骨子里面就不想做出历史性讽喻。

54　他捕捉到许多蝴蝶标本：N. to Comstock, February 20, 1942, Berg; Boyd 2, 28—29。

54　这真可谓是功德圆满，了却了一直梦寐以求的夙愿：SM, 136. 这个蝶属并非新发现的蝶种，而只是一种已发现蝴蝶的亚种，之前在墨西哥北部山区已有发现。这种亚种蝶类现在的拉丁文正式名字是 Cyllopsis pertepida dorothea：NB, 9。

54　"我发现了它，给它命名"：N., "On Discovering a Butterfly"，《纽约客》，5 月 15 日，1943, 26。

54　纳博科夫会停留采集蝴蝶：Green, e-mail to author, January 7, 2013。

第五章

55　仿造这种普韦布洛印第安式建筑：Adkins. Southwest Indian dwellings graced the St. Louis World's Fair (1904), the Panama Pacific International Exposition (1915), the Chicago World's Fair (1933—1934), and the Golden Gate International Exposition (1939—1940)。

55　"好好查看一下就可以发现，要进入洞穴"：Agee, "Roadside", 174。

55　"一个不错的溶洞年总收入大约十五万美元……：Ibid。

56　亨伯特为了分散他年幼的性奴的注意力：Lolita, 160。

56　而远景中那些无关利益计较、漫山遍野自然展开的美妙景色：Lolita, 161。

56　还有脚下那些飞舞的蝴蝶，反而是他目光聚焦的重点：N. to Dobuzhinski, July 25, 1941, Bakh。

56　后院摆了一张舒适的折叠躺椅：DBDV, 52。

56　纳博科夫会穿着泳裤躺在上面晒日光浴：Boyd 2, 33。

56　买了一辆别克敞篷车，仙人掌绿色的车身：Perret, 87。

57　"这边的女生简直魅力十足"：O'Brien, 114。约翰·菲茨杰拉德·肯尼迪从其哈佛本科毕业论文改动出来的一本书。做他父亲的助手的两名专业作家帮他将他的毕业论文修改润色，这样可以在市面出售。但问题是，正处于二战全面爆发的时期，肯尼迪在毕业论文中为民主的好处全力辩护，而他的父亲却是一个臭名昭著的孤立主义者，对记者们发表了许多不恰当与失败主义的言论（"如果你能找出英国人一定会奋起抵抗纳粹德国的几条理由，我就算服你了。"），肯尼迪一边要做孝顺儿子，但一边又希望与父亲的立场切割开来：O'Brien，103—109。纳博科夫到达美国的那个季节，关于要不要参战的争辩一直都未停息。而敦刻尔克大撤退与法国的溃败（1940 年 6 月 14 日巴黎被德国占领）让这场争论更加趋于白热化，一直延续到 1941 年底。

57　上课时他孜孜不倦的热情跟寥寥无几的选课人数形成了强烈反差：Boyd 2，29。

57　讲得眉飞色舞，嘴唇上都起了一层沫子：Ibid.；Field, Life and Art, 209。

57　"我自讨苦吃，给自己增加了很多额外负担……"：Bakh. 普希金将译作称为"文明的驿马"：Boyd 2，32。

58　他向纳博科夫支付了《塞巴斯蒂安·奈特的真实生活》一书的小部分版税预付款：Boyd 2，33. 预付款有一百五十美元。劳克林经雇用读者 D. 施瓦茨的推荐获取《塞巴斯蒂安·奈特的真实生活》。施瓦茨也非常欣赏威尔逊的小说作品："The Writing of Edmund Wilson," Accent 2（Spring 1942）：177—186。

58　也是那般的澄明，大有清风拂面之感：Boyd 2，33，从纳博科夫 1941 年 7 月 20 日致阿尔达诺夫书信中意译而来。

58　"我害怕你被这里诱惑得乐不思归，再也不回来了：DBDV，49。

58　陆陆续续加入进来旁听：Schiff，116n. 他也曾做过几次全校性讲座。

58　"剧作家应以写出有永恒价值的剧本为己任，而不只是满足于一时的成功之作"：Boyd 2，30。

58　他讲起课来才那么神采飞扬、魅力十足：Ibid, 32. 他的一个学生回忆道："他将自己的创造性活动与经历跟我们分享，全校性课程中，没有一门课有这门课给我们提供的食粮更加丰富，但是，我们没有办法将这些食粮浓缩为笔记，就如同我们不能用钉锤把一部劳斯莱斯敲打成马口铁罐一样。"

58　是亨利·兰斯把他引荐到了斯坦福，他们也因此成为好朋友：Schiff，117。

纳博科夫一家尤其喜欢与温特斯（Yvor Winters）夫妇以及刘易斯（Janet Lewis）交往。温特斯是著名诗人兼批评家，而刘易斯是诗人与小说家。Boyd 1, 33. 刘易斯恰好是纳博科夫同龄人（1899—1998），著有《森林中的印第安人》《盖尔·马丁归来》等作品。《盖尔·马丁归来》是纳博科夫进驻斯坦福那一年出版的。这部小说透明清澈，举重若轻地展现伦理价值，充满神秘色彩的情节安排精巧睿智，由此而成为20世纪的世界杰作之一，也是少数几部没有得到威尔逊关注的美国最佳小说之一，纳博科夫也同样忽略了这样一部杰作（还有一部有同等分量的作品是亨利·罗斯的《就说是睡着了》）：Dick Davis，"Obituary：Janet Lewis，" Independent，December 15, 1998, http：//www. independent. co. uk/arts entertainment/ obituary janetlewis1191516. html。

58　"又高、又瘦，他肩膀圆圆"：Haven，"Lolita Question，" Stanford magazine。

59　"哈，但凡我有那么恍惚间灵感的话，我可以把一部小说创作成什么样子呀！……脑补这样的场景吧"：Gift, 186。

59　一个更加显而易见的原型是纳博科夫于1939年秋季写的短篇小说《魔法师》：美国喜剧电影《偷心大少》（*Dirty Rotten Scoundrels*）（1988），由奥兹（Frank Oz）执导，凯恩（Michael Caine）与马丁（Steve Martin）领衔主演，这部电影是将混蛋无赖作为焦点人物进行塑造的又一次尝试，风格明确，也许其成就与此前的同类作品无法相提并论，此前的同风格电影作品是拉尔夫·利维（Ralph Levy）的《催眠故事》（*Bedtime Story*）（1964），大卫·尼文（David Niven）与马龙·白兰度（Marlon Brando）分饰现在凯恩与马丁扮演的角色。如今，曾经写过《催眠故事》的三位作家，其中两人撰写了《偷心大少》的剧本。《偷心大少》的女主角由影星格莱恩·亨德利（Glenne Headly）担任，这次的女主角的角色内涵更为丰富，但是，真正的亮点还在凯恩与马丁的出色表演之上，他们扮演假冒的名流乃本色演出，自信、激动而荒诞。

60　以便在一整部作品中都集中力量全方位地围绕这个中心主题进行表征：Amis，"Levity"，5。

60　他可能会开车出城"到乡下"去"放纵淫乐"：Field, Life and Art, 210—211.

60　说他是因为"长期的感染加上腹膜炎"而辞世的：Haven。

61　"哥哥却耸了耸肩，把我推开，连头也不回"：TRLSK, 14。

61　1945 年 1 月 10 日死于诺因加默集中营：Pitzer, 306, 310。

62　他说过，"对他人世界的心灵探寻"是不可能完成的任务：Boyd 1, 499。

62　他是当时现代主义创作方法的狂热倡导者：Foster, ix—xii。《斩首之邀》是纳博科夫在开始创作《塞巴斯蒂安·奈特的真实生活》前两年出版的，现代主义风格在这部《斩首之邀》身上体现得非常明显。在对纳博科夫的所有作品进行深度思考与精心研究之后，福斯特发现，纳博科夫具有法国人的情怀意识，他与普鲁斯特还有弗格森脾性相投（比如对时间、记忆与艺术等观念的不谋而合），而对英美现代主义者如庞德与艾略特等却异常厌恶，对于他们的艺术特征与"神话方法"的推崇评价不高。纳博科夫对精神分析尤其反感，反对将性与无意识统统纳入一统天下的理论体系之中。他最为根本的天赋在于对于事物特性的认定。从普鲁斯特身上，他学到了将虚构与真实自我的基本元素融和一体，事无巨细但又刺激无比，还掌握了这样一种艺术方法，即由自然而然的回忆开始，进而有目地将过去一一展现出来。普鲁斯特小说中的人物，随着叙事的流动，向令人无限诧异的结尾奔去，最后竟然在纳博科夫的作品中一一对应。纳博科夫不断地重写自我（比如翻译从前的作品，出版修订过的旧作等），通过对自己失去的故国家园的回顾来重获往日，此举与乔伊斯书写他的都柏林何其相似乃尔。与此同时，他也是被"现代主义欠发达地区"塑造出来的作家，在接触总是处于变动不居的西方世界时有着俄罗斯人的正常反应；他的生命之源中，毕竟流淌着普希金、果戈理、陀思妥耶夫斯基、别雷以及曼德尔斯塔姆等圣彼得堡文学传统的血脉。他作品中的互文，他将这些无比丰富的文学遗产进行没完没了的戏仿，乃是对这些文学遗产的致敬方式。

63　去约塞米蒂峡谷度过了一个标准的加利福尼亚假期：Boyd 2, 33。

63　但是四年后，这个家庭看起来风平浪静：Schiff, 118. 纳博科夫一家的许多亲友都被困在欧洲，他们要么难逃厄运，要么须得历经艰险逃脱魔爪。他们从《塞巴斯蒂安·奈特的真实生活》预付款一百五十美元中抽出五十美元寄给薇拉的表妹安娜·菲金（Anna Feigin），此时身处法国南部的菲金正处于孤立无援的绝境之中。Schiff, 117。

63　薇拉也十分享受他们穿越美国大陆的长途旅行：Schiff, 115。

63　欣赏到美国"那么多的名胜美景"：Berg。

63　伯特兰的年纪赶得上纳博科夫的父亲了，：Schiff, 313。

63　伯特兰简直就是美国小说人物活生生的化身：John Buehrens, "Famous Consultant and Forgotten Minister", UUWorld, January 2001, www. uuworld. org/2004/01/lookingback. html; McKinney, 149—151. 从某种意义上讲，汤普森正循着杜波依斯开辟的道路走下去，杜波依斯获得了哈佛文学学士学位（汤普森亦然），然后到了柏林攻读研究生学位，汤普森也同样在柏林生活工作了一段时间。汤普森转而下海经商或许是受了布克·华盛顿（Booker T. Washington）有关黑人企业精神教义的影响。汤普森甘愿拜管理学大师弗雷德里克·温斯洛·泰勒为师，后来成为哈佛商学院的讲师。他被业界认定为国际商务顾问职位的创始之人。

65　1917 年，伯特兰·汤普森所著的《科学管理之理论与实践》出版：Mc - Kinney, 149。

65　因为他可以开破旧的斯蒂贝克车了：Schiff, 313。

65　他一直致力于细胞生物学研究：他早前曾在哈佛做这方面的研究工作。

65　已经开上了 1941 年产的全新款斯蒂贝克车：Schiff, 接下来的照片, 210；照片显示的就是 1941 年全新款斯蒂贝克：John's Old Car and Truck Pictures, http://oldcarandtruckpictures. com/Studebaker/1941_Studebaker_Commader_4_DoorSedanjan20. jpg。1927 年至 1937 年间，斯蒂贝克汽车公司出售一款名为"独裁者 - 司令官"的车型，因为表面上，斯蒂贝克是要打造让其他汽车跟风模仿的"汽车行业标准"车型；但不排除有可能暗地里有意将当时政治上的独裁含义蕴含其中的意图——斯蒂贝克的其他车型分别命名为"总统""司令官"以及"冠军"等。

65　到九十高龄之时：Buehrens,《著名顾问》（Famous Consultant）；《讣告》（Obituary）, Academy of Management Journal, 66。

65　美国原始生态保护之父约翰·缪尔：Roper, "High Country", 9。

65　赫伯特·迈尔设计了约塞米蒂博物馆："Yosemite Museum", Yosemite National Park, National Park Service, http：//wwwnps. gov/yose/historyculture/yosemit - emuseum. htm。

65　却一脚踩到一只酣睡不醒的黑熊身上：Boyd 2, 33。

66　这些营地跟 20 世纪 20 年代那些汽车营地差不多：《约塞米特蒂国家公园旅行指南》（*Yosemite National Park Guidebook*），美国国家公园管理局（National Park Service），1940。这本 1941 年度的《旅行指南》增加了许多照片图片，但不再提供确切的住宿报价。

66　都是当天一个来回：《约塞米蒂国家公园旅行指南》，美国国家公园管理局，1941。

67　等到 1941 年 9 月纳博科夫一行人来到这里的时候：Pavlik, 187。

67　9 月初的天气令人神清气爽："气温与降水"，《约塞米蒂国家公园旅行指南》，美国国家公园管理局，http：//www. nps. gov/yose/planyourvisit/climate. htm。

67　汤普森夫妇俩开车把他们送回到旧金山附近的帕洛阿尔托市：Boyd 2, 33—34。

67　母语是俄语的人比说英语的人能更快地分辨出不同的蓝色：Winawer。

67　"多么妙不可言的旅行啊！"：Bakh。

67　美国人天生就不那么安分：Skidmore。

67　纳博科夫很快就成为其中一员：Berg。

68　他梦寐以求的，是有朝一日，他可以在纽约有一套房子：SO, 28。

68　那木屋就坐落在离"我难以忘记的亚利桑那州那一小片荒漠"很近的地方：DBDV, 52。

第六章

69　纳博科夫一家冒着严寒乘火车到达纽约：Schiff, 118。

69　他们已经在韦尔斯利一条死胡同里安顿了下来：Ibid., 119。

69　"我们刚刚又回到东部"：DBDV, 53. 房子建造于 1934 年。"19 Appleby Rd, Wellesley, MA 02482"，Zillow，http：//www. zillow. com/homedetails/19 ApplebyRdWellesleyMA –02482/56617394_ zpid。

69　"亲爱的兄弟，我获得了古根海姆学者奖，我要谢谢你"：DBDV, 106—107。

70　纳博科夫要想在四十三岁时还能成功申请到古根海姆奖可以说是天方夜谭，to say that Nabokov：Boyd 2，61；Meyers，159。

70　"亲爱的威尔逊，我与《决定》和《新方向》杂志之间'搭上干系'的良机来了"：DBDV，44—45。

70　"这周末我就要离开《新共和》周刊，在离开之前"：Ibid.，42。

70　"在以后撰写评论之类文章时，请严格按照《新共和》杂志的规范"：Ibid.，34。

71　"所有美国人都是没有文化、愚昧的傻瓜"：Boyd 2，21。

71　要是没了威尔逊的引导，纳博科夫很有可能走上完全不同的道路：作为作家的纳博科夫，凭其精力与志向，不大可能一直都不会在美国崭露头角。但是，威尔逊对他的力推与帮助，还是给纳博科夫的前景施加了不可替代的作用——无论是对纳博科夫创作生涯的潜在规模还是创作视野，都提供了完全不一样的可能。如果只能在籍籍无名的杂志上发表作品，如果没有在艰难时刻得到古根海姆基金资助，不能从作品中得到收入，如果（不是依靠威尔逊的引荐而）无缘与凯瑟琳·怀特、J. 劳克林、爱德华·威克斯以及威廉·肖恩等人相识并得到他们的青睐，可以想见，纳博科夫的创作生涯或许是另外一番景象，不仅仅影响到纳博科夫的哪些小说可以出版的问题，还有他对于小说的构思可以大胆到何种地步可以被接受的问题。

71　"纳博科夫从一开始就接触到了美国学人应该拥有的最好的东西。"：Boyd 2，21。

71　"新方向出版社接受了我的英语小说"：DBDV，52。

71　"这件事我都不好跟威克斯开口，因为是我极力向他推荐说他应该发表什么作品……"：Ibid.，50。

72　"你能做它的教父吗——如果你认可我的翻译？"：Ibid.，51。

72　"星期三我乘船出海（去往欧洲）……将会离开四到六个月。"：Ibid.，166。

72　从大学起就成为好朋友的司各特·菲茨杰拉德也去世了：Meyer，259. 这些好友们的去世让威尔逊深感忧伤。他尽心尽力地担任菲茨杰拉德遗作编辑工作，并为罗森菲尔德写了情真意切的悼文：Wilson, Classics and Commercials, 503—519。

72　"我在这世界上，没有相见便会深切想念的朋友很少"：DBDV, 237。

73　纳博科夫也有其他男性好友：N. to Dobuzhinsky, Grynberg, and Karpovich, in Bakh。

73　"附上我的鳞翅目昆虫研究论文，希望你拨冗一读并喜欢它。"：DBDV, 105。

73　"我忍不住就滔滔不绝没完了地跟你诉说我的事情"：Ibid., 50。

73　"这两人，好得像一个人似的，只要在一块"：Boyd 2, 26。

73　威尔逊"理所当然就是我最亲密的"朋友,：Field, VN, 57。

73　"他们一想到人类的苦难就会打心眼里感到忍无可忍"：LOC。

74　"我希望能融入'社交圈子'"：DBDV, 54。

74　珍珠港事件不久后，学院的财政预算大大削减：Schiff, 120。

74　但到了1943年春，他依然在韦尔斯利学院讲授：DBDV, 105；Schiff, 125。

74　一直拖到她去到华盛顿，纳博科夫也赋闲一年之后：Boyd 2, 42—43. 虽然韦尔斯利学院的校长觉得纳博科夫并非是他们急需的人才，但意大利语系、西班牙语系、德语系以及法语系的教授们却认为纳博科夫非常有实力，他们纷纷写信给系主任请求留下纳博科夫，而英语系的老师们还专门为他组织了一次驾车请愿活动。

74　在做全校性公开讲座时，他会选一些大家都应该熟悉的作家来讲：Boyd 2, 41。

75　"他的父亲正和一个白胡子小个儿老人说话，他在旁边等着"：Boyd 1, 34。

75　"在《战争与和平》这本书里，托尔斯泰硬生生地安排身受重伤……：DBDV, 54。1958年夏天，在一次前往蒙大拿与加拿大阿尔伯塔省交界的冰河国家公园旅行，其间，由于天气不好，他们滞留在小木屋里好几日，纳博科夫与薇拉每天都给对方朗读《战争与和平》。在后来一次接受采访时，纳博科夫说，这部小说他们不再朗读了，因为这部小说现在给他们的感觉是非常幼稚、非常老套：Boyd 2, 362。

75　把小说中的时间流和读者对时间的自然感受完美融合：Ibid., 41。

76　"我是不会进工厂的。"：Hall, 13。

76 "如果没有我的祖辈们在工业领域打下的这片江山：劳克林，《图书生涯冒险之路》，(*Taking a Chance on Books：What I Learned at the Ezuversity*)，美国国家图书奖获奖感言，1992，国家图书基金会：http://www. nationalbook. org/ nbaacceptspeech_jlaughlin. html.

76 劳克林能成为20世纪英语语言独树一帜的出版商：Hall, 13。

76 果戈理的书都翻译得很差：Boyd 2, 45。

76 译文读起来像"又干又硬的臭狗屎"：SL, 41。

76 "整个俄罗斯文学还处在鸿蒙未开的原始阶段……"：NG, 86。

77 "The big overgrown……在房子的后面，是一片杂草丛生而又无人问津的破旧花园，花园一直延伸到村外：DS, Garnett, 158—259。

77 "An extensive……一座硕大的破旧花园，在房屋的后面一直延展到村外：N., Lectures on Russian Literature, 25。

78 "Strands of hop""交缠的枝蔓（藤蔓交织、弯弯曲曲的葡萄藤）"：NG, 87—88。

78 "tendrils faintly stirring（藤枝的卷须在微风中翕动起来）"：DS, Garnett, 159。

79 其中一道题的焦点就是《死魂灵》中的这座花园：Boyd 1, 194。

80 "我自己骑着低压轮胎的自行车……沿着一条树荫掩映的小道驶向就近的学校。"：D. N., "Close Calls," 303—304。

80 "这里（马萨诸塞州的坎布里奇市的·所学校）会发生让我感到无限美妙的事情。"：Ibid., 304。

81 "今天是春季运动会颁奖日，我坐在德克斯特校园绿草如茵的运动场上。"：Ibid., 304—305。

81 纳博科夫将它戏称为"阴暗小室"：N., "Introduction"，BS, xi。

81 他必须"在楼上那个老是将脚步震动得像石头一样沉重的老太太与楼下那个听觉高度敏锐的年轻女人之间"进行写作：Ibid。

81 "看上去衣冠齐整"：SL, 58. 穿着套装，戴着一顶红色骑师帽，极有可能让德米特里的美国同学们笑话。薇拉在给依琳娜·莱文的信中也曾提到透过克雷吉·赛科尔公寓楼的窗户遥望外面的世界的事情。

81　他是这样给妹妹埃琳娜描述的：SL, 58。

81　中途他会经过战争时期无人打理而杂草丛生的网球场：Ibid。

81　连哈佛也经历着战时阵痛：Ireland. 当时的哈佛面目全非，1944 年毕业的大四学生只有十九人，是 1753 年以来毕业人数最少的一届。哈佛向军事研究转向直接促使了"自动控制计算器"一号的诞生，这种计算器成为计算机的前身，被应用到曼哈顿计划（第二次世界大战期间美国陆军自 1942 年起开发核武器计划的代号）之中，大大促进了粒子回旋加速器、声呐关键技术、纤维玻璃、凝固汽油、箔条（铝箔圈，主要用于干扰敌方雷达）、血浆衍生、合成奎宁、抗疟药物以及烧伤晕厥药物等的研究。二战期间，共有两万七千名哈佛学生、教职员工以及校友服役；其中六百九十七人牺牲。

82　"我所在的博物馆——在全美赫赫有名（在欧洲也曾名气不小）"：SL, 58—59。

82　有时，纳博科夫每天在工作台一待就是十四小时：DBDV, 145；Schiff, 128。

82　"冬日的苍穹已泛出昏暗的蓝，到了读晚报的时间了……"：SL, 59。

82　"自己的俄语比任何人都好——至少在美国范围之内"：DBDV, 72。

83　"这本书写得慢，主要在于我对自己的英语越来越不满意。"：Ibid., 75。

84　"你与英语之间如此的亲密无间，让我嫉妒死了。"：Ibid., 100。

84　"有创作的欲望简直是妙不可言的"：Schiff, 128n。

84　同样经历了一段语言转换艰难期的还有以赛亚·柏林：Kelly, 51。Berlin's conversation was with Vera Weizmann, Chaim Weizmann's wife.

84　（一个月六十美元）都付不起：Schiff, 129。

84　"那一幕让人觉得难受"：NG, 2。

85　《天赋》这本书以小见大：Ibid., 36—37。

85　真正意义上的作家天生就"那么奇特"：NG, 140。

86　"我是用蝴蝶作为我唯一的支撑而受到哈佛大学的青睐与接纳，想想都令人觉得有些滑稽好笑。"：DBDV, 76。

86 在他撰写出的第一批科学论文中：纳博科夫这之前在美国还发表了另外两篇鳞翅目昆虫论文：NB, 238—243。在欧洲时期，他也发表过这方面的早期研究论文：Remington, 279, 283n9。

86 "我这是在占你的便宜，但我占你的便宜已经习惯成自然了"：N. to Comstock, February 20, 1942, Berg。

86 从此以后，英语就成为他的科学研究时采用的语言：SO, 5。

87 "蝴蝶翅膀宽大的灰色边缘上点缀着清晰的紫黑色横向条纹"：NB, 254。把这篇文章（还有其他科研论文）寄给威尔逊，纳博科夫给这位专业文学批评家的负担有些过重。威尔逊阅读纳博科夫后来的那些文学作品时总是有些走马观花的匆忙，甚至可以说有些漫不经心味道，或许这正是他的职业习惯使然。纳博科夫的科研论文文采斐然，当然也兼有科学的严谨与准确。

87 最终，他创立了一种系统方法：Boyd 2, 67—68。

87 他在孩提时期就一直在描写蝴蝶：SM, 134, 136。

第七章

88 她觉得自己"嫁了一个天才"：Boyd 2, 46。

88 1942 年 10 月，纳博科夫乘火车开启了巡回授课之旅：Schiff, 123。

88 说这名伊利诺伊人"沉默寡言，郁郁寡欢"：N., "Russian Professor," 104。

89 "昨天晚上大约 7 点，我到达了佛罗里达州的边境"：Ibid。

89 "吃过午饭，学院那位生物学家开她的车载着我来到……湖边的灌木丛"：Ibid., 102。

89 或是惠特曼描写曼哈顿百老汇的魅力时的写作风格：Roper, Drum, 37—38。

90 "过了一个又一个站点，火车的颠簸震动"：N., "Russian Professor", 100。

90 他写出另一部书的素材现在有了：Ibid., 100, 102—103。

90 他在阳光明媚、奇树怪林遍地的南方野地尽情撒野：也就是奥克弗诺基沼泽（美国佐治亚州东南部大灌木林沼泽）：Boyd 2，51。

90　他孤芳自赏的态度并未改变：N.，"Russian Professor"，104。

90　他与许多非常具有影响力的非裔美国人相识：Ibid.，103。纳博科夫在致威尔逊一封信中曾这样明确地描述杜波依斯："著名黑人学者与领袖。七十岁的年龄，看起来才五十来岁。面色沉郁，胡子花白，皱纹细密，耳朵肥大，——与演员埃米尔·杰宁斯悲情演绎的身着便服的白俄将军颇有些神似。斑斑驳驳的双手。说起话来妙语连珠，颇有老欧洲人之风范，非常儒雅（Tres gentilhomme）。抽的是非常特别的土耳其香烟。极具风采，德高望重……他告诉我说，他前往英国过英吉利海峡之时，别人把他称为'上校'（'Colonel'），因为他的护照上的名字带有'Col.'的字样。"：DBDV，97。

90　纳博科夫告诉他们，他很厌恶种族隔离：SO，48。

90　"众多考克人（考克大学的建立者）似乎坐拥半个哈茨维尔，正是棉花产业让他们财源滚滚"：N.，"Russian Professor,"102。

91　"再次阅读那些来往信件，想起那些以前属于我们流光溢彩的时代，我想那种痛苦是不言而喻的"：DBDV，2；Boyd 2，644。

91　"这本书的撰写过程比起其他任何作品都让我备感艰难……"：SL，45。

92　劳伦斯为他们不可还原的"艺术—话语"申辩：Lawrence，13。

92　"唯独属于美洲大陆的东西，世界上其他地方根本就没有……"：Ibid。

92　和纳博科夫一样，劳伦斯的作品也耗费了他大量精力：劳伦斯花了七年时间撰写《美国经典文学研究》论文集，除了《恋爱中的女人》之外，他其他作品的创作都没有花这么长的时间。这些文章随着时间推移却改动很多；一开始的时候，这些文章中规中矩、小心谨慎，但越到后面，文章就越来越"草率随意、自以为是、轻慢无礼、没有章法"了，与纳博科夫《尼古拉·果戈理》有些相似：Neil Roberts，"Studies in Classic"。

92　"初期的美国文学也能给人带来全新的感受，远比近代美国文学给人启发要多"：Lawrence，14。

93　对劳伦斯来说，风格才是最有意义的：在《美国经典文学研究》中，劳伦斯专门分两章来论述梅尔维尔，为20世纪文坛对梅尔维尔的重新发现做出了实质性贡献：Delbanco, 24. 而纳博科夫以《尼古拉·果戈理》一书也做出了相似的开掘工作。1928 年，在出版了自己著名小说《查特莱夫人的情人》之后，劳伦斯撰写了一篇文章《论〈查特莱夫人的情人〉》；或许，这直接启发了纳博科夫在 1956 年也为他的《洛丽塔》写了《论一部名为〈洛丽塔〉的书》的后记，当然也不否认，这两篇文章其实差异非常之大。

93　1943 年 3 月，纳博科夫获悉他拿到了古根海姆奖金：Boyd 2, 61. 这笔奖金主要为资助他的小说创作。他正在创作《庶出的标志》，这个时候还暂定为《来自庞洛克的人》，这个人不是别人，就是来拜访柯勒律治那位不合时宜的不速之客，当时柯勒律治正奋笔疾书，将他在梦中创作出来的诗歌《忽必烈》飞速写下，却被这位访客打断了，导致他的诗歌也未能完成。

93　因为是在"与劳伦斯有千丝万缕的地方"捕捉蝴蝶：DBDV, 111。

93　"以前一有什么事情打断了我们，你就会告诉我一个你知道的地方……"：Ibid。

93　村子位于一个长长而陡峭的峡谷之中：这个峡谷通常被称为"小杨木峡谷"，是攀岩者们最为青睐之地。当地的峭壁是大块大块的石英二长岩，被用来建造盐湖城摩门教教堂："Little Cottonwood Canyon," Wikipedia, http://en. wikipedia. org/wiki/Little_Cottonwood_Canyon。

93　"有那么一点沉郁而散漫的倾向。他在学校成绩不错，…… 他对飞机着迷程度与我对于蝴蝶的着迷程度简直是一模一样。"：SL, 58—59。

93　"相当自负，脾气急躁，争强好胜"：Ibid., 59。

94　纳博科夫反复提到的儿子任性问题一直成为薇拉写给德米特里书信的主题：Berg。

94　说他的孩子"非常渴望上你的课"：N. to Jakobson, January 28, 1952, Berg。

95　劳克林身上充分体现出"房主和诗人之间的争斗相当激烈"：DBDV, 116。

95　"根本没有……肯定不愿意再读下去"：NG, 151—152。

96　纳博科夫一向对海明威的作品并不特别看得上眼：纳博科夫自始至终对其他作家都那么严苛，这成为他文学言论的一大特点，他这样做或许是专业眼光使然，或许是个人心理作祟，目的各异吧。也许俄罗斯文学的大环境都喜欢以相互攻讦为乐所致，不过，俄侨作家群中的其他作家性情都温和许多。提到马克·阿尔达诺夫，纳博科夫写道："很遗憾，你居然与好友阿尔达诺夫来讨论我的诗歌，二十余年来，这个人一向都是用一种敬而远之的怀疑态度看待我的文学作品的，满脑子都是我不将我的同胞作家尽数灭掉誓不罢休的印象……阿尔达诺夫眼中的文学，无非就是一个庞杂的'笔友俱乐部'或者说一个共济会，有才华没才华的作家都一股脑儿绑在一起，互相帮助，互相吹嘘，志得意满。"：DBDV，137。年岁的增长并没有让纳博科夫变得婉转柔和。他对他人的斥责越加具有表演成分——纳博科夫经常扮演自己——但斥责的目的是要有效地甄别出那些真正有价值的有独创性的作品，比如，在《天赋》中，纳博科夫就猛烈抨击那些社会改革派批评家。在美国西南部，有一种纳博科夫非常熟悉的植物叫石碳酸灌木，这种植物生命力特强，只要它们存在，它们的周边就是一片死地，它们的根系伸向四方，并释放出一种化学物质将其他植物一一毒死，因而它们是一家独大。

96　对于福克纳，他也有类似的惊世骇俗的评说：DBDV，236—237。"你居然去读福克纳的作品，正是让我惊愕万分，"他在给威尔逊的信中说，"你居然把他当回事，简直不可思议……你还被他那些东西（不管是他写的任何东西）迷住了，乃至于对他艺术上的平庸陈腐宽宏大量。"

96　"我四十几岁的时候，第一次读到海明威的作品，全是些什么丧钟啦"：SO，80。

97　当时这本小说对美国电影影响至深,：对过去二十五年的美国电影影响很大，比如《低俗小说》与《老无所依》。

97　他说自己曾"非常赞赏玛丽·麦卡锡对桑顿·怀尔德剧本的批评"：DBDV，117n3。

97　纳博科夫也读过伊士曼·马克斯刚出版的作品，是一首冗长的叙事诗《罗德之妻》，却打心眼里感到恶心：Ibid.，116，117n4。

97　说他"颇有男子汉勇气……"：Ibid.，116。

97　"二十年前，这个地方曾是一个充满喧嚣的大峡谷"：Ibid。

97　那本书可能是弗兰克·诺里斯写的《麦克梯格》：Ibid，117n6。

97   峡谷中满目荒凉，肃杀凄冷：NG, 151。

97   "柔美的日落清晰地显露在巍峨的山脉之间金色缝隙中"：NG, 151。

98   他把其中一些被称为帕格的飞蛾品种：NB, 12。

98   "他每天都在创作，天气好的时候还出去抓蝴蝶"：Time morgue file, Berg。

98   弗拉基米尔几乎都用钢笔写：DBDV, 115。"他去到盥洗室，冲了一个凉水澡……穿上干干净净的睡衣或便袍，舒适而惬意，将自来水的墨水吸得饱饱的，心中早已迫不及待。"：BS, 170。

98   当坏天气把他们困在室内时：Schiff, 127。

98   "一只是耷拉着长耳朵的黑犬，黛青白的双眼可爱地歪斜着"：NG, 153。

98   "一万两千英尺的高地我不费吹灰之力就爬上去了……"：DBDV, 115—116。

98   孤峰是落基山脉瓦萨奇山岭最陡峭的山峰："Lone Peak," SummitP6ost. org, http：//www. summitpost. org/lone peak/151267。

98   纳博科夫只是穿着"白色短裤和运动鞋"：Time morgue file, Berg。

98   "令人难以置信的陡峭""重度侵蚀"和"非常暴露"的路段，接近峰顶之下，那就"纯粹是一堵墙"："Lone Peak 11, 253'"，ClimbUtah. org, http：//climbutah. com/WM/lonepeak. htm。

98   纳博科夫"突然一个滑倒，向下滚落了五百到六百英尺之远"：Time morgue file, Berg。

99   "我们俩都失足滑倒，向下滚落而去"：Hall, "Ezra Pound Said"。

99   警长派出了一辆警车，警官们发现他们俩的时候：Schiff, 127。

99   而且自己"在瓦萨奇山脉攀登跋涉了大约六百英里。"：DBDV, 117。

100   "我们住在原生态的荒野，有老鹰飞翔，没有人烟，海拔奇高……"：Bakh, August 6, 1943；NB, 289—290。

100   "此时，（弗拉基米尔和薇拉此时就住在一百英里以外的小出租屋里）"：DBDV, 294—295。

100   就在安索德受雇于一所攀登培训学校的那年夏天：Leamer, 50—51。The

next fall, Unsoeld began graduate theology studies at Oberlin.

101　他撰写的博士论文专论亨利·柏格森，：Roper, Fatal Mountaineer, 47。与威利·安索德一样，纳博科夫曾经仔细阅读过柏格森，心中对他充满崇敬之情。

第八章

102　纳博科夫经受了强烈的心理反差，他强迫自己从那些让他兴奋不已的西部美丽风景中静下心来：DBDV, 294。

102　"我的蓝蝴蝶研究成果……也就是将新北区（新世界）"：Ibid, 126。

102　美国就是一个"奶昔和香蕉船冰淇淋的国度"：Bagazh, 188。

103　还有些蕴含着美国音乐"活生生的真实写照"的东西：Ibid, 191。

103　"这些乐曲的曲调、和声、节奏等是那么鲜活与真实：Ibid, 190。

103　"薇拉非常严肃地跟我进行了一次长谈……我闷闷不乐地（把小说《庶出的标志》开头几页）"：DBDV, 132。

104　他可以同纳博科夫一起合作"弄一本俄罗斯文学为主题的书出来——"：Ibid., 121。

104　"你可能会觉得这些文章很无聊，但要知道"：Ibid, 118。

104　纳博科夫则这么回复他："校对稿随即寄回"：Ibid, 119。1943 年 12 月 23 日，纳博科夫写道："如果任何人都能像你这样，对论述俄罗斯文学信手拈来，那真是多么妙不可言的事呀。"

104　他写的那篇论述普希金的文章起到了非常了不起的传播宣传作用：威尔逊也读过《普林斯·摩尔斯基论普希金》：DBDV, 74, 79。

104　除了威尔逊，纳博科夫只对俄罗斯流亡诗人霍达谢维奇达出这种级别的尊重了：也只有威尔逊，纳博科夫才会认真考虑与他合著一部书。DBDV, 121—122。

104　"我依然在苦苦寻觅一个能够将我这部长达五百页的小说翻成英文之人……"：Ibid, 76。

104　他回信说："一旦空闲下来，我肯定十分乐意翻译你的小说。"：Ibid, 78。

105　他将《尼古拉·果戈理》以及后来命名为《俄罗斯三诗人》的全本手稿

也寄给他审阅: Ibid., 120。纳博科夫与威尔逊的的确确合著了一部书,书名叫《纳博科夫—威尔逊通信集》,他们去世后出版(1979),这本书后扩充,书名改为《亲爱的邦尼,亲爱的瓦洛佳》(2001)。1966 年,纳博科夫接受采访时说:“我与其他作家唯一的一次合作是跟埃德蒙·威尔逊,当时是为《新共和》翻译普希金作品《莫扎特与萨列里》。”: SO, 99。

105 他写道:“一本籍籍无名的科学杂志上将刊登一篇籍籍无名的论文”: DBDV, 132, 142。

105 “你最近还在忙于写作吗?你的校园回忆录我喜欢极了。”: DBDV, 112。

105 “我渴望读到完整的作品”……最后用鼓励的语气肯定作品“非常优秀”: Ibid, 138。

106 这本书的大部分内容在两年之后,即 1945 年到 1946 年间的冬春之交才告完成: BS, introduction, xi; Boyd 2, 91。

106 说他写出《庶出的标志》“一如既往地拒绝迎合普通读者的阅读趣味”: Boyd 2, 106。

106 “他在托儿所的门前停了下来,他的心怦怦直跳”: BS, 22。

107 “《庶出的标志》的主题,是克鲁格那颗充满爱意之心受到的重重打击”: Ibid, xiv。

107 小说中有一个次要人物叫恩贝尔:恩贝尔是小说人物克鲁格所著《原罪的哲学》的译者,这本书让克鲁格在美国一夜成名——“被美国的四个州列为禁书,在其他州成为畅销书”: BS, 26。

107 只可惜威尔逊并未解得其中深意: Sweeney, “Sinistral Details”。麦卡锡的小说是《危险关系》。

107 而威尔逊呢,这本书问世之时,他却对小说人物恩贝尔绝口不谈: 1952 年,纳博科夫在《纽约客》上发表了一部短篇小说,小说中,他将威尔逊隐含其中,威尔逊对此写道:“很遗憾你说你在小说《兰斯》中将我写进去了,因为我有个原则,就是把我个人牵涉其中的作品我从来都不读,我害怕那会影响我的专业判断。”: DBDV, 303。

107 “当我读到你给我的那部分内容时,我心中的疑惑越来越多……”:

Ibid, 209—210。

107 "在你的眼中……独裁者无非只是个庸俗不堪、令人憎恶之人": Ibid, 210。

107 《庶出的标志》的出版只听到一声"闷响"而已: N., "Introduction", BS, xii。

107 "我也觉得, 你虚构的国家并未起到你预想的作用。": Ibid。

107 但事无巨细的过度书写让他想起了托马斯·曼的叙事风格——: DBDV, 210。

109 "她站在浴缸里, 用香皂来回回地搓洗她的背部": BS, 145。

109 克鲁格"砰的一声重重地关上 (浴室) 门": Ibid, 158。演戏, 大腿, 性感无限的女儿, 这些都是《洛丽塔》之前兆, 61—64, 散布全篇。

109 "晚安," 他说, "不要熬太晚了。": BS, 174。

109 "他的妻子 11 月就离他而去了,": Ibid, 174—175。

110 "他打开门……只见她站在那里, 穿着睡衣。": Ibid, 175。

110 "我不知道你对我了解多少……如果你对我了解不多": Ibid, 176—177。比较《洛丽塔》, 71。

110 克鲁格八岁的儿子大卫, 张口闭口都是美国俚语: BS, 143, 160。

111 "当然。"麦克说道: Ibid, 180。

111 手"有五个人份的一块牛排那么大": Ibid, 178。

111 "他仿佛看到, 大卫骑着自行车在标示着": Ibid, 168。

112 这本小说"似乎与马可·波罗去到中国后会有什么样的心情差不多": Hardwick, 20。

112 到了 1946 年, 纳博科夫才对英语运用自如: 1947 年 4 月, 他写信给他的好友 Marinel 姐妹说, "说到用俄语创作, 我似乎已经到了江郎才尽的地步了": SL, 74。

112 "我好久没听到你的消息了。你还好吗?": DBDV, 215。

112 后来, 这两部书都成为绝妙无比的旷世之作: 厄普代克, 191—192, 202。"就我的审美情趣来说, 他的美国时期的小说是他最好的作品,"厄普代克写道,

"在美国，他那几乎是想都不敢想的写作风格遭遇上想都不敢想的写作题材……是他把我们畸形可怕的一面曝光于天下……鬼影森森的市郊，无边无际的旷野，……公路沿途垃圾飞扬的美国……暴力充斥的社会里，充满欲念的人们以爱的名义……被疯狂售卖。"对纳博科夫的《说吧，记忆》，厄普代克这样评价："这些回忆录中，纳博科夫的英语写作才华展现得尤其充分，他后来的英语写作从未如此甜美柔情。"对厄普代克这位土生土长的美国小说家来说，对纳博科夫的《艾达》并不入他的法眼："我承认我有偏见，小说这东西只适宜写地球上的事儿……纳博科夫的眼界与天资本身如此超凡脱俗，乃至于让他将它们用到了仙境之中，这样做颇有些在糖衣上再裹上糖衣之嫌。《艾达》中的任何场景，皆不能与《说吧，记忆》中展现给我们的俄罗斯风情相提并论，也不能与亨伯特带着洛丽塔横跨美国时展现给我们的一路风光相提并论。"

112 但他跟很多人一样，对纳博科夫陆续在《纽约客》发表的一些随笔却大加赞赏：DBDV, 230。

112 "听着，撺掇我老妈明天把你和我带去咱们的镜湖。"我那十二岁的欲念之火对我悄悄耳语：Lolita, 47。

113 "我躺在床里，努力地想着睡着，脑海中又开始做着春梦"：Ibid, 56。

113 "啊，我的洛丽塔，我只剩下了文字可以把玩一番！"：Ibid, 33。

113 "学校的教学时间是从 9 月 15 号到 5 月 25 号"：SM, 180。

114 "我看得真真切切，科尔夫家族的女人们，漂亮美丽"：Ibid, 53—54。

114 他写信给自己的挚友威尔逊诉苦："经济上我相当困窘。"：DBDV, 142。

114 再一次去西部旅行的计划不得不搁置一年：Ibid。

114 住处之外"根本没地方让德米特里可以玩耍，……街头混混"：DBDV, 146。

114 据说这是如今该州水最清澈的湖泊：纽芬湖畔客栈主页：http://www.newfoundlake.com/main.html。

114 水却相当"浑浊"：Schiff 134。

114 这件事跟反犹太主义的有关：Boyd 2, 107。

114 这个故事还有其他好几个版本：Schiff, 134；Appel, Annotated, 424。

114　他跑到医院向医生诉苦：DBDV，194。

114　"小说中有许多妙不可言的东西……你让你的（书中角色的）"：Ibid，188。纳博科夫在 5 月 25 日的信中也提到过"阳痿"之事：Ibid，192。威尔逊所著的小说《赫卡特县的回忆》出版第一年就大卖六万本。这本书被指控"淫秽色情"而列入禁书之列。威尔逊此书的版税收入损失不小。直到 1959 年，当《洛丽塔》历经艰险终于不再受到官司困扰而面世之时，市场氛围得到很大改观，威尔逊这部被禁之书才被解禁重印，威尔逊此前的预演并未对纳博科夫造成多大影响。但是，《赫卡特县的回忆》一书在当时造成的轰动效应表明，艺术性很强的性题材小说对激发读者阅读兴趣的潜力巨大。威尔逊认为，他的这部《赫卡特县的回忆》堪称自己的代表作：De Grazia，209—10。

115　从一家霍华德·约翰逊酒店飘来的炒蛤蜊的味道常常让纳博科夫感到恶心：Schiff，134；NB，397。在密西西比河畔捕蝶，纳博科夫有着很多愉快的经历，但总体来说，他还是对美国西部情有独钟，那里的人类痕迹更少，旷野更为辽阔，山区景观更丰富。在致俄罗斯友人格林贝格的信中，他说："波士顿的春天单调而乏味，满眼都是常青绿树，花园中清一色的黄色连翘属植物。哦，春天里那孔隙密布的白雪啊。"：1944 年 1 月 8 日，Bakh。

115　"我必须得开掘美国主题……发掘俄国和西欧主题花了我近四十年的时间：SO，26。纳博科夫经常提到"inventing"（虚构或开掘之意）一词，"虚构"一些地方，"虚构"一些世界，这些具有普罗米修斯般挑战性的惯用说法，与现代主义对于自然主义的颠覆精神非常吻合。但从更为低调一些的意义上讲，纳博科夫一直都强调所有小说家们都要承担的重任——有一点至少都应做到，即都应该是故事高手：塑造出具有无限色彩与戏剧性变化的场景，激发读者兴趣，引领读者产生身临其境、恍然大悟之感觉，让他觉得仿佛置身于现实世界中的场景一般。读者眼中的现实如果与虚构场景中的情形并不完全吻合也不会让绝大多数读者感到不舒服；与其他真实比较而言，小说中的虚构完全无可厚非。在 1956 年接受《巴黎评论》采访中，福克纳评论《沙多里斯》时说，自己意识到"贴上我自己乡土邮票的故乡真正值得书写"，而他附加在《押沙龙！押沙龙！》作品后的手绘地图，称自己是约克纳帕塔法（福克纳虚构的地名）"唯一业主与主人"——这种做法与纳博科夫的做法并无二致："Sketch Map of the Nabokov Lands in the St. Petersburg Region，" with N.'s trademark freehand butterfly。SM, 17。

116　他发现詹姆斯是只"白海豚"：DBDV, 308。

116　他同霍桑、梅尔维尔、弗罗斯特、艾略特、庞德、菲茨杰拉德、福克纳、海明威等许多其他作家相谈甚欢：Sweeney, "Sinistral," 65。

116　"克尔德，东西是你的/一个邮差经过时说道"：纳博科夫：《冰箱醒来》，《纽约客》，6月6日，1942，20。

116　不过，纳博科夫对社会观察的敏锐程度不亚于一个四方游走的流浪汉：N., Poems and Problems, 145。

116　但他的作品中没有一丁点的美国特色：Flanner, "Goethe," part I, 34, and part II, 28, 30, 35。曼的确还构思过一部好莱坞小说，但终未动笔。"德国流亡者到底喜不喜欢洛杉矶取决于他们到底喜不喜欢大自然。"：Bakh, quoted in Laskin。曼喜欢在午饭前到（美国）圣塔莫尼卡市的帕里塞斯公园遛他的贵宾犬：Niko。

116　移民来到美国的作家中在写作风格美国化的道路上与纳博科夫最接近的是安·兰德：Johnson, "Bedfellows"。

117　"我这把年纪的人，当然清楚地记得那些客运列车"：N., Stories, 584。

117　"可以与'懂你'的三五好友一起在此享受美妙的野餐"：Kopper, "Correspondence", 60—61。

第九章

118　威尔逊给他寄来了哈维洛克·艾利斯的法语版《性心理研究》第六卷：DBDV, 229n1。

118　附录上是一个出生在1870年前后的乌克兰男人对自己性经历的忏悔录。此人家境富裕：Ibid. 西蒙·卡林斯基（Simon Karlinsky），纳博科夫通信录《亲爱的邦尼，亲爱的瓦洛佳》（DBDV）一书的责编，对这一时期进行了非常详尽的描写，他向我们展示了他精细的研究与无处不在的学识，此乃他编辑的这本书声名大噪的原因所在。

118　"万分感谢您寄来的这本书。我喜欢这个俄罗斯人充满爱欲的一生"：

Ibid, 230。

119 也有一些同样喜欢抓捕昆虫研究昆虫而不惜"遭罪"的同道中人：Berg, letters of Harry Clench。

119 雷明顿写信给纳博科夫提议一起去科罗拉多州旅行：Berg. 纳博科夫希望可以回答那些"蝴蝶分类尚未解决的关键问题"：Remington, "Lepidoptera Studies", 278。

119 而且他还给哈扎尔·斯克莫写了信向她咨询一些住宿的问题："科罗拉多女性名人堂"（"Hazel Schmoll"）：http：//www. cogreatwomen. org/index. php/item/162hazelschmoll。

119 两千美元预付版税：DBDV, 200。

119 加上偶尔举办读书讲座的补贴等等：Boyd 2, 116。

119 他读了四十年有关鳞翅目昆虫学的研究文献：纳博科夫可用法语、英语、俄语、德语以及拉丁语阅读与写作。

119 "它是在波斯地区阿斯特巴附近被哈伯豪尔收集到的"：Berg。

120 "那些在水里（就是爱荷达州的教士湖）浸泡太久的木头搁浅在了沙滩上"：Ibid。这段描述最初发表在《国家地理杂志》1944 年 6 月号：672。"1834 年夏"：Berg。

121 "在科罗拉多州柯林斯堡的海拔五千二百至五千五百英尺的大峡谷"：Ibid. "生态学"出现在他 1948 年 12 月 21 日写给威尔逊的信中。DBDV, 241. "生态学的"（"Ecological"）也出现在这封信中，也出现在他 1944 年以来的蝴蝶研究札记之中：NB, 307。

121 "8 月的一天，天气炎热。我和妻子在科罗拉多州埃斯特斯公园的桥上"：NB, 403。

121 "当整个（蓝色小翼蝴蝶的雄性器官）像牡蛎一样打开的时候"：Ibid, 322。

121 "应该特别注意，雷顿在他那篇幼稚得让人难以置信的论文中"：Ibid, 422。

122 "十余年间我没有采集一点蝴蝶标本"：Ibid, 126。

123 "蓝灰蛱蝶（Icaricia icarioides, Boisduval's Blue）因为其器官具有灰蝶性状，因此可以划为眼灰蝶属"：Berg。

123 他逐渐成为他们那个圈子的中心人物：纳博科夫那些蝴蝶研究同好对他的论文阅读得非常仔细。同在美国自然历史博物馆工作的西里尔·多斯·帕索斯（Cyril dos Passos），曾评价纳博科夫的《珠灰蝶属的形态学论》："论文妙趣横生，让我爱不释手……这篇文章如只读一遍，就难以领会其要旨，我打算留待后面再仔细研读，以乐享其中之快意。"：Berg。1949 年 5 月 31 日，多斯·帕索斯在致纳博科夫的信中说："毫无疑问，你在《鳞翅目昆虫学通讯》上读过芒罗论述锤角亚目（RHOPALOCERA）种属概念的论文，他将沃伦、格雷、你和我都列入分裂论者之流，都是回到陈腐观念的守旧者中的典型人物……我与沃伦一直都在通过书信讨论这个问题，现在到了该对芒罗进行反击一二的时候了，我们一致认为，您是做这事最为合适的人选。"：NB, 447。

123 纳博科夫选择了科隆比纳度假酒店：AAA Guide, 38。

123 纳博科夫在此居住期间，圈子里的许多昆虫学家都来拜访他："多达四位蝴蝶分类学家曾来此地拜见我，向我表达他们的敬意，带我到遥远的地方捕蝶。"：DBDV, 219。

123 查尔斯·雷明顿开车带纳博科夫南下托兰沼泽：雷明顿在科罗拉多大学科学所主导一项研究。NB, 49—50。

124 在落基山脉似沼泽地般的山路里跋涉，通过耗费体力来消遣夏日：Garland Companion, 277—278。

124 "对我们来说，没有什么地方比这里更舒适了。"：DBDV, 218。

124 科隆比纳度假酒店离著名的朗斯峰度假酒店不到半英里：Pickering, 15。朗斯峰度假酒店由专写大自然的作家以挪士·米尔斯（Enos Mills）修建：Pyle, 50。

124 "1946 年，我还是个小男孩，那时我第一次跟着父亲去了塔霍飒谷……"：Pickering, 7. 纳博科夫一家在公共食堂就餐，也许在他们的木屋里有水电：Author's visit, September 15, 2012。

124 河狸筑成的小坝子到处可见：Pickering, 18。

124　熊果让位于一片美国黑松林：Ibid; author's visit。

124　但这个夏天，薇拉还是过得很愉快：Schiff, 143。小说家艾德芒·怀特（Edmund White）在 20 世纪 70 年代早期在《星期日评论》做事，在纳博科夫出版《透明的东西》一书时，他专门负责《星期日评论》的封面故事：White, "How Did One Edit Nabokov" City Boy (New York：Bloomsbury USA, 2009)。

125　有个来自堪萨斯州考德威尔市的收藏家——斯托林斯：Berg。

125　可能就是《某种新物种或鲜为人知的新北区眼蝶》：Psyche 49（9 月至 11 月，1942 年）。

125　"我很高兴能帮你鉴别这些品种，但我不需要报酬。"：Berg。

125　"另外还有一些没有命名的蝴蝶品种……目前我们没有掌握足够的资料（来辨识它们）"：Berg, letter of May 13, 1943。

125　在纳博科夫的指导下，斯托林斯做起了生意：Berg, letter of February 12, 1947。

125　1943 年他能想到去阿尔塔，最初还是斯托林斯的主意：Berg, letter of May 26, 1943。

125　"图恩蝶，这类巨型蛱蝶"：Stallings and Turner, "New American"。十年之后，斯托林斯依然在用生殖器鉴别方法做研究。Stallings and Turner, "Four New Species". 4. 就生殖器形态学，纳博科夫杜撰了几个术语，比如说 humerulus, alula, bullula, mentum, rostellum, sagum, and surculus：NB, 498。

126　"你会发现……我这个人有些方面非常懒惰——"：Berg, letter of March 21, 1944。

126　他承认："我的思路跟你跑的差不多是一个方向——但我总是发现你遥遥领先："Berg, letter of November 12, 1943。

126　斯托林斯写道："我已收到你最新发表的论文"：Berg, letter of February 13, 1946。

126　斯托林斯向纳博科夫请教生殖器各部位的名字：Berg, letter of March 21, 1944。

126　"Did some dissecting"：Berg, letter of April 14, 1944。

126　"Uncle Sam"：Berg, letter of November 12, 1943。

126　"信上写了他在盟军诺曼底登陆的那天"：Berg, letter of July 8, 1944。1942 年 2 月 16 日有对纳博科夫进行登记的记录报告，事件刚好是偷袭珍珠港事件发生后不久，《弗拉基米尔·纳博科夫注册报告》（序列号 726，顺序号 10207）这样描绘纳博科夫：身高 5 英尺 11.5 英寸，体重 170 磅，面色红润，有阑尾手术伤疤：National Archives, National Personnel Records Center。

126　这一时期，洛丽塔正好成功挣脱亨伯特·亨伯特控制：纳博科夫声称自己在 1947 年就完成了《洛丽塔》的部分创作，但他在 1952 年 1 月 16 日致威尔逊的信中却说："我终于有时间有空间来做一件令人无比愉悦的苦差事了——我要创作一部（英文）小说，这部作品一直在我的脑海中酝酿，已经好多年了。"：DBDV, 298。

126　亨伯特立马驱车前往她信上所提到的城市：Lolita, 283。

127　因为其位置偏远，所以是抓蝴蝶的绝妙之地：DBDV, 294。纳博科夫对威尔逊说，特柳赖德"的路况特别糟糕，但那又如何——这个旧式矿产小镇可谓魅力无穷，游客罕至，到处都是淳朴善良、充满魅力之人——这个小镇海拔九千到一万英尺，从镇上出发去远足之时，回头看见那一排排马口铁房顶，没有出口的山谷谷底一排排自然生长的白杨树宛若玩具般躺在那里……耳中听到的只有孩子们嬉戏的喧闹之声"：Ibid。

127　"而是她的声音早不在那回荡的和声里了"：Lolita, 326。纳博科夫或许读过哈佛比较动物学博物馆一篇捕获蝴蝶种属的文章，文中提到 1902 年有个叫威克斯的人"位于科罗拉多州西南部的圣米格尔山脉的特柳赖德镇，海拔一万到一万两千英尺"，因而，他可能早就看见过特柳赖德这个地名：NB, 425。然而，纳博科夫论述蝴蝶分类学最早的两篇论文，《新北区的蝶类辨识》以及《珠灰蝶属的形态学论》中都未曾提及特柳赖德或者威克斯，可能是斯托林斯神采飞扬地大谈 1947 年夏他自己在特柳赖德捕蝶经历才勾起了纳博科夫跃跃欲试的兴趣。

127　"我们一起度过的……那两天的时光非常愉快。"：Berg。

127　斯托林斯宣布："今天我们要按我的方式行事"：Boyd 2, 121；"Erebia Magdalena," Butterflies and Moths of North America, http：//www. butterflies and moths. org/species/Erebia – magdalena.

127　"当我提出可以抄近路去马格达莱纳山地时，你那时脸上的表情让我永远铭刻在心。"：Berg, letter of January 8, 1948。

128　"我会送给你一些我采集到的珠灰蝶"：Berg, letter of February 23, 1948。

128　纳博科夫多年来对于鳞翅目昆虫学的研究工作马上就要告一段落：Boyd 2, 116。纳博科夫的后半生一直都捕蝶不辍，但对于实验室里的蝶学理论研究却没有了当初的积极性。

128　"我的骨子里还是小时候那个小男孩"：N. to sister Elena, August 30, 1950, NB, 465。

128　到现在一章一章地在美国的杂志上连载出来，：DBDV, 219。纳博科夫一家能够长期居住在科隆比纳度假屋中，唯一的原因是得到了《纽约客》的稿费，他的作品《我的舅舅画像》以及另外一部短篇小说在此杂志上发表。在 1947 年 7 月 24 日致威尔逊的信中，纳博科夫说，"眼下，我陷入了困境（每个夏天都这个样子）。"：Ibid, 217。

128　看见了在他外出捕猎的那些日子里，俄罗斯夏日天空的蔚蓝：SM, 119。

128　"最后我发现我来到了一片沼泽地的尽头……天边的流云在朗斯峰郁郁葱葱的山坡上投下或白或黑斑驳的影子。"：Ibid, 138—139。从生物学上讲，纳博科夫的蝴蝶的确是真真切切的，但同时也具有象征意义，其情形大致与海明威《大二心河》中的鳟鱼以及《太阳照样升起》的伊拉蒂河相当。

128　"我喜欢将我的魔毯折叠起来……将一种花色与另一种花色相互叠加覆盖。"：Ibid, 139。

129　"今天北极圈（上方与下方）内一个已经消失的丰饶之地"：NB, 323。

130　"给我留下的最生动的记忆是在考试的时候。（康奈尔大学的）阶梯教室"：SO, 22。

130　斯坦福大学和韦尔斯利学院的学生激发了他灵活运用俚语和对美国人整个民族的好奇心：Schiff, 140。

130　例如和他在同一时间抵达美国的德裔戏剧学家贝尔托·布莱希特：Bentley, 17. 布莱希特对美国的嘲弄尽人皆知。但是"他反美的同时也存在着'另外一面'。如果说美国人……是不可救药的，也并非是那么不可救药……他们还是人类，他们的一些习惯他还是蛮喜欢的，因而爱屋及乌，也对他们产生了好感：比如介绍认识的时候不互相握手，还有说'那又如何？'（so what?），这个说法德语中不存在，只不过布莱希特第一次学说这句的时候说成了"so was"：Ibid。

130 这样的人还有德国导演亨利·科斯特："Henry Koster," IMDbcom, http://www. imdb. com/name/nm0467396/bio.

130 "他对我是多么了解"：NB, 46。

130 总是"无拘无束，从不装腔作势"：Ibid, 45。

130 梅尔维尔的《白鲸》：Ibid, 纳博科夫此时正创作小说《庶出的标志》，他从梅尔维尔那里借用了一些东西。

130 仔细欣赏与体会美国本土居民的怪诞之处：Boyd 2, 82。

130 叫她不必太过烦恼：Ibid。

131 "我突然之间感到很不舒服，胃里一阵阵奇怪的恶心翻涌"：DBDV, 146。

131 "那时候，我正处于一种完全虚脱的状态"：Ibid, 148。

131 "到了普通病房。病房里的收音机里反复播放着热门音乐、香烟广告（从内心发出的甜腻腻的声音）之类"：Ibid, 149。

第十章

132 一位"响当当的音乐教授"：Bishop, "Nabokov at Cornell", 234。

132 曾在康奈尔大学的开学典礼上谈起过纳博科夫：DBDV, 225。

132 由于纳博科夫学历不高，康奈尔大学的遴选委员会并不太想雇用他：Boyd 2, 123。

132 纳博科夫的工资将由洛克菲勒基金会支付：Diment, Pniniad, 30—31。

133 《污点之殇》：Widening Stain：Tom and Edith Schantz, "Morris Bishop", August 2007, Rue Morgan Press, http://www. ruemorguepress. com/authors/bishop. html。

133 "恐怕要让您失望了，……我恐怕都难堪大用"：SL, 83；Schiff, 153。

133　"那便会吸引大批对文学感兴趣的学生选课——"：Ibid, 82。

133　哈佛大学没有聘用他时，他为此郁闷了好久：Boyd 2, 303。纳博科夫与哈佛大学的结构主义学家罗曼·雅各布森交恶，原因是 1957 年，雅各布森就纳氏获取哈佛大学的教席投了反对票：Ibid, 698n50。本来计划好的三人合作（另外一人是康奈尔大学历史学家 Marc Szeftel）翻译与注解《伊戈尔远征记》一事也就无疾而终，1957 年，纳博科夫致信雅各布森，部分内容是："我的结论是，我不能与你合作……我也不绕圈子了，对你时不时就到那些集权国家周游一番的做法，我实在有些作呕。"（雅各布森曾到访过苏联）：Berg。在未出现雅各布森反对纳博科夫获取哈佛教席事件之前，纳博科夫还曾经对自己的合作者不吝赞美之词："雅各布森的研究工作真是太出色了。"：DBDV, 241。

133　如今曙光初现，痛苦挣扎该是结束的时候了：Boyd 2, 129。威尔逊毫不掩饰自己对纳博科夫一路走来不易的钦佩之情：刚移民到美国时一文不名，十年时间不到就成为著名大学的教授，放弃母语用英语创作，其文学成就令人刮目相看。威尔逊本可以为自己在学术机构谋取职位，但对此他并不接受；他觉得，对于一个作家来说，"整件事情都显得那么不自然，那么令人难堪，那么令人作呕"。那时候正是他经济上陷入困顿的时候，他依然是"努力依靠自己的文章稿费与小说出版的预付款强自支撑"：Letters, 401。在经济收入上，他与纳博科夫的来源大不一样，一是他在创作《赫卡特县回忆录》时为《纽约客》杂志工作给他的薪水一万美元、业务津贴三千美元。（纳博科夫在康奈尔的年收入是五千美元）：Ibid, 404；de Grazia, 211—212；Schiff, 152n。到康奈尔后，纳博科夫一直都在谋求收入更高的工作，而且总是不断要求加薪：Schiff, 153。

134　"如我所言，我永远不会忘记当我得知城郊的那处房子"：PF, 19—20。

134　"众所周知，窗户从古至今都是第一人称文学的慰藉"：Ibid, 87—88。

135　"大多数教职员工来自中产阶级家庭，甚至来自富裕家庭的也有"：Appel and Newman, 236。

135　他的房子就收拾得干干净净、整整齐齐：Boyd 2, 219。

135　"最引人注目的就是他们家中劳动分配问题。在超市停车场"：纳博科夫越来越繁忙的事务，成千上万的私人公务信件往来，这一切都愈加需要薇拉来进行专门打理：Schiff and Boyd, passim。

135 在德米特里脑海中有关康奈尔的记忆鲜明生动，呼之欲出：Schiff, 151。

135 "父母将疼爱、幸福还有鼓励紧紧地包裹在蚕茧里"：Shapiro, 282。

135 "在我们过寒假的家那边，我会划着滑雪板"：Gibian and Parker, 159。

136 他们住过的每一所房子"各有各的魅力"：Shapiro, 281—282。

136 晚上，"电视上会播《蜜月伴侣》或希区柯克（Hitchcock）的电影：Shapiro, 282。

136 德米特里和小说中的洛丽塔年纪相仿：德米特里出生于 1934 年 5 月 10 日，而洛丽塔的生日是 1935 年 1 月 1 日：Lolita, 69。

136 他写道："我们非常喜欢康奈尔，感谢仁慈的命运之神将我们指引到这里来。"：Berg; Boyd 2, 129。

136 "我并非总是一个让我父母省心的乖儿子。"：Shapiro, 282。

136 薇拉觉得那里的校长是个"无耻的家伙"：Berg。

136 这三所学校的学费花了纳博科夫在康奈尔大学几乎三分之一的收入：Schiff, 152n。

136 "那时候，我……总在危险的边缘上玩着心跳"：D. N., "Close Calls", 305—306。

137 "表面上符合英国人办学理念"：Lolita, 202。

137 "怎样让孩子适应集体生活"：Ibid, 187。

137 这是一所"表面上符合英国人办学理念"的学校：Lolita, 202。

137 他们关注的是"怎样让孩子适应集体生活"：Ibid, 187。

137 "她总是沉溺于性幻想之中而无法自拔，且无排解渠道"：Ibid, 207。

137 "那是墨西哥语中的一句市井话"：Ibid, 209。对于纳博科夫来说，小便池有种特别的污秽之意。在《继续说吧，记忆》的注解中，他写道："在这里文学被认为是来自人们最喜爱的公共小便池中的东西，那么，我那些一本正经的作品只能（取悦于）那些昨日的成熟读者。"：Berg。

137 德米特里在他的回忆录里提到，他年轻时到处恣意寻欢：D. N., "Close Calls", 306 and passim。

137 "只要我占有她一天，就决不让她和荷尔蒙躁动的年轻男孩出去"：Lolita, 197。

137 "那些不知天高地厚，满脸脓包，开着改装车的强奸犯"：Ibid, 198。

137 对他关心备至的双亲，为引导他重回正轨：在父母的催促之下，德米特里申请就读哈佛法学院并被录取，但他根本就没去报到。

137 "洛洛，柔弱的小洛洛！"：Lolita, 168。

138 "陪审团诸位女士们、先生们！大部分性犯罪者只是寻求一点刺激的悸动、甜美的呢喃"：Ibid, 93。

第十一章

139 "这就是为什么我们强调四个 D"，她告诉亨伯特：Lolita, 187。

139 通过"回忆我梦境中的点点滴滴，……此乃我每天早上的一大乐事"：SO, 47。

139 "一切都和性有关"——恰好与他最出色的小说不谋而合：Ibid. 纳博科夫坚信，对他来说，《洛丽塔》让他回忆起来总会感到无比的愉悦。"On a Book Entitled", 333—334；SO, 47。

141 纳博科夫早期的小说包含了一些性刺激片段：这方面描写更为具体的作家还有很多，亨利·米勒与 D. H. 劳伦斯最为突出。

141 "一个身着紫罗兰色衣裳年方十二岁的女孩……"：Enchanter, 27。

141 《魔法师》就是"毫无生命力的垃圾"：Ibid, 16。

141 "我很不满意这部小说"：Ibid, 12。

141 却认定它是"一部美丽的俄罗斯散文作品，精确而明晰"：Ibid, 16。

141 故事的开头令人有些倒胃口，而且艰涩难懂：这个开头令人想起了晦涩难懂的《斩首之邀》，而后来的《庶出的标志》也大抵如是，它们与读者读起来明白晓畅的《说吧，记忆》《洛丽塔》以及《普宁》等大不一样。

141 他是一个"瘦弱的、嘴唇干燥"的男人：Enchanter, 25。

142 太过简单，像《洛丽塔》那样的引经据典只是偶尔为之：《魔法师》只是对《小红帽》进行戏仿，而《洛丽塔》还将其他六十多部作品引入戏仿。

142　"她那完美而圆润的大腿，……我不禁欲心大动、目瞪口呆"：Hecate County, 250—251。

142　"我记得，那是一个寒冬的周日"：Hecate County, quoted in de Grazia, 214。

143　威尔逊阅读过亨利·米勒的作品，米勒写的《北回归线》（1934）、《南回归线》（1939）都用了过分露骨的表达：Dabney, 326. 威尔逊在其通信中偶尔会提及米勒：Letters, 537, 663。纳博科夫偶尔也会阅读米勒作品，这一点可以从给他妹妹的信件中对米勒的评说窥见一二："米勒猥琐淫邪，毫无天赋可言。"：NB, 464。

143　为美国模仿劳伦斯关于等级和性的创作风格提供了借鉴：de Grazia, 239. 埃德尔编辑了威尔逊跨度四十年（20 世纪 20 年代到 70 年代）的日记。

143　"为美国创造性想象力增色的色情作品，威尔逊是开了先河的"：Edel, The Twenties, quoted in de Grazia, 239。约翰·厄普代克以敏锐的洞察力对威尔逊的色情小说赞叹不已，称《赫卡特县的回忆》中的中心故事"《金发公主》是第一次也是迄今为止我在小说中看到的最为生动的性描写"：Updike, Hugging, 196。

143　"他那可怕生活的从句……从来没有被主句补充完整过"：Enchanter, 29。

143　"他的目光早已经……不知不觉地慢慢滑向"：Ibid, 88—89。

144　"我之前所有的书都遭遇商业上的滑铁卢，以惨淡收场"：SL, 96。

144　"现在，让我们坐下来，理性地讨论一下"：Enchanter, 45。

144　"请，试着去理解"，他接着说……：Ibid, 52—53。

145　他只是满脑子的"一动不动地与她摩挲"：Lolita, 46。

145　"浓黑的睫毛，浅灰色眼睛，眼神迷离……"：Ibid。

145　"她穿着格子衬衫，蓝色牛仔裤和运动鞋……"：Ibid, 43。

145　"突然，我知道我可以肆无忌惮地吻她的喉咙或者小舌。"：Ibid, 51。

146　"她第一次穿着有毛领的布衣，戴着一顶棕色小帽，留着我最喜欢的发型……：Ibid, 198—199。

146　其身份是"变态"研究权威：Ibid, 3。

146　小说里会有很多如"催情药"性质一样的场景出现：Ibid, 4。

146　"理所当然，伟大的艺术作品总是具有独创性的……"：Ibid, 5。在1958年写下的一篇私人日记中，威尔逊说："但是，我还是希望人们可以注意到小说对这个孩子充满柔情的描写，她的无助，她对亨伯特这个恶魔令人心碎的依赖，以及她一路走来表现出来的令人心痛的勇气……他们都没有看到，其实……从根本上说，洛丽塔是个好女孩……如若不然，她也不会在遭受到如此严酷的身心摧残之后改变自己，心甘情愿地与贫穷的迪克过上正常生活。"：Berg。纳博科夫在对《说吧，记忆》自评时也说过类似的话，但他最终决定不将这些话放入这部公开出版的书中，直到他去世二十年之后，这些话才最终公之于众。NB, 456—458。尽管，在《论一部名为〈洛丽塔〉的书》中，他也说过，"对说教小说，我既不屑于阅读，也不屑于去写，《洛丽塔》没有隐含的道德寓意，大家别管约翰·雷说过的那些话"。1956年，他在给威尔逊的信中写道："你确实要阅读《洛丽塔》的时候，须特别留意，这部小说是一个非常符合道德伦理的故事。"：DBDV, 331。

147　他发现"欣赏某些照片，……我身体的某个部位产生了有趣的生理反应"：Lolita, 11。

147　但与此同时，他推陈出新，匠心独运：纳博科夫在《论一部名为〈洛丽塔〉的书》中提到过约翰·克莱兰德的《浪荡女芬妮希尔回忆录》，威尔逊还给他带来另一本色情小说（*Histoire d' O*），薇拉回忆说，这两个大男人看这部小说时，就像中学生一样在那里窃笑不已。

147　"写作中的绝对自由，像乔叟和莎士比亚一样前无古人"：Harris, vi。

147　"接着，她整个身体越过我，假装要全力抢回"：Lolita, 61。

147　"这个时候……处于一种近乎癫狂的兴奋状态"：Ibid, 61。

148　"我语速很快，与呼吸不能协调一致，只好假装忽然牙疼"：Ibid, 62。

148　"我已置身于一切皆空的境界，身体中只剩下飞速发酵的至乐充盈灌注。"：Ibid, 63。

148　"全身笼罩在小黑兹（Little Haze）身上夏雾（summer haze）般浓烈而健康的身体热气中"：Ibid, 63。

148　"此时此刻，我是一个容光焕发、狂野恣肆的土耳其人"：Ibid, 63—64。

148　"哦，这不要紧。"她叫了出来：Ibid，64。

149　"浸淫在放浪形骸的欢愉之中"：Ibid。

149　《洛丽塔》的创作历时五年：Berg，notes for "Speak On，Memory"；Boyd 2，226。

149　"有一两次"：Lolita，330。

149　他好几次都想毁掉这部小说：Schiff，166—167，for 1948；Boyd 2，170，for 1950。

149　"我们还是留着吧。"：Schiff，167。

149　将创作原件卡片尽皆烧掉：Boyd 2，169。用索引卡片辅助创作是他从蝴蝶分类学研究中学的一招，他一般都是在四英寸乘六英寸的卡片上记下数据。他早年的那些作品手稿一般都被他毁掉了，但 1958 年之后，美国国会图书馆以给他税收减免的方式回收他的手稿，他的手稿才得以保留下来：Boyd 2，367。

149　"太多的干扰与心有旁骛"：Lolita，330。

150　"我已经用了大概四十年的时间来写俄罗斯和西欧：Ibid。

150　1951 年时唯一的汽车旅馆"乐天卓越的谷景庭院"："The Female of Lycaeides argyrognomon sublivens"，NB，481。"天岛"（"Sky island"）这个术语来源于 20 世纪 40 年代早期，在接下来的二十五年间流行开来。 "Sky Island"，Wikipedia，http://en.wikipedia.org/wiki/Sky_island。

150　他从欧洲带来的那本"僵死的垃圾"——《魔法师》：Berg。这本书是他不经意间带来的。纳博科夫以为那唯一的一本书已经被毁掉了，然而，在他 1959 年写给出版商沃尔特·明顿的一封信中提到，他又把它找到了。1986 年，经过德米特里的翻译，这本书又重新出版：Berg。但是，根据 1954 年威尔逊写的一封信来看，纳博科夫的说法有些疑点。威尔逊的信是他读过《洛丽塔》手稿之后给纳博科夫的反馈意见："说说你的大作吧：比起你的任何其他作品，我对这部小说不那么喜爱，其实，这部小说脱胎于你的那部短篇小说，你的那部短篇就很有趣，但我认为，这样一个题材根本经不起把它拉得那么长的折腾。"：DBDV，320。除非纳博科夫还有一部学者们都忽略了的短篇小说，不然的话，威尔逊提及的那个短篇极有可能就是《魔法师》或者《魔法师》的片段。

151 威尔逊还只算是个刚出道之人：威尔逊在给杂志撰稿方面早已蜚声业界，但他的小说创作还没到这一步。

151 "我努力地想成为一个美国作家"：Lolita, 333。

152 "声誉鹊起却没有什么收益"：SL, 122。

152 要想受到美国读者追捧，突然之间读者就趋之若鹜：在 1951 年写给威尔逊的信中他说："我不喜欢让我的书悄无声息，毫无反响。"：DBDV, 292。

152 "说到美国文坛……我根本一无所知,"：DBDV, 289。与纳博科夫一样，马克·吐温也讨厌别人在他作品中去挖掘道德寓意或思想意义；参见《哈克贝利·费恩历险记》扉页后的"公告"。纳博科夫对吐温非常了解，也知道他是哪儿的人；在密苏里州的汉尼拔，他清楚地看到了"密西西比河上，褐色与蓝色在为取得支配权而殊死搏斗"：Berg, journal for' 51。

152 这本书成为美国第一本畅销书：Castiglia, Bound and Determined, 1。

152 并且在之后的一百五十年中陆陆续续出了三十版之多：Sturma, "Aliens and Indians", 318。

152 已经有七百本描写掳人故事的作品出版：Ibid。

152 普希金 1836 年撰写的一篇热情洋溢的长篇书评：Sayre, "Abridging", 488。

152 "绝对的拙劣与毫无章法的质朴叙事保证了故事的真实性"：Wolff, 411。

152 他尤其喜欢故事中对一种名为"驼鹿"的动物的描写：Ibid, 422。

153 他对普希金的研究达到一生中最高峰：DBDV, 311。纳博科夫在哈佛大学威德恩图书馆心情愉悦地进行《叶甫盖尼·奥涅金》的翻译与注解工作，他在这里查阅这部小说中涉及的每一条引文。

153 他像普希金一样，阅读过《最后的莫西干人》：Wolff, 410—411。普希金看来，夏多布里昂与库珀的美国题材小说"非常出色"。Ibid, 411。弗兰克·哈里斯与西奥多·罗斯福则是梅恩·里德的书迷。

154 他就凭着直觉与感知力知道他要讲怎样的故事了：纳博科夫处理嫉妒心特强的男人与善于骗人的可爱的性奴这样的题材更普鲁斯特化一些：Field, VN, 328—329。

154 纳博科夫发现他机敏过人、讨人喜欢：Boyd 2，141。纳博科夫与兰色姆有过特别交往，他们在盐湖城的时候还一起做过几次电台直播节目：Field, Life in Part，272。

154 巴克斯鲍姆恰好可以与德米特里结伴而行：Interview with Richard Buxbaum, August 14, 2013。采访之时，巴克斯鲍姆是加州大学伯克利分校国际学院的荣退教授。

154 resembling the route：Zimmer, http：//dezimmer. net/LolitaUSA/Trip2. htm。

154 "啊，那从西部吹来的第一缕馨香！"：Lolita，222。

154 在旅途中，与小说中的人物一样，纳博科夫一家住的都是汽车旅馆：Interview with Buxbaum. 巴克斯鲍姆注意到分开的床位，因为他自己的父母也在里面住过。

155 "我们希望您把这儿当成自己家一样"：Lolita，223。

155 "枕头上还有女人的头发"：Ibid。

155 这个"商业风格的建筑做成一间一间的小屋"：Ibid。这样的大型汽车旅馆陆续出现——已有好几家，虽说尚未风靡全国。

155 她是一个优雅的女人，"身材优美——非常迷人"：Interview with Buxbaum。

155 他提前就与美国自然史博物馆的鳞翅目昆虫学家亚历山大·科罗茨取得了联系：NB，447。

155 "比较而言，我宁可遇到十只带着熊仔的熊"：Boyd 2，142. 科罗茨后来成为《北美大平原蝴蝶分布指南》的作者。

155 霍贝克河在提顿南部与斯内克河交汇：Berg，"Notes for a second volume (twenty years in America) of Speak, Memory. "（《〈说吧，记忆〉第二册（美国二十年）注解》）。

155 但却是人生难得的历险体验：Boyd 2，142。已经是六十六岁年纪的他，要去体验这样的冒险，也许有些欠缺考虑，大提顿山次峰失望峰高达三千英尺，长五英里。狂风暴雨即将来临。他只靠攀住岩石攀登，后来紫云满天，闪电雷鸣，半个小时以后，他只好狼狈不堪地下山，却发现阳光明媚、天清气朗；他没有再去攀登，却在这充满传奇色彩的群峰耸立的大提顿山中心地带享受到了如履薄冰的攀爬快感。

156　"我遛了一圈，采集到很多蝴蝶标本。"：DBDV，254。

156　"那沁人入心脾、令人心旷神怡的美景"：Ibid。

156　他们现在是真正的美国人了，可以随时开着自己的车想去哪儿就去哪儿：the Nabokovs became American citizens in'45。

156　"令人惊叹不已的白色（雪佛兰）黑斑羚"：Schiff，268。1954款绿色别克又花费掉两千二百到三千一百六十三美元之间。他们购买的是一款车型最小的双门轿车，此款轿车当时卖得最火。"1954 Buick Special – Classic Car Price Guide，"Hagerty，http：//www. hagerty. com/price – guide/1954 – Buick – Special.

156　成为他们经济收入逐步上升的历史见证：Steve Coates，"His Father's Siren，Still Singing"，《纽约时报》，5月4日，2008，http：//www. nytimes. com/2008/05/04/weekinreview/04nabokov. html。

第十二章
157　他对美国进行广泛研究：亨伯特·亨伯特会报告一下一定只有纳博科夫自己才会有的对美国的研究经历——比如说，纳博科夫哪怕参阅了"好多论述婚姻、强奸、收养等方面的书籍"，他依然根本弄不清亨伯特面对自己的继女洛丽塔时到底处于什么样的法律地位：Lolita，181—182。他为创作《洛丽塔》而执着的九十四张四英寸乘六英寸见方的卡片就珍藏于美国国会图书馆。其中就有纳博科夫提醒自己寻找词典或分类词典查找某些词汇——他小说中那些令人生畏的巨大词汇量并非是毫不费劲就信手拈来的。

157　乃至于将灌肠器塞入直肠的正确操作方法等等：LOC。

157　他从青少年杂志上搜集少女们常用的俚词熟语，：LOC；Boyd 2，211。要表达洛丽塔"发飙宣泄"的时候，纳博科夫就让洛丽塔用俚词熟语大爆粗口，什么"真他妈的好机会"（"swell chance"）、"我会是个傻瓜"（"I'd be a sap"）、"臭东西"（"Stinker"）、"鄙视你"（"I despise you"）等等。Lolita，181。

157　为了写好《洛丽塔》中比尔兹利学校校长普拉特小姐相关场景：Boyd 2，

211。

157 从"长着一张鹰脸的……性罪犯"到"浅棕色头发，蓝绿色眼睛，面容姣好的少女"：Dolinin, 11。

158 他将会把她送到一个"专门关押像她这样的女孩子的地方"：Lolita, 159。

158 从而"在一家口碑极好的旅馆里败坏了一位成年人的道德"：Ibid。

158 1951 年的日志就体现出他头脑敏锐：Berg。也就是那些我们熟知的日记。

159 "通过一些带有画面的似是而非的记忆，我惊喜万分地发现"：Lolita, 160—161。

159 "一排间隔开来的树木，映衬着遥远的地平线"：Ibid, 161。下文是这样描述的："一闪而过之间瞥到一个木乃伊般脖颈的农夫。"标注为 6 月 30 日的日记这样写的："木乃伊般的（病态）脖颈，沟痕遍布，晒得黝黑……有着（西班牙画家）格列柯的冷峻画风。"：Berg。

159 倏忽之间，就出现在眼前，仿佛哲学家之树：在这个意义上，纳博科夫是反实证主义的，或具有康德主义哲学意味。

159 "我自己会辨别（风景的）好坏……：Lolita, 160。这个过程与学会欣赏《洛丽塔》的阅读过程并行不悖，我们应用一双充满爱意的眼睛而不是用只看到遍布的性爱眼光抓住小说的真髓。

160 "在新英格兰州一路颠簸、弯弯拐拐，随后蜿蜒向南，忽上忽下，忽东忽西：Ibid, 162。就亨伯特一路的旅行路线以及与纳博科夫许多相关资料，可参阅 Dieter Zimmer 创建的不可或缺的网站 http://dezimmer. net/index. htm。

160 还有就是那女孩"夜夜的抽泣——"：Ibid, 186。

160 "下雨天，我们坐在那儿看书……要么在一个拥挤的餐厅静静地吃一顿大餐"：Ibid, 184。

160 "有时候火车会在难耐的酷热和潮湿的夜晚中呜咽"：Ibid, 154。

161 一小会儿之后："几辆装着彩色大灯的大卡车，就像耸立的庞大圣诞树：Ibid, 162。这些树木应和了他标注为 1951 年 6 月 28 日的一篇日记："昨日夜里，夜幕中那些趾高气扬的卡车像耸立的庞大圣诞树。"：Berg。他将 1951 年写下的西部游札记直接用到小说《洛丽塔》之中，数量很是不少，那么问题来了：纳博科夫保存这部日记，其目的是为了让未来的研究者们可以寻觅到他写作此书的创作过程？抑或是因为碰巧还有许多未完成的日记需要添加而被保存了下来？为了添加薇拉在 1958 年围绕《洛丽塔》的出版问题的详尽描述？参阅本书第 15 章、16 章。

161　"那充满神秘意味的桌子状的小山丘"：Lolita, 162。

161　"我之前从来没有见过这么平坦爱煞人的公路：Ibid, 160。

161　"我们在沙漠里行驶，经常遭遇无休无止的狂风和漫天风沙：Ibid, 162。

162　他跟亨伯特一样堕落无耻：纳博科夫在小说中的靠前部分采用名人录的方式列出与奎尔蒂相关的那些人以及其他与其有关联的人物，这令人觉得跟梅尔维尔在其小说《骗子》中的做法何其相似，在《骗子》的靠前部分，布莱克·基尼将以各种伪装面目出现的那个骗子列举出来（第三章）：Appel, Annotated, 351n5。

162　"即使每个人都深知我讨厌象征和寓言"：Lolita, 332。

162　"我们逐渐知道了——Nous connûmes"：Ibid, 153—154。

162　"夏多布里昂笔下"：纳博科夫认为，夏多布里昂是第一位能将美国自然景色描绘得非常出色的欧洲作家。这位法国作家 1791 年来过美国，创作过小说《纳奇兹人》《阿达拉》以及《勒内》。

162　"它们总隐隐飘来下水道才有的臭味……"：这也是从他每天日记中借用而来。Berg。

162　"女性老板：有慈母型，装得贤良淑德型"：Ibid, 154。

162　"直直竖起要求搭车的拇指：Ibid, 168。

163　"那些广告都是专门给洛丽塔做的：她是最理想的消费者"：Ibid, 156。

163　"对于她毫无规律可循的厌烦情绪，……对于这些状况，我通通都没有心理准备。"：Ibid。

163　这部小说中出现无数的引用或戏仿：这个清单还只是其中一部分。纳博科夫采用亨伯特自说自话的自传方式来戏仿自己，亨伯特的自传无异于是对纳博科夫絮絮叨叨的自传《说吧，记忆》的一种滑稽模仿。亨伯特的忏悔录不由不让人想起卢梭的《忏悔录》。"随着作品的进程，我们可以感觉到他们相同的童年缺失，同样疑似的妄想偏执狂。纳博科夫只是寻求另一种方式——更为绝对的、耸人听闻的真诚——来再现卢梭式的自我证实、从痛苦折磨中得到解脱的尝试。"：Bruss,

29。

163　这是亨伯特对19世纪浪漫主义的忏悔小说的戏仿之作：Appel, liii。

164　《洛丽塔》是"一个戏仿……里面包含着真实的苦难"：Ibid, liv。

164　"让读者参与到……这个极度感人又十分残忍的喜剧故事里：Ibid, lx。

164　亨伯特只是十分滑稽可笑，还不至于让人忍无可忍：对很多读者来说，他是一个滑稽可笑的人物，但对于其他绝对厌恶将凌辱未成年少女当作合法小说题材的读者来说，他们打心眼里无比抗拒这部小说。这样的情形总是不可避免。

164　跟他们在观看同时期的著名导演阿尔弗雷德·希区柯克执导的《蝴蝶梦》（1940）、《深闺疑云》（1941）、《美人计》（1946）一样津津有味：希区柯克电影作品与纳博科夫某些作品至少从表面上看有许多契合之处：汽车旅馆（《洛丽塔》中有许多，《惊魂记》中有一个）；幽灵形象（《绝望》中的赫尔曼与菲利克斯，《火车怪客》中的盖伊与布鲁诺）；国家公园（《洛丽塔》《西北偏北》）；负责解释一切的心理健康专家（《洛丽塔》前言中编辑约翰·雷，《惊魂记》结尾处叙述诺曼·贝茨的心理医生）；都有做配角的叙事者（实际上，从《K，Q，J》开始，纳博科夫每一部小说都是如此，而从《蝴蝶梦》开始希区柯克在美国拍摄的每一部电影又都如此）。二人惺惺相惜，1964年时互留电话号码并有书信往来，相约有机会共同制作一部电影。在观看了希区柯克电影《怪尸案》后，纳博科夫评论说："他的黑色幽默与我的颇为相似，如果可以用这个术语来概括的话"：Davidson, 4。他们俩都出生于1899年，都是二战爆发后移居美国的，二者在抵达美国之前都已经功成名就。希区柯克本来邀请纳博科夫撰写《夺命狂呼》（Frenzy）剧本，无奈纳博科夫脱不开身。"希区柯克与纳博科夫之间的契合主要建立在他们与观众（读者）之间的关系之上……都喜欢开玩笑，自我指涉以及戏仿等"：Ibid, 10。

164　这个现实故事牵涉到社会秩序、社会传统规范与表面上的一本正经：二战后的其他作家都用嘲讽的语气表现一本正经的美国，其中最为突出的是凯鲁亚克与米勒两位作家。凯鲁亚克二十世纪四五十年代创作的作品表面看上去与纳博科夫风格完全不同，但比起他的《在路上》，凯鲁亚克另一部作品《达摩流浪者》与亨伯特一样一路看着地图到处漂泊——这与纳博科夫的题材与处理方式极其类似。

1947 年 7 月，凯鲁亚克一路向西寻找美国，一路寻寻觅觅；那个夏天的纳博科夫正好在科罗拉多，与此同时，1947 年的 8 月中旬，作品中的亨伯特与洛丽塔也开始了他们的全美周游。《达摩流浪者》也好，《洛丽塔》也好，二者都属于探寻深层次主体性作品，但两者都对故事场景，尤其是美国场景进行了详尽描写，约翰·雷俨然《达摩流浪者》中沉溺于悟道苦修的主人公，对高山峻岭地区（如斯卡吉特的马特洪山峰）有着本能的痴迷，他经常在这些地区徒步穿行，其实也就是到处狂热地搜集蝴蝶标本的纳博科夫本人的写照。《洛丽塔》与《达摩流浪者》都是以对爱情的最终感悟而结束。

第十三章

166　亨伯特的妄想症或如他所说的 "迫害狂"：Lolita, 253。

166　"说到头，先生们，一切变得异常清楚"：Ibid。

166　"大约到 1950 年，无论如何"：Ibid, 184。

167　"一阵难以名状的恶心迫使我靠着一条山间公路停下车来"：Ibid, 325。

167　"我去了特柳赖德（路况糟糕透顶，但是无穷无尽的魅力随之而至……，"：DBDV, 294。这个区域的山脉主要构成还不是花岗岩；特柳赖德地区的地质构成非常复杂，花岗岩也有，但这里的火山角砾岩才更为普遍。书中提到的 "自发生长的白杨树" 也许是指香脂白杨，也就是湿地白杨，生长在六千英尺高海拔林木线的湿地落叶性阔叶林。

168　"我英勇无畏的妻子……冒着堪萨斯州凶猛洪水和暴风雨，开车送我"：Ibid。这次捕获的蝴蝶标本也许是纳博科夫在北美地区多年捕获活动中最有意义的收获。他根据与哈佛比较动物学博物馆九种雄性蝴蝶种属进行比对，而将这种蝶类命名为红珠灰蝶亚种（Lycaeides argyrognomon sublivens）；上述这些雄性蝶类正是于 1902 年在特柳赖德地区捕获的：NB, 425, 480—481。1951 年，他住在特柳赖德汽车旅馆，正是在旅馆上方非常陡峭、灌木丛生的山坡之上，"我欣喜若狂，发现了看起来非同寻常的雌性蝴蝶"：Ibid, 481。这种蝶类现在被正式命名为 "纳氏红珠灰亚种蝶"（Lycaeides idas sublivens Nabokov）：Ibid, 754。

168　"小蚱蜢从路旁干枯的野草中跳出来。"：Lolita, 325—326。

168 "一片轻飘飘的白云,张开胳膊,向另一片更为厚实但行动迟缓的云彩飘荡过去":读者之所以对纳博科夫那么喜爱,个中原因之一就是,纳博科夫总能找到恰如其分的词汇,来表达很多人都深有体会的相同感受,或者说,读到他的文字,刹那就觉得真的似曾相识。比如说,他所讲的两片云彩以不同的速度飘移前行,后面的那片云彩追上了前面的云彩,这种情形我们大家其实都看到过,读到这里,我们一下子就与作者拉近了距离。

169 孩子们的声音中有种"神性般的神秘莫测":Lolita, 326。

169 "每一自然现象都是某种精神现象的象征":Emerson, 34。

169 他们的孩子发展势头不错,显示出不同寻常的天赋(可以做歌手或是辩论家):在新罕布什尔州普利茅斯的霍德尼斯中学上学时,德米特里曾经为学校赢得过马萨诸塞州与新英格兰中学辩论赛冠军:D. N., "Close Calls", 306。

170 反映邪恶或是易受侵害的纯真的小说并不少见:但就这一点而言,《洛丽塔》与美国作品《红字》《汤姆叔叔的小屋》《哈克贝利·费恩历险记》《旋螺丝》《录事巴托比》《比利·巴德》《白鲸》《海狼突击队》等颇有契合之处。

170 "德米特里已下决心要考取(贵校)":Houghton, letter of May 3, 1950。

170 "每年收到您的来信总是很开心。想到德米特里——哦,对了":Houghton, letter of May 8, 1950。伊凡乃尼古拉斯的长子。

170 "我绝对坦诚地跟您说,无法负担德米特里哈佛学费这件事情让我寝食难安":Bakh, letter of November 2, 1951。1951年春,纳博科夫向格林贝格借过一千美元:Boyd 2, 199。

170 这是纳博科夫最后一篇短篇小说:Boyd 2, 206。

171 《纽约客》的总编辑哈罗德·罗斯直言他对这篇小说看不大明白:Boyd 2, 208。罗斯于1951年12月6日去世,享年五十九岁。这部小说1952年2月2日才在杂志上发表。171 impoverished:Schiff, 152n。

171 夏季总是一个让他感到囊中羞涩的季节:他在1951年9月致威尔逊的信中说:"虽然我在春季向罗曼借了一千美元应急,但我现在的经济状况依然糟糕至极。":DBDV, 295。

171 他要求加薪并开始另谋出路:Schiff, 153。

171 杂志付的稿酬"早被花得一个子儿都不剩"：Bakh。他在致威尔逊的信中说："《纽约客》已经将我提交给他们的十五章中的十二章买下。"：DBDV, 262。

171 "步履蹒跚地回到伊萨卡"：DBDV, 273。纳博科夫的牙齿是一个"叫法夫尔的波士顿牙医"拔掉的：Berg, note for "Speak On, Memory"。

171 "医生说这是中暑。真真可笑之极：光着膀子"：DBDV, 294。

171 他总是抱怨睡眠不好：纳博科夫老是说他一辈子都受到失眠困扰，不过，根据他六十岁以后所做的睡梦记录来看，每天晚上他还是能够睡上几个小时的：Berg。

171 "我收到的读者来信是热情奔放"：DBDV, 292。

171 这位作者便是杰罗姆·大卫·赛林格：Boyd 2, 608。

172 对被女孩子迷得找不着北的那些男孩子的关注：这情形在这些作品中都有描绘：《冲出麦迪逊的轻度反叛》（*Slight Rebellion off Madison*）（1946 年 12 月），《逮香蕉鱼的好日子》（*A Perfect Day for Bananafish*）（1948 年 1 月），《相识的女孩》（*A Girl I Knew*）（1948 年 2 月），《我为卿狂》（*I'm Crazy*）（1948 年 12 月），《为埃斯米而作——爱与肮脏》（*For Esmé—with Love and Squalor*）（1950 年 4 月），（《麦田里的守望者》）（*The Catcher in the Rye*）（1951）等。

172 他对俚词俗语的使用也非常讲究：Salinger, passim；例如"phony,"（"装模作样"）、"crumby"（"苍天啦"）、"that killed me"（"老子服了你"）、"I got a bang out of that"（"爽死了"）。《麦田里的守望者》Wikipedia, http：//en. wikipedia. org/wiki/The_ Catcher_ in_ the_ Rye.

172 这两位作家都敢冒天下之大不韪而涉足"性"的主题：纳博科夫虽然冒天下之大不韪，但总是小心翼翼地避免使用猥亵下流语言；塞林格却会偶一为之。

172 1948 年，杂志社与塞林格签订优先购买权协议：Boyd 2, 73, for N.；Slawenski, 166, for Salinger。

172 塞林格对《麦田里的守望者》（1951）的创作写写停停、持续多年：这部小说塞林格一写就是十年以上，如果我们从 1941 年算起的话，因为那年 11 月，他被《纽约客》接纳的小说《冲出麦迪逊的轻度叛逆》（二战后才发表出来）中，小说人物霍尔登·考尔菲德已经出现。"Catcher", Wikipedia。纳博科夫花了五年工夫创作《洛丽塔》，当然，实际情况可以认定，这部小说的创作从 20 世纪 30 年代就已经开始了，其时间跨度长达十五年。

172 "她有着漂亮的小耳朵。冬天的时候"：Salinger, 88。"滑旱冰者的瘦模样"或许是从纳博科夫的《魔法师》里借用而来。

173 "唯一的问题是，她有时候情感过于丰富。作为一个小孩子，太多愁善感……"：Ibid, 89。

173 "她躺在床上……脸侧向枕头的一边"：Ibid, 206—207。

173 "我的洛丽塔，穿着她的旧睡衣，侧躺在床中间，背对着我。"：Lolita, 135—136。

173 "如把全部都服下去，那服用者早就睡得死死的"：Ibid, 136。

174 曾打了描写德米特里最不喜欢的学校圣·马可中学的腹稿：Berg, note of February 18, 1951；Boyd 2, 122, 685n40。

174 翻译这部名著，加上研究性的注释：SL, 130。

174 从传记作者梅·萨藤那里租了一所房子：Schiff, 172。纳博科夫致威尔逊的信中说："富有魅力的女同性恋梅·萨藤租给我们一个房子，非常漂亮且摆设不少，到处摆满了装饰品，书香四溢。"：DBDV, 303。

174 但德米特里要不就是迟到要不根本不来上课，薇拉为此郁闷不已：Schiff, 173。

174 纳博科夫第一次读《叶甫盖尼·奥涅金》这本书是在他九至十岁的时候：EO, vol. 2, 328。

174 他也在将一本超凡卓绝的艺术作品献给英语读者：在纳博科夫的诗人神殿中，普希金仅次于莎翁排名第二。

174 他曾形容自己"是个彻头彻尾的书呆子"：DBDV, 262。

174 "在麻省坎布里奇的两个月里，（从上午九点到下午两点）我心无旁骛专心致志撰写《叶甫盖尼·奥涅金》的评论：Ibid, 311。

175 奥涅金并非持"无聊引发过失"的人生态度的第一人：莎士比亚《李尔王》，第一幕第三场，李尔王长女贡纳莉正跟她的奴仆们大谈他们应该怎样对待她的父王。普希金一边阅读拜伦诗作，一边创作他的《叶甫盖尼·奥涅金》以及其他同期诗歌。Mitchell, xxvii—xxxi. 遭到流放基什尼奥夫期间（八十年后骇人听闻的基什尼奥夫大屠杀发生地），普希金在当地结识了一家人并成为好友，他们将拜伦诗歌推荐给他：Ibid, xxvii。

175　"现在我知道，您可以随心所欲/用轻蔑来对我施以惩罚"：EO, vol. 1, 165。这个语气与作为房东太太的夏洛特·黑兹写给亨伯特的那封情书中的语气没有什么不同。本书对这部作品的英译引用都出自纳博科夫的《叶甫盖尼·奥涅金》英译本。

175　"回忆的蛇蝎让他心绪难宁，/悔恨内疚噬咬着他的心。/但回忆往往是很好的谈资"：EO, vol. 1, 115。

176　"读不出什么味儿：/只有枯燥沉闷"：Ibid, 114。

176　用几页纸精确描述女人用的时尚软帽的红色暗影：Ibid, vol. 3, 181—183。

176　俄罗斯的诗歌发展不到一百年：Ibid, vol. 2, 209。纳博科夫的统计是从1831 年《叶甫盖尼·奥涅金》完成之年算起。直到 18 世纪，俄语才完全标准化并开始使用。Mitchell, xi. 要借鉴他国文学，他们还得首先把这些作品译成法语才行。

176　"Pétri" 其实是普希金自己在小说开头的题词中：Ibid, vol. 2, 5—10。

176　"用哲理性隽语给一个略显轻佻的故事增光添彩，这种想法明显是从拜伦那儿学来的：EO, vol. 2, 5—6。在他对《叶甫盖尼·奥涅金》所做评注的第一页（vol. 2, 5），纳博科夫实际上就给自己的第一个脚注再做了一个脚注；他断言，《叶甫盖尼·奥涅金》开头的题词几乎可以肯定是虚构的，但是，"对于那些喜欢从虚构人物形象身上寻找到现实生活中'活生生'的原型的读者来说"，可以特别留意诗歌中一些诗行（vol. 1, p. 115, stanza 46），如果还要彻底弄清原意，还得一边阅读原诗，一边参阅他在 vol. 2, pp. 173—174 上所做的一些注解。如果一路追踪阅读，我们十个手指头都指向书中不同地方，根本就不够用。他的这种做法引发了他创作小说《微暗的火》的灵感，就在他一边埋头苦干翻译《叶甫盖尼·奥涅金》的同时，头脑中的《微暗的火》也在悄然孕育。

177　"为什么您要来拜访我们？/在这个被遗忘的偏远荒村"：EO, vol. 1, 165。在对这些诗行的评注中，纳博科夫说，他之所以将单词"Why"写成斜体字，是"受到塔拉索娃朗诵塔吉雅娜那封情书的唱片影响所致（这张唱片是有一天威尔逊在塔尔科特村为我播放的）"：Ibid, vol. 2, 391。

177 "另外一个！不可能，我的心扉/再也不可能向世界上任何人敞开！"：Ibid, vol. 1, 166。

177 其实是在借用那个时代的浪漫故事中普遍适用的公式而鹦鹉学舌：Ibid, vol. 2, 391—392。

177 （"他匆匆留下的笔迹"）：Ibid, vol. 1, 261。

177 "于是渐渐地，我的塔吉雅娜，/开始对那人了解得更深更透，/——谢天谢地"：Ibid, vol. 1, 262。

178 "此时此刻，读者应该联想起拜伦在19世纪20年代影响欧洲人的迷人魅力。"：Ibid, vol. 3, 85。讨论普希金时，纳博科夫喜欢开门见山，用证据与事实说话。与《塞巴斯蒂安·奈特的真实生活》做比较：纳博科夫自己的这部作品中的读者/调查者对作者/兄弟总是云里雾里的弄不清楚。

178 "塔吉雅娜用柔情似水的眼神/凝视她周围的一切"：Ibid, vol. 1, 259。

178 很可能是1813年的油画，灵感来源于身穿阿尔巴尼亚民族服装的拜伦：这幅画在英国驻雅典领事馆里展出："Lord Byron"，Wikipedia, http://en. wikipedia. org/wiki/Lord_Byron。这座小雕像也可能是拿破仑。《叶甫盖尼·奥涅金》的其他译本中，比如查尔斯·约翰逊与沃尔特·阿恩特的译本，就坚定不移地将此认定为拿破仑。纳博科夫对此保持缄默；他或许注意到了，如普希金所说，展现在全世界面前的拿破仑几乎不会"两手交叉压住"，而是一只手肘弯曲，而手却消失在长袍之中。菲利普斯这幅画表现的是如拜伦双手交叉抱着，与当时的流散学者的做派一样：1951年的一次访谈中，纳博科夫直言他并未经常阅读美国年轻作家的作品，但他承认他"经常阅读……批评家们的评论文章"。Harvey Breit, "Talk with Mr. Nabokov"，《纽约时报》，2月18日，1951。

179 "这是一封表白信。我爱你……上星期天在教堂"：Lolita, 71。夏洛特·黑兹的那句"那又打什么紧呢？"与塔吉雅娜那句"唯有天知道"极其相似（两句都是放进在括号里的）。

179 学者身份的纳博科夫追溯涵盖《恰尔德·哈罗尔德游记》之前和之后的

拜伦式风格的嬗变路径：EO, vol. 3, 98—100。叶甫盖尼旅行时，随身携带着很多文学作品，《勒内》《阿道夫》以及查尔斯·马图林的《流浪者梅莫斯》（梅莫斯被纳氏用在了《洛丽塔》之中成为汽车的名字）。

180　他对于普希金的深深的沉醉与研究是一种必不可少的弯路，是可以让其小说中的某种东西日趋成熟的必要条件。1951 年到 1953 年这两年，……有时也会写一写与《奥涅金》或《洛丽塔》都无关的作品作为消遣调剂：Boyd 2, 225, 310。

180　有几个月他甚至什么都不写：DBDV, 308。

180　"在我十四五岁的时候，我就已经读完或者重读了俄语版的托尔斯泰全集"：SO, 46。

181　《玛迪》（1849）这部作品就像是为《白鲸》进行预热：Brodhead, 13。

181　"时时处处……都在逼迫人在水里努力挣扎以谋取生存"：Parker, 768。

181　"《白鲸》里对于海洋动物的那些暗示。"：N., letter to the editor, New York Review of Books, October 7, 1971。

181　"梅尔维尔早餐时给自己的猫喂沙丁鱼。"：Boyd 2, 502。

181　选址就在"梅尔维尔音域的皮埃尔站点"：Lolita, 34。

181　该小说一般都在卡尔波维奇为俄罗斯文学概论课程制定的教学大纲之列：Boyd 2, 200。

181　他更想要跟学生讲解的是他在康奈尔大学教书时教过的那些作品：Harvard made him add Don Quixote。

181　印证博尔赫斯一句名言的正确性："伟大的作家都是在创造他们的文学先辈。"：Appel, lviii；Borges, 201。

182　这部小说与《洛丽塔》一样，表达出对世界深深的忧虑：Brodhead, 5。

182　"我想知道，弗拉斯科，这个世界是否也会在某个地方抛锚停留"：Moby－Dick, 511。

182　"先生，我很怀疑；绳子看上去太朽旧不堪了，／长期的酷热和湿气已经让它磨损得差不多了"：Ibid, 521；author's versing。

183　纳博科夫的戏仿更富有讽刺意味：比如，《洛丽塔》中奎尔蒂－亨伯特二人同一的角色，其实是对陀思妥耶夫斯基塑造的双身人的延伸性戏仿而已。

183 博伊德表示，小说当中由亨伯特的另一个自己：Boyd 2，246—247。

184 "《白鲸》有希腊神话般的简单质朴"：Gilmore，109。

184 但是故事中还是有个小男孩：严格来说，皮普并非船舱服务生，只是与亚哈住在同一舱房，充当亚哈的侍者而已。他在船上是一个帮手，通常担当着船人的角色——也就是水手们乘上捕鲸船去捕鲸时，他留守下来看船。

184 "你触动了我内心最柔软的部分，孩子"：《白鲸》，522。

184 作为船上的三个黑人之一（一个非洲人，两个非裔美国人）：另外两个，一个是非裔鱼叉手达古，另一个是厨师弗利斯。

184 "这是什么手啊？如天鹅绒般的鲨鱼皮……"：Ibid。

185 "除非能向我证明……在无限遥远的未来"：Lolita，300。

第十四章

186 在一篇名为《1952 年怀俄明州蝴蝶采集录》：NB，489—494。

186 一间间小屋就像宽轮大篷马车绕成一圈一样，圈子中间是一大块空地：2012 年 9 月，笔者前往参观。这些建筑当时依然还在作为围栏式汽车旅馆经营，但马上就会进行改造翻新。美国西部的小木屋与纳博科夫童年时期在俄罗斯西部经常见到的木头民屋极其相似。

186 "八月初的时候"，他在文章中写道：NB，493。

186 用他的话来说就是"已经是成竹在胸"：DBDV，298。

186 他在哈佛教书的时候本可以开始起草初稿：Ibid。

186 他极少动笔，可以说什么东西都没写出来：Ibid，308。

187 "从那开始，我就进了医院，待了几乎两周的时间"：Ibid，262。

187 其他一些烦人的事情也暂时搁置不理：DBDV，300。纳博科夫致威尔逊的信中说，"我已经厌倦了教书"，但同时也向他报告说，为准备上课讲义，他又将《曼斯菲尔德庄园》（奥斯丁作品）与《荒凉山庄》（狄更斯作品）研究了一遍，感到无比愉悦："这可比我上课有意思多了。"Ibid，282。

187 大学一年级"开始就弄得惊天动地"：Ibid，298。

187 但"短时间内看一页书还是能做到精力集中"：D. N.，"Close Calls，"

306。

187　德米特里的"兴趣按顺序排列下来依次是登山、姑娘、音乐、田径、网球和学业"：SL, 122．纳博科夫也曾说过，他儿子的"头脑无比灵光"：Ibid, 138。

188　还会给一个"古怪的红脸波士顿单身汉当网球陪练和法语练习搭档"："Close Calls", 307。

188　这个组织从 1942 年成立以来就一直在崇山峻岭间进行攀登活动,：Roberts, "Hearse Traverse", "Harvard Five"。

188　哈佛登山队去过阿拉斯加、秘鲁、南极洲、喜马拉雅山：Harvard Mountaineering Archive.

188　德米特里还达不到他们的水平：Interview with Peter McCarthy, HMC president, May 14, 2012。

188　德米特里在《美国高山之旅》杂志上发表了一篇名为《从东面登上罗布森山》的文章：American Alpine Journal no. 28（1954）：196—200。

188　他第一次带队登上了位于加拿大塞尔克寇山脉中的直布罗陀山：Alden, 30, 33．德米特里尝试登山的第一年，也就是 1953 年，是阿特·吉尔基攀登 K2（乔戈里峰）时遇难年，也是英国登山队第一次登上喜马拉雅山的同一年。

188　"一辆老式帕卡德灵车进入加拿大的"："Close Calls", 309。

188　"到底该不该对这事习以为常？我真的不知如何是好。"：Ibid；SL, 139。

188　哈佛登山队员之中已经有好几个不幸遇难：Harvard Mountaineering no. 12, May 1955；"Close Calls", 311。

188　他已经"折腾坏第三辆车了"：SL, 138。

188　他的父母常常为他忧心不已：1955 年，从加拿大境内的落基山脉登山时摔落两次后，德米特里的登山热情才有所减弱。他决定还是早点收手，以免小命不保：Boyd 2, 268。

188　他们在俄勒冈州的阿什兰市安顿了下来：著名的莎翁节最早从 1935 年开始。

188　"生活中没有什么比探索山地的沼泽湿地更让人开心的事了"：DBDV, 308。

188　镇上有一个商业区和一些可以租用的简易木屋；他们租住在米德街 163 号的房子的房东是南俄勒冈教育学院的教授。这里的街道坡度较陡，这所房子于 1999 年被烧毁：Johnson，Nabokv - L。

189　"这是一部文坛上没有先例，伟大而让人纠结不已的小说"：SL，140。

189　几个月之后，也就是 1953 年底，当薇拉亲手将稿件带到纽约时：Schiff，199。纳博科夫夫妇之所以害怕用邮递方式寄过去，是因为当时的《康斯托克法》中有通过邮寄方式传播淫秽罪的规定：Ibid，204。希斯夫还告诉我们，怀特又拖延了三年，也就是到了 1957 年 3 月才开始阅读《洛丽塔》；其中一个原因是如果不得不将手稿遮遮掩掩不让她的同事威廉·肖恩知道，她会为此感到很不舒服。就这件事情，也就是对于怀特想要早日一睹《洛丽塔》真容之迫切心情的详尽描绘：Diment，"Two Lolitas"。

189　薇拉向怀特一再坚持——结果是作品给肖恩造成的惊骇比怀特更甚：Schiff，199。

190　他向朋友威尔逊给出的一两个暗示（"也许不久我就能向你展现……"）：DBDV，314。

190　直到 12 月 6 日才算真正大功告成：Berg，notes for "Speak On，Memory."

190　他对威尔逊说："小说的主题和内容的的确确很感性"，……"……那你我都得遭受牢狱之灾。对于这部失败之作我只有沮丧之感。"：DBDV，317。

190　《洛丽塔》的出版就像它的创作历程一样漫长而煎熬：纳博科夫创作《洛丽塔》的过程饱受煎熬与不悦？根据他接受《纽约客》杂志采访时所说，完全有可能的确如此。但他在创作小说的同时间写给妹妹的信中，他却是这样说的，"我发胖了……一切进展顺利，感觉好极了"：SL，139. 只要有时间从事自己喜爱的事情，人间乐事莫过于此。

190　自己做起了自己的经纪人：薇拉承担起文秘以及出版策划等所有事情。

190　爱泼斯坦尊重纳博科夫的作品但却无法说服他的同事们去出版这样一本新书：Schiff，205—206。

190　劳克林和科维奇认为《洛丽塔》在海外也许机会大一些：关于劳克林，可参阅 SL，152；关于科维奇，可参阅 Schiff，201. 乔伊斯首次出版《尤利西斯》时也不得不选择法国。

190 他甘愿将百分之二十五的收入分给经理人：Schiff, 201；SL, 147。

190 被《小评论》杂志的两位编辑指控为非常淫秽：de Grazia, 7—9。《小评论》胆大妄为，居然敢将《洛丽塔》第十三章中的片段登载出来。"Nausicaa."

191 它们都为纳博科夫的玫瑰园提前开垦了土地：《洛丽塔》中的玫瑰意象非常丰富，对于一部在（亚拉巴马州的）阿什兰地区进行了部分创作的小说来说其实非常合拍。其中包括了洛丽塔非常喜爱的"褐色玫瑰"（"brown rose"）。

191 《查泰莱夫人的情人》这本20世纪的头号禁书已经由格罗夫出版社出版发行了平装本：de Grazia, 338, 370。《洛丽塔》1958年在美国合法出版，从而直接导致《赫卡特县的回忆》合法再版：Schiff, 236。

191 如果他所谓的"史无前例"是指书中公开描写了与孩童的性爱场面：乱伦是玛丽·雪莱被长期打压的作品《马蒂尔达》与玛格丽特·德·纳瓦尔的《七日谈》中的主题。陀思妥耶夫斯基在《罪与罚》与《群魔》中的一章处理过恋童癖题材。《群魔》中这一章名为《主教吉洪之家》，直到1922年才发表出来。

191 他创作的这部小说都特别适合读者阅读：Schiff, 236。

191 小说在奥林匹亚出版公司出版后销量很好：小说在发行之初的三个星期的销量就达到十万册；是自从《飘》（1936）取得这样的成绩后的第一部小说：Schiff, 232。

192 放弃自己认为是用英文创作出的最佳作品《洛丽塔》：DBDV, 317。

192 "我塑造的人物是文学界里一个全新的角色……"：SL, 178。

192 那就是"毫无内涵意义的几个术语之一"：Lolita, 330。

192 它为纳博科夫表现滑稽可笑与拓展天马行空的戏仿提供了"使人感到无比愉悦"的无限机会：Ibid, 333。

192 但其中表现出来的高昂激情让读者感到要么无比困惑：纳博科夫所有作品，无论是何时何地的创作，总会具有轰动效应。

193 "陶斯镇丑陋不堪，沉闷乏味，印第安贫民都被商会安置在关键景点"：SL, 150。德米特里的回忆更为详尽，"陶思镇上的土坯房……是从两位爱好歌剧的绅士手中租借而来。房子令人痛苦的离奇古怪……总算被一辆二战时期留下的吉普车还有唱片补偿了一下，我还开着这辆吉普载上父亲踏上捕蝶之旅，而且，我第一次欣赏到了意大利歌剧作曲家威尔第的《安魂曲》，这首曲子成为德米特里最为喜爱的乐曲："Close Calls"，315。

193　声名狼藉的遗孀：Schiff，203。

193　还极力劝说纳博科夫也打消去见她的念头：Ibid。

193　"我好像已经跟你说过好几次……将俄语翻译成英语是何等的痛苦与煎熬……"：SL，149.

193　"可怜的普宁……一直漂泊，居无定所"：SL，143。

193　简内里的市场智囊、能说会道的编辑帕斯卡尔·科维奇要求纳博科夫把故事结局稍做改动：Boyd 2，256—257。

193　有俄罗斯标签的一切都受到严密监控：Diment，Pniniad，45。其中提到，1953 年，《纽约客》"涉及俄罗斯的材料异常的多"。那一年正值斯大林死去与贝利亚被捕。

193　普宁教授在漫画书中看到一幅图就自然联想到了这次历史大事件：Pnin，60—61。

193　"《普宁》将这么多的现代史实融入其中，这在纳博科夫的作品中是绝无仅有的现象"：Maar，80。

194　"这本小说有些地方妙趣横生、非常精彩。"：DBDV，304。

194　《普宁》也算是校园小说,：在麦卡锡的小说之前，已经出版的校园小说包括 C. P. 斯诺的《老师们》与薇拉·凯瑟的《教授的住宅》，以及多萝西·塞耶斯（Dorothy Sayers）的《俗丽之夜》等。

194　"纯粹出于对失败者的同情"：Pnin，35。《鸡蛋与我们》极有可能是呼应贝蒂·麦克唐纳著名回忆录《鸡蛋与我》（The Egg and I，1945），后改编为同名电影（1947）。

194　"尽管明令禁止他靠近洗衣机，但他还是忍不住偷偷摸摸去用一下，好多次都被抓现行：Ibid，40.

194　"他 1925 年在布拉格大学获得的……社会学和政治经济学博士学位"：Ibid，11。

194　"行，那就长话短说：自 1925 年住在巴黎以来"：Ibid, 33—34。

195　普宁这个角色是以做康奈尔教授、移民历史学家马克·谢夫特尔为部分原型：Diment, Pniniad。谢夫特尔 1945 年来到康奈尔大学，他作为学校招聘委员会成员将纳博科夫招募到康奈尔。能够将跟他一样是俄罗斯人，而且妻子同样是犹太人的同行招募来，他非常开心：Ibid, 31。虽然有那么多的共同点，谢夫特尔与纳博科夫还是没能成为知己。康奈尔另一位名为罗伯特·亚当斯的教授说："很多人都有这样的感觉，纳博科夫对交上挚友从来都并不热心，好像他有了薇拉也就够了，哪怕毕晓普夫妇，他们的交往那么频繁，似乎也没能成为他们的莫逆之交。"Ibid, 35。谢夫特尔可笑的英文与职业怪癖成为刻画《普宁》男主人公的素材来源。其实，比起《普宁》被刻画的角色，现实中的谢夫特尔要成功得多，1961年，他在华盛顿大学找到了自己的位置：Ibid, 56。

195　"我必须告知您：我所有的牙齿都要拔掉。"：Pnin, 34。

195　"接连好几天，他都在痛惜丧失了与自己身体密不可分的一部分——牙齿……"：Ibid, 39。

195　有一段描写了像圣马可一样的寄宿学校：Ibid, 93—96。

195　但是"现在有一个秘密不得不透露给大家"：Ibid, 8。

195　他对小说主人公是满怀深情的：纳博科夫在给一家出版社的信中，将普宁描绘成这样的人物形象："具有伟大的道德勇气，是一个纯粹的人……对朋友忠诚坚定，沉静睿智，对爱情忠贞不贰，从不自甘堕落，实乃有人格风范的性情之人。"：Boyd 2, 292—293。

196　"VN"在圣彼得堡就认识了普宁：《普宁》叙事者 VN 回忆起过去的时候娓娓道来，但可信度不大，普宁好几次不赞同他的说法。Pnin, 179—180。

196　并将这场外遇一五一十地告诉他：Ibid, 84。

196　"我打算回应——逐条逐条地——反驳您的批评"：SL, 150。

196　"核对嘉宾名单之时，一种奇奇怪怪的感受倏忽间涌上心头"：Pnin, 146；"Pnin Gives a Party", New Yorker, November 12, 1955, 47。

196　"那个好医生跟去年相比看起来好像老了不少，但是依然是那么的结实精壮。"：Pnin, 155；"Pnin Gives a Party", 50。

196　不事事都寸土必争：Boyd 2, 270. 1955 年 5 月，他在致怀特的信中说，就小说《普宁》中被称为"普宁的一天"的片段中，"我很愉快地同意做出的大约三十处的小改动"，但是，其他改动他不能接受：因为这些改动会"影响到作品的内核，这种内核是建立在一整系列内在有机转换基础之上的，哪怕只是想一想要将它们换掉就让人痛苦不堪"：SL, 156—157。

196　"他厚实健硕的肩膀，宽阔的下巴"：Pnin, 155—156。

197　"静静地独自生活在这样一栋与世隔绝的房子之中"：Ibid, 144。

197　房子掩映在一片云杉树和老榆树之中，最近的邻居都在半英里之外：Ibid。

197　普宁认为这房子跟坐落在"郊区"一样：Ibid。

197　离他住处只有五十英尺的"那道高耸的黑色的石壁"：Ibid, 164。

197　"你终于过上了舒适的生活。"：Ibid。纳博科夫从未在美国置下产业。或许他心目中的理想住所是这样的："房子不好不坏，隐蔽独立（供暖不要太难），矗立于田园林木之间，外有峭壁，还可捕蝶。""野山鸡还不时光顾停车场与峭壁之间的草地"，他还说，长满美国标志性的灌木紫丁香"密密匝匝，有些委顿地沿着一面墙壁排列开来"，一棵参天大树将"小阳春时节的树影"投射到门廊的台阶之上：Ibid, 145。

197　"如果先画一双棕色的拖鞋，两个米黄色的肘部补丁"：Pnin, 156。

197　他"用密码电文形式的诗歌把每件事详尽记录下来"：Ibid, 157。

198　"踉踉跄跄地从一个椅子找到另一个椅子"：Ibid, 163。

198　"普宁在温德尔学院任教那八个年头里，住所搬来搬去……"：Ibid, 62。这个场景预示着后面雷·卡文的故事的发生，"你为什么不跳舞？"

198　其写作目的是为了吸引出版商而不是吓跑他们：Boyd 2, 271—287。博伊德对《普宁》的讨论非常之多，他为读者们提供了异常丰富的注解，为读者读懂喜欢绕圈子的作者可谓尽心尽力，博伊德的传记将纳博科夫的每一部小说都详加解读。

198　一个"闪耀着海蓝宝石般色彩的玻璃大碗"：Pnin, 153。

199　"天啦！太精美了！你从哪儿弄来这么一只完美无瑕的神碗！"：Ibid,

157。

199　用鲜活的文字将事实表达出来的标点符号：纳博科夫在整个场景中达到的通常只有使用华丽辞藻与深刻洞察力才能达到的效果。

199　"那个漂亮的碗完好无损"：Ibid, 172—173。

199　"正聘请你的一位异常出色的同胞"：Ibid, 169。

199　因而感觉他们在吹毛求疵：SL, 179。他告知科维奇说"我从不写随笔。"

199　围绕第四章这条"中心对称轴"布局：Maar, 77。

199　女孩名叫米拉·贝洛金（Mira Belochkin）：Boyd 2, 282。

200　《普宁》于 1957 年 3 月在双日出版社首次推出，销量惊人：Ibid, 307。

200　这个东西"简直是一件令人无比愉悦、充满无限哲学智慧的工具"：Pnin, 69。

200　"普宁走下阴暗的楼梯，穿过雕像博物馆"：Ibid, 70。

200　"几年前视力就开始下降，如今几乎完全失明"：Ibid, 70—71。

201　"关于维克多，我们只能知道这么多了"：SL, 178。

201　不擅长情节描写，尽管他的情节框架安排匠心独运"：纳博科夫虽说算不上一流棋手，但至少算得上一流的棋局设计者。Gezari, 44—54。

201　对此，纳博科夫心里非常清楚，：1903 年 12 月 8 日，卡夫卡在致奥斯卡·波拉克（Oskar Pollak）的信中说，"我认为，我们应该只读那些能伤到我们刺进身体的书籍。如果我们阅读的书籍没有给我们当头一棒、让我们蓦然惊醒之功，那我们读来何用？……我们需要的书是能够让我们如临深渊、深陷哀恸之书……是一把能够敲开我们封冻心海的斧子"：Karl, 98。

201　"艾琳娜（他的新任妻子，第四任，也是最后一任）喜欢你的……"：DBDV, 316。

201　"我想，你终于走进了伟大的美国公众的视野……"：Ibid, 343。

201　"关于你的小说《洛丽塔》，这是我读到过的你所有作品中，我最不欣赏的一部"：Ibid, 320。威尔逊言下之意是，他早前读过类似恋童癖题材的小说；他可能在这里是指其实纳博科夫的《魔法师》中已经写过这个题材了。参阅"brought from Europe"的注解 p. 308。

202　"邦尼，你那篇论述巴勒斯坦的文章我非常欣赏"：DBDV，322。纳博科夫是指威尔逊发表在 1954 年 12 月 4 日《纽约客》上的文章《以色列的土地》（*Eretz Yisrael*）。六个月后，他又发表了另一篇名为《死海古卷》的文章。

202　纳博科夫感觉又被伤了一次：威尔逊在这封信的初稿中小心翼翼地声言，他的的确确是将整个手稿读了一遍的。Beinecke。

202　"我已经将《洛丽塔》（在法国）的版权售出……"：DBDV，325。

202　"一想到这部本来非常纯洁严肃的作品"：Ibid，330。

202　"我认为，我要将他的全部作品都通读一遍"：Ibid，306。

202　一定要将纳博科夫已经出版的全部作品都精读深研（*étude approfondie*）：Ibid，318。

203　"这些小说的主人公们，几乎总是……"：Wilson，Window，232。

203　"纳博科夫也曾公开讲过……说他把小说当作是他和读者之间玩的一场游戏"：Ibid。

203　他发现"施虐—受虐狂"上场了：Ibid，237。

203　他又会觉得"委屈伤心甚至恼羞成怒"：Ibid，230—231。

203　"羞辱……那位卑微可怜的小个子俄语教授"：Ibid，237。正如威尔逊所感觉到的那样，纳博科夫在表现小说人物受苦受难之时其却有幸灾乐祸之嫌。这些描写非常好玩，但有些恶毒。但其中暗含着作者本人与这些灾难不可分离的感同身受。纳博科夫也不避讳描述自己在生活中的狼狈不堪。他的作品并非要唤起人们对作者的同情，但在他塑造的那些可悲可怜人物身上，你总可以感觉到"你在其中"的特性。

203　威尔逊还觉意犹未尽，说普宁"在某种程度上，是一个多愁善感的人物"：Ibid。

203　作为叙事者的 VN 闯进文本之中：普希金在作品《奥涅金》中也是如此，他声称自己与小说虚构的主人公交情不浅。

203　"缠在她卡拉库尔羊绒手套上温暖的玫瑰红丝绸"：Pnin，134。心脏病事件更具有焦虑症发作特征。2013 年 12 月 13 日与约翰·霍普金斯大学教授特里斯坦·戴维斯访谈录。心脏病发作之类或许是纳博科夫做出写作计划中的残留部分，按照这个计划，普宁的确是会死掉的。

204　可以和卑鄙与龌龊保持距离：See Pitzer, passim。

204　普宁只是凭借记忆说她有一颗"柔软之心"：Pnin, 135。

204　米拉"无数次在地狱边缘徘徊"的濒死景象中来回切换：Ibid。

204　一个安妮·弗兰克式形象：1952 年，就在纳博科夫准备创作《普宁》的那一年，《安妮日记》出版，此书立即成为席卷全国的畅销书。《普宁》中的米拉形象让读者非常自然地联想到安妮。但日记中安妮具有许多性情上的阴影；是这个世界让她成为犹太女性牺牲品的标志性人物——这并非她的本意。《普宁》中的那些松鼠是天国中的米拉派出的使者，专门下来助普宁一臂之力：Ibid, 136。纳博科夫善于采用戏仿与互文手法来设计他的小说情节，但相对而言，创作这部小说的时候，他没有多少原型可加以利用。所有创作资源都要靠自己搞定，他遇到的困难可想而知。他不能够将故事延展开来的。最终，他"舍弃了许多场景……将所有让艺术达不到最佳效果的东西统统弃如敝屣"：SL, 178。

第十五章

205　掉转枪口指向自己曾经呵护之人，已经是怒不可遏：作家爱德华·达赫伯格这样评说威尔逊："他自始至终对我都是那么好……他这个人，只要他觉得某个作家的才华胜过他，他就会欣然地尽心尽力去帮他。"：Meyers, 448—449。作家莉莉安·海尔曼（Lillian Hellman）注意到威尔逊对女性的绅士风度，但对于一个傲慢自负的男人却另当别论，正如海尔曼向给他写书评的约瑟夫·爱泼斯坦所揭示的那样："他会从知识上将你击倒，以此证明就某个话题来说他比你懂得更多，他阅读到的是原文原著，而这种语言你根本就不懂，从而确立他在此领域不可动摇的权威地位。"：Ibid, 449；Epstein, "Never Wise – But Oh, How Smart"，《纽约时报》，8 月31 日，1986，section 7，3。

205　甚至是那些他最喜爱的纳氏作品：Karlinsky, DBDV, 24。

205　他根本没有就作品方方面面的重点要素做任何读书笔记：Beinecke。在硕大的耶鲁大学威尔逊档案馆，这样的笔记显然是没有的。

205　"明年秋天之前你有没有可能出版一本书呢？"：DBDV, 312。

205 "我已经将你定为我继屠格涅夫之后下一个俄罗斯作家的研究对象。":
Ibid, 312。

206 这位作家"表面上以自由主义学派自居挖掘极权主义的根源": Ibid,
25。卡林斯基出生于中国的哈尔滨市,20世纪30年代末期移居美国洛杉矶。"In
Memoriam", University of California, http://senate. universityofcalifornia. edu/
inmemoriam/simonkarlinsky. html。

206 因为"碰政治题材的东西非你所长": DBDV, 210。威尔逊对纳博科夫的
忠告也是他对马尔科姆·考利给出的同样忠告, 长期以来考利是斯大林主义的拥
趸,他应该从中解脱出来,以免让自己蒙受耻辱。克里斯托弗·本费(Christopher
Benfey)说:"考利是20世纪文学品位的标杆之一,但他的政治观点却如此不堪,
道理何在?"《新共和》,2月28日,2014, http://www. newrepublic. com/article/
116499/long – voyage – selected – letters – malcolm – cowley – reviewed。

206 说普希金是个只在琐碎事物的美学效果上下功夫的作家而已: Gift, 255。
作者在大学时期读过车尔尼雪夫斯基的《怎么办?》,认为小说无比沉闷。

206 "清晨,我步入这片松林世界,在我的脑海中": Ibid, 333。

207 "费奥多尔登上一辆公共汽车,坐在车上宽敞上层的售票员": Ibid, 163。

207 "一辆满载着年轻人的卡车,刚刚参加完市民狂热聚会": Ibid, 362。

207 纳博科夫这部自传体小说没有这个义务去给这些大事件做出说明与解释:
对车尔尼雪夫斯基及其思想的讨论并未局限在书中的某一章;纳博科夫关于小说观
念的批评,对于"战后一代"的社会现状的批评,从第一章就开始了。

207 "你根本就不会去了解这个可恶之人(独裁者)为什么成功上位或是怎
样成功上位的": Ibid, 210。

208 自我迷恋的艺术,那种将自我推向眉飞色舞:纳博科夫"是一个不屑将
道德问题塞进他的小说的作家"。Kopper, 64。他强烈感觉到有必要从俄罗斯历史
歌剧的骸骨陈列室中逃脱出去。他不会跟别人一样,将历史的痛苦重负扛在肩上,
然后穿上这样的外衣招摇过市。结果,相对于索尔仁尼琴、帕斯捷尔纳克与阿赫玛
托娃的受苦受难、劫后余生,他的作品显得没有历史厚重感。

208 《洛丽塔》列入年度三部最佳小说之一: Boyd 2, 293。

208　他宣称这部小说"是我所读过的所有小说中最为下流的作品"：John Gordon，"Current Events"，Sunday Express（London），January 29，1956，6；Schiff，212—213。not been mentioned：Boyd 2，293。

208　"我对我的小仙女的命运掌握在别人手里感到非常愤怒"：DBDV，331。

208　其目的就在于专门甄别"所有具有争议性的书籍、剧本"：Graham Greene，"The John Gordon Society"，The Spectator（London），February 10，1956，182。

208　这个所谓的"协会"真的一起碰了头：Boyd 2，295。

208　"（《洛丽塔》）展示出非常伟大的艺术性，她用那种前无古人的独创方式诠释了一个毛骨悚然的故事"：Harvey Breit，"In and Out of Books"，《纽约时报书评》，3 月 11 日，1956，8。布雷特在这里引用的情感表达来源于哈利·勒万。纳博科夫曾在那年 12 月致勒万的信中说："你对哈维·布雷特提到的《洛丽塔》的那个片段的善意，我将永记在心。"Houghton。

209　那场纳博科夫称之为"纠缠不清的小风波"，却使《洛丽塔》的前景一片光明：DBDV，331。

209　法国口碑极佳的伽利玛出版社获得了《洛丽塔》的法语版版权：Boyd 2，295。

209　美国几家出版商也与纳博科夫本人取得联系：Schiff，213。

209　在与哈佛有些关联的朗伊音乐学院学习音乐：娜迪亚·布朗热 1938 年至 1945 年间在这个学院工作；她给学生上作曲课，她教过的学生当中，出了像阿隆·科普兰（Aaron Copland）、昆西·琼斯（Quincy Jones）、约翰·凯奇（John Cage）等一大批著名音乐家。

209　"我的第一辆通用汽车已经坏了，现在开着我的第二辆通用：D. M.，"Close Calls"，311。德米特里的父亲 20 年代在剑桥上大学时，同样也没有按照父亲的安排去完成翻译任务，当时来说，做翻译是非常时髦的事情：Boyd 1，178。

209　他的父母是支持他的，但始终为他捏着一把汗：Véra to Berkman，June—July 1955，Berg。"朗伊音乐学院对德米特里进行了各种测试，"薇拉写道，"他们觉得他非常不错，很有潜力，强烈建议他学习声乐。我对他学习的第一年是他的试验之年的说法非常认同。"

209　推荐"一个十分优秀的青年翻译家"来完成这项工作：SL，155。

209　这位"优秀的翻译家"的父亲将会亲自坐镇指导：Ibid，156。

209　"我有个好消息告诉你：好像已经确定由你来翻译《当代英雄》一书……"：Berg，July 1，1955。

210　"这个合同（一旦确定），甲方乙方将是双日出版社与你"：Ibid。

210　"你父亲，永远不会对你说不的那个人"：Berg，December 5，1962。

210　"殷切期望你"找到一个好工作：Berg，July 1，1955。

210　"还有，请好好回顾一下过去的一年中你的财政状况吧"：Berg，June 8，1956。

210　德米特里对那些"可以动来动去的东西有种狂热的激情"：Berg，Véra's notes on Dmitri，1950。

211　伯克曼有时发现弗拉基米尔让人有些忍无可忍：Boyd 2，83。

211　"她属于那种非常细腻而又敏感的女作家之列，她的前景不可限量……"：Berg，March 10，1955。

211　纳博科夫为她提名申请古根海姆奖金：Berg，October 10，1956。他向古根海姆基金会的亨利·艾伦·莫推荐了她，与此同时，纳博科夫也为自己第三次申请基金会资助，以完成自己进行的"落基山脉蝴蝶群种"的研究项目：SL，189。但基金会拒绝了他的申请。

211　一定要全力支持她这本书的发行工作：Berg，February 2，1959。

211　她崇拜的口气应该说多多少少与她自己的利益有些关联：Berg，November 14，1955。

211　"我个人认为……小说的谋篇布局不同凡响"：Ibid。

211　与纳博科夫夫妇一些共同朋友交往：Berg，Véra letter of February 2，1959。

211　"我一路南行，到达西南部"：Berg，August 10，1959。他住在宾馆而非汽车旅馆之中，因为价格低廉的宾馆周围公交车站密布。她发现"最为肮脏"的城市莫过于蒙大拿的比尤特。

212　作家们描写长路漫漫的探险之旅蔚然成风：Heany，127—193。这类作品还有约翰·斯坦贝克的《查利偕游记》（*Travels with Charley*）（1962），克兰西·西格尔（Clancy Sigal）《一路前行：报道与回忆》（*Going Away：A Report，a Memoir*）（1962）。

212　"我从他身上学到最多的"，她这样写给薇拉：Berg, November 14, 1955。

212　她发现作为标杆的纳博科夫也让人困惑不已：伯克曼在《黑莓的荒野》（*Blackberry Wilderness*）（1959）一书中的同名短篇小说以纳博科夫之名义论及艺术家。而在语气上，小说让人想起霍桑的寓言故事。纳博科夫自己似乎在书中第一百四十九至一百五十页出场。Blackberry Wilderness（Garden City, N. J.：Doubleday, 1959）。

212　"我很高兴地看到所有英语报纸和评论对《普宁》的正面评价……"：Berg, January 16, 1958。伯克曼对《纳博科夫短篇12部》的书评刊载于1958年9月21日的《纽约时报》上。她注意到，纳博科夫经常将焦点对准被历史压碎的小人物，而且从每个故事中他都能提取到很多很多不同的"色调"。"人们可以清楚地看到，在纳博科夫头脑中对故事经历的构思并非只是单一色调（非白即黑），而是复杂的光谱。"1959年春，纳博科夫请伯克曼接管他在康奈尔大学担任的课程，但最终未成，因为她马上就要到斯坦福担任写作研究员。

212　"没有具体的细节描写……没有与众不同的艺术意象……"：DBDV, 331。

213　"……你会觉得所有的人物都是带有寓意的风筝"：Ibid, 321。麦卡锡在这里所用的"朦胧晦涩"一词似乎并没有嘲讽之意。1962年，她在《新共和》上发表的《微暗的火》的书评独具慧眼，用的都是充满敬仰的褒义词。

214　读者读到了"在某种程度上，思想是创造宇宙的一个主要动因"这样的警句：PF, 227。说话人正是金波特本人。

214　直到19世纪末，形而上之类的臆测在某种程度上已经失宠：亨利·詹姆斯的那些神怪小说都假定卑贱精灵的存在，但似乎对于高级精神境界持不可知论态度。马克·吐温则采用幽默手法来戏说鬼神并与宗教分离开来。爱默生的追随者们再也不苦苦寻觅"心灵之事实"——的的确确，这个概念已经让人觉得似是而非了。

214 对于詹姆斯来说，我们周围的世界，特别是社会层面，是复杂的和扭曲的，但并非不可知：Fluck，24。

214 这部小说最终胎死腹中，但却预示着《微暗的火》的诞生：N.，Russian Beauty，introduction to "Ultima Thule"，147。

215 如今，还有一事困扰：Berg。

215 正值纳博科夫自己描绘的"洛丽塔飓风"以翻江倒海之势：这个术语出现在薇拉与纳博科夫每日记事本上：Berg。当然也在《微暗的火》的二百四十三页对诗歌第六百八十行的评注中出现。

215 新小说"会涉及某种纷繁复杂的性灵之说"：Boyd 2，306。

215 "一个与世隔绝的独立王国"：Ibid。1957 年纳博科夫预测，几年之后，"肯尼迪总统"将会处理这位国王寻求避难的事情。

215 哈得孙河将会流向"科罗拉多"：Ibid，306—307。金波特在经历了小说中几场变故之后，逃亡到一个西方国家并在一家汽车旅馆躲藏起来，正好是纳博科夫一家曾经逗留过的那家旅馆；这个小镇名为色达恩，"位于艾多明边界的乌塔那"：PF，182。

215 小说围绕一个奇思妙想展开：金波特也许是另外一个人，但为叙事便捷起见，在这里我们就称他为金波特。纳博科夫后来写道："我不知道读者们是否注意到以下细节：1. 这位注释者并非那位废黜国王，甚至也不是金波特博士，而是维瑟斯拉夫·金波特教授，一个俄罗斯疯子；2. 其实，他对鸟类学、昆虫学以及植物学几乎是一无所知；3. 在完成索引之前，他就已经自杀身亡。"Berg，notebook for 1962. 一部作品一旦完成，作者的本意就再也得不到控制，此书就是一例。纳博科夫对这首他专为小说精心制作的诗歌（《微暗的火》）异常看重。Schiff，277—278。但金波特有时候却似乎对此不大以为然。PF，263，286，296—297。

215 《微暗的火》也许是"前所未有的完美小说"：Boyd 2，425。

215 "读到前言的第二页，金波特告诉我们"：Ibid，425—226。

216 纳博科夫注意到了一些新作：Boyd 2，398。

216 只是为普通读者写作实在有些屈辱之感：考虑到他的小说在哪儿最畅销，他也说过他认为的最好读者在哪儿，所以他的这句话就是讲给美国读者听的。由此可见，对于美国读者，他有些瞧不上眼。

216　"尽管将这些注释放在诗的后面看似符合常理，但是我还是建议读者先去查阅注解"：PF, 28。

216　"在这种情况下，要省去来回翻页的麻烦，这样做是明智的"：Ibid, 28。

216　"说这首诗非凡大气可谓恰如其分"：Boyd 2, 439。

216　"英文诗歌中有比《微暗的火》更出色的寥若晨星。"：Ibid, 440。

216　当然其他作家作品的韵味也萦绕其间，：Kernan, 102—104。

217　"我的名字被提到过两次"：PF, 48。

217　"莫德·谢德年满八十，蓦然间的生活寂寥/降临其身"：Ibid, 40。这种谐趣诗是"形式驱赶着语言表达"的一个范例：Chiasson, 63。

217　"我刚满十一，匍匐在地/观察一个上弦装置玩具——"：PF, 38。

217　这首诗与华兹华斯的《序曲》有些相似：诗人提到，《序曲》就是"在我脑海中逐渐生长的诗歌"：Norton Anthology, 230。

218　他在花甲之年接受采访时说，"我将我自己的思想"：SO, 18。

218　"抽象派小玩意；/原始人面具；激进学校"：PF, 67。《微暗的火》也有一些金波特态度严肃的评论，比如论及歧视问题，说到应该怎样称呼黑人与犹太人的问题：Ibid, 216—218。

218　《普宁》主人公在冥想中说他"不信独裁专制的上帝"：Pnin, 136。

218　"摇篮在一道深渊之上摇晃起来，常识告诉我们"：SM, 19。

218　"巨大的努力，力争辨别出哪怕是最为微弱的个人之光"：Ibid, 20；Alexandrov, 23—24。

218　"所有的事情都集中在某一时间点上"的超然能力：SM, 218。

218　"他用小棍般的铅笔轻轻敲打着膝盖，与此同步"：Ibid。

219　诗中一些句子证明了这一点：Alexandrov, 187。

219　以 pexed artisty 为例，代表他自己：PF, 63。

219　"我觉得唯有/通过我的艺术，结合欢悦心情，/我才能理解生存，至少能理解"：Ibid, 69。

219　"在我那狂热的青春时代，有一阵/不知怎的我竟怀疑那尽人皆知的"：

Ibid, 39。

220 "也许她不漂亮，但她很可爱。": Ibid, 44。

220 "没用，真没用。"诗人无比痛惜：Ibid。

220 "我们心头那些怜悯的精灵也依然会议论：/没有谁的嘴唇会沾享她那香烟上的口红": Ibid, 44—45。

220 "我们敢担保她表现得得体吗?"你问道：Ibid, 49。

221 "你那枚红宝石戒指制造生活，也执法森严。": Ibid, 49—50。

221 这种犹如音乐中对位法式的写作推进在小说多个部分不断重复出现：就在谢德夫妇看电视的同时他们的女儿却溺水身亡的那些诗行进行评注，金波特说："同步性这种艺术手段，福楼拜与乔伊斯一直都喜欢用直到去世。": Ibid, 196。

221 而是查尔斯·泽维·瓦茨拉夫: Ibid, 306。

221 这个国家位于遥远的北方地区: Ibid, 315。

221 "哦! 我没有奢望他会完全沉浸在（我的）主题当中": Ibid, 296—297。

222 "我是那只太平鸟的幽灵/被窗玻璃中虚假的蓝天杀死": Ibid, 33。或许这是一种雪松太平鸟；而颜色更为鲜艳的波西米亚太平鸟在美国西北部与加拿大西部更为常见：Birds of North America, 240—241。太平鸟完美得近乎怪异，看起来不像是羽毛而是无缝材料做成的。

222 "所有的颜色都让我感到开心：甚至灰色/我的眼睛亦如照相般地精细": Ibid, 34。

222 "强烈感觉到自然万物与我紧紧熨帖": Ibid, 36。

222 "而且从自我的内部，我想复制/另一个自我": Ibid, 33。

223 金波特宣称说他"从不奢望将那些 apparatus criticus 扭曲或打碎后弄成一部小说模样的东西": Ibid, 86。

223 "我转身离去……我解释说不能待太长时间": Ibid, 23。

223 "现在我们要从 1958 年 8 月中旬追溯到三十年前 5 月的某一下午……": Ibid, 123, 125。纳博科夫将王权写入《微暗的火》是对美国读者估测稍有偏差所致——对我们美国人来说，国王就是要被废黜的，是注定会被历史的大潮冲走的——不过，纳博科夫的本意或许并非是写给美国看的，他心怀的也许是全世界的读者。

223 "我确实知道，在我之前曾对向我大献殷勤而我置之不理的那些年轻教师之中"：Ibid, 97—98。

223 "一天我正好进入英语文学办公室……无意间听到一位年轻教师说道"：Ibid, 24。

224 "我得尝一下猪肉。"这句建议简洁明了，让我觉得有趣好笑：Ibid, 20—21。

224 "圣主耶稣啊，求求您显显灵吧！"：Ibid, 93。

224 "就在我住处的边上，有一个喧嚣闹腾的游乐场"：Ibid, 13, 15。

224 遗憾的是，他选择使用了英国诗人蒲伯的韵律风格：这一点都不奇怪，因为谢德本来就是蒲伯研究专家。他跟其他作家一样，或许被自己的研究严重束缚而不能选择其他韵律：Boyd 2, 443—444。

224 诗歌在其自身的无能为力中寻求到了智慧：Kernan, 124—125。

225 虽然"天性自卑"，意志消沉：Ibid, 173。

225 心中总有"挥之不去如冻土一般板结的恐惧：Ibid, 258。

225 "活泼放松、疯癫傻笑的一面"：Ibid, 173。

225 "对我来说，我对谢德的仰慕之情就像在高山疗养一般醍醐灌顶"：Ibid, 27。

225 片刻之后就可以创造出"有机统一的奇妙作品"：Ibid。

225 "（附近的游戏）传来叮叮当当的马蹄音乐声"：Ibid, 289。

225 "我庄重地掂量了一下左腋下所夹带的信封重量"：Ibid。金波特充满敬畏，但还是完全不妨碍他将手稿里的语义歪曲或生造他自己的诗行。

225 "全身沉浸在沉醉与幸福之感之中"：Ibid, 246。纳博科夫将金波特降临的那片田野描绘成"干草遍布的田野"，"其间开着小花的野草非常繁茂"，这种草或许就是豚草。"在北美地区，超过半数以上的花粉过敏性鼻炎是由豚草引起的"，这种黄色花草的确非常繁茂。"Ragweed"，Wikipedia，http://en. wikipdia. org/wiki/Ragweed。

226 "这位登山之人逐渐意识到有一个幽灵伙伴"：Ibid, 233。笔者从汉弗莱斯山下来时的确也经历过这样的幻觉：Sierra Nevada, 1987。

226　谢德对金波特来说就是这样一个朋友：这首诗中提到谢德与另外一位叫保罗·亨兹内尔的当地农民之间的友情，亨兹内尔"对所有东西的名字了如指掌"：Ibid, 185。

226　会在不经意间流露出对大山的兴趣：Ibid, 62。在本书第五十二页上，谢德说过："我热爱高山大川。"

226　"大山是多么宁静，在西方天空的苍穹之下宛如一幅柔和的油画。"……然后脱个精光，主动投怀送抱：Ibid, 119, 140, 139, 139, 140, 142。这段令人困惑不已的详尽描绘或许是为了表达纳博科夫笔下的谢德对高山的热爱，或者也是为了表达德米特里对高山不可遏制的激情。登山运动员往往喜欢讲述冗长而详尽的故事。

226　电视的"微弱灯光"成为从遥远小屋里散发出来的"微弱灯光"：Ibid, 140。

226　谢德将她称作"深色红蛱蝶"：金波特将这种红蛱蝶看作"死亡象征"（"memento mori"），这种蝴蝶在这部小说中翩然飞舞，就在谢德被枪杀之前，红蛱蝶就停留在谢德的衣袖之上：Ibid, 290。这个场景与惠特曼手上拈着蝴蝶（制作出来的蝴蝶）的那幅著名照片应该没有丝毫关系。

226　"我来自山中；当如鱼子一般/我又越过这些大山"：Norton Anthology, 156。

226　《微暗的火》中有一段美文，从歌德的《魔王》那里借用过来,：PF, 57, lines 662—664。

226　当查尔斯逃亡时，反复吟诵着相似的段落：Ibid, 143, 239。

226　产生了想去写一篇精彩注解的灵感：博伊德坚持认为，是谢德完成了《微暗的火》整部作品，当然包括假托是金波特完成的诗歌注解。Boyd 2, 443—456。本人觉得博伊德观点有些道理但过于简单化。

227　"经过长时间浸淫于蓝色魔法，模仿世界上的各种散文对我来说可谓得心应手"：Ibid, 289。意欲将《微暗的火》这样的小说做出清楚明晰的解读，其出发点是可以理解的，但是书中那些难以索解的神秘、似是而非的一团乱麻同样叫人欲罢不能。有一种偷懒的说法。纳博科夫在一次访谈中说："现实就是无限连环的阶梯，是无限层级的感知，是没有尽头的无底洞，因而，……永远别想抓住它。对于现实，你可以了解得越来越多……但是要想尽力掌握简直就是痴人说梦……实在是毫无希望。"另一场合，他又说："我们总是强烈地感觉到，真实世界老是从我们眼前逃脱而去，徒留下情何以堪之屈辱感！"：Bloom, 99。虽然金波特声称自己是诗歌创作的门外汉，但或许他才是谢德名下那首循循善诱的诗歌作者，有一次他对本校教工的妻子赫尔利（Eberthella Hurley）说过，"从某种意义上说，我们大家无一不是诗人"：PF, 238。他将谢德的诗歌生发出许多变体诗行，在他做的诗歌索引中有意做过手脚，而且承认书中有几处就是出自他自己之手："赞巴拉国王的逃亡（K's contribution, 8 lines）70；《艾达》（K's contribution, 1 line），79；Luna's dead cocoon, 90—93；孩子们寻找秘密通道（K's contribution, 4 lines），130。"等等。PF, 314。

227　把赞巴拉从古板的超验主义诗歌中派生出来：Kernan, 104—105。Shade is "in that surprising – American way of Emerson and Thoreau . . . a mystic and a visionary, – irreli – gious – but persuaded that beyond this seen world there is another unseen, that life here is but a step on the way to a transcend – ental – beyond"：Ibid。

227　"（将这些手稿浏览完第一遍之后）我逐渐重拾往日的镇定"：PF, 297。

227　"此人身材高大，行动迟缓，除了诗歌，一切对他来说都那么兴味索然"：Ibid, 286。花费十年查找研究《叶甫盖尼·奥涅金》的档案资料，纳博科夫本来应该感觉到迟缓的滋味。这段描述实际上说的是阿洛斯公爵康玛尔在赞巴拉王国所做的第一个、但又非常粗糙的莎士比亚作品译本：Ibid, 306。

228　他并不赞同谢德对于原罪和上帝的怀疑：Ibid, 224—227。

228　仿佛觉得自己"灵魂得到了升华"：Ibid, 258。

228　"没有任何理由，马上就失声痛哭。"：Ibid, 259。

第十六章

229　那个废纸篓里珍藏着"厚厚一沓美国线路图"：Laura, introduction。

229　"听上去犹如长号一般刺耳乏味，而非小提琴那般悦耳动听"：Field,

Life in Part, 32。纳博科夫曾在《论灵感》一文中提到过悸动一词：SO, 310。

231 他曾是旧金山波西米亚俱乐部的成员：Hagerty, Life of Maynard Dixon, passim。

231 而正是狄克森的遗孀伊迪丝·哈姆林·戴尔：Edith Dale to Véra, February 9, 1956, in Boyd 2, 698n30。狄克森的前妻是著名摄影师多罗西亚·兰格（Dorothea Lange）。

231 他们也会沿着东南方向开两小时的车：SL, 186。纳博科夫非常喜欢他那"漂亮的小农舍"：Ibid。他对威尔逊是这样描述的：附近"粉红色、土陶色、淡紫色"的峭壁与"莱蒙托夫笔下高加索地区的背景何其相似"——在薇拉的协助之下，他正抓紧完成莱蒙托夫的《当代英雄》一书的翻译，这本来应该是德米特里的任务：DBDV, 333。

231 仍是那么空旷，人口密度之低仅次于内华达：U. S. Census, 1950. http://en. wikipe－dia－. org/wiki/1950_United_ States_Census State_rankings。

232 诗人不幸在决斗中丧命：EO, vol. 3, 43—51。纳博科夫对《叶甫盖尼·奥涅金》中伦斯基与奥涅金之间的决斗的解释，以及他对发生在1837年1月27日的普希金与德·安瑟斯之间的那场决斗（普希金不幸丧命）的解释，其语气沉重而简洁，这在纳博科夫其他作品中很难找到。

232 能找到一个像薇拉这样拥有善良的心地与高雅的文学修养的妻子：Leving, 3。1987年到2008年间，与皮特·什科尔尼克（Peter Skolnik）一起担任纳博科夫文学经理人与产业代表的尼基·斯密斯（Nikki Smith）说，从20世纪30年代开始，薇拉就开始充当纳博科夫的"原始经理人"，负责将纳博科夫的作品分包给各个出版商与像简内里这样的副代理人：Leving, 4。

232 "天清气朗……小轿车大胆地穿梭迁回"：Pnin, 190, 191。

232 他们仅在七周之内就开了八千英里：Boyd 2, 363。

232 这本日记开头便简要概括到达美国后，发生在他们身上的每件事情：Berg, page－a－day。

233 用年份给车辆取名：Berg。

233 第一次开的是一辆薇拉称为"福特－恺撒"的车：D. N., "Close

Calls"，307，310。德米特里称别克车"非常大气"。

233　志向远大而又狂傲的德米特里：Berg。据德米特里的朋友莱文（Sandy Levine）所讲，德米特里在哥伦比亚大学国际学院担任笔译，"因而在那里结识了不少女孩"：Interview with Sandy Levine，June 3，2012。据博伊德所说，他是在为《苏联新闻文摘》工作，有可能就是担任笔译工作：Boyd 2，362。德米特里的公寓是在西区大街636号第八栋；电话是 Lyceum 5－0516。

233　他加入了预备役部队：Interviews with Sandy Levine and with Brett Schlesinger，November 27，2012。预备役在纽约市的集训地点是西四十七街529号。

234　他正准备将俄国12世纪诗歌《伊戈尔远征记》翻译成英文：Diment，Pniniad，40。1958年9月，纳博科夫将译稿进行修改润色，1959年5月薇拉将译稿打出来，1960年，译本终于出版。

234　他跟对方说"今年他会名声大噪"：Interview with Schlesinger。

235　紧锣密鼓地创作《洛丽塔》之时发生的往事记录在案：Berg。

235　雨后的太阳伴着彩虹慢慢浮现：Berg，page a day。

235　大约是1958年7月15日，《洛丽塔》新书样本见面会：Ibid。他的日记说明见面会是在加拿大亚伯达沃特顿湖国家公园举行。博伊德的《美国岁月》第三百六十三页说是在蒙大拿的巴布举行的。而希斯夫的传记的二百二十八页却猜测是在冰川国家公园举办的。

235　是"真正伟大之作家"：Berg。《新共和》社论提到，《洛丽塔》也有邪恶一面。

235　这座塔看上去就像"一个带点紫色巧克力的……巨大的甜筒冰激凌：Berg，page a day。

235　"牛仔竞技表演在谢尔丹市（怀俄明州）大行其道"：Ibid。薇拉的讲述好像是在说（其实不然）约翰·休斯顿（John Huston）电影《乱点鸳鸯谱》（The Misfits）（1961）中内华达一个小镇举办的竞技表演。

235　明顿是个"最棒的出版商"：Ibid。不久之前，纳博科夫夫妇还认为明顿就是个不靠谱的人：Boyd 2，364；Schiff，229。

236　"发行日那天每个人都在谈论《洛丽塔》"：SL，257。《泰晤士报》评论员奥维尔·普雷斯科特（Orville Prescott）震惊不已："对这个性变态一点都不反感，反而热烈地追捧，要将这种反常热度描述出来是不可能的事情。如果让纳博科夫自己来做，他也未必做得到。"："Books of the Times"，《纽约时报》，10 月 18 日，1958。

236   并要求再订购六千七百七十七本：SL, 258。

236   《洛丽塔》在《纽约时报》最佳畅销书排行榜上名列第一：Schiff, 230。《洛丽塔》从 1958 年 9 月 28 日到 11 月 9 日期间占据销量排行榜第一位置。从 1958 年 11 月 16 日到 1959 年 3 月 8 日，《洛丽塔》仅次于《日瓦戈医生》位居第二；3 月 8 日掉到第三位，位列《日瓦戈医生》与里昂·尤里斯的《出埃及记》之后：Hawes Publications, http://www.hawes.com/1958/1958.htm and http:// www.hawes. com/1959/1959.htm。

236   在巴黎穿着波纹绸裙配貂皮披肩：Schiff, 255。

236   在英国和法国都被排在禁书之列：在美国就没有将此列入禁书。自己的居住国从未禁过《洛丽塔》，纳博科夫为此深感自豪。"就这个方面来说，美国可谓是世界上最为成熟的国家。"他对《纽黑文纪事报》如是说：Boyd 2, 367。在法国，1955 年《洛丽塔》由奥林匹亚出版社出版面世之后，政府即启动了禁书令，一直等到 1958 年之后方才解禁：Boyd 2, 364。法国至此启动的禁书令是应英国政府的要求做出的；当时，《洛丽塔》一书横跨英吉利海峡源源流入英国：de Grazia, 260。1958 年 5 月，法国又对此书颁布禁止法令，规定不可将此书出售给十八岁以下青少年，也不可将此书在书店公开摆出：Boyd 2, 364。1959 年，英国解除《淫秽出版物法令》获得通过，《洛丽塔》才得以在英国出版：de Grazia, 266。

236   把《洛丽塔》称为一部"非常令人不可思议的小说"：Dupee，"'Lolita' in America"，30。

236   成为"出版业的……一道奇特风景"：Ibid。

236   那些接受《洛丽塔》的读者包括"眉毛高高扬起者——平视者——还有仰视者"：Ibid, 35。

236   "碰巧在正确的时间在美国问世"：Ibid。

237   二战后，美国出现一种"本土化"运动转向：Ibid, 31。

237 "纳博科夫根本就没有将自己融入这种大气候之中"：Ibid, 30, 31。

237 这个有些尖酸刻薄的人知道如何自娱自乐：McCarthy, "F. W. Dupee"; McCarthy, "On F. W. Dupee"。

237 "艾森豪威尔时代的褪色笑容已经能够成为可怕的咧嘴大笑"，"the fading smile"：Dupee, 35。

237 读者又一次听到亨伯特在嘲笑他们：Ibid。

237 《洛丽塔》是"如此让人震惊"：Ibid, 31。杜伯将《洛丽塔》视为20世纪60年代文学转向的第一个标志性作品。他非常乐于见到常态化的美国正在被以幽默的方式进行毫不留情的解剖。当时，《铁锚评论》正转载《洛丽塔》略有删减的小说长篇选段，杜伯专门为此撰写导读，他说："小说的总体效果非常深刻诡异……《洛》中还原出来的生活场景触目惊心但又似曾相识。"杜伯援引诗人约翰·霍兰德所说，"小说因为表现一种我们意想不到的性变态主题而红火起来"，但却"并没有临床医学、社会学或神话学意义上的一本正经"。他竭力想要告诉我们，亨伯特的困境其实也是美国20世纪50年代"我们"共同的困境。"最该嘲笑的是这些评论家，我们每一个人的现实都隐藏于小说中古怪奇特的皮影戏中，他们对此却根本就没有发现。"杜伯在《文汇》（*Encounter*）上发表了一篇文章，说纳博科夫在《洛》后记中否认他对美国显示的刻画，听上去"俨然一个一无所知的本土作家"。

237 因为他刚读了《时代周刊》上的报道：Schiff, 232。

237 在1958年，这笔钱可是个相当惊人的数目：1958年时期的十五万美元，相当于2014年的一百二十万美元。DaveManuel.com, http://www.davemanuel.com/inflation – calculator – . php。

237 弗拉基米尔认为薇拉的账户"很重要"：Berg。"重要"一词出现在纳博科夫夹在每日记事本中的一张方格纸上，方格纸三行五格，系纳博科夫手书，上写："我的日记注明，1951年夏，创作《洛丽塔》，更为重要的是，薇拉的日记记录下《洛丽塔》出版后的几个月发生之事。"

237 "电影公司与各种经理人"邀约不断：Berg, page – a – day。

237 ·"所有这一切三十年前就该发生了"：SL, 259。

237 来自《生活》杂志的编辑团队来到伊萨卡：Boyd 2, 366。

238 这本书先被送去法国，在那里：在这旷日持久的过程中，《洛丽塔》有时间赢得如格林等德高望重人士的青睐。《洛丽塔》在美国出版而没有吃官司，不仅为威尔逊的《赫卡特县的回忆》的再版扫清了障碍，也为劳伦斯的《查特莱夫人的情人》获得成功庇护，并最终让这部禁书第一次在英国合法出版：Schiff, 236。

238 他们"不相信我们能听到"：Berg。

238 他们看到《史蒂夫·艾伦秀》的正上演介绍：Ibid。

238 "米尔顿·伯利在新年的第一次演出中……这样开场"：Boyd 2, 374。

238 纳博科夫第一次在电视上亮相，是在曼哈顿的一个加拿大节目中：Berg。

238 无非就是一种反苏策略的需要而已：Boyd 2, 372。《洛丽塔》出版后数日，《日瓦戈医生》就在《时代》杂志畅销书排行榜上取而代之名列第一，两部小说在排行榜第一、第二位置上轮流坐庄一直到下一年开始。纳博科夫还反感一个叫史怀哲的博士（Dr. Schweitzer），反对他对罗素哲学的解读，他所谓的改良主义、夸夸其谈的神学理论。

239 他问特里林读书时是否不动感情："Vladimir Nabokov Discusses 'Lolita' Part 1 of 2," YouTube video, posted by JiffySpook's Channel, March 13, 2008, http:// www. youtube. com/ watchv = Ldpj_5JNFoA。

239 "但的的确确，在这本书的字里行间暗含着嘲讽的口吻"：Ibid。

239 如有需要，他会引用一些自己的东西。：Dieter Zimmer, "Vladimir Nabokov: The Interviews", http:// www. dezimmer. de/HTML/NABinterviews. htm。到《洛丽塔》出版后十五年左右为止，已知的就有一百二十五个采访者。

240 或是半倚靠在沙发上：DBDV, 300n1, for N. 's affinity - for sofas and couches。他说，"我喜欢斜躺着（沙发里最好）吃喝，不说话"。

240 "还只是这么小的女孩呀，只有区区十二岁"："Vladimir Nabokov Discusses 'Lolita' Part 2 of 2," YouTube video, posted by JiffySpook's Channel, March 13, 2008, http://www. youtube. com/watchv = 0 - wcB4RPasE。

240 他都从这个纪录片中获得灵感——这一点简直无须辩解：Ibid, especially - minutes 1：33 and 1：45。

240 塞勒斯在后来出演的电影《奇爱博士》中："Dr. Strangelove and the Bomb"，YouTube video, posted by vilixiliv, November 6, 2010，http://www. youtube. com/watchv = - mUCLHzWiJo。

240 他那张大脸上时不时露出美丽、孩童般的微笑：他的微笑令人想起电影明星蒙哥马利·克利夫特（Montgomery Clift）出车祸后的微笑。

第十七章

241 在纽约第三大道一家名为尚博尔德的餐厅用餐：此餐厅位于第三大街803号。这里是演员名流聚集之地，明星奥森·威尔斯（Orson Welles）、约瑟夫·科顿（Joseph Cotten）、玛格丽特·沙利文（Margaret Sullavan）经常光顾这里。

241 明顿的妻子波莉也同他们一起用餐：一起就餐的还有萨勒尔夫妇，薇拉认为，萨勒尔是帕特南之子出版社的"第二把手"。Berg, page - a - day。

241 是因为一个"轻浮浪荡的过气的拉丁区歌舞女郎"："Books：The Lolita Case"，《时代周刊》，11 月 17 日，1958。

241 "《洛丽塔》问世后，沃尔特开始与形形色色的人打交道"：Berg, page - a - day。

241 而更不可思议的是：这笔佣金是 2 万美元：Schiff, 237n。佣金是作者出版第一年版税的 10% 加两年内小说版权附加条款获利的 10%：Ibid, 236n。

241 那是一辆 1957 年版名爵车：Berg, page - a - day。

242 把她称为"一个过气的放荡女子，笑容都是那么轻浮"：Time，"The Lolita Case"。

242 "我在想，这种事情是否是如今美国的常态"：Berg。

243 nymphet（性感少女）——被列入语言词汇之中时：纳博科夫与特里林接受电视采访时，这个杜撰的新词被提及。

243 认为该书"在博大胸怀的美国人之中激发起深深的共鸣"：DBDV, 363。

243 美国 20 世纪 50 年代最畅销的小说——格雷斯·梅塔理奥斯的《冷暖人间》：Schiff, 229。

243 其背景也都设在新罕布什尔：小说中的拉姆斯戴尔与比尔兹利似乎是作

者虚构的新罕布什尔州的地名。

243 优雅的欧洲人亨伯特发现他自己处在这样一个文本里：他请求伯克曼，但当时他并不在，然后雇用了小说家赫伯·戈尔德，他是由威斯利学院前同事推荐的：Boyd 2, 376。

243 其作者帕斯捷尔纳克早在 10 月就获得了诺贝尔文学奖：帕斯捷尔纳克被迫拒绝领奖：Ibid, 372。

243 平装本版权出让金（十万美元）产生了另一笔巨额的支出：Ibid, 374。

243 她将此情况告知了康奈尔大学的法学教授：Berg, page - a - day, November 16, 1958。

243 曼哈顿的一家法律公司：Schiff, 247。

243 弗拉基米尔要求他的出版商用"政府债券或者其他安全证券"给他支付一半的销售收入：SL, 262。

243 并规定"译者必须是：1. 男性，2. 美国出生的人或者英国人"：Ibid, 258。

244 他的父亲签订了一份协议，德米特里借此立即收取了一笔预付款：Ibid, 276。德米特里 1958 年末着手翻译此书，圣诞节之时他将部分译稿给父亲审阅，父亲对译稿甚为满意，催促德米特里辞掉纽约的工作专心搞翻译：Boyd 2, 377。

244 "这件事给我带来的快乐我简直无法形容"：Houghton, letter of February 12, 1959。

244 "之后，他得了那场感冒，或者说流感"：Berg。

244 多见于性病感染后的青年男性：Barth and Segal, 1。1961 年 1 月 16 日，纳博科夫致信儿子："我特地停下我的文学创作，专门写了这首有指导意义的韵文给你：在意大利，为了他自己/狼必须戴上'小红帽'/千万千万，牢记在心。"：SL, 324。

244 那是他唯一做过的办公室工作：Interview with Brett Schlesinger, November 27, 2012。

244 1959 年 1 月 19 日，纳博科夫在康奈尔大学教授他的最后一堂课：SL, 276。

244　来自世界各地新闻界的关注接踵而至：Schiff, 246；Boyd 2, 380。纳博科夫还婉拒了大卫·萨斯坎德（David Susskind）与迈克·华莱士（Mike Wallace）等著名媒体人的邀请：Berg。

244　薇拉每天要写多达十五封商业信函：Berg。

244　成千上万的人冒出来以一睹他们的真容：Schiff, 247。

244　并向他们做出承诺，会出版以下书籍的全新英文版或英文初版：Boyd 2, 381。威登菲尔德占据他与尼科尔森创办的新出版公司的一半股份。尼科尔森全名奈杰尔·尼科尔森（Nigel Nicolson），系哈罗德·尼科尔森（Harold Nicolson）与维塔·萨克维尔-韦斯特（Vita Sackville-West）之子：Boyd 2, 378。

245　纳博科夫在纽约的时候校对了校样：Boyd 2, 381。

245　这幅令人愉悦的图景极有可能梦想成真：为了追寻自己的歌剧梦想，德米特里很快掌握了意大利语，后来他还将他父亲的部分作品翻译成意大利语。

245　田纳西的山地"到处都是盛开的山茱萸"：Berg, page-a-day。

246　"一本充满冷布丁的书，就仿佛听到隔壁传来的连续不断的鼾声"：SO, 71。他也创作出了《透明的东西》（1972）与《瞧那些小丑!》（1974）。

246　"昨晚，康奈尔大学一群学生聚集在校长马洛特的家门前"：Berg, page-a-day。塞尔还是被恢复了毕业资格，赶上了下个月的正式毕业。对此事件，塞尔的朋友、一段时间的室友理查·法瑞纳（Richard Faria）将此事件写进他的小说《往事如昨》（Been Down So Long It Looks Like Up to Me）（1966）。塞尔的妻子菲斯·塞尔后成为帕特南之子出版社的编辑。她成为包括纳博科夫译作《魔法师》等纳氏很多在帕特南之子出版的作品的责编：Berg。

246　她自豪地说："我们全都支持尼克松"：Houghton, Véra to Elena Levin, July 27, 1972。1968 年 3 月，薇拉致信艾莉森·毕晓普："没有什么比这场战争更糟糕的事情了，但从内心来说我们却不明白总统先生……可以采取什么行动。将这个国家以及整个远东留给共产主义？……这是与共产主义一决高下的生死存亡的斗争，而非发生一隅的局部战争。"：Berg。

247　他给了他们一张他所创办的美国保守刊物《国民评论》的订阅单：Berg, N.'s notes to Field, February 20 and March 10, 1973。作家凯鲁亚克也经常阅读《国民评论》。

247 美国的种族大战一触即发：Schiff, 338。

247 1966 年，戴高乐领导下的法国脱离北大西洋公约组织：Schiff, 335。

247 焚烧美国国旗或者错误引用国旗形象来侮辱国旗的行为：Ibid, 338。

247 罗马尼亚裔美籍演员兼制片人约翰·豪斯曼的演绎：1904 年出生于雅克·豪斯曼家族，父亲是阿尔萨斯犹太人，母亲是威尔士爱尔兰人。约翰·豪斯曼在英格兰布里斯托的克里弗顿学院上大学，这里特别欢迎犹太男孩，为他们提供吃住。"John Houseman", Wikipedia, http://en.wikipedia.org/wiki/John_Houseman。

247 口音中残留的俄罗斯味："75 at 75: Brian Boyd on Vladimir Nabokov," recorded April 5, 1964, posted July 18, 2013, http://92yondemand.org/75 - at - 75 - brian - boyd - on - vladimir - nabokov。

247 "我已经收集了大量的笔记、日记和书信"：SL, 508。纳博科夫提到的那些文件资料存放在伊萨卡，1969 年运送到了瑞士蒙特勒，以便于传记作家菲尔德查阅。

248 "俄罗斯流亡者……一般都不会去借别人的梳子"：Berg, notes for a second vol. of Speak, Memory。

248 甚至那些美国人都向埃德加·爱伦·坡看齐：Zweig, 225; McGill, 173—174。

248 威尔逊为《日瓦戈医生》的宣传不断游走奔波，但纳博科夫却将其视为垃圾：SL, 264。纳博科夫是在致德怀特·麦克唐纳信中这样说的："那本书垃圾似的，浮夸、虚假、拙劣，不管是它的景物描写还是书中的政治色彩都不能阻挡我将之扔进字纸篓。"

248 威尔逊在《纽约客》和《文汇》杂志上各发表了一篇长论文：《一生的生活与他的守护天使》(Doctor Life and His Guardian Angel)《纽约客》，11 月 15 日，1958，213—238，和《〈日瓦戈医生〉中的传奇与象征》("Legend and Symbol in 'Doctor Zhivago'")，《文汇》，6 月 9 日，1959，5—15。

248 他远离政治，沉默寡言，却写下了一部史诗性小说：1959 年 1 月，尼古拉斯·纳博科夫在印有文化自由委员会 (the Congrès pour la Liberté de la Culture,

由中央情报局资助成立的艺术组织，尼古拉斯担任该组织秘书长）字样的信笺上，他这样写道："我那些波兰朋友，他们是目前唯一一家被公认为最优秀的波兰语杂志的主创人员，非常想要征得你与《纽约客》的同意，允许他们将你发表在《纽约客》杂志上论述帕斯捷尔纳克的文章翻译成波兰语……这份杂志的名字叫《文化》（KULTURA），在巴黎出版，为波兰国内的知识分子圈子秘密流传。"：Beinecke。

248　"受英国与美国版英译本的影响，文中很多诗歌被排除出去"：Wilson，"Legend and Symbol"。《日瓦戈医生》中也写了一位追求终极彻悟的诗人，作品中含有这位虚构诗人的大量诗作，这一点与《微暗的火》遥相呼应。

248　"小说暗含极为巧妙的隐喻，有些地方与乔伊斯的表征方式颇为相似……"：Ibid。

249　"纳博科夫对帕斯捷尔纳克的评价极为恶劣。"：Schiff，243—244。

249　"司汤达就是个彻头彻尾的骗子"：Wilson，Letters，578。

249　他认为托尔斯泰的《伊凡·伊里奇之死》充满了"残酷的反讽"：Ibid。

249　将表现他个人的受苦受难之路堵死：Pitzer，17。

249　"埃德蒙的评论就是象征性社会批评"：SL，293。

249　"现在，您也知道，新方向出版公司打算再版《斩首之邀》"：DBDV，362。

250　连续三十三周成为《纽约时报》最畅销书：Hawes Publications，http://www.hawes.com/1956/1956.htm。

250　又写了两篇引起广泛轰动的文章：《初读溯源》（*On First Reading Genesis*）May 15，1954，and《死海古卷》（*The Scrolls from the Dead Sea*）May 14，1955。《初读溯源》后来重印上万。

250　夸赞威尔逊的评论风格是英语史上难得一见的：Dabney，351。

250　他在报告文学《美国恐慌》的基础上写出反映纷繁复杂历史事件的《致歉易洛魁人》：皮特·纳博科夫，尼古拉斯的二儿子，就读哥伦比亚大学，对研究美国印第安人与人类学感兴趣。1961 年，他在父亲举办的聚会上认识了威尔逊，在他的《致歉易洛魁人》出版之后，他写信给威尔逊，希望威尔逊给他的专业与文学创作的结合指点迷津。皮特努力寻求他职业生涯具有标志性意义的成功：Beinecke。

250　"不仅是我最敬重的人，而且和他在一起，能够感到无限欢愉"：Dabney，353。

250　之后，他们的书信往来完全停止：一位仔细研究了他们之间通信往来的学生发现，两人如同夜航中迷路的两艘船，对彼此之间发出的情感信号不做反应：Kopper，58。而回应之时，纳博科夫尤为内敛。两人或许都对彼此的感受觉得难堪。在渐渐失去威尔逊的消息之时，纳博科夫还是表现出真挚的热忱与友好。威尔逊却感觉到纳博科夫乍富之下有些狂傲自大，霸道欺人之风日盛。他们相互之间不能再见面，彼此都在书信中屡屡为之表示歉意。

251　"这个译本虽然就某些方面来说有些价值，总体上却令人失望"：Wilson，"Strange Case"，New York Review of Books，July 15，1965。

251　"纳博科夫先生……在本刊占了不少篇幅，谴责沃尔特·阿伦特教授早前的译本"：Ibid。阿伦特写了一封信回应纳博科夫对自己的抨击，信函语气非常绅士，但也注意到"追求文本完整的那种神圣诉求的背后，他纯粹的细小毒液四溅开来"：Beinecke。1962 年，阿伦特因翻译《叶甫盖尼·奥涅金》而获得了波林根年度翻译大奖。

251　纳博科夫讽刺他说"只有一群彻头彻尾的傻子才会认为威尔逊先生是我这领域的学术权威……"：SO，247。

252　"长期以来他狂热地浸润于俄语和俄语文学却又无可救药"：Ibid，82。

252　纳博科夫用"恶心到极致"的字眼发泄不满：Ibid，80。

252　他太过沉湎于"人道主义批评方法，这种批评太过肤浅"：Ibid，88。或许，纳博科夫当时注意到了苏珊·桑塔格 1964 年发表的论文《反对阐释》。那一年，桑塔格在第九十二大街读书会上介绍过纳博科夫的作品。

252　又短又粗的铅笔：Ibid。

252　说他的译本"枯燥乏味，沉闷异常"：Ibid，81。

252　文章的全篇表面上看起来情绪激昂，实则充满忧郁哀伤：威尔逊在耶鲁期间撰写的论述帕斯捷尔纳克的文章比起他论述纳博科夫的要多很多：前者有 13 卷档案，后者只有 2 卷，而且这 13 个卷宗中的有些满到爆出来。威尔逊的确写过一些让人极不爽的言辞，比如：对《绝望》与《暗箱》中的"中产阶级深恶痛绝"，"对战后德国肮脏的资产阶级深深恐惧"；"正如你在那个时期的德国电影中（发现）的那样，有一股病态而残忍的暗流涌动"；"用一种污秽有毒的笔触，表现乌七八糟的性变态，宵小伤人的性虐待狂"；"旧式彼得堡纨绔习气与想入非非充斥其中"。威尔逊尝试用细细渗透纳博科夫一部作品（尤其是他在柏林时期创作出来的作品）的方式作为范例，尽可能地进入纳博科夫的心脏地带。他似乎觉得，依靠心理分析方法，他就能将纳博科夫隐藏的本质完全揭示出来——他就是一个残忍之人，一个性虐待狂，喜欢淫邪污秽等等。威尔逊当然地将心理分析认定为就是真理，他不想被人愚弄，他从纳博科夫那些乌七八糟的文学人物身上感受到的一切让他困扰不已。威尔逊的这些札记是他晚年时期所做，不管是出于什么原因，纳博科夫的作品就是难以打开威尔逊的心扉，难以激发出威尔逊一向具有的敏锐的文学感受力与文学智慧。读完《微暗的火》，他说，"读起来蛮有趣的，但照我看来，整部作品都非常幼稚可笑"：Bakh, letter to Grynberg, May 20, 1962。

253　即使有时他们会思念"西方的故乡"：DBDV, 357, March 30, 1958。

253　他的跑车价值不菲，珍贵罕见：Roger Boylan "Dmitri Nabokov, Car Guy", Autosavant, November 2009, http://www.autosavant.com/2009/11/24/dmitri－nabokov－car－guy; Boylan, "Dmitri Nabokov, Car Guy: Take Two" Autosavant, 2010, http://www.autosavant.com/2010/04/15/dmitri－nabokov－car－guy－take－two。

253　乒乓球玩得心应手：D. N., "Close Calls", 320。

253　承认自己之前一直都在为美国中央情报局做事：Dmitry Minchenok, http://sputniknews.com/ voiceofrus－sia//2012_02_28/67099376/。

253　意大利正处于"向左翼转向的危险时期"：Ibid。

253　一位相交四十多年的美国朋友：Interview with Barbara Victor, May 30, 2012. 作者曾经根据《信息自由法案》向 CIA（中央情报局）提出申请，却迟迟得不到 CIA 的回应，最后，情报局发布委员会做出一个声明："考虑到档案记录有可能会泄露你所提要求与 CIA 之间的分类信息，为此，情报局发布委员会谨决定，依照《行政法令 13526》第 3.6（a）部分，CIA 既不会证实也不会否定与你所提请求相一致之档案记录的存在还是不存在。"：CIA letter to author, August 28, 2013, Reference：F－2013－00275。

253 德米特里从来都不把他干的这些事告诉他的父亲：Minchenok。

253 他这才找到了"优先该干的事情"："Close Calls"，320。

253 他又弄了一辆速度更快、颜色更深的蓝色法拉利赛车：Ibid。

253 参加了地中海和加勒比海举行的多日竞速赛：Schlesinger，"Journey Down the Tyrrhenian"。

254 "你的父亲拥抱你，我最亲爱的!"：SL，353。德米特里有时被意大利媒体称为"洛丽塔"。他曾参演一部电影，并将自己的名字与在米兰的一套公寓借给演员选拔赛使用，以遴选出扮演《洛丽塔》的女演员。德米特里写道："杂志上刊登一幅照片，一张铺着缎面被子的超大床上，一大群'优胜女演员'簇拥着我，父亲（碰巧）看到这幅照片。"并且发电报指令："STOP LOLITA PUBLICITY IMMEDIATELY."（"立即停止《洛丽塔》炒作。"）"Close Calls"，313。在《艾达》中，主人公万恩是一个身材瘦长的花花公子，喜欢到处猎艳，也喜欢唱歌剧之类，德米特里也喜欢俄罗斯歌剧，1974 年他还在维也纳制作了一个密纹唱片。《艾达》似乎注明了日期，隐隐约约可以看出与《花花公子》杂志部分吻合；《洛丽塔》似乎没有注明日期。

254 读者依然能够从叙述者背后感受到作者和自己的交流：Booth，300—309。

255 "普希金的批评智慧在对文人的溢美之词中消失得无影无踪"：EO，vol. 2，154。

255 "怠惰'languish'……这是普希金与他的流派最为典型最为喜欢的术语"：Ibid，382。

255 "西尔维娅好大姐! 她与弗勒（派去色诱国王的娇弱美人儿）都那么朦朦胧胧"：PF，248。

255 他在美国时期写下的小说，现实明显占据了上风：在《说吧，记忆》中也展现了令人信服的非常真实的俄罗斯现实生活。

256 读过《洛丽塔》的人都能感受到"那份火热可以将自己全部的感觉……它反映了一般家庭关系中的可悲之处"：Dupee，"Introduction"。

256 纳博科夫进行了一个和时间赛跑的实验：Berg。纳博科夫读过《时间实验》，而且也参阅过杰拉德·惠特罗（Gerald Whitrow）的《时间自然哲学》：Boyd

2, 487。

256　最令人不安的实例是他梦见在一个岛上发生的大爆炸事件：在邓恩的这本书中，并没有他做出了预测的明显证据；读者倒是被他一本正经的谦谦君子的正气凛然所折服。邓恩对于描述难以捉摸的心理状态的敏锐洞察力，纳博科夫倒是借用了一二。

256　比如"我梦境的共同特征"是：Berg。纳博科夫也写过个人梦境象征论。

256　"当我走下洛桑火车站模样的楼梯去见埃德蒙时……他将要乘火车离去"：Berg, dream recorded December 4, 1964。1967 年，纳博科夫记录下另一梦见威尔逊的梦境："奇怪的梦：在楼梯上，我背后有一个人抓住我的双肘。（是）E. W.（威尔逊）。和好如初，太滑稽了。"：Boyd 2, 499。

257　纳博科夫失声痛哭，哭的样子与他五岁时候一模一样：Berg, notes for "Speak On, Memory"

257　即使在充满奇幻的梦境之地，他也能凭借意志保持头脑的冷静：纳博科夫也对性进行监测记录，这方面的记录也就限于"几个梦而已，其中一个非常色情，宛如我青春年少时期那样意气风发不断重演（也许有五百回合之多）"：Berg, dream of October 14, 1964, 8：30 AM. 还有 12 月 13 日："Interesting erotic dream. Blood on a sheat." Berg。

索　引

注：本索引页码指原著中的页码，即本书正文的边码。括号中的页码指原书插图页码，带有"n"的页码表示尾注中的页码。